검은머리 미군 대원수 1

명원(命元) 대체역사 소설

EugeneKim

KB117761

일러두기

· 이 책은 문피아, 네이버시리즈에서 연재된 《검은머리 미군 대원수》를 바탕으로 편집, 제작되었습니다.
· 단행본, 일간지 이름은 '《 》'로, 노래 제목, 영화, 방송국, 글의 소제목 등은 '〈 〉'로 표기했습니다.
· 전화, 라디오 등 전파 매체를 통한 대사는 '―'로, 편지 등 문자 매체를 통한 대사는 '[ ]'로 표기했습니다.
· 인명 및 지명은 일부 표준어로 등재됐거나 용례가 존재할 경우를 제외하고 모두 연재본의 표기를 따랐습니다.
· 내지에 삽입된 지도는 웹소설 연재본에 삽입된 지도를 단행본 인쇄방식에 맞게 편집부에서 재편집했습니다.

1장

프롤로그

프롤로그

"하, 좆같은 군대……."

한숨이 절로 나온다. 군대에서 썩은 지 어언 7년. 처음엔 그리도 끔찍했던 군대였지만, 마침내 나는 대한민국 국군에게마저 버림받은 불쌍한 인생이 되었다.

"중대장님, 너무 많이 드신 것 같지 말입니다."

"야야. 괜찮아. 나 좀 있으면 어차피 옷 벗어. 안 그래도 너네 매상 올려주라고 쪼인트 까였다."

다시 생각해봐도 숨이 턱턱 막혔다. 그놈의 등록금이 뭐라고.

어렸을 적, 한국대에 입학했을 때만 해도 세상을 다 가진 것 같았다. 개천에서 용 났다는 말은 나를 위해 존재하는 것으로만 여겼다. 하지만 기쁨도 잠시, 입학 안내와 대학교에 바쳐야 할 등록금을 알게 되고 나선 머리를 쥐어뜯을 수밖에 없었다.

그리고 악마의 속삭임을 들었다.

'군장학생이 되면 빚쟁이가 되지 않아도 된단다!'

타임머신이 있다면 그때 똑똑한 선택이라고 생각했던 나를 흠씬 패주고 싶다. 이미 충분히 어려운 형편이었던 그 당시의 내게 4년 뒤에 어마어마한 마이너스 통장이 기다릴지도 모른다는 가정은 그 자체만으로도 소름이 끼쳤다.

그래서 지금 이렇게, 친구 놈들이 진작에 사회에 나가 있을 때 나는 7년의 군생활을 마무리하고 있었다.

"아니, 틀림없이 전역날만 기다렸는데. 왜 이렇게 엿같은지 모르겠다."

"그래도 좋은 학교 나오셨으니 취직이 설마 안 되겠습니까?"

"응. 요즘 내 동기들 다 죽는다고 난리더라. 그래서 말뚝 박으려 했는데 망했잖냐."

재수 없는 놈은 뒤로 넘어져도 코가 깨진다 했다. 부조리를 넘기지 못하고, 참아야 할 때 참지 못하고, 모두의 압력에 동의하지 않았다. 그래서 나가리났다.

밖에 나가면 뭐 하지? 그냥 못 본 척하고 살았어야 했나? 그 생각을 하는 순간 숨이 콱 막혀 오는 것 같아 나는 자리에서 일어났다.

"잠깐 담배 한 대 태우고 올 테니까 치우지 마."

"옙."

충성회관에서 어슬렁어슬렁 걸어 나와 담배를 입에 물었다. 정말 군대는 참 좋은 걸 알려줬다. 폭음도 흡연도 쪼인트도 똥군기도 모두 여기서 다 배웠다.

입수보행을 당당히 하며 좀 걷자니, 어느새 회관 옆 군인아파트 근처까지 왔다. 선택받은 고귀한 존재들만이 들어갈 수 있다는 군인아파트. 영내 BOQ의 지박령인 나에게 저 군인아파트란 언제 갑자기 휘황찬란한 말똥님이 나타나서 '허허, 마침 잘됐구만.'으로 시작되는 강제 퀘스트를 던져줄지 모르는 마굴 그 자체였다. 하지만 이제 옷 벗기 직전인 내게 그딴 건 전혀 두렵지 않다. 술기운까지 겹치자 대령이든 스타든 그 면상에 니코틴 안개를 뿜어줄 수 있을 것 같다는 근거 없는 자신감이 마구 차올랐다.

주차장에선 머리 좀 굵어진 애들이 공놀이를 하고 있고, 꼬마애 한 명이 엄마를 저 멀리 둔 채 삑삑이 신발 소리를 요란하게 내며 도도도 달려오고 있고, 맞은편에서는 낡아빠진 레토나 한 대가 빠른 속도로 오고 있다.

이 평화로운 풍경을 바라보며, 담배에 불을 붙이는 순간이었다.

"씨발!"

레토나 상태가 이상하다. 그 찰나의 순간, 나는 생각보다도 먼저 담배를 던져버리고 아이를 향해 달려가고 있었다.

"차! 차 세워!"

끼이이이익!

"컥, 커어……."

뭐지? 갑자기 몸이 말을 듣지 않았다. 끔찍한 현기증과 무력감이 몸을 가득 채웠다. 머리가 핑 돌더니 그대로 앞으로 처박히는데, 끔찍한 충격과 함께 갑자기 어두운 하늘이 내 눈앞에 펼쳐졌다.

아. 차에 치였구나. 갑자기 우악스러운 손길에 집어 던져진 아이가 울고 있었다. 나를 치어버린 레토나는 뭔 일인지 담벼락에 처박혀 있었다. 그리고 나는 의식이 점차 흐려졌다. 그게 내 인생의 끝이었다.

씨발. 이런 것도 순국 처리해줄까? 안 해줄 것 같다는 생각이 들자, 갑자기 모든 것이 억울해졌다. 이따위로 죽을 거면, 대체 왜 나는 꼴같잖게 올곧은 인간으로 살아왔을까. 더 높이, 저 꼭대기까지 올라가 보기라도 했으면, 억울하지라도 않지!

그것이 이번 생에서의 마지막 잡념이었다.

20세기의 여명

야간 당직 때면, 정말 할 게 없곤 했다. 그리고 남는 시간을 때울 땐 역시 소설만 한 게 없었다. 그렇게 읽어 내려가던 소설들 중, 트럭에 치여 이계로 날아가거나 빙의하거나 과거로 돌아가는 소설이 한두 개였던가.

그런데 그게 내 이야기가 될 줄은 꿈에도 몰랐다.

* * *

참으로 당혹스럽지만, 죽었던 내가 눈을 떴더니 백여 년 전의 과거, 전혀 다른 인물이 되어 있었다. 김유진. 1893년생. 그게 내 두 번째 인생의 시작점이었다.

내 부모님은 한반도 삼천리강산을 떠나, 바람 앞의 등불 같은 조국을 위해 무어라도 해보겠노라 태평양을 건넌 유학생이었다. 조선 개화를 위해 신식 학문을 익혀보겠노라 집안의 전답을 모조리 팔아치워 샌프란시스코행 여객선 삼등칸에 몸을 실었던 아버지. 여자의 몸으로 무수한 역경과 시련 끝에 선교사의 눈에 띄어 낯선 나라, 미국에 온 어머니. 어떻게든 배우고 익혀 조국으로 돌아가겠노라 생각했던 두 분은 옐로 몽키들에겐 한없이 차갑던 미국 땅에서 부부가 되었고, 그 결과 내가 태어났다.

내가 전생을 자각한 시점은 대여섯 살 무렵이었고, 그때부터 죽어라 노력, 또 노력했다. 자유의 나라 미국. 하지만 그 실체는 백인의 나라. 흑인보다도 더 존재감 없는, 어디 붙었을지도 모를 동방의 소국 출신으로 태어났으니 처음에는 눈앞이 캄캄했다. 하물며 시대가 시대잖은가. 미래를 뻔히 알고 있는 입장에서, 유색인종은 사람 취급도 제대로 못 받는 곳에서 살아남으려면 뭘 해야 할까?

처음에는 미래 지식을 활용해 한몫 챙겨, 나도 카네기나 록펠러 같은 거물이 되어보겠다 생각했었다. 하지만 20세기는 내 예상보다 훨씬 냉혹했다.

"어이! 조센징!"

"어이쿠, 왜 그래. 같은 노란 원숭이끼리."

"원숭이는 니들 조센징이 원숭이고!"

샌프란시스코는 결코 미국인들이 말하는 '인종의 용광로'가 아니었다. 백인들은 피부가 하얗지 않은 모든 놈들을 평등하게 멸시했다. 흑인들은 흑인들끼리 뭉쳤고, 그들은 숨 쉬는 것조차 충분히 고통스러운 신세였다. 멕시코에서 올라온 히스패닉들도 노예가 아닐 뿐 엿같은 신세로는 피차일반이었다.

그리고 황인. 불쌍한 아시안들은 중국인, 일본인, 그리고 극소수 조선인으로 쪼개져 그 안에서 서로 치고받기 바빴다.

하지만 나를 가장 열받게 하는 건, 어차피 도찐개찐인 주제에 콧대만 쓰잘데기없이 높아져 가는 저 쪽바리들이었다. 러일 전쟁에서 일본이 승리하고 위신을 떨칠수록 내 이웃에 사는 왜놈들은 날이 갈수록 싸가지를 상실해 가더니, 어느 순간부터는 자신들이 '명예백인'이라고 행복회로를 돌리는 경지에 이르러 있었다.

"야, 잽스."

"왜, 조센징?"

"어금니 꽉 깨물어라, 씨발."

"시험 좀 잘 쳤다고 어딜 건방지게 설쳐! 저 새끼 밟아!"

내가 나이를 먹으면 먹을수록, 20세기를 이끌 아시안 재벌 총수가 되겠다는 야무진 생각은 점점 머리에서 지워져 갔다.

암만 생각해도, 내가 제대로 큰 사업을 일구는 순간 우리 집에 하얀 두건 쓴 KKK나 갱단이 방문해 나와 내 가족을 벌집으로 만들 거란 확신이 들었다. 당장 위에서 말한 록펠러만 해도 석유제국을 건설하는 동안 얼마나 밥 먹듯이 협박, 방화, 사보타주를 해왔나?

그 대신, 다른 야망이 내 가슴을 가득 채웠다.

"Kill Japs, kill Japs, kill more Japs."

쪽바리들을 죽이고, 죽이고, 더 많이 죽인다. 홀시 제독이 남긴, 입에 정말 착착 감기는 말이다. 저 망할 놈들이 저렇게 미쳐 날뛰는 이유. 조선, 대한제국이 이 지구상에서 소멸되었으니까. 조선인이 마침내 그들의 노예 민족으로 전락했다는 본국발 소식에, 저놈들조차 덩달아 날뛰는 것이다.

나는 이제 끔찍하게도 '일본계 미국인'으로 불릴 수밖에 없었다. 좋다. 인정한다. 딱 30년만 기다려라. 30년 뒤면 진주만, 그리고 태평양 전쟁이 기다리고 있다.

그래서 나는 내 목표를 바꿨다. 미군에 입대하기로. 쪽바리들을 태평양의 제물로 바쳐 출세하겠다. 동양인은 미국 사회에서 성공할 수 없다고? 웃기는 소리 하지 마라. 미래를 아는 이상, 무슨 수를 써서라도 나는 성공하고 말 것이다. 이것이야말로 나 자신과 불쌍한 조국을 위한 최고의 선택이었다.

그리고 나는 전생에도 명색이 장교였다. 100년의 세월을 넘어, 거지 같은 군복을 다시 입을 준비는 이미 완료되었다.

"그래서, 군인이 되겠다고?"

"네."

"옷은 아주 넝마주이가 되어서 집에 돌아와서는 하고 싶은 말이 군바리 되고 싶다, 냐. 자알한다 잘해."

아버지가 혀를 쯧쯧 차며 말하자 말문이 막혔다. 물론 쪽바리 주제에 무사도라곤 없는 놈들이 삼 대 일로 다구리를 치긴 했지만, 그럼에도 불구하고 나도 그 새끼들 모두 덧니 하나씩을 교정해줬으니 이만하면 훌륭한 치과의사 아니냐고 항변해봤지만 아버지에겐 씨알도 먹히지 않았다.

"너도 꿈이 있겠지. 하지만 군인이라는 건 절대 쉬운 길이 아니다."

"잘 알고 있습니다."

너무 잘 알아서 문제지.

"피부색이 다르다는 이유만으로도 네 앞날이 막힐 수 있다. 그것도 당연히 알고 있겠지?"

"네. 각오하고 있습니다."

"네가 단순히 병사로 들어간다 했으면 이런 말을 하지도 않았을 거다. 하지만 장교라면 정말 달라. 이 나라, 백인의 세상에 정면으로 맞서는 거다."

불쌍한 아버지. 이역만리 타국에서 가족을 얻은 대신, 청운의 꿈을 포기하고 가장의 짐을 기꺼이 감내하신 분. 이건 단순히 말리는 말이 아니다. 샌프란시스코에 최초로 정착한 한인 20명 중의 하나. 무수한 투쟁 끝에 간신히 삶의 터전을 얻어낸 사람만이 해 줄 수 있는 이야기였다.

"괜찮습니다. 누구 아들인데요."

그러니까 나도 이렇게 말할 수 있었다. 책과 영화로만 접하던 세상에 떨어진 지 어언 10년이 넘었다. 그리고 내 '아버지'가 얼마나 처절하게 싸워왔는지 옆에서 지켜봤다. 맨주먹에서 시작한 사람을 보면서 다시 자라났는데, 미래의 지식이라는 말도 안 되는 어드밴티지를 받은 내가 굴할 수는 없었다.

"그래. 내 자식새끼면 이래야지. 안 그래도 너라면 장교가 되고 싶다 할 것 같아 나도 준비를 하고 있었다."

"준비요……?"

"그래. 미국의 장교가 되려면 사관학교에 가야 하지 않느냐? 그냥 갈 수는 없지. 옷부터 갈아입거라. 들를 곳이 있단다."

나는 영문도 모른 채, 옷을 갈아입고 아버지를 따라나섰다.

* * *

아버지와 내가 향한 곳은 허름해 보이는 시 외곽의 한 사무실이었다.

'대한인국민회'

건물 안으로 들어서려는 순간, 여기가 어디인지를 알려주는 팻말에 나는 잠시 멈칫할 수밖에 없었다.

"어차피 네 입학은 정치, 사회 문제가 될 수밖에 없다. 그럼 우리도 꺼낼 수 있는 건 죄다 꺼내서 한판 붙어야지. 안 그러냐?"

내 생각을 아는지 모르는지, 아버지는 그렇게 내게 말했다.

"안녕하십니까, 어르신!"

"오랜만일세."

사무실 안에 있던 사람들이 일제히 아버지에게 인사를 했고, 아버지도 하나하나 손을 잡으며 대충 세상 돌아가는 이야기를 늘어놓기 시작했다. 그렇게 얼마나 한참을 떠들었을까.

"유진아. 인사드려라."

"안녕하십니까, 김유진이라고 합니다."

"키도 크고 얼굴도 말쑥한 것이 대한의 건아가 여기 있군요. 어르신께서도 참 복 받으셨습니다그려.”

“그리 말한다 해서 내가 활동비라도 더 내줄 것 같나? 에잉…….”

그러면서도 얼굴엔 미소가 가시지 않는다.

“여기 이 친구는 우성(又醒) 박용만이라고 한다. 딱 너랑 생각이 비슷할 게다. 군사학교니 소년병학교니 하는 걸 만들어서 정신이 없거든.”

“하하! 당연한 일 아니겠습니까. 나라가 망했으니 당연히 힘을 길러야죠.”

그리고 그다음으로 어쩐지 낯이 익은 사람 한 명을 소개시켜줬다.

“저 친구는 우남 이승만. 프린스턴에서 박사 딴 우리 이 박사님이지.”

이승만! 박용만도 내로라하는 독립운동가 중 한 사람이지만, 아무래도 한국 근현대사에 여러 의미로 큰 획을 그은 이승만의 이름값에 비할 수는 없었다.

“김유진입니다. 잘 부탁드리겠습니다.”

“사관학교에 입학하려 한다고 들었습니다. 참 대견하고 큰 꿈인데… 혹시 입학하고자 하는 이유를 알 수 있을까요?”

이승만이 단도직입적으로 물어보자, 좌중의 시선이 일제히 나에게 쏠렸다.

“인석아. 뭘 그리 우물쭈물하느냐. 그냥 네 솔직한 이야길 털어놓으면 돼.”

내가 잠시 입을 떼지 못하고 있자 아버지가 어깨를 툭툭 치며 말했다. 하지만 그럴 순 없었다.

이승만. 박용만은 둘째 치고, 이승만은 확실히 냉정하게 이해득실을 따지는 부류의 인간이었다. 실제로 장인환, 전명운이 친일파 스티븐스를 암살했을 때도 그는 기독교적 신념이니 뭐니 하며 변호 요청을 거절한 바 있었다. 하지만, 사관학교에 입학하기 위해 한인 사회의 지원사격을 받는다고 했을 때 지금 당장 가장 도움을 많이 줄 수 있는 사람도 아마 이승만이 아닐까. 그렇다면 최대한, 그의 구미에 맞는 말을 던져줘야겠지.

“대한제국은 망했습니다.”

"……!"

내 서두가 강렬해서 그런가, 좌중의 분위기가 한층 더 내려앉았다.

"제 몸에 흐르는 것은 대한의 피지만, 이 아메리카합중국의 법률은 어쨌거나 제게 미국 시민권을 줬습니다. 이건 여기 계신 어르신들께 없는, 저만의 무기라고 생각합니다."

"그래서, 미국인으로 살기 위해 피를 흘려 충성심을 증명하겠단 건가?"

삐딱하게 받아치는 박용만이었다.

"제 말의 핵심은, 저는 미국 시민으로서 민주주의 국가인 이 나라가 어떻게 움직여야 하는가에 대해 한마디 할 자격이 있단 겁니다."

"계속해보게."

"당연히 끽해봐야 노란 원숭이인 제 말이 워싱턴 D.C.의 높으신 분들에게 들릴 리는 없습니다. 그 사람들에게 제 목소리가 닿으려면… 적어도 맨해튼에 사는 어마어마한 부자가 되어야겠죠?"

"하! 그래서 쥐뿔도 가진 거 없는 젊은이가 출세하기 제일 만만한 군인이 되겠단 거였나? 맹랑한데… 생각이 참 깊구나."

박용만은 그제서야 고개를 끄덕였다. 일단 관심을 기울이는 박용만 먼저 조금 더 설득해보기로 했다.

"우성 선생님께선 네브래스카에서 군사를 조련하고 계신다 들었습니다."

"그렇네. 자네 이야길 듣기 전엔 같이 가자고 할 요량이었거든."

아, 그건 좀.

"그럼 그들을 지휘할 장교는 어디서 구할 계획이십니까?"

"음… 그거야……."

"미군에 제가 들어가 교육을 받으면, 여러모로 미군의 도움을 받을 가능성도 더 높아지지 않겠습니까."

"하아. 이보게 젊은 친구."

박용만이 가타부타 대답하지 않는 사이, 말을 자르고 치고 들어오는 이승만이었다.

"그래서 자네도 저 우성처럼, 미군을 어떻게 꼬드겨서 군대를 이끌고 도쿄로 쳐들어가겠단 웃기지도 않는 생각을 하고 있는 겐가?"

"아뇨. 그건 불가능하죠."

"뭐?"

"일제는 영국의 동맹국이고, 미국과 이익을 공유하고 있다는 건 우남 선생님이 누구보다 더 잘 알고 계시지 않습니까."

내가 아무렇지도 않게 뼈 아픈 현실을 던지자, 그의 안색은 오히려 환해졌다.

"학생이라더니, 제법 세계정세 돌아가는 시야가 트여 있군. 그래서 더더욱 외교적으로 풀어나가야 하는 거지. 열강의 지지를 얻는 것이야말로 자유 대한을 얻는 가장 빠르고 확실한 방법이야."

"하! 또또 그런 말도 안 되는……."

옆에서 곧장 박용만이 으르렁댔지만 이승만은 웬 개가 짖냐는 둥 무시하며 나를 바라봤다.

"그래서, 자네 의견은 어떤가?"

웨스트포인트를 향해

얼굴에 구멍 나겠네.

두 거물 나리들이 '빨리 내 생각이 맞다고 말해!'라고 압박을 이글이글 하고 있으니 몸이 반으로 갈라질 것 같다. 일단 나는 천천히 서두를 뗐다.

"열강을 외교적으로 설득하는 건 어려우리라 생각합니다."

"그렇지!"

박용만이 득의양양하게 미소 지었지만 나는 개의치 않고 계속 말을 이어나갔다. 어차피 나는 정답지를 뻔히 알고 있으니까.

"일본은 동아시아라는 거대한 농장의 마름입니다. 미국, 그리고 영국은 일본이라는 말 잘 듣는 마름이 따박따박 소출을 바치는 걸 앉아서 받기만 하면 되니까요."

"그러니 더더욱 외교적으로……."

"지주가 마름을 버릴 때는 언제겠습니까?"

내 물음에 두 사람이 일제히 입을 다물었다.

"생각하시는 바와 아마 같을 겁니다. 마름이 일을 영 못하거나, 아니면 제 뒷주머니를 찰 때겠죠."

"일본이 뒷주머니를 찰 거란 이야긴가?"

"당연하지 않습니까. 조선을 침략했듯, 그들은 결국 만주를, 중국을 탐하게 될 겁니다. 전 일본이 영미를 배신하기까지 얼추 30년쯤 걸리지 않을까 생각합니다."

조용해졌다. 내가 던진 화두, 30년이란 말에 그들도 뭔가 의견을 정리하고 있는 것이겠지.

"자네 말대로라면, 일본이 묵묵히 마름 일에 전념한다면 우리의 독립은 불가능하단 이야기 아닌가."

먼저 서두를 뗀 것은 이승만이었다.

"하지만 일본은 그럴 수 없습니다."

"어째서?"

"합리적인 열강이었다면, 조선을 집어삼키지도 않았겠죠. 어차피 통감부를 통해 조선을 실질적인 식민지로 삼았으니, 반만년 역사와 문화를 가지고 자기네 인구의 절반이 되는 나라를 구태여 억지로 처먹어봤자 배탈이 날 뿐입니다. 그럼에도 그들은……."

"조선을 완전히 먹어치웠다. 왜냐면 배가 고파 돌아버릴 것 같으니까."

이승만의 입꼬리는 어느새 귀에 걸릴 듯 치솟아 있었다.

"내가 지금 학생과 이야기하는 게 아니라 열강의 외교관과 만난 것 같군. 하!"

"어떻습니까. 제 생각이?"

"정확하다고 생각하네. 열강의 외교관 놈들은 일본이 천년만년 제 밑에 있을 거라 생각하겠지만, 왜놈들이 어떤 놈들인가? 자네 말이 백번 옳아. 그놈들은 무조건 대륙으로 뻗어나가려 할걸세."

"그리고 그날이 올 때까지, 우남 선생님과 같은 분께서 더더욱 조선이라는 나라가 있음을 세계만방에 알려야 한다고 생각합니다. 그래야 저들이 우릴 잊지 않고 기억할 테니까요."

마지막 말은 완벽한 립서비스다. 이승만? 필요 없다. 내가 직접 그들의 머릿속에 한국을 박아 넣어 줄 테니까.

"유진 군의 생각대로라면… 내가 하는 일은 딱히 쓸모가 없겠군그래?"

"그럴 리가 있겠습니까? 우성 선생님과 같은 분이 없다면 조선이 독립을 원하는지, 일본의 노예로 행복하게 살고 있는지 저들이 어찌 알겠습니까. 일본이 열강들을 물어뜯는 그 순간, 열강의 머릿속에 가장 먼저 떠오르는 건 조선이 되어야 합니다."

짝. 짝. 이승만이 손뼉을 몇 차례 쳤다.

"내 생각에 유진 군은 군대가 아니라 대학에 가야 할 것 같네. 프린스턴에 오는 게 어떻겠나?"

"죄송합니다. 전 별을 달아 미군을 이끌고 왜놈들을 토벌하고 싶거든요."

"크, 크하하하하!"

한동안 키득대던 그는 자세를 바로 하고 진지한 표정을 갖췄다.

"사관학교도 여러 곳이 있지. 어딜 원하나?"

"당연히 웨스트포인트(육군사관학교)지요."

"아나폴리스(해군사관학교)가 아니라? 미국이 왜놈들과 일전을 벌인다면 당연히 바다일 텐데?"

"웨스트포인트엔 흑인이 들어간 사례가 있지만 아나폴리스엔 전혀 없죠. 게다가 미 해군은 일본 해군과의 교류가 활발하고요."

나는 그렇게 말하고는 슬쩍 박용만을 바라봤다.

"게다가 제가 해군에 가면, 우성 선생님을 도와드리기도 어렵지 않겠습니까?"

"후, 좋네. 그럼 웨스트포인트를 준비해야겠구만."

이승만은 옆에서 바라만 보고 있던 아버지를 보며 싱긋 미소 지었다.

"어르신, 아드님을 대체 어떻게 키우셨던 겁니까? 이런 친구가 있으니 대한의 미래가 참으로 든든합니다."

"허허… 천날만날 싸움박질이나 해서 저거 어디다 써먹나 했는데, 저런 생각을 속에 품고 있는 줄은 나도 처음 알았네그려."

"아시다시피, 사관학교에 진학하려면 의원의 추천서가 필요합니다. 지금 캘리포니아주 상원의원인 플린트는 공화당 쪽이니 적어도 쫓겨날 근심은 덜었군요."

이제 내가 할 수 있는 일은 다 했다. 남은 일은 오직 추천서를 받아내는 것뿐. 인성은 몰라도 주둥아리 하나는 한 나라의 지도자가 될 사람답게 일품인 우리 프린스 리께서, 부디 내 추천서를 물어다 주길 빌 뿐이었다.

* * *

얼마 후, 나는 프랭크 퍼트넘 플린트 상원의원의 인터뷰 기회를 얻을 수 있었다.

"안녕하세요, 미스터 킴. 이렇게 만나 뵙게 되어 반갑습니다."

"안녕하십니까, 의원님. 잘 부탁드리겠습니다."

도대체 이 박사가 무어라고 구슬렸는진 모르겠지만, 그는 내게 꽤 우호적인 반응을 보였다. 인터뷰 간 계속 그는 내 식견이나 국제 정세 등에 대해 질문을 던져댔는데, 아마 이승만도 그 방향으로 어필을 한 듯했다.

"들은 대로 학생은 굉장히 폭넓은 시야를 갖고 있군요. 무척 인상적이었습니다."

"감사합니다."

"그렇다면 정치, 사회적인 부분에 대해서도 나름대로의 생각이 있으리라 생각합니다. 귀하가 웨스트포인트에 가게 된다면 어떤 일이 있을 것 같습니까?"

"자유의 나라 미국이, 이제 흑인뿐만 아니라 아시아인조차 포용할 줄 아는 참된 나라라는 사실이 널리 알려지겠지요."

그는 씨익 웃으며 고개를 가로저었다.

"오, 저런. 점잔 빼지 마세요."

"의원님 앞에서 그럴 리가 있겠습니까?"

"솔직히 말씀드려, 당신을 추천하는 건 물론 내게도 큰 의미가 있긴 합니다. 하지만 당신은 훨씬 더하죠. 백인, 앵글로색슨, 프로테스탄트가 주류인 이 나라에 반기를 들려면 엄청난 투사거나, 아니면 능숙한 정치인이어야만 합니다. 다시 한번 묻지요. 귀하가 웨스트포인트에 간다면 어떨 것 같나요?"

저렇게까지 멍석을 깔아준다면, 또 거절할 순 없었다. 아무래도 그는 내가 괜히 총에 맞고 비명횡사하진 않을지, 혹은 입을 잘못 놀려 혹 가지나 않을지 걱정되는 모양이었다.

"미국은 이제 아메리카 대륙뿐만이 아니라 아시아로 뻗어나가고 있지요. 실제로 필리핀을 얻지 않았습니까?"

"그렇지요. 같은 아시안으로서 불편하십니까?"

"아뇨. 전혀 아니지요. 사악한 식민 지배자인 스페인과 달리 미국은 자유와 민주의 등불이잖습니까?"

나는 씨익 웃어 보였다. 공범자의 미소였다.

"최초의 아시아계 미국인, 웨스트포인트 입학. 프로파간다로, 마스코트로 팔아먹을 수 있다고 생각합니다."

"감내할 수 있습니까?"

"그런 일이라도 해야 집에서 키우던 노예를 잃어 화가 난 사람들이 절 죽여버리지 않겠죠."

"부정할 수 없군요."

그는 '내가 지금 학생과 이야길 하는 게 맞나……'라고 중얼거렸다. 얼마 전에 들었던 이야길 또 듣고 있자니 절로 웃음이 새어 나왔다.

"캘리포니아주의 의원이시니 아마 아시아인들에 대해서도 잘 아시리라 생각합니다."

"남들보다는 어느 정도 더 알고 있는 편이지요."

"제가 봤을 때, 아시아인들은 굉장히⋯ 자신들의 영역에서 잘 나오지 않는 편입니다. 그들은 여전히 미국인이 아니라 중국인, 일본인, 조선인이지요."

어이가 없다는 듯 날 바라보는 그의 표정이 보였다. 한인 사회의 지원사격을 받고 이 자리에 나온 놈이 하는 말이라곤 믿어지지가 않겠지. 하지만 지금 여기선, 난 그 누구보다 철저한 '미국인'이 되어야만 했다.

2시간에 걸친 미국에 대한 찬양, 그리고 1시간짜리 장렬한 내 기독교 신앙고백을 끝까지 들어준 플린트 의원은 군말하지 않고 내게 자격이 있노라 말했다.

"아시다시피, 내 추천서를 받고자 하는 학생들은 무척 많습니다. 그래서 자격이 되는 학생들을 모아 시험을 한번 치르고자 해요. 학생도 꼭 그날 나오기 바랍니다."

"감사합니다! 감사합니다!!"

"훌륭한 장교가 되어 미합중국을 위해 헌신해줬으면 하는 바람입니다."

얼마 후, 시험을 친 나는 플린트의 명의로 된 추천서를 얻을 수 있었다. 그리고 신체검사와 체력검정을 포함한 기나긴 절차를 마친 후, 1911년 6월 14일. 미국 전역에 소소하게나마 최초의 아시아계 미국인의 웨스트포인트 입학 소식이 기사화되었다.

2장
웨스트포인트의 나날 I

입학

며칠 전, 내 합격이 최종 발표되고 나서 우리 집으로 당연히 몇몇 기자들이 찾아왔었다. 그리고 기자들과 함께, 이런 일이라면 당연히 얼굴을 들이미는 이 박사님께서도 찾아왔다.

"취재에 응하지 않겠다고?"

"네."

내 말에 그는 잠시 당황하더니, 다시 포커페이스를 되찾았다.

"유진 군. 잘 생각해봐. 물론 자네가 걱정하는 바가 무엇인지는 잘 알고 있네. 하지만 민주국가에서 언론은 최고의 무기야! 이걸 포기하기엔……."

"취재에 응한다 치면, 어떤 말을 해야 할까요?"

"그야 당연히……."

그는 말을 잇지 못했다.

그야 그렇지. 내 처지는 굉장히 애매했다. 이들, 독립지사들 앞에서 나는 '한국계' 미군 장교가 앞으로 한국에 어떤 도움이 될지를 역설했었다. 그리고 정반대로 플린트 의원에게는 아시아계 '미군' 장교가 어떤 의미가 있을지를 논했다.

나는 괜히 어설프게 입을 털 생각이 추호도 없었다. 어차피 내 몸값은 앞으로 1차대전, 2차대전이 터지면 자연스레 올라가게 되어 있었다. 나는 미래 지식을 철저히 내 통찰의 결과물인 척 떠들어댈 것이고, 내 예언이 적중할 때마다 국방부고 국무부고 귀를 안 기울일 수 없을 거다. 아직 아무 성과도 없는 지금, 내 목표는 그냥 조용히, 그리고 무사히 임관하는 것이었다.

"줄타기를 하겠단 게로군."

"백인들을 만족시키려면 미국인으로서의 저를 부각시켜야 합니다. 한인들에게 자긍심을 불어넣으려면 조선인의 희망으로 절 포장해야겠죠. 둘 다를 얻을 순 없습니다."

"자네는 역시 정치를 해야 해. 혹시나 군복 벗게 되면 내 밑으로 오게. 무슨 일이 있어도 내 밑에 오는 걸세. 알겠나?"

미쳤다고 내가 이승만 밑에 들어가겠나? 내가 미군에서 성공한다 해도, 필연적으로 앞마당인 한인 사회에 대한 영향력은 확실히 장악하고 있어야 한다. 그러면 눈앞의 이 박사님과 같은 거물들과 손을 잡거나, 아니면 내가 직접 한인 사회의 리더가 되어야 하는데… 이 박사님은 원 역사에서 박용만, 안창호, 임정 등 무수한 동지들의 뒤통수를 깐 전적이 화려하다.

하지만 나는 씨익 웃기만 할 뿐 군이 대답해주진 않았다. 지금 당장은 이분이 너무 쓸모가 많으니까. 이 정치 귀신은 내 웃음의 의미를 어떻게 해석했는지 너털웃음을 터뜨렸다.

"허, 허허. 그래. 알겠네. 나와 함께하는 게 그만한 가치가 있는지 보여달란 소리겠지? 거참."

이승만은 그러더니 품속에서 편지봉투 하나를 꺼내 들어 내게 건네주었다.

"자네의 이야기를 듣고 관심이 생긴 모양이야. 솔직히 전해주긴 싫지만……."

"우남 선생님이 편지 배달부 역할을 할 정도라니. 누군진 몰라도 대단한 분이신가보군요."

"도산(島山)이라고, 이빨 하나는 기가 막히게 터는 양반이지. 편지는 주겠지만 그놈한테 들러붙진 말게. 자넨 내 꺼야. 알겠나?"

도산? 도산 안창호? 이건 또 의외다. 지금은 아직 미국에 없는 것으로 알고 있는데. 내 이름이 굉장히 빨리 퍼지고 있는 모양이었다.

"이렇게 또 제 몸값이 높아지는군요. 다만 우남 선생님께서 경쟁자의 편지마저 전해주는 대인의 풍모를 갖고 있다는 점은 꼭 염두에 두고 있겠습니다."

"그럼그럼! 그럼 인터뷰도 안 한다고 했으니 내가 저 기자 놈들이랑 좀 놀겠네."

그는 그렇게 마지막 한마디를 남기고는 기자들 한가운데로 뛰어들었다. 정말 보면 볼수록 대단하고 독한 양반이었다.

"저 양반을 내가 꺾어야 한단 말이지……."

한숨이 절로 나왔다.

* * *

"여보, 여기 신문 봐! 크하하하!"

"저 어린 녀석이 군에 가서 앞으로 어떡할는지……."

키는 180이 넘었고 체력시험을 통과하기 위해 죽어라 노력했건만 여전히 어머니에겐 내가 꼬꼬마로 보이는 모양이다.

"나는 이제 멀리멀리 가니까, 너희가 부모님을 잘 모셔야 한다."

"네에에~"

동생들에게 당부도 끝났으니 정말 더 이상 할 건 없다. 이제 대륙횡단철도를 타고 뉴욕으로, 웨스트포인트로 향할 일만 남은 것이다.

"그럼 이만, 가보겠습니다."

"조심하거라. 밥 잘 챙겨 먹고. 김치를 좀 싸주고 싶은데⋯⋯."

"예끼 이 사람아! 코쟁이 놈들이 김치만 보면 질겁을 하는데 무슨 김친가!"

"조선인은 밥심인데 밥도 못 먹잖아요! 밥도 김치도 못 먹으면 비리비리해서 힘을 어떻게 써요!"

한인 사회의 큰어른이고 뭐고, 역시 마누라에게 기를 못 펴는 것은 동서 불문인 모양이다. 신학문을 익혀 대한에 헌신하겠노라는 의기에 불타던 신여성을 가정주부로 만들어 버렸으니 아버지가 고개 숙인 남성이 되는 것도 이해 못 할 바는 아니지만, 참⋯⋯.

"아들아."

"네."

"넌 이렇게 살지 마라⋯ 악!"

등짝에서 울려 퍼지는 철썩하는 소리는 못 들은 셈 쳐야겠다.

* * *

미국 전역에 그물망처럼 펼쳐진 길고 긴 철도. 태어나 처음 타본 기차의 소감은 앤티크함 그 자체였다. 전생에서의 KTX에 비교할 수는 없지만, 지금이 1911년이란 점을 생각한다면 미국의 서쪽 끝에서 동쪽 끝까지 기차를 타고 단숨에 올 수 있다는 것 자체가 이 나라의 힘을 보여주는 듯했다. 여기서부터, 내 새로운 미래가 열릴 예정이었다.

"후우⋯ 후우⋯⋯."

큼지막한 가방을 짊어진 채 암벽 등반 수준의 오르막길을 오르길 한참. 마침내 돌로 쌓아올린 웅장한 아치형 입구가 나를 내려다보았다.

웨스트포인트. 미 육군사관학교. 1911년 나는 최초의 아시아인 육사생도가 되었다.

"허, 신입생인가?"

"예, 그렇습니다!"

"웨스트포인트에 온 걸 환영한다. 얼른 들어가도록."

그래, 이런 식으로. 선배로 보이는 사람이 힐끗 날 쳐다보더니 사무적으로 안내를 해줬다. 그나마 행인지 불행인지, '노랭이 주제에 감히 입학을 하다니! 우리 학교에서 나가!' 같은 소린 듣지 않았다.

그렇게 나는 다시 한참을 걸어, 곳곳에 웅장하게 서 있는 각종 비석과 고딕풍 석제 건물들 속으로 들어왔다. 마침내, 두 번째 군인의 삶이 막을 올리는 순간이었다.

* * *

그렇게 생각하던 시간이 나에게도 있었다.

"기상! 기사아앙!!"

"환복이 느리다! 이 굼벵이 새끼들아!"

갓 입학한 삐약이인 우리는 기숙사에도 들어가지 못했다. 어지간한 한국의 대학 캠퍼스들과는 비교도 할 수 없을 정도로 널찍한 웨스트포인트. 그중 많고 많은 탁 트인 허허벌판에 텐트를 치고 신병들처럼 데굴데굴 굴러야 하는 것이 입학생의 숙명이었다. 이걸 여기서는 야수 막사(Beast Barracks)라고 했는데, 무려 3주에 걸쳐 쉴 새 없이 신고식을 굴려대는 엿같은 행사였다.

"킁킁, 이게 무슨 냄새지?"

"좆같은 바깥세상 냄새지, 뭐긴 뭐야."

"너희들! 합중국의 장교가 되려면 그 좆같은 사회 물부터 전부 빼야 한다! 알겠나!"

"옙!"

"목소리가 작다!"

이까짓 거, 이미 전생에서도 겪어 봤다… 라고 말하고 싶지만, 100년 전 군대는 내 상상을 초월하는 미개함 그 자체였다.

"엎드려뻗쳐!"

"팔 내려간다? 내려간다?"

21세기 대한민국에선 상상도 할 수 없는 온갖 똥군기와 가혹행위가 '전통'이라는 이름하에 벌어졌다. 아니, 수십 년 전 한국군도 이 정도 수준은 아니었다. 깨진 유리 조각 위에 무릎을 꿇게 하는 가혹행위가 벌어질 정도면 말 다 하지 않았는가.

"어이, 노란 원숭이!"

"원숭이 주제에 웨스트포인트라니. 그냥 너네 아시아 촌으로 돌아가는 게 어때?"

우리 기수에서 나는 당연히 압도적으로 튄다. 뭐라도 못 갈궈서 안달이 난 사람들에게, 나는 딱 안성맞춤이었다. 야수 막사 첫날 밤. 나는 따로 불려 나와 두 멸치 백인 선배에게 신나게 인종주의적 편견 한 큰술을 얻어맞고 있었다. 그때였다.

"또또 그놈의 노란 원숭이 타령이냐?"

"야, 식인종. 왜 애들 교육하는데 갑자기 들어와서……."

"내 앞에서 원숭이 같은 소리 한 번만 더 하면 진짜 죽여버린다. 갈구는 건 내 알 바 아니지만 그 좆같은 소린 니 머릿속에서만 하라고."

불쑥 이 자리에 끼어든 한 사람. 딱 봐도 유색인종인 그가 맹렬하게 쏘아붙이자 조금 전까지 기세등등하던 두 선배들은 입을 꽉 다물었다.

"시발. 끼리끼리 노는 꼬라지 보라지."

"니 알아서 해라. 퉤!"

두 놈팽이가 사라질 때까지 등을 강하게 응시하던 그는, 마침내 그들의 모습이 완전히 보이지 않게 되자 비로소 내게 시선을 돌렸다.

"이번 기수에 아시아인이 하나 더 있다고 해서 구경하러 왔더니, 험한 꼴을 보고 있었네."

"…감사합니다. 덕택에 살았습니다."

"뭘 이런 걸 가지고. 나는 비센테 포디코 림(Vicente Podico Lim)이야. 필리핀 출신이지. 너보다 한 학년 선배고."

"유진 김입니다."

"방금 당해봐서 알겠지만, 여기 새끼들 중엔 피부 하얀 게 훈장인 새끼들이 제법 있단 말이지."

그가 날 일으켜주며 말했다.

"근데 쫄 필요 없어. 4년간 얼굴 맞대고, 또 임관하고 나서도 계속 얼굴 봐야 할 사람한테 그따위로 구는 새끼를 좋아할 사람은 별로 없거든."

'나야 어차피 졸업하고 나면 다시 필리핀으로 돌아가겠지만, 하하!' 하며 그가 싱긋 웃었다.

"앞으로 잘 지내보자고."

"네. 정말 감사합니다."

한시름 덜었다. 내 생각보다 훨씬 웨스트포인트는 야만적이었지만, 그래도 또 사람 사는 곳이긴 했다. 내 천막으로 돌아가자, 이미 동기들은 천막에 저마다 자리를 잡고 노가리를 까고 있었다.

"오, 살아 돌아왔네?"

"그래. 고오맙다."

"사실 내기를 했거든. 네가 1시간 안에 돌아온다에 2달러, 못 돌아온다에 2달러. 영영 돌아오지 못한다에 1달러 걸렸어."

어이가 없다. 기껏 간신히 선배들에게 풀려났는데 여기서조차 노란 원숭이 소릴 들으면 나라도 꼭지가 돌아버리겠지만, 내기는 또 기가 막히게 참신했다.

"그래서, 1번 말이 1시간 안에 들어왔는데 내 개평은?"

"받아."

능글맞게 웃던 도박꾼 녀석이 내 손에 1달러를 쥐여줬다. 마지막 남아 있던 약간의 어처구니가 깡그리 날아가는 기분이었다.

"사실 내가 다 땄어! 넌 돌아올 거라고 생각했거든!"

"뭘 보고?"

"입학식 때부터 눈에서 독기가 줄기줄기 뻗어 나오더라고. 아, 쟤 잘못 건들면 임관이 문제가 아니라 머리통에 샷건 맞겠구나 했지."

"씨발. 난 쟤가 있는지도 몰랐다고. 이건 사기야!"

"우리끼린 자기소개 끝냈어. 너도 빨리 와서 소개 좀 해봐."

아무튼 돈도 벌었겠다, 딱히 인종 차별을 듣지도 않았으니 괜히 분위기 삭막하게 만들 필요는 없어 보였다. 나도 적당히 자리에 앉아 일단 소개를 하려던 차, 아까 그 도박쟁이가 먼저 손을 번쩍 들었다.

"잠깐잠깐. 그러면 우리가 꼭 따돌리는 거 같잖아. 빨리 우리 소개부터 먼저 해줄게."

"어? 그래. 나야 고맙지."

"그래! 일단 나부터. 나는 드와이트 데이비드 아이젠하워(Dwight David Eisenhower)라고 해."

"어?"

"이름 너무 길지? 그냥 아이크(Ike)라고 불러."

아니, 그거 말고. 누구라고?

선천적 얼간이들

"나는 공짜로 미식축구 배우려고 이리로 왔어. 원래는 아나폴리스에 가려고 했는데, 생긴 것만 봐도 알겠지만 내가 좀 나이가 많아. 거기는 나이 때문에 안 되겠더라고. 캔자스 깡촌에서 뉴욕에 오니까 조금 얼떨떨하긴 한데……."

"야! 너 혼자 얼마나 떠드는 거야!"

"앉아 앉아. 저 친구 눈에 지진 나겠다. 그만 좀 떠들어."

이 머저리 도박쟁이가 그 아이젠하워라고? 이게 미래에 히틀러 강냉이를 털어버리고, 백악관에 입성할 사람이라니. 사실 그동안 미래 역사에 획을 그을 인물들을 만나긴 했지만, 그들은 내가 생각한 것과 크게 다른 바가 없었다. 하지만 음… 아이젠하워는 내 상상 속 이미지를 인정사정없이 때려 부수고 있었다.

간단한 자기소개가 끝나고, 일단 내 차례가 되어서 나는 정신을 가다듬었다.

"나는 유진 김이야. 샌프란시스코에서 왔고. 한국계 미국인이지."

"한국? 한국이 어디야?"

"차이니즈가 아니야?!"

뭔가 반응이 이상하다. 아니나 다를까, 또 빌어먹을 놈들이 주머니를 주섬주섬 뒤지더니 지폐와 동전을 하나둘 꺼내고 있었다.

"말도 안 돼. 이건 사기야!"

"그래서 코리아가 어디야?"

"중국이랑 일본 사이에 작은 반도가 있어. 거기가 코리아야."

"아아… 어딘지 알아. 얼마 전에 일본이 먹은 곳 아냐? 그럼 일본인도 정답인 거 아닌가?"

"닥쳐. 나는 아일랜드계인데, 나보고 누가 영국인 아니냐고 하면 그 새끼 턱을 돌려버릴 거야. 아마 쟤도 똑같을걸."

"당연하지. 내가 고향에서 살 때 그렇게 쪽팬 잽스가 유니온 퍼시픽 기차 한 칸은 꽉 채우고도 남았거든."

이러니저러니 해도, 지금 이 자리에 있는 녀석들은 전부 피 끓는 10대 후반이었다. 한창 불꽃 같은 청춘을 구가할 타이밍에 스스로 군에 몸을 두기로 결정한 녀석들. 다행스럽게도, 처음 만난 녀석들은 다들 괜찮은 놈들이었다.

* * *

"요, 아미고(Amigo)!"

"어, 아, 안녕?"

"내 이름은 아나스타시오 퀘베도 베르(Anastacio Quevedo Ver)야. 어, 미안한데, 내가 영어, 좀 힘들어. 도와줄 수 있겠어?"

웨스트포인트의 유색인종은 불행 중 다행히도 오직 나뿐만은 아니었다. 새로 미국의 손에 떨어진 필리핀에서는 매년 웨스트포인트로 생도 하나씩을 보내고 있었다. 내 동기로 들어온 아나스타시오도 바로 그 케이스였다.

"영어까지 딸리면 힘들지 않겠어?"

"필리핀 사람들, 내게 많이 기대하고 있어. 잘 배워서, 돌아갈 거다. 너무 걱정 마."

"그래. 무슨 일 있으면 꼭 말하고. 시간 날 때마다 영어는 도와줄게."

"고마워! 혹시 스페인어 배우고 싶어?"

이렇게 숨통이 트이기도 하고.

"일동, 기립! 오와 열을 갖추어 식당으로 입장한다!"

"여, 유진! 빨리 일로 붙어. 짬밥이라도 먹어야지."

"노랭이랑 같이 앉으면 불편하지 않겠어?"

"니가 검둥이든 노랭이든, 그딴 걸 불편해할 놈이면 나랏밥을 먹으면 안되지. 앨라배마에나 살 것이지 어디서……."

아이크는 정색해 가면서 나를 붙들었다.

"자자, 앉아! 여기 새로 소개해 줄 친구들도 있어. 다들 괜찮지?"

"코앞에서 앨라배마로 꺼지라고 해놓고서 싫다고 하면, 내가 쓰레기가 되는 거잖아. 숨 쉬듯이 아무렇지도 않게 사람을 병신 만들지 말라고."

아이젠하워와 같이 밥을 먹던 두 사람이 떨떠름하게 고개를 끄덕였다.

"여기 이 친구는 오마르라고 해."

"오마르 브래들리야."

"나는 제임스 밴플리트."

가면 갈수록 거물들이 줄줄이 튀어나오고 있다. 오마르 브래들리. 말할 것도 없는 2차대전의 영웅. 제임스 밴플리트. 뒤늦게 출세해 한국전쟁에도 참전한 비운의 명장. 1911년의 웨스트포인트, 대체 뭐지?

"아무튼 지금 우린 굉장히 심각한 논의를 하고 있었어."

"그래. 너도 앉은 김에 빨리 이 중대한 이야기에 동참하라고."

뭐지? 영웅은 영웅을 알아본다, 그건가? 역시 웨스트포인트야. 세계관 최강자들의 모임. 가슴이 웅장해진다.

적당히 자리에 앉아 각을 잡고 직각 식사를 시작했다. 사소한 하나하나에서 묻어나오는 이 똥군기에 정신을 차릴 수가 없었다. 정신없이 입에 빵을 쑤셔넣으면서, 나는 이 미래 미군의 위대한 역사를 쓸 영웅들의 그 '중대하고 심각한 논의'를 조용히 경청하기 시작했다.

"그러니까 내 생각엔 말인데."

"엉."

"역시… 미식축구가 스포츠 중에선 최고 아닐까?"

"뭐라고?"

"그치만 생각해 봐. 미식축구야말로 군사학의 근본이자 전략 전술의 총아라고. 빠따충들이 하는 거라곤 공을 던지고, 빠따를 휘두르고, 정해진 사각 틀을 존나 뛰는 것뿐이잖아."

무시무시한 폭언이 '그' 아이젠하워의 입에서 튀어나왔다.

"후… 네 식견이 그거밖에 안 되다니 한숨이 절로 나온다."

온화한 인상임에도 불구하고, 고개를 절레절레 흔들며 단호하게 받아치는 브래들리였다.

그래, 뭔가 보여줘. 이 만고에 쓸모없어 보이는 부질없는 이야기 말고 진짜 제대로 된 품격 있는 논의를 좀 하라고.

"당연히 야구가 으뜸이지. 미식축구 그거, 영국 새끼들 럭비 훔쳐온 거잖냐. 아메리칸 스피릿이 부족하다고. 공은 꼴리는 대로 돌아다니고, 계산도 안 되고 우아함도 부족하고."

아 제발. 내 환상을 더 이상 짓밟지 말아줘. 내가 얼굴로 뭉크의 절규를 만드는 동안, 이 머저리들은 미식축구냐 야구냐로 목에 점점 핏대를 세우기 시작했다.

그리고 더 큰 문제는, 목소리가 커지면 커질수록 옆에서 밥 처먹던 놈들이 하나둘씩 끼어서는 이 예송논쟁의 대열에 합류한단 점이다.

"어이, 킴!"

"응, 나?"

"그래. 빨리 정해. 저 늙은이 편이야, 아님 내 편이야?"

"유진은 딱 봐도 미식축구지. 저 녀석은 굉장히 전략적인 마인드라고. 그러니까 당연히 미식축구를 좋아할 수밖에 없어."

아이크가 같잖다는 듯 웃으며 말했다. 그치만 미안해서 어쩌나.

"당연히 야구지."

"뭐? 이 배신자……."

"샌프란시스코에서 마운드 위의 호우맨이라고 하면 다 알아봤는데… 허참. 웨스트포인트까지 왔으면 당연히 빠따를 휘둘러야지."

아이크, 아무리 하늘이 무너진 듯한 얼굴로 날 봐도 소용없어. 100년을 거슬러 올라와도 야구가 갑이라는 사실은 바뀌지 않는다. 내 전생에도 나는 마이 라이프 사직을 외치는 트루-자이언츠였고, 두 번째 인생의 고향인 샌프란시스코엔 언젠가 자이언츠가 올 예정이었다. 아직 한참 남았지만. 이것이야말로 초자연적인 어떠한 힘이 바로 빠따를 지지하고 있음을 보여주는 증거 아니겠나?

아. 갑자기 후회가 물밀듯이 차올랐다. 웨스트포인트에 온 건 중대한 실수였다. 그냥 메이저리그로 갔었다면, 베이브 루스, 조 디마지오, 루 게릭 같은 위대한 전설들을 직접 보며 야구 역사에 획을 그었을 텐데. 어쩌면, 신이 조선 독립이나 2차대전 같은 역사를 바꾸기 위해서가 아니라 빠따의 역사를 다시 쓰기 위해 나를 보냈을 수도 있는데…!

나도 모르게 나는 이 예송논쟁에 끼어들어 마운드의 위대함을 목청 높여 설파했고.

"누가 식사 시간에 떠들라고 했나! 전부 튀어나와! 당장!"

분노의 사자후가 식당을 가득 채우며, 빵이 목구멍으로 내려가기도 전에 우리는 연병장을 굴러야 했다. 결국 그날 점심은 반밖에 못 먹었다. 이러니저러니 해도, 나 역시 그냥 호르몬의 지배를 받는 머저리였다.

＊ ＊ ＊

웨스트포인트의 교육 과정을 한마디로 정리하면, 미친 꼰대 틀니딱딱 교육이었다. 나는 말로는 '아, 개같은 시대여.'라고 맨날 읊조렸지만 정작 천하의 미합중국, 천조국에 대해서는 굉장히 고평가하고 있었다. 하지만 내 예상보다 미군은 훨씬 더… 병신이었다.

"따라서, 기본적인 소부대 전술이란……."

수업을 듣고 있자니 하품을 참을 수가 없었다. 이류 열강의 이류 군대. 그게 바로 1911년의 미군이었다.

수업의 교보재와 주요 전투는 대부분 그랜트와 리가 뛰놀던 남북 전쟁에 할애되어 있었다. 교리는 말할 것도 없다. 당장 러일 전쟁의 전훈조차 적어도 이 웨스트포인트 강의엔 반영되어 있지 않았다. 이 시대 미군이란 끽해야 멕시코 마적단, 필리핀 민병대, 총 든 인디언이 주적이었으니 말이다.

각종 테스트 역시 철저하게 '얼마나 수업 내용을 잘 암기했는가?'를 묻는 방식이었지 창의적이거나 독창적 발상을 묻는 게 아니었다. 내가 알던 '미국식 교육 = 창의성 중시'는 최소한 이 시대의 발상은 아니었던 셈이다.

결국 나는 수업을 들으면서도, 적당히 점수 뽑기용으로 필기만 해놓고 오히려 전생에 배웠던 것들을 최대한 떠올리는 데 더욱 신경을 썼다. 지금 여기서 배우는 거야 앞으로 부질없어지고, 거대한 세계대전을 통해 피로써 배운 지식들이 내 전생에 확립된 교리들이니 말이다. 군사적인 수업 외에 다른 것들도 도찐개찐이었다.

나는 자라온 환경상 여러 언어에 능통했다. 영어와 한국어는 당연히 기본 베이스고, 천날만날 부딪치던 게 일본인과 중국인이었으니 당연히 일어와 중국어도 꽤 할 줄 알았다. 거기다 여기, 웨스트포인트에서 비센테 선배와 아나스타시오와 자주 엮이다보니 스페인어도 나름 익숙해졌다. 당연히 제2외국어 시간은 프리패스.

그나마 배울 만한 것들이라면 각종 건축이나 공학이었지만, 이것 역시 한국군에서도 어느 정도 배웠던 것들. 정확히는 공병 기술력이 미래에 비해 딸리니 '이 시대에 가능한 건축'을 배워야 했다.

수업이라는 게 죄다 이 모양 이 꼴이다보니, 처음의 계획은 완전히 엉클어졌다. 입학 전 내 마스터플랜에 따르면, 명색이 장교로 군생활을 했던 몸이니 압도적인 전교 1위를 찍고 '우와 정말 대단해!'라거나 '저 녀석이 노랭이긴 해도 능력 하나는 진국이야.' 같은 후한 평가를 받으며 능력을 인정받는 게 첫 번째 미래 커리어의 시금석이었다.

하지만 지금 보면, 도저히 수업을 들어줄 수가 없었다. 오히려 이 정신 나간 수업을 내 머리에 입력하면 할수록 미래 지식이 녹슬어가는 느낌이었다. 게다가 뒤늦게 알게 된 사실인데, 웨스트포인트 성적 최상위권은 모두 공병대로 가는 게 암묵적 룰이라고 했다.

공병이라니. 싫어. 그거 무섭잖아.

기병 병과도 싫다. 내가 원하는 기병대는 강철의 주포가 함께하는 전차군단이나 하늘에서 강습하는 헬리본 부대지 말 타고 카빈 쏴대는 카우보이가 아니니까.

이래저래 높은 성적을 찍을 동기도, 의지도 없다보니 아무래도 딴짓에 더욱 열중할 수밖에 없었고. 결국 내 능력을 인정받는 건 성적 대신 다른 방법밖에 없었다.

따아악!

"뛰어! 못 들어오면 부랄 짤라!"

"킴이 또 쳤다! 노랭이가 무슨 빠따질이냐고 개소리했던 새끼들 전부 엎드려뻗쳐!"

"운이 좋군."

야구 빳따죠. 그날 웨스트포인트 야구팀은 100년 뒤의 신문물을 영접했다.

잽스를 만나다

"여단, 차렷!"

오와 열을 맞춘 생도들의 대열.

"학교장님께 대하여, 경례!"

그리고 직각 경례.

완벽하다. 오직 개개인의 자율을 거세하고, 오직 구령과 명령에 의해 하나 된 인간의 군집. 이것이 바로 인류가 그 못된 지혜를 있는 힘껏 쥐어짜 만들어낸 무력조직, 군대라 할 수 있다.

속으로는 아무리 이 뙤약볕에 우릴 죄다 집합시켜 놓고 훈화말씀을 늘어놓는 저 교장에 대한 저주를 퍼붓는다 해도, 군인의 본분이란 결국 까라는 대로 까는 것. 오늘은 과연 어떻게 해야 저 기나긴 훈화말씀 시간 동안 졸지 않고 버틸 수 있을지, 참으로 걱정되었다.

"…아울러, 한 가지만 더 당부하자면."

사기 치지 마, 이 닭대가리야. 그 말 벌써 세 번째라고.

"우리 합중국에 국빈이 방문하시어, 이번에 웨스트포인트를 참관할 예정입니다."

조졌네, 조졌어. 손님이 여기에 온다고?

야수 막사가 끝나고 좀 숨통 트이나 했더니, 이제 또 얼마나 손님 맞을 준비 해야 한다고 쪼인트를 깔지 안 봐도 블루레이였다. 표정 관리가 안 되는 건 나뿐만 아니라 다른 신입 삐약이들도 비슷한지, 연신 여기저기서 "크흠!", "Fu… 큼!", "케헴!"거리는 소리가 울려 퍼지고 있었다.

대체 뭐 얼마나 대단한 분이 오시길래, 교장이 몸소 나서서 신신당부를 하는진 모르겠다. 이 시대의 국빈이라고 하면 보통 왕족이다. 국왕이 직접… 은 좀 오버일 테고, 대충 왕의 동생이니 뭐니 하는 양반들이 국가 간 친선을 도모하겠답시고 높으신 분들이랑 악수 좀 하고, 여기저기 구경 좀 하고 그러는 거지.

갑자기 내가 복무하던 곳에 한미연합사령관이 왔을 때가 떠올랐다. 그때 5분에 한 번꼴로 자살 마려웠었는데…….

"여러분도 그분에 대해선 잘 알고 계실 겁니다. 국빈분은 바로 쓰시마 해전의 영웅, 일본 해군의 전설인 도고 헤이하치로 제독이기 때문이지요."

잠이 확 달아났다.

* * *

도고가 온다. 이딴 미래 지식은 없었단 말이다! 알았으면 최소한 내년에 입학했겠지.

도고 헤이하치로. 일본군의 진짜 명장. 사실 '일본군 명장'이라는 말을 입에서 굴려보면, 굉장히 어색하다. 당장 다시 생각해봐도 일본군 명장이라고 하면 처음 떠오르는 건 위대한 독립운동가 무다구치 렌야 선생이고, 그다음은 도조 히데키고, 잠시 자기반성한 후에 진짜로 일본군 명장을 떠올려보자면 제일 먼저 생각나는 건 칠천량의 영웅 원균이란 말이지.

아무튼, 저런 조롱이 아닌 진짜 일본의 명장을 세어보자면 단연 한 손가락에 들 사람이 저 도고 헤이하치로. 러시아 발틱 함대를 모조리 용궁으로 보내버린, 그리하여 러일 전쟁의 승리를 이끈… 원수? 머리가 절로 복잡해진다. 사실 '킬 더 잽스'를 밥 먹듯이 흥얼거리긴 했지만, 내가 뭔가 조선 독립을 위해 한목숨 바칠 독립운동가가 될 생각은 들지 않았다.

나는 미래를 뻔히 알고 있고, 태평양 전쟁과 도쿄ー핫, 버섯구름 엔딩이 기다리고 있다는 것도 알고 있다. 그 과정에 꼽사리를 껴서 잽스를 신나게 썰어주는 건 당연히 30년 뒤의 이야기였다.

그런데 뭔가, 마치 내 생각과 의지를 시험이라도 해보려는 것처럼. 일본 제국의 상징과도 같은 인물이 내 눈앞에 나타나게 되었다.

"왜 아까부터 멍때리고 있어? 밥 안 먹어? 대신 먹어줄까?"

"꺼져, 제임스."

밴플리트가 괜히 내 빵쪼가리에 욕심을 부리는 모습까지 지금은 거슬린다. 이 짬밥은 내 꺼야. 내 꺼라고. 마이 프레셔스!

"도고 제독이 온다는 이야길 듣고 나서부터 저 상태던데."

"어… 그게 그 정도로 심각한 문젠가?"

"한 번만 더 그런 골때리는 소릴 했다간 허드슨강 수심을 체크해야 할 거야. 니 몸으로."

"왜? 뭔데?"

그 멍청한 반응에 한숨을 먼저 내쉰 건 내가 아니라 옆에 있던 브래들리였다.

"제임스. 유진은 코리안이야."

"응. 내가 그것도 모를까 봐?"

"그 코리아는 어느 나라에 합병되었지?"

"아, 이해했어. 내 말이 불쾌했다면 미안해."

그렇게 사과를 하면서도 그의 말은 이어졌다.

"하지만 글쎄. 이제 잘 알고 있잖아? 어차피 군인은 윗놈들이 까라면 까는 존재고, 그 토-고도 다를 거 없겠지. 결국 정치하는 놈들의 체스말이잖아. 복잡하게 생각할 거 뭐 있어."

"그건 그렇지."

일본군이 얼마나 상식을 초월하는지, 일본제국이란 나라가 얼마나 막장인지 구구절절 이 친구에게 설명해주기엔 입이 아팠다. 생각해보면 100년 후에도 미군, 나아가 미국의 종특은 '타 문화에 대한 무지' 아니었던가.

내가 가타부타 대답하지 않은 채 여전히 썩은 오이 같은 표정으로 멍하니 빵을 질겅이고 있자, 밴플리트의 심사도 덩달아 뒤틀린 듯했다.

"그… 뭐냐. 정 좆같으면 쏴버려."

"뭐?"

"제임스. 적당히 해."

"아니! 나는 나름대로 기분 풀어주려고……."

아오 머리 아파. 아니, 애초에 나는 그냥 싱숭생숭한 것뿐이지 도고의 머리통에 응징의 총탄을 박고 싶은 게 전혀 아니란 말이다.

"으음. 제임스, 네가 약간의 도움을 좀 준다면 내 기분이 풀리겠는데."

"그래? 어떤 게 필요해?"

"이거."

나는 식판 위에 있던 제임스의 빵 한 움큼을 뜯어 입에 처넣었다.

"음. 배가 부르니 좀 괜찮구만. 정말 고마워."

"아… 내… 내 피 같은 밥이……!"

"배가 부르면 도고를 쏠 일이 없을 테니까 안심하라고."

놀려먹기 딱 좋은 놈. 어쩌면 2차대전 때 진급을 못 한 이유도, 높으신 분이 되면 못 놀려서가 아닐까? 뜬금없이 상상 속에서 인성 쓰레기가 된 조지 마셜에게 사과의 뜻을 전하며, 나는 자리에서 일어났다.

* * *

1911년 8월 4일. 도고 헤이하치로가 뉴욕에 도착했다.

역사란 참으로 재밌는 것이, 도고가 타고 온 여객선은 '루시타니아'호였다. 이 루시타니아호는 몇 년 후, 1차대전 와중 독일 유보트의 공격에 격침당해 미국의 참전 명분 중 하나가 된다. 1차대전으로 일본제국은 완전히 날아올라 그 위세가 절정을 찍었고, 절정을 찍은 일본제국이 내린 판단이 바로 진주만 기습이라는 걸 생각해보면 참 기가 막힐 노릇이었다.

사실 며칠 전부터 친 설레발과는 전혀 별개로, 도고와 나 사이에 접점이 생길 일은 딱히 없었다. 웨스트포인트를 방문한 국빈을 위해 사열식이 거행되긴 했지만, 당연히 사열의 주역은 졸업 예정인 4학년 생도들이었다. '설마 갓 입학한 삐약이들을 내세우려고?'라고 생각했던 나는, 절망해버렸다.

"여러분. 손님분께서 수업을 참관할 예정이지만, 평소와 똑같이. 평소와 똑같이. 평소와 똑같이 큰 신경 쓰지 말고 수업에 집중하시기 바랍니다."

세 번 강조했다.

대체 이게 무슨 일인지 모르겠다. 주워들은 소문으로는 '이미 장교가 될 준비를 마친 젊은이들을 보는 것보다는, 이제 갓 생도가 된 싱싱한 친구들을 참관하는 것이 웨스트포인트 교육의 본질을 파악하기 더 수월하지 않을까요?'라는 말을 누군가 했다고 한다. 그 새끼가 누군지 알아내면, 이번에는 정말 확실하게 밴플리트에게서 총을 빌려 머리통에 응징의 납탄을 박아줄 용의가 있었다.

하루이틀도 아니고, 거의 1주일에 걸쳐 도고는 우리의 수업을 내내 참관했다. 정신나갈거같애!! 정신나갈거같다고!!! 참호를 판답시고 삽질을 할 때도. 포술 강의를 들을 때도. 갓 지은 웅장한 승마장에서 승마를 할 때도.

항상 저 망할 잽스는 뒷짐을 진 채 우릴 응시하고 있었다. 아니, 어쩐지 기분 탓인 것 같지만 나를 응시하는 것만 같았다.

"유진 킴 생도."

"예."

그리고 어느 날. 교관 중 한 명인 마크 상사가 조용히 내게 다가와 귀엣말을 했다.

"국빈께서 자네와 이야기를 나누고 싶다고 하시네. 따라오게."

씨발.

* * *

탁 트인 한적한 들판. 그곳에 도고 헤이하치로가 있었다.

귀빈에 대한 경례 등 자잘한 허례허식이 지나가고, 도고가 먼저 서두를 뗐다.

"반갑습니다, 젊은 청년. 천금과도 같은 쉬는 시간일 텐데, 그 귀한 시간을 내주어 고맙다는 말 먼저 하지요."

약간 어색하지만 유창한 영어였다.

"아닙니다. 저 역시 도고 제독을 뵙게 되어 무척 영광입니다."

"다른 게 아니라, 처음부터 신경이 좀 쓰여서 말이지요. 이 미국에 발을 디딘 이래 아시아인은 거의 구경할 수가 없었는데, 이곳 웨스트포인트에 아시아인이 있길래 무척 신기했지 뭡니까. 그것도 일본계 미국인이라죠?"

"그렇습니다."

"흐음… 이 친구와 진솔한 이야기를 나누고 싶은데, 잠시 자리를 비켜주시겠소?"

도고가 그렇게 말하자, 교관은 잠시 당혹해하는 기색을 보이다 이내 조용히 물러났다.

"편하게 말해도 되겠나?"

보는 눈이 사라지자마자 이미 좍 편해지셨으면서 뭘 그래.

"그러시지요."

내가 일본어로 대답하자 잠시 눈을 끔뻑이더니, 담배 한 까치를 꺼내 입에 물었다.

"허, 일본어도 할 줄 아는군."

"일본계 미국인이 되어버렸잖습니까? 못 하면 섭하지요."

"그래. 솔직히 내 실수야. 일본인이었다면 국내에 대서특필됐을 테니, 아마 중국인이겠거니 싶어 불렀었거든. 관등성명을 댈 때 비로소 자네가 조센징이란 걸 알았지."

클클거리며 그가 웃었지만 나는 웃을 수 없었다.

"저는 미국인입니다."

"그렇구만. 미국인이겠지."

"……."

"그래서, 침략의 주구에게 뭐 묻고 싶은 말 같은 건 없나?"

"미합중국과 일본제국은 상호 이익을 공유하는 선린우호의 관계입니다. 침략의 주구라는 말은 다소 어폐가 있어 보입니다."

"…군인이 아니라 정치가를 해야 할 친구 같은데?"

"제 피부색이 말해주길 워싱턴 D.C.엔 일자리가 없을 거랩니다."

"크, 크하하하하!!"

그는 박장대소를 하며 손뼉을 연신 쳐댔다.

"하. 자네 정말 재밌군. 그래. 혈혈단신에 재능 있고 야심 찬 젊은이라면 확실히 군이야말로 최고의 선택이지."

"좋게 봐주셔서 감사합니다."

"일본으로 올 생각은 없나? 이건 진담이야."

역사의 물줄기를 바꾼 남자가 눈빛을 번뜩였다.

"백인들은 결코 유색인종에게 자리를 내주지 않아. 내가 영국 유학에서 배운 게 있다면 옐로 몽키는 무슨 짓을 하더라도 옐로 몽키를 벗어날 수 없단 거야. 당장 우리 일본이 러시아를 꺾었는데도 불구하고 그 편견에서 벗어날 수가 없단 말일세. 자네가 아무리 뛰어나다고 해도, 그 피부색! 그 피부색 하나 때문에 자네는 결국 쇠사슬 묶인 처지나 마찬가지야. 지금이야말로 아시아 민족들이 하나로 뭉쳐야만 해. 언제까지고 착취만 당하며 살 순 없네!"

그가 두 손을 꽉 쥐며 역설했다.

아시아의 번영. 아시아인을 위한 세상. 아직 대동아공영권이라는 캐치프레이즈가 나오기도 전이건만, 이놈들은 아주 아시아인 어쩌고 하는 말이 숨 쉬듯 자유롭게 튀어나오고 있었다.

다른 사람들이었다면, '백인들을 무릎 꿇린 제독'이 이렇게까지 말한다면 마음이 동했을지도 모른다.

하지만 나는 미래를 알고 있지. 앞으로 벌어질 지옥도를.

"좋은 기회를 제공해주셔서 정말 감사드립니다만, 저는 미합중국의 군인입니다."

"안타깝구만. 하지만 실패에서 배우는 것이야말로 젊은이의 권리지."

그가 날 불쌍하다는 듯 바라봤다. 하지만 난 오히려 눈앞의 이 제독이 불쌍했다. 자신이 목숨 걸고 쌓아올린 나라에 버섯구름이 피어오를 테니.

도고가 내게 손을 내밀어 악수를 청했다. 나 역시 손을 뻗어 그의 손을 잡았다. 거센 악력. 뱃사람 아니랄까 봐 힘이 장난이 아니다.

참으로 값진 만남이었다.

* * *

"유진이 돌아왔다!"

"그래서, 도고가 뭐래?"

"빨리, 빨리빨리!"

기숙사로 돌아가자 어미새를 기다리는 새끼새마냥 대가리 굵은 남정네들이 일제히 짹짹대기 시작했다. 아직 얼굴이 덜 익은 녀석들에, 심지어 선배들까지 빼꼼히 튀어나와서는 관심이 그득그득해 보였다.

"일본으로 오라는데?"

"배신자! 배신자가 나타났다!!"

"꺼져. 내가 일본엔 왜 가. 난 샌프란시스코에서만 자랐다고."

"…그러네?"

"그래, 이 머저리야. 외국인 취급 좀 그만해."

멍때리는 밴플리트를 뒤로하고, 오마르가 다가와 내 어깨를 툭툭 두들겼다.

"잘 돌아왔다. 담배나 한 대?"

"가자."

어느새 주변으로 슬금슬금 아이크와 밴플리트를 비롯한 머저리들도 다가와, 나를 둘러싼 채 조용히 오솔길로 향하기 시작했다. 말 없는 이 배려가, 그 어느 때보다 든든하기 그지없었다. 내가 있을 곳은 바로 여기였다.

동료의 마음을 사는 법

　펜싱, 복싱, 레슬링, 맨몸운동, 체조, 승마, 수영, 미식축구, 야구, 농구, 폴로, 하키. 영어, 문학, 시문, 정치학, 역사, 공학, 수학, 제2외국어. 군사 훈련을 제외하고도 쏟아지는 이 끝없는 교육들.

　전생에서, 사관학교 출신이었던 녀석들이 자기들더러 '탄창대가리'라고 말했던 이유를 알겠다. 탄알집에서 30발 갈겨대듯, 배우고 테스트치고 곧바로 까먹지 않으면 뇌용량에 과부하가 걸려 터질 것 같기 때문이지! 수업의 질도 개차반이고, 배울 의미가 없다 생각하고 나니 정말 고역과 같았다.

　수업. 훈련. 수업. 노가리. 체육. 운동. 수업. 내 예상보다 훨씬 더 웨스트포인트는 인간을 가혹하게 두들겨 패고 있었다. 1달에 1번 이상 부상이나 질병 등으로 학교를 떠나는 사람이 생겼다.

　교관들 중에서도 내 피부색이 별로 마음에 안 드는 것 같은 몇 명은 유독 나만 보면 잡아먹지 못해 안달이었다. 나는 트집 잡히지 않기 위해 훨씬 더 조심하고 또 조심해야 했다.

　선배가 후배를 조지는 것은 지극히 당연한 일로, 아무리 뜬금없는 빌미로 갈궈도 참아야만 했다. 교관과 마찬가지로, 노란 원숭이인 나를 타겟으로 삼고 싶은 꼴통들은 어디에나 있었다. 내 기본적인 대응은 간단했다.

'하, 어린 것들. 내 나이가 전생이랑 합산하면 지금 몇인데……' 하면서 그냥 웃고 치우는 것이었다.

하지만 그렇다고 해서 이대로 넘어갈 수도 없었다. 어쨌거나 이 사람들은 전부 장차 내 상관이 될 수도, 내 부하가 될 수도 있는 사람들. 동서고금을 막론하고 군대는 그 어떤 곳보다 거대한 조직사회였고, 그런 곳일수록 인간관계의 중요성은 커진다. 그런 의미에서, 이 4년 동안, 나는 할 수 있는한 나와 함께 사관학교를 다니는 사람들이 나를 긍정적으로 평가해주길 바랐다. 한마디로, 이미지 메이킹을 좀 해볼 생각이었다.

아무튼, 지금 내가 망부석처럼 꼿꼿이 선 채 온갖 잡생각을 하고 있을 동안, 그 어떤 사태보다 훨씬 급박하고 중대한 문제가 우릴 가로막고 있었다.

"야! 아이크!"

"당장 일어나! 늦었다고!"

브래들리와 밴플리트가 침대에 아직 처누워있는 잠자는 기숙사의 왕자님을 들어 엎었다. 멋진 그레코로만 레슬링이었다.

"어, 으어어, 5분만, 5분만 더……"

"5분이 아니라 50년은 더 재워줄 수 있어."

"거기 너희! 전우도 챙기지 않고 뭐 한 거냐!"

"아니, 그게 얘 룸메가 얠 깨우지 않은 탓에……"

브래들리의 애처로운 변명에도 불구하고, 사각거리는 깃펜 소리가 우리의 벌점이 올랐음을 통고하고 있었다.

"인원 준비에 미숙한 관계로 너희는 오늘 아침식사를 생략한다. 그리고 너희 패거리는 오후에 30분간 연병장 구보다. 실시!"

"아, 안 돼."

"저 망할 놈 때문에 대체 몇 번째야!"

"전우들이여. 기다려줘서 고맙다네!"

우리의 통곡을 뒤로한 채, 여유롭게 옷을 차려입은 아이크가 빵긋빵긋 웃었다.

"유진. 잡아."

"예썰, 제너럴 브래들리."

"잠깐잠깐잠깐! 나를 팬다고 해서 아침밥이 돌아오는 건 아닌데?"

"널 안 팬다고 아침밥이 돌아오지도 않지."

파멸적일 정도로 아침에 제대로 일어나는 꼴을 보지 못하는 아이젠하워를 보며, 내겐 저 새끼가 미래의 미국 대통령이 아니라 그냥 어디 좀 모자란 동명이인이 아닐까 하는 생각이 슬슬 끓어오르고 있었다.

* * *

"배⋯ 고프다⋯⋯."

"배가 고프다. 누구 때문에."

"미안해. 앞으론 좀 일찍 일어날게."

애처로운 아이크의 사과에도 불구하고 우린 눈도 하나 깜빡하지 않았다.

이번이 3번째거든. 오죽했으면 '식사도 훈련'이라는 곳에서 식사 금지가 떨어졌을까.

아무튼 나는, 이 굶주림에 고통받는 어린양들을 구원하는 참된 구주가 되기로 마음먹었다.

"이거 좀 먹어."

"빵? 빵이 어디서 나와?"

"어제 나온 빵을 꼬불쳤나, 아니 그럴 순 없는데? 이 빵 어디서 났어?"

한창때의 놈들에게 빵을 던져줬음에도 이놈들은 얼른 먹기는커녕 내게 빵의 출처를 묻고 있었다. 아직 배가 덜 고픈 게 틀림없다.

"헛소리할 거면 내놔."

"아니, 안 먹는단 건 아니고."

"충성충성. 제너럴 킴의 배급, 감사합니다……!"

브래들리가 막 뭐라 꿍시렁댈 때 아이젠하워는 충성맹세를, 밴플리트는 말 대신 행동으로 곧장 빵을 입에 쑤셔넣었다. 실로 놀라운 행동력이었다.

"그래. 복스럽게 먹으니까 얼마나 보기 좋아."

"주니까 먹긴 먹는데, 진짜 빵 어디서 났어?"

"식당."

나는 아무렇지도 않게 대답했지만 이 얼간이들의 눈은 대차게 흔들리고 있었다.

"훔쳤어?"

막 천천히 빵의 속살을 음미하려던 아이크가 조용히 속삭이듯 말했다.

"걸리면 좆될 텐데."

"그래. 벌점 정도론 안 끝날 거야."

"훔친 거 아냐, 이 자식들아."

"훔친 게 아니면 그럼 식당에서 뭔 수로 빵을 구한 거냐고."

세 떡대들이 날 둘러싸고 있자니 숨이 막혔다.

"전문 용어로 현지 협력자라는 거지."

"식당 아줌마들? 그 아줌마들도 너한테 빵 준 거 걸렸다가는 짤릴 건데."

"아니, 애초에 네가 뭔 수로 그 아줌마들한테서 빵을 얻어내."

"바른말로 토설하지 않을 땐 한 가지 수밖에 없지. 잡아."

이제 뜸들이기도 이 정도로 해야겠다. 이놈들은 진짜로 내 주리를 틀 기세였다.

"주방에서 허드렛일하는 흑인 아주머니들."

"뭐?"

"같은 유색인종의 설움이랄까? 아무튼 요 몇 달간 그 아줌마들과 건설적인 관계를 좀 다졌거든."

친해진다고 굉장히 고생했다. 나의 원대한 계획을 이룩하기 위해서는, 최소한 그 아줌마들과 행복한 관계가 되어야 했단 말이지.

"내가 혹시 남는 짬 있으면 좀 싸달라고 했더니 챙겨주시더라고. 니들 입에 들어간 건 재고 남은 거니까 아무 걱정하지 마라."

"허… 그래. 아무튼 훔친 건 아니니 다행이네."

"그래 다행이야. 위장에 뭐라도 넣었으니 이제 좀 살 것 같네."

잠시 침묵. 우리는 멍하니 산책로를 빠져나와 기숙사 돌아가는 길로 향했다.

"유진."

"왜."

"혹시, 혹시, 혹시나 해서 묻는 건데."

조용히 손을 세워 속삭이는 밴플리트의 모습은 마치 할렘가 골목 구석에서 '뽕 있어요?' 하고 묻는 약쟁이의 그것과 놀랍도록 닮아 있었다.

"엉."

"그 흑인 아주머니들 말이지. 그분들, 출퇴근하시는 거잖아?"

"엉."

"그러면 혹시, 그, 바깥의……."

"파티마. 한 갑. 50센트."

씨익. 우리는 누가 먼저라 할 것도 없이 손을 맞잡았다.

"잘 부탁합니다, 선생님."

"어휴 아닙니다 고객님. 앞으로 킴 상회를 많이 이용해 주시지요."

알 카포네가 밀주로 보드워크 엠파이어를 건설하기도 전인 시대다. 난 일단 웨스트포인트의 밀수왕이 될 작정이었다.

* * *

어쩌면 당연한 이야기겠지만, 웨스트포인트 내에서의 흡연은 금지였다. 물론 '금지'라는 말만큼 사람을 환장하게 하는 일은 없다. 누구보다 마초이 즘에 쩔어있는 이곳 사관생도들은 진정한 남자라면 당연히 이 드넓은 웨스트포인트 구석구석에 짱박혀 담배 피우는 것을 미덕으로 여겼다.

그럼 대체 어디서 사 오는가? 몇몇 축복받은 놈들, 바깥에 선이 있는 놈들이 은밀하게 담배를 반입해왔다. 이쯤 되면 사관학교가 아니라 교도소가 따로 없었다.

지금 웨스트포인트 바닥의 밀수왕은 해리스라는 선배였다. 이 선배의 어머니는 엄청난 치맛바람을 자랑했는데, 웨스트포인트 앞에 있는 크레이니 호텔이라는 곳에 애가 졸업할 때까지 있을 작정으로 투숙하고 있었다. 당연히 해리스 선배는 꼬박꼬박 어머니를 뵈러 쿨타임 찰 때마다 외출을 나갔고, 들어올 때 은밀하게 이것저것을 숨겨 들어오곤 했었다.

하지만 이제, 압도적 공급량과 안정된 유통망을 확보한 내가 해리스 선배의 부수입을 싹 뺏어 먹을 시간이 왔다.

"이번 주의 주문. 파티마가 두 보루에……."

돈은 부차적인 문제다. 당연한 이야기지만, 모두가 서로서로 얼굴 빤히 알고 있는 좁은 사회에서 나 혼자만 해 처먹으면 뒤탈이 난다.

"어이쿠, 선배님."

"누가 니 선배래? 난 원숭이 후배는 취급 안 한다고."

"허허허. 너무하십니다. 비센테 선배님께서 선배님 독도법 하나로는 교관들도 발라먹는다고 그렇게 칭찬을 아끼지 않으시던데. 혹시 모르는 걸 좀 물어봐도 괜찮으실지요?"

"이 자식이 말도 안 되는 소……."

나는 슬쩍 교과서를 내밀었다. 잠시 후, 교과서 아래에 있던 맛 좋은 파티마가 쓱 하고 사라지더니 선배의 주머니가 빵빵해졌다.

"흠. 배움을 원하는 후배를 뿌리치는 건 명예로운 사관생도라고 할 수 없지. 그래, 어디가 막힌다고?"

"네. 여기 이 부분인데요……."

일찍이 선현들께서 말씀하시길, 감사의 마음을 표시하는데 선물세트만큼 확실한 건 없다고 하셨다. 더군다나 한국인은 무릇 이사를 오면 떡을 돌리는 것을 이웃간의 예의로 알던 훌륭한 문화를 가진 민족이었다. 그러니 유교의 나라 대한민국에서 자라던 내가 웨스트포인트로 이사를 왔으니, 누구보다 정성스럽게 '성의'를 표시하는 건 지극히 당연한 일이 아닐까?

한 가지는 확실했다. 최악의 꼴통 자식이라도 선물 처먹은 후에 내 면전에다 원숭이 소릴 내뱉을 정도의 뻔뻔스러움은 없었다.

아이젠하워가 열정으로, 브래들리가 온화함으로 사람들의 마음을 샀다면. 나는 그냥 담배로 샀다. 아무튼 마음을 샀으면 된 거 아니겠나?

우리는 모두 친구

웨스트포인트의 마운드에서는 어김없이 고함과 욕설이 난무하고 있었다.

"병신들아! 공을 보고 휘두르라고! 눈 감고 휘두르는 건 침대에서나 해!"

"아… 지금 경기장 바닥이 아주 그냥 인디언 브팔로 떼가 돌아다닌 것마냥 개판이그든요? 이래스야 공이 꼴리는 대로 튑니다. 빨리 우리 웨스트포인트에도 돔구장이 이쓰야 하지 않게쓰요……?"

"야! 유진! 정신 잡아! 기똥찬 아이디어 좀 짜내보라고!"

100년 전 야구는 당연히 지금과는 꽤 달랐다. 무려 베이브 루스가 뉴욕 양키스에 오기 전인 시대다. 똑같은 게 오히려 이상할 정도지. 그치만 우리 시대에선 상식인 것도, 100년 전 야구의 여명기엔 혁신적인 아이디어가 될 수 있다.

시작은 미미하나 끝은 창대하다고 했던가. 비록 처음엔 야구팀에 말뚝을 박기 위해 많은 '성의 표시'를 해야 했지만, 어느새 나는 야신… 급은 아니고 대충 미래가 유망한 야잘알 대우를 받으며 팀에서 뺄 수 없는 입지를 다졌다.

그리고 미국인은 스포츠에 환장한다. 미국인 사관생도들은 환장하는 수준이 아니라 그냥 미친개다. 다른 건 몰라도 빠따질 시간만 되면 제갈량 코스프레를 하고 있자니, 사관생도 사이에서의 내 이미지 메이킹은 나름대로 성공한 편이 되었다.

"나이스 플레이!"

"크, 잘했어 잘했어."

그렇게 경기가 끝나고 훈훈하게 엔딩을 맞이하나 했는데, 항상 인생의 골치 아픈 일은 보통 눈치 없는 놈들이 일으킨다.

"킴! 정말 이번에도 멋졌어. 아시안답지 않았어."

"뭐?"

지금 이 새끼가 뭐라고 주둥일 털고 있는 거지?

내 싸늘한 대답에도 아무런 느낌도 들지 않았던 건지, 우리의 동기, 조셉 타가트 맥나니(Joseph Taggart McNarney)는 아무렇지도 않게 대답했다.

"생각해 보니, 넌 아나스타시오처럼 까무잡잡하지도 않잖아? 확실히 재패니즈 쪽이라 그런지 충분히 명예백인이 될 만해. 출신도 미국이고, 깜둥이들처럼 저열하지도 않으니까 말야. 앞으로도 잘 부탁하지."

녀석이 싱긋 웃으며 손을 척 내밀었다. 아 씨발, 어쩐다.

내가 그 손을 잡지 않자, 어느새 분위기는 벤치클리어링 비스무레하게 전개되고 있었다. 저 멀리 외야에 있던 아이크가 미친놈처럼 뛰어오고 있었다. 실로 웨스트포인트의 쿼터백다운 놀라운 전진이었다.

바로 근처에 있던 오마르가 내 허리를 꽉 붙들고 "참아. 참아. 참아참아 참아……" 하며 기도하듯 중얼중얼댔다. 밴플리트가 욱하고 튀어나가려 했지만 어느새 다른 동기들이 녀석을 붙들었다.

"진. 진진진."

"왜."

"참아야 해. 시발. 너도 알잖아. 너한텐 굉장히 엿같은 소리겠지만, 피부가 약간 더 짙으면 사람새끼 취급도 안 하는 놈들이 명예백인 어쩌고 하는 건 저 새끼들도 나름대로 신경 써준 거라고."

"나도 알아."

"지금 여기서야 널 이해해주는 사람들이 있지만, 앞으로 졸업하고 나서는 어쩔 거야?! 저딴 소리 하는 놈들 이빨을 전부 추수할 거야? 참아. 제발. 너 지금 벌점 존나 위험하다고오오⋯⋯."

브래들리의 속삭임이 어느새 절규로 바뀌어 가고 있었다. 아니 근데 조금 억울한 것이. 나는 그냥저냥 참아줄 수 있었다고.

이 꽉 막힌 새끼들 입에서 사실 명예백인 운운하는 소리가 나왔다는 것부터 나름대로 놀라운 진보였다. 백인만이 위대하며 타 인종을 지배할 권리가 있다고 믿는 이 빡대가리들이, 이 웨스트포인트의 호우맨 겸 알 카포네인 유진 킴과 같은 위대한 인물을 접했으니 얼마나 당황했겠는가?

그렇게 자신만의 머릿속 위대한 백인 월드가 무너졌으니 당연히 새로운 논리를 구축해야 했고, 내가 딴엔 동기랍시고 담배도 주고 술도 멕이고, 골 프랑 싸우나를 못 가서 그렇지 아무튼 해줄 거 다 해줬으니 어쩌겠는가? 그 결과물이 저 점순이 저리 가라 할 새침한 반응 아니겠나.

속속 선배들도 '무슨 일이야?' 하면서 다가오고, 죽을힘을 다해 달려온 아이크도 헉헉거리며 내 곁에 붙으려는 찰나. 나 역시 우리 프린스 리에게 배운 자본주의의 미소를 활짝 지으며 그의 손을 맞잡았다.

"그럼 그럼. 앞으로 잘 지내자고."

"휴우우우우⋯⋯."

이렇게 관중 많은 곳에서 싸울 수는 없지, 암. 아무리 그래도 중인환시에 서로 아웅다웅 죽빵 날려대는 건 수십 살 더 나이 먹은 사람이 할 짓이 아니라고. 그렇게 적당히 분위기를 풀려던 찰나였다.

"이 씨발롬이 뭐? 깜둥이? 저열?"

빠아아악! 아나스타시오가 있는 힘껏 맥나니의 죽빵을 날렸다.

시발, 좆됐다.

내가 어렸을 적, 사직구장은 그야말로 멋진 곳이었다. 아 물론, 버스를 불 태우거나 하진 않았다. 자이언츠를 사랑하는 사람들은 하나같이 지적이며 품위가 넘치고, 아이들을 배려하는 서포터즈들이었으니까. 하지만 말도 안 되는 필터를 끼고 사직에 가던 나도, 마산구장은 조오금, 조오오오금 무서 웠었다. 그리고 이날 벌어진 난투극은, 대충 마산의 2배쯤 되는 듯했다.

"죽여! 저 깜둥이 빨리 죽여버려!"

"말려! 누가 둘 좀 떼 내봐!"

"이 빌어먹을 새끼!"

"이 망할 니그로가!"

지금 이 순간, 우리는 명예와 의무를 다하는 생도라기보다는 그냥 광기 넘치는 훌리건에 가까웠다. 하나같이 너덜너덜해지고 여기저기 피를 흘리 는 꼬라지가 참 예술이었다.

"거기 전부, 엎드려뻗쳐!"

교관들이 이 상황을 뜯어말리고, 얼마 지나지 않아 얼굴이 시뻘겋게 변 해서는 사이좋게 모두에게 얼차려를 신나게 굴려댔다. 하지만 이건 단순히 상황을 끝내는 조치였을 뿐, 아무것도 해결되진 않았다.

* * *

"아이고, 아주 떡이 되셨네 떡이 되셨어."

나는 붕대를 둘둘 감고 있는 아나스타시오의 이마를 탁 내리쳤다.

"아악!"

"왜 갑자기 급발진을 하셔가지고."

"그 개자식이! 개새끼는 원래 몽둥이로 교육해줘야 하는 거라고!"

"워워. 진정해."

나, 아이크, 오마르, 제임스는 옹기종기 아나스타시오의 기숙사실에 모여 방에서 신나게 담배를 태워댔다. 옆에 있던 룸메이트, 조지 스트레이트마이어(George E. Stratemeyer)도 내게 한 까치 빌려 가서는 역시 방을 너구리굴로 만드는 데 한몫 끼어 있었다.

"그래도 상황은 봤어야지. 남들 뻔히 보는 데서 주먹부터 날아가면 네 손해라고."

"…나는 너처럼 거기서 태연스레 악수할 수 있을 정도로 냉정하지가 않아."

"내가? 냉정? 그럴 리가 있나."

지금 상황에서 내가 괜히 훈수를 두거나 인생에 도움이 될 법한 글귀를 읊어 준다고 상황이 딱히 나아지지도 않겠지. 오히려 아나스타시오의 화만 더 돋우는 셈이 될 것이다. 어쩌면 '저 새끼, 명예백인이라고 인정받았다고 태세전환하는 것 좀 보게.' 하면서 속으로 혐오하게 될지도 모르고. 일단 나는 제복 상의에 슬쩍 손을 넣어, 불쌍한 필리핀 친구에게 가장 절실할 약을 주기로 했다.

"이거나 받아."

"어? 어?? 어디서 났어?"

"닥치고 마셔."

약간의 알코올이 첨가된 주스를 넘겨주자 얼굴은 떡이 된 주제에 화색이 되는 녀석이었다. 원래 단순한 놈인가, 아니면 이 웨스트포인트가 인간을 죄다 아메바로 만드는 건가.

"내 거는?"

"유진. 쟤만 주는 거야?"

"나도 누구 하나 죽빵 날리면 한 잔 주는겨?"

"이 머저리 새끼들…!"

쾅쾅쾅!!

"유진 킴 생도 여기 있나?!"

"시발. 시발!"

"창문 열어! 환기! 환기!"

"술! 술병!!"

"유진 킴 생도!!"

아니 시발. 왜 유진 킴을 여기서 찾으세요.

가라앉는 배에서 날뛰는 쥐새끼처럼 푸드득대던 우리는 결국 문밖에서 느껴지는 거대한 아우라에 굴복해 조용히 문을 열었다.

"…흠."

자욱한 연기. 침대 밑바닥에서 흘러나오는 요상한 액체. 얼굴이 시뻘겋게 변한 생도 여섯 명. 한 학년 위, 딜로우 선배는 이 참혹한 화생방 현장을 잠시 매의 눈으로 두리번거리더니, 지옥에서 올라온 듯한 목소리로 입을 열었다.

"유진 킴 생도."

"네, 선배님."

"따라오도록."

"저… 아나스타시오 생도가 아니라 저 말씀이십니까?"

"그래, 너."

아니 왜. 나는 선량한 피해자라고.

나는 영문도 모른 채 끌려 나와, 도살장에 끌려가는 어린 양처럼 처량하게 그의 뒤를 따라가기 시작했다.

* * *

늦은 저녁. 내가 들어간 방에는 전혀 예상치 못한 사람이 있었다.

"유진 킴 생도. 편히 앉아."

"옙."

하워드 베니온(Howard S. Bennion). 여단장생도, 쉽게 말해 총학생회장이었다.

그는 정체불명의 서류를 팔랑거리더니 이윽고 내게 시선을 집중했다.

"맥나니 생도와는 이미 이야기를 했네. 대강의 얼개는 전해 들었지."

"넵."

"아, 긴장하지 말고. 어쨌거나 네가 당사자가 아니란 건 알고 있어. 이것저것 나도 물어볼 게 있어서 말이지."

"넵."

알면서 왜 부르셨어요. 사람 똥줄 타게. 관계도 없는 사람을 이렇게 불러와 취조하다니. 역시 얼굴에 엄격 근엄 진지라고 써져있는 여단장생도다웠다. 보나 마나 듣도 보도 못한 희한한 규율을 꺼내서는, '아무튼 옆에서 구경한 니 잘못임. 선한 사마리아인이 못 된 죄임.'이라며 내게 그 망할 깃펜을 휘두르겠지. 이번에 또 처맞으면 대체 벌점이 얼마지?

그는 잠시 자리에서 일어나 서랍장을 뒤적거리더니… 작은 네모난 갑 하나를 내게 보여 줬다.

"한 대 태울래?"

"예?"

"아, 담배 안 피우나?"

"감사합니다!"

역시 여단장생도다운 놀라운 배포였다. 실로 미군의 요람, 웨스트포인트의 수백 생도들을 다스릴 위인이다. 어째서 이렇게 훌륭한 분이 역사서에 이름이 안 남은 거지?

베니온은 자연스럽게 주머니에서 담배 파이프를 꺼내 불을 붙이고, 내게도 불을 나눠주었다. 사이좋게 담배를 다시 뻑뻑 피워대길 몇 분. 머리에 니코틴이 좀 들어갈 때쯤 되자 그가 입을 열었다.

"요즘 후배님에 대해서는 듣는 바가 많아."

"저… 말씀이십니까?"

"응. 학업 성적 평균. 체육도 평균… 그런데 야수 막사 동안 사격이나 제식, 병기본 등은 매우 우수. 혹시 어디서 스카우트나 민병대로 활동했었나?"

그야 내 군생활 짬이 얼만데. 이제 막 입소한 삐약이 놈들이랑 비교하면 호국이랑 굳건이가 사이좋게 비웃는다.

"아닙니다. 샌프란시스코 도심에만 쭉 살아 그런 경험은 없습니다."

"신기하네. 천상 군 체질이란 건가?"

그는 고개를 갸웃거리더니 다시 서류로 시선을 옮겼다.

"오늘 있었던 일에 대해서는 어떻게 생각하지?"

"제가 그 자리에서 빨리 해결했어야 하는데, 대응이 늦은 것 같아 사건이 너무 커진 듯합니다. 앞으로는 웨스트포인트의 생도로서 품위를 가지고……."

"아니아니. 그런 교관들이 좋아할 법한 소리 말고. 내가 담배도 줬으면 척하면 척하고 알아들어야 할 거 아냐."

그는 아예 대놓고 의자 등받이에 어깨를 기대더니 담배 연기로 도너츠를 만들었다. 저 스킬을 보아하니 끽연 좀 한 분이시구만.

"웨스트포인트의 밀수왕이 될 정도라면, 내가 바라는 게 그런 틀에 박힌 답이 아니라는 걸 알잖아?"

"켁! 케엑 케엑!!"

숨, 숨 막혀! 담배연기가 사레들리니 죽을 것만 같다!

당황한 선배가 내게 물 한 잔을 가져다주었고, 나는 연신 들이킨 후에야 간신히 진정할 수 있었다.

"후우, 후우우……."

"진정 좀 했나?"

"네, 선배님. 감사합니다."

"그래. 어차피 매년마다 밀수꾼은 나오니까 크게 신경 안 써. 너무 위험하거나 문제 될 만한 것만 반입 안 하면 돼."

너무 태연스레 말하니까 더 무서워지잖아.

"그치만, 여전히 밀수 루트를 모르겠다는 게 또 신기한 일이지. 아무튼 그런… 창의적인 발상에 기대보고 싶다는 게 내 솔직한 의견이야."

대충 알 것 같다. 왜 이 자리가 만들어졌는지.

"그렇다면, 이번 일은 전적으로 맥나니 생도의 실언에서 비롯되었다고 말씀드리겠습니다."

"깜둥이가 열등하다고 말하는 게 잘못된 일인가?"

"예. 잘못된 일입니다."

그는 계속 설명하라는 듯 고개를 까딱였다. 이제부턴 이판사판, 칼날 위에서 춤추기다.

"웨스트포인트에 들어왔다는 건, 미합중국 시민의 혈세로 교육을 받을 가치가 있는 인재라고 미 의회가 인증했다는 뜻입니다. 맥나니 생도는 군인으로서 정부의 판단을 의심하고 사적 의견으로 생도 간의 분열을 조장하였습니다."

"인종을 차별한 건 중요하지 않다. 통제에 반기를 든 것이 문제다. 이 말이군."

"그렇습니다."

내 답변을 들은 그는 이내 한숨을 푹 쉬었다.

"이해했네. 이 주장대로라면 맥나니도 딱히 할 말은 없겠군. 삼촌이 육군의 높으신 분이라 조금 귀찮아졌단 말이지."

역시 빽 없으면 더러운 건 세상의 진리였다.

"그럼 두 번째."

"네."

"문제가 발생했으면, 해결 방안이 있어야겠지?"

"해결… 말씀이십니까."

그걸 왜 나한테 물어봐? 내 눈이 덜덜 떨리는 게 느껴졌다.

"조만간 중간고사고. 그다음은 크리스마스 휴가야. 그땐 1학년들만 여기에 남고 상급생들은 전부 떠나겠지. 그런데 또 똑같은 일이 벌어진다면 이건 생도 차원에서 자체 해결하겠다 할 수가 없어. 문제가 훨씬 커진단 말일세."

이제 보니, 징계위원회만큼은 막기 위해 그도 나름대로 고생을 한 모양이었다. 이렇게까지 배려를 해줬으면, 나도 뭔가 보답을 하고 싶은 게 인지상정. 게다가, 이 문제를 해결 못 하면 앞으로 나도 굉장히 괴로워질 게 뻔했다. 숨 막혀서 어떻게 살아.

"제게 생각이 있습니다."

"호오?"

"선배님들께서 도와주신다면 가능할 것 같은데… 한번 의견을 여쭙고자 합니다."

"좋아. 말해보게."

난 필사적으로 머리를 굴려, 조심스럽게 한마디를 던졌다.

"지금 문제의 핵심은, 결국 피부색 짙은 놈들을 친구로 받아들이지 못하는 것 아닙니까."

"그렇지."

"예나 지금이나 빨리 친해지게 하려면, 공동의 적을 만들어주면 됩니다."

베니온의 입가에 미소가 그려졌다.

"구체적인 방안은?"

"그럼 지금부터, 브리핑을 시작하겠습니다."

아 몰라. 나도 이제 이판사판이다.

그렇게 몇 시간에 걸쳐서, 별로 제정신이라곤 할 수 없는 내 생애 첫 군사작전이 기획되었다.

제발 좀 친해지길 바라. 이 새끼들아.

단합에 필요한 것

피카츄, 라이츄, 파이리, 꼬부기, 버터플, 야도란, 피죤투, 또가스는 서로 생긴 모습이 달라도 모두 친구다.

근데, 눈 두 개에 코 하나, 입 하나, 양팔, 양다리 다 똑같이 붙은 새끼들이 이렇게 서로를 싫어하다니. 아니지, 백인 놈들이 일방적으로 싫어하니 조금 이야기가 다르긴 하다. 아무튼 지금 중요한 건, 우린 좀 많이 좆됐단 거다.

"이 버러지같은 새끼들이 갓 짐승새끼에서 사람 됐다고 벌써부터 동기 죽빵을 날려?!"

"내가 살다살다 너희만큼 군기가 개차반인 기수는 처음 봤다! 이 새끼들아, 빠릿빠릿하게 구르지 못해!"

저 멋진 벤치클리어링 이후, 당연한 말이지만 교관들의 입에선 드래곤 브레스가 뿜어져 나왔다. 그리고 우리의 멋진 베니온 여단장생도는 이걸 전부 오롯이 실드를 쳐줬고, 다행스럽게도 군법 재판에 끌려가는 일은 일어나지 않았다.

그치만 군법재판이 없었다고 다 끝났겠나? 동서고금을 막론한 군대 최고의 스킬, '니 위로 내 밑으로'가 나오는 것은 당연한 이치였다.

"4학년이 됐다고 벌써부터 군기가 빠져서는! 아래 학년 단속 하나 제대로 못 하면서 무슨 장교가 되겠다고!"

"3학년 이 새끼들! 이제 상급생 됐다고 벌써 풀린 거냐?! 너희가 개판이니까 밑엣 놈들이 보고 배운 거 아냐!"

"야!! 2학년 씨빨롬들아!!! 삐약이 소리 안 듣게 된 지 몇 달 지났다고 벌써 그따위야! 우리가 너네 때문에 털려야 돼? 아앙?!"

이 무시무시한 도미노 현상의 결과, 온몸이 흙먼지로 얼룩덜룩해지고 눈에선 지옥의 용암불이 이글이글 타오르는 2학년들이 우릴 가차없이 연병장에 처넣은 건 전혀 놀랄 일이 아니었다.

"어깨에 힘 빼지 마라. 이 새끼들아. 남의 얼굴에 주먹 날릴 땐 그렇게 힘을 잘 쓰더니 왜 벌써부터 힘 딸리는 척해."

"아닙니다!"

"여기는 밖인데 뭐가 안이야? 지금 장난하나?"

"시정하겠습따!!!"

"목소리가 그거밖에 안 나오나?"

아아, 비운의 1학년이여. 먹이사슬 최하단의 삐약이들이란 이렇게 까라면 까는 존재인 것을.

교내 분위기는 끝내줬다. '모두의 잘못'이라는 미명 아래 교내 매점이 폐쇄되면서 상급생들은 디아블로 뺨치는 괴물로 진화해버렸다. 원래라면 바로 이때야말로 웨스트포인트의 알 카포네가 한몫 크게 잡을 수 있는 상황이었겠으나, 이런 상황에서 영업을 했다간 진짜 군법 재판에 끌려갈 판이었다. 애초에 이 지옥같은 갈굼도, 베니온 선배와 짜고 치는 것이기도 했고.

"지금 적으로 설정할 수 있는 건, 역시 상급생이겠죠."

"그렇지."

"연대책임이라는 명목하에 다 함께 체벌을 받으면, 처음에는 일을 벌인 사람들에 대한 증오가 넘실거릴 겁니다."

"하지만 시간이 더 지나면, 언제까지 이 짓을 당해야 하나 하고 상급생들에게 치를 떨게 될 거란 말이지?"

"그렇습니다. 그러니 개처럼 굴려주십쇼."

내가 미쳤지. 내가 미쳤어. 입이 방정이라고, 그날 너무 담배를 피워서 머리가 좀 돌아버린 게 틀림없다. 이 정도로 가혹하게 굴릴 줄은 나도 몰랐다고! 하지만 내가 당하는 것은 어디까지나 빙산의 일각이었다.

"어이, 맥나니."

"옙!!"

"그래, 저열한 깜둥이 정도는 손쉽게 꺾을 수 있겠지? 전력을 다해라."

"히, 히이이익!"

퍼억! 퍼억! 퍼어어억! 퍽!

검술 시간. 웨스트포인트 최고의 검객으로 명성이 자자한 비센테 선배의 인정사정없는 칼질에, 이번 일의 핵심인 맥나니는 복날 개 처맞듯 늘씬하게 두들겨 맞고 있었다.

"야."

"예, 옙!"

"왜 저열한 깜둥이 몸에 칼 한 번 휘두르지 못하는 거냐? 응?"

"아닙니다! 죄송합니다!"

"그만! 선수 교대!"

땀을 비 오듯이 쏟아내던 맥나니가 교대 명령에 화색이 되었다.

"아, 너는 그대로 있고."

"예?"

"다음은 나다, 이 새끼야. '식인종' 비센테는 깜둥이라 저열하니까, 어디 유대인은 얼마나 저열한지 한번 증명해보라고."

맥나니의 얼굴이 푸르죽죽해졌다. 이제서야 혓바닥을 잘못 놀린 대가가 슬슬 체감이 되는 모양이었다.

유감스럽게도 맥나니의 수난은 여기서 끝이 아니었다.

이 사건의 발단인 맥나니를 합법적으로 패고 싶어 하는 선배들은 유대인, 폴란드계, 아일랜드계부터 해서 그냥 패고 싶은 선배들까지 부지기수거든.

어쩐지, 이름부터 맥아더 + 망나니 같은 놈이다 했다. 관상은 못 속인다더니 성도 못 속이는 법이다. 다음에 기회가 되면 진지하게 성을 갈아보라고 말해줘야지. 하지만 반대편에서는, 아나스타시오가 쥐어 터지고 있었다.

"야, 깜둥이! 똑바로 안 해?!"

"죄송합니다!"

"주먹은 그렇게 쉽게 나가면서 칼은 왜 안 나오나! 자세 바로! 힘 실어! 그따위로 하면 턱 날아간다!"

그렇게 한껏 너덜너덜해진 우리는, 지친 몸을 이끌고 기숙사로 돌아왔다.

"아아아악! 이게 언제까지 계속되는 거야! 죽겠네!"

"시끄러… 담배 남은 거 없어?"

"옛다."

떡이 된 아나스타시오는 자신의 방으로 갔고, 고등학교 때 부상을 입었던 밴플리트 역시 관절이 쑤신다며 먼저 자러 들어갔다. 나와 브래들리만 아이크의 방에 모여, 신세한탄을 연신 늘어놓고 있었다.

"너는 팔팔하다?"

"하하. 내가 남는 건 체력밖에 없거든."

아이크의 룸메이트, 존 헨리 다이크가 너스레를 떨었다. 아이크와 같이 캔자스 출신이라는 녀석도 꽤나 운동능력 하나는 참 대단한 친구였다. 성격도 좋고.

"유진, 넌 뭐 들은 거 없어?"

"뭐가?"

"너 그때, 여단장한테 끌려갔었잖아. 뭐 좀 주워들은 거 없냐고."

미안해 얘들아. 사실 내가 굴리자고 제안했어.

양심이 좀 찔릴 만도 했지만, 이미 얘들보다 수십 년 더 나이를 먹은 아저씨의 마음속 삼각형은 닳고 닳아버린 지 오래다. 나는 자못 뻔뻔스럽게 대답해줬다.

"음… 굉장히 화가 나 있더라고. 대체 왜 이딴 거로 싸우냐고."

"으음… 그건 그래."

"비센테 선배가 당한 것도 장난 아니더만. 우리는 그나마 유진 네가 있어서 덜하지, 작년 선배들은 거의 뭐 린치도 했다던데."

투덜대듯 다이크가 떠들었다.

"아무튼, 이 지옥에서 벗어나려면 답은 하나밖에 없어."

"뭔데?"

"아나폴리스."

"그게 맘대로 돼?"

몇 주 후.

아나폴리스와의 친선 야구경기가 잡혀 있다. 여기서 '친선 야구경기'라 함은, 이기면 영웅으로 칭송받고 지면 역적이 되어 잘 때 빼고는 죄다 오리걸음으로 돌아다녀야 하는 죽음의 단두대 매치를 의미한다.

"물개 새끼들한테 지면 우린 겨울방학 때까지 숨도 못 쉴걸."

"벌써부터 왜 지는 소리 하고 있어. 정 안 되면 뭐, 몰래 빠따로 대가릴 깨 놓으면 되지."

온화함 빼면 시체인 브래들리조차 눈에서 독기가 철철 흘러나오는 걸 보니, 좀 오래 구르긴 굴렀나보다.

"그치만, 애초에 그 경기 1학년만 나가는 것도 아니잖아?"

"그것도 그렇지."

지금 웨스트포인트 야구 팀원 중 1학년은 거의 없다. 노골적으로 말하면 들러리인데, 베니온 선배도 야구팀 멤버에까지 손을 써줄 순 없었다. 하지만 그 대신, 다른 멋진 아이디어를 들었지.

"그래서 말인데. 나한테 계획이 있어."

"오, 유진이 또 흉계를 꾸미고 있어."

"역시 웨스트포인트의 리슐리외야. 빨리 삼총사를 부려먹으라고."

이 자식들아. 덕지덕지 별명 바르지 말라고.

물론 내가 흉계를 꾸민 건 맞다. 아마 이 끝없는 갈굼조차 내 음모의 일환이라고 하면 이 자식들은 기쁜 마음으로 날 웨스트포인트 공동묘지에 생매장할 테니까.

"1학년이 서로 패싸움해서 이 꼬라지가 났으니, 1학년이 단합해서 웨스트포인트의 명예를 드높이면 해결되겠지?"

"그렇겠지?"

"명예를 회복할 방법이 근데 아나폴리스 새끼들을 까부수는 거밖에 없잖아."

아니. 해결 안 돼. 이 머저리들아.

애초에 이거, 순 일본군스러운 마인드잖아. 물론 마초이즘과 명예 빼면 시체로 가득한 이 시대에선 아직 먹히는 말이다.

"그러니까 말이지……."

* * *

몇 주 후. 한껏 굴려진 우리를 뒤로한 채, 아나폴리스 야구팀 선수들이 웨스트포인트를 친선 방문했다. 아니나다를까, 아나폴리스 물개 새끼들의 눈에서도 적도를 모두 빠따로 멸해버리겠다는 굳건한 살기가 느껴졌다.

"잘 들어. 브리핑을 시작한다."

이 몇 주간, 아이크의 기숙사실에서 준비하기 시작한 우리의 군사작전은 알음알음 쉬는 시간에 하나둘씩 전달되어 어느새 모든 1학년이 공유하는 사항이 되었다. 적어도 지금 이 순간, 이게 말도 안 되는 짓이라는 걸 원래라면 알아차릴 녀석들도 하도 얼차려를 받다보니 '대충 이 정도면 되지 않을까?'라고 생각하며 정신줄을 놔버린 게 틀림없었다.

"아나폴리스의 물개 새끼들이 감히 웨스트포인트에 발을 디뎠어. 그 새끼들 표정 봤지? 건방지게 눈도 안 깔고, 어깨에 힘 딱 주고 들어왔단 말이지."

"죽여!!"

"전부 죽여!!!"

여기가 웨스트포인트인지, 바이킹의 회합인지도 헷갈린다.

"따라서 오늘 밤, 우리는 그 건방진 새끼들의 깃발을 훔쳐서 여기가 누구의 땅인지를 똑똑히 보여준다!"

"와아아아!!"

"우아아아아!!"

아냐. 그만해 이 병신들아. 이건 미친 짓이야. 난 여기서 빠져나가고 싶어.

"하지만 깃발만 훔치면 임팩트가 약하지. 무기고에 가서 예포도 훔치는 거야."

예포 탈취. 웨스트포인트의 전통 아닌 전통. 사열 때 의장용으로 쓰는 저 대포를, 한밤중에 끌어내 각종 장난을 치는 것이야말로 웨스트포인트에서 달성할 수 있는 가장 위대한 업적 중 하나였다.

실제로, 웨스트포인트의 전설적인 일화 중에선 저 묵직한 예포를 한밤중에 몰래 도서관 지붕에 올린 선배들이 있었다. 지붕에서 끌어내리는 데 1주일이 걸렸다는데, 웨스트포인트가 망하는 날까지 아마 신화적 업적으로 길이 남을 거다.

만약 이걸 1학년이 해낸다? 저것만은 못해도 아마 수십 년간은 전설로 남겠지.

"이 완벽한 작전을 기안한 유진 킴에게 모두 박수를!"

사방에서 쏟아지는 박수소리와 무수한 악수 신청의 세례. 수치스럽다. 이 머저리 새끼들이, 앞으로 내가 등을 맞댈 전우라는 게 더 없이 쪽팔렸다. 하지만 그럼에도 입꼬리가 계속 위로 올라가는 것을 도통 참을 수 없었다.

* * *

그날 밤.

"움직여, 몰래몰래."

"포복 똑바로 해. 걸리면 죽는다."

A 습격조는 아나폴리스 놈들이 머무르고 있는 곳에 잠입해 적의 깃발을 탈취해 우리의 용맹함을 떨친다. B 습격조는 예포를 끌어내 아나폴리스 놈들을 겨냥하도록 세팅한다.

경계를 서는 선임들을 피해 몰래몰래 진행될, 걸리는 순간 짤없이 군법재판에 끌려갈 더없이 위험한 작전… 은 사실 뻥이다. 이미 베니온 선배의 밀명에 따라, 오늘의 경계는 그 어떤 당나라 군대와도 비교가 불가능할 정도로 헐렁헐렁하고, 다들 하나같이 야맹증에 걸린 장님들일 예정이거든.

하지만 진실을 전혀 모르는 1학년 생도들은, 터질 듯 요동치는 심장을 애써 억누른 채 목숨을 건 특공작전을 실행하고 있었다.

"좋아. 준비됐어."

"밧줄 걸어. 끌어낸다!"

끼이이익ㅡ 끼이이이이익ㅡ

끔찍한 소리가 울려 퍼진다.

"씨발, 이거 왜 이리 시끄러워."

"귀머거리가 아니면 다 들릴 거야!"

"기름 좀 쳐봐. 어떡하든 몇 분만 매끄럽게 돌아가면 돼."

귀머거리 맞아. 미안해. 하지만 이 녀석들은 신중하게 포가에 기름을 칠하고, 있는 힘을 다해 대포를 끌기 시작했다.

"맥나니, 아나스타시오, 다이크, 아이크. 너희가 뒤에서 밀어. 우린 앞에서 잡아끈다."

"어?"

"알았어. 뭐 해, 빨리 안 붙고."

"어. 어!"

우리가 야트막한 언덕에 대포를 끌고 나올 때쯤, A 습격조 친구들은 기세등등하게 아나폴리스의 깃발을 펄럭이며 반대편에서 걸어오고 있었다.

…저러고도 안 걸리길 바란 거냐?

팍! 대포 옆에 의기양양하게 깃발을 박은 밴플리트가 씩 웃으며 코를 으쓱였다.

"작전 성공이다."

"좋아. 완벽해!"

우리는 너나 할 것 없이 얼싸안았다. 그래. 이걸 위해 이 헛지랄을 한 거라고. 웨스트포인트 역사에 길이 남을 위대한 업적을 해낸 우리는, 저마다 가슴이 웅장해져서는 전우와 뜨거운 포옹을 나누었다. 그래, 맥나니와 아나스타시오까지.

"크흠, 거, 내가 미안했다. 앞으로 조심해서 말하지."

"신경 안 써. 얼굴 붓기는 다 빠졌네?"

"개같은 자식. 너 주먹 더럽게 아프더라."

저 훈훈한 모습을 연출하려고 감독 유진 김, 연출 유진 김, 각본 유진 김과 베니온 공동 집필의 이 대서사시를 썼다. 하지만 저 두 놈이 뜨거운 포옹을 하며 상남자의 대화를 나누는 걸 보니 이게 순 헛고생은 아니구나 하는 생각이 들었다.

이제 내가 할 수 있는 건 다 했다. 남은 건, 내일의 경기뿐이었다.

* * *

따아아악!

"호오오오우!!"

나는 빠따를 있는 힘껏 집어 던지며 1루를 향해 달렸다. 이 숙련된 빠던. 이게 바로 크보 클라스지.

"유진 킴!"

"달려! 2루! 2루로 달려!!!"

"오마르! 홈인! 홈이이이인!!!"

적시타. 외곽을 향해 힘껏 굴러가는 공. 더없이 완벽하다. 그저 죽어라 달리면 된다!

삐이이이익!!!

"경기 종료!"

이날 아침. 아나폴리스 친구들은 눈을 뜨자마자 자신들의 깃발이 사라졌다는 사실을 알고 발광했다. 그리고 자신들의 거처를 조준하고 있는 예포, 그 예포 옆에 꽂힌 깃발을 보고는 더더욱 발작했다. 그런 상황에서 100% 원래 컨디션이 나올 수가 있나. 게다가 웨스트포인트엔 백 년 뒤 미래에서 온 트루 자이언츠가 있다고.

와아아아아 하는 함성소리와 함께 관중석에 있던 웨스트포인트 생도들이 일제히 마운드로 쏟아져 내려왔다. 베니온 선배 역시 슬렁슬렁 걸어오더니 내 어깨에 팔을 얹었다.

"잘했어, 후배님."

"감사합니다."

"그래, 저 친구들은 좀 하나가 된 것 같나?"

"모르겠네요. 고작 이런 웃기는 장난 한번 같이한다고 뭐 대단한 사이가 되겠습니까?"

"이 냉소적인 놈."

내가 벌인 일이지만, 난 별로 믿지 않는다. 애초에 맥나니는 밥상머리 교육에서부터 깜둥이 멸시를 배우고 온 녀석이라고. 물론 저걸로 좀 나아지면 다행이겠지만, 딱히 거기에 대해 큰 기대를 품진 않았다.

"예포 탈취가 매 기수마다 밥 먹듯이 하는 일이라는 건 알고 있었지?"

"안 하면 병신이라면서요?"

"그래. 하지만 보통은 피 끓는 멍청이들이 괜히 객기 부리겠다고 하는 짓이거든."

술 처먹은 대학생들이 길 가다 티코 보면 괜히 번쩍 들어 인도에 내려놓는 것처럼 말이지.

"하지만 역대 여단장 생도들이 남긴 기록 중에서, 너처럼 동기들의 단합을 위해 일부러 예포 탈취를 벌인 케이스도 있어."

"사람 생각은 다 똑같네요."

"너도 알 거야. 도서관 위에 예포 올린 거. 그 기수가 꽤 내부 분란이 심했다는데, 그거 한 방으로 아주 끈끈한 기수가 됐다더라고."

아니, 그걸 알면서도 뻔히 처음 듣는 것처럼 고개를 끄덕이셨어? 베니온 선배의 뒤늦은 고백에 나는 어이가 없어졌다. 이거 완전 뭐 앞에서 재롱부린 것도 아니고.

"너는 자질이 있어. 물론 피부색 때문에 네 앞길이 꽤 힘들 거라는 걸 부정하진 않아. 하지만 육군, 아니 합중국을 위해선 넌 꼭 높은 자리로 올라가야 해. 너와 같이 여기 웨스트포인트에 있는 건 이 1년이 마지막이겠지만, 난 정말 네가 오랫동안 살아남았으면 해."

베니온 선배의 진지한 말에, 나는 소박한 궁금증을 풀기로 했다.

"그, 말씀하신 여단장 생도 말입니다. 도서관 위에 예포 올렸다던."

"어? 응, 그래."

"그분도 훌륭한 장교가 되었나요?"

"그럼 물론이지. 웨스트포인트 역사에 길이 남을 전설적인 분인걸. 너도 그렇게 될 테고."

"그분 이름이 뭐죠?"

베니온 선배는 씩 웃으며 말했다.

"더글라스 맥아더."

유년기의 끝

광기의 시간이 끝나고, 아무튼 아나폴리스를 꺾었다는 점에 흡족해진 선배들의 갈굼도 끝났다. 물론 일탈의 대가로 아나폴리스 측은 펄펄 뛰었고, 웨스트포인트는 '철저한 수사와 엄격한 처벌'을 약속하며 주동자를 색출하기로 하였다.

"너네, 혹시 깃발 훔쳤니?"

"아니요."

"그래. 알았어. 우리 착한 생도들이 그럴 리가 없지."

그러나 교관들이 눈에 불을 켜고 엄격, 근엄, 진지하게 내부 감찰을 했음에도 불구하고 정말 유감스럽지만 범인을 잡을 수는 없었다. 원래라면 예포 건도 당연히 들쑤셔졌어야 할 문제였지만, 깃발 탈취의 임팩트가 하도 컸던지라 그건 또 유야무야되었다. 아무튼 범인을 못 찾겠는데 어쩌겠는가?

"다음에 아나폴리스 원정 가면 그 새끼들이 우리 깃발을 훔치려 할 거야."

"아 몰라. 내가 팬티에 넣고 자면 되지."

"그 자식들은 팬티를 까서라도 깃발을 훔칠걸?"

"우웩."

물론 알음알음 '독한 삐약이들.'이라거나 '이번 1학년들은 아주 골때려.' 같은 소리가 선배들 사이에서도 나왔지만, 그 누구도 진실을 발설하진 않았다. 아니, 정확히 말하면 교관들도 딱히 듣고 싶지 않은 듯했지만.

이제 눈앞에 보이는 고지는 단 하나. 중간고사였다.

"아아아악!"

고통에 찬 끔찍한 비명이 울려 퍼진다. 이건 틀림없이… 머리에 정면으로 수학을 얻어맞은 비명이다.

"어째서! 어째서 군인이 수학을 배워야 하는 거야?"

"수학은 기본이야. 니 밑에 애들 다 굶겨 죽이기 싫으면 수학은 해야지."

오마르의 투덜거림에 아이크가 곁눈질조차 하지 않고 대답했다.

"나는… 미국인이 아닌가 봐……. 왜 영어가 이렇게 어렵지?"

"정신 차려! 하면 돼. 하면 된다고."

다이크의 영혼이 육신에서 빠져나가려 하는 것을 억지로 달랬다.

나는 사실 공부할 필요도 없었다. 오히려 1등을 받아 너무 주목받거나 '오홍홍, 훌륭한 인재로군요. 자, 선택받은 자만이 갈 수 있는 공병단으로 갑시다.' 하면서 잡혀가는 끔찍한 결말은 맞이하고 싶지 않았다.

베니온 선배는 대체 나에 대해 뭐 어떻게 떠들고 다닌 건지, 가끔 수업을 마친 교관이나 민간 교사들이 나를 진지하게 바라보며 '자네가 그 소문 자자한 제2의 맥아더인가?' 하는 일도 있었다.

아니 시발. 맥아더는 아빠부터 전쟁영웅이잖아. 수저가 다르다고 수저가. 걔는 티타늄 수저, 나는 그냥 흙흙! 우가우가 움막에서 토기를 불에 굽고 양손으로 밥 퍼먹는 상상을 하던 나는 다시 옆에서 울부짖는 다이크와 브래들리의 절규에 사바세계로 돌아오고 말았다.

"오마르."

"응, 왜??"

"그렇게 절규한다고 방정식이 풀리는 건 아냐."

"이렇게 고함치면 의무병이 와서 대신 풀어주지 않을까?"

"와서 벌점을 매기고 가겠지."

미래의 미군 원수 브래들리는… 공부를 못했다. 진짜 더럽게 못했다. 솔직히 나랑 어울리면서 공부를 더 안 하긴 했다. 내가 오죽 쏘다녔나. 하지만 이 자식이 낙제 위기라는 건 좀 충격이었다. 아니, 원 역사에선 대체 어떻게 원수가 된 거지?

아이크는 공부를 잘하는 편이었다. 수학이 약하긴 하지만 적어도 낙제점은 아니었다. 브래들리는 수학, 영어, 역사에서 저공 활공하고 있어 낙제 존이 코앞이었다. 밴플리트는 전반적으로 중위권이어서 애초에 목표가 낙제 탈출이 아닌 상위권 진입이니 안심. 다이크는 수학과 영어가 위험. 아나스타시오는 특수한 케이스여서 예외.

지금 시점에서의 내 목표는, 대충 어느 정도 풀면 딱 중간에 성적을 주차할 수 있을지 견적을 뽑는 것이었다. 그리고, 이놈들이 제발 낙제하지 않고 무사히 임관할 수 있도록 좀 뭐라도 가르쳐주는 건 덤이고. 나랑 빌어먹을 정도로 스펙타클한 생도 생활을 보낸 결말로 브래들리가 퇴학당하면 진짜 정신줄을 놔버리지 않겠나.

이 자식들이 항상 내 벌점을 걱정해주긴 하지만, 애초에 끼리끼리 유유상종이라고 나랑 같이 어울린 놈들이 벌점란이 클린할 리가 없었다. 그러니, 나는 나름대로 시간을 쪼개서 이놈들의 공부를 봐주고 있었다. 그때, 똑똑하는 노크 소리가 들렸다.

"누구십니까?"

"어… 혹시 여기 킴 있어?"

"어어. 여깄는데."

빼꼼하고 문이 열리더니 동기 하나가 얼굴을 쏙 들이밀었다.

"그… 다른 게 아니라, 물어볼 게 있어서."

누군가 했더니 휴버트 하몬(Hubert Reilly Harmon)이었다. 그 뒤에는 우리의 띠꺼움 1호, 맥나니가 똥 씹은 표정을 하고 있었고.

"응? 뭔데?"

"실은, 역사 때문에 그런데."

"응? 그걸 왜 나한테……?"

"선생님한테 물어보니까, 바쁘다고 너한테 물어보라던데?"

"네가 특히나 동양사에 해박하지 않나. 너한테 물어보라는 걸 보니, 이번 시험은 그쪽에서 내겠단 거겠지."

이게 무슨 소리야. 물론 그 양반도 그놈의 제2의 맥아더 소릴 하던 사람이긴 하지. 하지만 아무리 그래도, 이런 식으로 떠넘기는 게 세상천지 어디에 있냔 말이다. 하다못해 뭐 상점이라도 줬으면 말을 안 하지.

하지만 내 목표는 웨스트포인트의 호우맨 겸 알 카포네 겸 리슐리외 겸 맥아더 겸 문어발 인맥왕이 되는 거다. 마침 하몬과는 절친한 사이라고 말할 정도는 아니었고 맥나니 역시 뭔가 이상하게 소 닭 보듯 하는 찝찝한 사이였으니, 반대로 생각하면 또 좋은 기회라고 볼 수도 있었다.

"그래 들어와. 보자, 어디가 막힌다고?"로 시작된 내 강의는,

"그러니까! 우리의 목표는 골고루 지식을 흡수한 훌륭한 인재 이런 게 아니지. 그냥 닥치고 점수 뽑는 거 아냐. 그럼 뭐다? 출제자의 의도를 파악해야 한다! 우리 꼰대는 어떤 문제를 내서 우릴 엿 먹이고 싶을까? 이걸 봐야 한단 말이지!"

"오, 오오……."

"역시 유진이야. 공부는 안 하면서도 성적은 뽑더니, 저딴 방향으로만 머리 굴리고 있었구나!"

"흥. 이런 방식으로 시험 성적만 끌어올렸다간 나중에 큰일 난다고."

저 점순이 맥나니는 둘째치고, 내가 처음에 '오오!' 소릴 듣고 싶긴 했지만 이런 방향은 아니었는데. 내 이미지 메이킹은 어쩌면 망하고 있는 게 아닌가 하는 생각이 진지하게 고민되기 시작했다.

"후. 머리 아프다. 대충하고 들어가자."

"그래. 나도 적당히 하고 좀 씻어야지."

"오늘 구두에 광 좀 내야겠던데."

"내 꺼도 좀 같이 해주면 안 돼?"

"꺼져."

음, 정말 우정 넘치는 곳이야. 내 불안을 아는지 모르는지, 1911년의 끝과 함께 중간고사가 찾아왔다.

* * *

며칠에 걸친 중간고사가 끝났다. 선배들은 "자유드아아아아!"를 외치며 썰물처럼 웨스트포인트를 빠져나가기 시작했다. 물론 1학년들은 예외다. 삐약이들에겐 고향에 돌아갈 자유가 없었다.

"후우우우… 턱걸이다 턱걸이."

"죽는 줄 알았네."

아이크와 오마르는 생존에 성공했다. 내가 저 돌대가리에 총알 넣어준다고 그 고생을 했는데, 당연히 살아남아야지. 나는 오히려 점수를 낮추려고 노력했으니 말할 것도 없다. 실수로 오폭해서 땅바닥에 처박히나 했는데, 오히려 내 예상보다 더 틀렸어야 했다. 현재 점수는 얼추 중상위권에 해당했다.

그렇게 이야길 나누던 우리는, 일제히 입을 다물어야 했다.

"아, 아아… 아아아아아……!"

옆에서 털썩하는 소리가 들리더니, 다이크가 무릎을 꿇었다.

"안 돼… 엄마, 엄마……."

"진정해! 다이크!"

"싫어! 이런 건 싫다고! 나, 나는, 나는……!"

아이크와 제임스가 다이크를 붙들었지만, 녀석은 눈물을 물줄기처럼 쏟아내며 울부짖고 있었다. 나는 빠르게 다이크의 성적을 확인했다.

수학과 영어, 낙제. 퇴교 대상자였다.

* * *

1학년이 맡겨 놓은 소지품을 되찾는다. 제복을 반납하고, 사복을 되찾고. 웨스트포인트는 퇴교자들에게 고향으로 가는 여비를 제공하는 친절을 베풀지만, 이 친절이야말로 무엇보다 신세를 절감하게 하는 냉혹함이 되어 몸에 알알이 박혀 든다.

"어이."

다이크는 퉁퉁 불어 터진 눈을 애써 비비며, 우리를 바라봤다.

"뭐야……."

"쓸쓸하게시리 혼자 나가려고 했냐?"

그렇게 말하면서도 입맛이 썼다.

당연히 혼자 나가고 싶겠지. 하지만, 그렇게 내버려 둘 수는 없었다.

"니가 생도건 아니건, 우린 친구잖냐."

"……."

"우리한테 편지나 보내. 아니다, 니네 집 주소 내놔. 우리가 나중에 그리로 갈 테니까."

"꺼져. 우리 집에 너희 재울 곳 없어."

"어허. 진짜로?"

내가 펜과 메모지를 내밀자, 받아든 녀석이 잠시 고민하더니 주소를 휘갈겨 적었다.

"그 뭐냐. 처음 날 보고 노란 원숭이라고 말 안 한 놈이 거의 없거든? 그런 훌륭한 인품의 친구가 다른 학교로 간다고 해서 외면하면 내가 쓰레기가 되잖냐."

"가서 꼭 편지 보내. 다들 돌려볼 테니까."

아이크가 등을 토닥여주자, 다시 다이크의 눈에서 눈물이 줄줄 새어 나오기 시작했다.

"그래… 가서, 연락 꼭 할 테니까… 다음에 보자."

"약속했다. 편지 없으면 빠따 들고 찾아갈 거니까 꼭 보내라!"

더 이상 붙잡고 있는 것도 그에겐 상처가 될 것 같아, 우리는 서로 악수를 나눈 후 얼른 몸을 돌렸다. 하지만 줄곧, 우리도, 녀석도. 완전히 서로가 보이지 않을 때까지 끊임없이 뒤를 힐끔거리기 바빴다.

개같은 날이었다.

* * *

그동안 알음알음 퇴교자는 있어왔다. 하지만 대부분은 어디까지나 교육 도중의 부상으로 인한 퇴교였다. 다이크와 몇몇 생도들을 떠나보낸 뒤, 한동안 우리들은 침울하고 어색한 분위기 속에서 겨울을 보냈다.

아이크는 못내 '조금 더 오래 같이 있어 줬어야 했을까……'라며 가끔 자책하곤 했고, 제임스 역시 너무 내 공부만 한 것 같다며 혀를 차곤 했다.

웨스트포인트는 마냥 아늑하고 편안한 호그와트가 아니었다. 여긴 세금을 들여 미래 미군을 지휘할 장교를 양성하는 곳이었고, 기준에 미달하는 자에겐 언제든 편도 티켓을 내밀며 집으로 가라 명령하는 곳이었다.

문득 우연한 기회에 베니온 선배를 만났을 때, 나도 모르게 무심결에 물어봤었다.

"동기들이 퇴교해도 괜찮냐고? 하긴, 너희도 그 고민을 할 때로구나."

"그런가요."

"당연하지. 그리고 그건, 이겨내는 게 아니라 익숙해져야 할 부분이고."

그는 방금 잘라 까끌까끌한 내 머리를 슥슥 쓰다듬었다.

"너흰 아직 멀었지만, 나는 벌써 안면 있던 선배들의 부고를 받고 있어."

숨이 턱 막혔다.

"그런 의미에서 보자면, 지금의 이별은 차라리 반가운 일이지. 학교의 교육 과정이 봤을 때 그 친구들은… 장병들을 이끌고 전장에 나가기엔 조금 무리가 있다고 본 거니까."

"하지만……."

"'명예롭게 죽었다.'만큼 공허한 말이 어딨겠어? 만약 자신의 배움이 부족해 부하들까지 같이 죽음으로 내몰았다면, 그 친구가 명예롭게 죽었다고 행복해할까? 아니면 죽어서도 괴로워할까?"

나는 씁쓸하지만 그의 말에 납득해야만 했다. 여기는 전사(戰死)라는 말이 너무나도 가까이 있는 곳이니까. 그리고 더욱 나를 아찔하게 하는 것은, 아직 1차대전이란 아마겟돈은 채 시작되지도 않았단 점이었다.

어딘지 모르게 지금의 생도 생활을, 전생에서 즐기지 못한 캠퍼스의 낭만처럼 여겨왔던 게 문득 후회됐다. 머리로는 1차대전과 2차대전이 기다리고 있는 미래를 줄곧 떠올리고 있었지만, 당장 어느 참호에서 허무하게 뒈질지도 모를 미래는 눈곱 만큼도 고려하고 있지 않았으니까.

우리는 한동안 모험 활극을 찍는 대신, 잠자코 공부와 훈련에 매진했다. 이전같이 거대한 도전을 하기엔, 쓸쓸하게 집으로 돌아가던 녀석들이 눈에 아른거릴 수밖에 없었으니까.

겨울이 끝나고, 봄이 오고. 다시 여름이 되어 6월. 2학년 진급을 확정 지은 나는, 잠시 고향 샌프란시스코로 돌아올 수 있었다.

[환영! 大韓의 健兒]

[美 陸士 生徒 Yu-Jin Kim]

그리고 역에 내리는 순간, 가족 얼굴이나 볼 요량으로 왔던 나는 그 자리에서 얼어버리고 말았다.

"허허허, 유진 군 왔는가!"

승만아, 승만아. 우리 가족은 어딨고 왜 니가 있어.

선지자

역사 앞엔 족히 수백 명은 됨직한 사람들이 나와 바글바글하고 있었다. 그리고 저 플래카드를 보아하니, 설마 설마 했는데 진짜 내 얼굴 한번 보겠다고 나온 사람들이 맞는 것 같았다.

"하하하! 애국 한인들이 이 합중국 땅에 이렇게나 많다네!!"

이승만은 뭐가 좋은지 싱글거리고 있었다. 아메리칸 스타일대로라면 저 망할 놈의 면상에 원투 펀치를 날려주고 싶지만, 장유유서를 누구보다 사랑하는 한인들 수백 명 앞에서 중년 아저씨의 생생한 발치 수술을 집도할 수는 없었다.

"어… 저, 조금 당황스러운데요."

"미안하네. 이것저것 사정이 있어서 말이야. 우선 어르신과 가족분들부터 만나야겠지? 얼른 이리 오게."

그가 무어라 외치며 길을 터주자, 드디어 1년 만에 나는 가족들의 얼굴을 볼 수 있었다.

"유진아!!"

"아이고, 유진아. 애가 반쪽이 됐네. 아이고오."

예? 반쪽이 되다뇨? 아들 키가 얼마나 크고 벌크업을 얼마나 했는데 반쪽이라니.

"역시 김치를 좀 챙겨줬어야 했어. 양놈들 빵만 먹으니까 애가 이리 홀쭉해지잖아. 아니면 집에 젓갈 좀 해놓은 게 있는데 가지고 갈래?"

"크흠. 어멈. 애가 어쩔 줄 몰라 하잖소."

다행히 아버지가 동아줄을 내려주자, 나는 얼른 덥석 붙잡는 수밖에 없었다.

천천히 가족들 하나하나를 끌어안자, 다시 또 이승만이 "대한의 건아가 가족의 품으로 돌아왔습니다, 여러분!!"거리며 꽤액대고 군중들은 일제히 물개박수를 쳤다.

그리고, 웬 어린 여자아이가 나와 내게 꽃다발을 증정하는 시점에서 내 정신줄은 완전히 우주 밖으로 날아가 버리고 말았다. 정말, 형용하기 힘들 정도로 희한한 기분이었다.

* * *

대한인국민회 사무실.

"하하하, 미안하게 됐네!"

이승만은 커피를 홀짝이며 전혀 진정성 없어 보이는 사과를 표했다.

"그래서, 절 갖고 대목 장사 한번 하셨으니 이제 매출내역서를 좀 보여주시죠."

"크하하하, 역시 유진 군이야. 셈에 아주 능하단 말이지."

"누구 코에도 못 붙일 코딱지만 한 휴가를 우남 선생님 잔치의 광대 노릇으로 보냈는데, 내역서가 마음에 안 들면 제 기분이 별로 좋지 않을 겁니다."

솔직히 지금 짜증 난다. 다시 말하지만, 열차에서 내리는 순간부터 지금 당신 면상을 흠씬 패주고 싶은 충동을 애써 억누르고 있다고. 내 다 썩어가는 표정이 너무 티가 나서 그런가, 그도 웃음기를 싹 거두고 진지한 자세로 돌아왔다.

"쪽바리들."

"걔들이 왜요?"

"요즘 별로 분위기가 좋지 않아. 자기네 노예 민족인 조선인 주제에, 아직 일본계 미국인은 웨스트포인트에 입학을 못 했는데 한인계가 먼저 입학했다는 게 굉장히 자존심 상했나봐."

"뭔 개소립니까? 걔들은 애초에 본토에서 유학생을 보내잖습니까?"

"그거랑 그거랑 같나? 원래 자존심이란 건 이성의 영역이 아냐. 자네도 잘 알 텐데?"

그건 그렇긴 하지. 하지만, 그놈들 자존심이 긁힌 거랑 나랑 무슨 관계가 있단 말인가. 미친놈들이 미합중국 사관생도인 나를 담그려 들 수도 없을 테고……

"혹시, 절 좀 손봐주고 싶다든가."

"길게 설명해 줄 필요 없어서 참 편하긴 하네만, 가끔은 어른 노릇 좀 하게 해주게. 자네 생각이 맞아. 미친놈들이 자넬 좀… 망신 주고 싶어 하더라고."

진짜 '망신'만 좀 주고 싶었던 건지, 아니면 외교쟁이 특유의 완곡어법인지 구분이 잘 되지 않는다. 하지만, 쪽바리들이라면 능히 아무것도 모르고 털레털레 기차에서 내리던 내 배에 사시미를 쑤셔도 납득할 수 있지.

"하. 미친 새끼들."

"그래서 웃기지만 그 행사를 벌였네. 그 자리에선 말하지 않았네만, 오늘 나온 행사엔 사실 중국인들도 꽤 많았어."

"중국인요?"

"그래. 요 1년간, 자네는 샌프란시스코 아시아 이주민의 빛나는 별이 되었거든. 왜놈들조차 자넬 미워하면서도 '내선은 일체이니 김유진은 일본계로 봐도 무방하다.' 같은 소릴 해대니 말 다 했지."

거참 웃긴 노릇이다. 이제 남의 집 족보까지 건들고 있네. 하지만 그건 그거고, 우리 이 박사께서 이 이야기를 열심히 늘어놓는 까닭이 암만 생각해도 '내가 좀 작업 쳐서 인지도가 높아졌다.'라고 으스대고 싶어서 같단 말이지.

"흠… 그런 이미지가 자연스럽게 생긴 건 아닐 텐데요."

"그럼그럼. 당연히 이런저런 수를 써서 그런 거지."

물어봐 주길 기다렸다는 듯 냉큼 대답하는 프린스 리. 어쨌거나 도움이 된 건 맞긴 맞는데… 역시 짜증 난다. 저 인간은 보나마나 이 건도 계산서에 포함시킬 인간이니까.

내가 어떻게 정산을 끝내면 좋을까 생각에 잠겨 잠시 차를 홀짝이던 찰나, 저 밑에서부터 쿵쿵거리는 소리가 울려 퍼지기 시작했다.

쾅!!

"하아, 하아. 우남! 우나아암!!"

"이게 누구신가."

"이 나쁜 놈! 내일이라고 나를 속였겠다!!"

포마드 기름으로 머리를 쓸어넘기고, 단정한 콧수염과 정장을 입은 남자가 땀과 흙먼지 범벅이 된 채 올라와서는 연신 이승만에게 삿대질을 해댔다. 대충 뭐 빚쟁이겠거니 생각하고 있었는데, 보면 볼수록 얼굴이 낯이 익은 사람이었다. 그러니까…….

"자네가 김유진 군인가?"

"예, 맞습니다."

"반갑네. 나는 안창호라고, 저기 저 나쁜 놈이랑 같이 대한인국민회에서 민족운동을 하고 있는 사람이라네."

도산 안창호! 작년엔 아쉽게도 직접 얼굴을 보진 못하고 편지만 받았었다. 하지만 역사에 한 획을 그은 인물을 이렇게 또 만나게 되니 감회가 깊었다.

"처음 뵙습니다. 편지는 잘 받았습니다."

"우남이 편지를 줬다고? 그럴 인간이 아닌데."

"이보게 도산! 날 뭘로 보고 이러는가!"

"유진 군 도착 날짜를 일부러 내일로 잘못 알려준 사람이 할 말은⋯⋯."

"그건 실수라니까!"

실수 아닌 거 같은데. 대강의 얼개가 빤히 보이는 듯했다. 보나마나 스포트라이트를 혼자 받고 싶었던 저 관심종자가 도산 선생을 낚은 거겠지.

"흠흠. 아무튼 춘부장께서도 우리 대한인국민회에 많은 도움을 주시는데, 아들마저 헌헌장부가 되었으니 우리로선 참으로 다행한 일일세."

"그렇고말고. 농이 아니라, 이제 최소한 이 샌프란시스코 일대에서만큼은 유진 군 자네가 희망과 노력의 상징으로 받아들여지고 있네. 요즘 국민회로 와서 공부하고 싶다 말하는 청년들이 얼마나 많은지 아는가?"

안창호는 싱글벙글 웃으며 말했다.

"내가 아무리 배우고 익히고, 이 미국 사회에서 성공해야 한다 떠들어도 현실의 벽 앞에서 좌절한 사람들에게 자극이 되진 않았지. 하지만 유진 군은 스스로의 행보로 그들에게 영감을 준 걸세! 이게 애국애족이 아니면 무어겠는가?"

정신이 혼미해져 와 손을 덜덜 떨며 찻잔을 간신히 잡았다. 다른 사람도 아니고, 도산 안창호 선생이 이렇게까지 치켜세워주니 좀 많이 당혹스러웠다. 나는 딱히 민족의식이나 조선해방 같은 거대한 목표를 잡은 적은 없었다. 그냥 내 한 몸 잘 먹고 잘살기 위해, 그리고 미래 지식을 가장 골수까지 빨아먹을 방안으로 고른 것이 웨스트포인트였을 뿐이다.

이 박사가 용비어천가 불러주는 거야, 그냥 영업사원이 '아, 사장님! 역시 사장님이 최고십니다!' 하는 거랑 똑같으니까 별 감흥이 없었다. 오히려 이 인간이 대체 뭘 원하나 싶어서 머리가 아팠지. 하지만 눈에서 레이저가 쏟아질 듯 강렬하게 나를 응시하며, 누가 봐도 진심이 가득 담긴 말을 저렇게 해주니 나도 염치라는 게 따끔따끔해졌다.

"저는 그냥 제 앞길을 위해 최선을 다한 것뿐입니다. 너무 공치사가 심하십니다."

"괜찮소! 한인 한 사람 한 사람이 이 낯선 땅에서 훌륭한 거목으로 자라나면 언제고 대한의 숲이 우거질 테니, 그대는 그대의 앞길을 쭉쭉 걸어나가면 되오. 궂은일은 나나 우남이 할 테니. 아니 그렇소?"

"허허. 그거야 그렇지요. 청년들이 더욱 성장할 수 있도록 디딤돌이 되어주는 게 우리같이 나이 든 이들이 할 일이겠죠."

말들은 참 잘한다. 가만 듣고 있으면 나도 모르는 사이에 조선 독립을 위해 총폭탄 정신으로 투쟁하는 투사가 되어 있는 것 같았으니.

"그러면, 어르신들께 하나 부탁을 드릴 것이 있습니다."

"무어요? 말만 하시구려."

"총기를 개발하여 생산해보고자 하는데, 혹 기술자와 공장을 좀 알아볼 수 있겠습니까?"

그들은 고개를 갸웃했다. 이 자리에 박용만이 있는 것도 아니고, 군사지식에 관해서는 나보다 뛰어나다 말하기도 뭣하리라. 하지만 지금 난 그게 필요했다.

"아시다시피 미국은 자유의 나라고, 총기의 취급도 합법입니다."

"그렇지."

"그러니 군용과 민수용을 겸하여, 제가 구상하고 있는 총기를 한번 개발해보려고 합니다. 잘되면 한인들의 일자리와 민족 자본을 양성할 수 있지 않겠습니까."

나의 말에 그들은 잠시 "흐음……." 하며 고민할 뿐, 쉽사리 답을 내놓지 않았다.

"사실 유진 군이 미 육사 생도라고는 하지만, 총기 개발과 같은 전문 분야에까지 재주가 있다고는 우리도 믿기 어렵지 않겠소?"

"그렇습니다. 다만 저는 필요하다면 집안의 사재를 털어서라도 도전해보고자 합니다."

내 머릿속에 아주 불에 지진 것마냥 훤히 각인되어 있는 총기는 K2와 K5, M16과 M1 카빈 정도. 물론 이것만 가지고 뭔갈 뚝딱 만들어내는 건 불가능하다. 내가 확실히 가능한 선은 개념제시와 대강의 부품에 대한 설명 정도.

아마 뭔가 제대로 된 물건을 만들어내려면 꽤 시간이 걸릴 텐데, 1차대전 참전 전까지 적어도 시제품을 들이밀 준비는 끝내 놔야 했으니 썩 시간이 많진 않았다.

"내 한번 알아보도록 하지."

"허. 내가 한번 따로 알아보겠네. 도산 자네는 어차피 한인 위주의 인맥이지 않나?"

"어허. 민족 자본 육성이라 유진 군이 말하지 않았나. 그럼 당연히……."

이 아저씨들. 생각보다 유치하다. 항상 음험하고 머릿속에 구렁이 대여섯 마리쯤 사육하고 있는 것 같던 이 박사가 동네 복덕방 영감처럼 떽떽거리고 있는 모습을 보니 절로 힘이 빠졌다.

"자세한 이야기는 뒤에 따로 드리기로 하고, 우선 저는 가족을 좀 만나러 가보겠습니다."

"그렇지. 우리가 너무 오래 붙잡았구만."

"춘부장께 안부 좀 전해주시게!"

나는 인사를 대강대강 하고는 곧장 사무실을 빠져나왔다. 나도 좀 쉬고 싶었다.

* * *

"흠……."

김유진이 떠나자, 잠시 말이 없던 안창호는 품에서 스윽 담배 파이프를 꺼내 들었다.

"집어넣게."

금연가인 이승만이 눈살을 찌푸리며 말했으나, 안창호는 들은 체 만 체 하고는 담배에 불을 붙였다.

"식후연초면 불로장생이라 하였거늘. 이 몸에 좋은 걸 왜 끊었나?"

"몸에 좋기는 개뿔. 냄새만 맡아도 오장육부가 썩어들어가는데, 그러다 제명에 못 죽을걸세."

"하. 내 자네 문상 가거든 담배 한 갑 사서 가져다주겠네. 몸 안 좋아서 병원만 가도 담배나 한 대 쭉 빨라고 처방을 써주는데, 자네가 의사보다 똑똑한가?"

"그 자식들이 돌팔이인 게지."

애연가와 혐연가의 숙명적 싸움을 잠시 뒤로하고, 창문을 활짝 열어 연기를 빼낸 이승만이 다시 자리에 앉았다.

"김유진, 어떻게 생각하나?"

"어떻게 생각하고 자시고. 우리가 삼도천 건너면 한인 사회를 이끌 재목이겠지."

"그래… 그게 맞지."

이승만이 75년생, 안창호가 78년생, 김유진은 93년생.

족히 15년에서 20년 연배 차이가 나니, 이들은 도무지 경쟁자가 되려야 될 수가 없었다.

"저 녀석은 입학 전부터 '30년쯤 지나면 왜놈들이 서구 열강을 물어뜯을 거다.'라고 말했었지. 그때면 내가 환갑은 진작 넘겠구만."

"그러니 더더욱 한인이 자강(自强)할 수 있도록 기반을 다져놔야 하지 않겠나?"

맞는 말이다. 사실 저 강대한 일본제국이 30년 뒤에 무너지리라는 것조차 마냥 뜬구름 잡는 소리거늘. 하지만 두 눈 부릅뜨고 일제의 패망과 삼천리강산의 독립을 살아생전 보고 싶은 마음과 지금 현실을 직시해야 한다는 이성은 언제나 그랬듯 서로 머릿속에서 다툼을 벌이고 있었다.

이 모든 건 하느님이 그에게 내린 소명이 틀림없었다. 모세는 애굽인들의 노예였던 유대인들을 가나안 땅으로 인도하였으나, 정작 그 자신은 가나안에 당도하지 못하고 여호수아에게 유대 민족을 맡기고 눈을 감았다.

그 역시 똑같았다. 왜놈들의 노예로 전락한 조선인들을 이끌 수 있는 선지자란 오직 이 땅에 우남 이승만 하나뿐이었으니까. 그리고 그의 영도를 통해 교화된 조선인들을 아마 신세대의 리더가 되었을 김유진에게 맡기면 된다. 여호수아가 예리고성을 무너뜨렸듯, 군인으로 성장한 김유진 또한 간사한 왜놈들의 성을 무너뜨려 주리라.

천릿길도 한 걸음부터라고 했다. 우선은 재미 한인 사회부터 장악해야겠지. 그는 털끝만큼도, 김유진을 경쟁자로 생각하지 않았다.

'전쟁영웅이라도 된다면 또 모를까.'

말도 안 되는 망상을 머릿속에서 털어낸 채, 이승만은 다시 눈앞의 안창호와 논의를 시작했다.

《뉴욕타임스》 1897년 9월 22일자 기사

⟨MYSTERY AT WEST POINT⟩
NEWBURG, Sept. 21. -- Whenever the under classes at West Point think that the tactical officers are working them too hard they either spike the reveille gun or carry it off. This trick is nearly as old as the academy, and seldom it is perpetrated without one or more cadets getting into trouble.

⟨웨스트포인트의 미스터리⟩
뉴버그, 9월 21일. -- 웨스트포인트의 훈련생들은 훈육관들이 자신들을 너무 험하게 굴린다고 생각할 때마다, 기상(起床)대포를 고장 내거나 뜯어내 옮겨버렸다. 이 장난은 학교의 설립부터 계속됐으며, 후보생이 한 명 이상 이 문제에 연관되지 않은 적이 없었다.

3장
웨스트포인트의 나날 II

2학년의 시작

이 박사의 생각은 뻔할 뻔 자다. 나와 이승만의 관계에서 내가 압도적으로 유리한 점은, 이승만이 어떤 인간인지, 그리고 이승만이 앞으로 어떤 일을 할지 내가 잘 알고 있다는 부분이다.

물론 그렇다고 해서 내가 이승만을 버리기는 어렵다. 적어도 당분간은. 그도 그럴 것이, 그 인간은 얼마 후면 대통령이 될 우드로 윌슨과 끈이 있는 놈이니까. 앞으로 8년은 윌슨의 시대다. 그리고 그 8년간, 세계는 제1차 세계대전이라는 거대한 지옥에 빠져든다.

사실 내게 있어서 더 중요한 건, 내 임관과 초급장교로서의 초반 커리어가 바로 그 윌슨의 시기와 겹친단 점이다. 그 말인즉슨, 내가 진짜 전쟁영웅이 되어 스스로 미군에서 살아남을 수준이 되기 전까지는, 이 박사야말로 최악의 상황에 몰렸을 때 꺼내 쓸 조커란 소리지.

유럽으로 파병시켜 달라고 징징대는 건 최악의 수다. 진짜로 좆됐을 때, 억울하게 군복을 벗어야 할 때 위기탈출 넘버원 용으로 킵해두면 된다.

그 이후? 내 계획대로 1차대전의 전쟁영웅이 될 수만 있다면, 우드로 윌슨의 대통령 임기가 끝나는 시점에서 이승만의 용도는 끝난다. 내 인기가 폭발하면, 권력 중독자이자 마키아벨리스트인 이승만이 그때쯤이면 날 후계자라기보단 경쟁자로 의식할 확률은 100%니까. 안창호나 박용만 중 누가 재미 한인 사회의 지도자가 되더라도 아무튼 이 박사보단 훨씬 쾌적할 것이다.

내가 먼저 이승만을 날려버리느냐. 아니면 이승만이 내 목에 개목줄을 채우느냐. 아직 여기까지 고민하기엔 10년은 더 남았고, 1차대전에서 무훈을 세우지 못하면 이딴 고민은 만고에 쓸모없는 망상에 불과했다.

생각보다 시간은 많이 남지 않았다. 난 고민을 가슴 한구석으로 밀어넣은 채, 드디어 가족과 단란하지만 짧은 시간을 보낼 수 있었다.

그렇게 며칠이란 시간이 쑥쑥 흘러가고, 나는 적당히 틈을 봐 슬슬 이야길 꺼낼 수 있었다.

"돈? 용돈이 필요하니?"

"아뇨. 사업을 좀 벌여볼까 하는데……."

"그만한 돈은 없단다."

아버지의 단호한 말에 난 할 말이 없어졌다.

"물론 사업체를 정리하면 돈이야 나오겠지. 하지만 네가 아무리 장남이라 하더라도, 내 일은 둘째한테 물려줄 예정이다."

"끄응……."

대한인국민회에선 호기롭게 사재를 털겠네 어쨌네 떠들었지만, 역시 돈은 없었다.

"무엇보다, 네가 하겠다는 일이 사업성이 검증이 된 건지도 좀… 그렇구나."

"형. 총기사업은 일단 돈이 안 돼. 규모도 문제고, 기술력도 부족해."

"나도 좀 알긴 아는데, 그건 아닌 것 같아."

둘째 김유신, 셋째 김유인. 망할 동생들까지 반대하자 나는 고립무원이 되고 말았다.

"갑자기 총기사업을 하겠다는 이유가 있을 텐데, 말을 하긴 좀 그렇니?"

나는 곰곰이 생각해보았다. 1차대전이 날 것이라는 미래는 사실 지금 내가 구상하는 '사업'과는 생각보다 밀접하지 않다. 내가 하필 사업 아이템으로 총기를 생각했던 이유는, 결국 내 이미지 메이킹에 가장 절실했기 때문이니까. 하지만 지금 당장 자본을 쌓아 뭔갈 준비하기엔, 개전까진 이제 2년 남았다.

시간이 생각보다 많지 않았다.

"형은… 전쟁이 날 거라고 보는 거야?"

"그렇지."

"그럼 차라리 피복 같은 걸……."

"그것도 경쟁이 되긴 어려워. 군 납품이라는 게 절대 쉽지 않다고."

아이고 머리야. 나는 고개를 내저을 수밖에 없었다.

"그러면, 총기 관련해서는 우남 선생과 도산 선생의 도움을 얻어 최대한 가산(家産)을 쓰지 않는 방향으로 해보겠습니다."

"도움이 되지 못해 미안하구나."

"대신, 여윳돈이 있으면… 철조망 만드는 회사를 좀 알아봐 주세요."

"철조망? 그 농장에 치는 거 말이냐?"

철조망이야 지금 당장으로서는 저 정도 반응이다. 하지만 21세기를 맛본 군바리들이라면 누구나 철조망에 환장할 수밖에 없다. 단순한 일자형 선형 철조망 말고, 군바리의 악몽인 윤형 철조망을 만들어 팔아먹는다면 아마 전 세계의 군인들, 특히 유럽 친구들에게 특허비만이라도 신나게 뜯어먹을 수 있겠지.

"그 정도야 가능할 것 같네."

"그리고 혹시나 정말 여력이 된다면, 트랙터 회사도 좀 알아봐 주시구요."

지금 이 시점에서 전쟁용으로 굴리는 차는 죄다 '장갑차'에 가깝다. 정확히는, 승용차의 철판을 무식하게 두껍게 만든 수준에 불과하다. 대충 내가 졸업할 1915년쯤, 전쟁부에다 '대포를 위에 달고 철판을 덧댄 트랙터'를 보여주기만 하면 된다. 생산이고 자시고 아무것도 필요 없다.

역시 준비가 너무 늦었나? 어렸을 때부터 천재성을 뿜뿜 뿜어대며 뭔가 비범한 짓이라도 해야 했던 걸까?

하지만 그럴 수는 없었다. 단순히 미래를 안다는 평가가 필요한 게 아니다. 아마겟돈 수준의 거대한 대전이 일어난다는 것을 정교하게 예측하고, 이를 준비했다는 평판이야말로 내가 진짜 원하던 것이었으니.

내가 원하던 이미지는 '미래에 대한 식견이 뛰어나 장래가 유망한 젊은 장교'였지, 작두 타는 무당이 아니었다. 웨스트포인트 입학 전부터 전쟁을 예견했다면? 아시안 라스푸틴이나 샤먼 소릴 들으며 광대가 되는 순간 난 끝장이다.

저 머나먼 유럽에서부터 다가올 거대한 먹구름을 상상하며, 나는 아직도 생도 신분에 얽매여 있는 답답함에 속이 탈 뿐이었다.

* * *

짧은 휴가가 끝나고. 나는 내 마음의 안식처이자 제2의 고향, 웨스트포인트로 돌아왔다.

"신입인가."

"과연 이 중에 몇 명이 살아남을까?"

"어이, 누가 가장 먼저 퇴교당할지로 내기할래?"

돌아온 나를 기다리는 건 행복한 야수 막사였다. 아아, 이날만을 기다리고 있었지.

나만 그렇게 생각하는 게 아닌 듯, 밴플리트는 입이 찢어져라 웃고 있고, 아이크 역시 누가 봐도 재미난 장난감을 받은 남자애마냥 실실 웃고 있었다. 그 온화하고 착한 브래들리마저 피에 굶주려 있었으니, 웨스트포인트가 이렇게 인간의 인성에 끼치는 악영향이 만천하에 드러나는 순간이었다.

그치만… 삐약이인걸?

후배라니, 우리 장난감 맞잖아. 흐흐흐.

작년 야수 막사 때 당했던 것들을 어떻게 후배님들에게 베풀어 줄까 생각하니, 절로 싱글벙글 아리랑 어깨춤이 들썩들썩하는 건 어쩔 수 없는 일이었다. 내 잘못이 아니다. 이건 전부 똥군기와 내리갈굼을 권장하는 웨스트포인트 교육이념의 잘못이다.

"너희들은 지금 이 순간부터 짐승새끼다! 사람이 아니다! 인간 대접을 받고 싶었다면 지금 당장 웨스트포인트를 떠나라!!"

아아, 1년 전엔 내가 저 자리에서 저 소릴 들었지. 이제 보니 매번 하는 말도 대본이 있나 보다. 정말 토씨 하나 틀리지 않고 판에 박힌 듯한 멘트였다.

하지만 저 발발발 떨고 있는 어린 양들을 보니, 멘트의 효과 하나는 끝내주는 듯했다.

"헤이, 진. 고향은 잘 다녀왔어?"

"설마 빈손으로 온 건 아니겠지. 뭐 좀 챙겨왔나?"

"그럼요. 웨스트포인트의 만물상, 다시 개업합니다."

아나스타시오와 비센테 선배가 느물느물한 웃음을 숨기지 못한 채 다가왔다. 역시 하는 생각들이라곤 다 신병 굴릴 생각밖에 없지.

"올해도 어김없이 필리핀 친구가 왔어."

"걱정 마시죠. 아무래도 직접 도와주긴 좀 그렇단 말이죠?"

"그래. 저 친구 봐봐. 아주 딱딱하게 얼어 있구만."

저 멀리, 딱 봐도 필리핀 친구로 보이는 생도 하나가 힘차게 삽을 들고 땅을 파고 있었다.

"저저, 삽질 저따위로 하면 허리 다 나갈 텐데."

"이제부터 하나씩 알려줘야죠. 제가 한번 걷어차고 올까요?"

"아. 엿같은 선배 역할이라면 맥나니가 하기로 했어."

"너는 올해의 구세주 역할이야."

비센테가 씨익 웃으며 말했다.

아니 뭐야. 여태까지 그럼 사기 쳤던 거야?

"아, 작년에 네가 당했던 건 진짜 맞아."

비센테 선배가 고개를 절레절레 흔들며 얼른 답했다.

"다만 그 뭐냐. 올해는 그렇게 독기가 가득 찬 친구가 없거든. 웨스트포인트 역사의 한 페이지를 장식한 유색인종 동기가 있는데 깜둥이네 몽키네 외칠 담 큰 친구는 없나 보더라고."

학교에 남아 있던 생도들끼리 '니가 해.', '나보단 저 새끼가 앨라배마 촌놈인데 쟤한테 맡겨.', '네가 대장이니 네가 해.' 등으로 끝없이 티키타카를 한 결과, 가장 악랄하고 피도 눈물도 없는 전직 레이시스트이자 여전히 깜둥이는 그래도 좀 수준이 떨어진다고 믿는 맥나니가 당첨되었다는 게 아나스타시오의 골때리는 설명이었다.

"맥나니랑은 좀 어때. 괜찮아?"

"아, 많이 나아졌어. 아무튼 너랑 나는 미합중국이 인정한 명예백인이니 전우가 맞대."

아이고오. 그래, 사람이 바뀌면 그게 사람이냐.

"요즘은 좀 뒤틀려서 '유색인종을 이끌어 주는 게 백인의 사명'이라던데……"

"같은 생도 면상에 대고 열등 어쩌고만 안 떠들면 됐지 뭐."

아무튼 잡담은 나중에 하고, 불쌍한 필리핀 친구를 갈구는 나쁜 맥나니를 혼내주는 백마 탄 용사 역할을 하는 게 올해 내가 맡은 롤이랜다.

"그리고, 새 여단장 생도께서 유진, 너한테 밀명을 내렸어."

"뭡니까."

전 여단장 생도였던 베니온은 당연히 임관하러 떠났고, 올해의 여단장 생도는 프랜시스 뉴커머라는 선배였다. 그 선배랑 안면이라고는 수업 때, 그 외엔 베니온 선배랑 같이 몇 번 얼굴 본 정도인데 무슨 밀명?

"올해엔 니카라과에서 유학생이 왔대. 그 친구한테도 같이 백마 탄 기사 놀이 좀 하라더라."

"이 양반들이 죄다 짬을 때리네."

"네가 그만큼 신뢰받고 있다고 생각해. 내가 나서는 것보단 낫잖아?"

'나도 3학년인데 이제 좀 쉬자. 조빽이 열심히 쳐라~'

비센테 선배는 마지막까지 복장 뒤집는 말을 늘어놓고는 껄껄거리며 조용히 저편으로 사라졌다. 예상대로, 우리의 망나니 맥나니는 유색인종 둘을 붙잡고 신나는 내리갈굼을 선사하고 있었다.

"이 자식들, 죽고 싶어? 앙?? 누가 총 떨구래! 얼른 일어나서 라이플 잡아!"

"옙!!"

"예, 선배님!!"

"이 자식들. 눈알은 꼭 썩은 동태 눈깔 같아가지곤! 벌떡벌떡 못 일어나나! 네놈들, 이름이 뭐야!"

"가르시아입니다!!"

"디아즈입니다!!"

"좆까. 외우기 어려우니 너흰 오늘부터 각각 '목탄'과 '석탄'이다!"

암만 봐도 저건 천직이야. 저 녀석의 다음 생 역할은 누가 봐도 하트먼 상사다. 저러다 진짜 밤중에 총 맞을 것 같으니 슬슬 끼어들어야겠다.

"이봐, 맥나니."

"뭐야, 이 옐… 크흠, 애들 교육 중인데 네 할 일이나 하지 그래?!"

이 새끼. 방금 옐로 몽키라 하려다 혀 씹은 거 보라지. 표정이 딱 존나 아파 보이는 모습이니 봐준다.

"아무리 이놈들이 짐승새끼라 해도, 피부색 갖고 그렇게 불러대면 되나.

적당히 해 두라고."

"…흥! 그럼 이 자식들은 네가 관리해! 이 자식들 퇴교당하면 네 책임이야!!"

점순이 맥나니는 그렇게 총총 사라졌다. 험상궂고 입 더러운 백인에게 으름장 놓고 쫓아낸 나를 보는 삐약이들의 눈빛이 아주 초롱초롱하다. 당연히 그 기대에 부응해줘야겠지.

"이 새끼들 봐라? 그사이에 총 잡은 손에 힘이 빠져?"

"아닙니다!!"

"여기가 밖인데 뭐가 안이란 거냐! 엎드려뻗쳐!!"

나도 좀 굴려보자.

절망에 대처하는 법

웨스트포인트는 고립된 곳이다. 여름방학이나 크리스마스, 혹은 외부 스포츠 경기 정도를 제외하면 바깥으로 나갈 기회라곤 거의 없었다. 이러니 안 그래도 스포츠 좋아하는 친구들이 돌아버리지 않곤 못 배기지. 이곳의 폐쇄성이 어찌나 지독한지 진짜배기 영국 기숙학교를 다녔던 처칠 수상조차 '웨스트포인트는 수도원이다.'라는 말을 남겼다고 했다던데 믿거나 말거나.

그렇게 아웅다웅 지겨운 얼굴을 1년째 보게 되면, 남자새끼들이란 슬슬 수치심과 체면까지도 내려놓기 마련이었다.

"아~ 섹스하고 싶다!"

"큰 소리로 말하지 마, 병신아."

그리고, 가장 에너지가 부글부글 넘치는 10~20대 청년들을 가둬 놓으면 당연히 이 꼬라지가 난다. 드넓은 웨스트포인트 교정의 으슥한 구석탱이. 밴플리트의 머저리 같은 외침에 면박을 준 브래들리는 그저 담배만 뻑뻑 태울 뿐이었다.

"담배 다 떨어져 가는데."

"나간 놈들이 사 오겠지. 유진, 혹시 다음 수입은 언제야?"

"요즘 교관들 감시가 심해졌어. 가장 눈치 없는 놈들도 작년부터 이상하게 꽁초가 많이 보인다는 걸 알아차릴 때가 됐지. 내 생각보다 훨씬 더 늦었구만."

여기가 지금 웨스트포인트인가, 알카트라즈인가. 나 스스로도 슬슬 정체성의 혼란이 오고 있었다.

"아이크는 좋겠다. 외부로도 나갈 수 있고. 우린 언제쯤 나가보냐?"

"거긴 지금 아이크가 반쯤 리더잖아. 꼬우면 2학년이란 걸 무시할 정도로 야구의 신이 됐어야지."

"하. 부러운 놈들. 경기 한 판 뛰고 우수에 젖은 눈빛으로 관중석을 싸악 쳐다보면 여자들이 자지러지겠지? 그럼 그중에 제일 예쁜……."

"제임스야, 제임스야. 네 머릿속엔 참으로 마구니가 가득하구나. 의무와 명예는 대체 어디 팔아먹었느냐."

"그딴 건 밖에 나간 새끼들이나 갖추라 그래. 우린 여기서 1년은 더 썩은 뒤에야 그런 거 챙길 여지가 있을 테니까."

오마르의 투덜거림이었다.

"두고 봐. 야구의 시대가 온다. 그때가 되면 이 웨스트포인트 야구팀이 미식축구 놈들의 위에서 군림하는 시대가 올 거라고. 그리고 이 브래들리의 이름과 유진-호우의 이름은 야구사에 길이길이 남겠지."

미안해. 그런 거 전혀 안 와. 내 기억으로 아무리 MLB가 커져도 슈퍼볼을 왕좌에서 밀어낼 순 없었던 것 같거든. 특히나 웨스트포인트는 미식축구팀으로 유명했고.

불쌍한 병신 바라보듯 쳐다보던 게 너무 티가 났던지, 녀석이 얼굴을 찌푸렸다.

"뭐. 그날이 오면 너도 군바리는 때려치우고 아예 야구 프로로 나가는 게 어때? 웨스트포인트의 위대한 명감독인 너라면 바깥에서도 프로 구단

감독 정돈 할 수 있을 거라고."

"그래그래. 관중들이 옐로 몽키를 총으로 안 쏘는 날이 오면 꼭 감독이 될게."

"쓸데없이 비뚤어진 새끼… 말도 참 곱게 해요."

너도 한번 옐로 몽키로 살아봐. 이렇게 안 되나. 항상 느끼는 바지만 더러워서 출세하고 만다. 당장 상대 팀이 아시안 야구선수에 대해 어떻게 반응할지 몰라서 출전을 못 한다는 게 말이 되나? 내 대에서 옐로 몽키 소릴 안 들으려면 최소한 전쟁영웅은 돼야겠지만, 내 다음 세대만큼은 자유로운 한국에서……

"꼰대 온다. 튀자."

"뭐? 이거 장촌데."

"너 또 걸리면 벌점 터지잖아. 그딴 거 아끼지 말라고."

"돗대라고! 돗댄데 장초야!"

"그럼 혼자 걸리든가. 유진, 우리 먼저 가자."

"…개자식들. 저주할 테다."

우리는 이 훌륭한 학교가 알려준 대로 포복 자세를 취하며 조용히 범죄 현장을 빠져나갔다. 적어도 여기서 사귄 친구들에게선 숨 막히는 피부색 타령을 들을 일이 없으니.

정말 멋진 청춘이었다.

* * *

문제는 그날 저녁부터였다.

"아이크? 다리 왜 그래?"

"인대가 나갔대. 빌어먹을."

원정경기를 마치고 돌아온 미식축구 팀 사이에서, 아이젠하워는 혼자 목발을 짚고 있었다.

"별로 크게 다친 건 아냐. 이게 그 뭐냐… 영광의 상처란 거지."

"헛소리하지 말고 똑바로 치료나 받아."

"그래. 치료받아야지. 지금 나한테 가장 필요한 건 연초 치료라고."

다리에 둘둘 감고 있던 붕대를 슥슥 풀어내자, 부목이 있어야 할 자리에서 담배 한 보루가 튀어나왔다.

"이… 이……."

"이 미친 새끼! 니가 최고다!"

옆에 있던 놈들이 일제히 이 용감한 밀수꾼을 칭송하며 주머니와 가슴팍에 담배를 꼬불치기 시작했다.

"I like Ike! 마침내 킴 상회가 몰락하고 아이크 상회의 시대가 옵니까?"

"죽느냐 피우느냐, 그것이 문제로다."

"돈은 내놔 이 자식들아. 혓바닥으로 때우지 말고."

우리는 사이좋게 아이크의 방에서 맛있게 담배를 태웠고, 그걸로 다 끝난 줄 알았다. 하지만 그럴 리가 없었다.

"소식 들었어?"

"뭔 일이야. 짬밥이 더 맛없어진대? 이거보다 맛없긴 틀렸는데."

다음 날 점심. 어김없이 맛대가리 없는 스튜와 빵을 먹고 있자니, 옆에 앉아 있던 아나스타시오가 속삭이듯 말했다.

"아이크가 승마 수업에서 낙마했어."

"뭐? 왜?"

"무릎 부상이 생각보다 심했나 봐. 그거 때문에 지금 난리가 났어."

"아니, 치료나 똑바로 받을 것이지 말은 왜 타가지고는……."

뭔가 이상했다. 원 역사에서도 이런 일이 있었나? 내가 입학하면서 무언가 역사가 바뀌었다면?

뭔지 모를 나비효과가 일어나서, 위대한 군인 아이젠하워가 사관학교를 때려치운다면 대체 이 세상은 어떻게 될까. 브래들리가 공부를 오지게 못한다는 걸 알았을 때도 그랬지만, 나는 어쩐지 이 역사적 인물들에 얽힌 일이 있을 때마다 괜히 등골이 쭈뼛해지고 있었다.

"왜 죽을상이야. 네가 아이크 무릎을 박살낸 것도 아닌데."

"그냥… 신경이 좀 많이 쓰이네."

짬밥이 입에 넘어가질 않았다. 성격 엿같은 놈들이 그렇게 훅 갔다면 솔직히 박수라도 쳤을 텐데. 역사책 속 위인 아이젠하워가 아니라, 내가 옆에서 지켜본 아이크가 궤도에서 이탈하는 일은 있어선 안 됐다.

"그놈 어디에 누워 있는데?"

"의무실이지."

잠시 눈알을 데굴데굴 굴리던 녀석이 더욱 낮게 속삭이듯 말했다.

"너, 쓸데없는 짓 하려고 그러지?"

"쓸데없는 짓이라니. 품위 있게 '전우애'라고 불러야지."

"미친 새끼. 이제 손 씻고 조용히 살겠다며? 그때 예포 사건 이후로 리처드 중사가 원숭이 새끼 학교에서 짤라 버리겠다고 아직도 벼르는 거 몰라?"

"오, 뻐킹 목화밭 아들내미가 공갈 좀 친다고 이 유진 킴이 전우를 버릴 수는 없지."

"안 돼. 안 돼! 그 뻐킹 목화밭 아들내미가 망할 깃펜으로 '유진 킴, 벌점 초과로 정학.' 적는 순간 넌 진짜 좆된다고."

아나스타시오의 목소리는 이제 터널에서 울려 퍼지는 것마냥 짙은 바리톤 사운드가 되었다. 저 순둥순둥한 눈망울에 걱정이 짙어져 가는 것이 홍성 한우를 보는 듯해 뭔가 가슴이 아파… 홍성… 한우… 한우불고기버거 먹고 싶다.

"들어봐. 나이는 4살이나 더 처먹은 주제에 쓸데없이 센티멘탈한 아이크는 지금쯤 친구들이 아무도 안 온다고 질질 짜면서 온몸을 비틀고 있을 거라고."

"그 자식이 몸을 비트는 건 담배를 압수당해서고 병신아. 비센테 선배가 나한테 신신당부했는데, 니가 헛짓거리할 것 같으면 검술 시간에 니 늑골을 하나 날려버리랬어."

"친애하는 아미고, 오늘 남은 수업 시간엔 검술이 없다네."

내가 친절을 가득 담아 답해줬더니 표정이 더욱 썩어들어갔다. 안타까운지고. 저 순진무구한 친구에겐 절대 털어놓을 수 없는 말이지만, 천하의 아이젠하워 원수에게 감명 깊은 일화를 남겨 놓을 수 있다면 그깟 벌점은 퇴학만 안 당하는 선에서 얼마든지 감수할 수 있었다. 그러니까, 걔 얼굴을 보러 오늘 밤 창문을 좀 넘어야겠다.

절대 걱정돼서가 아니란 말이지.

* * *

그날 밤. 나는 은밀하게 창문에서 신념의 도약을 하며 뛰어내려, 어쌔신 울고 가라 할 완벽한 기도비닉을 유지하며 의무실로 향했다.

당연히 번을 서서 돌아가며 경계를 서고 있고, 몰래 기숙사에서 빠져나온 내가 걸렸다간 제대로 뭐 되는 일이지만…….

"마틴 선배님."

"킴? 이 미친놈. 진짜 나왔다고? 리처드 중사가……."

"빌어먹을 리처드 새끼 이야기는 선배님한테 들으면 서른마흔다섯 번째입니다. 한국말에 '으리 빼면 시체.'라는 말이 있거든요? 얼른 문 좀 따주십쇼."

"15분. 그 이상은 안 돼. 혹시나 누군가 오면 이 의자를 걷어찰 테니까 소리 듣고 알아서 튀어. 알았지?"

지금 이 시각 의무실 경계를 서고 있는 마틴 선배는, 브래들리 뺨치는 야구교 신도란 말이지. 이미 자이언츠식 트루 빠따를 맛봐버린 선배는 더 이상 옛날의 꽉 막힌 남부 딕시 레이시스트로 돌아갈 수 없는 몸이 되어버렸다. 이렇게 스포츠가 또다시 인종과 갈등의 벽을 뛰어넘게 해준 것이다!

"너. 교관들한테 걸리면 교관보다 먼저 내 손에 죽는다. 당장 얼마 후에 아나폴리스 새끼들이랑 경기 있는 거 알지? 그때 니가 출장정지 먹었으면 널 저 매독 빼고 다 걸리는 연못에다 처넣어버릴 거야."

"예에에."

딸깍! 묵직한 19세기식 자물쇠가 돌아가며 마침내 의무실의 문이 빼꼼히 열렸다.

"이 시간에 누… 진? 너 미쳤어?"

아니 어째서, 트루 프렌드가 찾아왔는데 다들 하나같이 미쳤냐고 하는 거지.

"혼자 외로이 질질 짜고 있을까 봐 이렇게 걸음했는데 미쳤냐니. 너무하구만."

"그 남부 꼴통 리처드 중사가 니 이름에 빨간줄을 긋고 싶어서 안달이 났는데……."

와 시발. 또 리처드야. 돌아버리겠네. 나는 구구절절 대답하는 대신 마지막 남은 담배 한 갑을 아이크에게 던졌다.

"나의 전우여. 그대의 용기와 헌신을 나 아이젠하워가 잊지 않겠네."

이 너무나도 쉬운 새끼 같으니…….

"유진."

"왜?"

드디어 저 친구가 내게 마음의 문을 여는구나. 아이젠하워의 베스트 프렌드 자리를 먹는다니. 이 고생을 한 보람이 있다!

"불도 줘야지."

"시발롬."

오버핸드 스로로 성냥을 던지자 아이크가 잽싸게 받아 들었다.

* * *

우리는 그렇게 입을 닥친 채, 담배를 한참 동안 태워댔다. 이윽고 그가 말문을 연 것은 두 번째 궐련이 반쯤 타들어 갔을 무렵이었다.

"미식축구는 포기하라더라."

"……."

"더 이상 하면 다리 병신이 된다더라고. 어떡하겠어. 그만둬야지."

"……."

"빌어먹을 웨스트포인트! 애초에 난 군바리 될 생각도 없었다고. 그냥… 그냥 공짜로 미식축구 하려고 온 건데, 정작 그걸 못 하게 됐는데. 어쩌다가, 하……."

나는 말문이 막혔다. 내가 조금 나불댄다고 해결될 문제가 전혀 아니었다.

"진."

"왜."

"니가 원하던 걸 두 번 다시 할 수 없다는 소릴 들으면, 넌 어떻게 할 거야?"

"너랑 나는 상황이 다르잖냐. '다리를 못 쓰면 군인이 될 수 없어.'랑 '원숭이는 군인이 될 수 없어.'는 전혀 다른 말이라고."

"내가 봤을 땐 비슷한 난이도야. 아직도 가끔 네가 여기 버티고 있는 게 신기할 지경이라고."

잠시 고민했다. 뭘 말해줘야, 내 앞에 있는 이 절망에 빠진 친구에게 도움이 될 수 있을까. 일단 천천히 내 썰을 한번 풀어보기로 했다.

"나는 원래 아나폴리스에 가고 싶었어. 아무리 생각해도 잽스랑 싸울 곳은 바다 위지, 육지는 아닐 것 같았거든."

"그래? 나도 처음엔 아나폴리스로 가려 했지. 나이 때문에 그냥 웨스트포인트로 왔지만 말야."

118

"나도 사정은 비슷해. 웨스트포인트는 정말정말 극소수지만 흑인 생도를 받았던 적이 있고, 아나폴리스는 한 번도 없었거든."

네 생각과는 다르게, 나는 무슨 불굴의 투사 같은 게 아냐. 그나마 가능성 있어 보이는 곳에 도전했을 뿐이지. 아이크는 다시 입에 담배를 물고 내 중얼거림을 조용히 들어주었다.

"난 한 번도 이게 안 되면 죽어버리겠다! 같은 생각을 한 적은 없어. 아나폴리스가 안 돼? 그럼 뭐, 웨스트포인트 가지. 딱 이 정도였으니까."

"그래서 그냥 나도, 미식축구가 안 되니까 적당히 다른 일 하라고?"

"이건 내 인생 이야기지. 네 미래는 네가 결정하는 거고."

쾅! 바깥에서 울려 퍼지는 묵직한 금속음. 틀림없었다. 의자 넘어지는 소리다.

"씨발. 누구 왔나 보다. 난 간다."

"야, 야!"

"궁상 작작 떨어! 씨발, 넌 미식축구 존나 못해. 아니다, 잘하긴 하는데 그걸로 먹고살 새낀 아냐. 넌 그냥 말뚝 박고 늙어 뒤질 때까지 군바리 하다가 별 5개 다는 게 니 적성에 딱이라고. 난 간다!"

"야이……."

창문을 열고 정신없이 튀었기 때문에 나는 아이크의 뒷말을 듣지 못했다. 뭔진 몰라도, 들었으면 꽤 오글거렸을 것 같다.

얼마 후, 아이크는 다시 수업에 돌아왔고, 웃음기도 금방 돌아왔다. 하지만 그로부터 며칠 후, 웨스트포인트 미식축구 팀이 앞마당에서 아나폴리스에게 6:0으로 깨지자 아이젠하워의 표정은 다시 죽을상이 되었다.

확실한 도박

"유진 킴! 유진 킴 생도!"

쩌렁쩌렁 울려 퍼지는 목소리. 교실 문이 드르륵 열리면서 역사 담당 교관이 반쯤 뛰쳐 들어왔다.

"네, 교관님."

"이건 대체 뭐야!"

그가 종이뭉치 하나를 펄럭펄럭 휘둘러대며 내 앞에 들이밀었다. 음, 아주 고급스러운 필체로 쏼라쏼라 적어 놓은 것이, 아주 훌륭하고 학식이 뛰어난 분. 그러니까… 미래 미군의 대충 대원수쯤 될 법한 위대한 분이 적어 놓은 쪽지시험지가 틀림없었다.

"제가 제출한 레포트입니다."

"나랑 싸우겠단 거냐? 내가 점수를 제대로 줄 것 같아?"

"교관님께서는 갓 학문에 발을 디딘 생도의 답안을 열린 마음으로 받아들이실 수 있는 훌륭한 인격자라고 생각하기 때문에… 비록 답이 틀리더라도 논리적 정합성이 있다면 0점은 주지 않을 거라 믿습니다."

너무 살살 긁었나? 비꼬는 거로 생각해서 폭발하면 곤란한데 말야. 폭발하는 건 요즘 한껏 욕구불만이 된 아이크로 충분하다.

그러고 보니, 아이크는 훌륭한 탕아가 되어 있었다. 6:0 홈경기 라이벌리 패배는 좀 심하긴 했지. 나름대로 성실하던 학생을 웨스트포인트의 갱스터로 만들 정도로 충격적인 사건이긴 했다.

하지만 기숙사실 내에서의 배짱흡연과 음주, 말 대신 먼저 나가는 손이며 걸쭉한 욕설까지 더해지니 혹시 졸업하고 시카고에서 밀주 장사할 생각 없는지 궁금해질 정도였다.

이게 다 아나폴리스 새끼들 때문이다. 살살해줬으면 그 정도로 아이크가 막 나가진 않았을 텐데. 하필 자신이 실수를 해서 치명적인 부상을 당하고, 팀의 중추 멤버가 갑작스럽게 이탈하며 전열을 가다듬지도 못한 결과 물개 새끼들에게 간발의 차로 패배했다는 사실이 센티멘탈한 아이크의 책임감을 푹푹 찌르기에는 충분했다.

6:0. 딱 한끗 차이. 7년 연속 패배. 아이크만 멀쩡했으면 이기고도 남았을 거다. 실제로 그 소릴 해대는 사람들이 없는 것도 아니었으니까.

만약 위대한 원수 아이젠하워가 퇴학당해 보드워크 엠파이어로 진로를 잘못 잡고 이로 인해 2차대전에서 히틀러가 승리한다면 이 얼마나 어처구니없는 일인가. 이런 대체역사를 연재한다면 편당 조회수 300도 안 나올 거다. 아니면 작가가 총에 맞거나.

"이… 이……!"

내가 이렇게 잡생각을 무럭무럭 키우고 있을 동안, 불쌍한 교관님은 무수한 생도들이 빤히 쳐다보는 앞에서 "응, 제대로 안 줄 거야. 너는 0점이야."라고 말할 용기가 없어 얼굴만 붉히고 있었다. 미안합니다 교관님. 악의는 딱히 없어요.

그치만 저. 이제 슬슬 튀어 보여야 하거든요.

* * *

"…따라서, 현시점에서 유럽에서 대규모 전쟁이 발발할 가능성은 희박하다는 것이 식자들의 주된 의견이다."

역사 교관이 몇 가지의 이론을 열거하고, 우리는 받아적고 외우고. 아주 모범적인 쌍팔년도 교육이다.

"물론 전쟁이 터질만한 곳은 있다. 예를 들면 발칸반도지. 그곳은 이교도 무슬림에게 너무나도 오랜 시간 동안 오염되어 있었고, 살고 있는 사람들의 성정도 이에 따라 난폭해졌으며, 오스트리아─헝가리제국과 러시아제국의 이권이 충돌하는 곳이기 때문이다. 하지만 세계 각국이 그 어느 때보다 긴밀하게 연결되었으며, 모두 함께 예수 그리스도의 가르침을 믿으며, 전쟁 위기를 이미 대화와 타협으로 극복한 여러 차례의 경험이 있는 만큼……."

이 시기 지식인이란 양반들이 얼마나 나이브했는가. 적어도 선생이 떠드는 말은 내 귀에 그렇게 해석되어 들려왔다.

사라예보 사건까지 앞으로 만 2년도 남지 않았다. 암살이 너무 갑작스러웠다고? 그럴 리가. 19세기부터 정부 요인이나 왕공족에 대한 암살은 혁명 마려운 놈들의 기본 소양이었다.

대화와 타협? 미친놈들. 주유소에서 담배 피우는 양아치들이 '이번에 폭발하지 않았으니 앞으로도 폭발하지 않을 거야!'라고 계속 라이터 켜다가 시밤─쾅 하고 폭발한 게 1차대전 아닌가. 매번 격발 직전에 아슬아슬하게 수습된 걸 가지고 대화와 타협이라니. 이 시대 놈들은 생각보다 더 나사가 빠져 있었다.

하지만 이런 '상식'이야말로 내겐 기회였다. 다시 말하지만, 만 2년도 남지 않았다. 지금 닥터 둠 행세를 하면, 졸업 전에 수확의 기쁨을 누릴 수 있단 말이지.

"이의 있습니다."

내가 손을 들며 낮은 목소리로 한마디 하자, 교실의 온도가 화씨… 아니, 섭씨로 한 3도쯤 떨어진 것 같다. 망할 미국인들이 내 머리에 화씨를 박아 넣고 있어!

"무슨 말이지? 유진 킴 생도."

교관은 조금 당혹스러운 눈치였다. 그도 그럴 것이, 이 신성한 웨스트포 인트의 교단에서 '이의'라는 건 성적 질의 때나 있는 일이었으니까.

"교관님께서는 대규모 전쟁의 가능성이 거의 없다고 하셨는데, 그렇다면 어째서 저희 웨스트포인트의 입학생 숫자는 늘어난 겁니까?"

"그건 전혀 별개의 문제지. 내가 말한 건 어디까지나 유럽 열강들이 얽 힌 대규모 전쟁이니까. 여러분 생도들은 필리핀의 정글, 파나마의 해안, 저 야만스런 중국 등 성조기가 휘날리는 전 세계 방방곡곡에서 야만족과 식인 종을 상대로 합중국의 위신을 지켜야 할 의무가 있습니다."

시발. 나 빤히 쳐다보면서 '야만스러운 중국'이라고 하는 거 보게. 안 되 겠다. 계획 변경이다. 갑자기 이렇게 싸대기를 철썩 맞았는데 참았다가는 나의 가오… 아니, 위신이 상한다. 이 한 몸 바쳐서 1차대전이 터진 원인 을 몸소 보여주는 것이다.

"교관님의 말씀 잘 알겠습니다. 유럽에서의 전면전이란 불가능하단 거 군요."

"그래. 그럼 계속 진도……."

"하지만 말씀하신 대화와 타협 모두 전쟁 직전까지 가지 않았습니까? 타협에 실패하거나 여러 조건 등으로 불발되면 결국 전쟁이 일어나지 않을 까요?"

"그만. 여러분의 역할은 IF를 상상하는 것이 아닙니다. 그건 펄프 픽션이 나 끼적대는 소설가들의 역할이지. 오늘 레포트 과제를 내겠습니다. 주제는 '3개국 이상의 열강이 엮인 대규모 전쟁이 발발할 수 없는 이유'입니다. 분량은……."

교실 곳곳에서 머리를 쥐어뜯는 친구들이 보인다. 어우, 시선들이 아주 따끔따끔하구만. 난데없이 레포트를 얻어맞은 녀석들이 저주와 원망이 뒤섞인 시선으로 나를 노려본다.

미안해, 얘들아. 그치만 니들이 오늘의 일을 꼭꼭 기억한 채 임관해줬으면 좋겠어. 내 예측을 사방팔방, 온 육군에 널리 떠벌리도록 말야.

* * *

그리고 그 결과물. 나는 종이에 빽빽이 '유럽에서 대전이 터질 수밖에 없는 이유'를 몇 페이지에 걸쳐 정성스레 적어 제출했다.

[독일의 외교적 고립.

고립에 따른 독일과 오스트리아-헝가리의 유착.

영국과 프랑스의 협조.

오스트리아-헝가리와 러시아의 대립.

민주정을 깔 수는 없으니, 전제 국가들 특유의 폐쇄적인 결단 과정.

군부와 관료층과 정치인들 간의 커뮤니케이션 부족.]

미래의 학자들이 '아니 대체 전쟁이 왜 난 거지?'라며 이것저것 주워섬기던 이유들을, 난 고스란히 전쟁 발발을 촉진하는 원인으로 지목하면 된다. 다른 건 몰라도, 후대 사학자들은 내가 제출한 저 망할 종이를 아마 신줏단지처럼 여기게 되겠지.

물론 저따위 레포트를 제출한 결과, 지금 교관은 매우 매우 빡친 상태가 되었다. 핀 뽑힌 수류탄이 따로 없네.

"미안하지만, 형평성을 고려해 그렇게 할 수는 없네."

"저는 전쟁이 조만간 터진다는 데 모든 걸 걸 수 있습니다."

"뭐?"

갑자기 교실이 시끄러워졌다. 쟤가 왜 이러나 생도들이 저마다 수군덕거리고, 교관마저 이제 당혹감을 감추지 못했다.

"저는 5년 내로 유럽 전체를 집어삼킬 대전쟁이 오리라 확신합니다. 이건 전쟁이 터지면 좋겠다는 희망이 아닌, 논리적인 추론의 결과입니다."

"그래서?"

"하지만 5년 뒤라고 하면 제가 이미 졸업했을 때니 뭔가 걸만한 게 없네요. 그러니까 3년, 아니……."

모두가 내 입만 뚫어져라 바라보고 있다. 몇 초 정도 잠시 뜸을 들이며 이 침묵을 즐긴 뒤.

"제가 졸업장을 받아 들기 전까지, '모든 것을 끝낼 전쟁'이 오리라고 감히 예측하겠습니다. 만약 전쟁이 터지지 않는다면, 저는 졸업장을 받지 않겠습니다."

"미친 새……!"

밴플리트가 내 입을 틀어막을까 말까 고민하다 자기 입을 틀어막았다. 현명한 판단이야.

"반대로, 제가 졸업장을 걸면 교관님께선 뭘 걸겠습니까?"

"후우… 유진 킴 생도. 나는 학생들을 무척 많이 봐 왔다네. 그리고 똑똑한 학생들, 스스로의 능력과 힘으로 이곳 웨스트포인트까지 온 학생들은 특히나 자신의 지적 능력을 과신하곤 해."

그렇지. 왜냐면 걔들은 두 번째 생이 아니잖아. 평경장 교관님이 이르길 확실하지 않으면 승부를 걸지 말라 했다. 그 말은 이렇게 확실하면 승부 걸라는 소리지.

만약에 나비효과가 벌어져서 그때까지 1차대전이 안 터졌다? 시발 그럼 져야지 어쩌겠나. 나 하나 떨어졌다고 2년 뒤 프란츠 페르디난트가 총에 안 맞는 미래라니. 그 나비효과 설명하는 것만으로 대체역사소설 한 질을 쓰고도 남겠다.

어차피 그 시점에서 내가 아는 미래 지식은 대부분 휴지조각으로 전락한다. 거기에 내 평판까지 같이 상장폐지될 테니, 졸업장 포기는 사실 그때 가면 나한테 굉장히 좋은 조건이 된다. 이래저래 내가 잃을 건 하나도 없는 싸움이었다.

"마지막 기회를 주지. 이 레포트 다시 가져가고, 오늘 밤까지 새로 써서 제출해. 그러면 소신이 뚜렷한 생도의 용기 정도로 봐줄 용의가 있지."

그는 여전히 붙들고 있는 내 레포트를 펄럭였다.

"하지만 거절한다면, 킴 생도의 내기를 받아들이지."

"교관님! 학생 하나의 헛소리에 일일이 신경 쓰시면 안 됩니다!"

"지금 한 남자가 자신의 미래를 걸고 있는데 어디서 끼어드나!"

와, 역시 마초이즘의 시대야. 브래들리의 다급한 외침은 교관의 더 큰 목소리에 순식간에 파묻히고 말았다. 이미 교실 분위기는 1월의 철원이 되어 있었다. 다들 추워 죽겠다는 기색이 역력하다.

"그러면, 교관님은 무얼 거실는지요?"

"자네가 졸업장을 받기 전까지 유럽에서 포성이 치솟는다면, 내가 전쟁부든 국무부든 언론이든 내 목소리가 닿는 곳 어디에나 위대한 선각자가 웨스트포인트에 출현했다고 있는 힘껏 떠들어주지. 원한다면 국무부에 자리라도 만들어주겠어."

"그럴 리가요. 임관해야죠."

"그래. 자신감 하나는 인정해준다."

그는 결국 뻗은 팔을 내리고 내 레포트를 챙겼다.

"이 레포트는 액자로 표구해서 내 머리맡에 걸어두마."

"감사합니다, 교관님."

이겼다. 이 맛에 도박하는 거구만.

미친놈 보듯 쳐다보는 모두의 시선에 아랑곳하지 않고, 교관은 다시 수업을 시작했고 나는 유유자적 수업을 들었다.

* * *

"이 미친 새끼!"

"저 새끼 잡아. 한동안 사리랬더니 인제 교관이랑 싸우고 있어."

"내 생각엔 말야. 졸업식날 예포 안에 유진을 처넣은 뒤에 우리가 단체로 무릎을 꿇는 거야. 그리고 '제발 이 새끼 졸업장만 주시면 돼요. 포는 저희가 쏠게요.'라고 애원하는 거지."

"거참. 그럴 일 없을 거라니까. 오히려 교관이 기자들을 개떼처럼 데려오고, 기자들이 죄다 나에게 무수한 악수의 요청을 할 거라고."

내 자신만만함을 허세나 정신병의 일종으로 받아들였는지, 망할 친구라는 것들은 날 붙잡고 정신과 치료를 하기로 했다. 물론 이 시대의 정신과 치료는 당연히 물리치료다.

"저놈을 매우 쳐라!"

"악귀야 물러나라!"

"악! 아악!! 아파! 아파!!"

한참을 그렇게 밟힌 뒤, 아이크가 품에서 편지 봉투 하나를 꺼냈다.

"됐고. 지 앞길 지가 틀어막았는데 우리가 어쩔 거야. 그때 가서 어떻게 빌어야 교관들의 심금을 울릴지 한번 고민해보자고."

"그 편지는 뭔데?"

"다이크가 보냈어. 이번 크리스마스 때 단체로 놀러 오라는데? 파티 참석할 생각 있으면 미리 말해달래."

파티라니. 물론 웨스트포인트 내에서도 사교 행사는 활발했다. 아예 수업으로 춤을 가르치기도 하고. 그치만 불쌍한 옐로 몽키는 에스코트할 레이디가 없어요.

"파티라, 당연히 가야지."

"예쁜 여자 많겠지?"

"술 마셔도 괜찮겠지?"

"이 인간들아. 전부 생각이 그 모양들이냐."

내가 한심하다는 듯 중얼거리자 나쁜 놈들은 다시 내 몸을 붙들기 시작했다.

"교관이랑 정면으로 한판 뜨자고 하는 새끼가 우릴 보고 비웃고 있네."

"우리 중에선 니가 제일 미쳤어."

파티라. 확실히 대동할 레이디 하나 없다는 건 이 시대 기준으로 조금 아픈 일이긴 했다. 쏠로에게 한층 더 자비심이 없는 무자비한 시대거든.

"그래 뭐. 파티에 참석할진 둘째 치고, 다이크 얼굴 한번 봐야지."

"캔자스면 내 고향이기도 하니까, 다들 우리집에도 한 번쯤 들를 수도 있겠네."

아이크의 말에 고개를 끄덕이면서도, 나는 다음 미래 계획을 분주하게 짜맞추기 시작했다.

즐거운 파티

　1912년 겨울. 막 눈발이 흩날릴 때쯤, 우리는 크리스마스 휴가를 얻을 수 있었다.

　따뜻한 아열대 필리핀에서 뉴욕으로 온 아나스타시오는 가엾게도 꼬리불 꺼진 파이리 신세가 되어 이불을 둘둘 말고 의무실로 들어갔다. 작년 이맘때는 무슨 겨울잠쥐처럼 이불 밖에서 나오지 못하더니, 그래도 1년 살아봤다고 예전처럼 다 죽어가진 않는 게 다행이었다.

　그리하여 웨스트포인트의 수어사이드 스쿼드, 아니 어벤저스인 나, 아이크, 오마르, 제임스의 4인 파티는 보무도 당당하게 캔자스로 향했다.

　"캔자스! 나의 고향! 캔자스가 얼마나 좋은 동네냐면 말이지……."

　"촌."

　"아씨. 좀 들어봐, 캔자스는……."

　"토네이도가 유명하지."

　"조심해. 아이크네 집에서 자다가 집째로 날려가서 오즈로 갈지도 몰라."

　캔자스 외딴 시골집에서 어느 날 잠을 자고 있는데 무서운 회오리… 아냐. 말을 말자. 나는 노땅이 아니다… 나는 젊고 후레쉬한 젊은이다…….

고향에 대한 애향심을 무자비하게 진압했음에도 불구하고, 아이크는 기차 안에서 몇 시간에 걸쳐 캔자스의 위대함을 설파했다. 역시 옆동네 비슷한 깡촌인 미주리 출신인 브래들리는 '니가 말하는 거 다 우리 동네에도 있음.'이라며 아이크를 슬슬 긁었고, 플로리다 출신인 밴플리트와 샌프란시스코 토박이인 나 역시 '우우, 깡촌맨들~' 하면서 신나게 놀려댔다.

아이크의 집은 캔자스에서도 더더욱 깡촌이었기에, 우린 역에서 가까운 다이크의 집으로 먼저 향했다.

"뭐여."

"집 존나 커."

"혹시 니들 주소 착각한 거 아냐?"

전형적인 미국식 저택. 널찍한 마당과 큼지막한 담장. 딱 봐도 고급진 티가 물씬 나는 것이 그냥저냥 사는 서민의 집은 전혀 아니었다. 결코 잘 사는 집 태생은 아닌 소시민 아들 넷은 그 집 앞에서 헛소리만 열심히 주워섬길 뿐이었다.

아이크가 고개를 짤랑짤랑 흔들었다.

"아냐. 혹시 얘가 우리 만나기 싫어서 엉뚱한 주소를 부른 거 아닐까?"

"진짜 그거면 캔자스식 처형식을 해야지. 일단 사람이나 불러……."

그렇게 두런두런 얘기를 하고 있자니, 집에서 누군가가 벌컥 문을 열고 나오더니 큰소리로 외쳤다.

"아이크! 얘들아!!"

"오랜만이구만."

"질질 짜면서 홀쭉해질 줄 알았는데, 이제 보니 살이 더 붙었네."

"저건 살이 붙은 게 아니라… 하루 종일 쳐묵쳐묵만 한 모양인데?"

다이크는 딱 봐도 애가 뭔가… 둥글둥글해졌다.

각진 근육질 몸매는 어디로 가고, 지금 우리 앞에 있는 건 하나의 근육 돼지에 불과했다. 웨스트포인트가 또오 한 사람의 인생을…….

"얼른 들어와! 아버지도 무척 기다리고 계셔?"

"아버지?"

"그럼그럼. 웨스트포인트 친구들 불러도 되냐고 하니 아버지가 꼭 부르라고 했거든. 이번 크리스마스 파티가 좀 클 예정이라······."

"아니 잠깐. 난 그런 거 들은 적 없다고."

슬슬 서민 넷의 동공에 지진이 일어나기 시작했다. 애초에 우리의 '파티'라는 개념은 술 처먹고 담배 피우며 노래를 부르고 게임하며 노가리나 까면서 여자 하나 없는 인생을 한탄하며 끝나는, 그런 거란 말이다. 근데 딱 봐도 으리으리한 집에? 뭐? '좀' 커? 이렇게 제법 사는 집 애인 다이크가 좀 크다고 했으면 대체 얼마나 휘황찬란할지 감도 안 잡힌다.

우리는 도살장에 끌려가는 어린 양처럼 어어 거리다 다이크의 손에 이끌려 집 안으로 들어갔고, 딱 봐도 풍채 좋아 보이는 아저씨가 우릴 기다리고 있었다.

"어서 오게, 미래 미군의 기둥들!"

"안녕하십니까."

"내 못난 아들과 친구가 되어주어 고맙네. 이 녀석, 퇴교당하고 나서 몇 날 며칠을 눈물 콧물 다 뺐는지 몰라. 너희가 보내준 편지가 아니었다면 아마 해외로 보냈을지도 모르겠구만."

우리는 응접실에서 간단한 다과를 함께하며 잠시 시간을 보냈다.

* * *

다이크의 아버지는 의사였고, 지역 유지 중 한 명이었다. 역시 의느님이 돈이 되는 건 예나 지금이나 비슷한 것 같았다.

우리는 틀림없이 '적당히 이야기나 하다가 튀자.'라고 작당모의를 했지만, 이미 다이크의 아버님은 크리스마스 파티 때 '미래 미국을 이끌 동량들'

이 이번 파티에 오노라고 사방팔방에 큰소리를 땅땅 쳐 놓은 상태였다. 아니, 한 학년에 100명쯤 되는 웨스트포인트의 생도들인 만큼 딱히 부정은 안 하겠다. 실제로 나를 뺀 세 명은 원 역사에서도 진짜 미국을 이끄는 한 축이 되긴 했으니까. 하지만 그 과대광고 덕택에, 우린 짤없이 파티장에 끌려 나와야만 했다.

"와."

"와, 시발."

"쉿. 품―위를 유지하지 않는 죄로 군법재판에 끌려갈지도 몰라."

"여기서 우리 뭐 해야 하지?"

"몰라. 대충 구석에서 밀빵이나 먹고 있자."

플랜 B, 파티장 구석에 짱박혀 있으려던 우리의 야무진 계획조차 어김없이 실패하고 말았다. 그도 그럴 것이, 누가 봐도 떡대 좋고 키 큰 데다 웨스트포인트 생도복까지 정복으로 딱 차려입은 친구들 넷이 옹기종기 모여 있으니 주목을 안 받으려야 안 받을 수가 없던 것이다.

"젠장. 위장에 실패하다니."

"소부대 전술을 다시 공부해야겠어."

그렇게 중얼거리던 우리는, 망할 다이크와 다이크의 아버님이 소개해주는 사람들과 열심히 인사를 나누게 되었다.

"오. 캔자스에 온 걸 환영하네, 젊은 친구들."

"안녕하십니까!"

그리고 파티가 무르익어가자, 서로 눈알만 데굴데굴 굴려대던 녀석들은 슬그머니 드레스를 입은 레이디들의 곁으로 가 춤을 신청하기 시작했다.

망할 놈들.

불쌍한 옐로 몽키를… 버리지 말아 줘…….

그렇게 입이 찢어져라 웃으면서 여자랑 춤추지 말라고, 오마르. 딱 대충 스캔해봐도 역시 인종의 차이는 느낄 수 있었고, 내가 적극적으로 끼어들어봤자 괜히 상대가 불편해할 확률이 높아 보였다.

　물론 이런 곳에서 멍하니 모아이 석상처럼 구경만 하고 있는 것도 매너가 아니긴 하지. 하지만 생각해봐라. 갑자기 아시안이 춤을 신청하는데, 승낙하면 옐로 몽키와 춤을 췄다고 뒷담화를 들을 테고, 거절하면 또 레이시스트라고 씹힐 게 틀림없다. 그러니 그냥 내가 춤을 안 추고 여기서 매너 없는 놈 소리를 듣는 게 정답이라 할 수 있었다.

　그렇게 와인을 홀짝이며 열심히 갈고닦은 춤솜씨를 펼치는 친구들을 바라보고 있을 무렵이었다.

　"흠, 킴 군이라고 했나?"

　"편하게 유진으로 불러주셔도 됩니다."

　다이크의 아버님이 내게 다가와 말을 걸었다.

　하긴. 호스트로서 손님이 멍때리고 있으면 방치하는 것도 매너가 아니긴 하다.

　"왜 자네만 여기에 있나?"

　"그, 아시잖습니까. 제가 춤을 신청하는 자체로도 다른 분께 불편을 끼쳐드릴 수 있단 걸요."

　"…사실, 자네 이야기는 아들내미에게서 많이 들었다네. 듣던 대로 사려가 깊구만."

　"사려가 깊다뇨. 과찬이십니다. 유색인종으로 살아남기 위한 눈치 정도로 생각해주시면 감사하겠습니다."

　그는 내 말에 답을 하지 않고 잠시 고민하는 듯했다.

　"사실, 이 자리는 생각보다 유색인종에게 썩 적대적인 곳은 아니라네."

　"그렇습니까?"

　"그래. 사실 이번 파티를 열면서 자네 이야기를 좀 했었거든."

　이건 의외다. 아니, 당연한 건가? '아시아인 생도가 올 예정이니 불편한 분들은 다음에 봅시다.'라고 말을 하는 편이 괜히 파티가 시끄러워지지 않는 최선책일 수도 있으니까.

"자네에게 관심을 갖는 사람들이 일부 있었다네."

"제게요?"

"아. 오해하지 말게. 절대 무슨 동물원 원숭이 그런 건 아니야. 말 그대로, 자네와 만나 이야기를 좀 하고 싶다는 사람들이 있네. 자네가 불편하다면 어쩔 수 없지만, 혹시 잠깐 시간을 내줄 수 있겠나?"

"물론이죠. 배려해주셔서 무척 감사드립니다."

"그럼 따라 나오게. 별관에 기다리고 있으니."

뭐지? 파티장도 아니고 별관에서 봐야 한다니. 별별 상상이 다 든다. 가장 먼저 떠오르는 건 소수인종 뭐시기. 어쩌면 일본일 수도 있다. 일본인이 권총을 들고 얼른 대일본제국에 충성을 맹세하라고 하면… 안 되겠다. 도무지 짐작할 건덕지가 없다. 망상을 적당히 머릿속 어딘가로 처박으며, 나는 안내에 따라 별관에 도착했다.

"나는 이만 빠지겠네. 이야기 마친 후 다시 오게나."

"알겠습니다."

가볍게 고개 숙여 감사를 표한 후, 나는 별관의 문을 열었다.

* * *

"안녕하십니까, 유진 킴입니다."

별관엔 한 가족이 나를 기다리고 있었다. 나이 든 남자가 한 명. 나와 비슷해 보이는 또래 남자가 한 명. 그리고 역시 나와 비슷한 나이대로 보이는 여자가 둘이었다.

"반갑구만. 다이크 박사에게 자네 이야기를 들은 뒤로 꼭 한 번 만나고 싶었지."

먼저 멋진 정장을 걸친 장년의 남자가 내게 다가왔다. 딱 봤을 때, 일단 그는 일반적인 백인은 아니었다. 그럼 혼혈이란 소린데, 그렇다면 내게 관심을 가지는 것도 인종과 관련된 건가?

"나는 찰스 커티스(Charles Curtis)라고 하네. 이곳 캔자스의 상원의원직을 역임하고 있네."

높으신 분이셨구만.

"보다시피, 나는 혼혈이야. 모친이 인디언-프랑스 혼혈이었거든."

"저도 인종의 벽을 뛰어넘고자 노력하고 있었습니다만, 커티스 의원님과 같은 분이 앞서서 노력해주신 덕분에 제가 많은 덕을 보고 있습니다."

"덕은 무슨. 난 그나마 혼혈이기라도 하지, 자네는 정말 백인의 피라고는 한 방울도 없잖은가. 나보다 훨씬 고통스럽고 어려운 길에 도전하는 친구가 있다기에 꼭 보고 싶었네."

전혀 몰랐다. 의원 중에 혼혈이 있었다니. 내가 생각하던 워싱턴 D.C.라면 '흐음, 어디서 인디언 썩은 냄새가 나지 않습니까? 착한 인디언은 죽은 인디언뿐인데.'라면서 의회에서 끌어낼 것 같았는데 그건 또 아닌 모양이었다.

나는 그 뒤 그의 아들딸도 소개받았다. 각각 나보다 세 살 많은 차남 헨리, 한 살 연상인 장녀 레오나, 한 살 연하인 도로시였다. 첫째 아들은 다른 일이 있어 이 자리에 오지 못했다고 한다.

"그래, 자네는 웨스트포인트를 졸업한 후 뭘 하려고 하는가?"

"조국을 위해 열심히 복무해야겠죠."

"그야 당연한 일이겠지. 그것으로 끝인가?"

"사실 복무할 수 있을지 없을지도 모르겠군요."

그가 눈살을 찌푸렸다.

"혹시 그놈의 망할 인종 때문에 임관을 거부당할지도 모르는 겐가? 이 전쟁부의 망할……!"

"아, 아뇨. 그건 아닙니다. 실은 제 졸업장을 베팅해서 말이죠."

커티스 의원은 물론 옆에서 이야기를 듣고 있던 아들딸들마저 귀를 쫑 긋하는 모습이었다. 역시 불구경, 싸움구경, 내기구경은 꿀잼 삼대장이 맞다. 나는 역사 시간에 벌어진 거대한 베팅과 거기에 걸린 판돈에 대해 천천히 썰을 풀었고, 이야기를 풀면 풀수록 네 사람은 점점 입을 쩍 벌리기 시작했다.

"하. 그래서, 졸업 전에 전쟁이 나지 않으면 자네 졸업장이 흔적도 없이 사라진다 그 말인가?"

"그렇게 되겠죠?"

"웃기는 소리. 피 같은 혈세로 4년간 가르친 인재를 고작 그깟 내기 따위로 날릴 순 없지. 2년 뒤에 혹 졸업에 문제가 있으면 내게 편지하게."

"아닙니다. 저는 전쟁이 터진다고 확신하고 있으니까요."

전쟁은 무조건 난다. 안 나면 여긴 내가 아는 지구가 아니라 지구-18 같은 곳이니까 그냥 소시민으로 살면 된다. 이 무적의 논리를 곧이곧대로 말했다간 정신병원에 들어갈 게 뻔하기에, 나는 적당히 돌려 말해야만 했다.

"자네 생각이 그렇다면 별말 하진 않겠네. 하지만 설사 자네 예측이 틀렸다 할지라도, 일단 임관을 하고 나서 추후 진로를 고민하는 편이 훨씬 나을 거라 내 단언하겠네."

"충고 감사드립니다."

"어차피 그 교관도 딱히 할 말은 없을 게야. 고작 일개 교관 주제에 학생의 진로를 도박판에 올린다고? 자네가 진짜 졸업장을 못 받는다면, 그 망할 교관도 옷 벗어야 할 게야. 그건 장담하지. 이건 교육자로서의 자질 문제야."

그는 뜻밖에도 내기 자체보다는, 이렇게 해서라도 존재감을 뽐내야 하는 내 처지에 훨씬 주목하고 있었다. 역시 본인도 당해 봐서 그런가. 내가 특별히 그 부분에 관해서는 언급하지 않았음에도 내 의도와 목적을 아주 명철하게 파악하고 있었다.

"이거이거. 시간이 꽤 지났구먼. 이 이상 우리 친애하는 다이크 박사를 기다리게 할 순 없지. 먼저 파티장으로 가 있겠나? 잠시 후에 우리도 그리로 감세."

"알겠습니다. 그럼 파티장에서 뵙겠습니다."

나는 다시 한번 커티스 일가에게 인사를 올린 후 별관을 빠져나왔다. 같은 유색인종으로서 뭔가 뒤를 봐주려는 느낌이 들긴 드는데, 지금 정치인과 얽히는 게 옳은 일인진 알 수가 없었다.

뭣보다 커티스는 공화당원이었다. 겨우 한 달 전, 내년부터의 대통령은 민주당의 우드로 윌슨으로 확정되었다. 내 기억으로 그는 연임하였고, 내 임관부터 초급장교 시절 8년 내내 민주당이 해먹게 된다. 괜히 내가 런승만과 인연을 유지하고 있는 게 아니지. 그 후에 공화당으로 정권이 넘어가긴 하지만, 역대급 부패 행정부가 굴러간 끝에 후버 행정부가 대공황을 맞고 몰락하고, 프랭클린 루즈벨트와 후임인 트루먼이 장장 20년을 또 해먹는다. 그야말로 민주당 천하인 셈이다.

소수인종이란 점에서 우리가 손잡을 이유가 없는 건 아니지만, 공화당 끈이 과연 내게 도움이 될까, 해가 될까? 이제부턴 내가 고민해야 할 숙제였다.

* * *

"어떠냐?"

김유진이 떠난 후, 커티스 의원은 자식들을 돌아보며 말했다.

"패기 있고 재밌는 친구네요."

아들의 말을 들으며 그는 시가에 불을 붙였다.

"그렇지. 저 정도 담력은 있어야 백인들의 세상에서 살아남을 수 있겠지. 네가 저 나이일 때 저 정도 도박수를 던질 수 있었겠니?"

"절대 못 하죠."

아들 헨리는 고개를 절레절레 흔들었다. 장녀인 레오나 역시 생각은 비슷해 보였다.

"너무 위험한 거 아니에요? 자칫 잘못하면 4년간 공부한 게 모두 허사가 되잖아요."

"그건 백인으로 태어나지 못한 죄란다."

"불쌍하고 안타깝긴 한데… 친해지긴 힘들 것 같아요. 저러다 감옥이라도 가면 어떡해요?"

"감옥엘 왜 가?"

차녀 도로시가 말도 안 된다는 듯 피식 웃었다.

"저 사람 이야기하는 거 들었잖아. 판사도 배심원도 멍하니 저 사람 구연동화처럼 떠들어대는 이야기나 듣다가 '어… 무죄 맞겠지 뭐.' 하고 대충 법봉 두드릴 건데."

"그건 또 그렇네. 아니, 본인 졸업장을 걸었단 이야길 어쩜 저렇게 떠들어댈 수가 있지?"

레오나가 키득대는 사이, 도로시는 아무렇지도 않게 입에서 독한 시가 연기를 연신 내뿜고 있는 아버지 곁으로 다가갔다.

"아빠."

"왜 그러니?"

"나 갖고 싶은 게 있는데, 아빠가 좀 구해다 줄 수 없어요?"

"뭔데 그러니."

알겠다는 듯 고개를 끄덕이는 그를 보며, 도로시도 해맑게 웃었다.

"저런 또라이랑 같이 있으면, 지겨울 일은 없을 것 같지 않아요?"

파티장으로 오자, 다이크 박사가 곧장 나를 반겨주었다.

"이야기가 꽤 오래 진행된 모양이군. 잘 되었나?"

"신경 써주신 덕택에 즐겁게 이야기할 수 있었습니다. 좋은 기회 주셔서 감사합니다."

"아냐아냐. 영감쟁이가 되면 으레 다들 전도유망한 젊은이를 돕고 싶어 하거든. 자네가 부디 많은 것을 얻어갈 수 있다면 나로서는 더 바랄 게 없네."

그러더니 그는 나를 잡아끌고 다시 어디론가 발걸음을 놀렸다.

"자네가 별관에 가 있는 동안, 자넬 보고 싶어 하는 새 손님이 오셨지."

"또요?"

이번엔 민주당인가. 제발, 제발 민주당이라고 해줘!

물론 이 시기의 민주당은 여전히 남부 중심의 꼴통끼가 다분하다. 아직 도덕 선생님 우드로 윌슨이 민주당 특유의 독기를 빼기도 전이고, 프랭클린 루즈벨트가 대대적인 진보 정책을 펴기까진 수십 년은 더 남았으니까. 지금 민주당에서 손길을 건넨다 해도, 나로서는 조금 신뢰가 떨어지는 게 냉정한 사실이었다.

하지만 뜻밖에도, 나를 기다리고 있는 것은 아무리 봐도 민주당원은 아니었다.

"자자. 젊은 친구들이 이렇게 함께하니 무척 보기 좋구만."

또 여자였다. 그것도 나와 비슷한 또래의. 하지만 화려해 보이는 드레스보다 더욱 눈에 띄는 것은, 확연하게 보이는 그녀의 피부색이었다.

"안녕하세요, 말씀 많이 들었습니다. 로자몬드 송이라고 해요."

중국인? 맞는 것 같다. 이 캔자스의 파티에 중국인이 갑자기 나타나는 건 또 색다른 경험이었다.

"반갑습니다. 유진 킴입니다."

"조선식 이름은 어떻게 되시는지요?"

"김유진입니다. 한국에서도 유진은 이름으로 불리는 단어거든요."

"그거참 신기하네요. 제 본명은 송경령(宋慶齡, 쑹칭링)이에요. 둘 중 편하신 이름으로 불러주세요."

송경령이라. 내 지식을 아무리 뒤져도 자료가 나오지 않는데?

"로자몬드 송은 웨슬리언 여대에서 학업을 갈고닦고 있네. 부친이 무척 깨어 있는 분이셔서, 영애 셋을 모두 웨슬리언에 유학 보냈다네."

들어본 것 같기도 하고……. 나는 밑져야 본전 식으로 한번 던져보기로 했다.

"혹시 춘부장의 함자가 찰리 송 되십니까?"

"저희 아버님을 아시나요? 맞아요. 저는 차녀예요."

이제 누군지 알겠다. 찰리 송은 거물 기업가이자 동시에 중화민국 손문의 후원자 중 한 명이었다. 그 세 딸은 역사에 길이 남았는데, 지금 내 앞의 송경령은 훗날 손문의 부인이 되고, 막내인 송미령은 장개석의 부인이 되었다.

그런데 그건 그렇다 치고, 대체 왜?

"그럼 젊은이들끼리 이야기 나누고 있게나. 나는 호스트로서의 일을 하러 가겠네. 하하."

내 당황스러움을 아는지 모르는지, 다이크 박사는 휘적휘적 다른 게스트에게로 가버리고 말았다.

"⋯⋯."

"⋯⋯."

그리고 나는, 이 뻘쭘한 상황 속에서 망연자실한 채 와인만 홀짝이고 있었다. 정장을 차려입은 영감들이랑 이야기하는 건 아무렇지도 않았지만, 비슷한 나이대 여자는 뭐라 입을 놀려야 좋을지 영 감이 오지 않았다.

"말수가 적은 분이신가 보군요."

"아, 아닙니다. 이 미국 땅에서 동양인을, 그것도 이렇게 아름다운 분을 처음 만나 뵙게 되니 무어라 서두를 떼야 할지 모르겠네요. 하하."

이 여자 인정사정없네. 다짜고짜 '말수가 적다.'라니. 팩트로 맞으면 화가 나는 건 고금의 진리이건만.

"저희 아버님은 혹 어떻게 알고 있으신지요?"

"찰리 송께선 이미 이름난 명사 아닙니까. 이 미합중국에서 입신양명하려는 동양인이라면, 당연히 미국에서도 알아주는 거물 이름 정도는 꿰고 있어야죠."

"특별히 면식이 있는 건 아니었군요."

당연하지. 한국인도 아니고 중국인인데 내가 무슨 면식이 있겠어.

"다른 게 아니라, 저도 편지를 전해 받고 이 자리에 나오게 됐어요."

"편지요?"

"네."

그녀는 작게 접은 종이 하나를 내밀었다. 내가 주변을 슬쩍 둘러본 후 꼬깃하게 접힌 종이를 펼치자, 빼곡하게 들어찬 필기체 영문이 나를 반겨주었다.

"우남 선생이 찰리 송 선생께?"

그녀는 대답 대신 고개를 끄덕였다.

"남들 듣기에 좀 껄끄러우니, 자리를……"

"그냥 여기서 하시죠."

내가 중국어로 대답하자 그녀의 눈에 잠시 이채가 흘렀다.

"중국말을 잘하시네요?"

"샌프란시스코에서 평생을 나고 자란 한인이라면 4개국어는 기본이죠."

"알았어요. 편지에 적힌 대로, 아버지께선 당신이 궁리하고 있던 총기 사업에 대해 꽤 긍정적인 반응을 보이셨어요."

"제가 아무 사업 모델도, 만들고자 하는 제품도 뭣도 말씀드리지 않았는데 말입니까?"

말도 안 되는 이야기지. 중국인이 그런 묻지마 투자를 한다고? 세상에. 차라리 유대인한테서 기부를 받았다는 말을 믿고 말겠다.

"그럴 리가요. 이건 당신, 그리고 한인 사회에 대한 투자에요. 사실 사업의 성패는 그리 크게 중요하지 않아요. 중요한 건 이 만리타향 미합중국에서, 한족과 조선인은 대립보단 협력이 필요한 아시아인이라는 점이죠."

"요컨대… 협력의 제스처란 거군요."

머리가 아프다. 어째서 이걸 대한인국민회가 아니라, 이 여자를 통해 나에게 직접 제안하는 거지. 상대는 산전수전 공중전 전부 겪은 백전의 사업가이자 혁명가다. 미래 지식을 떠나, 내가 찰리 송과 같은 거물의 판단을 읽는다는 것 자체가 말이 안 되는 상황. 그렇다면 한번, 던져볼 뿐이었다.

"춘부장의 높은 뜻은 참으로 존경받아 마땅하지만, 유감스럽게도 저는 한인을 대표하는 위치가 아닙니다. 저보다는 우남 선생이나 도산 선생처럼, 한인들을 이끄는 분과 논의하시는 게 나을 것 같군요."

"아, 그 말 틀림없이 할 거라고도 듣고 나왔지요."

시발. 그럼 그렇지. 나는 상대에 대해 쥐뿔도 아는 게 없고, 반면 상대는 나에 대해 조사를 거친 후 제안을 던지는 것이니.

이럴 때는 삼십육계가 답이다. 조선의 전통, 선조와 런승만이 그랬듯 런이야말로 정답인 것이다!

"아버님께선 앞으로 한인들을 이끌어 나갈 사람은 당신뿐이라고 단언했어요."

"쿨럭, 쿨럭!!"

깜짝이야. 마시던 와인이 사레들릴 뻔했다.

"이해할 수 없네요. 저는 그냥 일개 생도에 불과합니다."

"'일개 생도'라고 하기에, 웨스트포인트 사관생도는 엄청난 지위죠. 말도 안 되는 소리 하지 마세요."

또 실패. 퇴로가 점점 차단당하는 느낌이다. 그녀는 빠르게 제안의 요점만을 정리해서 알려주었다. 중국인 총기 기술자 제공 가능. 샌프란시스코에 있는 작은 공장도 제공 가능. 프로토타입 및 시범생산까지 들어갈 비용 제공 가능.

"이걸 다 제공해줄 수 있으면… 그냥 귀측에서 사업을 하면 되는 거 아닙니까?"

"단순히 사업을 하는 게 목적이 아니니까요."

그래. 아까도 들은 이야기지. 이건 너무 달달한 제안이다. 수락하는 순간, 적어도 나는 찰리 송과 공동운명체 비슷한 관계가 된다. 사업가와 투자자의 관계. 아니, 이 경우엔 후원자에 가깝지.

내가 구상하던 대로, 미군이 1차대전에 참전하는 그 순간 '시카고 타자기'를 선보일 수만 있다면 미군 내에서 내 입지를 확고하게 다질 수 있다. 하지만 그 대신, 나는 찰리 송에게 큰 은혜를 입게 되는 셈이고.

"조금 생각할 시간이 필요하겠군요."

"좋아요. 그러면 제게 편지 보내주시면 돼요. 주소를 알려드릴게요."

그녀는 그렇게 내게 주소를 넘겨주고는 고개 숙여 인사를 건넸다.

후우. 등 뒤가 축축해진 기분이다. 아까 커티스 의원을 만날 때와는 천지 차이다. 숨이 턱턱 조여들어 오는 게 어떤 건지 너무나 잘 알 것 같다.

"한창 불끈불끈한 나이의 젊은 남녀가 나누는 이야기치고는 너무 분위기가 묘한데? 애정행각이라기보단 D.C.의 영감쟁이들 노는 거랑 비슷해 보여."

"억!!"

뒤에서 불쑥 들리는 소리에 나는 화들짝 놀랄 수밖에 없었다. 아니 이 사람은 왜 기척도 안 내고 이래!

"의원님, 다시 뵙는군요."

"허허. 진지한 이야기 중에 산통 깨서 미안하네."

이상하게도, 커티스 의원의 옆에 있는 건 자식들 중 막내인 도로시뿐이었다.

"다른 자녀분들은 다 어디에……?"

"놀러 왔는데 내 옆에만 붙어 있을 수 있겠나? 안 그래도 나 때문에 한참을 붙들려 있었으니, 각자 재밌게 놀라고 보내줬네."

그럼 옆에 있는 처자는 안 놀고 뭐 하나요. 내 표정에 빤히 쓰여 있었는지, 커티스 의원이 씨익 웃었다. 어쩐지 불안감이 차오른다. 여기선 다시 한번, 아까는 '인조' 엔딩이었지만 이번만큼은 선조를 본받아 런을…….

"폐가 되지 않는다면, 도로시와 잠시 어울려 줄 수 있겠나?"

또 실패.

혹시 나, 군사적 능력이 떨어지는 건 아닐까? 여태까지 정신연령과 미래 지식빨로 버텨온 것이지, 사실 내 능력치가 하후무나 무다구치급이었다면? 후회된다. 역시 정원 뒤편 으슥한 곳에 숨어서, '상태창!'을 한번 외쳐봐야 했다. 환생도 했는데 어쩌면 상태창도 있을지도 모른다.

"허허. 물론입니다. 도로시 양, 제가 에스코트해도 괜찮으실까요?"

"물론이지요. 잘 부탁드리겠습니다."

내 생각과 반대로, 몸은 그동안 학교에서 주입식 교육을 받아온 탓에 충실하게 매너대로 움직이고 있었다.

"그럼 잘 부탁함세."라고 마지막 말을 남긴 뒤 사라지는 커티스 의원의 뒷모습을 보며, 나는 눈앞이 캄캄해졌다.

"그럼, 한 곡 추시겠습니까?"

"좋아요."

도로시 양은 무척 얌전해 보이는 인상이었다. 그나마 다행인가. 적당히 춤 좀 추고 이야기나 좀 하고 나면 다른 백인 남자 찾으러 가겠지.

* * *

그렇게 생각하던 시절이 저에게도 있었습니다.

우리는 한참을 떠들며 이야길 나누다 후원으로 나와 있었다. 긴장한 탓일까, 목이 말라 계속 술을 들이켠 탓에 도대체 무슨 이야길 떠들어댔는지 기억도 잘 나지 않는다. 아직 눈앞의 여자가 내 싸대길 날리지 않은 걸 보니 실수는 안 한 것 같긴 한데. 아무튼 웃고 있는 것 같으니 별일 없겠지.

"그러고 보니, 아까 그 여성분과는 어떤 관계신가요?"

아까 그 여성? 누구?

"아, 로자몬드 송 말씀이십니까."

"네네, 그 아시안 숙녀분요."

"오늘 처음 만나 뵈었습니다. 제가 인맥을 좀 소개해달라 한인 사회의 어르신들께 부탁드린 게 있었는데, 그 인연이 닿아서 오늘 뵙게 되었지요."

"혹시 어떤 일이었는지 물어봐도 될까요?"

도로시의 눈빛이 초롱초롱해졌다. 흠. 딱히 말해봐야 별일 있겠나? 지금 내가 대전쟁에 대비해 내 이름과 업적을 드날리기 위해 엄청난 준비를 하고 있다고 말한들, 여자한테 잘 보이려고 허세 부리고 있다고 생각할 게 뻔하다.

절대 알콜 때문에 이성이 흐릿해진 게 아니다. 진짜로.

"…그래서, 총기를 좀 개발해볼까 했지요."

"와. 이것저것 궁리 많이 하셨네요."

물론 저기까진 말하지 않고 적당히 에둘러 설명하긴 했지만, 그녀의 반응은 좀 미묘했다.

"그래서 결론만 요약하면 돈도 벌고, 이름도 날리고, 코리안들 사이에 명망도 쌓고 싶단 거네요?"

핵심만 골라서 때리는 솜씨가 대단하다. 정치인 딸내미는 다 이런가?

나는 가볍게 고개를 끄덕였다.

"그럼 왜 고민을 하세요?"

"그야 한인 사회의 역량으론 무리니까요. 거기다 중국인들 역시 충분히 지지 세력이 되어 줄 수도 있구요."

"음… 전 아시안이 아니니 틀릴 수도 있겠지만요."

아까와는 달리, 그녀의 목소리가 무척 또랑또랑해져 있었다.

"중국인들과 합작, 아니지, 설명해준 대로면 사실상 일방적인 투자를 받는 건데, 원래 코리안들은 중국인과 사이가 좋나요?"

나는 머리를 한 대 맞은 기분이 들었다.

"아뇨. 뙤놈 돈 받아 처먹어서 살림살이 폈냐고 욕하겠죠."

"그럼 고민할 필요가 없네요?"

"허. 허허. 허허허허."

시발. 막대한 투자라는 당근에 홀려서 제일 중요한 걸 놓치고 있었네. 프린스 리께서 이것조차 의도했다면 정말 대단한 양반이다. 아니지 시발. 의도했겠지. 내가 이 건을 덥석 수락하는 순간, 내가 한인 사회를 이끌어나가려 하면 두고두고 이 건으로 공격당할 테니까!

"사실 여자가 파티장에서 이런 이야기를 하면 다들 경멸스럽게 보거나 건방지다고 한소리 듣는데… 괜찮으신가요?"

"시대가 어떤 시대인데 그딴 소릴 한답니까. 좋은 말씀 해주셔서 감사할 뿐입니다. 덕택에 술이 확 깨네요."

"어머, 벌써 깨면 안 되죠. 저희 이야기 좀 더 할 수 있을까요?"

그럼그럼. 물에 빠질 뻔한 사람을 살려주셨는데 못 할 게 어딨겠어.

"저, 서서 너무 오래 이야길 했더니 다리랑 허리가 좀 아프네요. 안에 들어가서 이야기해도 될까요?"

"그러죠. 와인 하나쯤 들고 가도 되겠죠?"

나는 그녀가 이끄는 대로 다시 별관으로 향했다. 내 인생에서 가장 후회되는 짓 중 하나였다.

파티의 끝

커튼 사이로 파고드는 강렬한 햇빛. 새 지저귀는 소리. 나는 프레스기에 들어간 것처럼 지끈거리는 머리를 부여잡고 간신히 눈을 떴다.

"으, 으. 물……."

두리번거리니 침대 옆에 물 한 컵이 놓여 있다. 얼른 꿀꺽꿀꺽 원샷을 하자 서서히 정신이 돌아오고 눈이 뜨이기 시작했다.

"조졌네."

시부럴.

널찍한 침대엔 나 혼자뿐이었다. 하지만 저 격렬한… 육박전의 흔적은 아무리 내 눈이 단춧구멍이라도 도무지 못 볼 수가 없다.

대체 밤에 뭘 했더라? 그러니까…….

* * *

도로시는 딱 봐도, 자기 이야길 들어주는 사람이 있다는 것 자체에 흥분한 듯 보였다. 이 시대가 얼마나 엿같은가. 내가 이놈의 피부색 때문에 페널티를 주렁주렁 달고 있듯, 여자인 데다 혼혈이라는 것도 충분히 개같은 인생 소리를 하기에 충분한 페널티겠지.

"당신 말대로라면, 지금 무엇보다 필요한 건 총기를 생산할 기반이겠죠?"

"총은 그냥 덤입니다. 나는 전쟁이 날 거라 확신하고 있고, 그 전쟁에 필요한 '혁신'을 미리 준비하고 있었다는 명성이 필요한 거니까요."

"그러면 아버지에게 좀 말씀드려 볼까요? 안 그래도 아버지도 당신을 꽤 좋게 보고 있어요. 그러니까……."

"글쎄요. 중국인 도움을 받는 거나 당신 아버님 도움을 받는 거나. 결국 그게 그거 아니겠습니까."

조금 차이가 있긴 하지. 하지만 뜻밖에도 그녀는 고개를 절레절레 저었다.

"그건 아니에요. 그 당신이 말했던 찰리 송이라는 사람, 손문의 협력자라고 했죠? 저도 손문이라면 주워들은 적이 있거든요."

"그래요?"

"네. 아버지가 종종 언급했었어요. 중국에서 혁명을 선동하는 빨갱이 두목이라고……."

이거 완전 나가린데. 커티스 의원 입에서 손문이 빨갱이란 소리가 나왔다면 저건 진짜다. 내 생각으론 도무지 이해할 수 없지만, 적어도 지금 워싱턴 D.C.의 높으신 분들 눈에 손문은 빨갱이였다. 그리고 군인으로 입신양명을 노린다면, 죽어도, 절대로, 빨갱이와 엮여선 안 된다. 저어얼대. 떨어지는 낙엽도 조심해야 하는 내 군생활에 결코 빨갱이 성분이 섞이면 안 된다!

나도 모르는 사이에 지옥불 구덩이에 뛰어들 뻔했다. 도로시가 아니었으면 진짜 좆됐을지도 모른다. 절로 안도감이 몸을 채웠다. 긴장이 쭉 풀리니 니코틴이 땡기는 건 당연지사.

"한 대 피워도 되겠습니까?"

"우리 아버진 천날만날 독한 시가를 제 옆에서 잘만 피워댔는걸요. 상관
없어요."

크으. 배려심하곤. 내가 그렇게 담배를 물자, 그녀의 시선이 어쩐지 묘했
다. 그러니까 저건…….

"한 대 피우실래요?"

"네, 네??"

척하면 척이지. 원래 끽연가들 사이엔 눈빛만 봐도 아, 저 새끼 담배 없
구나 티가 난다.

내가 담뱃갑을 내밀었더니, 당황한 기색이 역력했다.

"그래도 돼요?"

"안 될 게 뭐 있습니까?"

"어, 진짜로, 진짜로 여자가 담배를 피워도 상관없냐구요."

아, 그렇지. 이 시대가 그런 시대다. 하긴 우리나라 90년대만 해도 '어―
디서 아녀자가 담배를 뻑뻑 피워대!' 하던 시절이었다. 1912년이면 말할 것
도 없지.

내가 대답 대신 한 까치를 내밀자, 그녀는 얼른 받아 들었다. 받아 쥐는
그녀의 손이 슬쩍 내 손등을 스친다. 솜털 스치는 것 보소. 돌아버릴 것 같
다. 정작 담배를 받아들고 입에 무는 폼이 실로 더듬더듬 어설프다. 이제 보
니 원래 흡연자는 아니었던 모양.

나름대로 시크하게 도로시가 입에 문 담배를 까딱까딱이는데 그 모습이
꼭 어른 대접 받고픈 애 같아 미소가 씩 지어진다. 아무튼 주머니에 짱박아
둔 성냥에 불을 붙이려던 찰나.

똑! 멋지게 성냥 대가리가 부러지며 저 멀리 날아가버렸다.

"하, 저게 마지막인데."

"이리 와봐요."

그녀가 손짓한다. 그래, 불이 있긴 있지. 내 입에 물린 담배에. 내가 궐련

을 쥐려던 찰나, 그녀가 스윽 다가와서는…….

* * *

"아, 아아아아아아아, 아아아……."

정신나갈 거 같애! 이런 기억, 그냥 잊고 있었어도 괜찮았는데!

조졌다. 높으신 분 따님을 건드렸으니 이를 어쩐다? 그 풍채 좋은 커티스 의원이 더블 배럴 샷건을 들고 찾아오는 광경이 머릿속에서 15초 자동 재생되었다. 이건 아마 아버지도 '죽을 만했군요. 아들이 폐를 끼쳐서 정말 죄송합니다.' 하고 절을 올릴 거다.

나는 모닝빵을 피우려다, 성냥이 다 떨어져서 그 사달이 났다는 데에 생각이 이르자 한숨을 푹푹 내쉬고 방 밖으로 나왔다. 머저리들한테 불 좀 빌려야지.

"왔냐?"

"그래. 머리 깨질 것 같다."

"흠……."

"흐으으음……."

뭐지? 옹기종기 모여 있던 세 얼간이들이 날 쳐다보는 꼴이 예사롭지 않다.

"뭐야. 흐음 거리지 말고 빨리 불 좀 내놔."

"어젯밤에, 어째서 돌아오지 않았지?"

"어? 어제? 눈 떠보니까 정원에 누워 있더라고. 어지간히 마셨나 봐."

내 대답에 아이크가 기가 찬다는 듯 피식 웃었다.

"웃기고 있네. 몸에서 아주 향수 냄새가 풀풀 나는구만."

"그 면상에 묻은 뻘건 루즈나 닦고 말해, 병신아."

얼른 내가 손으로 얼굴을 훔쳤지만, 그 모습을 본 얼간이들이 일제히 헤벌쭉 웃는 순간 나는 깨닫고 말았다. 당했다!

"크, 크크크크크."

"크크, 크하하핫!"

"내놔 3달러. 풉!!"

"씨발! 씨바알!!!"

속았다. 오마르… 속였구나, 오마르! 대체 이 망할 캔자스에 와서 몇 전 몇 패인 거지?

"그래, 불타는 첫날밤은 좀 어떠셨는가?"

"빨리빨리 전훈을 공유하자고. 얼른 불어."

"꺼져… 나쁜 새끼들아……."

이놈들이 날 둘러싸고 스크럼을 짜는데, 훅하고 독한 향이 내 코를 파고 들었다. 이것들 봐라?

"야, 니들 몸에서 향수 냄새 장난 아니거든?"

"어? 그야 당연하지."

"사실 셋 다… 크흠흠."

"그래 놓고 무슨 나보고 전훈 공유니 뭐니!"

"이 중에 첫날밤은 너밖에 없거든."

"하하하!! 하하하핫!"

제임스는 웃다 웃다 바닥을 한 바퀴 구르기 시작했고, 녀석을 일으키려 던 아이크와 오마르까지 놈을 부여잡고 큭큭댔다. 개자식들. 삐뚤어질 테 다. 친구가 아니라 아주 웬수덩어리들이 따로 없다.

* * *

"예? 가셨다구요?"

간단히 속을 풀어주는 아침식사 후, 나는 샷건엔딩을 피하기 위해 얼른 커티스 의원을 찾아뵈려고 했다. 하지만 의원님은 공사가 다망하셔서, 지역구 관리를 위해 어제 잠깐 얼굴을 내비쳤을 뿐 곧장 다음 목적지로 이동하셨다고 한다.

"네. 잘 잤냐는 인사도 없어요?"

도로시는 그 말을 하면서 빵긋빵긋 웃었다. 다시금 머리가 지끈거린다.

"오빠랑 언니도 저마다 일정이 있어서, 여기엔 저밖에 없어요."

"어, 그럼……."

"설마 절 혼자 둘 생각이신가요? 아, 어쩐지 온몸이 쑤시는 게……."

"제가… 모시겠습니다……."

그래 시발. 생각해보니 민주당이고 공화당이고, 애초에 이 드넓은 미국 땅에 조선 처자가 얼마나 있다고. 자칫하면 평생 솔로로 살다 늙어 뒈질지도 모를 팔자인데, 집안 좋고 돈 많고 예쁜 여자가 나 좋다는데 '흐음, 죄송하지만 저의 정치적 성향이…….' 하면 그거야말로 미친놈이지.

그렇게 마음을 고쳐먹자, 세상만물이 아름다워 보이고 저 태양마저 나의 앞길을 축복하듯 구름을 헤치고 환한 햇살을 뿌려대기 시작했다.

"그럼 일단 밖에 좀 나가죠. 저도 좀 움직여야겠어요."

"어디로 모실깝쇼?"

아이크의 집엔 못 갈 것 같지만, 하나도 아쉽지 않다. 아기사슴 밤비 같은 눈을 해서는 '썰! 썰을 풀어라! 얼른!' 하는 떡대 남정네 셋에게 집단 갈굼을 당하는 것보다, 예쁜 여자랑 단둘이서 같이 노는 게 훨씬 낫지.

다시 생각해봐도 이건 보통 기회가 아니다. 엄청난 끈이다. 우드로 윌슨의 8년 천하가 끝나고 공화당의 시대가 왔을 때. 그때까지 내가 전쟁영웅의 커리어를 달성하고 적당한 수준에서 영향력을 확보할 수만 있다면, 우리 친애하는 이 박사는 그날로 끝이다.

감히 내게 엿을 먹이려 했겠다? 유감스럽게도 더 이상은 먹히지 않을 거다. 어디 그 잘난 이 박사의 연줄이 커티스 의원 사위에게 이빨이나 먹힐지 한번 보자고. 그의 용도가 다하는 날, 난 아주 기쁜 마음으로 우남을 분리 수거할 용의가 있었다.

아 물론… 샷건을 맞지 않는다는 전제하에서.

* * *

휴가는 아주 즐거웠다. 도로시는 내 예상보다 훨씬 더 말이 통했다.

"흐음. 동양인으로 군의 꼭대기까지라."

당연한 말이지만 도로시와는 연인 관계가 되었다. 몇 날 며칠 낮이나 밤이나 둘이서 아주 그냥 찰거머리처럼 붙어 다녔으니 당연한 결과였다. 그녀의 마음이 바뀌면 그냥 크리스마스의 짧은 인연이 되겠지만, 글쎄. 시대가 시대기도 하고…….

아무튼, 누구에게도 말하지 않고 내 안에서만 요동치고 있던 야망을 처음으로 듣게 된 것도 도로시였다. 그리고 그녀의 반응 역시 참으로 걸작이었다.

"우리 아빠의 목표가 뭔 줄 알아?"

"흠… 글쎄?"

"백악관."

"허. 대단하시네."

"그렇지? 그러니까 진 네가 '별을 단다.' 정도가 목표였으면 남자가 그게 뭐냐고 내가 한소리 했을걸?"

이 집안 식구들의 배짱과 깡은 정말 유전인가? 어이없어하는 대신 태연스럽게 '그 정돈 돼야 내 남자지.'라고 중얼거리는 도로시를 보며 나는 내심 안도의 한숨을 내쉬었다.

인생 2회차. 처음엔 그냥 소소하게 별이나 달고 꿀 빠는 인생을 누리고 싶었다. 하지만 노력하면 할수록, 더욱 높은 곳이 보이기 시작했다. 그 이름

드높던 맥아더, 마셜, 그리고… 전생엔 감히 상상도 못 했던 영역에, 잘만 하면 발을 디딜 수 있을 것 같으니 욕심이 고개를 들기 시작했다.

"웨스트포인트로 놀러 갈까?"

"무리하지 말고."

그리고 도로시는, 내 날것의 욕망을 듣고 태연스럽게 "육군 수장? 백악관엔 관심 없어?"라며 뻔뻔스레 부채질하는 여자였다. 나를 이해해주고 지지해주는 버팀목이 있다는 그 사실 하나만으로, 이렇게 편해질 수가 없었다.

"하하, 저희가 잘 지켜보고 있겠습니다."

"딴 여자한테 눈 돌아가면 바로 연락드리겠습니다!"

"안심하십쇼!"

"니들… 적당히 좀 해라……."

망할 놈들이 제수씨라며 도로시에겐 아주 지극정성이 따로 없었다. 말은 똑바로 해야지, 형수님이라고.

그렇게 1912년을 떠나보내고 1913년, 우리가 웨스트포인트로 복귀한 후로도 시간은 다시 슬슬 흘렀다. 도착하자마자 가장 먼저 한 일은 당연히 송경령에게 거절 의사를 밝히는 것부터. 그다음? 당연히 도로시지. 사흘에서 일주일 꼴로 편지가 하나씩 날아오는데, 애정이 너무 무겁다. 이게 백 년 전의 앤티크한 맛이구나. 나 역시 죽어라 답장을 써줘야만 했다. 가면 갈수록 편지 내용 부풀려 쓰는 스킬이 쭉쭉 레벨업하고 있었다.

마찬가지로 대한인국민회 쪽으로도 연락을 취해야 했다. 도산 안창호 선생은 이승만과는 별개로 내 요청에 부응해 연락을 보내줬다. 우선 공장은 조금 더 시간을 갖고 알아보기로 했고, 마침 한인 중 손재주가 있고 총기제작에 뜻을 품은 친구가 있다고 해 그 친구에게 내 구상을 전달했다. 몇 달에 걸쳐 편지로 의견을 교환했지만, 당연하게도 제대로 된 물건을 뽑지는 못했다. 역시 욕심이 너무 컸다.

철조망 건이 진행되고 있다는 건 확실한 위안거리였다. 내가 제안한 '윤형 철조망'을 동생 명의로 특허를 취득했고, 코딱지만 한 공장에서 시험 생산에 들어갔다는 연락을 받고 나서야 비로소 한시름을 덜 수 있었다.

마이너리티로 태어난 이상, 한인 사회는 내가 일본계로 세탁이라도 하지 않는 한 그 어떤 경우에도 양보할 수 없는 내 본진이었다. 이승만처럼 통수를 밥 먹듯 치는 인간이 한인 사회를 휘두르고 있는 한 절대 안심 못 하지. 이번만 봐도 그 인성이 훤히 드러나지 않았나.

그런 점에서 사업체를 갖고 고용주가 되는 것만큼 최고의 방법은 없다. 대한민국 재벌 기업만 봐도 특정 지역구는 그들의 영지였으니까. 게다가 형은 군인으로, 동생은 사업으로 자수성가. 미국인들의 아메리칸드림 숭배에 딱 맞는 캐치프레이즈다. 뒷배를 갖게 된 이상 '한밤중에 일가족 참변' 같은 걱정도 집어치워도 된다.

총기사업이 가능했으면 훨씬 더 빠르고 확고하게 입지를 굳힐 수 있을 텐데… 어렵다는 걸 알면서도 또 전면 포기할 수준으로 투자를 한 것도 아니라 못내 놓을 수가 없었다.

그리고 우리의 이 박사. 이승만 본인은 아마 가벼운 잽을 날렸다고 생각할 듯한데, 나 같은 여린 새싹 입장에선 그 잽조차 너무 묵직했으니 말이다. 진짜 훅 갈 뻔했다고! 이승만에겐 역시 청춘 특유의 호기가 가득한 편지를, 그리고 아버지 편으로는 이승만이 독이 든 성배를 내밀었노라 구구절절, 눈물 한두 방울 좀 편지지에 떨어뜨려 주면서 신나게 편지를 썼다.

더듬더듬, 하지만 착실하게 내 준비는 이루어지고 있었다.

이제 1차대전 발발을 놓고 벌어졌던 '내기'의 쇼크가 많이 빠졌으니, 다시 한번 최고의 화젯거리가 되어 인지도를 끌어올려야 했다. 1913년 10월, 3학년 훈련 기간을 끝내고 다시 수업을 듣기 시작했을 때. 두 번째로 쏘아 올린 거대한 포탄이 웨스트포인트를 강타했다.

묵시록

"흠……."

나는 날아온 편지를 보며 잠시 생각을 가다듬었다. 이승만의 '공격'을 전해 들은 아버지는 그 직후 딱 봐도 필체에 분노가 가득 담긴 답장을 보내왔다. 이승만의 영향력은 한인 사회 내에서 날로 커지고 있었지만, 아버지는 '이대로 있다가는 저 새끼가 내 아들을 쥐고 뭔 짓을 할지 모르겠다.'라고 판단한 듯했다.

그 후, 무슨 일이 있었는가에 대해선 듣지 못했으나 적어도 샌프란시스코 내에서 이승만의 성장엔 제동이 걸렸다. 천생 정치꾼인 이승만이라면 그 '제동'이 바로 내 진짜 대답임을 알아차릴 수 있을 거다.

여기선 이승만도 한 발짝 물러서는 수밖에 없다. 아버지의 한인 사회 내 영향력을 축소시키려 든다? 그 순간 전면전이다. 지금 받은 이승만의 편지에는 '좋은 기회가 될 거라 생각했는데 아쉽다.'라는 둥, '언제든지 도움' 어쩌고 하는 무의미한 단어의 나열이 점철되어 있었다. 이쯤 하고 끝내자는 소리지. 이번 기회에 괜히 습관적으로 남에게 잽 날리다간 인생의 가시밭길이 추가될 수도 있다는 교훈을 배웠으면 좋겠지만, 저 새끼는 최악의 상황에 몰리면 윌슨 대통령까지 꺼내 들 수 있다. 저놈을 태평양 상어 먹이로 던지는 일은 아직 8년 뒤를 기약해야 했다.

대충 이쯤에서 마무리를 짓고, 나는 다음 준비에 착수했다.

* * *

"어이, 유진. 요즘 통 얼굴 보기가 힘들어?"

"매일 밤마다 도로시 양을 위한 사랑의 세레나데를 편지에 옮겨 적느라고 바쁘다던데."

"그런 거 아냐. 애들은 가라~"

이 개자식들. 그건 이미 숙련공이 되어서 30분이면 뚝딱 쓰고도 남는다고.

"나는 네 살은 더 먹었으니 안 가도 되겠지?"

"정신연령이 애니까 괜찮지 않을까… 컥! 컥! 그만!"

아이크의 가차없는 헤드락에 나는 서울역 앞 닭둘기마냥 몸을 퍼덕였다. 비열한 놈. 가면 갈수록 성격 뒤틀리고 있어.

아이크는 이제 꽤 나아졌다. 더 이상 미식축구를 할 수 없어졌다고 죽을상이 되었던 녀석은, 3학년에 들어서면서 아예 감독 비스무리한 쪽으로 완전히 가닥을 잡았다. 내가 빠따 때마다 팔짱 끼고 시건방진 모습으로 오더를 내리던 모습이 꽤 감명 깊었던 모양이다.

"아무튼, 그러면 밤마다 끼적여대는 그걸 좀 보여달라고."

"후… 놀리지나 말고. 그럼 어디 웨스트포인트 최고 인재들의 비평을 한번 들어봐야겠어."

나는 서랍에서 종이를 잔뜩 꺼내 들었다. 이게 바로 지난 몇 달간 안 굴러가는 머리를 붙들고 끼적대던 것들의 총집합이었다.

"흠. 〈미래전의 양상 예측과 이에 따른 대비를 위한 제언(提言)〉. 제목 한

번 거창한 것 보소."

"제목의 문학성 말고 내용을 좀 보라니까."

아이크는 헤드락을 풀고 남의 침대에 벌러덩 엎드려 첫 페이지를 읽기 시작했다.

"컥!!"

"아, 같이 봐야지."

"나도 좀 보자."

그리고 감히 침대 위에 엎드린 죄는 너무나도 컸다. 곧장 오마르, 제임스, 아나스타시오가 나란히 나란히 층층이 햄버거를 쌓았고, 아이크의 얼굴이 곧 시뻘게졌다.

"꺼, 꺼져. 이 자식들아."

"남의 침대에서 뭐 하는 거야. 아씨, 침대 다 더러워지겠네."

"씻고 왔으니 괜찮지 않을까?"

"씻고 왔으면 인정."

"내가 안 괜찮아, 이놈들아. 인정은 무슨 얼어죽을!"

하. 진짜 이놈들이 미래의 빛나는 별들이라니. 가끔 가다 느끼는 일이지만 사실 그거 별로 대단한 거 아닐지도 모른단 생각이 불쑥불쑥 차오른다.

"'유럽 열강 간의 전면전이 초읽기에 다가올수록, 각 국가의 수뇌부는 전면 동원령의 압력에 저항할 수 없게 된다. 적국보다 동원령의 강도와 타임테이블이 뒤처질지 모른다는 공포야말로 유럽의 대전쟁을 격발할 최악의 요소로……' 유진?"

아이크가 애써 돌아가지 않는 고개를 돌리며 나를 바라봤다.

"이거 뭐야?"

"뭐긴, 가벼운 레포트 같은 거지."

"아니 시발. 이건 레포트가 아니잖아. 이건… 이건 시발, 요한묵시록이잖아 이 미친놈아!"

반응이 생각보다 격한데.

저걸 읽어서인지 아니면 짜부가 되어 있어서인진 몰라도 아무튼 얼굴에 핏줄이 솟아 있다. 내 대답을 기다리지 않고 아이크는 곧장 종이쪼가리에 얼굴을 처박듯이 가져다 댔다.

"독일제국과 프랑스는 전면 동원 시 수백만의… 알자스–로렌은 전면이 협소하므로… 후방 러시아의 위협… 독일은 단기 결전을 위해 벨기에의 중립을 침해하여 전장을 확대하고자 할 확률이 높으며… 저지대에 대한 독일군 투사는, 필연적으로 대영제국의 안보에 중대한 위협… 시발, 이게 다 뭐야. 혹시 짬밥에 뭐 섞어 먹었어?"

"너네랑 똑같은 거 먹었잖아."

"우린 이딴 또라이 같은 생각 안 해!!"

또라이라니, 섭섭하네. 어지간히 식견 있는 사람들이라면 충분히 다들 예상할 수 있는 내용이라고. 물론 나는 역사서에서 읽은 내용을 거의 그대로 옮겼을 뿐이니, 이 시대에 저기까지 예상할 수 있는 사람들은 설마설마 싶겠지.

'설마 중립국을 일방적으로 침공하겠어?'

'설마 다른 국가가 중재를 안 해주겠어?'

'설마 다 같이 경제와 금융이 파탄 나는 전쟁을 하겠어?'

하지만 한다. 그리고 아직 본격적인 내용은 시작도 안 한 첫 몇 페이지에서 그렇게 고함치면 조금 곤란해지는데. 아이크가 다 훑은 페이지를 위에 엎어진 친구들에게 던져주고, 뒤 페이지를 정신없이 읽어 내려간다.

조금 양념을 치긴 했지만, 저 레포트는 사실 투자 좀 해달라는 징징에 가깝다. 그 부분에서 피드백을 받고 싶었는데, 뜻밖에도 앞의 서론에서부터 이미 받아들이기 힘든 내용이 좀 들어 있었나 보다. 웨스트포인트에 다니면 원숭이도 알 수 있는 것들.

내가 참호를 파고 기관총을 갈기면 전쟁하기 참 쉽다. 상대도 마찬가지로 제발 오라고 빌 것이다. 그럼 후달리는 쪽이 먼저 들이댈 텐데… 그래서 꼬라박는다고 참호를 뚫을 수는 있을까? 적의 참호를 밀어내려면 강력한 포격지원이 필수다. 그런데 전장은 어마어마하게 넓을 거다. 관측을 위해선 하늘을 장악해야 하고, 하늘을 뺏기면 상대가 나를 일방적으로 구경한다. 항공전을 염두에 둬야 한다.

그래서 제공권을 먹었는데, 관측 결과는 어떻게 전달한다? 수백만 대군의 가장 앞부분과 전쟁터 최후방에 있을 사령부는 어떻게 의사를 주고받지? 전령이요? 농담이죠? 제식 총기인 M1903을 들고 참호에 뛰어들면 힘들다. 권총 마렵다. 따라서 총탄을 극도로 짧은 시간, 내 바로 코앞에 마구 뿌려줄 무기가 있으면 쩔지 않을까? 혹은 소부대에 강력한 화력을 보강해줄 곡사화기 같은 건 어떨까?

내 참호와 적의 참호 사이는 하도 대포를 많이 처맞아서 굉장히 엿같은 지형일 것이다. 그러면 보통 자동차론 어림도 없고 '트랙터' 같은 거나 굴러 다닐 수 있을 텐데, 총 맞고 안 뒤지려면 장갑도 든든하게 달아야겠고, 기왕 굴리는 거 기관총이든 대포든 싣고 다니면 알차게 써먹을 텐데…….

그 외에도 온갖 것들을, 나는 저 종이에 한가득 빽빽이 채워서 적어 넣었다. 그리고 저런 '공상'이 전개되는 과정 사이사이에는, 당연히 끝도 없이 저 장비들이 없어 죽어나갈 인간탄환들의 묘사를 빼곡히 또 채웠다.

내가 본디 의도했던 바는 높으신 분들의 눈에 들기 위한 구애의 댄스였으나, 아무래도 이놈들의 반응을 보아하니 마오리족의 전투 하카 꼴이 되었나보다. 표정들이 하나같이 장난 아니네.

마침내 레포트를 다 돌려본 녀석들이 입을 꽉 다물었다. 다들 침대에선 내려온 지 오래였다.

"이걸, 뭐라 말해야 할지 모르겠는데."

오마르가 떨떠름한 표정을 지었다.

"그래. 논리적인 전개 자체는 틀리지 않은 것 같아. 적어도 여기서 묘사한 바대로 전장 환경이 구성된다는 전제하에서는.”

“그치만… 이 정도일까?”

그렇지. 저렇게 돼야 맞다.

“여기에 적은 대로 전쟁이 진행된다면, 유럽은 정말 남자란 남자는 다 죽고 죄다 유령도시가 될 텐데. 거기까지 가기 전에 정치적으로 결판이 나겠지.”

“그럴 수도 있겠네. 그 점은 생각해보지 않았어.”

“그래… 어쨌거나, 내가 느낀 건 이건 뭔가 생리적으로 거부감이 든다는 거야.”

논리는 알겠으나, 이걸 긍정해버리는 순간 읽는 이의 신앙심이나 인간에 대한 믿음이 닳아 없어질 거야. 누군가의 말에 모두가 고개를 끄덕였다.

“너 평소에 이런 거 생각하고 있었냐.”

제임스가 탄식하듯 내뱉는 말에 또다시 모두의 고개가 움직였다. 그 모습이 묘하게 짜증 났다.

“아니, 누굴 무슨 피에 굶주린 놈으로…….”

“이걸 읽고 나서 글쓴이를 상상해보라고 하면, 아마 죄다 묵시록의 4기수 중 전쟁의 적기사라고 생각할걸. 이걸 제출했다간 진짜로 네 평판이 걸레짝이 될 거야! 그냥 참아!”

마지막에 가선 열이 뻗쳤는지 고함까지 내질렀다.

“워워. 진정해. 그래서 제출 전에 한 번 보여준 거잖아.”

“그럼 안 내는 거지?”

“으음. 그래서 약간 순한 맛 버전을 준비했거든?”

나는 다시 서랍에서 새로운 종이 더미를 하나 꺼내 들었다. 망할 녀석들이 아까는 서로 못 봐서 안달이더니, 이제는 무슨 흑사병 바라보듯 종이에서 멀어지려 애를 쓰고 있었다.

“읽어봐.”

"이건… 소설이네? 펄프 픽션 같은?"

"그렇지."

21세기에 웹소설이 있다면 지금 시기엔 펄프 픽션이 있다. 내용은 똑같았다. 아까 그것이 건조하게 '사실'을 나열한 레포트였다면, 이건 적당히 상상력과 역사적 진실을 스까덮밥한 소설이라는 게 차이일 뿐.

"…똑같잖아 나쁜 놈아."

"아니지. 이건 그냥 우울하고 암담한 소설에 불과하다고."

아이크가 푹 한숨을 내쉬었다.

"그래. 이게 차라리 낫다. 오지게 안 팔리겠지만, 이런 암울한 거 좋아하는 사람들도 어딘가엔 있겠지."

"그렇지? 그럼 둘 다 써먹어야겠네."

"뭐??"

"보고서는 대충 윗선에 올릴 거야. 너희들 말대로라면 대충 어느 선에서 커트당해서 서랍장에 짱박히겠지? 그러니까 저 소설을 시중에 팔아먹는 거야."

당연히 내 이름으론 낼 수 없다. 또다시 불쌍한 동생의 명의를 도용할 때가 온 거다. 물론 동생 역시 본명이 아니라 필명으로 쓰고.

* * *

친구들의 물리력을 동반한 진지한 설득 끝에, 나는 레포트 제출을 일시 중지했다. 대신, 조금 더 짱구를 굴려 제출하기로 했다.

"유진, 이걸 올려서 노리는 건 네 이름값이지?"

"그렇지."

"그럼 아예 반대로 해버려."

아나스타시오의 조언에 따라, 먼저 문제의 그 레포트를 동기들에게 돌렸다.

"유진 머릿속엔 이딴 게 들어있었구만."

"아씨, 근데 은근히 말이 맞는 것 같기도 하고……."

"맞긴 개뿔이."

"야 봐봐. 네가 소대 이끌고 독일 놈들 참호에 뛰어들면 어떻게 뚫을 수 있을 것 같애?"

"…아, 시발. 전쟁 안 나니까 그딴 좆같은 생각 좀 하지 마."

어느새 뉘 입에서 처음 불렸을지 모를, '아마겟돈 레포트'라고 불리게 된 저 비운의 레포트는 순식간에 동기들 사이를 한 바퀴 순회공연했고, 그다음으론 당연히 4학년 선배들에게로 올라갔다.

"웨스트포인트 사상 최대의 싸이코가 나타났네."

"이게 절반만이라도 적중하면, 싸이코가 아니라 카산드라지."

그리고 또 얼마 후. 나는 교장에게 불려가 문제의 레포트를 제출했다. 교장은 가타부타 말하는 대신, 조용히 너덜너덜해진 레포트를 서랍에 탁 넣은 후 손을 휘휘 저었다.

웨스트포인트에서의 모든 준비가 끝났다. 이제 사라예보의 총성을 기다릴 뿐이다.

COPYRIGHT 1908
BY G. V. BUCK

46세의 찰스 커티스(1908년)

찰스 커티스는 1860년 캔자스주(당시는 준주)의 칸사족 인디언 영토에서 태어났으며 조상 8명 중 3명이 아메리카 원주민이었습니다. 또한 그는 하원의원에 당선된 후 1898년 아메리카 원주민의 법적 편입과 보호를 골자로 하는 커티스 법(Curtis Act)을 발의하기도 했습니다.

4장
동방의 예언자

모든 것을 끝낼 전쟁

1914년 6월 28일. 4학년이 된 우리가 최고학년의 위엄을 누리며 새내기들이 진흙탕을 구르는 모습을 구경할 때. 세계 반대편, 발칸반도의 사라예보에서 마침내 총성이 울려 퍼졌다.

[오스트리아─헝가리제국 후계자 프란츠 페르디난트 대공 암살!]

[유럽에 드리운 전쟁 위기.]

[또다시 벌어진 암살, 빨갱이의 음모?]

[오스트리아─헝가리, 세르비아로 진격?]

['발칸의 보호자' 러시아는 과연 전쟁을 선택할 것인가?]

암살 다음 날인 29일, 오스트리아 전역의 신문이 일제히 미친 듯이 호외를 뿌리기 시작했다. 발전한 통신의 힘은 순식간에 대서양을 건너, 같은 날 《뉴욕타임스》를 위시한 미국의 언론들 역시 일제히 이 끔찍한 사건을 보도했다. 그리고 얼마 후, 웨스트포인트가 뒤집어졌다.

"미친! 유진! 유진 어디 갔어!!"

"어우, 삭신이 다 쑤시네. 뭐야."

"빨리! 빨리 이리 오라고!"

감히 이 말년병… 아니 최고학년인 유진 킴을 오라 가라 하다니. 떨어지는 낙엽만 봐도 움직이고 싶지 않건만 저렇게 애타게 나를 찾는 정성을 보아 특별히 걸음을 움직여주기로 결심했다.

"시발. 이거 봐."

"뭐길래… 시작됐네."

"뭐? 시작됐어? 시발, 지금 태평한 소리 할 때냐?"

늘 똘똘 뭉치는 이 머저리 집단들이 일제히 봉기할 기색이었다. 아니, 내가 잠잠한데 왜 니들이 더 난리야.

"이거 누가 봐도 전쟁 위기지?"

"마침내 웨스트포인트의 또라이가 웨스트포인트의 선지자로 바뀌나?"

"진정들 해. 아직 어떻게 될지 모르잖아."

물론 전쟁은 난다. 하지만 1달은 더 기다려야 터지지. 벌써부터 이렇게 후끈후끈 달아오르면 1달 뒤에 목청이 남아나지 않는다고. 그때 훨씬 더 열심히 고함질러 줘야 하거든. 하지만 동기 놈들의 시선은 이미 싹 바뀌어 있었다.

물론 유럽의 전쟁은 사실 남의 일이다. 왜 미국이 참전을 해야 하는가? 먼로 독트린에 의거, 우리도 너넬 신경 쓰지 않을 테니 부디 우리도 유럽 놈들의 전쟁놀음에 엮이지 않았으면 하는 것이 대다수 미국인들의 바람이었으니까.

만약에 내가 영국이나 프랑스였다면 곧장 참모본부행 직행열차에 탑승할 수 있었겠지만… 글쎄? 이미 웨스트포인트에서 4년을 뼈저리게 경험했지만, 1914년의 미 육군이란 꽉 막힌 적폐집단 그 자체다. 이 난리라도 치지 않았으면 진짜 어느 듣보잡 해안포대에서 몇 년 썩다가 전역하겠지.

아니지, 잘못 생각했다. 영국이나 프랑스 스타트였으면 애초에 사관학교를 못 갔겠네. 옐로 몽키를 입학시켜 준 미합중국에 대한 충성심이 다시 용솟음친다. 어쨌거나, 미합중국은 현재 유럽의 대전쟁에 참전할 의지도 없고, 능력도 없다. 애초에 미 육군은 하루하루 의회가 예산 깎을까 봐 덜덜 떠는 친구거든.

'이번엔 민주당의 윌슨이란 놈이 대통령이라더군.'

'평화주의자라면서요? 군대를 해체하진 않을까요?'

같은 소리가 교관들 자리에서 나오는 게 미군의 꼬라지다. 수십 년 뒤 세계 경찰로 군림할 미군의 위엄은 대체 어디에 있단 말인가. 그렇게 후배들도, 동기들도, 교관들마저 희한한 눈을 하고 나를 바라보는 동안, 1달이란 시간이 술술 지나갔다.

당장 후계자를 잃어 눈이 돌아간 오스트리아가 소국 세르비아를 짓밟아버릴 것이란 대다수의 의견과 달리, 뜻밖에도 전쟁 소식이 곧장 들리지 않자 사람들의 시선은 점점 싸해졌다.

"그럼 그렇지."

"아무리 튀고 싶었다 해도… 전쟁이 그렇게 쉽게 나지는 않죠."

"만약에 전쟁이 난다 해도, 일국의 황태자를 암살해버린 나라를 위해 러시아가 대전쟁의 서막을 연다고? 잽스한테도 패배하는 그 러시아가? 나라 망하고 싶어서 환장한 짓이지."

"옐로 몽키 불쌍해서 어떡합니까 허허. 큰소리를 그렇게 땅땅 쳤으니 임관 거부해야겠네?"

"교육자로서 어떻게 그리 모질게 굴겠습니까. 다만 행동엔 책임이 따른다는 것을 잘 타일러 줄 테니 걱정 마십쇼! 하하!!"

그리고 7월 23일. 오스트리아군이 선전포고를 날리고 국경을 넘는 대신, 세르비아에 최후통첩을 전달했다는 보도가 나오면서 전쟁 위기설은 사실상 수면 아래로 가라앉았다. 여태까지 으레 그래왔듯, 이성과 양식을 갖춘 유럽의 신사들이 다시 한번 외교적 해법을 선택한 것이다.

"괜찮아?"

"뭐가?"

항상 잔걱정이 많고 남 신경 써주는 걸 좋아하는 오마르가 슥 옆으로 다가와선 어깨를 토닥였다.

"괜찮아. 그럴 수도 있지. 괜히 쫄지 말고 임관 준비나 해야지."

"아니, 이건 또 무슨 개풀 뜯어먹는 소리야……."

"전쟁 안 난다던데?"

"아니, 애초에 나는 이 건으로 전쟁이 난단 소린 한마디도 안 했다고!"

억울하다. 물론 사라예보 사건으로 전쟁이 발발하는 건 맞지만, 나는 그 소린 입도 뻥긋하지 않았다. 제 놈들이 멋대로 '오오, 예언이 맞는 건가?!' 하다가 '에에에이. 그럼 그렇지.'로 바뀌는 걸 나더러 어쩌라고? 실제로 내가 차명으로 원고를 넘긴 소설에도, 전쟁 명분은 대강 가상의 발칸반도에서의 분쟁으로 잡았었다. 오스트리아의 황태자가 암살이라니. 그런 걸 정확히 맞추는 순간 내 별명은 짤없이 옐로 라스푸틴이다.

"어… 생각해보니 그건 또 그렇네……."

"아무튼! 절대로 임관 포기할 생각은 하지 말고!"

"안 해 안 해. 걱정도 팔자네, 정말."

유럽의 위기는 늘 그래왔다. 열강의 이해관계가 정면에서 충돌하고. 전운이 고조되고. 막강한 전함을 위시한 함대가 꼼지락거리고.

'마, 니 비스마르크 행님 아나!', '마, 니 루브르 나폴레옹 행님이 내랑 어!' 하고 대충 서로 가오를 잡다가. 대충 그렇게 열받은 척하고 있으면 '선의의 중재자'가 짠하고 나타나서 '싸우지 말자~' 하고 중재를 좀 해주고. 중재자가 누구 편을 들어주느냐에 따라 이권을 배분하고 끝.

하지만 이번은 다르지. 전면전을 치르던 감각은 어느덧 흐릿해지고, 그대신 식민지에서 우가우가 원주민을 손쉽게 학살하던 경험만 가면 갈수록 진해졌다. 누구보다 근대 무기로 무장한 군대 간의 전면전을 제대로 맛본 것은 바로 여기, 미국인들이지만 미합중국은 지금 부외자다. 이번엔 절대 멈춰 세울 수 없다.

차라리 황태자 암살 소식을 듣자마자 꼭지가 돌아서 빠따를 내리쳤으면 '쟤들은 맞아도 싸지.', '얼마나 빡 돌았으면 저럴까?'라고 세간의 동정을 사면서 세르비아를 짓밟을 수 있었다. 하지만 기회는 끝났다.

[세르비아, 최후통첩 부분 수용.]

눈치 빠른 자들은 무언가 이상함을 느꼈을지도 모른다. 전면 수용이 아니라니. 그리고 대답은 정해져 있었다.

[전쟁 선포(WAR DECLARED)!]

그래. 이날만을 기다리고 있었다. 지금부터 참호에서 전부 뒈져라, 백인 놈들아.

* * *

요 며칠간, 웨스트포인트의 분위기는 살얼음판 그 자체였다. 7월 28일. 오스트리아와 세르비아의 전쟁이 시작되었다. 그리고 그 직후, 날마다 신문은 유럽에서 터진 두 국가 간의 전쟁이 점점 거대한 화마가 되어간다는 소식을 알려 왔다. 내 예견은 단순한 전쟁이 아니었다. 그냥 양국 간의 전쟁이라면 이미 러일 전쟁, 보어전쟁 등 여러 케이스가 있었으니까.

모든 것을 끝낼 전쟁. 영국, 프랑스, 독일, 오스트리아, 러시아, 이탈리아 등 세계를 지배하는 열강들 중 셋 이상이 빨려 들어갈 거대한 전쟁. 그리고 유럽에서 전해지는 소식은, 하나같이 러시아와 독일의 동원령이라는 농밀한 화약 냄새 자욱한 이야기들뿐이었다.

1914년 8월 1일. 4년간 익숙해질 대로 익숙해진 하루가 시작되었다. 눈을 뜨고, 적당히 씻고, 아침 점호를 하고, 식당으로 간다. 이제 끔찍한 직각 식사에서 해방된 지는 제법 오래되었다.

쾅!!! 교관 하나가 무척 급한 얼굴로 식당에 들이닥쳤다. 그의 손엔 잔뜩 구겨진 신문지가 쥐어져 있었다. 열심히 밥을 밀어넣던 모두의 고개가 까드득 돌아가고, 교관은 저벅저벅 다른 교관들이 있는 곳으로 향했다. 그리고 가까이에 있던 녀석들은, 엉망으로 구겨진 신문지에 대문짝만하게 쓰인 헤드라인을 볼 수 있었다.

[프랑스 중재안 거부(PEACE REFUSED BY FRANCE)]

"저게 무슨 소리야?"

"프랑스와 독일이라고?"

"신이시여, 맙소사."

거대한 도미노가 무너지듯, 신문지면을 힐끗 본 생도의 입에서 입으로, 바로 앞에서 저어 멀리 식당 끝까지 전쟁이라는 한마디가 파도처럼 넘쳐흐르더니 순식간에 식당이 소란스러워졌다. 원래라면 교관들과 상급생도들이 이 소란을 잠재우고 응분의 대가로 삐약이들을 굴려야겠지만, 바로 그 교관들과 상급생들 역시 앵무새처럼 "미친, 진짜 전쟁이야."라고 외치며 몸을 떨고 있었다.

그 거대한 시장통 속에서. 나는 유유자적 마지막 남은 빵조각을 입에 넣고 꼭꼭 씹어 삼켰다. 오직 나만큼은 태연해야 한다. 잘 봐둬라, 이 자식들아.

그리고 내 기대에 걸맞게, 내 친구들부터 시작해 생도들과 교관들의 머리가 이번엔 나를 향해 끼기긱 돌아가기 시작했다.

"야."

"왜."

"들었어?"

"들었어."

이 멍청한 문답이 끝나고 몇 초간 잠시 침묵이 찾아왔다.

"야!!!"

"야! 전쟁이래!!"

"이… 이 미친 새끼!! 넌 진짜 또라이야!"

"와아아아아아!!"

친구들이 자리에서 벌떡 일어나 내 어깨를 마구 두들겨대자, 그 모습에 자극받았는지 동기 놈들이 너도나도 일어나 내 곁으로 다가왔다.

"나! 나 결혼 언제 해!"

"꺼져 이 자식아, 나부터 먼저 물어볼 거야! 나 보직 뭐 받을 거 같아?!"

"이 새끼들이 누굴 점쟁이로 아나. 너는 결혼 못 하고! 너는 성적 2등이니까 공병이잖아 이 기만자 새끼가!"

헛소리나 해대는 놈들을 대강 상대하고 있자니, 이미 식당 안은 아수라장이 되어 있었다. 심지어 몇몇 놈들은 밖으로 뛰쳐나가 "전쟁이다!! 유진 킴이 맞췄드아아아!!" 하며 고래고래 소리를 질러댔다.

아무리 그래도, 대전쟁이 터졌다는 소식을 들으면 뭔가⋯ 뭔가 끔찍해하거나 우울한 분위기여야 하지 않나? 내가 아무리 수십 년을 20세기 초에 살았다지만, 그리고 내 미래를 위해 이 전쟁이 필연적임을 알고 있지만, 내 안 현대인으로서의 마지막 양심은 앞으로 일어날 지옥도와 비극을 생생하게 속삭이고 있었다.

하지만 이들은 달랐다. 아니, 이 시대 자체가 달랐다. 지금 웨스트포인트의 생도들이 열광하고 있듯, 지금 이 순간 유럽 전역의 젊은이들 역시 똑같이 전쟁에 미친 듯이 열광하고 있을 테니까!

단순히 이들은 내기의 승리에 기뻐하는 것이 아니었다. 약속된 승리, 미래, 영광이. 자신들을 연못에서 저 하늘로 승천시켜줄 폭풍이 들이닥친 걸 진심으로 반기고 있었다. 그리고 그 광란의 도가니 속에서, 얼굴이 딱딱하게 굳은 채 교관들이 다가왔다. 그래, 이제 좀 진정시킵시다.

"킴 생도."

"네, 교관님."

"어떻게⋯ 어떻게 이걸 예견한 거지?"

시발. 이 새끼들조차 하나같이 눈이 풀려있잖아. 내가 여기서 '동양의 신비입니다.'라거나 '꿈에 성령께서 제게 임하시어 장차 환란이 닥칠 것이니 이를 대비하라 명하셨습니다.' 하고 대답하면 진짜 믿을 것 같다. 아니, 무조건 믿는다.

　나는 굉장히 신중하게, 느릿느릿 단어 하나하나를 골라야 했다.

　"전쟁이 발발할 배경은 이미 예전부터 갖춰져 있었습니다. 저는 선입견 없이 합리적 논리에 따라 답을 도출하였을 뿐입니다."

　"예측? 예측이라고?"

　"당연하지 않습니까."

　그럼 뭘 기대한 거냐, 라는 뒷말은 굳이 하지 않았다. 본인도 아마 개쪽 팔릴 테니까.

　"유진 킴이 맞췄다!!"

　"웨스트포인트의 리슐리외는 모든 것을 안다네!!"

　"웨스트포인트의 예레미야께서 전쟁을 예언하셨도다!!"

　"거짓 선지자들아, 어서 고개를 조아려라!!"

　"야, 야! 이거 안 놔?!"

　떡대 좋은 놈들이 다짜고짜 사람 팔다리를 붙들더니 그대로 번쩍 들어 헹가래를 올렸다. 던지지 마! 던지지 말라고!! 이 광기로 가득 찬 군세, 교관까지 합세한 이 광신도 집단은 기어이 식당을 우루루 빠져나와 어디론가 향했다.

　맛이 가버린 미 육군의 미래들을 두 눈에 담아버린 교관들은 족족 그 자리에서 얼어버렸지만, "전쟁이다!! 선지자 유진 킴이 나가신다!!"라는 고함소리에 그놈들조차 피리 부는 사나이에 홀린 것처럼 이 지옥의 군세에 합류하고 말았다.

　단체로 돌아버렸다. 미쳤어. 모두 미쳐버렸어.

　"저기 불신자가 있다!!"

　"불신자! 불신자!!"

　이 광기의 행진은, 마침내 나와 내기를 한 교관이 있는 곳에 도달하며 일시 정지되었다.

"너희들 대체……."

"교관님."

가장 앞서서 이 광기의 행렬을 리드하던 아이크가 태연스레 입을 열었다.

"유진 킴 생도가 맞았습니다. 유럽의 열강들이 전쟁의 소용돌이에 빠졌습니다."

"…그래."

"그러면 당연히, 교관님께선 약속을 이행하시겠지요?"

"그래. 내가 할 수 있는 한 노력하……."

"우우우우우우우!!!!"

엄청난 야유. 이미 말에서부터 뭔가 핑계를 대보려는 어감이 역력하자, 광신도들은 일제히 하극상을 자행했다.

"그래. 도와준다! 도와줄 테니 이만 들어가라! 전부 연병장 한 바퀴 구르고 싶은 거냐!"

"어이. 적당히 추하게 굴라고. 자네, 킴 생도 졸업장을 찢겠다고 한두 번 떠든 게 아니잖나!"

심지어 따라온 교관들에게까지 욕을 먹자, 그는 인상을 찡그리며 대충 고개를 몇 번 끄덕이고는 건물 안으로 쏙 들어갔다.

"우우우우우우우!!"

"비열하다!"

"넌 명예도 없냐!!"

분노한 광신도들이 당장 임오군란을 일으킬 기세로 씩씩대는 가운데, 여전히 모두에게 번쩍 들려 있던 나는 유유자적 미소를 띠었다.

어차피 저 자식이 뭔가 대단한 일을 해줄 거라고는 딱히 기대하지 않았다. 아니, 오히려 외면해주길 바랐다. 선지자는 모름지기, 무시당하고 탄압당할 때 가장 빛을 발하는 법이니까. 바로 여기, 웨스트포인트에 있는 자들이 더욱더 나를 깊숙이 각인하게 될 테니까.

어느 촌구석의 해안포부대에 처박히는 미래는 이 순간부로 완전히 사라졌다.

금송아지

그 광란의 날 이후. 놀랍게도 아무 일도 일어나지 않았다. 내가 '예측'한 건 크게 두 가지였다.

첫 번째. 대전의 발발. 두 번째. 문제의 '아마겟돈 레포트'.

그리고 첫 번째를 맞췄다 한들, 예의 레포트까지 전부 맞아떨어지리라 생각한 사람은 극소수에 불과했다.

"지금 전쟁이 어떻게 돌아가고 있는 거지?"

"일단 프랑스가 막아낸 모양이야."

당연한 이야기지만, 전쟁에 휘말린 각국은 너무나도 당연히 단기결전을 시도했다. 독일군은 벨기에를 짓밟고 파리를 향해 진격했고, 결국 전략목표 달성에 실패해 참호전의 시대가 왔다. 그다음은? 필사적으로 참호전의 실상을 정보통제하려 애썼다.

다들 영광 영광 노래를 부르며 자원입대하고 있는데, 그 실상은 개만도 못하게 무인지대에서 썩어 나뒹구는 고깃덩어리라는 걸 알게 되는 순간 전쟁수행은 고사하고 최악의 경우엔 정부 붕괴다. 따라서 유럽 각국은 서로 입만 벌면 구라를 치며 동시에 '쾌적하고 편안히 적을 죽이고 전과를 얻는'

즐거운 참호를 홍보하기에 여념이 없었다.

물론 여기 웨스트포인트의 생도들이 마르고 닳도록 공부하는 게 바로 근대 전쟁의 프리퀄인 남북 전쟁이다. 여기서 그딴 '쾌적하고 편안한 참호'를 상상하는 새끼는 솔직히 당장 옷 벗기고 쫓아내도 할 말이 없지. 그래도, 내 '레포트'에서 묘사하던 것처럼 사탄도 '아 씨발 인간님들 한 수 배우고 갑니다.' 할 지옥도가 펼쳐지리라고 생각하고 싶은 사람은 아무도 없었다.

즐거운 저녁 시간. 나는 여기저기서 날아온 편지를 하나씩 개봉했다.

[친애하는 유진 킴에게.]

첫 번째 편지를 보낸 이는 송경령이었다. 난 틀림없이 그녀의 아버지가 건넨 제안을 거절했었고, 그걸로 연락은 끊겼었다. 하지만 대전 발발 소식을 듣자마자, 저 머나먼 중국에서부터 민활한 사업가는 촉수 한 가닥을 뻗어 내게 접촉해온 것이다. 저번과 이야기는 대동소이했으나, 투자의 성격이 달라져 있었다. 그때의 목표는 사실상 나를 매수하는 것이었다면, 이번에는 어느 정도 내 파워 밸런스가 조금 상향되어 있었다.

일단 이건 보류. 카톡은 1만 지우면 당장 그때부터 심리적인 답장의 시간제한이 흘러가기 시작하지만, 편지는 이게 좋다. 며칠 늦어지는 건 일도 아니거든.

두 번째, 훨씬 더 중요한 편지가 나를 기다리고 있었다.

[진에게. 마침내 유럽에서 전면전이 터졌다는 소식을 듣고 가장 먼저 서둘러 편지를……]

당연히 도로시지. 하지만 이번엔 특이하게도, 편지가 좀 많이 두꺼웠다.

[유진 킴 생도에게.]

커티스 의원의 편지가 동봉되어 있었다. 두 부녀의 편지 모두, 일정량의 걱정과 일정량의 경탄, 그리고 앞으로 미래의 방향에 대한 이런저런 이야기가 적혀 있었다. 물론 배합비율은 많이 차이가 났지만.

커티스 의원은 '혹시나 여러 가지로 도움이 필요하다면 언제든 연락'할 것을 당부하며, 나에겐 무엇보다 절실한 워싱턴 D.C.와 뉴욕의 상태에 대해 간략하게 정리해 보내주었다.

워싱턴은 생각보다 잠잠했다. 사실 가십에 목말라 있던 대중과 달리, 워싱턴의 시선은 저어 대서양 건너편보다는 당장 불타오르고 있던 멕시코에 훨씬 쏠려 있었다. 멕시코는 치열하게 내전을 벌이고 있었고, 나름대로 한국에서도 이름값이 있던 그 유명한 '판초 비야'가 활개를 치고 있었다. 미 육군의 가상 주적 또한 여전히 멕시코 마적 친구들이지, 독일제국군이 아니었다.

뉴욕? 맨해튼은 폐허가 되었다. 파리, 런던, 베를린의 금융시장이 일제히 손에 손잡고 폭발산하면서 뉴욕은 그 쇼크웨이브만으로도 빈사 상태가 되었다. 뉴욕 주식거래소는 긴급 셧다운되었다. 대체 런던과 파리에 얼마를 꿔줬고 얼마를 받아내야 하는지, 미수금과 선수금의 계산만으로도 금융가들은 자살 직전 상태에 몰려 있었다.

도로시에게 보낼 답장을 작성한 후, 나는 잠시 고민하다 다시 펜을 들었다. 커티스 의원에겐 우선 윤형 철조망의 군사적, 상업적 가치에 대해 넌지시 타진해달라 부탁해보기로 했다. 미 육군? 필요 없다. 그냥 적당한 무역상에게 샘플용 철조망을 일부 맡기기만 하면 된다. 참호선에서 박박 기고 있는 우리 영국과 프랑스 친구들이라면, 저 철조망이 얼마나 독일 놈들을 훨씬 더 좆같은 기분으로 만들어 줄 수 있는지 몸으로 테스트해 줄 테니까. 그 끝내주는 서부 전선에서 윤형 철조망의 가치도 못 알아보는 놈들이면 죽어도 싸다. 이 정도면 커티스도 딱히 채권으로 매겨 놓기보다는 가벼운 호의의 일종으로 생각할 거다. 물론 나는 소개 수수료도 후하게 매길 생각이 있었다.

대충 저 철조망의 가치가 드러나고 나면, 윤형 철조망 특허를 담보로 잡아 최대한 대출을 일으킨다. 그냥 그 대출금으로 철조망 사업을 더 키워도 되고, 총기… 총기… 아, 그냥 포기하기엔 너무 아까운데. 자꾸 마구니가 머리에서 맴돈다. 이제 슬슬 인정하기로 했다. 이득각이 문제가 아니었다. 20세기의 마초이즘에 오염된 내 뇌가 총기사업에서 손을 떼는 걸 가오의 문제로 받아들이고 있었다. 제기랄. 이걸 포기하는 순간 이승만과 안창호에게 약을 판 게 전부 허사가 된다고!

잠시 '아마겟돈 레포트'에 대한 이야기도 꺼낼까 생각해봤으나, 머릿속에서 자체적으로 기각했다. 아직 타이밍이 아니다. 워싱턴의 귀 큰 친구들이 모두 유럽이 지옥이 되었다는 걸 알고 나서야 내 몸값이 절정에 오른다…….

탁. 탁탁.

내 앞에서 펜이 신경질적으로 종이를 때리는 소리가 울려 퍼지며 내 기나긴 상념을 끝냈다. 우리 얼간이들, 아니, 이제 묵시록의 4기사로 승급해버린 머저리들은 한창 종이에 무언가를 끼적이며 열심히 짱구를 굴리고 있었다.

"시발. 답이 없는데?"

"너도냐. 나도 모르겠다."

내가 레포트를 통해 던진 화두 중 당장 조만간 쏘가리가 될 친구들의 공통된 질문.

'대체 각 잡고 만든 참호선을 무슨 수로 뚫는가?'

아 물론 웨스트포인트에선 이 부분을 철저히 학습시켜줬다. 노오오오력해서 도오오올격하면 된다고.

하지만 내가 던져준 화두. 죽어라 돌진 앞으로, 하고 나면 진 빠진 이들을 기다리고 있을 철조망. 헬멧만 보일랑 말랑 한 채로 철조망 너머에서 볼트액션 소총을 쏴댈 적. 남북 전쟁 당시보다 훨씬 더 많은 탄을 쏟아내는 기관총좌.

미래의 빛나는 별들조차, 내가 내준 숙제를 풀어보려고 사고실험을 열심히 반복했으나 답이 나오질 않았다. 당연하지 시발. 그걸 깰 수 있겠단 견적이 나왔으면 1차대전이 그 난리가 났겠냐고.

"그래서, 답이 뭔데?"

"나야 모르지."

"빌어먹을."

"아, 하나 있긴 있다."

다들 일제히 반색했다.

"뭔데?"

"우리가 방어하는 거."

"믿은 내가 병신이지."

물론 전장이란 변화무쌍하니, 어떻게 어떻게 밀어낼 수도 있겠지. 하지만 승률이 10%인데 실패 시 대가가 죽음이면 판에 끼기엔 너무 위험하다.

"역시 정답은 하나뿐이야."

"오, 역시 제임스야. 드디어 알아냈구나!"

"유럽 새끼들이 신나게 죽고 죽여서 알아내는 정답을 컨닝하는 거야."

"4년 동안 유진한테 너무 물들었어. 오염됐다고!"

그래, 그게 답이지. 이제 우리의 졸업도 얼마 남지 않았다. 겨울이 오고, 1915년이 오고, 그다음엔 끝이다. 그리고 졸업할 때 즈음이면, 이제 '그 레포트'의 가치가 절정에 달할 시간이다. 그럼, 가장 먼저 누구를 등쳐먹을까.

똑똑.

"유진 킴 생도 있나?"

"예, 여기 있습니다."

"잠시 교장실로 가도록."

그래, 이제 불릴 때가 됐지. 교장의 두 번째 호출이었다.

* * *

"유진 킴 생도, 들어가겠습니다."

"들어오게."

단둘. 아무리 내가 간이 배 밖에 나온 놈이라 해도, 교장은 좀 쫄렸다.

"그래, 예언에 성공하니 기분은 어떤가?"

"…전쟁이 났는데 기뻐할 수는 없겠지요."

"기뻐할 수 없다고? 어째서?"

"앞으로 죽어나갈 사람들을 생각해야 해서 그렇습니다."

그는 잠시 고민하더니, 자신의 콧수염을 쓰다듬었다.

"귀관은 여전히 많은 사람이 죽을 거라 생각하는군."

"그렇습니다."

"사실 난 그 문제의 레포트를 읽어보지 않았네. 다만 그게 웨스트포인트
를 시끄럽게 하고 있었고, 나는 내 방식대로 정리를 했을 뿐이지."

그의 해답은 무시였다. 아니, 오히려 저게 나을 수도 있나. 까놓고 말하
면 '불온서적'이 온 교내를 휘젓고 다닌 건데, 한없이 아슬아슬한 칼날 위를
타던 내 처지를 생각해보면 괜히 악영향이 없는 것만으로 감지덕지해야 할
수도 있겠다 싶었다.

"자네들이 벌인 일을 생각해보게. 일과 시간을 무시한 생도들의 집단행
동, 집단 항명, 상관인 교관에 대한 폭언… 진중 봉기? 반란? 반역? 대체 이
걸 뭐라 설명해야 한단 말인가. 주모자인 자네를 내가 처벌하지 않은 것만
으로도 자비를 베풀었다는 사실을 이해하겠나?"

"……."

아니, 저. 죄송한데 좀 많이 억울하걸랑요.

아무리 생각해도 주모자는 아이크다. 나는 그때 줄곧 붙들려서 땅에 발
을 디디고 있지도 못했다고. 굳이 따지자면 나는… 그래. 모세가 십계 받겠

182

다고 자리 비운 사이 유대인 놈들이 멋대로 만든 금송아지다. 대관절 불쌍한 노오란 옐로 금송아지가 무슨 잘못이 있다고 날 때려 부수려 하냐고. 금송아지 반짝거리고 비싸고 얼마나 좋아. 쟤들이 머저리 같은 게 죄지 내 죄가 아니라고!

"자네가 아나폴리스전 경기 결과를 예측하든, 전쟁 결과를 예측하든 아무 상관이 없네. 웨스트포인트 생도에게는 품위와 질서가 요구되고, 저 레포트와 이후 벌어진 일련의 사건들은 명백히 일개 생도의 범주를 벗어났어. 내가 베푸는 마지막 자비는 군사 재판을 열어 군중(軍中)을 혼란케 한 죄를 묻지 않는 걸세. 동의하나?"

"학교장님의 배려에 감사합니다."

"나가게. 다음에 나와 다시 대면할 일은 군사 재판일 테니."

숨 막히는 꼰대력. '니가 뭘 하건 내 알 바 아니고, 너의 본분이나 다해라.'는 그의 강경한 태도에 난 두 손 두 발 다 들었다. 말은 저렇게 띠껍게 해도, 어쨌거나 그 난리통을 불문에 부쳐주는 것만으로도 나는 교장의 하해와 같은 은혜에 감동의 눈물을 질질 흘릴 준비가 되어 있었다.

그리고, 아직 레포트가 1년은 더 저 서랍에서 썩어야 내게 더 유리하니까.

* * *

"크, 크크. 흐흐흐흐."

절로 웃음이 나온다. 교장은 정말 고맙게도, 날 완벽하게 도와주었다. 커티스 의원에게 아마겟돈 레포트를 알리지 않은 것과 같은 이유다. 저게 너무 일찍 터지면 재수 없이 워싱턴의 전쟁부로 납치될 수도 있다.

참모부? 워싱턴에서 펜대 굴리기? 웃기고 있네. 보나 마나 내 입에서 그럴듯한 '예언'이 나올 때까지 쉴 새 없이 날 닦달할 거고, 다 짜 먹었다 생각하면 가마솥에 넣어 푹 삶아버릴 터다. 대한민국 육군에서도 이미 당해봤는데, 또 당하면 그냥 병신이다. 단순히 예측, 예견 이딴 걸로 입지를 다지고 싶었으면 그냥 월 스트리트로 갔어야지. 웨스트포인트가 아니라.

미래 지식의 힘은 막강하다. 그냥 미래 썰을 적당히 푸는 것만으로도 앨빈 토플러 왕복 싸대기 3연타를 칠 수 있다. 아마 전설적인 석학으로 이름 한 줄 징하게 남길 수 있겠지. 하지만 굉장히 엿같게도, 앞으로 풀 수 있는 미래 지식 보따리는 죄다 우중충한 이야기투성이다.

대공황. 파시즘. 2차 세계대전. 아우슈비츠. 퍼져나가는 빨갱이와 냉전까지.

이래서야 짤없이 닥터 둠이잖나. 카산드라 신화 이야기가 알려주듯, 입만 열면 불행과 파멸을 노래하는 놈은 옳고 그름을 떠나 모두에게 꺼림칙한 존재가 된다. 혐오는 이성의 영역이 아니라 감정의 영역이거든. 나는 전혀 그렇게 되는 걸 원하지 않는다.

뛰어난 능력. 불신자들의 외면과 탄압. 그런 혹독한 환경에도 불구하고, 마침내 우뚝 선 전쟁영웅!

백인들이 인간의 합리성과 인류애를 참호에 처박고 망연자실해졌을 때, 나는 내 인생 자체를 하나의 거대한 마케팅이자 영웅서사로 포장할 것이다. 미국인들이 언제나 갈구하는 아메리칸드림의 상징으로. 이 정도는 해야 정점으로 갈 수 있다. 막연히 '미래의 발명품을 먼저 만들어 재벌 되기', '예언 몇 번 더해서 전설이 되기' 같은 결론 부족하다. 졸부도 카산드라도 결국 사람의 마음을 살 수는 없으니까.

나는 미합중국, 아니 백인의 시대와 맞서 싸워야 한다. 그리고 승산은 충분했다. 유대인들의 금송아지는 개박살나는 결말을 맞이했지만, 이 한국산 금송아지는 오래오래 만인에게 떠받들어질 수 있다. 하지만… 아직 실험해 보지 못한 마지막 '한 조각'이 남아 있었다.

교장실을 나와 기숙사로 돌아가는 대신, 나는 곧장 으슥한 곳 어딘가로 숨어들어 갔다. 그동안 아이크를 비롯한 얼간이들과 맨날 붙어다니다 보니 하지 못했던, 가장 중요한 일을 하기 위함이었다.

이게 만약 성공한다면. 내 미래 계획은 천지 차이로 뒤바뀐다. 이 숨이 턱턱 막히는 외줄타기에 한 줄기 희망이 비친다.

그래. 망설임은 잠시뿐. 이미 내가 그동안 벌인 일이 몇 개고, 거쳐온 위기가 얼마인가. 더 이상 망설일 필욘 없었다. 나는 침을 한 번 꿀꺽 삼키고, '그' 말을 내뱉었다.

"상태창."

유진 킴은 상태창을 사용했다! 그러나 아무 일도 일어나지 않았다!

시발. 레토나에 치여서 그래. 싸제 차량이었으면 진짜 상태창 받았다. 진짜다. 상태창이 없다는 참담한 현실을 깨달았으니, 이제 믿을 건 오로지 내 일신의 능력뿐이었다.

하, 시발. 좀 주지 그랬어. 난이도 너프 좀!!

"스탯창."

그래도 창이 뜨는 일은 없었다. 개같네 진짜.

밀려오는 폭풍

샌프란시스코의 어느 작은 출판사. 이곳은 드물게도 특수를 맞아 윤전기 돌아가는 소리가 요란하게 울려 퍼지고 있었다.

"크, 크하하하! 하하하핫!!"

"사장님 입이 귀에 걸렸어."

"그럴 만도 하지. 이게 웬 대박이야?"

사장은 싱글벙글 웃으며 막 찍혀 나온 책을 어루만졌다.

《모든 것을 끝낼 전쟁 - 1권》

[저자 : 드와이트 판 브래들리]

판 브래들리가 대체 어디서 굴러먹던 귀족 놈인진 잘 모르겠지만, 아무튼 출신이 문제겠는가? 어마어마한 돈을 가져다줄 복덩어리인 것을. 웬 아시안 놈이 와서 원고를 투고할 때까지만 하더라도, 그는 이게 돈이 될 거라는 생각은 개미 눈꼽만큼도 하지 않았었다. 하지만 그 아시안이 '자기는 대신 왔을 뿐, 신분을 드러내길 꺼리는 사람이 책을 내고자 한다'며 설득했고, 원고를 읽어본 편집자 중 한 명이 반드시 이건 출판해야 한다며 그를 졸랐기에 시범 삼아 코딱지만큼 찍었을 뿐이다.

첫 매출은 이미 펄프 픽션 바닥에서 짬밥이 쌓일 대로 쌓인 사장의 예상대로였다. 이 책은 펄프 픽션의 여타 문법을 그리 지키지도 않았으며, 설레는 모험담이 아니라 그저 광기와 죽음만이 가득한 비극덩어리였고, 페이지를 넘길 때마다 숨이 턱턱 막히는 고구마로 가득 차 있었다. 게다가 누가 주인공인지 알아볼 수 없을 정도로 신나게 죽어나가는 등장인물들까지. 대체 이딴 걸 누가 사 본단 말인가.

출판해야 한다고 우기던 편집자는 눈물의 시말서를 썼고, 사장은 너그럽게 그를 용서해주었다.

그렇게 책에 대한 기억이 천천히 잊힐 무렵, 유럽에서 전쟁이 터졌다.

"사장님!! 사장님!!"

"뭔데?"

"독일군이! 독일군이 벨기에 국경을 넘었답니다!"

"그게 뭐 어쨌다고 소란이야? 벨기에로 가면 대왕오징어와 돌고래가 독일군을 태우고 대서양을 건너게 해준대?"

"아니! 아니아니!! 우리가 저번에 출판했던 그 책! 그 책과 똑같단 말입니다!!"

다시 읽으니 그랬다. 사장의 머리는 그 순간 자본주의의 힘으로 팽글팽글 돌아갔고, 곧장 '유럽의 대전쟁을 예언하다!!'라는 자극적이고 화끈한 신문 광고를 위시한 대대적 마케팅을 벌였다.

그리고 지금. 출판사로는 '당장 그 망할 책을 단 한 부라도 좋으니 우리 서점에 공급해주시오!'라는 절규가 빗발치고 있었다. 어째서 나는 저 금덩어리를 코딱지만큼 찍은 거지? 창고 하나를 가득 채울 정도로 찍어 뒀으면 이 고생을 하지 않아도 됐을 텐데!

사장은 그렇게 혼자 허공에 대고 씨발씨발대다, 고개를 획 꺾어 편집자를 노려봤다.

"후우… 어이."

"네, 사장님."

"우리 물z… 아니, 작가님께서 혹시 2권을 쓸 계획은 없다고 하시나?"

"전의 그 아시안과 만나고 있습니다만, 작가님의 사정상 당장 2권 원고를 드리긴 힘들다고 합니다."

"젠장. 펄프 픽션을 뭘로 아는 거야? 하루하루 개처럼 써서 다음 권을 찍어내야 이 흐름을 탈 수 있다고. 그냥 쓰기만 하면 되는데 어째서 그걸 못 하는 거지?"

"하… 하하……."

"작가들이란 게으르기 짝이 없어. 항상 마감을 코앞에 두고 나서야 그놈들은 그제서야 펜을 쥘 마음이 생긴다고. 닦달당하기 싫어서 설마 대리인을 쓴 건가? 그런 건가??"

사장의 속사포 세례에 편집자는 어찌할 줄 몰라 쩔쩔맬 뿐이었다. 그때였다.

쾅쾅쾅!!

"계십니까!!"

"누, 누구요?"

"경찰입니다. 잠시 들어가겠습니다."

경찰? 경찰이 왜?? 험상궂게 생긴 경찰들이 저벅저벅 들어오더니, 마침 윤전기에서 쏟아져 나오고 있는 예의 책, 《모든 것을 끝낼 전쟁》을 집어 들었다.

"이보시오, 여기는 엄연한 내 사유…….'

"이 책을 쓴 저자를 찾고 있습니다."

"하, 그걸 내가 말해줄 것 같소? 영장이나 들고 와서 말하시오!"

모름지기 출판인이라면 사악한 정부의 검열에 일단 뻗대고 보는 법이다. 설령 삼류 싸구려 펄프 픽션이나 찍어내는 곳이라도, 무릇 미국인, 그것도 프론티어 정신 가득한 서부인이라면 일단 정부가 뭔가 일하겠다 하면 가운 뎃손가락을 치켜드는 것이 예의 아니겠는가.

"압수수색영장이 발급되었습니다. 협조해주시지요."

"뭐, 뭐?! 대체 왜! 이게 어때서! 이게 지금 압수수색을 할 거야? 앙??"

"자세한 건 워싱턴 D.C.에 따지시지요. 저희도 잘 모릅니다."

"빌어먹을 연방 새끼들!! 대체 왜……!!"

사장의 이 가는 소리를 뒤로한 채, 불쌍한 편집자는 경찰들에게 둘러싸여 자신이 아는 걸 술술 털어낼 뿐이었다.

* * *

대서양 건너편, 런던. 역사와 전통을 자랑하는 대영제국 왕립해군의 일원인 리처드 대위는 운 좋게도 잠시 집에 복귀할 기회를 얻게 되었다. 그가 집에 들어서자, 놀랍게도 그를 반겨주는 것은 상선의 항해사로 일하던 동생이었다.

"아니, 형 어떻게 집에 온 거야? 전쟁은?"

"일이 있어서 잠시 나왔어. 나는 네가 더 신기하다. 배에선 내린 거야?"

"그건 아냐. 나도 며칠 뒤엔 다시 양키들 보러 가야 해. 요즘 물자 수입한다고 난리도 아니거든."

한창 이야기를 떠들다 의자에 털썩 앉았는데, 리처드 대위의 눈에 웬 쌈마이한 표지의 책 하나가 눈에 띄었다.

"무슨 책이야?"

"아 그거. 요즘 양키 새끼들이 못 찾아서 안달인 책이야. 나도 엄청 운 좋게 구했다고."

"《모든 것을 끝낼 전쟁》이라… 유럽에선 다들 못 죽여서 안달인데, 양키 새끼들은 아주 남의 일이라고 웃고 떠드네? 못 배워먹은 새끼들……."

"아냐, 형. 그거 출판일 봐봐."

그는 떨떠름하게 책을 휙휙 넘겨 출판일자를 확인했고, 잠시 무언가를 생각하다 이내 눈을 왕방울만 하게 떴다.

"뭐야. 전쟁 전이잖아?"

"그러니까. 엄청 적게 찍었는데, 책 좋아하는 양키들이나 무슨 오컬트 좋아하는 놈들이 저거 못 사서 안달이야."

"허… 아니, 이게 무슨……."

말도 안 되는 일이다. 전쟁이 터지고 나서, 너도나도 곳곳에서 '나는 이런 일이 벌어질 줄 알고 있었지! 봐라! 내가 언제언제 말하지 않았느냐!'라며 자신의 혜안을 자랑하는 이들이 즐비하게 나타났다.

하지만 이 책은 대체 무언가. 발칸에서의 첫 총성, 세르비아를 짓밟아버리기 위해 진격하는 오스트리아군, 전 세계를 불태우려는 야욕에 불타는 카이저, 그런 그에게 벨기에란 단지 파리로 가기 위한 길목일 뿐… 리처드는 저도 모르게 침을 꿀꺽 삼켰다.

"야."

"왜 형. 그 눈빛 이상해. 맨날 내 장난감 뺏어가던 것처……."

"이거 내가 가져간다."

"아 왜! 미쳤어?! 그게 지금 양키들한테 팔면 돈이 얼만데!"

"아냐. 이거… 내 상관한테 보여줘야겠어."

생각이 바뀌었다. 집에서 쉬고 있을 시간 따위 없었다.

* * *

1915년 6월 12일. 내가 웨스트포인트를 졸업할 날이 다가온다. 하지만 조금 당황스럽게도, 나는 졸업장을 받기도 전에 무수한 악수의 요청을 받고 있었다.

"유진 킴 생도."

"넵."

역사 교관은 굉장히 떫은 표정을 짓고 있었다. 이 양반 그냥 입 닦나 했는데, 그래도 쪽팔려서라도 뭘 좀 해주려고 이러나……?

"내가 백방으로 알아보아, 자네에게 무척 좋은 기회를 줄 수 있을 듯하네."

"무엇인지요?"

"자네의 학업 성적은 40위권이지만, 학생들을 선도하는 리더십이 있으며, 인종의 벽을 뚫고 훌륭히 웨스트포인트의 교육 과정을 이수한 점, 그리고 무엇보다도 야전 축성 등의 일부 훈련 과정에서 탁월한 성취를 보인 점 등을 고려하여……"

뭐야. 뭐야. 불안해지는 그 뒷말 뭐냐고.

"내 특별히 자네를 공병단에 추천하려고 생각하네. 어떻게 보나?"

으아아아아아아아!! 이 빌어먹을 놈!! 이 개같은 교관이 대체 어떻게 알아낸 거지? 날 엿먹이려 한 거라면 훌륭하다. 마징가Z를 물리친 아수라 백작급의 집념이다. 이 정도라면 광자력 연구소가 터져도 전혀 이상하지 않다.

"정말 좋은 기회를 주신 점 감사하게 생각합니다만, 저는 어디까지나 원칙에 의거해 미합중국 육군의 생도로서 정당한 평가를 받고 싶습니다."

"이게 그 정당한 평가의 결과일세."

"아니지요. 교관님과 제가 그런 내기를 하지 않았다면 결코 생기지 않았을 결과잖습니까. 설령 옆에서 지켜본 동기들이 납득하더라도, 10위권도 아니고 40위권의 성적으로 공병 병과를 받게 된다면 윗분들이 절대 납득하지 못할 겁니다."

"크흠……!"

꺼져버려. 아오 씨. 소금 뿌리고 싶다. 오랜만에 식당에 들러 소금을 좀 받아와야겠다. 이렇게 무시무시한 마수를 떨쳐낸 후에도, 접근은 계속되었다.

포병도 싫다. 기병도 싫다. 그냥 얌전히 보병으로 보내주십쇼. 보병! 알보병!! 1차대전에 파병되려면 닥치고 보병이다. 애초에 내가 제일 취약했던 과목이 승마라고. 기병은 사절이다. 포병 역시 마찬가지. 내가 원하는 전쟁 영웅이 되려면 결국 참호에서 구르는 수밖에 없다. 아무래도 포병은 좀 그렇지. 뭣보다, 우리 교장이 포병 출신이다. 아무래도 불안하단 말야.

"만나서 반갑습니다, 유진 킴 생도."

"어… 실례지만 혹시 뉘신지……?"

"아, 내 소개를 안 했구려."

처음 보는 중년인이 내게 명함을 내밀었다.

"포드(Ford)사요? 자동차 회사에서 왜 저를?"

"이 책을 저술한 분이라고 들었습니다."

아니, 저게 뭐야. 생전 처음 보는 책이지만, 너무나도 익숙한 책이기도 했다.

《모든 것을 끝낼 전쟁 – 1권》

[저자 : 드와이트 판 브래들리]

제목은 당연히 내가 골랐다. 작가 필명은 못난 놈 셋을 섞어서 대강 지었다. 아직도 "왜 나는 '판'만 들어가고 땡이야??"라고 투덜대던 제임스가 떠오른다. 한동안 삐졌었지, 그 녀석.

"어… 저는 판 브래들리 씨가 아닌데요. 죄송합니다만……."

"허허. 저희의 정보력을 너무 무시하진 마시죠. 이미 교우관계는 확인하였습니다. 친구분들의 이름을 따오셨더군요."

뭐야 이 사람. 무서워. 아니, 대체 생도 교우관계는 무슨 수로 확인한 거야?

"여기서 원고를 썼고, 동생분께 원고를 넘겨 출간하게 하신 것까지 전부 확인하였습니다. 대체 이 글이 무슨 수로 나온 건가? 혹 유럽 국가들의 정세를 '은밀한 경로'로 알고 있는 누군가가 쓴 게 아닌가? 하는 의심을 품은 곳은 많았거든요."

그래. 여기 미국이지. 거대기업 정도면 날아다녀도 이상하지 않다.

"사실 다른 곳들도 대개 눈치는 챘습니다. 아시다시피 워싱턴선 이미 이 책이 출간된 과정에 대해 조사를 끝냈고… 그럼 당연히 우리같이 견실한 기업들도 약간의 단서를 제공받으니까요."

너무 당당하게 '정부 조사 결과 빼먹었음.'이라고 말하지 말라고. 이 시대가 막장인 건지 내가 이상한 건지 구분이 안 간단 말야.

"교내에서도 이미 많은 예측을 하셨고 상당수가 적중하였다고 들었습니다."

"…대충 뭐, 다 알고 오신 것 같은데 빠르게 본론으로 들어가시죠."

"귀하는 군대 체질이 아닙니다. 미래를 내다볼 줄 아는 선구안이 있는 사람이라면 당연히 미국을 이끌어나가는 비즈니스의 세계로 오셔야지요. 상상도 해본 적 없을 정도의 엄청난 대우를 해드리겠습니다."

그는 그 이후 '대우'에 대해 간략하게 열거하였고, 처음에는 아무 관심도 없던 나조차 눈이 돌아갈 정도로 그 대우는 정말 강렬했다. 하지만 이미 몇 번이고 스스로에게 되뇌지 않았나. 돈 같은 건 큰 의미 없다.

"안타깝지만, 저는 미합중국을 위해 이 한 몸을 바치기로 하였습니다. 물론 귀사를 위해 일하는 것 또한 하나의 애국이겠지만, 저는 피를 흘려 국가에 기여하고자 합니다."

"지금도 죽어나가는 유럽의 장병들을 포드사의 이름으로 살리는 건 어떻게 생각하시는지요?"

"무슨 소리신지?"

"귀하께서 소요를 제기한 것들 중, '포격으로 엉망진창이 된 전장환경에서 기동할 수 있는 무장 트랙터'가 있다고 들었습니다."

아니, 그건 책에 쓴 부분 아닌데. 내가 무어라 답하기도 전에, 그는 슬며시 웃으며 말했다.

"어떻습니까. 저희와 함께 미래 전장을 지배해 보시는 건?"

폭풍은 두 번 친다

디트로이트. 강철의 도시. 유진 킴과의 대화를 마친 남자는 회사로 돌아와 보고를 올려야 했다.

"깨끗하게 거절당했습니다. 저희가 제시하는 조건을 주의 깊게 듣긴 했지만, 다 듣자마자 자신은 군에 남아 있을 계획이라며 일언지하에 거절하더군요."

"흠……."

"하지만 여전히 이해가 되지 않습니다. 일개 생도에 불과한 그 아시안에게 그만한 투자를 할 필요가 있었습니까? 그런 장비의 소요가 있을지도 불분명할뿐더러, 소요가 있다면 이제 그에 맞게 장비를 제작하면 될 일 아닙니까."

조용히 남자의 보고를 듣고 있던 장년인은 천천히 자리에서 일어났다.

"크게 보게, 크게."

"…예?"

"이 자유와 자본주의의 나라에서, 인간의 노동력은 재화를 대가로 사들일 수 있네."

장년인은 창문 바깥을 내다보았다. 자신이 세운 강철과 벽돌의 성채. 지금 이 순간조차 끝없이 새로운 제품을 토해내는 마법의 도가니를.

　　"그래. 그래서 그 녀석을 한번 만나봐야 했던 거야. 사들일 수 있는 노동력이라면, 다른 놈들이 침 바르기 전에 내가 사야 하니까."

　　"이제 사들일 수 없다는 걸 알았으니 해결된 것이로군요."

　　남자의 명청한 소리에, 그는 눈을 희번덕거렸다.

　　"자넨 무슨 소릴 하는 겐가?"

　　"예……? 방금 회장님께서 사들일 수 없다 하지 않았습니까."

　　"이 친구야. 그래, 세상엔 가끔 돈으로 살 수 없는 것도 있기 마련이지. 하지만 비매품인 것과 돈 대신 다른 걸 내밀어야 살 수 있는 건 전혀 다른 이야기야."

　　"그럼 그 친구의 경우는 후자란 말씀이시군요."

　　"당연하지. 진짜 생각이 없었으면 조건도 듣지 않았어. 돈보다 더 귀한 걸 탐내는 녀석한테 그깟 종이쪼가릴 내밀었으니 당연히 까이고 돌아왔겠지. 명심하게나. 돈으로 살 수 없는 건 대부분 귀한 것들이야."

　　그는 옆에 조용히 서 있던 비서에게 지시했다.

　　"6월 12일의 일정을 비우게. 움직여야겠어."

　　"어디로 가시겠습니까?"

　　"뉴욕. 웨스트포인트."

　　그는 근면을 미덕으로 여겼으며, 탐나는 게 있는데도 점잔을 빼는 유럽 귀족도, 너무 회사가 거대해져 둔해져버린 돼지새끼도 아니었다. 헨리 포드는 부지런한 노력가였다.

＊ ＊ ＊

　　1915년 6월 12일. 너무나도 감사하게도, 나는 보병 병과를 받았다. 마지막까지 공병단은 나를 향해 손짓했고, 포병은 포병대로 '그냥 포 안 쏘쉴?' 하며 또 콜을 보냈다. 하지만 곧 죽어도 보병이지.

앞으로 미군은 끝없이 확장해 나갈 테고, 결국 자리싸움하기에는 보병이 최적이다. 기병? 걔들이 전차병과로 바뀌려면 대체 몇 년을 기다려야 하지? 어차피 참호에서 목숨 걸어야 하는 건 똑같지만, 암만 생각해도 말 타고 참호 돌격하다 기관총에 예쁘게 별 모양으로 다져지는 생각이 드는 건 어쩔 수가 없었다. 게다가 뼛속까지 육방부가 새겨진 내게 성골이란 당연히 보병이었다. 암, 암. 죽어도 땅개고말고.

졸업식은 순조롭게 거행되었다. 그 장면에 대해 나는 지금 5700자 분량의 구구절절한 묘사와 장대한 광경, 그리고 웅장해지는 내 가슴에 대해 기나긴 이야길 할 수 있겠으나 더 이상의 자세한 설명은 생략한다. 내 졸업식을 보기 위해 생각보다 많은 손님들이 왔다는 게 문제지.

"유진, 빨리 와! 사진 하나 찍어야지!"

졸업식의 국룰이라고 할 수 있는 친구들과의 기념 촬영도 다 끝냈다. 내가 참호밭을 뒹구는 시체가 되더라도, 이 사진 하나만 집에 잘 가보로 모시고 있으면 적어도 우리 가족이 굶어 죽을 일은 없을 터다. 여기 찍힌 별 개수만 세어봐도 어우.

친구들을 데리고 부모님께 인사를 드리려 할 때쯤, 슬슬 문제가 벌어지기 시작했다.

"졸업 축하해, 자기."

"어, 고마… 고맙……."

"……."

"……."

"아들. 할 말 없니?"

"어, 그, 그것이… 그러니까……."

당연히 부모님은 오셨다. 아들이 졸업을 하는데, 그 졸업이 너무나도 역사적인 첫 한인의 졸업이라니. 이런 뜻깊은 날을 함께하지 못한다는 건 우리 부모님에겐 있을 수 없는 일이었다.

그리고 당연히 도로시가 왔다. 물론 편지로 도로시에 대해 이야기하긴 했었다. '결혼하고 싶은 사람이 생겼다.'라고 돌직구를 던졌더니, 아버지는 처음엔 '그래도 한인과 결혼해야 하지 않겠니?'라는 반응을 보이다 이내 나와 연배가 맞는 한인 처자가 없다는 내가 도달했던 결론에 도달하고는 '그래… 중국인이나 왜인 며느리보단 낫겠지.'라며 이내 납득하셨었다. 근데 문제는 그냥 참한 처자라고만 했다는 것.

설마 오겠나 했던 분이 오면서, 졸업식장은 순식간에 상견례 분위기가 되고 말았다.

"안녕하십니까. 아드님께 많은 신세를 지고 있습니다."

"아, 넵. 제 아들을 좋게 봐주셔서 정말 감사드립니다."

아버지의 필사적인 저 뻐끔거림은 '이 사람 누구냐?'가 틀림없다. 커티스 의원이 모습을 드러내면서 이미 경쾌한 분위기는 저 멀리 사라졌다. 당연히 망할 웬수 놈들도 대강 눈치를 보더니 슬그머니 사라지고 말았다. 나중에 전부 다 목을 꺾어버릴 테다.

커티스 의원에게서 명함을 건네받는 아버지의 손이 덜덜 떨리고 있었다. 그제서야 인척 될 집안의 정체를 알아버리고 패닉이 와버리신 것 같다. 아버지와 어머니가 한국어로 빠르게 '이러면 우리 집안이 너무 급이 딸리는 게 아니냐.'라며 혼란에 빠진 틈을 타, 의원님이 내 곁으로 다가왔다.

"자네 혹시… 부친께 말씀 안 드렸나?"

"아버지 옆에 파리가 하나 있거든요. 모두를 귀찮게 할 것 같아 말씀을 안 드렸는데… 그 파리도 따라와버렸네요."

엿같네 진짜. 그래. 파리가 날아왔다.

"유진 군. 졸업을 진심으로 축하하네."

"역시 듬직하게 잘 자랐구만. 앞으로도 조국과 민족을 위해 온 힘을 다

해주게."

"감사합니다, 도산 선생님. 우성 선생님. 이 먼 길을 와주시다니요."

"내 당연히 와야지!"

안창호와 박용만이 와 준 것은 정말 감사한 일이다. 이분들은 보아하니 정말 나를 축하해주기 위해 먼 걸음 해주셨으니 말이다. 특히 나 하나 보겠다고 우성 선생이 하와이에서 뉴욕까지 찾아올 줄은 예상도 못 했다. 마찬가지 이유에서, 그 파리 역시 설마 하와이에서 찾아올 줄은 몰랐다.

"흐음. 그 어려 보이던 유진 군이 벌써 장성하여 혼약을 치를 나이가 되다니. 놀랍구만."

이승만. 이런 날까지 꼭 봐야겠니? 아니지, 이런 날이니까 온 거다. 굉장히 드물게도, 이승만의 표정은 오늘따라 영 관리가 안 되고 있었다.

"찰스 커티스요."

"승만 리입니다. 의원님의 명성은 익히 들어 알고 있습니다. 저는 하와이와 샌프란시스코에서 재미 한인들을 규합하여……."

내 속삭임과 표정만으로도 커티스 의원은 '파리'가 누구인지 알아차린 모양이었다. 악수를 나누는데 어째서 힘줄이 막 불끈불끈하는 거죠 의원님?

이 혼란 속에서도 도로시는 굳건했다. 우리 부모님께 인사를 드린 이후 내 옆에 찰싹 붙어 떨어질 기미를 보이지 않았다. 그리고 나는 아주 잘 알고 있었다. 그녀가 무엇을 원하는지.

"지금?"

"지금 아니면 언제?"

"아니, 그 뭐냐. 장모님께 인사도 드려야 하고, 한번 우리 부모님 모시고 캔자스도 가야 하고……."

"그건 일단 줄 거 주고 나서 해도 되지 않아? 나는 오늘만 기대했는데?"

누가 보면 맡겨놓은 거 돌려받는 줄 알겠다. 하지만 사실 내 것이 아니긴 하다. 이미 주인은 정해져 있지. 언제 주느냐만 문제일 뿐. 나는 잠시 분위기를 잡고, 천천히 한쪽 무릎을 꿇었다.

"도로시."

"괜히 폼 잡지 말고 빨리 내놔. 내가 좀 급해."

아니, 이런 거 바란 거 아니었냐고. 진짜 주기만 하면 되는 거였어?

"사람을 몇 년이나 기다리게 해놓고 또 참으라고? 그건 좀 그렇지?"

네 맞아요. 생도라서 결혼도 할 수 없던 제가 죄인이지요. 암요. 나는 재빨리 임관 피앙세 반지를 작은 함에서 꺼내 들어 그녀의 손가락에 끼워주었다. 도로시의 표정이 여태까지 본 것 중 가장 환해졌다. 아니, 누가 봐도 인피니티 스톤을 얻은 타노스 님이잖아. 그렇게 웃지 말라고. 먼지가 되긴 싫어!

다행스럽게도 그녀가 손가락을 튕기는 일은 일어나지 않았다. 그 장면을 흥미진진하게 지켜보던 게스트들 모두가 일제히 박수를 쳤고, 나는 떨리는 마음으로 자리에서 일어났다.

그리고 승만 리 선생의 얼굴 근육은 쉴 새 없이 요동쳤다. 이제 대강 눈치챘겠지. 더 이상 이승만은 나를 휘두를 수 없다. 그 기가 막힌 권력탐지 콧구멍에 살아 있는 권력의 냄새가 쏙쏙 파고들었을 테니, 한판 붙으려면 본인도 많은 걸 걸어야 한다는 사실을 아주 잘 알았을 거다.

물론 '아마겟돈 레포트'라거나 기타 내가 준비하던 여러 가지를 알 턱은 없었지만, 저 권력 중독자는 그저 마음껏 부릴 수 있을 줄 알았던 손패가 손 밖으로 튕겨나가는 것만으로도 저렇게 심사가 뒤틀리고 있겠지. 역시 까다로운 양반이다.

"자, 잠시 자리를 옮깁시다. 앞으로 사회에 나가 미합중국을 위해 공헌해 줄 우리 사위를 위해 근사한 곳을 준비해 놨습니다. 허허!"

"아니, 사위라니… 제 못난 아들이 귀한 집 따님을 그렇게 받아가도 될… 악!"

"이 양반이 지금 애 혼삿길 갖고 무슨 겸양을 떨고 있어요?!"

아버지의 모습에서 미래의 내가 겹쳐 보이는 건 착각이 틀림없다. 나는 저렇게 되지 않겠지. 앞으로 명성을 떨칠 내가 부인 앞에서 꼼짝 못 하는 미래 같은 게 올 리가 없잖은가. 아마도.

"잠시 실례합니다."

그때 교관 한 명이 성큼성큼 빠른 걸음으로 다가왔다.

"자네를 따로 만나 뵙길 원하는 손님이 있네."

"어… 이리로 오시면 되지 않을까요?"

"그게, 내 입으로 이런 말 하긴 조금 많이 그렇네만, 그 손님이 그… 거물일세."

거물이라니, 이건 또 뭐지? 아무리 생각해도 날 찾아올 거물이래봐야 커티스 의원 정도인데, 그는 지금 바로 여기 있다.

조금 모양새가 이상해졌다. 내가 뉘신지도 모를 거물님을 만나러 덜렁덜렁 가면, 우리 장인어른 입장에선 또 뭔가 짜증 날 수 있지도 않겠는가. 대우를 못 받아서일지, 귀한 딸내미 내팽개치고 누구 만나러 털레털레 가서일지 중 뭐가 더 클지는 모르겠다만.

"교관님."

"빨리 가지 않겠나? 기다리게 하기가…….."

"저기 계신 분은 상원의원이신데, 저분을 두고 그 거물 나으리를 뵈러 가면 어떻게 될까요?"

교관의 입이 호두까기 인형처럼 딱 닫혔다.

"내가… 한번… 말해보도록 하지."

그래. 전령 역할이나 제대로 해 달라고.

* * *

의원님이 준비해 놓은 홀을 뒤로하고, 우리는 작은 방에 모였다. 나. 커티스 의원. 그리고… 헨리 포드.

내 생각이 틀렸다. 그래, 커티스 의원도 솔직히 봐줬을 거야. '헨리 포드 씨가 절 만나러 이 웨스트포인트에 오셨다는데요?'라고 했으면 궁금해서라도 빨리 가보라 했겠다.

"여기서 이렇게 뵙게 될 줄은 상상도 못 했군요, 의원님."

"허허. 저도 마찬가지입니다. 제 사위를 만나러 여기까지 걸음하시다뇨. 미리 연락 주셨다면 대접을 준비했을 것을, 너무 조촐한 곳에 모신 것 같군요."

분위기 장난 아니다. 두 사람은 누가 먼저라 할 것 없이 시가를 입에 물더니 이내 방 안을 연기로 가득 채웠다.

"저 젊은이의 장래에 투자하고 싶어서 찾아왔는데, 선객이 있을 줄은 몰랐군요."

"하. 선객이라니 오해가 있군요."

커티스 의원은 시종일관 여유로웠다.

"우리 때랑은 다르게, 요즘 청춘남녀들은 저들끼리 만나서는 연애라는 걸 합디다. 내 딸이 죽고 못 사는 친구가 있길래 전 그냥 알았다 했을 뿐이죠."

"그거참 운이 좋으시군요. 그러면 제가 저 친구를 사들여도 아무 문제가 없겠죠?"

"아아, 그런 거야 얼마든지 상관없지요. 다만 연륜 있는 사람이 가만 듣고 있다가 사회 초년생 젊은이에게 무엇이 좋고 나쁜지 한두 마디 조언 정도 해주는 것도 별문제 없으리라 봅니다."

"연륜 있는 사람이 한두 마디 조언해준다라… 그걸 보고 요즘 청춘남녀들은 꼰대의 참견이라고들 하더군요."

답답해 죽겠다. 그냥 깔끔하게 권총 뽑아 들고 결투로 결정하시는 게 어떨는지요?

"킴 군."

"예, 회장님."

"자네가 내 직원도 아닌데 무슨 회장님인가? 딱딱하구만. 그냥 포드 씨 정도면 충분하네."

아니아니아니아니. 그랬다간 다음 날 디트로이트 공장 뒤편에서 시체로 발견될 것 같다고.

"이미 들었겠지만, 자네가 구상한 여러 병기 중 나는 그 '험지 기동 전투용 트랙터'에 관심이 있네."

"탱크요?"

"탱크? 그게 자네가 생각한 명칭인가. 그럼 대충 나도 탱크라고 부르지. 아무튼 그걸 개발해보고 싶네."

"그럼 잘난 포드사의 직원들을 부려 개발하면 될 일 아닙니까?"

나이스 어시스트, 의원님. 갑작스레 깊숙이 파고드는 태클에 회장님이 영 불편한지 연기를 한 번 크게 뱉어냈다.

"그야 그렇습니다. 내 직원들은 최고니까요. 하지만 현명한 경영자는 언제나 다양한 의견을 수렴하고 싶어 하는 법입니다. 자신에게 표를 안 던질 사람의 의견은 들을 필요 없는 정치가와는 다르니까요."

"허허허허!"

"허허허허!!"

이러다가 진짜 솔로몬식으로 '그럼 반으로 나눠서 가집시다.'라고 결론이 날 것 같다. 물론 커티스 의원은 가능한 한 내게 유리한 방식으로 협상을 진행해주려는 것이겠지만, 일단 나로서는 이 위대한 미국인에게 좋은 이미지를 심어주고 싶은 생각도 있었다.

"아시다시피, 저는 단순히 제 개인적 공상을 늘어놓았을 뿐입니다. 그게 도움이 될지 안 될지는 모르는 일이지요."

"무슨 소린가. 도움이 안 될 거였으면 이 비싼 분이 여기까지 왔을 리가 있나?"

"흠… 의원님의 말씀이 맞습니다. 저는 당신의 의견에 매우 큰 가치가 있다고 생각합니다."

잠시 고민. 헨리 포드를 도와 더 실용적인 전차를 더욱 빠르게 개발했을 때 얻는 점과 잃는 점이라.

역사 개변은… 모르겠다. 나비효과를 내 대가리로 예측할 수 있으면 이미 나는 신세계의 신이 되었겠지. 애초에 나비효과가 쫄렸으면 미래 예측을 거침없이 던지지도 않았다. 그렇다면 남은 결론은, 내게 최대한 득이 되는 방향으로 협상하는 것이리라. 여기서 뭘 받아내야 할까.

그리고 이 순간, 말도 안 되는 발상이 내 머릿속에 떠올랐다.

여우와 호랑이

"저는 늘 회장님을 존경해 왔습니다."

"허허… 일개 졸부인 날 말인가?"

"그 누구도 공장 노동자에게 일당 5달러를 주리라곤 생각도 못 했죠. 저는 회장님의 경영 철학이야말로 빨갱이들을 물리치고 기회의 나라 미국을 지탱할 미래의 핵심이라고 생각합니다."

필사적인 용비어천가. 나는 이것이 천직이었던가. 전생은 고개 빳빳이 치켜들고 입바른 소리 하다 훅 갔었는데, 어째서 이번 생에선 이리도 입에 침도 안 바르고 아부를 한단 말인가. 도로시와 데이트할 때보다 지금 여기서 회장님 축지법 쓰신다 부르는 게 더 혓바닥이 잘 굴러간다는 게 참으로 자괴감 들고 괴롭다.

"젊은이가 고작 날 칭송하려고 이 긴 시간을 들였을 리는 없고, 무얼 원하는 건가?"

"저의 고향 샌프란시스코에서 빈민으로 전락한 불쌍한 재미 한인들을 먹여 살리고 싶습니다."

"자선사업 말하는 겐가. 그 정도야 어렵지 않지. 무료 급식소를……."

"저는 회장님처럼 그들에게 물고기 대신 물고기 낚는 법을 알려주고 싶습니다."

그제서야 그들도 내가 무얼 말하는 건지 슬슬 감이 잡히는 듯했다.

"공장을 지어달라고? 그건 조금 무리군. 샌프란시스코에 공장을 지을 만한 메리트는 아직 없다고 생각하거든."

"짓는 건 제가 하겠습니다. 약간만 도와주시지요."

그래. 뭔가 하나씩, 정말 우연히 모인 퍼즐들이 마침내 조립되어 간다. 얼마간의 짤막한 논의 후, 즉석에서 계약서가 만들어졌다.

[유진 킴은 본인이 예상하는 전투용 트랙터 — 이하 '탱크'에 필요한 제원과 만족해야 하는 성능에 대해 포드사의 요청과 자문에 성실하게 응답해야 하며……]

"잠깐. 그 문구는 문제가 있구려. '여건이 허락하는 한 성실하게 요청과 자문에 응하도록 한다.' 정도로 합시다."

"이건 당연히 해줘야 하는 겁니다. 받아가는 걸 생각하시지요."

"그럼 이 친구가 파나마에 파병을 가더라도 귀사의 자문에 응해야만 할 의무가 생기지 않소. 적당히 합시다. 적당히."

짤막하다고 말한 건 취소하겠다. 한 글자 한 글자가 써지려 할 때마다 몇 번이고 찍찍 선이 그어지고 다시 쓰이기를 수차례. 기어이 잉크를 가득 빨아먹은 종이에 구멍이 뚫리고 말았다.

아무튼 대충 정리가 되었다.

1. 나는 내가 생각하는 전차에 대해 아이디어를 제공한다. 애초에 나는 엔지니어가 아니니 딱 구상 레벨이면 된다.

2. 별도의 법인, 가칭 '포드 탱크 컴퍼니'가 전차 개발을 위해 설립되며 이 법인의 명의로 전차에 대한 특허를 신청한다. 우리 아버지는 해당 기업의 지분 약간을 받고 이와 별개로 특허로 발생하는 로열티 일부도 받는다.

3. 내 동생은 근시일 내에 법인을 차려 공장을 세운다. 포드사는 해당 법
   인의 지분 30%를 받는 대신 공장의 설립과 운영을 도와준다.

동생아 미안해. 하지만 내가 '아시안들은 본래 가족의 이익을 곧 자신의
이익으로 생각합니다. 저는 동생이 꼭 성공했으면 좋겠어요.'라고 입을 털어
버렸걸랑. 이미 철조망 업체만으로도 실컷 혹사당하고 있겠지만, 앞으로 좀
더 굴려줘야겠다.

그 외에도 자잘자잘한 조항들, 딱 봐도 머리 터질 것 같은 법적 조항들
이 이것저것 끼어들긴 했지만 정리하자면 간단했다. 나는 기어이 총기를 찍
어낼 수 있게 되었다. 총기 관련 기술자는 장인어른이 잡아다줄 테고, 생산
설비와 생산관리는 현재 전 세계에서 가장 컨베이어 벨트에 도가 튼 포드
사에서 도와준다.

원래라면 자립을 위해 최대한 혼자서, 혹은 대한인국민회의 힘을 빌려
진행하려 했지만, 내로라하는 거물들이 하나도 아니고 둘이 엮이니 또 이
게 오묘한 힘의 균형이 연출되었다. 이제 착하고 성실한 재미 한인 여러분
들은 나를 위해 컨베이어 벨트에서 열심히 일해주고, 그 대가로 봉급을 받
아가며, 우리 집안을 소작농 지주양반 바라보듯 우러러볼 거다.

그래. 애초에 그놈의 간지에 홀려서 톰슨을 찍으려 했던 내가 미쳤지. 나
는 그저… 기름칠 도구를 존나 찍어낼 거다. 아무튼 존나 많이.

* * *

"나랑 이야기 좀 함세."

홀로 다시 들어오자, 기다렸다는 듯 나를 부르는 이가 있었다.

"무슨 일이십니까? 어쨌거나 제가 호스트인데, 너무 오래 자리를 비우기
는……."

"잠시면 되네! 잠시!"

이승만의 두 눈에 핏발이 서 있다. 아니, 그 정도는 아니었을 텐데. 역시 헨리 포드라는 이름엔 저만한 무게감이 있었나. 나는 거의 반강제로 테라스로 끌려와 그와 독대를 해야 했다.

"대체 무슨 일을 하고 있는 겐가. 상원의원? 포오드? 자네, 감당 못 할 일을 너무 키우고 있어!"

"무슨 말씀인지 잘 모르겠군요."

"아직도 모르겠나! 저들은 괴물이야. 어마어마한 권력과 부를 갖고, 언제든 노란 원숭이들을 쥐어짜지 못해 안달이 난 놈들이란 말야!"

누구보다 워싱턴 D.C.에서 하이에나처럼 어슬렁거릴 분이 저런 말을 하니 좀 웃기네. 늘 갑옷처럼 두르고 있던 체면과 위엄에 쩍쩍 금이 간 우남 선생의 모습은 무척 추해 보였다.

"잘 듣게. 조선민족은 오직 자강해야만 하네. 뙤놈들이 철도 만든답시고 끌려와 이 미합중국의 사회 밑바닥 변두리에 처박힌 걸 알지 않나? 일본인들이 탄압받은 지 10년도 지나지 않았다는 것도 알 테고? 그런데 왜, 대체 왜 저런 거물들을 끌어들여 한인 사회에 평지풍파를 불러일으키나!!"

"조금 당혹스럽군요. 애초에 절 웨스트포인트로 보내주기 위해 의원님과 접촉하던 건 우남 선생님 아니십니까? 그런데 이제 와서……."

"그거랑 이건 달라! 우린 이방인이야. 언젠간 저 삼천리강산으로 돌아가야 할 몸이라고. 적당히 받아낼 것만 받아내고, 빚을 지지 않은 상태에서 돌아가야 한단 말일세. 그래, 자네. 차라리 나와 함께 하와이로 가는 게 어떻겠나? 그곳에서 우성이 민병대를 키우고 있네. 자네와 같은 애국 청년이……."

"우남 선생님."

나는 그의 장광설을 그대로 잘라버렸다. 4년 전이었다면 감히 이승만의 말을 잘라버린다는 건 있을 수 없는 일이었겠지. 내 뒷배가 그 어느 때보다 든든해진 지금 이승만을 냉정하게 직시하게 되자, 그는 자신의 한 줌 왕국에 생긴 균열조차 용납할 수 없어 극도로 초조해진 한 명의 권력중독자에 불과했다.

내가 상상하던 권력의 화신, 음모의 대가, 피도 눈물도 없는 호모 폴리티쿠스로 최종진화하려면 아직 수십 년의 세월이 필요했던 거겠지. 지금의 이승만은 17호와 18호를 잡아먹지 못한 셈이다. 그렇다면, 한판 붙어볼 만하다.

"이방인이라니, 말씀이 지나치시군요."

"뭐?"

"저는 미합중국의 시민이며, 미합중국의 평화와 안전을 위해 한 몸 바치기로 하였습니다. 누가 들으면 저의 충성심을 의심할지도 모르는 위험한 말씀을 하시네요."

"자네……! 지금 민족을 버리겠다는 말인가?"

"아일랜드계도, 폴란드계도, 유대인도 저마다 자신의 뿌리를 잊지 않았지만 미합중국에 충성하고 있습니다. 선생님께서 미국을 이용의 대상으로 여기는 것은 상관없지만, 저에게 그 의견을 강요하시는 건 조금 곤란하지요."

"이… 이……! 어떻게, 내가 어떻게 꽂아준 학곤데 그따위로 망발을 할 수 있나! 우성은 자네의 도움만을 기다렸어! 그런데 어떻게!!"

그의 입에서 침방울이 튀어나와 내 얼굴을 적셨지만, 그럴수록 내 미소는 점점 짙어져 갔다. 저 인간은 이미 박용만의 무장투쟁론에 정면으로 반대하고 있고, 부지런히 박용만을 밀어내려고 움직이고 있었다. 그런 양반이 지금 내 앞에서 열심히 박용만을 팔고 있으니 어찌 우습지 않겠나.

"그런 분이 제게는 뙤놈이랑 손잡으라고 알선을 해주셨습니까?"

"뭐?!"

"선생님이 연결해주려 하셨던 그 중국인. 혁명을 노리는 빨갱이와 한패더군요. 아무리 조국이 그립다지만 어떻게 빨갱이와 손을 잡으실 수 있습니까? 사상이 조금……."

"이 자식이!!"

"이보게 우남, 뭐 하는 짓인가!!"

안창호 선생이 내 멱살을 붙든 이승만을 강제로 붙들고 떼어냈다. 하지만 그는 억지로 버둥거리며 내게 고성을 연신 질러댔다.

"도산! 우린 속았어! 이 자식은 민족을 팔아 제 영달을 누릴 셈이란 말일세! 이 자식, 아니, 이 집안 전부가 매국노야! 이완용이는 있는 나라를 팔기라도 했지, 이 자식은 없는 나라를 팔아치울 작정이란 말야!"

"적당히 하시게. 갓 사회에 나온 젊은이더러 매국노라니. 이게 무슨 추태인가."

"젊은이? 이놈이? 이보게. 이놈의 머릿속에 살무사가 몇 마리 그득한지 아나? 이 고얀 놈이 글쎄……."

"경비! 경비 불러주시오!"

그의 괴성은 마침내 커티스 의원이 이 장면을 목도하면서 그치고 말았다.

"의, 의원님. 뭔가 오해가 있으신 것 같은데……."

"내 사위에게 대관절 무엇이 그리 화가 많이 났는진 잘 모르겠소만, 적어도 이 자리에서 별로 적절한 처신은 아닌 듯하오."

"저더러 웨스트포인트에서 4년 잘 배웠으니, 이제 남의 나라인 미합중국은 버리고 조선을 위해 힘과 지식을 쓰라더군요."

아, 다 일러바쳐야지. 나는 다 이를꼬야. 이건 못 참지.

"…우선은 듣지 못한 걸로 하겠소. 다만, 여기선 나가주시오."

"의원님! 잠시, 잠시만 제 이야길 들어주십쇼. 지금 무언가 악의적인 왜곡이 섞여 있는데, 제 이야기에 5분, 아니 3분만 귀를 기울여주시면 금방 이해하실 수 있을 겁니다. 이놈은 절대 당신이 생각하는 그런 놈이 아닙니다. 혼사라니, 다시 생각해보십……."

"나가라고 했소."

그는 입을 다물었다. 그리고 얼마 후, 천천히 품에서 손수건을 한 장 꺼내 이마에 가득 맺힌 땀을 닦고는, 정중하게 허리를 굽혀 인사를 올리곤 자리를 떴다.

"우남이 악감정이 있어서 저러는 건 아닐세. 다 애국애족하는 마음이 너무 커서 그런 게 아닌가."

"도산 선생님. 아직도 저자를 믿습니까?"

"이보게, 유진 군. 자네도 잠시 진정하시게나. 물론 몹쓸 모욕을 들은 것은 내 알고 있네만……."

"이건 저 개인의 모욕 문제가 아닙니다."

참 처치 곤란하다. 지금 이승만은 하와이에서 절대적인 지지를 받고 있고, 샌프란시스코에도 그 추종자가 한가득이다. 내가 아무리 정당한 명분을 얻어 이승만을 나가리낸놔도, 이미 숭배의 경지에 도달한 친구들은 날 매국노니 뭐니 하며 대가릴 따고 싶겠지.

일단은 내 할 일이나 할 뿐이다. 이승만 역시, 내가 총에 맞는 순간 무조건 제1용의자로 본인이 구치소에 들어갈 것이라는 사실을 아주 잘 알고 있을 터. 이제 더더욱 샌프란시스코의 사업에 집중해야 할 이유가 생긴 셈이었다.

우리의 관계는 참으로 어이없이 파탄 났다. 그리고 내 샌프란시스코에 이제 이승만은 필요 없다. 암, 아암.

* * *

"제가 생각하는 탱크는 간단합니다."

무한궤도로 굴러다니고, 아무리 지형이 개판난 곳이라도 그럭저럭 굴러다닐 것. 차라리 속도가 조금 느려도 괜찮으니 지형적응성이 좋아야지. 포탑은 오직 하나. 360도로 돌아가는 놈으로. 다포탑은 매그넘 스틱이 여러 개이길 바라는 이상성욕에 불과하다. 아마 본인들의 스틱이 작아서 2개이길 바라는 게 틀림없다. 왜, 펜싱할 때도 쌍검 들고 입에도 칼 물지 그래? 주포는 대전차용일 필요가 없다. 독일 놈들이 전차 얼마나 썼다고. 원 역사보다 훨씬 일찍 투입될 테니 화력지원용이면 충분하다. 거기에 더한다면 적당히 보병 썰어줄 기관총 정도. 이렇게이렇게 뚝딱뚝딱 만들면 됩니다. 어때요, 참 쉽죠? 아. 어떤 기술을 적용해야 하냐구요? 그건 이제 님들이 생각하셔야지 내가 어떻게 알아 그걸.

문제가 있다면, 내가 제시한 것과 연합국이 생각하는 바가 서로 다를 경우였다. 애초에 원 역사의 전차 개발 역시 무수한 삽질의 결과물 아니던가.

"자네가 옳으면 별문제가 안 되니 걱정 말게."

헨리 포드는 내 걱정을 기우라고 일축했다. 대충 전쟁터에 던져 놓고 써 보라고 하면 본인들 목숨이 달린 거다 보니 기가 막히게 판단해 줄 거라는 게 그의 논지였다. 이제 내 요망을 접수해 그럴듯한 전차를 뽑는 건 그의 일이 되었다. 아무튼 나는 이제 소위가 되긴 되었는데……

"유진아. 나가서 무 좀 사 오너라."

"네 엄마."

내 새로운 보직은 자택경비원. 백수가 되었다.

대단하다! 미 육군!

고증입니다

포드사에서 최초로 생산한 전차

원 역사에서 '탱크'는 1916년 영국에서 처음 만들었으나 그 이전부터 탱크와 비스무리한(?) 발명품들은 여럿 있었습니다. 일본에서는 소가 끄는 철갑 가마가 등장했고, 영국에서는 '코웬'이라는 사람이 증기차에 모자 모양 철갑을 씌운 형태의 전차를 설계하기도 했습니다(실제로 제작되지는 않았습니다).

기초공사

하와이행 여객선에 몸을 실은 이승만은 줄곧 입을 꽉 다문 채 선실에만 머물렀다.

어디서부터 꼬였지? 스스로에게 이미 몇 번이고 물었지만 답이 돌아오지 않는 질문을 이번에도 어김없이 던졌다. 처음에는 장래성 넘치는 떡잎이라고 생각했다. 이 떡잎에 물을 뿌려주면, 떡잎과 떡잎 애비가 자신을 좋게 봐줄 테니 샌프란시스코에서 그의 영향력도 확고해질 수 있었다. 그래서 물을 뿌려줬다. 정성껏 물을 뿌려준 결과, 떡잎은 무럭무럭 자라났다.

그런데 대체 이게 뭔가. 웨스트포인트에서 못된 것만 배웠는지, 떡잎은 상원의원이니 기업가네 하는 놈들과 어울리고 있었다. 물어물어 소개해준 믿음직한 친구는 이 우남이 민망해질 정도로 매몰차게 내치더니, 대체 어떻게 붙어먹었는지 감도 안 잡히는 놈들과 자연스레 웃고 떠들고 있었다!

이제 막 사회에 발을 내디디는 녀석이 알면 얼마나 알겠나. 정계의 도움이 필요하다 느낄 수도 있겠지. 그럼 당연히 여태까지 돌봐주고 온갖 노력을 기울여준 후원자의 의견을 한 번쯤 들어보는 것이 당연한 게 아닌가? 세상에, 커티스라니. 우드로 윌슨 선생처럼 학식과 인품을 겸비한 훌륭한 사람을 만나도 모자랄 판에 더러운 인디언 피가 섞인 튀기와 어울린다니. 대한의 장래를 짊어질 젊은이의 판단이라곤 실로 믿을 수 없었다.

그래서 눈물을 머금고 회초리를 들었다. 말로 단단히 타이르면 당연히 스승의 말을 듣고 바른길로 돌아오리라 믿었다.

'…저는 미합중국의 시민이며, 미합중국의 평화와 안전을 위해 한 몸 바치기로 하였습니다. 누가 들으면 저의 충성심을 의심할지도 모르는 위험한 말씀을 하시네요.'

까드득. 저절로 이가 갈린다.

그 순간에야 비로소 깨달았다. 저건 마냥 귀여운 떡잎 같은 게 아니었다. 이미 씨앗부터 글러먹은 파리지옥이었다. 옛날 중국의 이름난 간신들이 딱 저러했겠지. 윗사람의 신임을 사고, 성장하면 줄을 갈아타고 주인을 잡아먹고. 커티스와 포드라는 새 주인이 등장한 이상 저놈은 눈에 거슬리는 애국지사들을 전부 죽여버릴 생각밖에 없었으리라.

하지만 이 모든 것은 하나님이 내린 시련이렷다. 하나님은 이 이승만이를 친히 기름 붓고 불쌍한 조선민족의 구원자로 택하시어 그 끔찍한 고종의 감방에서 그를 꺼내주셨다. 비록 지금은 저 사단마귀 같은 김유진이 제 세상인 줄 알고 날뛰지만, 하나님이 함께하는 이상 결국 천벌을 받게 될 것이다.

"빌어먹을."

속에서 치밀어 오르는 분기를 결국 이겨내지 못하고 술을 꺼내 들었다. 술의 힘이라도 없으면 도무지 잠을 이룰 수 없을 것만 같았다.

달달한 알콜이 식도를 넘어가자, 분노는 점차 사그라들고 다시 냉정한 이성이 그 자리를 차지하기 시작했다. 김유진은 머저리 박용만, 어설픈 안창호와는 전혀 다른 상대였다. 늑대의 심장, 뱀의 혓바닥, 여우의 머리. 이승만 자신조차 착각에 빠뜨릴 정도로 간교하며, 동시에 대담무쌍하고, 권력과 성공에 대한 무한한 탐욕으로 움직이는 놈을 그냥 대적할 순 없었다.

하와이에 발을 내디딘 그 순간부터, 통찰할 수 있었다. 이 사탕수수의 섬에 사는 한인들은 그저 쌀밥 한 그릇 얻어먹기 위해 태평양을 건넌, 못 살고 못난 불쌍한 놈들이라는 사실을. 그래서 그들의 마음을 긁어주기 위해 외교론이라는 온건파의 깃발을 꺼내 들었고, 그는 하와이 한인의 지도자로 우뚝 섰다.

박용만 같이 머리에 혈기만 오른 친구는 죽었다 깨어나도 이해하지 못할 것이다. 저놈들은 그냥 몇 푼 좀 기부하고 애국애족했다는 뿌듯함을 사고 싶을 뿐이란 사실을 말이다. 당연히 목숨 걸고 전장에 나가거나, 땅의 주인인 미국인들을 화나게 할지도 모르는 위험한 불장난에 동참하고 싶은 조선 놈들은 극히 소수에 불과했다.

하지만 이제 사정이 달라졌다. 김유진이는 아예 대놓고 '우린 미국인으로 살아야 한다.'라고 주장했었다. 중도파만큼 허약한 것은 없다. 혈기 넘치는 놈들은 애초에 박용만 밑에 있을 것이요, 더욱 안전과 평화를 원하는 자들은 저 더러운 김유진의 말에 현혹되기 딱 좋다. 자신이 어렵게 일구어낸 성채가, 저 마귀의 농간에 송두리째 무너질 미래가 너무나도 생생했다. 무엇보다 그걸 막을 방법이 딱히 없다는 게 더더욱 절망스러웠다.

하와이만이라도 지켜내려면, 당장 돌아가자마자 김유진을 민족의 배신자이자 반역자로 성토해야 한다. '미국인으로서의 삶'은 허상에 불과할 뿐, 결국 부역자의 삶이나 다름없다고 목청껏 외쳐야 한다. 하지만 이건 승리할 수는 없는 수다. 패배를 유예하는 몸부림에 불과하다.

그렇다면 그다음 방안으로는? 호구(虎口)에 몰렸지만, 아직 먹히지는 않았다. 김유진처럼 권력의 생리에 능통하고 정치적인 냉혈한이라면, 이승만 자신을 완전히 무너뜨리는 데 필요한 기회비용이 무척 아까울 것이다. 마지막에 약간 사소한 말실수가 있긴 했지만, 그걸 꼬투리로 잡는 순간 김유진은 사실상 한인 사회에서의 모든 영향력을 포기해야 할 테니 큰 문제는 아니다. 그러니, 아직 퇴로는 있다.

그는 천천히 침대에 몸을 눕혔다. 그의 머릿속에서는 쉴 새 없이 온갖 정치적 시나리오가 조립되고 조각나길 반복했다. 결코 불쌍한 조선인들을 저 마귀의 손아귀에 떨어뜨릴 수는 없었기에, 우남은 잠에 빠지는 마지막 순간까지 고민하고 또 고민했다.

* * *

1915년 5월 7일. 내가 졸업하기 직전, 원 역사대로 루시타니아호가 독일 유보트의 손에 침몰했다. 이미 미국은 본인들도 모르지만 맹렬히 1차대전을 향해 달려나가고 있었다. 그리고 당장 대서양을 건너지 않은 이유 중 하나는, 바로 아랫집 멕시코의 대혼란이었다.

시어도어 루즈벨트를 비롯한 강경파 아저씨들이 백날 의회에서 유럽 전쟁에 끼자고 목소리를 드높이고 있었지만, '온건'하다고 알려진 우드로 윌슨은 유럽 대전쟁에 끼는 것보다 오히려 멕시코 전쟁 개입 카드를 만지작거리고 있었고, 7월에는 쿠데타가 일어난 아이티에 해병대를 보내 그대로 점령해버렸다. 온건은 개뿔.

실제로 윌슨 대통령은 루시타니아호 침몰 후 독일에 '내가 지금 미 해군을 몰고 가서 네놈들의 머리통을 다 날려버리겠어.'라는 정중한 메시지를 전달해 독일을 쫄게 만들며 유럽의 위기는 어찌어찌 해결되었다. 결국 나같은 청년 장교들의 눈은 오로지 '그래서 멕시코를 치는 거야 마는 거야?'에 집중되고 있었다.

그리고 나는, 자택경비원이었다.

[안녕, 유진. 잘 지내고 있니? … 나는 14보병연대에 발령받았어. 지금쯤 네가 어디 있을진 모르겠지만, 어디서나 잘하고 있겠지……]

[유진! 기뻐해줘! 나 19보병연대로 발령났어! 석 달 동안 집에서 손가락이나 빨고 있자니 지겨웠는데 드디어 간다고!]

개자식들. 머저리들조차 하나둘씩 발령받고 속속 쏘가리 생활을 시작하고 있는데, 나는 어째서 엄마 심부름을 하면서 국가의 녹봉을 타 먹고 있는 건지 모르겠다.

아니, 사실 잘 안다. 매우매우 잘 안다. 미국—멕시코 국경분쟁이 격화되자, 나는 얼른 신이 나서는 내 뒷배를 써먹기로 결심했다. 의원님 전상서, 저는 애국심 넘치는 초임 장교로서 꼭 전장에 나가고 싶으니… 부디 저 좀 발령 빨리 내주시도록 힘 좀 써주십사…….

그러자 답변은 아주 빨리 왔다.

[포드 회장과 상의하게. 자네 목숨에 가장 관심이 많은 건 도로시고, 그 다음은 그 양반이니까.]

나는 다시 도로시에게 '파병 나가고 싶은데 가도 되지?'라는 내용을 3페이지에 걸쳐 적어 보내고, 겸사겸사 포드사로도 편지를 보냈다. 그리고 얼마 후, 포드 씨의 우아한 친필 서한을 받아 볼 수 있었다.

[객지에서 뒈지지 말고 하던 일이나 마저 하게.]

네. 하던 일이나 얌전히 할게요. 내가 준비 중인 건 샌프란시스코를 털도 안 뽑고 통째로 삼키기 위한 밑작업이었다.

* * *

"형."

"혀어엉!!"

"왜."

"아씨 형. 우리 말 좀 들어봐."

유신과 유인, 두 놈이 내 앞에서 쒸익쒸익대며 진을 쳤지만 전혀 쫄리지 않았다. 내가 머리 하나는 더 크걸랑. 하지만 맏형이란 모름지기 분노에 가득 찬 동생들의 반항도 너그러이 용서해 줄 의무가 있는 법이다.

"그래, 무슨 일인데?"

"내가 요즘 나날이 살이 빠지는 것처럼 보이지 않아?"

둘째 유신이 피를 토하듯 말했다.

"형이 그 망할 철조망 공장 넘겨줘서, 내가 그거 정리한다고 진땀 뺐거든? 간신히 사람 뽑고 판매루트 뚫고 숨통 좀 트이나 싶더니 수출을 할 테니 공장 키워라? 말은 참 쉽지 쉬워."

"크흠… 그래도 다 내가 너 생각해서 그런 거야! 어? 떠억하니 옐로 몽키가 공장주도 되고! 얼마나 좋아?"

"그래 좋아. 근데 그 좋은 걸 왜 형이 안 하고 내가 해야 해?"

어… 왜냐구? 나는 다 차명으로 돌리고 싶거든. 헤헤. 어차피 내 명성이 네 명성이고, 네 돈이 내 돈인데 누구 명의로 붙어 있든 뭐 어때? 어차피 결국 한 집안인데. 눈 가리고 아옹 하는 짓이지만, 그 아옹을 하는 것과 하지 않는 건 또 천지 차이다. 적어도 내 입지가 완벽히 다져지기 전엔 너희들이 좀 조빼이를 쳐줘야겠어.

"동생아. 이 형이 그래도 사업 아이템 만들어줬지, 수출 판로도 뚫어줬지. 이제 떼부자 될 일만 남았잖니?"

"세상에 하루 20시간 일하는 떼부자가 어디 있어!!"

"아아아. 안 들려. 안 들려. 아무튼 빨리 총기공장이나 쌔끈하게 돌려봐. 유럽에 신나게 팔아먹어야 한다고."

"허이고… 그래, 포드사에서 어차피 다 세팅해줬으니 그나마 낫다. 그거까지 내가 해야 했으면 형은 진작에 저기 태평양에 떠다니고 있었어."

총기사업은 사실상 포드사와 커티스 의원실에서 파견 온 사람들이 다 해먹고 있었다. 공장부지 선정도, 공장 건설도, 내부 설비 설치 및 동선 관리도 저어언부. 우리가 개입하는 건 채용할 인력들, 한인 위주의 노동자 선발과 총기 관련 기술의 인수인계 정도였다. 안창호 선생이 예전에 소개해줬었던 몇몇 총기 기술자들은 진짜 제대로 된 사람들의 가르침을 받고 새사람으로 거듭나고 있었다. 몇 년 뒤면 자체적인 기술개발도 가능해지겠지.

일단 집안의 맏형으로서 소원수리는 대충 해줬으니 할 일은 다 했다. 그럼 이제 두 번째로, 불퉁한 표정인 우리 막내의 마음의 편지를 받아볼까.

"그래, 너는 뭐가 문제니?"

"'뭐가 문제니.'라고? 형 장난해?"

얘가 왜 이런담. 유신이한텐 못 할 짓을 하긴 했는데 너한테까진…….

"형이 그 망할 책! 그 책 내 이름으로 냈잖아!!"

"아 그거."

"내가 경찰에 끌려가서 뭔 일을 당했는지나 알아?! 한밤중에 경찰에 끌려간 것도 미치고 팔짝 뛰겠는데 세상에, 서에 가니까 BOI(Bureau of Investigation, FBI의 전신) 요원들이 있더라!"

"오."

"오는 무슨 오!"

그래도 내가 원고 쓴 거 그냥 넌 수금만 하면 됐잖니. 그리고 BOI라니. 나도 얼굴 구경 못 한 멋진 친구들을 봤으니 그게 다 나중에 술안줏거리가 되지 않을까? 물론 이렇게 말했다간 진짜 살해당할 것 같아 참았다.

"그날 내가 미주알고주알 있는 이야기 없는 이야기 다 했어. 아무튼 나는 그냥 전달만 한 우체부였고 형이 다 썼다고 아주 그냥 술술술 불었지."

"그래? 그 사람들한테만 불었니?"

"아니? 그 이후로 사흘에 한 번꼴로 정장 입은 아저씨들이 와서 맛있는 거 사줄 테니까 썰 좀 풀어보라 하더라고."

포드가 대체 어떻게 알았나 했더니 이 새끼 주둥아리가 근원이었구나.

"그… 러니……."

"대충 뭐 어지간한 데에선 다 왔어. 내 평생 이렇게 배 터지게 남한테서 밥 얻어먹긴 또 처음이네."

때리고 싶지만, 내 업보라고 쳐야겠지. 그리고 어쨌거나 저놈의 주둥이

덕택에 포드사와 인연을 맺었으니 뭐어… 봐줬다.

"좋아. 아무튼 다들 힘들고 고생이 많았지만 결과적으론 잘 해결됐으니 큰 불만은 없다 이거구만. 알았어."

"형 미쳤어?"

"그런 개소리를 부하들 앞에서 했다간 등 뒤에 총 맞을 거야."

가엾고 딱한 동생들은 복에 겨워 헛소리를 해댔지만, 결국 언젠가는 회개하고 형의 은혜에 감격의 눈물을 줄줄 흘리리라. 도로시 보고 싶다. 쓥.

"아무튼 사업은 별문제 없이 잘 굴러가고 있단 거구만. 너희가 집안을 위해 이렇게 노력해주니 정말 가슴이 웅장해지는구나."

"형, 일하는 것도 빡치는데 그렇게 긁어대면 진짜 밥상 뒤집는 수가 있어."

"오메 무서운 거."

내가 이렇게 샌프란시스코에서 김씨 가문의 무궁한 영광을 위해 노력하는 동안, 기다리고 또 기다리던 소식이 내게 날아왔다.

[가족과 친지 모시고 캔자스로 오게. 할일부터 끝내고 D.C.로 같이 감세.]

전직 퀘스트

캔자스. 다시 오게 될 날이 있을 거라곤 생각했지만, 덜덜 떨리는 것은 어쩔 수가 없었다.

"혼수, 혼수는 그래도 좀 준비해야 했는데."

"그냥 몸만 오면 됐대요."

의원님이 아들이 있어서 데릴사위가 아닐 뿐, 사실상 우리가 얹혀 가는 모양새 아닌가. 나는 데릴사위도 셔터맨도 전부 좋다. 세상에 날로 먹는 거 싫어할 사람이 어딨냐구. 소수인종 간의 화합이니 뭐니 하는 복잡한 정치공학적 문제는 일단 잊고. 내 머리는 그 어느 때보다 깨끗한 표백 상태였다.

"형. 결혼하러 가는 기분이 어때?"

"어… 어어어… 흐어어어… 나는 아무 생각이 없다. 왜냐하면 생각이 없기 때문이다……."

"맛이 제대로 갔네."

시꺼. 니가 이 기분을 아냐고. 존나 좋긴 좋다. 기분이 째지긴 째진다. 근데 내가 참호에서 잘 다져진 롯데리아 데리버거 세트가 되면 어떡하지? 혹시 애가 들어섰는데 대서양 건너는 동안 유보트에 당해서 새우버거 세트가 되면?? 생각해보니 도로시랑 만났던 건 겨우 방학 때 잠깐잠깐 정도. 혹시 내가 또 멀리멀리 떠난 사이 잘생긴 금발 태… 흐어어엉.

아무튼 내가 슬쩍 불안함을 토로하자, 도로시는 황당하다는 듯 날 바라봤다.

"에이. 그게 무서우면 사관학교를 갔으면 안 됐지."

"…어?"

"아니 뭐, 당연히 나도 무섭지. 군인 아내가 얼마나 힘들고 가슴 졸이면서 사는지 무척 많이 듣기도 했고."

타아앙! 저 멀리 있던 사슴을 윈체스터 라이플로 잡아버리며 그녀가 말했다.

아니, 그보다 진지한 이야기 와중에 총 쏘지 말라고. 저기 죽어 나자빠진 사슴에 내가 이입해버리잖아. '인제 와서 징징댈 거면 저 사슴처럼 만들어주마.'라고 해석하면 되겠습니까?

"당신이 원하면 아빠 졸라서 워싱턴의 펜대 굴리는 자리 정도야 만들어줄 수 있어. 소위 하나 자리 정돈 어떻게든 되겠지. 근데 당신이 원하는 꼭대기는 그래서는 갈 수 없는 곳이잖아?"

"그건 그렇지."

"그럼 가야지. 가서 살아 돌아와야지. 당신이 못 돌아오면 한 5년 정도는 상복 입고 울어줄게. 그 뒤에는… 나도 모르겠네?"

"아니 모르면 어떡해!"

"그럼그럼. 당신처럼 잘생기고, 야심 차고, 배려심 넘치는 사람이 청상과부된 나 좋다고 덤벼들면 또 어찌 될 줄 모르지. 그러니까 관에 실려 오지나 말라고."

그녀가 씁쓸하게 웃는 모습을 보니, 살아 돌아와야겠다는 의지가 참으로 충만해졌다.

* * *

결혼식은 나름 간소하게 진행되었다. 여기서 '나름'이라는 말을 붙인 이유는, 당연히 상원의원 따님 결혼식이라는 점을 감안하면 간소했단 뜻이다.

샌프란시스코 김씨 어르신 장남이 결혼하러 간다는 소식에 따라나선 동네 아저씨들이 한 소쿠리, 거기에 우리 가족 전부, 거기에 또 도산 선생님과 선생님을 따르는 한 무리. 우리 쪽만 이 정도고, 상원의원 따님 결혼식에 얼굴이라도 내비치려는 사람들은 뭐 산 하나를 만들 정도로 떼거지로 몰려왔다. 하도 악수를 많이 해서 손이 퉁퉁 부을 지경이 됐지만, 얼굴도장 하나는 확실히 찍었으니 남는 장사였다.

슬프게도, 이제 막 보직을 받기 시작한 내 동기들은 거의 다 결혼식에 오지 못했다. 특히나 대부분 전운이 감도는 멕시코와의 국경지대 부근으로 떨어진 이상, 기차 타고 줄창 달려 이 캔자스까지 올 가능성은 더더욱 희박했다. 그럼 어째서 '거의 다'라는 표현을 썼냐 하면…….

"결혼 축하해!"

"어, 어어…… 용케도 왔다?"

"딴 놈들이야 멕시코 타코 새끼들이랑 한판 붙는다고 전부 준전시태세지만, 나는 21연대에 있거든. 휴가 쓰고 왔지."

21연대면 워싱턴주. 미국 북서쪽 끄트머리에 있다.

"그래서 빼 좀 써서 얼른 온 거 아니겠냐! 하하하!"

그래. 우리의 점순이, 맥나니를 비롯한 몇몇 친구들이 찾아왔기 때문이다.

"결혼 축하한다, 짜식. 칼같이도 가는구나."

"베니온 선배님."

"얼른 발령받고 와야지?"

얼굴 보기 힘들 거라 생각했던 사람들을 만나니, 또 나름대로 좋긴 좋다. 과연 이들 중, 몇 년 뒤 다시 만날 수 있는 사람이 몇 명일지는 몰랐다.

* * *

그렇게 결혼식을 치른 이후, 이제 정식으로 장인어른이 된 커티스 의원과 도로시 마가렛 킴 여사님과 함께 우리는 워싱턴 D.C.로 향했다. 전쟁부로 출두하기 전, 나는 다시 포드 회장, 그리고 커티스 의원과 삼자회동을 할 수 있었다.

"자네, 전쟁에 나가고 싶다고?"

"그렇습니다."

"솔직히 말해서, 절대 추천하지 않겠네."

"투자한 친구가 비명횡사할까 봐 그러십니까?"

회장님은 고개를 저었다.

"그 문제가 아냐. 그걸 원했다면 애초부터 자넬 국무부에 꽂아 넣거나 병기창 쪽으로 보냈겠지."

그의 말에 늘 태클을 걸어주던 커티스 의원조차 잠잠한 걸 보니 이미 둘은 뭔가 암묵의 합의에 도달한 듯 보였다.

"자네의… 피부색이 문제라네."

"후우. 또 말입니까. 이놈의 족쇄는 참 징글징글하네요."

"뭘. 다 알고 도전한 친구가 지금 와서 툴툴거려봐야 소용없네."

"정확히 어떤 게 문제란 말씀이시죠."

솔직히 나도 이제 감은 오고 있었다. 매번 고민하던 문제이기도 했다. 하지만 그래도, 직접 듣고 싶은 게 솔직한 심정이었다.

"자네가 지휘관이 되어 한 부대를 맡게 되었을 때, 과연 백인인 병사들이 자네의 말을 듣겠나?"

"듣게 만들어야지요."

"그 과정이 굉장히 어렵고 지난한 길이라는 건 알고 있겠지?"

커티스 의원이 입을 다물고, 대신 포드 회장이 말을 이었다.

"전쟁부 내에서도 당연히 인종적인 관점에서 자네를 바라보는 사람들이 있고, 자네의 미래에 주안점을 두는 사람도 있네."

"……."

"후자가 걱정하는 부분은, 만약 자네의 부대 장악에 시일이 걸리거나 시끄러운 문제가 터진다면 레이시스트들이 곧바로 그걸 빌미로 자네 옷을 벗겨버리거나 인사고과에 빨간 줄을 그으려 들 거란 점이네."

생각보다 내 문제는 전쟁부 내에서도 시끄러운 모양이었다. 내가 한 발짝 잘못 디디는 순간 곧바로 모가지가 날아간다라. 짜릿짜릿하다.

"자네의 자질을 고평가하는 부류들도 그 점에 대해서는 많은 고민을 하고 있네. 전쟁부의 깨인 친구들은 젊은 인재를 결코 허망하게 잃기 싫단 말일세."

"그럼 뭔가… 타협안 같은 거라도 나왔는지요?"

그래. 이게 제일 중요하지. 저렇게 구구절절 사정을 설명해 줬다는 건, 무언가 '제안'을 던지기 위한 밑밥에 불과하다.

"첫 번째는, 필리핀으로 가는 걸세."

"허."

"필리핀 주둔군도 나쁘지는 않다, 거기서 적당히 전공도 세우고 경력도 쌓아서 돌아오면 된다… 가 비공식적인 첫 제안일세."

이 새끼들 보소. 물론 나쁜 제안은 절대 아니다. 나쁘진 않은데, 지금의 내 목표는 오직 유럽에만 있다. 그리고 솔직히, 노랭이니까 필리핀에선 잘하겠지 같은 스멜이 난단 말야.

"그건 조금 찝찝하네요."

"그럴 줄 알았지. 자네는 이미 유럽의 대전을 예측한 몸이니 말야."

포드는 아무렇지도 않게 수긍하고는 다음으로 넘어갔다.

"두 번째 제안, 육군 통신대 항공반(Signal Corps Aviation Section)일세."

"네?"

"항공 쪽 친구들이 어디서 자네의 이야기를 주워듣고는 연어처럼 펄떡이고 있어. 자기네들의 시대가 온다며 아주 신이 났지."

아직 세계의 제공권을 지배하는 천조국 공군의 기상은커녕, 육군 항공대의 창설조차 머나먼 이야기인 지금, 끽해야 날틀을 타고 날아다니는 전령 정도 취급이라. '통신대'인 그들의 입장에서 볼 때, 제공권을 두고 치열한 공중전을 벌일 것이라는 내 예측은 제발 적중했으면 하고 정화수 떠놓고 기도할 수준의 희망찬 미래이리라.

"어… 그리로 가면 어떻게 되는 거죠?"

"파일럿이겠지. 이러니저러니 해도 비행 관련 보직을 받았으면 비행은 할 줄 알아야 출셋길에 유리하지 않겠나."

"사위."

뚱하게 가만 듣고 있던 커티스 의원이 나지막하게 나를 불렀다.

"예, 장인어른."

"비행기라는 거, 굉장히 위험하지?"

"어… 조금 리스크가 있긴 하겠지요."

"자네가 하늘을 날다 그대로 별이 되어 버리면, 도로시가 굉장히 슬퍼하겠지?"

"어어어……."

"내 딸 울리면 죽여버린다. 빌어먹을 놈."

"죄송하지만 항공반엔 가지 못할 것 같습니다. 없던 일로 해주십시오."

나는 얼른 배를 까뒤집고 충성맹세를 했고, 포드는 피식 웃음을 터뜨렸다.

"벌써부터 잡혀 사는 몸인가? 불쌍하구만."

"분에 넘치는 부인을 얻었는데 당연히 제가 오래오래 살아서 레이디를 모셔야지요."

"흠… 항공도 싫다 이거지."

두 옵션을 모두 까인 포드는 고개를 주억거리며 다음 제안을 꺼내 들었다.

"그렇다면 역시 병기와 교리 개발 쪽……."

"싫습니다."

"듣지도 않고 싫다고 하면 어떡하나?"

"저는 기계공학을 잘하는 게 아닙니다. 그냥 조금 구상을 했을 뿐이지요. 거기로 가면 밑천이 얄팍하다는 게 금방 들통날 겁니다."

그래. 죽어도 안 간다. 딱 봐도 나랏돈으로 날 극한까지 빨아먹겠다는 자본주의의 괴물 헨리 포드의 그림자가 스멀스멀 느껴지지 않는가. 저런 곳에 갔다간 통조림당하는 작가처럼 '자, 다음 설계도를 그려내지 않으면 다음 밥은 없다!' 소리를 들으며 비참한 삶을 살게 되겠지. 절대 그럴 수는 없다. 군만두 엔딩은 좀 아니야. 나를 감금해 군만두를 배급해도 되는 건 오직 도로시뿐이다.

"아쉽구만. 여기로 가겠다고 하면, 내가 무슨 수를 써서라도 저 높이 올려줄 수 있는데……."

"안 갑니다."

"흠. 그럼 진짜 남은 게 별로 없네. 다음이 마지막이야."

잠시 고민하던 그가 이윽고 입을 열었다.

"이건 내가 도저히 꺼내지 않으려고 했던 이야긴데."

"좀 문제가 있는 제안인가보군요."

"그렇지."

그는 다시 입을 다물었다. 뜻밖에도, 커티스 역시 알고 있는 내용인 듯 그를 채근하지 않고 있었다. 대체 뭐길래 이 두 사람이 머뭇거릴 정도지?

"아까 말했듯, 자네에 대해 편견을 갖고 있는 부류가 전쟁부 내에 있다네."

"네."

"그들의 주장 중 하나가, 자네의 충성심이 의심스럽다는 이야길세."

"웨스트포인트를 졸업한 제게 충성심이 어쩌고 저째요?"

좀 이건 어이가 없네. 진짜 인종의 장벽이 징글징글하긴 하다.

"아니. 조금 다른 이야기일세. 그들의 논리에 따르면 자네가 '국가'와 '민족'의 이해관계가 상충될 때, 미합중국의 편이 아닐 수도 있다는 거지."

"……!"

이게 벌써 나올 줄은 몰랐다. 언젠간 한 번쯤 나올 수 있다고 생각하긴 했다만, 아직 보직조차 받지 못한 쏘가리를 향한 공격치곤 너무 아프다.

"그래. 미합중국과 한인 사이에서, 자네가 한인의 편을 들지 모른다는 것. 물론 나야 커티스 의원에게 들은 말이 있으니 염려치 않네만, 그걸 공개적으로 터뜨리면 백악관이 조금 난처해지거든."

이승만의 '그 발언' 이야기로군. 만약 그게 제대로 정치적인 스캔들로 비화한다면, 윌슨은 한순간에 잠재적 반역자를 후원해준 놈이 되어버린다.

"그래서, 자네가 먼저 선수를 치는 방식으로 미합중국에 대한 충심을 드러내는 게 어떻겠는가, 가 마지막 보직 제안일세."

"혹시… 그럼 그 제안이라는 게……."

"도쿄."

헨리 포드가 한숨을 푹 내쉬었다.

"물론 신임 소위의 첫 임지로는 말도 안 되는 이야기지. 비상식적이야. 하지만… 자네의 존재 자체가 미 육군의 비상식 그 자체라는 걸 감안해야겠지. 넷 중 하나. 선택하게."

5장
서곡

서곡 1

"피곤해 뒤지겠다."

전쟁부의 좁아터진 사무실. 나는 서류를 대강 집어 던지며 의자에 등을 기댔다.

1. 필리핀 파견

2. 공군

3. 병기 및 교리 개발

4. 일본행

장인어른과 헨리 포드가 가져온 네 가지 선택지 중, 나는 눈물을 줄줄 흘리며 3번을 고를 수밖에 없었다. 일본이라니. 일본이라니!

정말 이 당시 미국인의 아시아에 대한 이해력이 얼마나 참담한지 몸으로 다시 한번 깨닫게 되는 순간이었다. 이 양반들은 대충 필리핀 주둔군으로 파견 가는 것보단 그래도 나름 '문명화'된 도쿄에 있는 게 낫지 않겠나? 정도로 생각했지만, 미친 소리지 진짜.

내가 도쿄에 쫄랑쫄랑 가서 일본군 친구들과 하하호호 친목을 다져봐라. 지금도 피눈물을 흘리며 한반도에서 이를 갈고 있을 독립운동가들이 내 머리통에 총알을 박으러 기꺼이 현해탄을 건널 게 뻔하다.

나라가 망한 지 이제 5년이요, 고종이 시퍼렇게 살아 있고, 남한대토벌 작전이 벌어진 지도 그리 먼 시기가 아니다. 생긴 건 조선 놈인데 입은 건 미군 군복이요, 어울리는 상대는 죄다 왜군이라. 아, 정의의 납탄 마렵고말고.

장인환 의사와 전명운 의사가 스티븐스를 암살한 게 10년도 지나지 않았다. 그때는 '저 새끼 잘 죽었다.'와 '우리도 덩달아 불벼락 맞는 거 아닌가?'라는 이중적인 생각 정도로 끝났지만, 그런 의사들이 내 모가지를 따러 온다면 좀… 좀 많이 그렇다. 굳이 리스크를 감수하고 싶진 않았다.

에휴, 저게 무슨 충성심 테스트야. 중세식 물의 심판이잖아. 물에 던져서 떠오르면 마녀고 가라앉으면 무죄. 뭘 해도 죽는단 점에서 저 제안은 단두대로 직행하는 사형집행서였다. 결국 나는 울며 겨자 먹기로 전쟁부에 출근하기를 골랐고, 그제서야 포드 씨와 커티스 의원은 해맑은 미소를 지으며 아주 훌륭하고 상식적인 판단을 했노라 가증스러운 칭찬을 건네주었다.

그래. 속았다. 세상의 어느 부모가 갓 결혼한 딸내미를 저 머나먼 아시아로 보내고 싶겠나. 당연히 직장 코앞인 여기 워싱턴 D.C.에 머무르게 하고 싶지. 필시 커티스 의원과 포드 회장이 작당했음이 틀림없었다. 딸을 걱정하는 아버지와 노동력 착취의 희망을 본 회장님. 실로 정경유착의 모범 사례라 볼 수 있었다.

내 스스로 강제노동에 동의한다 서약하고 호텔로 돌아오자, 도로시 역시 해맑은 미소를 지으며 '전쟁부로 출근하는 거지?'라고 물어봤다. 나 빼고 다 알고 있었다. 그렇게 나는, D.C.의 지박령이 되었다.

내 일과는 참으로 별거 없었다. 워싱턴에서의 서류 업무와 디트로이트의 전차 공장을 들락거리는 것이 실상 대부분이었는데, 나름대로 짱구를 굴려 기안 올린 것들의 대부분은 죄다 상사의 서랍으로 쏙 들어가는 것이 대부분이었다.

"기관총의 운용에 관해 제안드리고자……."

"의회에서 기관총을 사주지 않으니 늘릴 수가 없네."

"보병 운송 수단으로서 트럭의 활용에 대해 제안드리고자……."

"의회에서 트럭을 사주지 않으니 답이 없네."

"참호선 구축 방안에 대해 제안을……."

"흠. 일단 유럽에서 실전을 치르고 있는 친구들의 자료 공유를 기다려보세나."

빌어먹을 미 육군. 5천 명도 안 되는 장교가 10만 좀 넘는 병사를 지휘하는 이 잉여열강의 군대에 뭔가를 바란 내가 잘못이었다. 언제나 상상을 초월하는 미군! 대단해! 물론 사실 미군이 병신인 것도 있지만, 몇 달쯤 지내보니 이제 알 것 같다.

나, 은따다.

당연하지. 대체 내 보직 하나 정한다고 거물이 몇이 달라붙었는데. 혼자 덩그러니 얼마 전까지 창고였음 직한 사무실에서 멍때리고 있으면 싫어도 알게 된다. 그나마 뭔가 성과가 꼬물꼬물 보이고, 일 같은 일이 저 망할 전차였기에, 차라리 저기에 집중하는 것이 일하는 보람은 있었다.

새로운 사업 아이템으로 트랙터를 팔아먹고 싶은 헨리 포드 씨의 욕망과, 되도록이면 참호에서 뒈지긴 싫은 내 소박한 소망의 결과물은 그렇게 무럭무럭 자라나고 있었다.

* * *

내가 영혼 없는 관료로 첫 군생활을 시작한 동안, 세계정세는 숨 가쁘게 요동치고 있었다.

1916년 3월 9일. 판초 비야가 이끄는 멕시코 '반란군'이 국경을 건너 뉴멕시코를 공격했고, 17명의 미국인이 살해당했다. 미영 전쟁 이후 사상 최초로 미국의 본토가 공격당한 이 사건으로 미국 전역은 말 그대로 난리가 났다. 윌슨 대통령은 곧장 퍼싱 준장을 불러 '멕시코를 도와' 판초 비야를 체포할 것을 지시했다.

1916년 3월 24일. 여객선 서섹스호가 독일 유보트에 공격당해 대파되었다. 침몰하진 않았지만, 해당 여객선엔 75명의 미국인이 탑승 중이었기 때문에 미국인들에게 루시타니아호의 악몽을 돌이키게 하기엔 충분했다.

올해 11월에 대선에 출마할 예정인 우드로 윌슨에게도 이 사건은 충분히 악몽이었다. 미국의 남쪽과 동쪽이 동시에 불타오르자 윌슨은 '너네 정말 뒤지고 싶니?'라는 정중한 멘트를 보냈고, 이번에도 어김없이 독일은 '안 하겠소. 닷씨는 공격 안 하겠소!' 하며 사죄의 똥꼬쑈를 했다. 여객선은 공격하지 않겠다. 상선은 필요한 경우 검문을 하며, 무기를 싣지 않은 상선은 침몰시키지 않겠다. 침몰시키더라도 승무원과 승객들의 안전은 담보하겠다.

독일의 선서를 들은 윌슨은 이번에도 참았다. 멕시코에 대한 피의 응징이 우선이었으니까.

* * *

아직 서섹스호가 공격당하기 전, 3월 중순의 디트로이트. 오늘도 부질없는 쳇바퀴를 돌리러 출장을 나왔는데, 뜻밖의 손님이 있었다.

"흠. 이게 그 포드사의 새 장난감이라는 무장 트랙턴가?"

젊은 백인이었다. 사복을 입은 것으로 보아하니 군바리는 아니다. 딱 봐도 성깔 있어 뵈긴 한데, 진한 아메리칸 영어를 보아하니 또 영국인도 아니다. 그럼 어디 협력사 직원인가, 아니면 국무부 쪽인가. 국무부 쪽은 보통 빽으로 들어가는 편이니, 그쪽이라 보는 게 아무래도 맞겠지.

돈은 좀 있어 보이는 양반이고, 몸에 밴 행태가 어쩐지 높으신 분 같기도 하니 옆에서 딸랑이를 좀 쳐보기로 했다.

"안녕하십니까. 미 육군에서 해당 병기의 개발 자문을 맡고 있는 유진 킴 소위입니다."

"어… 그래. 자네가 유진 킴이구만."

"실례지만 혹 어디서 오신 분인지……."

"궁금하면 5달러."

"예?"

뭐야 이 새끼. 사람을 한번 힐끔 보더니, 다짜고짜 황당한 소릴 해댔다.

"5달러는 아깝지? 몰라도 되니까 한번 썰 좀 풀어봐."

"어어… 어떤 걸 듣고 싶으신 건지요?"

"전부 다. 이 무장 트랙터가 어떤 물건인지 한번 얘기 좀 해봐."

"일단 저희는 '탱크'라는 명칭으로 부르고 있습니다. 일단 한번 필드 테스트를 참관해보시겠습니까?"

"그거 좋지! 얼른 가자고."

남자가 내 어깨를 퍽퍽 두들기면서 내 등을 마구 떠밀었다. 아따, 성질 급하네 이 양반. 만약 이랬는데 그냥 몰래 숨어들어 온 민간인이거나 하면 바로 면상에 납탄을 처박아야지. 이건 무죄다 진짜로.

우리는 잠시 걸어 전차 한 대가 열심히 굴러다니는 현장에 도착했다.

"보시다시피, 속도도 민첩하고 울퉁불퉁한 환경에서도 잘 굴러다니고 있습니다."

"저 정도는 기병도 얼마든지 할 수 있어. 그리고 유럽 놈들의 전장은 지금 세팅된 필드보다 훨씬 더 지랄맞은 포탄 구덩이투성이라던데. 저 정도로 테스트가 되나?"

"육군에서 야포를 안 빌려주는데 그럼 어떡합니까. 유럽에 시제품을 몇 대 보냈으니 거기서도 필드 테스트 결과를 보내줄 겁니다."

그는 한창 기동 장면을 구경하더니, 또 입이 불퉁해졌다.

"멋스럽지 못해."

"예??"

"구동음은 쓸데없이 시끄럽고, 민첩하지도 못해. 기병들은 허리만 돌리면 곧장 옆으로 총질을 할 수 있는데 저건 대체 뭔가?"

네놈은 소행성 B-612에서 온 어린왕자냐. 상자에 전차를 처넣고 '네가 바라는 전차는 이 안에 있어!'라고 답해주고 싶은 마음이 굴뚝같았지만, 나는 착하고 성실한 어른이기 때문에 참기로 했다.

"위에 달린 포탑은 360도 회전이 가능해서 전천후 공격이 가능……."

"한번 돌려봐. 얼마나 빠른지 보자고."

시벌, 꼬장 부리는 거 보게. 나는 신호용 깃발을 펄럭여 잠시 탱크를 세웠고, 그에게 포탑 돌리는 모습을 보여주었다.

"어떻습니까."

"사람보단 느리네."

당연하지 그럼. 대체 뭘 바라는 거냐 이 트집쟁이야.

"그치만 기병은 포를 들고 다닐 수 없잖습니까. 총알 한 발보단 포 한 발 꽝 하고 쏘는 게 훨씬 더 효과적이지 않겠습니까?"

"흠… 그건 확실히 그렇지. 바로 옆에서 포격 지원을 받을 수 있다니 땅개 새끼들은 좋아하겠어."

그는 고개를 주억거리더니, 전차로 다가가 손으로 깡깡 철판을 두들겼다.

"장갑 두께는 엔진 출력의 한계로……."

"아, 그거 말고. 이 친구들 좀 내리라고 해봐."

"????"

"나 좀 타보자. 구경만 하니 좀이 쑤셔서 안 되겠네."

"저거 2인승인데요."

"그럼 너도 타면 되잖나! 빨리, 빨리빨리빨리!!!"

나는 얼떨결에 놈을 따라 전차에 쏙 들어왔다. 내가 막 운전병 자리에 앉으려 하니, 그가 손을 번쩍 들어 나를 제지하고는 운전석에 탑승했다.

"흠. 이거 존나게 뻑뻑하구만. 팔힘 없는 새끼들은 운전하다 엄마 젖 더 빨고 싶다고 빽빽거리겠어."

"허허허……."

"승차감은 기병만 못하네. 역시 말이 최고야. 사람보다 더 똑똑한 새끼들이지. 이 쇳덩어리엔 갬−성이 없다고 갬성이."

있으면 그게 머신 스피릿이지 이 젊은 꼰대 새끼가. 한창 재미나게 운전놀이를 끝낸 그는 이윽고 전차장 자리로 가 포탑도 돌려보고, 포탄도 만져보고, 장전 시늉도 해보고 온갖 지랄 블루스를 다 떨었다.

"어… 어떻습니까."

"만족스럽군! 기병만은 못하다는 게 여전히 내 의견이지만, 이건 또 이거나름의 재미가 있겠어. 다만 기름 보급은 어떻게 할 텐가?"

"기름이야 뭐… 그냥 보급하면 되죠."

"무슨 소리! 보급 품목 하나가 늘어날 때마다 얼마나 좆같은데! 자네, 일선 현장에 나가본 적 없나?"

"가고 싶어도 안 보내줬으니 지금 여기에 있는 거 아닙니까. 놀리는 것도 아니고."

"하하하하!! 그래, 전쟁부 새끼들이 꽉 막혀선 좆같이 구는 건 맞지! 그래서, 기름 보급에 대해선 전혀 생각이 없는 겐가?"

기름? 솔직히 가면 갈수록 기름은 필수품이라 딱히 생각은 안 했는데. 아니, 전차 안 쓴다고 트럭도 안 쓸 거야?

"기병이라고 뭐 차이가 있습니까? 어차피 전마로 쓰려면 길가의 풀 뜯게 할 순 없잖습니까. 오히려 전마의 사료 보급을 점차 기름으로 통일시킬 수 있으니 보급의 난맥은 해소되지 않겠습니까."

"기병을 아예 날려버린다니! 말도 안 되는 소리! 이 친구 위험한 친구였구만, 으하하하!!"

그가 또다시 내 어깨를 마구 난타했다. 아프다고오.

"그래. 우리 피 끓는 킴 소위."

"네네."

"전장에 가고 싶지 않나? 자네가 개발에 참여한 이 좆같은 쇳덩어리를 끌고 전쟁터를 내달리며 위대한 합중국의 적들 대갈통을 날려보고 싶지 않나?"

"그게 싫으면 군에 왜 있겠습니까."

"구우우웃. 존나 좋구만. 자네, 지금 당장 집에 가서 짐이나 싸게!"

뭐야. 혹시 높으신 분인가?

"대체 무슨 말씀이신지 이해가 잘⋯⋯."

"이 좆같은 쇳덩어리 끌고 타코 새끼들을 날려버리잔 이야기지! 퍼싱 장군께서 나더러 이 쇳덩이가 대충 어떤지 구경이나 하고 오랬거든. 이 고철은 아직 내 취향은 아니지만, 시간 좀 지나면 어쩐지 이 새끼들이랑도 존나게 베스트 프렌드를 먹을 수 있을 것 같기도 해. 하지만."

그의 눈은 무슨 뽕쟁이처럼 불타오르고 있었다. 뭐야 저게. 무서워.

"지금은 솔직히 이 고철보단 자네가 더 궁금해. 대체 얼마나 잘났길래 전쟁부의 틀니 새끼들이 피부 노란 놈을 임관시켜줬는지 정말 궁금했었거든!"

"그래서, 어떻습니까?"

"아직은 모르지. 남자가 남자를 알려면 당연히 전쟁터에서 화약 내음 한 번쯤 같이 맡아 봐야 하니까 말야."

그는 해치를 벌컥 열었다. 햇살이 확 밀려들어 오며, 그의 머리통에 꼭 하나님의 후광이 서린 것만 같았다.

"이 조지 스미스 패튼 주니어(George Smith Patton Jr.) 소위와 함께, 좆같은 선인장 가득한 타코랜드에서 명예와 전공을 거머쥐어 보세나!"

누구? 패튼이라고? 그보다 너도 나랑 같은 쏘가리잖아 이 자식아. 인사 결정권이나 생기고 나서 그딴 말을 하라고.

"후하하하하!! 뭐 하나 후배님! 빨리빨리 준비 안 하고!"

이상한 놈이랑 엮여버렸다.

서곡 2

　판초 비야 원정은 미군의 힘을 시험하는 중대한 지표였다. 의회에서는 이미 새로운 '국방법'을 놓고 진통이 벌어지고 있었고, 유럽 개입을 외치는 시어도어 루즈벨트를 비롯한 강경파들은 이미 민병대다, 훈련이다를 외치며 저마다 무장하고 있었다. 역시 미국. 길바닥에 총기가 깔려있는 어썸한 나라다웠다. 그리고 이번 원정에서, 각 주가 연방군과 별도로 보유하고 있는 주방위군마저 전부 동원하여 미국의 군사력을 테스트해볼 요량이었다. 물론 일개 소위인 나와는 아직까진 큰 상관 없는 이야기였다.

　패튼과 작별을 고한 후, 사무실에 돌아온 나를 기다리고 있는 것은 판초 비야 원정대로의 배속을 알리는 따끈따끈한 새 소식이었다. 목적은 시제 전차의 실전 테스트 겸 이것저것. 사실상 짬처리라고 봐도 무방했다. 어쨌거나 내게 있어선 끝내주는 기회니, 도로시와 마지막으로 밤을 보낸 뒤 새벽녘이 되자마자 가방에 대강 급한 것만 때려 박고 곧장 출발해야 했다.

* * *

"샌프란시스코에 온 걸 환영하네!!"

기차에서 내리자, 역에서 기다리고 있던 패튼이 두 팔을 쫙 벌리며 격한 환영인사를 날렸다.

"여긴 제 고향인데요."

"그런가? 하하핫! 아무렴 어떤가! 이 내가 그대를 환영한다는 게 중요하지!"

민망할 만도 하련만, 그는 실로 뻔뻔스레 웃으며 말했다.

"드디어 우리들의 시간이 온 걸세! 남자들의 피! 땀! 화약! 이 모든 것들이 우리의 앞에 도사리고 있겠지! 이제 거기에 강철도 추가되겠군!"

패튼은 신난 기색이 역력했다. 아니, 진짜 어떻게 저런 손발 오그라드는 말을 거침없이 할 수가 있지? 선배님, 제 손발 좀 펴주세요. 당장이라도 타코 친구들 머리통을 날려버리고 싶어 안달이 났네 아주.

나는 전차가 하역되는 모습을 지켜보려 했지만, 나잇살 잡술 만큼 잡순 우리 선배님이 발을 동동 구르는 모습을 보고도 가만있을 수는 없었다.

"어… 선배님?"

"왜 그러시나 킴 소위! 역시 자네도 이 원정에 기대가 많나 보군!"

"아니아니, 전차 하역 다 끝나려면 꽤 시간이 걸릴 것 같은데……"

"그래? 흠. 확실히 그렇겠군. 그러면 우선 나와 같이 착임 신고부터 하세. 지금 바로 가지! 말 탈 줄 아나?"

"웨스트포인트에서 배우긴……"

"그럼 바로 가지! 크하하하!!"

아, 안 돼. 저 텐션을 도저히 따라잡을 수 없어. 아무리 생각해도, 이번 보직은 저 볼케이노 같은 양반에게 붙들려 마구 폭주할 운명인 것 같았다.

쾅!!

"장군님! 삐약이 왔습니다!"

사령부에 도착한 패튼이 참으로 공손한 자세로 문을 벌컥 열어젖혔음에도, 집무실 안에 앉아 있던 사람은 눈 하나 깜짝하지 않은 채 천천히 고개를 들어 올렸다.

"자넨가? 포드사에서 개발 중인 신무기에 엮인 사람이."

"예. 유진 킴 소위입니다."

"젊군. 아니, 어리군."

내가 경례를 올리자, 남자는 자리에서 일어나서는 다가와 손을 내밀었다.

"존 조지프 퍼싱일세. 반갑군."

"네, 넵!"

'블랙 잭' 퍼싱. 1차대전의 전설. 미 육군의 화신이자, 훗날의 원수.

일개 쏘가리가 인사를 올린다니 참으로 황송했지만, 다시 생각해보니 소위고 뭐고 장교 자체가 빈약한 지금 미군의 꼬라지로는 이건 충분히 일상다반사였다.

"자네 혼자 왔나?"

"아닙니다, 장군님. 현재 역에서 전차 하역 작업이 진행 중입니다."

"……."

인자해 보이는 미소가 순식간에 사라지고 무시무시한 시선이 내게로 쏘아졌다. 저 시선은 암만 봐도 '근데 왜 하역 감독은 안 하고 혼자 덜렁덜렁 온 거냐?'라는 모스 부호가 틀림없다. 나는 슬그머니 눈알을 굴려 패튼 선배를 뚫어져라 쳐다봤고, 다행히 선배도 이 정도 눈치는 있는 모양이었다.

"제가 신고 먼저 하자고 했습니다, 장군님!"

"그래? 신고가 하역보다 급한가?"

"위대한 '블랙 잭'과 미군의 다크호스의 만남! 이거야말로 무엇보다 급한 일 아니겠습니까!"

이번엔 퍼싱 장군의 눈알 레이저 빔이 패튼의 면상을 향해 뿜어져 나왔다.

이번에도 해석할 수 있겠다. 어디… '개소리하지 말고 똑바로 말해.' 정도 겠군.

"어어. 큼, 큼! 하역 작업 자체는 포드사에서 파견 나온 엔지니어들과 공병들이 전담하는 만큼 킴 소위가 할 수 있는 일은 제한되어 있다고 보았습니다. 오히려 신무기의 성능이나 제원에 대해 현장 책임자의 보고를 받는 것이 향후 일정에 더욱 도움이 될 것이라 판단하였습니다."

"…이번은 봐주도록 하지."

"휴우우우."

뭐야, 저런 깊은 뜻이 있는 거였어? 역시 미래의 4성장군이다. 설마 뇌 없는 근육몬일 리가 있겠어. 성격이 급해 보여도 그 안에서는 심모원려가 꿈틀거리고 있는 게 틀림없다.

"미안해. 적당히 가라쳤어."

이어지는 그의 속삭임에, 나는 속으로 탄식할 뿐이었다.

"앉으시게. 패튼의 말대로, 브리핑 먼저 듣도록 하지."

"알겠습니다."

나와 패튼이 자리에 앉으려 하자, 그는 다시 수염을 매만지며 패튼을 뚫어져라 응시했다. 이번에는 나도 해석을 할 수가 없었다. 뭔가 지금의 명장과 미래의 명장 사이에서 통하는 중대한……

"…마실 거 준비하겠습니다. 뭐 드실는지요, 장군님?"

"난 물이면 되네."

"저, 저도 물이면 됩니다."

수, 숨 막혀. 나 돌아갈래 그냥.

* * *

나는 황공하옵게도 천하의 패튼에게 물을 대접받고는, 최대한 압축해서 포드사에서 개발한 시제 전차의 성능과 용도에 대해 설명했다.

"안 그래도 이번 원정의 목표 중에는 여러 가지 신무기의 테스트도 포함되어 있네. 항공기, 무선 통신, 장갑차, 그리고 자네가 끌고 온 그 '전차'까지 말야."

그가 손가락으로 테이블을 탁탁 두들기는 소리가 방 안을 채웠다.

"패튼."

"넵."

"자네는 그 전차라는 물건을 보고 어떻게 판단했나?"

"미래 전장의 주역이 될 거라 생각합니다."

아니, 디트로이트에선 그딴 말 하지도 않았잖아. 이 사기꾼 가라쟁이 근육몬아. 내가 황당해하거나 말거나, 패튼은 자신의 의견을 늘어놓기 시작했다.

"험지적응, 중·근거리 포격 지원, 생존성 보장. 일선 장병들은 앞으로 제발 자신들이 공격할 때 전차가 옆에 있기를 바랄 겁니다."

"자네답지 않게 꽤 고평가하는군그래."

"여전히 보급이나 정비 소요에 관해서는 부정적입니다. 하지만 그 철마에는 미래에 대한 희망이 보입니다."

"흠……."

퍼싱이 무언가를 생각하는 사이, 패튼은 진중한 표정으로 입을 열었다.

"그러니, 그 철마야말로 미래의 기병입니다. 제게 전차와 기병의 혼성 부대를 빌려주신다면, 반드시 그 엿같은 타코 도적 두목의 수급을 가져오겠습니다."

"D.C.의 명령은 체포일세. 시체가 아니라. 그리고 자네는 지휘관이 아니라 내 부관이야."

"그 새끼가 전차포에 맞고 넝마가 되지만 않는다면 반드시 살려서 붙들겠습니다! 그러니 부디 제게 병력을!!"

뭔가 물에 물 탄 듯, 술에 술 탄 듯 자연스럽게 내 귀요미들의 서식지가 기병대로 정해지고 있다. 안 되지 안 돼. 내 눈에 흙이 들어가도 기병은 안 된다!

"장군님. 의견을 드려도 괜찮으실지요?"

"물론이지. 담당자의 의견이라면 언제든 환영일세."

"전차의 실물 직접 보셨습니까? 굴러다니는 쇳덩어리. 이미 그 자체로 하나의 큼지막한 엄폐물입니다."

내가 무얼 말하려는지 알아챈 듯, 패튼의 눈살이 찌푸려졌다. 응, 싫어. 선배고 나발이고 기병으론 안 넘길 거야. 저 전차는 내 꺼다. 마이 탱크! 마이 프레셔스!

"무엇보다 전차포는 적의 토치카와 같은 구조물을, 무한궤도는 각종 장해물을 무력화시키기에 최적입니다. 기본적인 설계 사상 자체가 일선 병사들에게 가장 절실한 것들을 가득 채워 넣은 종합선물세트니까요."

"아니! 저 놀라운 기동력을 그럼 땅개들이랑 붙여서 놀리겠단 건가? 킴 소위, 그건 말도 안 되는 이야기야!"

"물론 전장 상황에 따라 유기적 운용이 필요하겠지요. 하지만 애초부터 느려도 괜찮다고 상정하기보단 만약을 대비해 기동성에도 신경을 썼다고 봐주시면 될 듯하네요."

전차가 기병 병과가 되면 내가 1차대전에서 써먹을 수가 없잖아. 미래 교리고 나발이고, 일단 내가 살고 보자. 나는 보병 병과 달고 전차 타고 싶다고!

"일단 두 사람의 의견 모두 잘 들었네. 이 부분은 참모부 논의를 거친 후 결정토록 하지."

"넵."

"패튼 소위. 킴 소위를 막사로 안내해주고, 기타 필요한 행정 업무도 도와주게."

"알겠습니다!"

"그럼 여기까지 함세."

우리는 자리에서 일어났고, 퍼싱 장군은 다시 온갖 서류가 쌓여 있는 자신의 자리로 돌아갔다. 이 당나라 군대의 꼬라지엔 보면 볼수록 감탄만이 나온다, 진짜.

* * *

다음 날. 결과는 빠르게 나왔다.

"반으로 가른다구요?"

"그래. 그렇게 됐네. 지금 도착한 시제 전차가 4대니까 둘은 기병대, 둘은 보병대에 보낼 거야."

거참 완벽한 솔로몬의 해법이구만. 패튼도 아쉽다는 듯 입맛을 쩝쩝 다셨다.

"저건 딱 봐도 뭉쳐서 굴려야 해. 한두 대씩 던져 넣다가는 간에 기별도 안 간다고! 수십, 수백 대의 전차가 하나의 전술 목표를 향해 일제히 악셀을 밟는다고 생각해보게. 그 누구도 막지 못하는 거대한 강철의 채찍 말야! 멕시칸이건 독일 놈들이건 전부 찢어질 테지!"

"확실히 그 말씀엔 일리가 있지요. 다만……."

"다만?"

"아직 전차의 기술력이 거기까진 다다르지 못한 것 같아서 말이죠. 이번에 실전 투입을 해보면 잘 알 수 있겠죠."

패튼은 그 이야기엔 동의할 수밖에 없었다. 아직 실전에서 어떤 역할을 할지 까보지도 않았으니까.

…나는 빼고.

수라장. 원정군의 적은 판초 비야와 너절한 마적떼 따위가 아니었다. 우리의 제1 주적은 이 엿같은 타코랜드 그 자체였고, 제2 주적은 신기술을 거부하는 노망난 똥별들이었다.

퍼싱은 퍼싱대로 '저 자리가 내 자리였어야 하는데!'라면서 혼자 자연발화해버린 미친 똥별에게 시달려야 했고, 일선 병사들은 점점 더워지는 태양 아래에서 불타올랐으며, 각종 장비는 빠르게 개판 나는 멕시코의 도로에 버틸 수가 없었다.

신기술을 테스트해본다는 목적에 부합하게, 원정대는 트럭이라는 놀라운 신문물을 받아들였다. 처음에 27대의 한돈반 트럭이 배치되는 것을 시작으로, 각지에서 트럭이 계속해서 보급되면서 그 숫자가 이제는 수백 대에 이르고 있었다.

기름 소요는 하늘을 뚫었고, 보급 담당자들은 게거품을 물기 시작했다. 덩달아 정비병들도 죽어나가기 시작했고, 도저히 사람이 없어 포드사의 엔지니어들까지 트럭 정비에 달라붙을 정도였다.

이렇게 트럭이 늘어났으면, 그래도 21세기 대한민국 국군처럼 트럭에 올라타 행복한 차량이동을 할 수 있겠지? 그런 일은 일어나지 않았다. 왜냐면… 그놈의 가오 때문이었다.

"트럭에 승차해서 진격하라굽쇼?"

"세상에. 트럭이 퍼지면 진군이 정체되지 않겠습니까. 저 망할 쇳덩어리가 도로를 막으면 진격할 수 없습니다. 다시 생각해 주십시오."

"아니, 군인의 미덕은 행군인데 어떻게 트럭에 탄단 말입니까. 이건 저희 부대를 무시하는 행위입니다!"

내 끝없이 반복하는 이야기였지만, 이 당시 미군의 꼰대력이란 상상을 초월했다.

"닥치고 태워."

"물자의 운반용으론 좋습니다. 하지만 병사들을 실어나를 순 없습니다. 사지 멀쩡한 새끼들이 왜 차를 탄단 말입니까? 부상병 후송에 유용하다는 건 인정하겠지만……."

"그냥 태우라고! 두 발로 행군하다가 비야를 놓치면 네놈들이 책임질 테야?!"

하지만 멕시코로 진입하면 진입할수록 꼰대들의 기세는 더욱 위풍당당해졌는데, 도로 사정이 개판이 되면서 트럭의 유용성이 점점 더 감소했기 때문이다.

트럭이 퍼진다. 전차도 퍼진다. 구난전차 같은 게 있지도 않으니 피눈물이 주룩주룩 났다. 야전수리가 되면 다행이지, 창정비감이면 그냥 소모 1로 잡아도 무방했다.

이 꼬라지로 대체 어떻게 전쟁을 하자는 거지? 아니, 원 역사의 미국은 대체 이러고도 1차대전에 참전해 승리를 거머쥐었단 건가? 퍼싱은 실로 대단한 사람이 틀림없었다. 사령부 회의하는 꼬라질 보면 고혈압으로 죽지 않는 게 이상할 정돈데.

"씨발! 못 해먹겠네!!"

결국 패튼도 화가 났다. 그래, 저 답답한 놈들을 퍼싱 장군 옆에서 보고 있노라면 당연히 저 성격에 화가 나겠지.

"나는 전장으로 가고 싶어서 자원했단 말이야!! 내가 언제까지 장군님 컵에 물이나 채워줘야 해!! 왜 당번병 안 쓰고 나를……."

아, 그거였나요. 제가 몰라뵈어 죄송합니다.

시간이 흐르면 흐를수록 패튼의 광기는 진해져갔고, 결국엔 퍼싱도 그 모습을 보더니 마지못해 부대 하나를 패튼에게 개껌처럼 던져줬다.

"킴 소위!!"

"네, 선배님."

"드디어 우리가 영광을 거머쥘 시간이 왔네!"

"우리요?"

"그래! 나만 전공을 챙기면 자네가 섭섭지 않겠나! 내가 꼭 킴 소위도 같이 보내달라고 강력하게 요청해서 수락을 얻었네!!"

아니… 아니 이게 무슨 소리야. 좋긴 좋은데, 이 동네에서 무슨 부귀영화를 얻겠다고.

애초에 내 보직이 이따위가 된 이유가 뭐겠는가. 지휘관이 되었을 때 발생할 여러 위험 요소들 때문이었다. 지휘하게 되자마자 병사 놈들이 부들부들 떨면서 몽키 고 홈! 외치는 순간 내 인사고과는 나가리라고.

그래서 애시당초 나는 여기서 전공 생각은 접은 지 오래였다. 그 퍼싱과 함께 일하는 마당이니 이미 얌전히, 성실하게 눈도장만 찍어도 충분하지 않겠는가. 그러니 전차 관련 업무에 주로 종사하면서 능력 어필이나 해볼까…가 내 기본 계획이었으나.

"자아, 가세나! 이 패튼의 앞에 오직 영광만이 있으리니!"

"네에……."

그래. 모난 놈 옆에 있던 내가 잘못한 게지. 역사에 길이 이름 남긴 패튼이란 존재를 뻔히 알면서도 도망치지 못한 내 업보였다.

서곡 3

두 대의 전차. 세 대의 '장갑차'에 탑승한 보병 10명. 거기에 또 10명의 기병. 패튼이 기병대를 받고, 내가 끌고 다니는 전차에 할당된 보병이 섞이자 참으로 끔찍… 아니, 호화찬란한 이 혼성 부대가 탄생해버렸다.

이미 참모부와 일선 부대의 미래 밥줄을 사이에 둔 싸움은 절정에 이르고 있었다. 나와 패튼은 시작에 불과했다. 전차도, 장갑차도, 트럭도, 항공기도, 모두모두 '그래서 저건 어느 병과 꺼야?'라는 황금 사과가 던져진 순간부터 눈알이 홱 돌아가고 말았다.

나와 패튼의 이 해괴한 혼성 부대 역시 '장갑차 = 차 = 이동 수단 = 대충 이거 강철 말 아님?'이라는 기적의 논리와 '전차 = 움직이는 토치카 = 보병 몫이구만.'이라는 기적의 논리가 융합한 결과물이었다. 물론 처음 불을 지핀 내가 할 말은 아니지만, 막상 이 끔찍한 혼종을 지휘해야 할 입장이 되니 숨이 턱 막혔다.

"아이고, 더워 죽겠다. 소위 양반. 우리 쉬었다 합시다."

병사들은 대놓고 퍼질러 앉아 있었다. 누가 보면 병사가 아니라 노가다 아저씨들 점심시간인 줄 알겠다. 당장 처음 보는 놈들을 한 세트로 묶고 옆

집에서 온 소위 둘이 지휘관이 되었으니 나올 말이라곤 헛소리뿐.

그래. 이래야 내 미군이지.

"자! 장병 여러분!"

패튼이 큰 목소리로 외치자 눈만 꿈뻑거리던 친구들이 비로소 슬슬 고개를 돌리기 시작했다. 애초에 정식 지휘관도 아니고 잠시 병력을 임대하는 모양새였기에 군기는 개차반 그 자체. '왜 네놈 전공 세우려고 우리가 뺑이 쳐야 하지?'라는 생각으로 가득 차 있을 게 뻔하다.

"지금부터 장병 여러분은 나 패튼과 함께!! 선량한 시민들을 지키는 정의의 철퇴가 되어……."

"거 한숨 자고 출동하면 안 되겠습니까?"

"맞아맞아. 낮잠 한숨 자고 움직입시다."

멕시코에 왔더니 시에스타까지 배워버렸나. 나는 열기가 너무 드높아 문제인 패튼과 열기라곤 한 점도 느껴지지 않는 병사들 사이에서 대충 중재를 서야 했다.

"자자. 다들 진정들 합시다. 도적놈들도 낮에는 낮잠 잘 테니 그때 들이치면 수월하지 않겠습니까? 그러니 조금만 더……."

"노란 원숭이가 어디서 사람 말을 하면서 끼어들고 있어!"

이 개같은 놈이 앞뒤 다 짜르고 급발진을 하네. 빡친다. 다짜고짜 이놈의 옐로 몽키 소리를 들으니 훅 혈압이 올라 뭐라 말이 나오지도 않았다.

포드 회장과 장인어른이 우려하던 그 일. 처음 지휘 비스무리한 걸 해볼 기회가 생기자마자 바로 터졌다. 나 역시 생각만 하던 일을 당하니 순간 말문이 막혀버렸다. 하지만 이 자리에는 말보다 행동이 빠른 사람이 하나 있었다.

"이 빌어먹을 새끼가!!"

빠아악!

그대로 몸을 날려 킥을 날린 패튼이 곧장 그 병사의 대가리를 난타하기 시작했다. 그야말로 눈 깜짝할 새였다.

"이 좆같은 하극상이나 벌이는 새끼! 감히 하늘 같은 장교더러 노란 원숭이니 뭐니 지껄이고 있어!"

"악! 악!!"

"네놈, 형이나 누나가 있나?"

"누, 누나가 하나……."

"킴 소위가 미국 역사상 최초로 웨스트포인트를 졸업해 장교로 임관하는 위업을 이루는 동안, 네놈 인생에 '최초'라는 글자가 새겨진 적이 단 한 번이라도 있었나? 엄마 뱃속에서 태어나는 것조차 최초가 아니었던 주제에 노란 원숭이가 뭐 어쩌고 저째?"

그의 구타는 그치질 않았고, 속사포 같은 언어폭력 역시 그치질 않았다.

"네놈이 뒈지면 전사통지서 한 장 쓰고 땡이지만, 킴 소위가 뒈지면《뉴욕타임스》3면에 부고 기사가 대문짝만하게 실릴 거다, 이 빌어먹을 머저리야! 운 좋아서 애미애비한테 하얀 피부 물려받아 놓고 그딴 거로 꺼드럭대지 말란 말이다!"

"자, 잘못했습니다! 잘못했습니다!"

"너. 오늘 내가 너만 지켜본다. 이따 출격해서 타코 새끼를 한 놈도 못 죽이면 네놈을 군법 재판에 보내버리겠어. 알겠나!"

"알겠습니다!!"

"너희들! 부랄까지 쪼그라들었나!! 너희는 복창 안 하나! 알겠나 모르겠나!!!"

"알겠습니다!"

순식간에 한 놈을 쥐패고 부대를 장악해버린 패튼의 으름장 앞에 나 역시 기가 질릴 수밖에 없었다. 내가 벙쪄 있는 동안, 탁탁 옷매무새를 정리한 그가 다가와서는 귀엣말을 했다.

"킴 소위."

"예, 선배님."

"자네가 온화한 성격인 건 알겠지만, 대화라는 건 사람과 사람 간에 하는 거야. 무지렁이 졸개 놈들 하나하나한테 어느 세월에 자네가 상관으로 인정받을 수 있겠나."

참 피도 눈물도 없는 폭론이었다. 아니, 내 성격이 온화하다고? 아이크랑 오마르가 웃다가 숨넘어가겠다. 하지만 '그' 패튼에겐 이것도 충분히 온화한 거로 보였나 보다. 그가 주먹을 꽉 쥔 채 으드득거리는 소릴 냈다.

"닥치고 줘패. 으름장을 놓고, 혼을 쏙 빼놔. 앞으로 지휘관 노릇하고 싶으면, 이 좆같은 허연 피부가 없는 자네는 말보다 주먹이 먼저 나가는 편이 훨씬 편할 거야."

"거참 예시까지 손수 보여줄 필요는 없으셨는데……."

"뭔 소리야? 이 정도도 안 할 거였으면 자네를 데려갈 필요도 없었지."

그는 카악 하고 바닥에 가래침을 탁 뱉었다.

"나는 저 전차가 필요하고, 자네도 필요해. 괜히 겸양 떨어봤자 짜증만 나니까 빨랑 쳐들어갈 준비나 하자고. 저 새끼들한테 가서 착한 척을 하든 좆같은 짓을 하든 네 꼴리는 대로 해. 하지만 부대 장악 못 하면 너도 내 손에 뒈진다."

"알겠습니다."

이 압도적인 상남자스러움. 어째서 저 성격파탄 미친개가 4성장군이 될 수 있었는지 알 것만 같았다.

* * *

세상사가 늘 그렇듯, 선배가 싼 똥은 결국 후배가 치워야 하는 법이다.

"거, 미안하게 됐수. 내가 말이 좀 막 나왔습니다."

신나게 처맞았던 병사가 우물쭈물하며 경례를 올렸다. 여기서 어떻게 해야 할까? 패튼은 내게 으름장을 놓으라 당부했지만, 글쎄. 나는 패튼보다는 퍼싱을 본받기로 했다.

"많이 다쳤나?"

"아, 아닙니다."

내가 손을 내밀자, 잠시 멈칫하던 그 병사도 손을 내밀어 가볍게 악수를 했다.

"저 선배가 성질이 좀 불같아. 잠깐이지만 서로 목숨 돌봐주는 사이가 될 텐데, 좋게좋게 가자고."

"알겠습니다. 저, 저는 브라이언 일병입니다."

"그래. 보다시피 유진 킴이다. 저 쇳덩어리를 끌고 다니는 게 내 역할이지."

나는 적당히 입을 털며 병사들의 시선을 내 망할 피부에서 끝내주는 쇳덩어리로 옮겼다.

"저게 그 신무깁니까? 잘 달리긴 하던데……."

"저게 불 뿜는 모습을 보면 오줌 지리면서 찬양하게 될걸? 너희는 끝내주게 운 좋은 거야. 미군 역사상 처음으로 전차와 합동으로 전투를 치른 병사들로 길이 남게 될 테니."

그 늠름한 자태를 본 병사들은 하나같이 '저거 탄 놈들은 죽을 일 없겠네.' 하며 와자지껄 떠들기 바빴다. 대충 수습은 한 것 같으니, 이제 출발할 시간이었다. 최종 점검을 지시한 후, 나는 패튼이 기다리는 작은 오두막으로 향했다.

* * *

[최강 미군! 멕시코의 도적 떼를 정벌해 위엄을 떨치다!! 미합중국을 침범한 자, 대가를 치를 것이다!]

나는 테이블에 올려진 소름 끼치는 헤드라인으로 도배된 신문을 대강

바닥에 집어 던졌다. '최강 미군'이라니. '최강 롯데'보다 더 소름 끼친다. 차라리 멕시코나 콜롬비아 카르텔을 털어버리는 미국 마약단속반이 1916년의 미군보다는 훨씬 강력했을 거라고 내 장담할 수 있다.

내 절규와는 아무 상관 없이, 첫 출전을 앞둔 패튼은 병사들 보는 눈도 없자 입이 째져라 웃고 있었다.

"병사들은 좀 어떤가?"

"대충 매듭지었습니다."

"그래. 다행이군. 내 누누이 말하는 이야기지만, 자네는 너무 머리로만 생각하는 경향이 있어."

그래서 그따위 광전사처럼 구는 거냐?

"전장은 변화무쌍하지. 뒷짐 지고 펜대만 굴리는 새끼들은 결코 병사들의 신뢰를 얻어 낼 수 없다고. 특히나 자네 같은 경우엔, 괜히 병사들이 꼴 같잖은 대가릴 굴리기 시작하면 '어? 저 새낀 옐로 몽키 주제에 왜 내 위에 있지?' 같은 엄마 없는 소리나 찍찍 해댈 거야. 내 장담하지."

"허허… 실력으로 보여주면 다들 납득하지 않겠습니까?"

"납득할 머리가 있는 새끼가 왜 군에 있어! 바깥에서 다른 일 하지!"

군인이 그딴 말 하지 말라고. 미친놈아.

내가 이 인간과 함께 움직이며 가장 환장하게 되는 건, 틀림없이 멀쩡한 사람처럼 생각하고 말할 줄 알면서 일부러 중2병 싸이코처럼 군다는 점이었다. 싸이코가 사람인 척을 하는 건지, 아니면 멀쩡한 놈이 싸이코 흉내를 내는 건지. 이게 구분이 안 된다는 점이 내 속을 썩어 문드러지게 했다. 근데 또 가끔 현자의 지혜 같은 이야기가 또라이 같은 개소리 사이사이에 섞여 있다. 짖어댈 때 귀 닫고 무시할 수도 없으니 참… 대단한 인간이었다.

"이게 바로, 무려 '항공 사진'이라는 걸세!!"

내 고민엔 일말의 관심도 없다는 듯, 패튼이 제가 찍어온 것처럼 으스대며 말했다.

"바로 여기! 여기에 좆같은 도적 떼들이 진을 치고 있다는 놀라운 정보를 입수했지."

우리가 노리는 곳은 코딱지만 한 어느 시골 마을이었다. 판초 비야가 있는지 여부까진 알 수 없었지만, 적어도 무장한 멕시칸 친구들이 마을을 돌아다니고 있다는 것까진 이 원시적인 항공 사진으로도 파악할 수 있었다. 보다 정확하게 말하자면, 비행기가 마을을 가로지르자 곳곳에서 총알이 날아오는 것을 통해 미군을 싫어하는 멕시칸들이 있다는 사실을 확인할 수 있었다.

"네네. 현지인 통해서 확인도 끝냈습니다. 통역 좀 다시 해주겠나?"

"알겠습니다. 어, 이 친구들 말로는, 빌리스타(Villista) 놈들이 마을에 눌러앉아 갖은 행패를 다 부리고 있다고 합니다."

우리의 진격을 기다리기라도 한 듯, 그 마을에 거주하던 청년 셋이 길잡이가 되기를 자청했다.

"놈들이 여자들을 건드리고, 마을의 술이란 술은 전부 축내면서, 시시때때로 총으로 위협을 하고 있어서 마을 사람들은 제발 미군이 빨리 와주기만을 기다리고 있답니다."

물론 나는 스페인어를 할 줄 안다. 애초에 아나스타시오와 4년을 부대낀 몸이다. 하지만 멕시칸 스페인어와 필리핀 스페인어의 그 오묘한 차이 때문에, 내가 입을 여는 순간 진한 동남아 발음에 저 멕시칸 친구들이 기겁을 할 게 뻔했다. 나도 저자들의 말을 알아들으려면 꽤 신경을 써야 하기 때문에 그냥 통역을 대동하는 게 마음 편했다. 그리고 무엇보다, 이놈들이 여간 수상쩍은 게 아니었다.

"역시 근본부터 도적 새끼들답군. 약탈, 살인, 방화, 강간이 아주 몸에 뱄어."

패튼은 당연하다는 듯 고개를 끄덕였지만, 내 생각은 글쎄올시다였다.

판초 비야. 내가 멕시코의 역사는 모르지만, 반대로 멕시코에 대해 하나도 모르는 나조차 '판초 비야'라는 이름을 들어봤을 정도의 걸물이다. 한 나라의 정권을 무너뜨린 20세기판 로빈 후드가, 민중의 지지를 깡그리 말아먹는 저런 짓을 한다고?

물론 판초 비야 본인과는 별개로 저 말단 따까리들이 막장일 가능성도 크다. 하지만 '해방자' 미군을 기다린다니. 여기서부턴 솔솔 사기의 냄새가 풍기고 있었다. 멕시코인들이 미군을 기다리고 있다니. 조선인이 일본군 환영하는 소릴 하고 있네.

"역시 조금 더 강도 높은 조사를 해야 하지 않겠습니까?"

"킴 후배. 자네의 치밀함과 성실한 태도는 내 높이 사고 있네."

패튼은 고개를 절레절레 흔들었다.

"하지만 말야, 결국 정보라는 건 믿느냐 마느냐의 문젤세. 저 친구들이 정말 선량한 멕시칸이고 우리의 도움을 구하러 왔는데, 우리의 응대가 으름장과 심문이라면 앞으로 누가 우리를 돕겠나?"

"그 말씀은 맞습니다만……."

"뭔가 싸하다는 건 부정하지 않아. 하지만! 만약 함정이라 해도 힘으로 찍어버리면 그만이야. 타코 새끼들이 대가리를 굴려봤자 제 놈들만 죽어날 뿐이지."

실로 패튼다운 대사였다.

"함정이 있다는 말은 곧 우리를 노리는 적이 기다리고 있단 소리지. 충분한 주의를 기울이면서 접근하면 결국 남는 건 전술적 역량, 우월한 화력, 개개인의 투지지. 어설픈 매복 따위 해봤자 제 놈들 못자리만 만들 뿐이야!"

쾅!

본인의 감정을 이기지 못한 패튼이 힘껏 책상을 내리쳤다.

"저놈들이 맞건 아니건, 어차피 우린 그곳을 수색해야 하네. 그렇다면 갈 뿐이지! 지휘관으로서 결심했네. 준비하세나."

"알겠습니다."

내가 경례를 올리자 패튼 역시 손을 올렸다. 이젠 움직일 시간이었다.

* * *

"자, 가자!! 타코들을 죽이러!!!"

"출발! 출발한다!"

장갑차에 탑승한 채 거치된 기관총을 붙들고 고래고래 외치는 패튼. 그리고 말에 올라타 전차 옆에 바짝 붙은 나. 암만 봐도 우리 둘의 병과가 바뀐 것 같지만, 아무튼 이 얼기설기 오합지졸의 무리는 적이 있다는 마을로 용케 출발했다.

앞에 무엇이 기다리고 있을지는, 전혀 모른 채.

서곡 4

탁 트인 평지에 있는 작은 마을. 그리고 그 마을에서 약간 외진 언덕에, 빌어먹을 정도로 큼지막한 저택이 하나 있었다. 협력자들의 말에 의하면 저 저택은 무려 독립 전쟁 시절부터 유서 깊은 투쟁의 장소였다고 하는데, 이번에 우리를 상대하기 위해 처박혀 있을 판초 비야 일당도 저기서 농성하고 있을 확률이 매우 높다 하였다.

"그게 무슨 상관인가?"

그리고 패튼은 문화재 보호 따위에는 일말의 관심도 없었다.

"멕시칸들이 침략자를 상대로 저기서 농성했다고? 그 친구들은 전차를 맛보지 않아서 가능했던 일이지. 외벽은 뭉개고, 내벽은 대포 맛을 보여주면 다 끝날 일이야!"

그는 줄곧 자신만만했다. 그도 그럴 것이, 사실상 야포 2대를 마을 안에 반입하는 거나 마찬가지니 화력 면에서 죽었다 깨어나도 타코 놈들에게 밀릴 리 없다는 게 그의 논리였다.

뎅— 뎅— 뎅—

"뭔 소리야 이건?"

"종이 울리고 있습니다."

"나도 귀 있어. 그걸 묻는 거겠냐. 좆같은 새끼들이 제 놈들 장례식 종을 미리 치고 있구만."

아른하게 울리는 뎅뎅거리는 소리. 기병에, 자동차에, 난생처음 볼 전차까지 움직이고 있으니 마을 쪽에서도 난리가 난 듯했다.

"역시 지형상 노출되는 건 어쩔 수가 없군."

"어떡하시겠습니까?"

내 물음에 그는 고민할 가치도 없다는 듯 혀를 찼다.

"마을과 저택은 어느 정도 이격되어 있고, 우리가 저 마을 전체를 통제할 정도로 병력이 많지도 않아. 그럼 당연히 이대로 곧장 저택으로 돌격해야지."

"이미 종을 치는 거로 봐선 꽤 준비를 했을 것 같은데……."

"어쩌면 도망치려고 두들겼을지도 몰라. 기병대, 거기 여섯 명! 저택의 뒤편으로 돌아서 퇴로를 차단해!! 보병대와 전차는 곧장 저택으로 진입한다!! 남은 기병 넷, 나를 따른다!!"

그가 문짝을 쾅쾅 두드리며 외치자 여섯 기의 기병이 명령을 받들어 곧장 갈라져 나갔다.

"킴 소위!"

"예!"

"자네가 저 기병을… 아니지, 됐어! 전차 관리해야지 너는! 이대로 달린다! 2분 뒤에 진입하도록!"

잠시 고민하는 듯하던 패튼이 이내 팔을 휘저으며 돌격을 명령했다.

"2호차, 정문으로 진입한다!"

2호차는 큼지막한 정문을 날려버리고 진입, 바로 뒤에 하마한 기병들이 따라붙고 패튼이 직접 인솔하는 장갑차 2대가 천천히 서행. 그리고 기다렸다는 듯, 환영 폭죽이 발사되었다.

타타타타탕! 타탕!!

"타코 새끼들이 쏜다!"

"응사해! 쫄지 마라!!"

저택 사방팔방에서 총기의 화염이 번뜩이기 시작했다. 어차피 각오하던 일. 그리고 전차는 제 역할을 충실히 해주고 있었다.

"이 새끼들아! 전차 안 터진다! 엄폐하면서 천천히 전진해!!"

패튼의 부대가 진입하고 장내가 난장판이 되는 동안, 나는 방금 전 세팅한 회중시계를 초조하게 바라봤다.

"이 자식들아, 긴장되나?"

"아닙니다!"

"안 된다고? 안 돼야지. 이런 괴물딱지를 옆에 끼고 있으니 죽을 일이 없잖냐. 이건 그냥 소풍이다. 타코 대가리를 추수해서 돌아가기만 하면 되는 소풍이다!"

적어도 거짓말은 아니다. 생으로 저 화망에 뛰어드는 것보단 백 배 낫지 않은가. 병사들도, 안내역으로 따라온 현지인 둘도 모두 초조하게 나만 바라보고 있다. 여기서 내가 조금이라도 떠는 티를 내는 순간, 이 친구들의 사기가 훅훅 깎이겠지. 그리고 그 순간, 시간이 되었다.

"1호차, 외벽을 뚫고 전진!"

"외벽을 뚫으라고요?"

"발사해 이 자식들아! 쏴!"

쾅!!

높다란 외벽이 단숨에 쪼개졌다. 1호차가 그 육중한 자태로 박살 난 벽돌을 뭉개며 정원으로 진입했고, 그 뒤에 장갑차 1대가 따라붙었다.

"저택 측면으로 파고든다! 달려! 계속 뭉개버려!!"

우리가 난데없이 벽을 뭉개고 진입하자, 바로 옆에 황망해진 표정의 마적 두어 놈이 어찌할 줄을 모르고 있었다.

"쏴 병신들아! 쏘라고!!"

타타탕! 탕!!

어어 하다 어이없이 벌집이 되어 두 마적들이 쓰러졌다. 첫 전과다.

"지금부터 군복 안 입고 살아 움직이는 새끼들은 전부 적이다! 먼저 쏴!"

타탕! 탕! 탕!!

저택 2층에서 날아드는 총격. 병사들이 대가리를 못 든다. 시발. 하나하나 떠먹여줘야 하나.

"장갑차! 긁어!"

"예?"

"기관총 2층에다 긁으라고! 저 새끼들 고개 못 내밀게 계속 긁어!!"

타타타타타타타!!!!

제압사격. 순식간에 창문이란 창문의 유리가 모조리 산산이 조각나고, 언뜻언뜻 보이던 타코들의 대가리가 싹 사라졌다.

"계속 화력 유지! 나머지는 하차! 건물 안으로 들어가! 야! 똑바로 경계하면서 가라니까!!"

어설프다 어설퍼. 상대도 만만찮게 어설픈 놈들이라 그렇지, 보면 볼수록 목청이 안 높아질 수가 없었다.

"좋아. 이대로만 가면 돼. 거기! 이 건물에 혹시 퇴로나 출구 다른 곳에 없나?"

"어떡하지?"

하나뿐인 통역은 패튼과 동행한 탓에 지금 내 옆에 붙어있는 현지인 둘과는 참으로 어색할 수밖에 없었다. 어차피 눈치가 있으면 이 새끼들도 대강 뭘 원하는진 알아듣겠지. 내가 연신 영어로 닦달해대자, 이 현지 협력자 두 놈이 서로 떠들어대기 시작했다.

"어떡하냐니?"

"이거, 지는 거 아냐? 저 철갑괴물을 어떻게 이겨!"

"무슨 개소리야. 두령이라면 저 괴물도 이길 수 있다고!"

"그럼 이 새끼부터……."

거기까지 듣자마자, 나는 곧장 손에 든 권총을 발사했다.

탕!

"어……?"

이 개같은 새끼들. 역시 처음부터 프락치였어. 내가 스페인어를 할 줄 안다는 것도 모른 채 두령이 어쩌고 떠들던 새끼의 머리통을 날려버리자, 다른 한 놈이 어찌할 줄 모르고 그대로 굳어버렸다.

"야, 너."

"이, 이게 무슨……?"

"나 스페인어 할 줄 알아, 병신들아."

내가 걸쭉한 필리핀 억양으로 말하자 놈의 표정이 절망으로 물들었다.

"지금이라도 똑바로 불어. 이 새끼처럼 대가리 터지기 싫으……."

타아앙!

"커……."

저 망할 프락치 새끼가 손을 품에 넣으려던 순간, 다시 내 권총이 불을 뿜었다.

내 병사들과 너무 멀리 떨어졌다. 이딴 초보적인 실수를 하게 될 줄이야. 내가 병사들 몇과 같이 있었다면 이놈들을 죽이는 게 아니라 붙들어서 뭔가 정보를 토해내게 할 수도 있었을 텐데.

아쉬운 건 아쉬운 거고, 이제 나도 내 할 일을 해야 할 차례였다. 첫 살인의 충격이고 나발이고, 곳곳에서 울려 퍼지는 총성은 가면 갈수록 더 늘어나기만 하고 있었다. 아차하면 이딴 곳에서 비명횡사한다.

그리고 그 순간, 나는 불길한 가정에 사로잡혔다. 이 새끼들이 처음부터 죄다 뒤통수 때릴 궁리하던 놈들이라면, 패튼은?

"이 새끼들아! 야!!!"

나는 말에서 내려 허겁지겁 전차 뒤꽁무니에서 나올 줄을 모르는 머저리들에게로 달려갔다.

"이 씨발! 니들 간부가 뒤에서 총질하고 있는데 뭐 하냐!"

"저항이 너무 거셉니다!"

"전차 뭐 해 씨발!!! 쏴! 이 좆같은 집째로 날려버리라고!!"

아 씨발 답답해. 답답해 돌아버리겠다. 나는 그대로 성큼성큼 전차 위에 올라타 해치를 열었다.

"소, 소위님?!"

"야 씨발! 테스트만 하다가 실전 뛰려니까 하기 싫냐! 하기 싫으면 전출 신청서 써! 보내줄 테니까!"

"그, 그게 아니라······."

"꼬우면 가 이 부랄 없는 새끼들아! 이제 전차 지휘도 내가 한다! 넌 씨발 탄 장전하고 총이나 쏴재껴!"

대강 해치에 몸을 반쯤 내민 상태에서 군화발로 답답한 전차장 새끼를 걷어찼다. 시발. 여기서 계속 꾸물거리다 패튼 뒈지면 좆되는 건데.

전생에 협곡에서도 그런 말이 있었다. 꼬우면 내가 멱살 잡고 캐리하라고. 역시 군바리 새끼들은 좋게좋게 말로 하면 안 된다. 닥치고 하나하나 시켜야 움직이지.

"주포 장전해! 쏴!"

콰아앙!!

저택 한쪽에 멋진 구멍이 뿅 하고 뚫렸다. 이번에도 어김없이 벽이 무너지자 화들짝 놀란 타코 놈들이 드글드글했다.

"기관총 갈겨! 아니, 그대로 전차 밀어넣어!"

"그, 그러면 소위님이······."

"야, 씨발 뒈져도 내가 뒈지니까 그냥 들어가라고오오!!"

드르륵거리는 소리와 함께 구멍으로 전차가 쾅 하고 들이박혔다. 전차에 깔아뭉개진 도적놈이 비명을 지르고, 곧장 머리통에 총탄이 심어진다. 당연히 사방팔방에서 빗발치는 총격. 하지만 조까라. 저딴 총에 뚫릴 정도였으면 전차라는 물건을 만들지도 않았으니. 목덜미로 총알 한 발이 스치고 지나갔지만, 회귀까지 했는데 내가 허무하게 뒈질 리가 없다.

"갈겨!"

타타타타타!

끝내주는 기관총 소음이 울려 퍼지자 타코의 총소리가 싹 사라졌다. 소음은 소음으로 덮는 법이지.

"주포 발포!"

"집 안에 말씀이십……."

"쏴!"

다시 한번 발로 까자 포화가 불을 뿜는다. 있어 보이는 멋진 그림과 고풍스러운 태피스트리가 전차 포탄에 흔적도 없이 사라지는 모습을 보니 사이다를 마신 듯 시원해진다.

"후진! 땅개 새끼들 들어갈 구멍 내줘! 후진!! 너희! 전부 진입해! 이제 소탕전이다!"

"들어가! 움직여! 움직여!!!"

이제 대강 전차로 할 수 있는 일은 다 했다. 병사들이 저택 안으로 쏟아져 들어가고, 얼이 쏙 빠진 타코 새끼들이 총을 버린 채 하나둘 손을 드는 모습을 보며 나는 비로소 긴장이 슬슬 빠지는 것을 느꼈다.

시발. 존나 힘드네 이거.

* * *

패튼은 나보다 한술 더 떴다. 동석해있던 프락치가 덤벼들었지만, 곧장 검으로 목을 찔러버린 후 그대로 전차와 장갑차를 몰고 돌격. 위풍당당한 그 돌격에 총질 백날 해봤자 씨알도 안 먹힌단 사실을 깨달은 타코들은 혼비백산. 그 상태에서 일제히 돌진 앞으로를 한 결과 마적들은 일방적으로 쥐어터졌다.

당연한 말이지만 판초 비야는 없었다. 만약 전차가 없었다면 미군 사상자도 제법 나왔겠지. 그 친구들 입장에선 나름대로 작심하고 준비한 함정이었으니 말이다. 역시 기갑은 대기갑전 준비를 갖추지 못한 적 상대로는 압도적인 교환비를 자랑했다. 문제는 전후처리였다.

"킴 소위!! 빨리 도와줘!"

"무슨 일이십니까. 전장 수습부터 빨리 해야 하는데……."

"그 수습 말이야. 우리의 전공을 이대로 버리고 갈 수는 없잖은가?"

무슨 개소리세요. 내 의아한 표정에 아랑곳하지 않고 패튼은 왈왈멍멍 짖어대기 시작했다.

"감히 시민들의 안전과 생명을 위협하고, 미합중국 군대를 향해 총질을 해댄 이 새끼들의 시체를 끌고 가야겠네!"

"네. 지랄 마십쇼 선배님."

"무슨 소리!!!"

오늘 평생 잊지 못할 일들을 하도 겪어서 그런가. 나는 패튼의 으르렁거림에도 무덤덤하게 대꾸할 수 있었다.

"좋아. 타협함세. 다섯. 다섯 놈만 끌고 가지. 장갑차 보닛에 하나씩 묶고, 전차포에 하나씩 매달고 가는 거야."

"안 됩니다. 제 소중한 전차에 그딴 거 매달 생각 마십쇼."

"그럼 셋! 장갑차에만!"

"그딴 짓 했다간 경멸받을걸요."

"그럴 리가! '와, 저 새끼들 대단해.' 하면서 모두가 우러러보겠지! 이게 바로 자네와 나의 경험 차이라는 걸세!"

그딴 경험을 할 사람은 이 세상에 당신밖에 없어요. 아무튼 패튼은 한참을 그렇게 떠들어대더니, 갑자기 입을 다물고 날 지그시 노려봤다. 뭐지, 6년 후배가 뚱하게 있으니 꼰대 정신이 불끈불끈하나?

"킴 소위."

"네."

"자네에게… 부탁하고픈 것이 있네."

"말씀하시지요."

"자네가 그 전차포로 날려버린 적의 두목 말일세."

그래. 타코 놈들이 허무하게 전의를 상실한 이유. 바로 여기 있던 도적놈들의 두목이 전차 주포에 맞고 그대로 산산조각났기 때문이다.

"그 친구, 아직 대가리는 남아 있잖은가."

"그렇지요."

"그 대가리, 날 주면 안 되겠나? 당연히 적장을 사살한 공로는 킴 소위의 이름으로 달아두겠네. 그냥 모가지만 내게 주면 돼."

아니, 진짜 이 양반은 1916년이 아니라 916년을 살고 계신가. 무슨 수급 타령을 하고 앉아 있어.

"…맘대로 가져가십쇼."

"고맙네! 흐하하하! 저 대가리가 너무 탐났거든! 꽂아서 들고 가야겠어!"

시발, 이제 모르겠다.

우리는 위풍당당하게 본대로 복귀했다. 장갑차 본네트에 하나씩 장식된 시체. 그리고 기세등등하게 수급이 꽂힌 장대를 치켜든 채 돌아오는 패튼을 본 퍼싱은 아무 말도 하지 않은 채 담배만 연신 입에 물었다. 한참 그렇게 담배를 태운 이후, 퍼싱 장군의 입에서는 탄식이 절로 흘러나왔다.

"내가 도적놈을 잡으러 왔는데, 내 밑엣 놈들이 도적놈들일 줄은 몰랐구만."

왜 복수형이죠. 저는 빼주세요, 장군님. 억울합니다.

*　*　*

사후강평과 전투보고서 작성으로 분주하던 나날. 나는 퍼싱 장군의 호출을 받고 출두했다.

"후방으로 가줘야겠네."

"장군님! 그게 무슨 말씀이십니까!!!"

내가 뭐라 대답을 하기도 전에, 어김없이 물을 떠다 준 패튼이 큰소리로 외쳤다.

"킴 소위는 믿음직한 미래 미군의 기둥입니다! 전공을 더 세우게 해줘도 모자랄 판에 후방이라뇨! 워싱턴! 워싱턴의 그 꼴통 새끼들이 또 노랭이에게 전공을 못 주겠답니까?!"

"진정하게. 자네 때문에 킴 소위가 아무 말도 못 하고 있잖은가."

"어차피 제가 대신해주고 있잖습니까!"

"……."

"죄송합니다. 다물고 있겠습니다."

패튼을 제압한 퍼싱은 다시 나를 돌아봤다.

"미리 말해 두지만, 나와 이번 원정대 지휘부는 자네를 후방으로 돌릴 생각이 전혀 없었네."

"그러면……."

"패튼의 말마따나, 높으신 분들의 요청이야. 자네 목덜미에 총알이 스쳤단 이야길 듣고 난리가 난 분들이 좀 있나 보더군."

어… 안 죽었으면 된 거 아닐까요.

"편지를 받았네. 자네 것도 있고, 내 앞으로 온 것도 있지. 아무튼 편지를 읽고 나니 자네를 후방으로 보낼 수밖에 없겠더군. 읽어보게나."

나는 장군이 건네준 편지를 받아 곧장 뜯어 읽기 시작했다. 편지는 내가 익히 잘 알고 있는 필체로, 몇 줄 되지 않는 내용이 써져 있었다.

[사위. 지금부터 첫 아이 이름 생각해 놓게.]

이틀 뒤, 나는 얌전히 후방으로 가는 열차에 올라탔다.

6장
개막

개막 1

당연하지만, 후방으로 빠진다는 건 워싱턴 D.C.로 돌아가 임신한 와이프 수발을 들라는 명령이 아니다. 다시 돌아온 샌프란시스코. 나를 최전방에서 후방으로 뺀 건 빌어먹을 언론사 놈들이었다.

[판초 비야 도적단의 두목, 미군에게 사살당해.]

[밴디트킬러즈, 미합중국 복수의 철퇴!]

[헤드헌터즈, 적도의 수급을 취해 늠름한 귀환!]

가면 갈수록 언론의 허황된 이야기는 부풀어 오르더니, 황색 언론쯤 가서는 이미 우리는 아즈텍에서 돌아온 코르테스가 되어 있었다. 애초에 미쳐 날뛴 건 패튼이지, 내가 아니다. 나는 후배이자 따까리로서 패튼의 광기를 컨트롤하기 위해 나름대로 노력했으나 힘에 부쳤을 뿐이다. 근데 왜, 나까지 저 어이없는 호칭이 된 거냐. 저 복수형 좀 떼달라고 진짜.

아무튼 기사에 따르면 나는 미군 역사상 최초의 아시안 장교였고, 미합중국을 침범한 더러운 도적들에게 분개해 최초로 '신무기'를 이용한 응징을 연호했으며, 마침내 유럽에서도 이제 막 쓰이기 시작한 '전차'라는 신무기로 적도들을 산산조각 내고 그 피로 목욕을 하며 중상을 입어도 끄떡도 하지 않는 광전사 그 자체였다.

내 부상이래봤자 목을 살짝 긁혔을 뿐이다. 1mm만 더 파고들었으면 짤없이 중상이었겠지만 경상, 아니 그냥 정상이라고. 그리고 설상가상으로, 전공에 목말라 있던 공보부에서는 이걸 더 과장해서 튀겨버렸다.

21세기 대한민국의 정훈공보부도 매한가지지만, 애초에 딱히 자랑할 게 없는데도 자랑을 해야 하는 이들이란 굶주린 하이에나와 같다. 그런 그들에게 '승전', '시체', '수급'과 같은 유혈이 낭자한 이야기가 들어갔으니 당연히 어떻게 되었겠는가?

[준비된 인재! 퍼싱 장군이 알아본 진정한 수제자 패튼 소위!]

[그의 걸음걸음이 역사가 된다! 최초의 아시안 장교! 유진 킴!]

결과는 수치심 대폭발이었다. 이렇게 뒤틀리고 왜곡된 기사가 워싱턴 D.C.에 도달하자, 당연히 도로시는 하늘이 노래지고 장인어른은 기함했으며 포드 회장은 원금손실의 악몽에 경악했다.

결국, 나는 샌프란시스코로 오게 되었다.

* * *

의회에서는 마침내 국방법이 개정되었고, 그 결과 대대적인 군비 증강과 대규모 병력 동원이 이루어졌다. 전국 각지의 주방위군이 소집되어 국경 경비에 투입되었고, 대규모 병력 증강을 위해 장교 단기 교육 과정이 신설되었다. 하지만 결과물은 개판이었다.

"7만 5천?"

"네."

"입영 거부야 뭐 그렇다 치고… 무기 없음, 탄약도 없음. 하."

"총을 쏠 줄 모르는 친구도 있고, 텍사스에 모피 코트를 걸치고 온 친구들도 있습니다."

"존나 대단한 아메리카야. 이런 걸 군대랍시고 통솔해야 한단 말이지?"

아무리 똥별들이라 해도, 미군의 이 참상에서 등을 돌릴 순 없었다. 미국인들은 멕시코 인근은 덥다는 사실도 모를 정도로 무식했고, 상상을 초월할 정도로 제멋대로였다. 도저히 군인으로 써먹을 수 있는 종자가 아니었다.

그나마 대학 졸업생 및 재학생을 대상으로 한 간부 교육은 또 제대로였냐 하면, 이 당시에도 ROTC라고 불릴 무언가가 있긴 했지만, 참으로 미국스럽게 민병대 레벨을 벗어나지 못했다. 아무튼, 내가 새롭게 편성된 곳은 벤자민 프랭클린 벨 장군 예하 서부사령부의 훈련 캠프였다.

똑똑.

"실례합니다. 오늘부로 전입을 명받은 유진 킴 소위입니다."

내가 안으로 들어가자, 몇몇 간부들이 기다리고 있었다는 듯 일어나 나를 환영해주었다.

"기다리고 있었네, 젊은 영웅!"

"…다시 말씀해주시겠습니까?"

"하하. 멕시코의 밴디트 킬러가 온다고 해서 다들 기다리고 있었지. 동양의 쿵ㅡ푸로 도적놈 일곱의 목을 꺾었다는 게 진짠가?"

"네?"

아니 이건 또 무슨 개풀 뜯어먹는 소리야. 그게 가능했으면 철권 토너먼트에 나가지 왜 군인 하고 있냐고.

"어… 설마 거짓말이었나?"

"전 군인으로서 적과 교전하긴 했으나 7:1도 아니었고 쿵푸도 안 썼습니다."

"빌어먹을! 공보부 놈들이 다 그렇지. 하지만 자네도 한 가지 틀린 게 있네."

사무실 곳곳에서 녹초가 된 채 서류를 만지고 있던 장교들이 어느새 내 주변을 에워싸고 있었다. 인사장교로 짐작되는 남자가 씨익 웃으며 말했다.

"확실히 우리는 유진 킴을 배속받기로 했지. 하지만… 우리에게 올 예정인 친구는 유진 킴 '중위'라네."

"중위 말씀이십니까?"

"진급 축하하네! 공보부 새끼들이 멋대로 쿵푸 마스터를 만들어 놨으니 당연히 계급이라도 올려줘야 할 것 아닌가?"

그렇게 나는 전입신고를 하자마자 얼떨결에 모두의 박수와 함께 중위 진급 사실을 알게 되었다. 조금, 당혹스러웠다. 당장 패튼 선배만 해도 6년 선배인데 아직까지 소위였다. 그런데 내가 벌써 중위라고?

"역시 전장에 나가야 진급하는 모양이구만."

"나라면 쿵푸 헤드헌터가 되느니 그냥 진급 안 할래."

네, 맞아요. 이건 좀 아닌 것 같아.

잠시 서로의 소개를 나누던 중, 안으로 또 누군가가 들어왔다.

"새로 온다던 킴 중위입니까? 장군님께서 기다리고 계십니다."

"옙. 지금 바로 가겠습니다."

"저는 장군님의 전속부관인 조지 캐틀렛 마셜 주니어 중위입니다. 잘 부탁드립니다."

누구요? 이 개막장 미군 사방천지에 무슨 드래곤볼도 아니고 네임드들이 알알이 박혀 있으니 참 신기하기 그지없었다.

이 마셜이 진짜 '그' 마셜이면 무조건 내가 붙어야 한다. 똥꼬를 빠는 한이 있더라도, 무조건 마셜에게선 호감을 사야 한다. 솔직히 패튼 10명의 호감을 얻느니 마셜 1명 호감 얻는 게 백배 천배 낫다. 암, 아아암.

"유진 킴 소위… 아니, 중위입니다. 잘 부탁드리겠습니다!"

"허. 기합이 단단히 들어가 있군요. 벨 장군께서 직접 계급장을 달아주신다 하니 바로 가십시다."

"옙!"

그렇게, 샌프란시스코의 새 업무가 시작되었다.

장교 교육. 웨스트포인트의 4년제 교육을 생각하면 지금도 기분이 싱숭 생숭해진다. 그때의 많은 추억들, 경험들이야말로 두 생애를 통틀어서 가장 값진 것들이겠지.

하지만 이게 뭔가.

"죄송합니다만, 지금 제가 영어를 잘못 알아들었는지요?"

"아니. 들은 그대로일세."

"장교를 30일 만에 육성하라니 그게 무슨 소립니까!"

정신이 아득해진다. 대체 누구 머릿속에서 나온 아이디어인지 모르겠다. 아니, 논산훈련소도 30일짜리 코스는 아니었다고 이 미친놈들아.

2차대전 당시 일명 '90일의 기적'으로 불리던 장교 교육 과정이 있었다 는 건 알고 있다. 근데 30일? 30일의 기적이요? 수험생도 30일의 기적이면 이미 예비 재수생인데 병사도 아니고 자앙교오?

하지만 군대는 까라면 까는 곳이다. 나는 그 문제의 장교 교육 과정에 차출되어, 지옥을 맛볼 예정이었다.

"걱정 말게."

마셜 중위의 눈은 꼭 도살장에 끌려가는 한우와 같이 영롱했다.

"나도 부관 임무를 내려놓고, 훈련 임무에 같이 투입될 예정이거든."

"허, 허허허, 허허허허."

마셜과 함께하는 즐거운 짬찌 교육이라니. 아니, 아무리 그래도… 30일 은 좀 심했다. 이게 가능할 리 없다는 허탈함과, 마셜에게 딸랑이 잘 쳐야 한다는 사명감이 오리엔탈 샐러드처럼 어우러져 내 머릿속을 깊은 절망으 로 채워 넣었다.

그래. 믿을 건 오직 이 사람뿐이다. 드디어 정상적이며, 이성적이고, 신뢰 할 수 있는 훌륭한 선임을 만났으니 나는 오직 마셜 꽁무니만 졸졸 따라가면 된다. 그렇게 마음을 고쳐먹자 무척 편안해졌다.

* * *

후방으로 오게 되자, 드디어 편지라는 문명의 이기가 훨씬 빨리 당도하게 되었다. 여러 친구들이 신문을 보고, 혹은 진급 소식을 알게 된 후 축하의 편지를 보내줬고, 나 역시 답장을 보낸다고 분주해졌다.

[친애하는 유진에게. 니가 또라이라는 건 우리 모두 잘 알고 있었지만, 빠따로 멕시칸들의 뚝배기를 깰 줄은 상상도 못 하고 있었어……]

[유진, 잘 지내고 있니? 나도 결혼을 했고 지금… 그래서 네가 멕시코에서 적장의 수급을 베었다는 소식을 듣고 참 너답다고 생각했어.]

아냐 이 자식들아! 유언비어를 믿지 말라고! 이 선량하고 이성적인 내가 어째서 그런 아즈텍 재규어 전사 같은 짓을 한단 말이냐. 상식적으로 말이 안 되지 않냐고. 착각과 오해를 정정하는 기나긴 답장을 작성하고 나서, 마침내 두근거리는 마음으로 도로시의 편지를 개봉했다.

[살아 돌아왔다니 참 다행이야. 내가 애비 없는 아이를 낳을 뻔했다고 생각하면 아직도 아찔하거든. 후방에만 있을 테니 아무 문제 없을 거라던 누구의 말을 믿은 내가 바보지만……]

이번이 출전 이후 첫 편지도 아니건만, 어김없이 첫 줄부터 가슴에 비수가 날아와 꽂혔다. 죄송합니다. 저는 아무 잘못 없고, 다 패튼이라는 중세 광전사가 시킨 일이에요. 믿어주십시오.

이후로는 한 줄 한 줄마다 걱정과 염려가 가득 담겨 있었다. 참 미안한 일이다. 하지만 읽으면 읽을수록, 나는 사려야겠다는 생각보단 오히려 더욱 저 유럽으로 가야겠단 생각이 강해지고 있었다.

장인어른에겐 약 3/8의 인디언 혈통이 흐르고 있었다. 도로시에겐 3/16, 19% 정도 유색인종의 피가 흐르고 있다고 봐야겠지. 그리고 장차 태어날 아이에겐 내게서 물려받은 한인의 피도 흐르게 된다. 내가 말도 안 되는 2회차라는 기회를 거머쥐었음에도, 이 미국 사회를 헤쳐나가는 게 한 발짝 한 발짝마다 줄타기를 해야 했다. 앞으로 그 아이는 얼마나 험난한 인생을 살게 될까.

역시 답은 하나밖에 없다. 무슨 수를 써서라도, 모든 장벽을 뛰어넘고 오를 수 있는 가장 높은 곳에 올라야 한다. 인종차별을 뿌리 뽑는 일은 기대도 하지 않는다. 내 아이만큼은 면전에서 옐로 몽키 소리를 들을 일이 없게 만들겠다. 설령 솜과 이프르의 진흙탕에서 내가 죽는다더라도, 그 아이는 적어도 전사자의 가족이라는 명예는 얻을 수 있겠지.

도로시에게도 답장을 쓰고, 이제 마지막으로 남은 건 포드사에서 날아온 편지와 소포였다. 소포는 내가 부탁한 것이었고, 편지는 딱히 기대 안 했는데 대체 뭔 내용일까.

[친애하는 유진 킴 중위에게. 진급을 축하하며, 나 헨리 포드는 투자자이자 후원자로서 내 정당한 권리를 행사함에 귀하가 동의할 것을 정중히 요청하는 바임.]

뭐지. 불길하다. 설마 '넌 이제 전장에 나갈 생각은 꿈도 꾸지 마라!' 같은 건가.

[태어날 아이가 아들일 경우 퍼스트 네임은 헨리로 할 것을 요구함.]

진짜 이 양반 사람 간 떨어지게 하고 있어. 대부라도 되어주겠단 건가? 우리 아이의 빽이 가면 갈수록 어마무시해지는 것 같아 가슴이 웅장해진다. 나는 이어서 소포를 뜯었다.

"그래, 바로 이거지."

아주 만족스럽다. 역시 특제 주문품은 뭔가 달라. 나는 포드 씨가 보내 준 새빨간 야구 모자를 쓰다듬으며, 어떻게 삐약이들을 30일 만에 최정예 미군 장교로 만들지 고민에 고민을 거듭했다.

개막 2

조지 마셜 중위에겐 일기를 쓰는 습관이 있다. 일기는 많은 도움이 된다. 하루를 정리하기도 그렇고, 무슨 일이 있었는지 나중에 회고할 때도 편하다. 그리고 요즘 들어, 마셜은 일기에 적는 내용이 가면 갈수록 늘어나고 있다는 사실을 깨달았다.

[유진 킴 중위가 새롭게 배속되었다. 전쟁부의 멍청한 나팔수들이 묘사한 것과는 달리 진짜 그는 이지적이고 명철한 장교지, 피에 굶주린 헤드헌터 따위가 아니었다. 이 나라가 1년 만에 중위 계급장을 달아주는 일이 있다는 게 신기하지만, 킴 중위는 모든 인종적 편견을 뒤로하고 충분히 그럴 가치가 있는 재목으로 보인다.]

[킴 중위와 함께 예비 장교 후보생들의 교육훈련 교안을 준비했다. 여건 상의 어려움을 감안해, 킴 중위가 장병들의 육체적 훈련을 전담하고 내가 장교로서의 교육에 집중하기로 하였다. 30일이라니. 아무리 생각해도 이건 좀 아닌 것 같다.]

[킴 중위의 첫 훈련을 참관했다. 그는 새빨간 야구모자를 쓰고 왔는데, 모자 정면에 해골 그림을 박아 놓은 것이 참으로 취향이 의심스러웠다.

그의 훈련 방식은 언뜻 보면 괴이했으나, 의외로 일정한 선을 지키고 있었다. 인신공격이 쉬지 않고 이어지지만 함부로 폭력을 휘두르지 않았고, 인간이 육신을 어떻게 뒤틀며 고통을 느끼는지 연구한 것 같은 기괴한 체조를 시키며 후보생들의 인내력을 시험했다. 특히 교묘하게 연대책임을 묶어 자신에게 쏠릴 원망과 증오를 같은 후보생들에게 분담한 것이 무척 악랄하였다.

훈련 종료 후 이 기이한 체조의 의미가 무엇인지 물었더니, "나만 당할 순 없… 마음속으로 아시안이라고 무시하는 놈들이 한둘쯤은 더 있을 것 같아 선수를 쳤다."라고 킴 중위가 답했다. 아무리 보아도 앞에 말한 게 진심인 것 같았다. 웨스트포인트는 요즘 저런 걸 가르치는 건가. 말세다.]

[제식 훈련 내내 저 망할 호루라기 소리가 울려 퍼졌다. 삑삑삑, 삐비삐비 삑 소리가 아직도 내 귓가를 맴돈다. 그 망할 체조와 연대책임이 또 동반된 결과, 해 질 녘 즈음에 후보생들의 발이 맞기 시작했다. 내 교육 철학이 무너지는 느낌이다.]

[킴 중위의 눈알이 늘 쓰고 다니는 모자만큼 시뻘게졌다. 포복 전진을 실습했는데, 후보생들이 바닥에 자갈이 많다며 단체로 항의하였다. 후보생들 머리 위에 킴 중위가 기관총을 갈겨대자 그들이 비로소 제대로 포복을 하였다.]

[킴 중위의 징계위원회가 열렸다. 하지만 웃기게도 징계위원회는 30분도 되지 않아 대강대강 끝났다. 다른 훈련소에서도 '머리 위에 기관총 갈기기'가 포복 훈련에 탁월한 성과가 있다는 제보가 들어왔고, 머리 위에 기관총

탄환이 날아오는 걸 경험한 후보생들이 '실전과 같아 두근두근하다.'라며 만족을 표했기 때문이다.

만장일치로 구두 견책 처분으로 끝났다. 벨 장군께서 곧바로 실전과 같은 훈련을 도입한 킴 중위를 치하하셨다. 이후 교탄 수량이 모자라다는 군수 쪽과, 훈련의 효과를 강조하는 쪽이 싸우는 데 몇 시간이 소모되었다. 이 나라는 미쳤다. 내 상식이 무너지는 느낌이다.]

[저 내숭쟁이 새끼. 아닌 척 점잔 빼면서 스위치 들어가면 미친개가 된다. 나는 군인이지 맹수 조련사가 아니란 말이다.]

그동안 써온 일기에 알게 모르게 저놈에 대한 기록이 제법 많았다. 마셜은 머리를 부여잡고 잠시 생각하다, 새 페이지에 오늘의 이야기를 쓰기 시작했다.

[이제 대충 유진 킴 중위란 인간을 이해할 것 같다. 저 자식은 틀림없이 유능하지만, 본인 능력의 30% 정도를 항상 자신이 미친놈이라는 걸 숨기는 데에 사용하고 있다.

도저히 불가능할 것 같은 업무를 던져주면 처음에는 어쩔 줄 몰라 하며 눈알을 데굴데굴 굴리다가, 결국 눈깔 뒤집힌 미친개의 본성으로 돌아가서는 어떻게든 해낸다. 그 과정에서 인간세상의 상식이나 관례 따위는 폭풍이 나무를 뽑아버리듯 날려버리고, 지켜보는 사람은 속이 썩지만 정작 성과는 또 괜찮게 나오니 뭐라 할 수도 없다.

저런 희한한 습관이 아시안들 특유의 겸손을 지향하는 문화 때문인지, 아니면 소수 인종으로서 눈치를 보기 때문인진 모르겠다. 하지만……]

잠시 마셜은 고민했다. 그가 옆에서 지켜본 유진 킴이란 군인은 어떤 인물이었는가.

답은 간단했다.

[⋯남의 눈치를 보지 않고 자신의 능력을 십분 발휘할 수 있는 환경만 조성된다면, 저 젊은 장교는 미합중국과 미 육군을 지탱할 거목으로 거듭날 것이라 생각된다.]

잠시 펜을 내려놓으려던 마셜은 마지막 한 문장을 더 추가했다.

[그 밑에 있는 부하들은 미치고 환장하겠지만 말이다.]

* * *

요즘 마셜이 나를 보는 눈초리가 영 심상찮다. 솔직히 억울하다. 나는 주어진 환경이 아무리 어렵고 고통스러울지라도 정말 최선을 다했다.

물론, 가정교육을 목화밭에서 니거용 채찍 잘 쓰는 법 따위로 배운 일부 남부 꼴통들이 띠껍게 굴긴 했다. 하지만 엄연히 선배가 될 장교로서 그 친구들에게 가르침 하나 못 내려주겠나?

이건 어쩔 수 없는 일이다. 앞으로 인종적으로 다양해질 미군에서 벌써부터 상급자가 노랭이라는 이유만으로 대들다니. 패튼식 맞춤 교육법을 시행해 불쌍한 후보생의 강냉이 2개를 수확하긴 했지만, 군사 재판에 끌려갈 미래를 내가 예방해줬으니 그 친구에겐 아주 값진 경험이 되겠지.

물론 이 빨간 모자와 선글라스의 영향도 약간, 아주 약간 있었다. 제복이 사람을 조종한다고 하지 않던가. 내가 이 코스튬을 갖춘 시점에서 PT 8번을 시켜보고 싶다는 욕망을 이길 수는 없었다.

솔직히 PT는 딱 첫날, 그것도 몇몇 동작은 뺐다. 참호전 나가야 할 애들한테 애초에 '유격' 훈련을 시킨다는 것부터 말이 안 되지. 적당히 몸 풀고 기선 제압하는 정도로만 써먹었다.

"왼발! 왼발! 왼발! 그래! 잘한다 구더기들! 드디어 발을 맞추는구나! 엄마 젖 뗀 이후 처음이야! 군가! 행군 중에! 군가한다!"

역시 연대책임은 최고야. 인간을 쥐어짜는 데 최고의 경지에 이른 PT의

맛. 거기에 연대책임. 거기에 모든 미국인들에게 잠재되어 있는 '우리 주가 최고임.'이라는 마인드. 이걸 살살 긁어주면…….

"중부 출신들은 전부 그따위 병신 짓밖에 못 하나? 뉴요커 놈들은 첫날부터 빠릿빠릿하던데! 혹시 중부 밀밭에선 숫자라는 개념이 없었나?!"

"역시 서부 놈들이 총질 하나는 잘해! 오대호 새끼들은 컨베이어벨트만 만져서 총 구경도 못 해 봤거든! 지금이라도 군바리 때려치우고 그냥 돌아가서 내가 탈 T형 포드나 만들어주는 게 어때?"

"니네가 대졸자라고? 구라 치지 마, 이 닭대가리들아! 남북 전쟁 때 흑인 부대가 너네들보다 훨씬 잘 싸울 거다! 병기본도, 육박전도, 좆 크기도 전부 니네가 질 거 같은데!"

성과 그래프가 나날이 우상향을 찍는다. 처음에는 이렇게 막 굴다간 하트만 상사처럼 후보생에게 총 맞아 죽는 결말을 맞이할까 봐 반쯤 쫄았지만, 다행스럽게도 후보생들은 서로 간의 경쟁의식에 불타 아주 열정적으로 훈련에 임하고 있었다. 토털리 퍼펙트. 정말 만족스러워.

그리고 마셜은 실로 천재였다. 아침 해가 뜰 무렵부터 내가 이 친구들을 박박 굴리고 나면, 녹초가 된 친구들을 마셜 중위가 싹 짬아저씨처럼 수거해 가서는 머리통에 장교가 반드시 알아야 할 지식들을 거침없이 주입하는 것이 우리의 일과였다. 나로서는 '저게 되겠나?' 싶었지만, 그걸 또 해내는 게 마셜의 위엄이었다. 역시 미래 천조국을 설계할 사람은 떡잎부터 비범하다.

그리고 밤이 되면, 우리는 오늘 했던 훈련내역을 정리하고 결산하는 시간을 가졌다. 하지만 시간이 흐르면 흐를수록, 사실 업무보다는 잡담을 하는 시간이 점점 늘어나는 건 어쩔 수 없었다.

"그래서, 그 건은 완전히 모함이란 말이지?"

"그렇지요. 세상에, 패튼 소위, 아니 이제 중위겠군요. 아무튼 그 선배가 그 망할 타코 대가리를 주워 가서는 그 난리가 벌어진 겁니다. 세상에, 퍼싱 장군님의 그 경멸하는 표정을 보는 순간 억장이 무너지더군요. 저는 정말 최대한 말렸단 말입니다."

"흠… 그렇군. 자네는 말렸다. 말렸겠지. 그것참 유감스러운 일이야."

차갑고 깐깐해 보이는 외양과 달리, 마셜 중위는 꽤 말도 통하고 합리적이며, 나름대로 유머도 있는 양반이었다. 다만 요즘 들어서 통 뭔가 뒤가 찝찝한 말을 했는데, 혹시나 '역시 노랭이는 어쩔 수 없군. 내 살생부에 적어놔야지.'라고 생각할까 봐 더욱 노심초사할 수밖에 없었다.

이 양반에게 잘못 찍히면 무슨 일이 일어나냐고? 우리의 친구 제임스 밴 플리트가 바로 그 눈물의 산증인이다. 틀림없이 능력 좋은 친구인데, 마셜은 어쩌다 보니 제임스를 비슷한 이름의 모 술주정뱅이 장교랑 헷갈렸다.

그 덕분에 제임스는 매번 진급심사에서 나가리 났고, 한참 뒤 그 오해가 풀린 뒤에야 부랴부랴 진급할 수 있었다. 그래서 동기인 아이젠하워, 브래들리가 2차대전에서 날아다닐 때 본인은 한국 전쟁에 나섰던 거고.

고작 오해만으로 한 유능한 장교의 앞길이 막혀버리는 게 마셜의 위엄인데, 대놓고 '이놈은 무능하니 쓰지 말 것.'이라고 마셜의 머릿속 사전에 적힌다고? 그건 진짜 사양하고 싶다. 그러니 여기서는, 사회생활의 미덕을 따라 더욱 충성과 딸랑딸랑을 할 수밖에 없었다.

"중위님."

"무슨 일인가?"

"제 군생활이 무척 짧긴 하지만, 중위님만큼 따르고 싶다는 생각이 우러나오는 상관은 여지껏 없었습니다."

"요즘 따라 이상하게 쓸데없는 아부가 늘었군. 혹시 무슨 일 있나?"

"아닙니다!"

"그럼 다행이군. 쓸데없는 미사여구 늘어놓기는 그만하고, 그 전차라는 무기에 대해서나 좀 더 이야기해주게. 자네의 의견이 궁금하군."

마셜이 전차에 관심이 있나? 나쁠 건 없다. 내 본의와는 좀 다르게 굴러

가지만, 전차 전문가로 지금부터 미리미리 어필을 해둬서 나쁠 건 없겠지.

"우선 그럼 전차의 핵심에 대해……."

나는 마셜의 잡아먹을 듯한 눈길을 피하며 천천히 입을 열었다.

* * *

전임자 클라렌스 타운슬리의 후임으로 새롭게 웨스트포인트 사관학교의 교장으로 부임한 존 비들 대령은, 부임 직후 내려온 워싱턴의 명령에 떨떠름해 하고 있었다.

"그러니까, 생도 하나가 썼던 레포트를 찾으란 말인데."

교장실에 가득한 캐비닛 어딘가에 파묻혀 있을 레포트 하나라니. 이제 막 착임한 사람에겐 좀 고통스러운 일이었다. 그는 결국 교관 한 명을 불러 물어보기로 했다.

"전쟁부에서, 생도가 썼던 문건 하나를 찾아오라고 하네."

"어떤 걸 찾으면 되겠습니까?"

"15년도에 웨스트포인트를 졸업한 유진 킴 중위가 썼던 레포트라고 하네. 미래전에 대한 개인의 상상이 담긴 레포트라는데… 자네 표정이 왜 그러나?"

교관의 표정이 꼭 쥐고기라도 먹은 것처럼 일그러지는 것을 본 비들은 어처구니가 없어졌다.

"유진 킴이 웨스트포인트에서 제출한 레포트, 말씀이십니까."

"그렇네만."

"아마 그, '아마겟돈 레포트'를 찾는 것이겠군요."

아니. 일개 생도의 레포트에 무슨 그따위 거창한 명칭이 붙는단 말인가. 비들은 가면 갈수록 어처구니가 없어졌다. 도대체 이 웨스트포인트에 무슨 일이 일어난 거지? 전쟁부는 대관절 그걸 왜 찾는 거고?

"전임 학교장께서 해당 레포트를 직접 수거하여 보관하였기에, 저희도 어디에 있는지는 모르겠습니다."

"그렇군."

"……."

"…뭐 하나? 얼른 안 찾고."

"옙."

위에서 명하면 산도 없애는 게 군인이거늘 어디서 종이 쪼가리 하나 못 찾겠다고 징징댄단 말인가. 교관은 물론 생도들까지 몇 명 올라와 한참 교장실 캐비닛을 까뒤집은 끝에, 그들은 마침내 누렇게 변색되고 너덜너덜해진 문제의 레포트를 찾을 수 있었다.

"이 꼬라지여선 올려보내기도 민망하군. 사본 하나 만들어서 던져주고, 원본은 이따 나에게 돌려주게. 대체 뭘 적어놨길래 그 난리들인지 모르겠군."

"알겠습니다."

그날 밤, 비들 대령은 〈미래전의 양상 예측과 이에 따른 대비를 위한 제언〉의 원본을 받아 들었다.

"이, 이건 대체 뭐야. 사탄, 사탄인가? 사탄이 귀에 대고 속삭여준 걸 받아 적었나? 이건 아마겟돈 '레포트' 따위가 아니잖아! 이게 어딜 봐서 일개 레포트야! 타운슬리 이 미친 작자가 이런 걸 짱박아놔?!"

얼마 후, 워싱턴 D.C.의 전쟁부에서도 똑같은 내용의 곡소리가 울려 퍼지기 시작했다.

개막 3

1916년 7월 미국 워싱턴 D.C. 내각의 최연소 장관이기도 한, 전쟁부 장관 뉴턴 베이커는 우드로 윌슨 대통령에게 보고를 올려야만 했다. 베이커 장관은 전쟁부 장관임에도 군사에 대해선 눈곱만한 지식도 없는 문외한이었다. 하지만 어쩌겠는가. 시대가 전쟁을 원하는 것을. 베이커 장관의 옆에는 법무부 장관인 토머스 그레고리가, 그리고 그 옆에는 군부의 인사들도 쭉 앉아 있었다.

"그래. 그 건은 됐고, 다음 건으로 넘어갑시다."

무거운 분위기를 털어버리려는 듯, 윌슨이 경쾌하게 종이를 팔랑였다.

"알겠습니다. 캘리포니아주 정부의 협조하에, BOI가 한 작은 출판사에 대한 압수수색 및 조사를 진행하였습니다."

"법적 문제는 없었습니까?"

"해당 출판사는 불온 좌익 서적을 은밀히 지하에 유통하기도 했던 것으로 드러났습니다. 정말 우연히 알아낸 것이긴 하지만, 법률적인 문제는 없으리라 보입니다."

윌슨이 고개를 끄덕이며 계속하라는 액션을 보이자, 법무장관이 계속해서 보고를 이어나갔다.

"문제의 책, 《모든 것을 끝낼 전쟁》의 출판에 관계된 인물들을 조사한 결과 샌프란시스코에 거주하고 있던 유인 킴이라는 한국계 미국인이 저자라는 사실을 확인하였고, 곧장 조사에 착수했습니다. 유인 킴은 자신이 어디까지나 원고를 전달받았을 뿐이며, 자신의 큰형이 실질적인 저자라고 밝혔습니다."

"형이라 함은?"

"거기서부터는 제가 말씀드리겠습니다."

워싱턴으로 긴급히 올라온 웨스트포인트 교장, 비들 대령이 입을 열었다. 뒤에서 대기하고 있던 비서가 새로운 서류를 대통령과 장내에 있던 사람들에게 전달해 주었고, 한 아시아인의 신상명세를 모두가 확인할 수 있었다.

"유진 킴. 1911년 6월에 웨스트포인트에 입학하여 현재 중위로 복무 중인 장교입니다. 웨스트포인트 역사상 최초의 아시아계 미국인 입학생으로 주목을 받은 바 있습니다."

"벌써 중위라고요?"

"킴 중위는 얼마 전까지 멕시코 원정에 참여했었고, 판초 비야의 심복을 사살한 공로를 인정받아 중위로 진급되었습니다."

"성적은… 평범하군요. 딱히 상위권은 아닌데?"

고개를 갸웃하던 윌슨은 그의 신상명세 중 특이한 부분을 발견하고 눈을 빛냈다.

"승만 리와 연관이 있었군. 어쩐지. 거기다 커티스 의원의 딸과 결혼이라. 전도유망하군요. 공화당 쪽이라는 건 별로 마음에 안 들지만 말입니다."

"그가 필명으로 내세웠던 '드와이트 판 브래들리'는 모두 생도 시절 절친했던 친구들의 이름에서 따온 것입니다. 그가 실질적 저자라는 사실은 의심할 여지가 없었습니다."

잠시 숨을 고른 비들 대령은 차마 언급하기 싫었던 '그것'을 조심스레 입 밖으로 꺼냈다.

"그리고, 그가 재학 중 작성한 레포트가 이번에 상신한 〈미래전의 양상 예측과 이에 따른 대비를 위한 제언〉입니다."

장내는 잠시 침묵에 잠겼다. 윌슨은 조용히 앞에 놓인 그 레포트의 사본을 훑어보았고, 이미 그 문건을 몇 번이나 봤음에도 여전히 머리가 지끈거리는 그 레포트를 장내의 모든 이들이 다시 한번 숙독하기 시작했다.

"나는 전쟁과 군사 분야에 대해 아는 것이 없습니다. 무언가 굉장히 끔찍하다는 느낌은 받았지만, 이 레포트가 군사적으로 정확히 어떤 의미인지는 이해할 수 없습니다. 설명해주시겠습니까?"

육군 참모총장 휴 스콧(Hugh L. Scott)이 흰 콧수염을 한 차례 쓰다듬으며 입을 열었다.

"단도직입적으로 말씀드리면, 이 레포트가 상정하는 미래전이란 수백만의 장병들이 참호에서 무의미하게 죽어 나가지만 상대에게 밀리지 않기 위해 끝없이 증원을 거듭해나가야 하는 일종의 거대한… 도살장입니다."

"그게 말이 됩니까? 그 정도 수준이 되면 정치적, 외교적 타협을 해야 하지 않겠습니까?"

"대서양 건너편에서 지금 실제로 벌어지고 있는 일입니다, 각하."

대통령의 말문이 막혔다.

"미친 짓이군. 다들 돌아버렸어. 그 정도로 유럽의 상황이 심각하다면, 마땅히 합중국은 그들을 중재해야 할 도의적 의무가 있습니다. 다시 한번 대사들을 불러 이 미친 전쟁을 접자고 이야기합시다."

"아마 어려울 겁니다."

국무부 장관이 침통한 표정으로 고개를 저었다.

"각하의 말씀이 맞다는 건 이미 유럽의 수뇌부들도 모두 알고 있을 겁니다. 하지만 어마어마한 피를 흘렸음에도 그 결과가 겨우 휴전이나 현상 유지라면, 당장 공산혁명이 일어날 게 틀림없습니다. 지금 이 시점에서의 종전은 누구도 원치 않습니다."

"미쳤어. 참 미친 시대야. 기독교 윤리와 과학 문명을 거머쥔 백인들끼리 어찌 이런 정신 나간 짓을 저지를 수 있는지 원."

탄식하던 그는 다시 예의 레포트로 시선을 옮겼다.

"그래서, 그 암울한 미래를 예언한 것이 이 레포트가 가진 의미입니까?"

"아닙니다, 각하. 이 레포트는 그러한 '도살장' 상태를 타개하기 위해 필요한 여러 가지 방안과 개념을 제시하였습니다. 그리고, 제시된 개념 상당수는 유럽 친구들이 무수한 피를 흘린 끝에 자체적으로 깨달은 지식이기도 합니다."

"유럽인 수십, 수백만의 피를 흘려 얻은 전훈이 지금 웨스트포인트에서 수업 듣던 학생 하나가 끄적인 레포트에 고스란히 담겨 있단 소립니까?"

"어쩌면, 그 전훈보다 더 일찍, 더 멀리 내다봤을 수도 있습니다."

"허."

다시 종이 팔랑거리는 소리만이 장내를 울렸다.

"일부 기업이 이 레포트에 관심을 기울였고, 포드사에서는 가장 빨리 킴 중위와 접촉해 레포트에 언급된 '무장 트랙터'의 개발에 나섰습니다."

"현재 포드사는 킴 중위를 여러 방면에서 후원하고 있습니다. 자세한 내용은 보고서로 올렸습니다."

"킴 중위는 멕시코 원정 이전까지 줄곧 해당 무장 트랙터의 개발 관련 업무에 투입되었으며, 그와 포드사가 합작으로 개발한 해당 병기는 유럽에서 테스트 중에 있습니다. 유럽인들의 평가가 제법 좋다고 들었습니다."

보고를 쭉 듣던 윌슨은 의아하다는 듯 말했다.

"그런데… 이게 굳이 제 선까지 올라와야 하는 보고입니까? 전쟁부나 육군에서 검토해볼 만한 내용을 자체적으로 분석하면 될 일 아닙니까?"

"이 레포트를 지금이라도 유럽인들에게 보내주자는 의견이 나왔기에 각하께 보고를 드리게 되었습니다."

"그럴 순 없지."

윌슨은 즉답했다.

"우리는 중립국입니다. 이 레포트가 아무리 일개 생도의 작품이라곤 하지만, 우리 측에서 먼저 한쪽을 도와줘서는 안 됩니다. 우린 유럽의 전쟁에 관여치 않을 것이며, 언제나 유럽인들의 평화를 기원할 겁니다."

"알겠습니다, 각하."

"다시 한번 강조하건대, 결코 전쟁은 없습니다. 내 재선 표어는 반전과 중립이 될 겁니다. 전쟁이 하고 싶으면 그 망할 공화당으로 가세요. 말리지 않습니다. 하지만! 내 내각에 남아 있고 싶다면 최대한 중립을 지키는 방향에서 모든 안건을 검토하시기 바랍니다."

분위기가 싸늘해졌다. 군부 인사들이 입을 달싹거렸으나, 심기가 불편한 대통령 앞에서 감히 전쟁 준비에 대해 떠들고자 하는 머저리는 애초에 별을 달 수도 없었다.

"다음 안건으로 넘어갑시다."

회의는 계속되었다.

* * *

회의가 끝난 후, 군부의 장성들과 베이커 장관은 곧바로 오늘 있었던 대통령의 지시를 이행하기 위한 소회의에 들어갔다.

"그 망할 레포트 말입니다."

문득 생각이 미친 장관이 말했다.

"어째서 그런 레포트가 한참 묻혀 있다 이제 와서야 발굴된 겁니까?"

"전임 교장인 타운슬리 준장이 해당 문건의 가치를 낮게 보았습니다."

"미친 거 아닙니까?"

곧장 얼굴을 찌푸리는 장관의 표정을 본 스콧 참모총장이 서둘러 그를 변호해주었다.

"하지만 그 레포트의 존재를 알린 것도 준장입니다. 그 당시의 누가 교장이었어도 아마 비슷한 생각을 했을 겁니다. 저 또한 웨스트포인트의 교장으로 재직한 적이 있었지만, 저라고 해도 그… 끔찍한 내용을 예언서라고 받아들이진 못했을 겁니다."

스콧의 말에 장관은 납득하는 수밖에 없었다. 카산드라의 예언에 트로이의 누구도 귀를 기울이지 않았듯, 어쩔 수 없던 일이리라. 오히려 지금이라도 언급해줬으니 다행인가.

"그러면 그 젊은 친구는 어떻게 할 겁니까. 총명한 친구니 유럽에 파견 보내야 할까요?"

"아시안을 보냈다간 무시당했다고 펄펄 뛸 겁니다. 그럴 필요까진 없겠지요. 오히려 전쟁부에 최대한 붙들어 놔야 한다고 봅니다."

그가 단언했다.

"야전에서 과감한 장교는 얼마든지 있습니다. 하지만 이 정도의 탁월한 식견, 그리고 현재 진행 중인 훈련 임무에서의 성과까지 두드러지는 초임 간부는 드뭅니다. 벨 장군 역시 이 젊은 장교의 미래에 대해 크게 호평했고, 절대 전장에서 무의미하게 소모시켜선 안 된다고 강조했습니다."

"그렇군요. 혹시 해군에 이 친구의 레포트를 보낼 필요는……."

"없습니다."

"역시 그렇겠지. 그놈들이 육군 말을 들을 리가 있나."

해군이 얼마나 콧대 높은 놈인데 일개 아시안 중위 찌끄레기 말을 듣고 싶겠나. 그 장교가 해군에 대해 아는 게 있을 리도 없고. 그는 자신의 단순한 물음에 정색하는 스콧을 보며 생각을 고쳐먹었다.

"어쨌거나 참전은 절대 없다는 것이 대통령 각하의 입장입니다. 예비군을 확대하고 유사시에 대비하는 정도에서 각고의 노력을 기울입시다."

* * *

"뉴욕, 시카고, 로스앤젤레스, 오클라호마… 전국 각지에서 찾아온 너희들은 오늘부로 구더기를 졸업한다!"

내 쩌렁쩌렁한 목소리에 후보생들의 입가에 미소가 짙어졌다.

"장하다! 한 달이라는 짧은 기간 동안 너희는 많은 것을 배웠다. 이제 집에 가서, 국가가 너희를 부를 때까지 배운 걸 잊지 않고 있길 바란다!"

"킴 중위님, 정말 고생 많으셨습니다!"

"내가 고생한 줄 알면 됐다! 썩 꺼져! 썩 집으로 꺼져버리란 말이다! 두 번 다시 내 눈앞에 나타나지 마!!"

마침내 이 지긋지긋한 후보생들과도 안녕이다. 이 30일은 정말 고통으로 가득한 시간이었다. 민관 합동이라 다행이다. 교육 커리큘럼을 짤 때마다 매번 '돈이 없는데.'나 '이건 너무 비용이 많이 듭니다.' 같은 소리를 들으며 반려를 먹을 때마다 참 인 스택이 하나씩 늘어나야만 했다.

내게 30일간 뜨거운 갈굼과 사랑의 교육을 받은 녀석들은 한없이 초롱초롱한 눈빛으로 나를 바라보고 있었다. 이게 그 유명한 스톡홀름 증후군인가, 아니면 미국인들에겐 마조히스트 체질이 유전인 건가.

이제 대충 후방 업무도 끝냈으니, 남은 건 전출 신청이다. 이렇게까지 죽어라 공로를 쌓았는데 전장에 안 보내줄 리가 없다. 종종 만나 뵙는 벨 장군에게도 열심히 딸랑딸랑을 하고 있으니, 좋은 결과가 있겠지.

대충 몇 번 훈련 임무 좀 더하다 보면 1917년이다. 미국의 참전이 얼마 남지 않았다. 국방법이 통과된 시점에서, 미국의 조기 참전을 떠올리는 사람은 사실상 거의 없었다. 누가 봐도 새로운 국방법이 제시한 '장교는 1만 명, 병력은 20만 명'이라는 선은 백만 대군이 대혈투를 벌이는 저 유럽에 끼어들 만한 레벨이 아니었다.

찬전(贊戰)주의자들이 아무리 꽥꽥대도 미국인 상당수는 여전히 반전,

중립을 지지했다. 독일계 미국인들은 필사적이었고, 종교계 역시 대부분 전쟁을 죄악으로 바라봤다.

하지만, 미국은 참전하게 된다. 오직 나만이 확신할 수 있는 미래. 겨우 1년 사이에 세상은 격변하고, 제 덩치가 얼마나 거대한지 인식하고 있지 못했던 거인이 마침내 잠에서 깨어난다. 그리고, 내가 뿌려놨던 씨앗은 마침내 나를 선지자의 반열에 올려주리라. 공화당이 정말 좋아하겠군.

저 유럽이 날 부르고 있다. 참전하지 못하는 미래? 그런 미래가 내게 있을 리가 있나.

개막 4

미국인들은 전쟁을 원하지 않는다. 여태까지 이것은 항상 기본적인 명제였다. 유럽의 전쟁에 개입하는 것엔 어떠한 명분도 없었다. 유럽의 이권이 탐나는 제국주의자들이나 전쟁을 외치지만, 그들은 어차피 뉴욕이나 워싱턴에 앉아 돈이나 세고 있을 것 아닌가. 결국 유럽에서 비참하게 죽는 건 소시민일 뿐이었다.

하지만 가면 갈수록, 독일은 미국에게 적대적인 태도를 취하고 있었다. 멀쩡한 여객선을 침몰시키지 않나, 미국에 간첩을 보내 여론을 조작하려 하질 않나. 무엇 하나 좋게 뵈는 법이 없었다.

그리고 1916년 7월 30일. 거대한 폭음과 화염이 블랙톰섬(Black Tom Island)을 통째로 집어삼키며 다시 한번 반독 정서가 치솟았다. 이 섬은 그 자체로 거대한 군수창고였고, 미합중국이 생산한 막대한 물자가 대서양을 건너기 전 모이는 집적기지였다.

"빌어먹을 양키들! 중립이라면서 어째서 영, 프에만 물자를 팔아먹는 겁니까? 이게 어딜 봐서 중립이오?"

"우리도 팔고 싶은 마음이 굴뚝같지만, 아 글쎄 영국 놈들이 너네 해상을 봉쇄했잖습니까? 영국 해군 물리치고 나면 우리가 팔아드릴게."

"개같은……."

이미 개전 이후 독일제국의 피해의식은 점점 에스컬레이트되고 있었고, '우리 유보트가 이렇게 열일하는데 아직 영국 놈들이 굶어 죽지 않은 이유는 다 양키들 때문.'이라는 결론에 도달해 있었다.

하지만 그렇다고 무제한 잠수함 작전을 한다? 분노한 윌슨의 참전 협박에 못 이겨 유보트의 상선대 공격은 매우 '신사적'인 방법으로 진행되어야만 했다. 그리고 여기서 독일은 매우 환상적인 생각을 하게 되었다.

'어차피 미국에 쌓인 군수물자는 잠재적인 협상국 물자니, 날려버리면 되겠다.'

그 결과. 독일 간첩의 사보타주로, 무시무시한 폭발과 함께 2천만 달러어치, 2020년 기준 4억 8천만 달러 규모의 군수물자가 잿더미로 변했다. 블랙톰섬 옆에는 리버티섬이 있었고, 리버티섬에는 그 유명한 자유의 여신상이 있었다. 거대한 폭발은 자유의 여신상에마저 들이닥쳤고, 무수한 헐리우드 영화와 온갖 미디어에서 미국 멸망 씬을 보여줄 때 상징적으로 보여주는 '파괴되는 자유의 여신상'이 1916년 버전으로 현세에 강림했다.

물론 완파는 아니었고 횃불과 치마 부분이 파손되는 정도였지만, 미국 시민들의 눈에 쩍쩍 갈라지고 흉해진 자유의 여신상이 주는 충격은 상상 그 이상이었다. 너무나도 훌륭하게, 독일은 끝없이 잠자는 호랑이의 코털을 뽑으며 '이래도 안 깨? 이래도??'라며 어그로를 끌어모으고 있었다. 이 끔찍한 폭발에 발맞추어, 나는…….

타타타타타!!

"이 머저리들! 똑바로 엎드려! 엎드리라고 이 구더기 새끼들아!"

그래. 여전히 나는 서부에서 삥이치고 있었다. 아니 진짜로… 어째서……? 나 유능하고 똘똘한 데다 싹싹하기까지 하잖아. 근데 왜……?

"유능하기에 이곳에 있는 걸세."

나의 표정이 더욱 썩어들어갔다. 네네, 저도 압니다. 장병들을 잘 훈련시키는 것이야말로 급격히 벌크업을 진행 중인 미 육군에서 가장 중요한 임무긴 하죠.

그치만, 이러다가 진짜 영원히 올빼미들과 뛰노는 올빼미 마스터가 될 것 같다고. 빛은 볼 수 있나? 혹시 이건 노랭이를 전선에 보내기 싫은 워싱턴의 음모가 아닐까? 나는 영원히 하트만 킴 중위가 되어 훈련 머신으로 인생을 마감하는 게 아닐까?

내 피같은 1916년은 결국 엿 같은 훈련소에서 사그라들었다. 이럴 거면 차라리 패튼 옆에 붙어 있는 게 훨씬 나았다. 적어도 그럼 실전경험이나 전차 관련 필드 테스트라도 할 수 있었지.

나는 이 지옥 같은 훈련소에서 빠져나가기 위해 동원할 수 있는 연줄은 죄다 동원했다. 그러나 결말은 참혹했다.

[허허허. 사위님. 보직 변경이라니? 내가 봤을 때 정예 미 육군 장병 육성은 우리 사위님께 딱 적합한 보직 같더군. 아, 걱정하지 말게. 당연히 사위님의 출세를 위해 내가 적절한 시기에 전장에 나갈 수 있도록 해주겠네.

하지만 지금은 딱히 적절한 시기가 아닌 것 같네. 무엇보다 자넬 지금 전장에 보내면 어떤 성질 더러운 투자자가 화낼 것 같거든. 잘 지내시게.]

[허허허. 킴 중위. 보직 변경이라니? 내가 봤을 때 정예 미 육군 장병 육성은 우리 중위님께 딱 적합한 보직 같더군. 아, 걱정하지 말게. 당연히 중위님의 출세를 위해 내가 적절한 시기에 전장에 나갈 수 있도록 해주겠네.

하지만 지금은 딱히 적절한 시기가 아닌 것 같네. 무엇보다 자넬 지금 전장에 보내면 어떤 성질 더러운 상원의원이 화낼 것 같거든. 잘 지내시게.]

빌어먹을 영감들. 이 정도로 짜고 친다고 대놓고 광고를 하다니. 둘이서 손잡고 빙글빙글 폴카 댄스를 추며 '히히, 넌 못 가!'를 외쳐도 이거보단 나았을 텐데.

물론 영감들이 뒤에 제대로 설명해주긴 했다. 전쟁부에서는 날 D.C.로

부르길 원했지만, 이 나쁜 아저씨들은 내가 참모부로 발령받는 것을 필사적으로 틀어막고 있었다.

'솔직히 말함세. 자네가 지금 참모부로 가는 건 영 좋지 않아.'

'그게 무슨 말씀이신지?'

'1년 만에 진급한 아시안 중위. 저 높으신 별들이야 별 관심 없겠지만, 실무자들이 자네를 좋아할 확률이 별로 없지. 그냥 거기 있게. 참모부 분위기는 전혀 자네에게 호의적이지 않아.'

이렇게까지 말하는데 어떡하겠나. 그냥 있어야지.

그나마 약간의 자비로, 나는 도로시가 기다리고 있는 워싱턴 D.C.에 잠시 들를 수 있었다. 정확히 말하면, 필드 테스트를 마치고 본격적인 양산에 들어간 전차 중 일부를 훈련용으로 수령하러 디트로이트로 갔는데, 디트로이트에선 '아, 훈련용 말씀이시죠? 그건 D.C.에 있습니다. 거기서 받아가십쇼.'라고 뺑이를 돌렸다. 물론, 도로시 얼굴 한번 보러 가라는 배려가 담긴 뺑이였기에 난 기쁜 마음으로 워싱턴에 도착했다.

"나 왔어."

"이제 왔네?"

갓 결혼한 새댁을 혼자 방치할 수도 없었고, 그렇다 해서 임산부를 머나먼 샌프란시스코로 부르기도 애매했기에 도로시는 D.C에 있는 커티스 의원의 집에 머물고 있었다.

그래. 이제… 볼 시간이다.

"이리로 와."

"후우… 잠시, 나 심호흡 좀……."

"헛소리하지 말고 빨리 와."

때가 왔다. 나는 천천히 방문을 열고, 작은 아기용 침대로 다가왔다.

"하."

말문이 막혔다. 침대에는, 꼬물꼬물거리는 작은 생명체가 새근새근 잠들어 있었다. 나는 그대로 무릎을 꿇고, 이 기적 같은 생물을 더욱 가까이서 구경했다.

"믿을 수가 없는데."

"그래. 멕시코에 서부에, 아주 그냥 사방을 돌아다니다 잠깐 들렀는데 웬 아기가 뿅 생겨 있으니까 당연히 못 믿겠지."

배부르던 열 달 내내 방치당했던 와이프의 불길은 꽤나 뜨거웠다. 군바리의 업보란 너무나 깊고 무거웠다.

"이름은?"

"헨리 드와이트 킴. 당신이 보내준 대로."

입에서 침이 마른다. 내 애라니. 두 번 인생을 살았지만, 내 피를 물려받은 생명의 탄생은 처음이었기에 더더욱 정신이 아득해졌다.

"당신."

"응?"

"괜히 건들다 애 깨우지 마."

"네."

암요. 깨우면 안 되지요. 그랬다간 내 등짝에 불이 날 게 뻔하다. 나는 그렇게, 한참을 주저앉아 아이를 지켜보았다.

이 꼬물거리는 아기 예수를 바라보고 있노라면, 세상만사가 모두 부질없게 느껴졌다. 내가 무슨 부귀영화를 누리겠다고 유럽의 지옥에 뛰어들려고 발버둥 쳐야 하나. 그게 과연 이 애를 애비 없는 신세로 만드는 것보다 더 대단할까? 지금 보니 딱히 동양인 티가 나지도 않는다. 이 정도면 별로 차별 같은 것도 없지 않을까?

"엄청 얼굴이 흐물흐물해졌는데?"

"어?"

"꼭 다 때려치우고 그냥 여기서 애나 키우면서 살고 싶다는 표정이야."

도로시의 말에 나는 정신이 번뜩 들었다.

"허. 내가?"

"알고 있어. 나도 하루에 몇 번씩 그냥 워싱턴에서 얌전히 펜대나 굴리며 살면 안 되겠냐고 말하고 싶어지거든."

역시, 생각하는 건 다 똑같나.

"하지만 당신, 만족할 수 있어? 이 애가 컸을 때 옆에 있어줬다는 안도감이 더 클까, 아니면 놓친 기회에 대한 아쉬움이 더 클까?"

"…군이 그렇게 갈구지 않아도 돼."

도로시야말로 가장 완벽한 훈련 교관이 아닐까. 전장은 나를 아직 외면하고 있었지만, 과연 언제까지 날 외면할까.

나는 이제 알 수 있었다. 반드시 그날이 오리란 사실을.

* * *

정신줄을 놔버린 독일은 폭주하기 시작했고, 미국의 분노 게이지는 마침내 임계점에 이르렀다. 우드로 윌슨은 반전과 중립을 내세우며 당선됐지만, 2번째 임기를 시작한 그를 기다린 것은 끝없는 독일의 도발이었다.

무제한 잠수함 작전은 재개되었고, 미국의 상선이 가라앉기 시작했다. 독일의 외교장관 치머만은, 윌슨이 호의의 선물로 제공한 전신 라인을 통해 멕시코에 '미국을 같이 공격하자.'라는 메시지를 보냈다 발각되었다.

같은 시기, 동방의 거인 러시아제국에선 3월 혁명이 일어났다. 러시아군은 뇌사 상태에 빠졌고, 독일제국엔 그야말로 천우신조의 기회가 찾아왔다. 그들은 미국의 참전 가능성을 낮게 보았고, 설사 제대로 된 육군이라곤 없는 미국이 끼어든다 해도 동부 전선의 군대를 돌리기만 하면 만사형통이 되리라 희망을 열심히 불태웠다.

그 결과 쓰러진 거인을 대신해, 대서양 건너편의 또 다른 거인이 마침내 깨어났다. 온몸을 비틀며 유럽의 전쟁에 개입하기 싫다고 발버둥치던 윌슨은, 결국 자신이 맡은 임무가 대전 참전이라는 사실을 받아들여야만 했다.

그래. 1917년 4월 6일, 미합중국은 정식으로 독일에 선전포고하고 대전에 개입하게 되었다. 전쟁의 광기가 마침내 대서양 건너, 미합중국에 몰아닥치기 시작했다.

* * *

"자네 대체, 어디서 무슨 짓을 저지른 겐가?"

이제 대위가 된 마셜의 언성이 약간 높아졌다. 아니, 저한테 물어보시면 어떡합니까.

"빌어먹을. 나는 이번에 미국원정군(American Expeditionary Forces)에 포함되었네. 조만간 준비를 마치고 첫 번째로 프랑스에 투입될 예정이야."

"축하드립니다. 좋은 기회를 잡으셨군요."

"그게 문젠가?! 나는 킴 중위, 자네도 반드시 원정군에 포함돼야 한다고 강하게 주장했네. 내가 무려 시버트(William L. Sibert) 장군을 직접 만나서 이야기했단 말일세."

이건 또 의외다. 마셜이 이 정도로 나를 고평가하고 있었을 줄이야.

"그런데 까였어. 시버트 장군도 처음엔 내 말을 주의 깊게 들어주었고 자네를 발령내겠단 약속을 받아냈네. 그런데 며칠 후에 돌연 '안 되겠다.'고 말했단 말야. 그러니 다시 한번 묻겠네, 중위. 자네, 워싱턴에 뭐 밉보인 일이라도 있나?"

어… 밉보인 건 아니구요. 그냥 제가 너무 잘나서 해외에 던지기 싫대요.

"딱히 무언가 문제가 있진 않습니다."

"그거 아나?"

마셜이 입을 꽉 다물었다. 저건 크게 샤우팅 한번 내지르기 직전의 폭풍 전야다.

"내가 자네랑 같이 흙먼지 먹은 지도 제법 되었네. 지금 자네 표정은 켕기는 게 있을 때의 표정이야."

"어… 실은, 제가 건너건너 주워듣기로는, 제가 예전에 작성했던 레포트가 조오오금 문제가 되어서……."

"레포트? 뭐가 문제란 말인가 그게? 설마 독일의 편에 붙어야 한다고 써 재끼기라도 했단 말인가?"

나는 그의 추궁 앞에 결국 '그 레포트'의 사본을 슬그머니 마셜에게 내밀었다. 그 자리에서 적당히 걸터앉아 빠르게 보고서를 훑어 내려가던 마셜의 호흡이 점점 가팔라졌다.

어쩌지. 수류탄 핀이 뽑힌 것 같은ㄷ…….

"이 개같은 자식! 날 속였겠다! 이딴 걸 써 놓고 여태까지 입을 꾹 다물고 있었어!"

"아니, 그러니까……."

"이딴 걸 읽었으면 나라도 안 보내겠다! 네놈은 천년만년 D.C.에서 펜대나 굴리면서 썩고 있어! 이 빌어먹을 자식! 이 나쁜 자식! 시버트 장군이 얼마나 날 사람 보는 눈 없는 머저리로 봤을까? 이런 미치광이의 예언서를 끼적여 놓고 야전에 나가고 싶어 해? 때려치워!"

아니, 그치만 이런 거라도 안 쓰면 옐로 몽키가 무슨 수로 전장에 가겠어요. 내 소박한 항변은 당장이라도 턱주가리를 돌릴 것 같은 마셜의 눈길 앞에 순식간에 사그라들었다.

"킴 중위."

"옙."

"집 잘 보고 있게. 부인께 안부 전해 주고."

마셜은 그렇게 날 버리고 가버렸다. 나 진짜… 출전 못 하는 건 아니겠지?

* * *

미 육군 통신대 항공반. 조지 스콰이어(George O. Squier) 소장은 드물게
도 경쾌한 분위기 속에서 회의를 시작했다.

항공은 항상 소외되어 있었다. 독립 항공대의 설립? 꿈도 꾸지 못했다.
항공의 독립을 추구하던 장교들은 온갖 분쟁과 법적, 군사적 문제에 허우
적대며 지옥 같은 시간을 보내야만 했다.

미국 항공산업의 경쟁력? 없었다. 훗날 세계를 거머쥘 보잉 같은 거대기
업은 아직 눈을 씻고 봐도 찾아볼 수 없었다. 유럽의 항공산업이 막대한 전
쟁수요로 인해 엄청난 양적, 질적 성장을 거두고 있는 데 비해, 미국은 라이
트 형제의 고향임에도 불구하고 뭐 하나 제대로 돌아가는 것이 없었다. 적
어도 항공 분야에서는.

"전쟁이 터졌고, 조만간 의회에서는 항공 인력 확충에 추가 예산을 투자
할 계획일세."

"그래서 우리한테 뭔가 자유가 있답니까?"

"없네."

"그럼 그렇지요."

늘 그랬다. 앞으로도 그럴 것이고. 하지만 어쩔 텐가. 저 유럽에서 엄청난
피를 흘리는 친구들이 몸소 앞으로 공군의 시대가 올 것이라는 걸 직접 보
여주고 있었다. 결국 항공대는 덩치를 불릴 테고, 언젠가 차근차근 목소리
를 키울 수 있으리라.

"지금 우리에게 가장 필요한 것이 무어라고 생각하나?"

"우선 인력 확보가 절실합니다."

"그보다는 기체부터 발주해야 합니다. 현재 미국 자체에서 충분한 양의
전투기, 폭격기를 주문할 수 없습니다. 파일럿만 육성하고 기체는 유럽에서
조달해야……."

한참 이야기가 옥신각신하던 중, 그는 드물게도 저 구석에 처박혀 있는 짬찌끄레기들을 바라봤다. 그들은 감히 하늘 같은 높으신 분들이 열심히 이야기를 나누고 있음에도 서로의 옆구리를 찔러대며 분주히 무언가를 속삭이고 있었다.

"흠. 역시 이럴 때는 젊은 친구들의 이야기를 경청해봐야겠지."

그는 천천히 자리에서 일어나 구석으로 향했다.

"젊은이들."

"중위! 맥나니!"

"중위! 스트레이트마이어!"

"무언가 즐거운 이야기를 나누는 것 같던데."

"아닙니다!"

"그래, 자네들은 지금 일선에 있으니 무언가 바라는 게 많겠지. 지금 우리에게 무엇이 가장 필요하다고 생각하나?"

맥나니와 스트레이트마이어는 잠시 서로를 바라봤다. 감히 별을 앞에 두고 눈빛 신호를 보내길 잠시. 그들은 이내 체념하고는 동시에 말했다.

"지금 저희에게 필요한 건 유진 킴입니다."

* * *

"…이렇게 해서, 자네의 의사를 묻고자 하네."

이 시대의 항공인들이라는 건 죄다 미쳐버린 것들인가? 난데없이 털털거리는 1차대전 사양의 비행기가 다짜고짜 착륙하더니, 날 납치해서는 간략한 브리핑을 진행하고 있었다.

내가 이 사람을 그나마 싸이코가 아니라 '조금 미쳤지만 사회성이 남아 있는 사람'으로 봐주는 이유는, 순전히 이 사람의 이름이 헨리 아놀드(Henry H. Arnold)였기 때문이다. 미래의 공군 원수. 공군의 아버지. 지구의 하늘을 지배할 천조국 공군의 기틀 그 자체.

"빙빙 돌리는 건 답답해 죽겠으니 까놓고 말하지. 우리 항공반은 자네가 필요하네."

그 미친 레포트가 대체 왜 아놀드 대위의 손에까지 들어갔는지가 더 이해할 수 없었다. 아니 그거, 높으신 분들이 구석에 짱박은 거 아니었어요? 내 대답에 아놀드 대위는 해맑게 웃으며 대답해주었다.

"스트레이트마이어 중위, 기억하나?"

"네. 웨스트포인트에서 제 룸메이트였습니다."

"그 친구가 필사를 해놨더군! 그런 좋은 게 있었으면 당연히 공유를 해야지. 자네가 묘사한 항공의 미래가 참으로 인상적이었어."

항공 안 가요. 진짜 안 가. 거기 갔다간 아마 장인어른이 더블 배럴 샷건을 들고 나타나 '이보게 사위. 비행기가 추락하면 무조건 죽지만, 이걸 맞으면 다리만 없어지고 살아는 있다네.'라며 한 발 쏘고 볼 거다. 아마 도로시는 '와! 다리가 없으니 이제 비행기를 탈 일도 없겠어요!'라며 행복해하겠지.

절대 싫다. 이 시대의 비행기는 애초에 날아다니는 관짝이라고. 그거 낙하산도 없고 잘 날다가 엔진 툭툭 꺼지잖아. 죽어도, 죽어도 안 탄다! 내 고풍스러운 거절 의사를 받아든 아놀드 대위는 무겁게 고개를 끄덕였다.

"그렇군. 자네의 의견이 완강하니 어쩔 수 없이 후방근무만 시켜주겠네."

네? 혹시 제 말을 뭐로 들으신 건가요. 난 항공 병과를 할 생각이 없다니까?

"죄송하지만, 파일럿이 아니면 항공반 내에서도 문제가 있지 않습니까?"

"그야 그렇지. 하지만 자네 동기들이 자네의 지식과 식견에 대해 극찬을 하더군. 자네야말로 이 불쏘시개같은 항공반의 뼈대를 세워 줄 수 있는 인물이라던데."

아니 진짜로. 항공을 나타낼 때 쓰이는 흔한 수식어구 중 '진취적'이라는 말에는 빗금을 쳐야 한다. '좀 많이 돌아버린'이라고 대신 적어줘야지.

"아, 혹시 지금 내가 한 이야기를 '제안'이라고 생각한 건가?"

"네?"

"걱정 마시게. 이건 그냥 내가 급해서 날아온 거고, 자네의 인사명령은 이미 떴다네."

그는 피식피식 웃으며 품에서 종이 한 장을 내밀었다. 아니, 이 근본 없는 발령은 대체 뭐란 말인가.

"오래 빌리진 않겠다고 약속했거든. 자네 소원대로 절대 비행기를 탈 일은 없을걸세. 그냥, 약간의 자문만 좀 해주면 돼. 우리에게 뭐가 필요하고, 뭐를 쳐내야 하는지 말야."

"저 같은 옐로 몽키의 말을 누가 귀담아듣겠습니까?"

"걱정 마시게. 창설 이래로 전쟁부가 우리 말을 들어준 적이라곤 단 한 번도 없었거든. 우린 무시당하는 게 얼마나 엿 같고 서러운 일인지 아주 잘 알아. 절대 흘려듣는 일 없을 거야. 날 믿어!"

난 잠시 고민했다. 어차피 발령이 났다고 하니, 미래의 공군에 코가 꿰인 건 사실인 듯했다. 이제 저 빨간 모자도 좀 빨아야 하고, 올빼미들과 노니는 것도 지긋지긋하니 뭐… 나쁘진 않아 보였다.

"그럼 혹시, 유럽으로 갈 수 있겠습니까?"

"응?"

"전 꼭 유럽에 가고 싶습니다만……."

"허허. 물론이지. 석 달! 길게 필요하지도 않아. 자네는 적당히 항공반 한 바퀴 휘휘 둘러보고, 적당히 레포트를 써주면 돼. 거기서 괜찮다 싶은 건 채택할 테고, 아니다 싶은 건 묻히겠지. 이딴 미친 예언을 적중시켰으니, 아마 높으신 분들도 두 번째 예언이 나온 시점에서 항공에 투자를 많이 해줄 거야! 하하하!"

이 망할 놈. 나는 투자 좀 받아내기 위한 미끼상품이냐고. 하지만 아무래도 좋다. 전장만 나갈 수 있다면. 전혀 엉뚱한 곳에서, 내 운수가 트이는 듯했다.

물론 가서 가장 먼저 할 일은, 망할 점순이와 룸메이트의 엉덩이를 걷어차는 것이겠지만 말이다.

* * *

1917년. 유럽의 모든 제국은 파멸의 위기에 봉착해 있었다.

1916년 11월, 오스트리아─헝가리제국의 정신적 지주이자 그 존재만으로 제국을 상징하던 프란츠 요제프 황제가 사망했다. 거대한 다민족 국가의 연합을 뜻하던 그의 죽음으로 오스트리아제국은 뿌리부터 흔들리기 시작했다. 후계자인 카를 1세는 17년 3월, 독일 몰래 프랑스 정부와 평화회담을 시작했다. 하지만 이는 곧 발각되었고 독일은 믿을 새끼 하나 없는 현실에 분노했다.

1916년 말, 독일의 카이저는 전쟁만 하면 당장이고 유럽을 정복할 것처럼 떠벌리던 몰트케, 베르됭의 거대한 도살장 프로젝트를 말아먹은 팔켄하인을 해고했다. 이제 독일제국의 막강한 군대는 힌덴부르크라는 새로운 거목을 맞이했다.

17년 1월. 독일제국은 미국의 참전이라는 리스크를 각오하고 무제한 잠수함 작전을 재개했다. 이는 곧장 영국의 숨통을 조여왔다.

같은 시기, 영국에서는 전시 수상 로이드 조지를 탄핵하려는 일련의 정치적 움직임이 있었다. 영국의 용감한 애국자들은 이미 참호선의 고깃덩어리로 변했고, 이제 전선을 유지하기 위해선 징병을 선언하는 수밖에 없었다.

프랑스에서는 조프르 원수가 물러나고, 새롭게 니벨 장군이 지휘봉을 잡았다. 베르됭에서 팔켄하인을 꺾은 그는 깜짝 놀랄 만한 '단 한 방의 대규모 공세'로 이 전쟁을 끝내겠노라 호언장담했다. 하지만 힌덴부르크는 이미 '힌덴부르크 선'으로 불릴 지옥의 방어선을 준비하고 있었다.

1917년 3월, 러시아 혁명이 발발했다. 하나의 제국이 끝장났다. 하지만 새롭게 들어선 임시정부는 전쟁 강행을 선택했다. 독일은 '블라디미르 레닌'이라는 빡빡이 대머리를 특제 열차에 태워 러시아에 보내는 것으로 응수했다.

같은 해 4월, '니벨 공세'는 처참한 실패로 끝났다. 회심의 대공세가 실패로 돌아간 후, 병사들은 참호에 들어가길 거부했고 후방에서는 대규모 총파업이 벌어졌다. 니벨의 뒤를 이은 신임 총사령관 페탱은 산산조각이 난 프랑스군을 꿰어맞춰야만 했다.

여전히 이 미친 전쟁은 계속되고 있었다. 이미 유럽의 국민들은 악에 받쳐 있었다. 최후의 1명이 죽는 날이 오거나, 혹은 적국의 씨를 말릴 날이 오거나. 타협 따윈 존재하지 않았다.

그리고, 미합중국이 마침내 유럽에 발을 디뎠다.

* * *

미 해군을 대표해 런던을 방문한 이들은 '우린 끝장이다. 10월이 지나면 우린 항복할 것.'이라는 영국의 불길한 경고를 직접 들어야만 했다.

파리에 도착한 퍼싱은 프랑스군의 브리핑에 참석했다. 그 자존심 높은 프랑스 놈들이 퍼싱을 붙들고 '더 이상 할 수 있는 게 없다.'는 절망 섞인 탄식을 늘어놓는 모습에 퍼싱의 숨이 막혀왔다. 하지만 이와 동시에, 워싱턴에 파견된 영국과 프랑스의 인사들은 놀라울 정도로 병신력을 뽐내고 있었다. 이놈들은 같은 편인 주제에 따로따로 대표단을 보내왔고, 요구 또한 비범하기 그지없었다.

"미국이 참전한 건 물론 환영하지만… 솔직히 미 육군이 지금 제대로 된 전쟁을 치를 수 있겠습니까? 병사만 보내주시죠. 저희 대영제국 육군에 편입시켜서 전장에 내보내겠습니다."

"미군은 당연히 독자적인 부대를 편제할 권리가 있습니다. 하지만 굳이 무에서 유를 창조할 필요가 있겠습니까? 저희 프랑스군의 예하에서 싸우는 것이 가장 좋을 것 같습니다만."

물론 미국원정군 총사령관 퍼싱의 입장은 확고했다.

'좆 까.'

지휘권은 절대 양도 못 한다. 남의 전쟁에 피를 흘리는데, 엿같은 영국인들 밑에 들어가겠느냐. 그런 생각을 품은 채, 퍼싱은 영국원정군(British Expeditionary Force) 총사령관, 더글러스 헤이그 육군 원수와 처음으로 대담을 나누게 되었다.

"우리는 미합중국이 내린 결단에 감사를 표하는 바입니다."

"전제 군주의 폭압에서 자유와 민주주의를 지키기 위해, 우리 미합중국은 최후의 순간까지 싸울 것입니다."

가식의 시간이 끝나고, 마침내 이들은 본격적인 이야기에 착수했다. 향후 전장의 계획. 어지러운 정세. 바람 앞의 촛불 같은 시국. 그렇게 한참을 떠들었을 때, 헤이그가 문득 말했다.

"그러고 보니, 귀국에서 나온 책 중 인상적인 게 하나 있더군요."

"책?"

"그렇소."

헤이그가 가볍게 손짓하자, 뒤에 있던 부관이 한 권의 낡은 책을 테이블 위에 올렸다.

"당신네 나라 인디언들의 주술인지 뭔진 모르겠소만, 신기하게도 전쟁 전에 나온 책인데도 이 미친 전쟁을 신들린 듯 예언했더군. 미군의 역량이야 뭐… 말할 것도 없으니, 차라리 이 예언자나 우리 대영제국에 보내주시는 게 어떻겠소?"

"허. 애타게 도움을 구하던 분이 할 말은 아니시군요."

퍼싱은 예의상 그 책을 팔랑거리며 대강 훑었다. 그리고 그때부터, 퍼싱의 뒤편에서 목각인형처럼 기립 자세를 취하고 있던 패튼이 안절부절못하며 호두까기 인형처럼 끼익거리기 시작했다.

3초의 고민. 고민 시작. 고민 끝. 고민을 한다면 패튼은 패튼이라 불리지도 않았다. 그는 결심했고, 자신에게 허용된 범주를 넘어서 신성한 총사령관들의 자리로 용감히 전진했다.

"각하."

"음?"

"각하. 혹시, 5분만 제게 시간을……."

"미합중국 군대는 일개 부관이 총사령관들의 대화를 잘라먹을 수도 있단 말이오? 거참 촌뜨기들답군."

헤이그가 짜증 가득한 소리를 내뱉었으나, 퍼싱은 고개를 돌리지도 않고 패튼만을 바라봤다.

"각하. 부디……."

"많이 급한가? 급하면 조용히 나갔다 와도 되네만."

"그, 소변 이야기가 아닙니다. 잠시 5분만……."

"알겠네. 원수님, 제가 요실금이 있어 물 좀 빼고 오겠습니다."

"허! 그러시오. 건강 조심하시오. 지휘 도중에 지리지는 마시고."

퍼싱은 헤이그의 사나운 눈길을 피해 조용히 자리에서 일어났다. 그리고 3분 뒤, 쾌변을 한 듯 싱글벙글한 얼굴의 퍼싱이 다시 자리에 앉았다.

"지금 보여주신 이 책 말입니다."

"관심이 좀 생깁니까? 대충 왕실 점술가 자리라도 하나 만들어 줄 테니 저자를 찾아 보내주시면 고맙겠소."

"왕실이라니, 미합중국 국민이라면 두드러기가 날 이야기군요. 이 책의 저자는 안타깝게도 샤먼이 아니라 누구보다 뛰어난 혜안을 가진 미 육군의 젊은 보배입니다."

철벽같던 헤이그의 얼굴에 금이 가는 것을 지켜보며, 퍼싱은 말을 이었다.

"이 친구가 정식으로 작성한 극비 문건이 있습니다만… 대영제국에 미미한 도움이나마 될 수 있다면 정말 좋겠군요. 관심이 좀 생기십니까?"

자신은 구경도 못 한 그 '레포트'가 별 볼 일 없는 것이라면 퍼싱은 기꺼이 이 못난 부하를 쏴버릴 생각이었다. 하지만 쏴 죽이기 전까진 부하를 믿어야 훌륭한 장군 아니겠는가. 얼어붙은 헤이그를 힐끗 쳐다본 그는 담배에 불을 붙였다. 승리자만이 지을 수 있는 미소를 얼굴에 가득 담은 채.

* * *

[유진 킴 중위가 작성하였다는 레포트를 즉시 런던으로 보내주기 바람. — 미국원정군 총사령관 퍼싱]

·

·

·

[미합중국 육군에서 복무 중인 유진 킴이란 인물을 일시적으로 대영제국 육군에 파견하는 방안에 대해 긍정적으로 검토해줄 것을 요망함. — 영국원정군 총사령관 더글러스 헤이그]

·

·

·

[일체의 신변 안전을 대영제국의 이름으로 보장하니, 반드시 다음 수송선 편으로 '그 레포트'의 작성자를 태워 보내줄 것을 정중히 요청함. — 대영제국 수상 로이드 조지]

．

．

．

　[귀국의 간곡한 요청에 부응하여, 합중국에서의 모든 절차와 임무가 마무리된 후 가능한 한 이른 시일 내에 유진 킴 소령을 미국원정군에 합류시키겠음. — 미 전쟁부]

7장
출격

유럽으로 1

모르겠다. 대체 무슨 일이 일어나고 있는 건지 짐작할 수도 없다. 짐짝처럼 워싱턴 D.C.로 끌려온 나는 하루아침에 피와 광기와 하늘에 미친놈들 틈새에 끼어 뭔지도 모를 레포트를 끄적이는 신세가 되었다.

물론 맥나니와 스트레이트마이어를 흠씬 패주긴 했지만, 그것과 별개로 미 공군… 아니 미 통신대 항공반의 상태는 참으로 개차반이었다.

"이게 군대야 뭐야?"

솔직히 자백하면, 나는 항공이나 공군에 대해 쥐뿔도 아는 게 없다. 물론 코딱지만 한 지식이 있긴 하지. 하지만 그런 파편화된 막연한 미래 지식 가지고 지금 당장 전쟁에서 써먹을 수 있는 찰진 무언가를 제시하는 건 택도 없었다. 하하! 망할 놈들. 니들은 속았어! 난 사실 아무것도 아는 게 없다고!

그리하여 항공 친구들과 나의 야합은 놀랍도록 빠르게 이루어졌다.

'그냥 우리가 원하는 거 니 이름으로 써주면 안 될까?'

'아이고 좋습니다 하하. 대신 저 꼭 유럽으로 보내주깁니다?'

'물론이지! 정 안 되면 내가 직접 이 친구를 몰고 자넬 런던에다 꽂아주지!'

'아 그건 좀…….'

일개 중위가 뭐 여기서 고개 뻣뻣하게 굴면서 "아닙니다. 장차 미 공군이 될 항공반의 길은 이 길이 아닙니다!"라고 예언자처럼 굴 텐가? 미래 지식도 정도껏이지, 애초에 이 사람들은 진짜 예언을 바라는 게 아니었다. 멍청한 맥나니와 스트레이트마이어 같으니. 아무튼 내가 여기서 얻어갈 수 있는 가장 큰 것은 눈앞의 헨리 아놀드와의 친분 정도였다. 이외의 다른 것들은 모두 부가적인 레벨에 불과했다.

그렇게 사실상의 꿀 질질 흐르는 휴가를 만끽하고 있자니 전쟁부의 호출이 왔다. 나는 그때, 세상이 나를 부르기 시작했다는 사실을 모르고 있었다.

* * *

전쟁부. 베이커 장관 주재하에 열린 회의의 분위기는 엄숙하기 그지없었다. 그리고 모든 참석자들의 앞에 얌전히 올라와 있는 서류야말로 이 회의를 열게 만든 문제의 황금사과였다.

"브리핑 시작하시죠."

"알겠습니다, 장관님. 얼마 전, 미국원정군의 퍼싱 소장이 긴급하게 이 레포트의 전송을 요청하였습니다."

참모총장은 자신의 앞에 있던 '아마겟돈 레포트'를 탁탁 건드리며 말했다.

"이후 레포트를 받은 영국원정군 총사령관 더글러스 헤이그 원수는 몇 차례에 걸쳐 해당 레포트의 저자를 영국군에 편입시켜 줄 것을 요청하였습니다."

"미친 새끼들."

"지들이 뭔데 우리 장교를 편입시키네 마네 떠드는 거야? 우리가 아직 식민지인 줄 알아?"

분위기는 순식간에 화끈화끈 달아올랐다. 영국과 미국의 사이가 좋다고 할 수 있을까? 아직은 적어도 애매—모호한 사이였다. 밀접하긴 하지만 그래도 굳이 친해지고 싶지는 않은 관계. 그런데 어쩌다 보니 운명공동체가 되어버린 관계. 딱 이게 현재의 미영관계였다.

"그 새끼들은 우리더러 사람이랑 물자만 내놓으라는 새끼들이잖아. 콧대가 아주 그냥 빅벤이 따로 없어요."

"퍼싱 장군도 질색팔색을 했을 겁니다."

"흠흠. 아무튼, 저희가 이 요구를 거절하자 이번에는 현 영국의 수상인 로이드 조지의 명의로 비슷한 요청이 들어왔습니다. 신변의 안전을 보장한다는 조건하에 자신들에게 보내달라는 것입니다."

그제서야 분위기는 어느 정도 가라앉았다. 이 정도면 괜찮을지도? 라는 생각이 이 별들의 파티를 감싸고 있었다.

"다른 조건 같은 건 없습니까?"

"퍼싱 장군이 따로 전문을 보냈습니다. 영국인들이 원하는 건 아무래도 그… 킴 중위를 런던에 박아두고, 일종의 프로파간다 용도로 쓰려는 듯하다고 첨언했습니다."

"프로파간다?"

"예. 이 전쟁을 예언한 위대한 샤먼이 대영제국의 승리를 다시 한번 예언하였다는 식으로……."

"이 개자식들이 보자 보자 하니까 미합중국의 장교를 대체 뭐로 여기는 거야!!"

마침내 누군가의 노호와 함께 화산이 폭발해버렸다.

놀랍게도 김유진이 그토록 바라던 인종의 벽을 넘어선 미군이 이 자리에서 만들어지고 있었다. 함께 영국인들에게 싸잡혀 개무시당한다는 사실이 평생을 미군에서 복무한 사람들의 눈에서 레이시즘 필터를 빼내주고 있었다.

"그래서? 장관께서는 어찌하실 계획이십니까?"

"어쨌거나 영국에서는 그 방안이 전쟁수행에 도움이 된다고 판단한 것 아닙니까? 그렇다면……."

"이건 우리의 명예 문제입니다! 명예!"

탕탕탕 테이블을 두들겨대는 아저씨들의 모습에서 위엄 가득한 스타의 기품이라곤 찾아볼 수 없었지만, 지금만큼은 찬란한 후광이 가득해 보였다. 그들의 인내는 이미 한계치에 도달해 있었다. 당장 퍼싱 '소장'이 헤이그 '원수'와 만나는 것부터 이미 그들은 배알이 뒤틀리고 있었다. 우리가 왜 도와주러 가서 이딴 굴욕을 겪어야 하지?

"장관님. 혹시 지금 '이 정도는 양보할 수 있지 않나.' 같은 생각 중이십니까?"

"어쨌거나 미 육군의 인재가 안전하게……."

"그야 당연히 안전하겠죠! 하지만 이게 진짜 '안전'입니까? 합중국의 장교가 영국 놈들에게 끔찍한 모욕을 받는 것이 총알보다 덜 위험하다고 장담할 수 있겠습니까!"

"절대 안 됩니다. 단 한 명의 장병도 영국 놈들에게 넘길 순 없습니다!"

"이런 모욕을 받고도 아무렇지 않을 장교는 육군에 없습니다! 머리통에 총알을 쑤셔넣고 말지!!"

장관은 이제 슬슬 선전포고한 대상이 독일인지 영국인지 헷갈려오기 시작했다. 하지만 그 역시 배알이 뒤틀리는 것 또한 사실이었다. 아무리 그가 군과는 무관하다지만, 이건 합중국에 대한 모욕으로 비칠 소지가 충분했으니까.

한동안 광분한 육군의 기라성들에게 시달리던 베이커 장관은 적당히 장내가 진정된 후에야 다시 말을 할 수 있었다.

"걱정 마십시오. 여러분들의 의견은 잘 알겠습니다. 영국의 요청은 수용하되, 다른 방식으로 수용하겠습니다."

"그게 무슨 말씀이십니까? 다른 방식의 수용이라니?"

이 자리의 유일한 민간인인 그가 말했다.

"영국에서 보낸 마지막 요청을 정확하게 말해주겠소. '일체의 신변 안전을 대영제국의 이름으로 보장하니, 반드시 다음 수송선 편으로 '그 중위'를 태워 보내줄 것을 정중히 요청'한다고 했소."

"그렇지요."

"그럼 그대로 해줍시다. 킴 중위를 보내주는 게요. 한 나라의 수상 명의로 저런 요청을 보냈는데, 그걸 거절할 수도 없습니다."

"장관님! 지금 그래서 저희가……."

"그치만, 마지막 전문에 런던으로 보내달란 말은 없잖습니까?"

베이커 장관은 자못 당당하게 외쳤다.

"이미 영국 놈들은 몇 번에 걸쳐서 우리 합중국의 인내심을 시험했습니다. 그들은 말로는 항상 우리의 도움이 필요하다고 하지만, 그러면서도 우리를 깔아뭉개려 들고 우리에 대한 모욕을 서슴지 않았습니다. 따라서, 이번 기회에 결코 우리 미합중국이 그들의 아래에 있지 않다는 걸 단단히 뇌리에 박아줄 것입니다."

"아주 좋습니다!"

"따라서, 유진 킴 중위를 미국원정군에 발령내고 프랑스로 보내겠습니다. 어쨌거나 이것도 저들의 전쟁을 도와주는 셈 아닙니까?"

"저놈들도 항의할 명분이 없겠군요."

"꼴 좋다, 개자식들."

이곳은 미합중국. '해!'라는 말을 들으면 뇌보다 척수가 먼저 반응해서 '싫은데? 에베벱.' 소리를 내뱉는 놈들이 모인 나라. 반골들이 세운 나라다. 전쟁이 났으니 주방위군을 내놓으세요, 라는 소리를 듣자마자 싫다며 빼에에엑거리는 놈들이 즐비한 이 나라에다 대고 저딴 요청을 한 이상, 제대로 이루어질 희망 따위를 바라선 안 됐다.

"일단 구색은 갖춰야 하니, 계급도 좀 올려줍시다. 당장 런던에 답신을 보내야 하는데, 유진 킴 '중위'를 보내겠다 하면 너무 없어 보이잖소."

"그렇습니다. 인재를 못 알아보는 놈들이란 평판이 생기면 그 또한 합중국 육군의 명예가 실추되기는 매한가지입니다."

"소령이면 어떻겠습니까? 부족합니까?"

"영관급 정도는 돼야 모양새가 살긴 하겠죠. 찬성입니다."

"그럼 보직은 뭐로 발령을 내야 할까요? 기갑? 아니면 항공?"

"항공이라니! 웃기는 소리 하지 말라 하십쇼."

"그 잠깐 사이에 항공이라니. 그딴 날틀에 귀한 장교를 박아놓을 순 없습니다."

"퍼싱 장군에게 대강 맡기시죠. 까놓고 말해서 어차피 계획에도 없던 파견 아닙니까. 퍼싱과 안면도 있는 장교니까 적당히 던져 주면 알아서 써먹을 겁니다."

유진이 들었다면 '내 보직 그따위로 대강대강 정하지 말란 말이다!' 하며 광분했을 이야기가 태연스럽게 흘러나왔지만, 그는 이 자리에 낄 수 있는 레벨이 아니었다.

이렇게, 열화와 같은 분위기 속에서 유진 킴의 임시 소령 진급과 프랑스행이 결정되었다.

* * *

"들어가십시오."

"네?? 혹시 뭔가 잘못된 것 아닙니까?"

"유진 킴 중위 아니십니까?"

"맞는데요."

전쟁부의 호출이라길래 뭔가 싶었다. 상식적으로 배속받은 지 몇 달 됐다고 또 새로운 인사명령이겠는가. 인사명령도 그냥 서류 쫙주지 절대 전쟁부로 부를 만한 일은 아니었다. 진급도 매한가지. 하지만 뭔가 일이 이상하게 돌아가고 있었다.

전쟁부에 오라는 말이, 어째서 전쟁부 장관실로 들어가란 소리란 말인 가. 일개 중위 짬찌끄레기가 장관 집무실로 들어가는 게 정상적인 일일 리 가 없잖은가.

"유진 킴 중위, 들어가겠……."

습니다. 저기에 있는 양반. 내 눈이 삔 게 아니라면…….

"유진 킴 중위 맞나?"

"예, 그렇습니다."

"반갑네. 나는 전쟁부 장관을 맡고 있는 뉴턴 베이커일세."

설마설마했는데 진짜였다. 장관님 비서도 아니고, 부관도 아니고, 장관 이 직접 날 기다리고 있었다.

"얼른 앉게나. 요즘 내가 좀 바쁘거든."

나는 안내를 받아 얼른 착석했다.

〈미래전의 양상 예측과 이에 따른 대비를 위한 제언〉. 형이 왜 여기서 나 와. 몇 년 전 패기와 가오, 이대로는 진짜 옐로 몽키 하나 묻히는 거 순식간 이겠다는 두려움 하나만으로 던졌던 그 서류가 장관실 테이블에 깔려 있었 다. 이 저주받을 문건으로 곤욕을 치르는 게 대체 몇 번짼가.

소름 돋도록 높으신 분과의 인사 타임이 끝나고, 베이커 장관은 간략하 게 대서양을 놓고 벌어진 미국과 영국 사이의 이야기에 대해 말해주었다. 그러니까 정리하자면…….

1. 어째선지 영국 놈들이 네놈이 쓴 책을 알고 있더라?

2. 그래서 퍼싱 장군이 네 '레포트'를 요청함.

3. 이리된 이상 너, 유럽으로 가라!

4. 미국원정군에 합류해서 뺑이를 쳐라!

5. 이러면 아무튼 영국 놈들이 주문한 대로 해준 거 맞음. 프랑스로 보냈 지만 아무튼 파견은 한 거임. 틀린 거 없음.

이야기를 들으면 들을수록 나도 열이 뻗쳤다. 이거 완전히 채권 팔러 돌아다니던 캡틴 아메리카 아닌가. 아니지, 걔는 2차대전 출신이니 내가 선배다. 샤먼 아메리카 유진 킴 출격! 와, 생각만 해도 정신이 혼미해진다. 더 빡치는 건 국내 내수용도 아니고 남의 나라에 가서 그 짓을 해야 할지도 모른단 사실이었다. 솔직히 그게 참전인가? 광대놀음이지.

영국 놈들이 어떤 놈들인가. 남의 나라 사람은 전부 2등 민족으로 보는 탑티어 꼴통들이다. 이 새끼들이 걸작 소설이랍시고 팔아먹는 게 '푸 만추' 시리즈 같은 중국인 빌런이 깽판치는 내용이니, 샤먼 아메리카면 차라리 다행이고 진짜 엿 같은 중국인 분장을 시킬지도 모른다. 만약 진짜 그렇게 됐으면 중국인 대신 조커로 분장하고 총기난사를 했을 거다. 역시 영국 놈들은 아직 멀었다. 타문화에 대한 이해 부족은 인제 보니 미국의 특성이 아니라 그냥 앵글로색슨의 특성 같았다.

하지만 놀라울 정도로 영명하시며 현명한 미 육군의 수뇌부는 이토록 완벽한 해결책을 제시해주셨다. 영국에서 샤먼 아메리카 찍을 일이 없다는 것만으로도 행복했지만 파병이라니 더더욱 행복했다. 일단 AEF에 합류하기만 한다면, 기회가 어떻게든 올 것이다. 참모든 뭐든 일단 간다는 게 중요하다. 그 뒤엔 필사적으로 퍼싱 장군께 비비면서 일선 보직 받으면 되리라.

그렇게 나는 내 인생 첫 말똥을 받았다. 영롱한 소령 계급장. 장관이 친히 하사. 어차피 대전이 끝나면 반납해야 할 임시직위지만, 진급하는 순간만큼은 표정을 도무지 관리할 수 없었다.

* * *

파병이 결정되고 나자, 나는 급해졌다. 하루아침에 맛 좋은 레포트 찍는 기계가 사라져버릴 신세가 된 항공반은 넋 나간 허수아비 신세가 되었다. 불쌍한 아놀드 대위를 적당히 위로해주고, 그다음으로 해야 할 일은 당연히 귀하신 영감님들께 안부 차 인사를……

[아니, 이걸 기어이 가네.]

[갔다가 시체로 돌아와서 내 딸 울리면 진짜 죽는다.]

죽었는데 어떻게 또 죽어요. 부관참시라도 하려고 이러시나. 마지막으로 도로시와 헨리를 보고, 샌프란시스코에 급전을 쳐서 준비해둔 '화물'을 챙겼다.

그리고 도착한 뉴저지주, 호보컨. 이곳에는 북독일 로이드(Norddeutscher Lloyd)라는 회사 소유의 항만이 있었다. 이름만 보면 딱 알겠지만 당연히 독일 회사였고, 그 탓에 개전하자마자 연방 정부의 이름으로 징발당해 지금은 대서양을 건너는 수송 임무용으로 전용당하고 있었다.

거대한 수송선을 꽉꽉 채운 무수한 전차들. 나와 함께 가는 미합중국의 뜨거운 선물이었다. 그리고, 수송 담당자들은 내 별도의 개인 화물을 보고는 난색을 표하고 있었다.

"너무 무거운데요?"

"이걸 전부 개인 화물로 들고 가시겠단 말씀이십니까?"

"아, 말이 개인 화물이지 실제론 전부 군용물잡니다. 군용. 그냥 좀 봐주시죠."

"내용물을 열어봐도 되겠습니까?"

"총입니다. 총."

"이게 어딜 봐서 총이란 건지……."

"아 글쎄. 총인지 알고 싶으면 한 대 맞아 보시면 알겠네. 그냥 반입 좀 해줘요! 이거 꼭 유럽에 보내야 한다니까요?"

이렇게 우여곡절 끝에, 간신히 큼지막한 치장 상자 하나를 기어이 수송선에 실었다. 저 끝내주는 기름 분무기로, 난 유럽에 두 번째 쇼크를 선사할 예정이었다.

유럽으로 2

오랜 항해 끝에, 나는 마침내 유럽에 도착했다. 드디어 프랑스 땅이……!

"런던에 잘 왔다, 이 옐로 몽키야!"

아니, 왜 런던이야? 나의 당황을 뒤로하고, 못생긴 영국 놈들이 날 붙잡아 다짜고짜 의상실에 처넣더니 중국 환관 분장을 시키는 게 아닌가.

"자, 샤먼 아메리카! 얼른 예언을 읊어라!"

"대영제국이 이긴다고 저 무수한 군중 앞에서 예언 한 방!"

"오리엔탈 샤먼이시여! 혹시 수정구슬이 필요하십니까?"

"손! 손 흔들어 주십시오! 런던! 런던이라고 한번 큰 목소리로!"

"으아아! 다 꺼져! 꺼지라고!!"

* * *

"…령님, 소령님?"

"네, 넵."

"다 와 갑니다! 하선할 준비 하시지요!!"

아 시발 꿈. 영국 놈들의 홍차맛 나는 망상이 하도 소름 돋아서일까. 나도 모르게 졸다가 그놈들이 원하는 지구—3으로 날아가버린 모양이었다.

1917년 7월 11일. 나는 마침내 프랑스, 생나제르(St. Nazaire)에 발을 디뎠다. 유럽. 갈망의 땅. 그토록 오길 바랐던 땅. 21세기 모니터를 통해 바라본 유럽과 달리, 1917년의 유럽은 거대한 먹구름에 감싸여 숨이 막힐 것만 같았다.

암울한 분위기. 종말을 앞둔 듯한 기이할 정도의 텁텁함. 이 모든 것들이 도시를, 아니, 프랑스 전역을 뒤덮고 있었다.

"유진 킴 소령… 님이십니까?"

"그렇습니다."

"곧장 파리로 오라는 원정군 사령부의 명령입니다."

파리? 거긴 사령부가 있는 곳이 아닐 텐데. 이어지는 말에 나는 고개를 끄덕였다.

"사흘 뒤인 7월 14일이 프랑스의 혁명 기념일입니다. 그때 미군 1개 대대가 프랑스인들을 고무시키기 위해 시가행진을 할 예정이요. 소령님께서도 그쪽으로 합류할 것으로 보입니다."

유럽인들이 날 보면 어떻게 반응할진 모르겠다. 하지만 푸 만추만 아니면 된다. 아니, 푸 만추랑 샤먼만 아니면 된다. 나는 긴장과 초조함에 사로잡힌 채 파리로 향했고, 곧 굉장히 익숙한 얼굴들을 만날 수 있었다.

"허! 잘난 유진 킴 소령님 오셨구만."

"크하하하! 우리 소령님이 오셨어! 대단해!!"

나를 기다리고 있던 것은 마셜과 패튼이었다. 아니, 근데 왜 둘이 같이 있는 거죠. 못 보던 사이에 패튼의 계급장은 휘황찬란한 대위가 되어 있었다. 역시 전시다보니 다들 진급 쭉쭉 하는구만.

"안 그래도 자네 이야길 하고 있었네. 이야기할 거리가 참 많더군."

"그 빨간 모자는 챙겨 왔겠지?? 나도 한번 킴 소위, 아니 킴 소령 나으리가 올빼미들 굴리는 거 보고 싶은데 말야."

"집에 두고 왔습니다. 설마 여기서까지 훈련을 하겠습니까?"

"할 걸세."

빨간 모자는 집에 두고 왔다. 설마 유럽에 가는데 이걸 쓸 일이 있겠냐 생각했기 때문이다. 상식적으로, 저걸 왜 쓰겠나? 내가 관심받고 싶어 안달 난 것도 아니고. 이미 노란 피부 하나만으로 내가 받을 관심은 차고 넘친다.

하지만 놀랍게도, 패튼이면 몰라도 마셜이 거짓말을 하는 건 못 봤다. 그럼 저건 진짜란 건데… 설마, 설마 진짜로 또 여기서도 훈련병들 굴리면서 시간 때우라고?

"자네도 알겠지만, 지금 프랑스에 온 미군은 해병대를 제외하면 제1사단 정도밖에 없네."

"끝내주더군. 대체 워싱턴은 무슨 생각으로 이따위 머저리들을 군사랍시고 보내준 건지. 시발, 병사들이 총을 쏠 줄 모른다는 게 말이 되나?"

점입가경이다 진짜. 총 쏘는 법을 모르는 이유? 알다마다. 훈련소에 총이 없어서 나무를 깎다가 빵야빵야 소리 내면서 사격 훈련이랍시고 하고, 수류탄이 없어서 감자를 던지는 판이니 어디 제대로 훈련이 됐겠나?

처음 마셜과 같이 진행했던 예비역 장교 훈련은 그나마 양반이었다. 걔들은 전쟁 나가고 싶어서 '참가비' 내고 훈련했었으니 그나마 쏠 총알이라도 있었거든. 정부 예산으로만 진행했던 병사들 훈련 따위, 안 봐도 훤하다 훤해.

"시발. 도대체 훈련소에서 뭘 배우고 왔냐고 물어봤더니 제식 했대. 사격 때는 쟀냐고 하니까 나무토막 갖고 놀았다더군. 아무리 그래도… 쟤들이 미국의 얼굴이나 마찬가진데 이건 좀 심하지 않나?"

"지금 제식도 다시 처음부터 하고 있네. 당장 이틀 뒤에 시가행진을 해야 하는데 병사들 발이 안 맞아. 이게 샹젤리제를 행진해야 할 최정예 미군의 꼬라지일세."

'놀랍게도 이게 추리고 추려낸 1개 대대의 현황이야.' 마셜의 마지막 말에선 어떤 회한마저 느껴질 정도였다.

"그래서! 지금 우리에게 필요한 건 바로 자네의 그 놀라운 능력이지!"

"갑자기 그게 뭔 소립니까?"

"하루! 단 하루면 돼. 애들 발만 맞춰 달라고!"

"그렇고말고. 하루아침에 우리 상급자가 된 킴 소령님이라면 당연히 할 수 있지."

마셜 나으리… 미래에 원수도 달고 장관도 하실 분께서 그렇게 삐딱하게 굴면 저 무서워요. 하지만 어쩌겠는가.

"이보게 후배님. 정말 계속 뺄 텐가? 지금이야말로 합중국이 자네를 필요로 하고 있네!"

"알겠습니다. 할게요! 하겠습니다! 내일 딱 하루면 되는 거죠?"

"그래! 절대로 자네를 훈련소장으로 짱박지 않겠다고 내가 약속하지!"

"그, 그래도 우선 신고부터 해야…….."

"거 종알종알 시끄럽네! 내가 본부대장이야! 나한테 얼굴 비췄으니 신고 끝났어!"

"아니, 여기까지 왔는데 퍼싱 장군님 얼굴 정도는 봬어야 예의 아닐까요?"

"장군님에 대한 예의는 저 좆같은 밥벌레들이 발맞춰 걸을 수 있게 해주면 그게 진짜 예의지. 어차피 지금 장군님께선 내일 저 병신과 머저리들을 파리 시민들에게 선보여줄 계획 때문에 몸져누우셨거든."

후, 시발. 이놈의 엿같은 웨스트포인트. 기수제는 진짜 적폐 그 자체다. 6년 선배의 압박은 도저히 버틸 수가 없다. 옆에서 고개를 열심히 끄덕거리는 마셜도 얄밉기 짝이 없었다. 기다리고 있어라, 올빼미들아.

"자! 빨리 보여주게! 보여줘!!"

보채지 말고요 좀. 모자는 두고 왔다니까.

* * *

우리의 광전사 패튼은 파리를 종횡무진한 끝에 기어이 피처럼 새빨간 야구모자 하나를 찾아내고야 말았다. 그리고 그 빌어먹을 모자와 선글라스를 쓴 순간, 내 내면에서 완전히 사라졌다고 생각했던 하트만 킴이 부활했다.

"호오. 저렇게 굴린단 말이지."

"예전보다 더 독해진 것 같은데."

"잘 배워둬야겠습니다. 딱 봐도 애들이 열심히 하는 게, 아주 훈련소장이 천직 같은데요?"

"그렇게 생각하나? 딱히 그런 것만은 아니네. 그냥 저놈에겐 데드라인을 휙 던져주고 극한까지 내몰면 되거든. 그럼 알아서 잘한단 말이지."

"하지만 참모부에 배치해야 하지 않겠습니까? 딱히 극한으로 내몰 건덕지가……."

"걱정 말게. 일은 차고 넘치니까."

뒷담 까는 거 다 들립니다! 시발, 마셜이 저런 생각을 하고 있을 줄은 꿈에도 몰랐네. 어쩐지 가면 갈수록 던져주는 미션이 하드코어해진다 했어. 전생에 했던 모 게임이 생각난다. 그 게임은 '아니, 이걸 이겼어? 그럼 더 답 없는 친구들이랑 편 먹고 더 잘하는 놈들을 이겨보렴.' 식의 매칭 시스템을 자랑했었는데, 지금 마셜을 보니 딱 그 꼬라지였다.

아무튼 한 마리 미친개가 되어 필사적으로 굴리고, 구경하던 패튼까지 재미 들려서 본인도 해보겠답시고 같이 굴린 결과, 어찌어찌 최소한의 합격 커트라인을 달성할 수는 있었다.

"이제, 다… 끝난 겁니까……."

"잘했네. 역시 임관한 지 2년 만에 소령이 되는 친구는 달라도 뭔가 달라."

"아, 그만 좀 하십쇼. 이게 다 깊은 사연이 있는 계급장이란 말입니다."

"자자! 여기 있으면 뭐 하나! 빨리 가서 한잔하지!"

적당히 병사들의 훈련을 마무리 짓고, 마지막 개인정비까지 신경 쓴 후 우리는 아주 자연스럽게 미군 장교를 위해 개방된 주점으로 향했다. 그리고 나는 내가 오게 된 정확한 이유를 들을 수 있었다.

"선배님이 거기서……?"

"그래! 내가 거기서 용감하게 다가가서 장군님께 말했지! 장군님, 부디 5분만 시간을 내주십시오. 합중국의 미래가 달린 일입니다!"

"내가 전해 듣기로는, 오줌 쌀 거면 그냥 조용히 나가도 된다고 장군께서 말씀하셨다던데."

"아니! 그런 기밀을 누설하시다니!"

헤이그 원수가 그 책을 갖고 있었다는 건 좀 놀랍지만, 상대는 대영제국이다. 그것도 전쟁에 미쳐있는 대영제국. 온갖 수단과 방법을 가리지 않고 어떻게든 입수했겠지. 하지만 이상한 것이, 그걸 왜 패튼이 알고 있는 거지?

"선배님."

"응? 무슨 일인가!"

"그 책 이야기는 대체 어디서……."

"자네 동기가 이야기해줬지! 내가 멕시코에 있을 때 부상을 좀 입어서 후방으로 빠졌었거든? 그때 어쩌다가 이야기 좀 들었네."

"누굽니까?"

"이름? 뭐더라? 고풍스러운 귀족 냄새가 팍팍 났는데……."

"밴플리트?"

"그래! 그 친구야! 그 친구가 네가 쓴 책에 자기 이름은 꼴랑 'VAN'만 적어줬다고 엄청 투덜거렸거든. 그때 이것저것 이야기 들었네."

후우… 드디어 범인을 알았다. 이 입 싼 놈 같으니.

"더 골 때리는 게 뭔지 아나?"

조용히 술잔을 홀짝이던 마셜이 문득 말했다.

"이 친구, 그렇게 원수랑 이야기 중이던 퍼싱 장군을 다짜고짜 불러내서는 신나게 떠들었다더군. '유진 킴이 저 책을 썼는데, 사실 훨씬 더 엄청난 레포트를 썼답니다!' 하면서 말야."

"전 그렇게 말한 적 없습니다. '장군님, 저와 함께 멕시코 사막을 가르며 미합중국을 위해 놀라운 전공을 세웠던 유진 킴 소위가 역사에 길이 남을⋯⋯.'"

"거기까지. 내가 들은 거에서 비속어는 다 빠지고 이상한 수식어만 덕지덕지 발리는구만. 아무튼, 이 웃기는 친구가 자네가 쓴 레포트는 보지도 못했으면서 그저 바득바득 우겼다네."

"그야 영웅은 영웅을 알아보는 법이니까요! 제가 잘 아는 유진 킴이란 인물이 웨스트포인트에서 그런 전설을 남기면서까지 쓴 레포트라는데, 당연히 비범한 문건 아니겠습니까!"

진짜, 패튼이기에 가능했던 일이구만. 도대체 뭐가 적혀 있는지도 모르면서 아무튼 내가 레포트를 썼다니까 다짜고짜 퍼싱 장군께 냅다 말을 던졌단 소리 아닌가. 도움을 받긴 받았지만 진짜 저 인간의 머리뚜껑을 따서 뇌를 한번 갈라보고 싶다.

"그러니까 자네가 무사히 유럽에 올 수 있었던 건 저어어언부 내 공이야! 빨리 한 잔 올려!"

"네네. 성은이 망극하옵나이다."

"오오냐!"

아직 보직이 정해지지도 않은 나. 퍼싱 직할 본부대장으로 미군 편성에 눈이 벌게져있는 패튼. 1사단 참모로 배속되어 끝없는 고통의 나날을 보내는 마셜. 앞으로 무슨 일이 날 기다리고 있을진 모르겠지만, 적어도 믿을 만한 사람들이 주변에 있다는 사실만큼은 참으로 든든했다.

　　　　　　　　　　* * *

"이게 미군의 현실이군."

퍼싱 장군이 속삭이듯 말했지만, 우리의 귀에는 천둥번개가 치는 듯했다. 굴리고 또 굴려 그나마 무사히 행진을 하긴 했다. 하지만 그게 전부였다.

오와 열을 맞추어 총검을 번뜩이며 늠름하게 행진하는 프랑스 최정예군. 오와 열을 가까스로 봐줄 만큼 아슬아슬 맞추어, 영 허접해 보이는 차림새로 어설프게 행진하는 정예 미군.

틀림없이 프랑스인들에게 미군이 왔다는 사실을 알리고 용기를 북돋기 위해… 가 이 행진의 목적이었을 텐데, 지금 눈앞에서 벌어진 꼬라지는 아무것도 모르는 민간인들이 보더라도 '저 이류 열강 놈들이 러시아 대신 우릴 도와준다는 찐따들이야?'라는 생각이 들 수밖에 없을 터였다.

"괜찮아. 자네는 할 만큼 했어."

그 패튼이 이렇게 위로를 해줄 정도라니. 진짜 좆된 것 맞다고 인증당한 것 같아 가슴이 미어진다.

"장군님. 저와 함께 미합중국의 영광을 되찾았던 킴 소위가 이렇게 소령이 되어 왔습니다. 조만간 저희가 카이저의 모가지도 따서 장군님께 바칠 테니 걱정 마십시오!"

"그럴 것 같아서 내가 걱정이라네."

"예……?"

그냥 입 다물고 있어 줬으면 차라리 나았을 텐데. 패튼은 괜히 주둥이를 털면 손해 보는 타입이 확실했다.

"킴 소령."

"예, 장군님."

"무척 무서운 문건을 작성했더군."

"시정하겠습니다!!"

"시정은 무슨. 앞날을 꼭 보고 온 듯 작성했더군. 그 통찰력과 혜안을 잘 써주게나."

그는 답답한지 담배 한 개비를 입에 물었다.

"워싱턴 친구들은 대체 왜 나한테는 그걸 진작 보여주지 않았는지… 물론 사정은 알고 있네. 원래는 펀스턴(Frederick Funston) 장군이 원정군 총사령관이 되어야 했는데 갑자기 나로 바뀌어서 혼란스러웠겠지."

"……."

"이 전장은 앞으로 무수한 우리 장병들의 피와 시체를 탐할 걸세. 여태껏 영국인과 프랑스인을 잡아먹었듯 말야. 그래서 더더욱 우리를 올바른 길로 인도할 등불이 필요하지."

퍼싱은 탁탁 내 어깨를 두드렸다.

"자네는 충분히 빛을 밝혀줄 수 있어. 힘내게나."

"감사합니다!!"

"그래. 그럼 첫 번째로 등불을 좀 비춰봐야겠군. 프랑스 개구리 놈들이랑 뜨거운 미팅을 좀 가져야겠는데, 자네도 동행하게. 그것만 끝내고 대충 원하는 곳으로 보내주겠네."

이건 등불이 아니라 그냥 불이잖아. 활활 타올라라, 그런 말씀이십니까?

"알겠습니다."

까라면 까야죠. 잘 압니다. 적어도 퍼싱 장군은 이런 거로 낚시를 안 할 테니까. 그 한 가지 사실만이 내게 위안이 될 따름이었다.

유럽으로 3

결론만 요약하자면 프랑스 총사령부와의 미팅에선 아무 일도 일어나지 않았다.

"유진 킴 소령?"

"예, 그렇습니다."

"그 유명한 분이셨군. 아시안이라 잠시 놀랐소. 중국계요?"

"한국계입니다."

딱 이 정도. 내가 나서서 뭔갈 떠드는 일도 없었고, 그 이후 주목받는 일도 없었다. 하지만 퍼싱은 그 정도로도 대단히 만족하는 기색이었다.

"어떤가, 킴 소령?"

"좋은 경험이 되었습니다."

"그래? 저 친구들, 아마 자네에게 뭔가 좀 물어보고 싶어서 입이 근질근 질했을 텐데 잘도 참았군."

무슨 소리냐는 내 표정을 본 것인지 그가 이어서 설명해주었다.

"자네의 레포트를 받은 즉시, 파리에도 번역해서 한 부를 보내줬네. 글 쎄… 듣기로는 저쪽도 제법 발칵 뒤집혔을 게야. 처음 들은 이야기가 걸작이었거든."

― 레포트 작성일에 오타가 난 것 같다.

― 아 그거 맞음.

거기까지 말한 퍼싱이 드물게도 입꼬리를 올렸다.

"그런데 딱 저자랍시고 나온 사람이 아시안인 게지. 묻기도 뭣하고, 안 묻기엔 못 참겠고! 얼마나 배알이 뒤틀렸을까. 자네는 역할을 다 해줬네."

그렇게 말씀하시면 꼭 빠게트 배알 뒤트는 기계가 된 것 같은걸요.

그리고 퍼싱 장군의 말마따나, 빠게트 놈들의 배알이 꽤 많이 뒤틀렸다는 사실은 뒷날 다른 방식으로 증명되었다.

* * *

파리에서의 행진을 마친 후 1사단은 곧바로 떠났다. 1사단장 시버트 장군도, 그 밑의 참모로 편성된 마셜도 표정에 좌절감과 자괴감이 가득 어려 있는 채였다. 그래, 개망신을 당했으니 할 말이 없지. 그리고 우리 원정군 사령부는 곧장 회의에 돌입했다.

"현재 미군은 전쟁에 투입되기에 너무 부족하다는 점이 입증되었네."

"……."

퍼싱의 통렬한 지적에 모두가 고개를 떨구었다. 오합지졸의 민병대 뭉치. 영국군과 프랑스군이 백만대군을 모아 총력전을 치른 결과 무수한 희생을 담보로 성장한 반면, 미군은 제자리걸음을 했으니 당연한 결과였다.

"하지만 그게 전부다. 우리는 금방 배울 것이고, 그들이 피로서 얻은 교훈을 흡수할 것이고, 그들이 개발한 무기를 사들일 것이네.

이 전쟁은 우리의 손으로 끝낸다. 명심들 하게."

"알겠습니다!"

"우린 당장 참전하지 않을 걸세."

그가 계속해서 말했다.

"느긋하게 생각하게, 느긋하게. 지금 저 불쌍한 친구들을 참호로 밀어 넣겠다고? 대서양을 건너자마자 죽는 게 저 친구들의 역할인가? 난 전혀 그렇게 할 의향이 없네. 가능하면 올해는 최대한 훈련에 전념하고 싶네."

"알겠습니다."

"이미 1사단 친구들이 훈련장을 물색하고 있는 것으로 아네. 나는 한시라도 빨리 우리 장병들에게 충분한 물자, 무기, 그리고 훈련을 제공하고 싶고, 그대들이 이 요망에 충실히 응해줄 것을 요구하는 바이네. 가능한 한 빨리 장병들이 총기와 전장에 숙달할 수 있도록 노력해주게."

역시 역사에 남은 명장은 뭔가 다른가. 퍼싱의 원칙은 확고했다. 우린 남의 밑에 들어가지 않겠다. 전장에 뛰어들 시기도 우리가 직접 정하겠다. 그리고 그 시기란, 바로 우리 장병들의 훈련이 완료되었을 때다. 이 병신과 머저리들로 가득한 미군을 이끌 사령관으로서는 거의 완벽에 가까운 방침이었다.

"킴 소령."

"옙."

"보다시피, 우리에게 현재 가장 필요한 것은 훈련이네."

시발. 보내준다며! 보내준다며 나쁜 놈아. 원하는 곳으로 가라며. 대충 원하는 곳 보내준다며. 그게 설마 '원하는 훈련소로 보내주겠네.'였다고 말할 셈이냐? 아, 정의의 납탄 마렵다.

패튼도 나를 속였다. 본부대장이라며 큰소리 치던 망할 선배님께선 뒤에 짜져 아무 말도 못 하고 있었다. 하루만 딱 훈련시키면 된다며?? 지금 보니 전쟁 끝날 때까지 훈련만 할 것 같은데요? 내가 저런 새끼 선배랍시고 믿고 있었다니. 빨간 모자 사줄 때부터 알아봤어야 했다. 내 커스텀 모자랑은 다르게 해골 마크가 없는데, 역시 패튼의 해골을 박아 넣어야⋯⋯.

"자네 괜찮나? 넋이 나간 표정인데."

"아닙니다. 괜찮습니다."

괜찮긴 개뿔. 자살하고 싶어.

"킴 소령에게 맡길 임무가 있네."

자리에 있던 모두가 번쩍 고개를 치켜들었다.

"개구리 놈들이 포드사에서 개발한 전차 1만 대를 주문했네. 영국과 프랑스 양국이 전차의 가능성을 긍정적으로 바라본 이상, 우리 역시 전차를 본격적으로 운용해야 한다는 것이 전쟁부의 결정일세."

"그 말씀은……."

"우선 1개 대대 정도로 잡고 있네. 1개 전차대대를 완편하도록 준비해보게. 지금 있는 병사 중 운전 경험이 있는 자들 위주로 준비해줄 테니, 훈련, 운용, 실전 등 모든 부분에서 전차가 어떤 식으로 사용될지 철저히 테스트해보도록."

"알겠습니다!"

이건 확실히 중요한 임무다. 어차피 미군의 전투 참여는 한동안 없을 터. 어쩌다 벼락진급한 내게 이런 일이 맡겨졌는진 감이 잘 안 오지만, 분명 이건 기회였다.

"프랑스 놈들도 자네를 요청했었네."

"??"

"물론 내 선에서 잘랐네. 어디서 남의 나라 간부를 오라 가라 한단 말인가. 귀관은 귀관이 맡은 임무에 충실하면 되지만, 혹시나 타국의 협력을 구할 일이 있다면 우선 원정군 사령부에 문의한 후 귀찮지 않은 범위 내에서 적당히 대처하게나. 미우나 고우나 동맹이라는 점은 약간 고려하고."

"알겠습니다."

그때 슬그머니 끼어드는 한 눈치 없는 인간이 있었다.

"장군님."

"무슨 일인가, 대위."

언제나 마이 페이스 그 자체인 20세기 광전사의 눈이 다시 번들거리고 있었다.

"저도 같이 참여하고 싶습니다."

"자네는 본부대장으로서 할 일이 제법 많을 텐데?"

"장군님. 저는 미합중국 육군에서 최초로 전차를 전투 지휘한 장교입니다. 당연히 저야말로 신생 전차부대에 관련된 임무를 수행하기에 최적의 인재 아니겠습니까!"

아니, 저게 무슨 기적의 논리야. 그 논리대로면 퍼싱 장군도 멕시코 원정 사령관이었으니 같은 입장이겠다.

"흐음⋯⋯."

문제는 퍼싱 장군이 거기에 넘어가고 있단 점이었다. 안 됩니다 장군님! 저 미친개를 저한테 넘기지 말아줘요. 제바아알⋯⋯.

"그건 또 그렇군."

그가 나와 패튼을 번갈아 보더니 수긍해버렸다. 시발.

"도적놈들을 세트로 보내주면 전차의 미래가 참으로 창창하겠어."

"아니, 장군님. 패튼 대위와 같은 고급 인재는 당연히 본부의 막중한 업무를 담당해야 하지 않을까요?"

"킴!! 소령 달았다고 벌써 날 버리는 거냐! 내가 밥도 사주고 술도 사주고! 엉?! 다 해줬는데 그렇게 매정한 남자가 되었단 말이냐! 난 널 그렇게 키우지 않았는데!!"

누가 들으면 이상하게 오해할 것 같잖아, 이 미친놈아. 나의 절규와 관계없이 퍼싱 장군은 마침내 결정을 내려버렸다.

"패튼 대위."

"예, 장군님!"

"한참 후배의 부하로 배속될 텐데, 불편하지 않겠나?"

"킴 소령과 저는 이미 한 몸과 같습니다! 어찌 손발이 심장을 불편해하겠습니까!"

"호. 그 정도였나. 죽이 참 잘 맞는군. 그러면 인수인계 준비를 하게. 킴 소령의 옆에서 많이 도와주게나."

미친개를 훈련사에게 맡기고 행복하게 빠져나오는 모습이다. 의문의 맹견 훈련사가 된 나만 당혹스러워질 뿐.

"크하하하!! 감사합니다 장군!! 제가 저 개같은 독일 놈들에게 전차란 무엇인지 똑똑히 각인시키겠습니다! 곧장 베를린까지 달려서 팔 병신 카이저의 시체를 반드시 전차에다 걸어……."

"킴 소령. 패튼을 잘 부탁하네."

"예에에……."

"전차부대 별명은 그래서 '백골'인가, '헤드헌터'인가?"

그런 거 진지하게 말씀 마세요. 농담으로 안 들리잖아요.

* * *

프랑스는 '니벨 공세'의 실패로 매우 우울해져 있었다. 미합중국 육군이 본격적으로 참전하기 직전 벌어진 저 대공세는, 사상 최악의 졸전과 꼴아박으로 무수한 사상자만 내고 끝나버렸다. 새롭게 프랑스군을 수습하게 된 페탱은 분노와 절망으로 돌아버린 병사들을 달래기 위해 간단한 표어를 제시했다.

"우린 미국인들과, 그들이 들고 올 전차를 기다릴 겁니다."

'전차만 오면 우린 다 살 수 있다. 더 이상 참호를 향해 개처럼 헉헉 뛰어가다 기관총 맞고 뒤지는 일은 없을 것이다!'

그래서 그를 위시한 프랑스 군부는 미국에서 온 신병기를 대대적으로 홍보하기 시작했다. 지금 상황에서 가장 유의미해 보이고, 성과가 기대되는 것이 바로 전차였으니. 프랑스의 경우 포드제 전차, 미군 정식 제식명

M1917 전차 1만 대를 주문한 것은 물론 라이선스까지 따서 국내 생산까지 돌리기 시작했다. 말 그대로 몰빵이었다.

이런 상황에서, 전쟁이 터지기도 전에 이 지옥 같은 참호전을 예측하고 전차라는 개념을 그 누구보다 빨리 제안한 인물이 대서양 건너 야만의 땅에 있다는 사실은 프랑스인들을 광분하게 만들었다.

"…당신이라고?"

"그렇습니다."

시발, 개구리 새끼들 태세전환하는 것 보소. 미군 전차부대의 훈련부지 관련해서 협의할 게 있단 핑계로 날 끌어낸 놈들이, 내가 아시안이라는 걸 알자마자 썩어들어가는 표정이 아주 그냥 예술이다.

"흐으음……."

"귀측에서 요청해서 왔소만, 뭐가 그렇게 흐으으음인 거요? 혹시 고향이 베르사유요? 목이 안 잘린 귀족의 후예신가?"

나이스 패튼. 어우 씨발 시원해. 이게 사이다지. 정말 뇌를 거치지 않고 척수반사적으로 내뱉는 그의 막말에 프랑스 측 인사들의 표정이 굳어졌다.

"크흠! 혹 불편했다면 사과드리오. 무척 젊은 분이 오셔서 잠시 당황했소."

"미합중국은 나이나 인종에 따라 사람을 차별하지 않습니다. 오직 능력만을 보지요."

미친 레이시스트 놈들이 어디서 나이 운운하고 있어. 까놓고 말해서 니들 피부색 보고 움찔한 거잖아. 내 말에 그들은 결국 현실에 보다 집중하기로 했는지 테이블에 각종 도면과 서류를 펴기 시작했다.

"우리와 영국인들 모두 이 참호전을 타개하기 위한 수단을 연구한 결과 강력한 장갑을 두른 무장 트랙터라는 개념에 도달했소."

"그렇겠지요. 그게 가장 합리적이니까요."

"그럼 어째서 거대한 '육상전함'이 아니라 이런 작고 아담한 물건을 개발한 거요?"

"그럼 안 사면 되지 왜 주문하셨습니까?"

아, 참아야 하는데. 지금 감정이 자꾸 꿈틀거려서 묘하게 시비 거는 투로 자꾸 말이 나간다. 어차피 원래 역사에서도 니들 저거랑 거의 똑같이 만들잖아. 생각해보니 웃기네. 어차피 지들도 저런 걸 만드는 게 낫겠다 생각했을 건데 왜 또 묻는 거지? 자기과시?

"흠흠!"

"혹시나 해서 말씀드리는데, M1917 전차의 개발에 제가 제법 참여하긴 했으나 그렇다고 해서 제가 포드사 영업사원인 건 아닙니다. 혹시 궁금하신 게 있다면 포드사에 문의하심이 좋을 것 같네요. 다른 것 또 있습니까?"

아니, 당장 신규 편성하려면 바빠 죽겠는데 이딴 뻘짓거리나 하고 있어야 하나. 당장 새로 편성 예정인 전차대대가 어디에 들어갈지부터 카오스였다.

1사단의 시버트 장군은 마셜에게 이야길 듣자마자 곧장 사령부로 달려와서는 "당연히 전투부대는 일선에 있는 저희 1사단에 주시겠지요??" 하며 아기새처럼 입을 쩍 벌렸고, 원정군 사령부는 "이런 귀한 물건은 당연히 사령부 직할! 직하아알!" 하면서 까악까악 대고 있었다. 군바리들 하는 짓이 다 그렇지 뭐.

그렇게 혈압 오르는 일들을 겪으면서도, 전차대대 창설 계획은 순조롭게 진행되고 있었다.

"이… 이걸 나한테 준다고?"

"그렇습니다, 패튼 대위. 이제 귀관이… 용사의 임무를 계승받을 시간입니다."

"하하하하!!! 걱정 마시게. 내가 완벽한 정예신병을 육성하겠네!"

정예신병이 아니라 병신예정이 될 것 같은데. 과연 이게 올바른 판단일까? 어쩌면 내가 과로에 짓눌려 미친 판단을 하는 게 아닐까? 패튼이 훈련시킬 병사들이 얼마나 인성이 황폐화될지 애써 생각하는 것을 포기하며 나는 패튼에게 빨간 모자와 선글라스를 내주었다.

그래, 이제 좀 쉬자. 훈련은 하기 싫어.

* * *

드와이트 아이젠하워 대위는 텍사스에 처박혀 신병 훈련에 매진하고 있었다. 파병 나가고 싶다는 그의 애처로운 요구는 '안 돼. 훌륭한 교관을 잃는 건 킴 소령 한 번으로 충분해.'라는 무적의 논리에 튕겨나갔다. 나는 대서양 건너편에서 영문을 알 수 없는 증오와 분노로 가득 찬 편지를 받아야 했다.

전장에 못 나가는 슬픈 아이크를 달래주는 것은 갓 태어난 첫째아들 다우드였다. 내 편지에 아들 이야기만 가득하다며 욕하던 아이크가 이제 제 편지에 아들 자랑만 듬뿍 적고 있었다. 거봐라, 너도 애 있으면 다 그렇게 되지.

오마르 브래들리 대위는 전략 요충지인 몬태나의 구리광산을 사악한 빨갱이와 독일 간첩에게서 지키는 임무를 맡았다. 오마르에게선 어째서 네놈만 승승장구하느냐는 저주 섞인 편지를 받아야 했다.

제임스 밴플리트 대위는 기관총중대장을 맡았고, 조만간 파병이 예정되어 있었다. 저놈이 프랑스에 발을 디디는 날, 나는 기쁜 마음으로 환영의 목 꺾기를 해줄 요량이 있었다.

마셜은 피를 토하면서 1사단과 원정군 사령부를 왕복해야 했다. 사단과 사령부 사이의 의견 조율은 물론 영국 놈들과 프랑스 놈들에게 '아 꺼져, 우린 니들 부하 아님.'이라고 친절하고 자상하게 설명해주는 일까지 모조리 마셜의 주 업무가 되었다.

패튼은… 평소대로의 패튼이다.

"수급!"

"수그으읍!"

"명심해라! 강철의 파도로 적을 짓밟아라! 전부 죽여라!!"

"죽여라아아!!"

나는 훈련장에서 벌어지는 집단 세뇌의 현장에서 애써 눈을 돌렸다. 뭔가… 뭔가 엄청난 일이 벌어지고 있는 것 같다.

* * *

모두가 전쟁 준비를 위해 분주히 움직이다보니 어느덧 11월이 되었다. 그리고 11월 1일, 생나제르에는 어김없이 새롭게 미군이 도착했다. 제42보병사단, '무지개'부대. 부들부들한 부슬비가 이들을 환영했고, 이들을 내려준 수송선은 미국으로 돌아가지 못하고 유보트의 습격에 격침당하고 말았다. 이 모든 징조가, 42사단장에게는 불길하기 그지없게 느껴지고 있었다.

"이 어중이떠중이들이 과연… 잘 해낼 수 있을까?"

"걱정 마십시오 장군님. 장군님의 군대는 무적입니다."

"패기 넘치는구면. 나는 몸이 영 안 좋아져서… 잘할 수 있을지 모르겠군."

"제가 최선을 다해 보좌하겠습니다. 너무 심려치 마시지요."

병력관리를 끔찍하게 만드는 부슬비도, 수송선의 격침도, 나약한 상관도. 그 어떠한 역경과 불길한 암시도, 42사단 참모장 더글라스 맥아더(Douglas MacArthur)의 가슴 속 불길을 꺼트릴 수는 없었다.

전장이 그를 필요로 하고 있었으니까.

'푸 만추' 시리즈는 수십 년에 걸쳐 수천만 부를 판매하며 백인 여자를 납치하고 온 갖 음모를 꾸미는 사악한 동양인 이미지를 확립하는 데 큰 공로를 세웠습니다. 아 이언맨 시리즈의 '만다린' 등 서양 매체의 어지간한 동양인 악의 조직 두목은 푸 만추의 영향을 직간접적으로 받았습니다.

재미있는 점은 '푸 만추'를 한자로 표기하면 '스승 부傅'에 우리가 아는 그 '만주滿 洲'가 되는데, 작가가 뜻을 알고 쓴 것인지는 알 수 없습니다.

별들의 집결 1

    미합중국의 병력은 보잘것없었다. 전투력은 형편없었다. 무장은 빈약했다. 하지만, 독일제국이 숨만 쉬고 있는 동안에도 그 보잘것없고 형편없고 빈약한 놈들은 날이 갈수록 부풀어오르고 있었다.

    1에서 2로, 2에서 4로, 8, 16, 32, 64, 128……. 독일인들의 상상을 초월하는 속도. 1년 뒤인 1918년에 200만 대군이 온다는 사실을 알았다면, 아마 독일제국의 장성들은 전부 자살을 택했을 것이다.

* * *

    미국원정군은 빠른 속도로 재편되었다. 사령부 예하 1군단이 창설되었고, 1군단 아래에 속속 '빅레드원' 1사단과 '인디언헤드' 2사단, 그리고 주방위군 기반으로 편성된 26사단, 32사단, 41사단, 42사단이 집결했다.

    그리고, 나의 소중한 전차대대는 그 지옥의 틈바구니에 끼어 있었다.

    "진정하십시오, 여러분. 전차 전력은 곧 증강될 겁니다. 굳이 지금부터……."

"사령부에 묵혀두기만 하면 뭣 합니까! 사실상 장식품 아닙니까!"

"우리 1사단은 이미 참호에 투입되었습니다. 미합중국 육군의 힘을 보여주려면 역시 저희 1사단에 배치되어야 하지 않을까요?"

"이보시오! 사단급 주제에 어디서 전차대대를 배속받으려 합니까? 이건 최소한 군단급이에요!"

"군단도 사실 장식품인 건 매한가지 아닙니까? 저 전력을 후방에 놀린다구요? 일단 훈련이나 끝내고 나서 말씀하시는 게?"

그만해. 나의 라이프는 이미 제로야. 대체 왜들 그리 전차대대를 갖고 싶어서 저 난리들인 거지… 라고 묻기에는, 나라도 저런 끝내주는 아이템을 갖고 싶어서 환장할 법했다.

탈무드에 따르면, 아이 하나를 두고 두 엄마가 서로 제 아들이라며 싸울 적에 솔로몬이 판결하긴 아이를 반으로 갈라주라 하니 진짜 엄마를 찾을 수 있었다 한다. 하지만 전차대대를 가를 수는 없으니…….

"진정들 합시다. 전차부대의 규모가 대대급이어서 써먹기 어렵다면, 차라리 우선 중대 규모로 분할해서 일선 사단에 할당하고 추후 전차를 더 수급하면 군단급의 전차대대를 새로 편성하는 것이 어떻겠습니까?"

"그것참 명안이로군요!"

"아주 훌륭합니다."

꺼져. 꺼져 미친놈아. 내 대대 가르지 말라고 이 또라이들아.

"그건 안 됩니다. 단순히 움직이는 토치카 용도로 전차를 쓰려한다면, 애초에 전차대대를 창설한 목적에 어긋납니다. 차라리 대대는 유지하고 추후 전차중대를 신편하는 것이……."

"이 옐로 몽키가 어디서 높으신 분들 이야기하는 데 끼어들고 있어!"

"벼락출세한 놈이 으스대지 마!"

아, 쏴 죽여버리고 싶다. 거지 같은 놈들.

"이제 편성도 끝났으니, 킴 소령의 역할도 끝난 것 아니겠습니까?"

"유색인종은 감투정신이 부족하고 전투력도 떨어집니다. 지금이라도 유능한 친구를 대대장 자리에 임명하시죠."

"귀한 전차 전력을 옐로 몽키한테 맡긴다면 영국과 프랑스가 비웃을 겁니다. 퍼싱 장군, 지금이라도 참모부로 돌리시지요."

"전차 제조사와 유착 관계가 있는 인물을 전투 지휘에까지 배치한다면 객관적인 데이터를 얻을 수 없습니다. 공정한 평가가 가능한 인물을 올립시다!"

이 개좆같은 놈들을 봤나. 확실히 내 자리는 불안정하기 짝이 없었다. 이건 사실이다. 애초에 '편성'을 하랬지, 내가 대대장을 받은 적은 없다. 내 정확한 소속은 원정군 사령부 예하 훈련계획참모 보좌관이라는 참으로 골때리는 위치였는데, 정작 훈련계획참모랑 내가 만날 일이라곤 전차병 훈련에 관한 논의가 전부였다. 그걸 아니 저 양반들도 미래의 전차대대장 감투를 놓고 벌써 쌈박질을 벌이는 거였고.

내 피가 거꾸로 솟을까 말까 고민하고 있을 때, 퍼싱 장군 역시 묵묵부답으로 눈을 감은 채 무언가를 생각하고 있었다.

"다들 주목."

그가 입을 여는 순간, 회의실 안에 순식간에 적막이 찾아왔다.

"도엔 준장."

"예."

2사단장 도엔 준장이 우렁차게 대답했다.

"해병대 출신이라 그런지 내 인사(人事)에 불만이 많은 것 같소만."

"저는 충분히 객관적으로 말씀드린 겁니다. 저는 프랑스군과 오랫동안 협조해왔고, 그들의 생각을 잘 알고 있습니다! 유색인종을 어찌……."

"전공을 많이 세우셔서 그런가, 혹시 원정군 사령관 자리에 관심이 있으신 거요?"

"…아닙니다."

"월권하지 마시오. 마지막 경고요."

"알겠습니다."

만만한 타군 장성을 쥐어패서 더더욱 분위기를 영하권으로 만든 퍼싱이 비로소 자신의 의견을 꺼내 들었다.

"전차대대는 해체하지 않소."

"장군!!"

"전차대대는 말 그대로 대규모 전차 운용을 실전에서 경험하기 위한 조직인데 무얼 자꾸 해체하라 마라요? 이미 대서양을 건너고 있는 전차도 많으니 여러분도 곧 수령할 건데, 그만 좀 투정들 부리시오."

"크흠……."

그럴듯한 사탕발림 명분 밑에 깔려 있던 '니들 다 저거 갖고 놀고 싶은 거 다 알아.'를 대놓고 지목해버리자 다들 얼굴이 벌게져서는 고개를 떨구었다.

그저 갓―싱. 킹갓 퍼싱만 믿고 갈 뿐이다.

"로켄바흐 대령?"

"옙, 장군."

사무엘 로켄바흐(Samuel Dickerson Rockenbach)가 얼른 대답했다.

"원정군 사령부에 기갑감실(機甲監室)을 설치하고 그대에게 기갑감을 맡기지. 전차에 관련된 모든 것을 위임할 테니 다른 분들이 괜히 신경 쓰지 않게 잘 해주시오. 그리고 킴 소령."

"예."

"전차대대의 편성은 어느 정도로 진전되었나?"

"사실상 완료되었습니다."

"해당 대대를 사령부 직할 제326경전차대대로 편성하고, 대대장에 킴 소령을 임명한다."

드디어! 드디어 전투부대 지휘관이다. 이날을 대체 얼마나 기다려왔던

가. 가슴이 먹먹해진다. 이 개좆같은 차별의 땅에서, 마침내 전투부대 지휘관 자리를 거머쥐었다. 얼마나 오래갈지는 모르겠지만, 적어도 내 커리어는 이제 반석에 오를 수 있었다. 최대한 티를 안 내려고 노력하는 동안 퍼싱의 명령이 계속되었다.

"아마 1달 내로 실전에 들어갈 것 같네. 준비하게."

"알겠습니다."

이후로도 회의는 계속해서 이어졌고, 마침내 나의 순서가 왔다.

"…이렇게 신편 326경전차대대가 운용될 예정입니다. 그리고, 전차병들에겐 별도의 개인화기를 지급할 예정입니다."

"별도의 개인화기라고?"

"예."

나는 이 자리에서 드디어 제안할 문제의 품목을 꺼내 들었다. 내가 손짓하자, 기다리고 있던 패튼이 박스 하나를 질질 끌고 와서는 모두가 보는 앞에서 개봉했다.

"저게 뭐지?"

"저게 개인화기라고?"

"거참 끔찍하게도 생겼군."

"그냥 쇳덩어린데? 주유기? 기름칠 도구 아닌가 저거?"

"허허. 무기입니다."

수십 년 먼저, 희대의 명총 'M3 그리스건'이 모습을 드러냈다. 물론 여기선 아직 M3라는 제식명칭을 받진 못했지만, 벌써 보자마자 그리스건 소리가 곳곳에서 튀어나오고 있었다. 확실히 그따위로 생기긴 했어 얘가.

"신무기라. 자네가 개발한 건가?"

"여기 계신 분들 중 일부는 제가 몇 년 전 제출했던 레포트를 아실 겁니다."

아마겟돈 레포트를 감상한 사람과 그렇지 않은 사람의 구분이 아주 확연해졌다. 표정만 봐도 알겠네.

"그때 저는 참호에서 '극도로 짧은 시간에 내 코앞에 총탄을 뿌려줄 무기'가 필요할 것이라 예측했습니다. 그래서 이 '기관단총'을 개발하게 되었지요."

"샷건을 쓰면 되지 않나?"

"샷건은 한 번에 총알 여러 발을 날리잖습니까. 야포와 기관총이 같을 순 없지요. 어쨌거나, 저는 이러한 총기가 필요할 것이라 확신하고 사비를 털어 제작했고 이게 그 결과물입니다."

못생겼다. 게다가 비용 절감, 생산성 등 여러 가지 요소 때문에 희대의 명작 '스텐'에서 따온 부분도 약간 있었기에 원작 M3보다 더더욱 못생겨졌다. 미적 감각이라곤 1도 느껴지지 않는 쇳덩이 그 자체. 곧 죽어도 총엔 목재가 붙어 있어야 한다고 믿던 이 시대의 장성들에겐 너무 컬쳐쇼크가 컸나보다.

"이런 걸 쓰겠다고?"

"이보게 킴 소령. 지금 자네 부대의 역할이 앞으로의 전차부대에 적용될 선도적 역할이라는 걸 알고 있겠지? 이런 흉물을 전 육군의 전차에 도입하겠단 건가?"

"이건 합중국의 명예 문제야! 이딴 걸 썼다간 조롱당할 게 뻔해!"

반응은 굉장히 안 좋았다. 옆에 조용히 있던 패튼이 콧바람을 거칠게 내쉬기 시작한 걸 보니 확실히 분위기가 개차반인 건 맞았다. 그렇게 난도질에 가까운 평가를 듣던 와중, 한 남자가 저벅저벅 다가와 그리스건을 잡았다.

"잠깐 테스트해도 되겠습니까?"

"그게 무슨……?"

"노리쇠는 어떻게, 아 이렇게군."

그는 슥 한번 구경해보더니 능숙한 자세로 파지 후… 타타타타타타타!!!! 그대로 구석에다 대고 갈겨버렸다.

무시무시한 소리가 울려 퍼졌고, 모두의 안색이 창백해졌다. 막 화를 내려는 사람도 3초 뒤 입을 꾹 다물었다. 이 자리에까지 오려면 적어도 최소한의 판단력은 있다. 이 무시무시한 연사력을 바로 앞에서 맛보고도 무작정 부정할 사람들은 아니었다.

"이거, 여분 있나?"

"예. 약간 있긴 있습니다만……."

"남은 거 전부 42사단으로 보내주게."

"이보게, 그게 무슨 말인가?"

딱 봐도 다 죽어가는 초췌한 모습의 42사단장이 고개를 획 돌렸지만 그는 요지부동이었다.

"장군님. 이 무기야말로 미래이자, 우리 병사들의 생명줄입니다. 반드시 우리가 선점해야 합니다."

"그, 그런가……?"

"그렇습니다."

탁. 총을 테이블에 올리는 묵직한 사운드가 장내를 채웠다.

"이 더글라스 맥아더가 보건대, 이 무기는 무수한 미군 장병들을 구원해 줄 겁니다."

"크흠!"

"이보게, 맥아더 대령. 아무리 그래도 여기서 대뜸 쏴버리는 건……."

"여러분들은 총기를 평가하면서 실사격 장면도 보지 않으려 했잖습니까? 일어날 생각조차 없는 분들이 가득하니 어떻게 하겠습니까. 눈앞에서 쏴드려야지."

맥아더는 어이가 없다는 듯 웃으며 말했다.

"명심하십시오. 우리 모두가 알고 있던 상식은 저 참호에서 전부 끝장 났습니다. 유럽인들은 무수한 시체를 쌓아 올리며 하루하루 새 상식을 배우기에 여념이 없습니다. 그런데, 누구보다 프론티어 정신 가득한 우리가 도로 옛 상식에만 의지할 생각이십니까? 대체 누구의 시체를 더 쌓고 싶어서!"

그의 일갈 한 번에, 장내의 분위기가 마법처럼 뒤바뀌었다.

* * *

회의가 끝나고, 나는 맥아더에게 다가갔다.

더글라스 맥아더. 가장 유명한 군인 중 하나. 웨스트포인트 개교 이후 모든 졸업생 중 성적 3위. 미합중국의 거대한 전쟁에서 거대한 족적을 남긴 거인. 불후의 기록을 세워나가며 미군의 역사를 갈아치운 남자.

그가 훗날 어떻게 되는지, 그리고 어떤 실수 끝에 몰락하게 되는지를 뻔히 아는 나였다. 하지만 '맥가놈'의 추한 면모를 모조리 알고 있는 나조차, 방금 장성들이 즐비한 회의장을 한 번에 제압해버린 그의 모습에 깊은 인상을 받을 수밖에 없었다.

인정해야 했다. 퀴퀴한 서적 속 맥아더와 내 눈앞의 맥아더는 전혀 다른 인물이었다. 이 사람은 타고난 카리스마의 화신이었다. 홀로 빛나는 태양 같은 존재. 그 빛을 경배하게 되거나, 혹은 저주하게 되거나 둘 중 하나. 본인과 동급의 존재를 용납하지 않는 에고의 집결체이자, 그 에고에 걸맞은 능력을 가진 천재적 명장.

내가 앞으로 군에 계속 몸을 담고 싶다면 언젠가는 선택해야 했다. 숭배의 대열에 합류하거나. 그의 등짝에 칼을 찍고 싶은 반대파의 일원이 되거나.

"도와주셔서 감사합니다."

"도와주다니?"

"아까, 그 총기 건 말입니다."

"그건 도와준 게 아닐세."

그는 고개를 흔들며 단언하듯 말했다.

"그 무기의 유용성은 결국 입증되었을 거야. 문제는 통찰력을 갖고 단숨에 채택하느냐, 무수한 피를 뿌린 끝에 울며 겨자 먹기로 채택하느냐의 차이일 뿐이지. 나는 전선의 장병들을 위해 윗사람들의 눈이 트이게 만들었을 뿐이고."

오만할 정도의 발언. 하지만 해낸 일이 일이다 보니 부정할 수도 없었다. 그리스건을 들고 참호선에 돌입한 장병들이 얼마나 더 손쉽게 적을 물리칠 수 있을까?

여전히 옐로 몽키라는 페널티가 달린 나는 그 자리에서 꼰대들을 제압할 수 없었다. 패튼? 패튼은 성질부리다가 쫓겨났겠지. 하지만 맥아더는 말 몇 마디로 해냈다. 어쨌거나 다수의 동의를 얻으면서.

"오늘 일로 대령님을 꽤 불편하게 여기는 사람들도 생긴 것 같습니다만."

"이딴 거로 날 불편해한다고? 자리 걱정하는 무능한 놈들이나 그렇지. 올바르게 생각할 수 있는 사람이라면 오히려 내게 감사를 표하겠지. 전혀 그럴 일 없으니 안심하게나. 자네, 생각보다 걱정이 많군?"

와, 사람이 어떻게 저런 말을 저토록 당당하게 할 수 있지. 이 인간은 어떻게 하면 맞는 말을 가장 빡치게 할 수 있는지만 연구한 것 같다. 그가 나와 패튼을 향해 손을 뻗었다.

"더글라스 맥아더. 42사단 참모장을 맡고 있네."

"유진 킴 소령입니다."

"조지 패튼 대위입니다."

"자네 레포트는 나도 인상적으로 보았지. 어떤가, 시간도 늦은 김에 같이 저녁이나 먹는 게?"

어떡할까. 나와 패튼의 눈이 슬며시 맞닿았고, 나는 곧장 결론을 내렸다.

"영광입니다, 대령님."

"흠. 물론 영광이겠지. 가세나."

고마운데 재수 없어.

별들의 집결 2

나와 패튼, 그리고 맥아더까지 세 사람은 식당에서 우아하게 칼질을 하며 이야기를 나누었다.

"자네들과는 한 번쯤 진지하게 이야기를 나누고 싶었네."

"하하. 대령님이 그렇게 말씀해주시니 영광입니다."

"내가 영광이지. 근래에 내게 킴 소령만큼 지적 자극을 준 사람이 없거든."

맥아더는 인상적인 미소를 지으며 말했다.

"그 레포트를 읽고 무척 감명을 받았네. 그 혜안, 그 논리적 전개. 명쾌한 결론. 안개 속에서 헤매던 배에 내리쬐는 한 줄기 등대의 불빛이 바로 그 레포트였지."

"너무 제 얼굴에 금칠을 해주시는군요."

"금칠이라니! 후배님을 이렇게 올바르게 평가해주시는 분이 나타났는데 뭔 겸손인가? 언제부터 그렇게 겸손 떨었다고."

전투적으로 고기를 씹고 있던 패튼이 툭 던지자, 맥아더가 껄껄 웃으며 고개를 끄덕였다.

"패튼 대위의 말이 참으로 정확하군. 맞아. 이 정도면 겸손도 과한 법일세. 자네는 보다 고개를 쳐들 필요가 있어! 이런 기적과도 같은 예측을 해낸 사람이 어째서 고개를 숙여야 한단 말인가!"

겸손이라도 하지 않으면 뭔 꼴을 당하려고? 나는 맥아더가 아니다. 사릴 때 사릴 줄 알아야지.

"물론, 자네의 인종이 문제는 되겠지."

그는 그렇게 말하고는 와인잔을 입에 가져다 댔다.

"하지만, 예로부터 선지자들이란 예언은 하되 힘은 없었지. 결국 힘이 있어야만 예언을 듣게 할 수 있어. 그리스도께서도 성전을 더럽히는 추악한 상인들을 채찍으로 징벌해야만 하셨네. 앞을 보여줘도 눈을 뜨지 않는 자들이 있다면 강제로라도 뜨게 해야 해."

"음......."

"물론 자네는 최선을 다했네. 그 '기관단총'이란 무기를 개발했고, 전차 또한 도입했지. 말만으로 끝내지 않고 스스로 행동에 나섰으니 실로 의인이야."

하지만 새로운 개념은 항상 반발에 부딪히는 법, 이라고 그가 중얼거렸다.

"이건 의무일세. 더 아는 자의 의무. 내가 자네를 도와 그 총기의 도입을 앞당기자 외친 것도 의무를 다했을 뿐이야."

그의 신념은 무척 확고해 보였다. 아마 평생이 지나도, 죽는 날까지 저 신념이 무너지는 일은 없겠지.

문득 내 생각은 다른 방향으로 뻗어나갔다. 내가 쓴 레포트가 말마따나 선지자의 예언이라면, 그 예언이 진실이라는 걸 누구보다 빨리 알아차린 본인은? 정말 어마어마한 에고이즘이다. 이승만? 그놈은 전투력 겨우 5에 불과했지.

"불쾌해하지 말고, 킴 소령 자네가 동양인이어서 나는 무척 다행이었다고 생각하네."

"어떤 말씀이신지?"

"자네가 백인이었으면 웨스트포인트에 왔겠는가? 국무부든, 아니면 맨해튼이든 하여간 다른 곳으로 갔겠지. 자네 같은 유능한 후배가 있어서 정말 다행이야."

"허허허……."

"퍼싱 장군 다음은 당연히 나의 시대겠지. 그리고 내가 퇴역할 때쯤 미합중국 육군을 이끌어나갈 사람은 당연히 킴 소령, 자네밖에 없네."

칼질을 하던 내 손이 미끄러졌다.

"방금 말씀하신 대로, 저는 인종이 페널티지 말입니다?"

"걱정 말게. 보는 눈이 없는 무능한 것들은 나의 시대에 전부 정리될 테니. 그대에게 필요한 건 오직 미합중국에 대한 충성과 성실성뿐이야."

일개 대령이 나의 시대네 퍼싱의 다음이네 떠들어대는 게 웃기지도 않지만, 그게 맥아더라면 이야기가 달라진다. 저 끝없는 오만함은 결코 그냥 '오만'이란 단어로 퉁칠 수 없다. 실제로도 퍼싱의 다음은 맥아더의 시대였으니.

"답답하지 않던가? 쓸데기없는 핑계로 그대의 발목을 잡는 무능한 놈들이? 나와 함께하면 머저리들에게 ABC부터 하나하나 알려준다고 머리 썩일 필요는 없네."

"함께한다니, 어……."

"당연히 파벌 같은 이야긴 아니지. 말 그대로야. 더 좋은 미 육군을 만들기 위해 같이 노력하자는 정도지. 어차피 자네가 42사단으로 올 수 있는 것도 아니지 않나."

후우. 심장 쫄려 죽는 줄 알았네. '너! 내 동료가 돼라!'였으면 정말 민폐가 이만저만이 아니겠지만, 미합중국 역사상 가장 정치질에 능했던 군인은 내가 딱 수용할 수 있는 선에서 멈추고 있었다.

"저야 대령님같이 훌륭한 분과 함께할 수 있다면 그저 감사할 따름이지요. 제 일생의 영광입니다. 하하하!!"

"흐하하하!!"

"하하하하하!!!"

영문도 모르고 같이 웃는 패튼과 함께, 그 뒤에는 시시콜콜한 잡담만이 쭉 이어졌다.

* * *

42사단 주둔지로 돌아가는 길. 맥아더는 차량 뒷좌석에 탄 채 입을 꾹 다물고 있었다. 원정군 사령부의 상황은 별로 좋지 않았다. 예상했던 대로, 어딜 가나 위대한 맥아더를 시기, 질투하는 놈들은 가득했고 사령부 또한 예외는 될 수 없었다.

이미 42사단을 경계하려는 정치적 음모의 냄새가 물씬 느껴졌다. 사단장의 건강이 나날이 나빠져 감에도 사단장 교체는 이루어지지 않고 있었고, 맥아더 자신의 손발과도 같던 유능한 장교 수십 명이 일제히 타 사단으로 전출 명령을 받았다.

어째서? 가장 우수한 부대에 더욱 힘을 몰아줘서 단위전투력을 높여도 모자랄 판에 왜 이런 짓을 하는 거지? 전공 갈라 먹으려고? 그깟 전공과 실적이 그렇게 중요한가? 역겹고 무능한 놈들. 머리엔 똥만 가득하고, 입에는 뱀의 혀가 달린 간신들이 위대한 퍼싱 장군의 눈을 흐리고 있었다.

퍼싱 장군과 같은 분이 결코 판단을 잘못할 리가 없다. 영웅은 영웅을 알아보는 법이니, 퍼싱 장군 곁의 똥별들이 이 맥아더의 광채에 어떡하든 진흙을 끼얹기 위해 용을 쓰고 있는 게 틀림없었다.

거기까지 생각이 이어지던 맥아더는 문득 오늘 만난 후배를 떠올렸다. 자신만이 진가를 알아본 새로운 영웅. 자신보다 훨씬 더 어려운 처지에서, 저 밑바닥 수렁에서 기어 나온 영롱한 원석. 그 원석이 무능한 것들에게 음해당하는 모습이 맥아더 자신과 너무나도 흡사하지 않던가. 선배 된 몸으로 어찌 돕지 않고 배기겠는가.

킴 소령은 아마 모르겠지만, 맥아더의 '긴 팔'은 예전부터 그의 등을 받쳐주고 있었다. 멕시코 원정 당시 전쟁부 대변인으로서 이 재기 넘치는 후배의 가능성을 알아보고 언론에 빵빵하게 홍보까지 때려주지 않았던가. 아마 이 사실을 안다면 더더욱 후배는 맥아더 님이 베푼 은혜에 감사의 눈물을 흘리겠지.

다행스럽게도 퍼싱 장군 역시 그 친구에게 신경을 써주고 있었다. 누가 봐도 이번 대대장 임명은 무리였지만, 그분은 강행하셨다. 젊은 인재에게 실전 경력을 달아주고 싶다는 판단이었겠지.

맡긴 부대는 전차대대. '1달 내로 실전에 들어간다.'라고 말할 정도면 당연히 우리의 공세. 연합군이 1달 내로 공세를 펼 수 있으며, 전차라는 신무기가 투입될 만한 곳. 프랑스의 공세? 말도 안 되지. 프랑스는 아직도 니벨 공세의 충격에서 벗어나지 못했다. 그러면 영국의 공세. 상식적으론 영국도 공격을 할 처지는 아니지만… '정치적 목적'이라는 말 한마디면 얼마든지 공세는 할 수 있다.

파스샹달(Passchendaele)은 아니다. 그 뻘밭 지옥은 아무리 전차라 해도 무리지. 또다시 거기에 병사들을 밀어 넣었다간 헤이그 원수가 살해당할 게 확실했다. 그의 머릿속에 서유럽 작전도가 떠오르고, 무수한 단대호와 화살표가 그려지고 지워지길 몇 초. 그는 곧장 결론을 도출할 수 있었다.

"캉브레(Cambrai)."

"네? 무슨 말씀이십니까?"

"캉브레에 전차를 주력으로 한 영국군 위주의 공세가 있겠군."

"향후 작전에 대해 무언가 언질 받으셨나보군요."

"아니? 이 정도도 스스로 생각 못 하나?"

황당해하는 부관을 무시한 채, 그는 고민했다. 앞으로 얼마나 더 앞과 뒤의 적을 상대로 싸워야만 할까.

"건투를 빌지, 소령."

"캉브레."

"뭐?"

"캉브레로 가겠군요, 아마도."

본격적으로 전차가 전쟁의 핵심으로 부상하기 시작한 전투. 원 역사보다 미군이 훨씬 빨리 전차를 개발하게 되고, 나라는 존재로 인해 전차부대의 창설 역시 더욱 빨리 궤도에 올랐다. 미군이 캉브레 전투에 참여할 개연성은 충분했다.

"캉브레가 어디야?"

패튼은 급하게 지도를 뒤적이며 '캉브레… 캉브레…….' 하고 중얼거렸다.

"여기? 뭐가 있다고?"

"독일군이 있죠."

"아니, 그러니까 하필 왜 여기냐고."

"지반이 단단하니까요. 전차 굴리기 거기만큼 제격인 곳이 없죠."

몇 달 전, 영국원정군 총사령관 더글라스 헤이그 원수를 중심으로 제3차 이프르 전투, 특히 파스샹달 전투라는 이름으로 악명을 떨칠 전투가 벌어졌다. 어어 하는 사이에, 영국군에서만 최소 20만에서 최대 40만의 사상자가 발생했다. 또다시 영국군은 저 지옥 같은 뻘밭에 장병들을 파묻었고, 분노한 시민들을 달래기 위한 성과가 필요했다.

그래서 캉브레다. 신무기빨로 어떻게 비벼볼 여지가 남아 있는 적의 요충지. 하지만, 경전차 몇십 대 정도를 들고 있는 우리 대대로 대체 뭘 할 수 있단 말인가? 가면 죽을 것 같은데, 안 갈 수가 없다. 하필 첫 전장이 패배가 확정된 전장이라니. 미치겠네 이거.

"허. 그걸 듣고 곧장 캉브레라고 떠올린다고? 킴 후배님도 참 괴물이 따로 없구만! 역시 미 육군의 전설이야!"

아, 그야 거기서 한판 붙는다는 걸 아니까 그렇지. 죽어서 회귀 한번 해 보실?

그나저나 맥아더가 문제다. 미 육군의 복잡한 정치질 세계를 최대한 단순하게 구분하면, 퍼싱 파벌과 맥아더 파벌이 있다고 볼 수 있다. 그렇다고 두 파벌이 딱히 적대적인 건 아니었다. 실제로 맥아더는 천날만날 퍼싱에게 대들었지만, 퍼싱이 이 버릇없는 새끼 하면서 줘패거나 파나마 운하닦이로 발령낸 적은 없었으니. 다만 퍼싱 사후, 후계자로 마셜이 올라오면서는 조금 복잡해진다. 맥아더와 마셜이 그렇게 사이가 좋았… 던가? 그럴 리가 없지.

여기서 정말정말 쉽고 간편하게 생각하면 마셜 줄을 잡는 게 맞겠지. 딱딱해 보이지만 속정이 깊은 마셜과 제 잘난 맛이 일품인 맥아더 중 하나 고르라면 역시 마셜 아니겠는가. 하지만 문제는, 마셜이 나를 '저 흑우는 마블링이 가득한 1등 흑우입죠. 아무리 무거운 쟁기를 달아도 땅을 잘 파는 것 아니겠습니까?'라고 생각한단 점이었다. 나 죽는다고요 음무에에!

농담이 아니다. 내가 마셜 라인을 타면 나를 워싱턴 D.C. 루즈벨트 옆자리에 봉인시키고 본인은 룰루랄라 히틀러를 해치우러 떠날지도 모른다. 적어도 내가 옆에서 본 마셜은 그러고도 남는다.

그에 반해 맥아더는? 일단 2차대전 터지기 직전까지 수십 년간 맥아더의 시대라는 점이 굉장한 메리트다. 게다가 열심히 아부만 해주면 될 테니 크게 불편할 일도 없다! 문제는 역시 애먼 퇴역병을 전차로 밀어버린 보너스 아미 사건, 그리고 나이를 먹으면 먹을수록 맥아더 장군보다 맥가놈이 튀어나올 가능성이 높단 건데… 어떻게 또 옆에서 도와주면 의외로 괜찮을지도 모른다.

복잡하게 생각할 필요 없다. 마셜과 맥아더가 본격적으로 대립하는 건 2차대전 개전 이후니, 그냥 두 사람 모두에게 호감을 뿌려 놓으면 된다! 와! 간단해!

"킴 소령님?"

"찾으셨습니까."

"총사령관님께서 찾으십니다. 바로 가시지요."

"알겠습니다."

때가 왔다.

* * *

"영국군이 캉브레로 공세를 펼 예정이야. 전차를 위주로 한 대규모 기갑 작전이 될 예정이지."

새롭게 내 상관이 된 로켄바흐 대령의 설명에 패튼은 조용히 귀를 기울였고, 나는 방금 받은 작전에 관한 개요를 빠르게 훑기 시작했다.

"여기에 이번에 신편된 326경전차대대를 투입하려 하네만, 자네는 어떻게 생각하나?"

"실전에 투입될 필요가 있다는 말씀엔 저 또한 동의합니다."

"그 말은 뭔가 다른 게 걸린단 것 같은데."

"질 겁니다. 아마도."

내 말에 로켄바흐 대령은 눈살을 찌푸렸지만, 상석에 앉아 있던 퍼싱은 묵묵부답이었다.

"이유가 있나?"

"누가 봐도 헤이그 원수의 자리보전을 위해 벌이는 졸속 공세잖습니까. 이딴 작전이 잘 이루어지면 그게 더 신기합니다."

"킴 소령! 말을 좀 점잖게 하게나."

"캉브레를 점령했을 때의 이득도, 전차가 주력이 될 개연성도 충분합니다. 하지만 그게 끝입니다."

"많은 공세는 정치적 목적을 갖고 이루어지지. 그것만으로는 부족해. 다른 이유가 더 있나?"

"영국 놈들이라면 저희를 사석(死石)으로 쓰고도 남지요. 영국의 전차는 느리지만 두툼한 중전차 위주고 저희의 전차는 가볍고 빠른 경전차입니다. 마침 집어 던지기에 딱 좋군요."

"영국 놈들이라면 그러고도 남지. 제 코가 석 자인 놈들이니 말야."

퍼싱은 고개를 끄덕였다.

"귀관의 생명은 귀관의 것이 아닐세. 미합중국의 소중한 자산이란 말이지. 현장의 판단에 따라 적절하게 처신토록."

"알겠습니다."

잠시 고민하던 퍼싱이 내 어깨를 두들겨 주었다.

"살아서 돌아오도록. 명령일세."

"예. 그 명령, 꼭 지키겠습니다."

"그래. 그거면 됐어. 누가 뭐라 해도 귀관을 믿고 있으니, 괜한 부담 갖지 말게."

갑자기 목이 메어 왔지만, 다행히 티는 내지 않았다. 살아서 돌아올 수 있을까. 헨리와 도로시가 보고 싶어졌다.

"정 아니다 싶으면, 가서 간만 보고 오게."

이건 또 무슨 소리야. 그게 가능해?

고증입니다

퍼싱	패튼
1886 임관, 소위	1909 임관, 소위
1892 중위	1916 중위
1898 임시 소령	1917 대위
1901 대위 복귀	1918 소령 — 임시 중령 — 임시 대령
1906 준장	1920 소령 복귀
1916 소장	

여러분이 잘 알고 있는 군대에 대한 모든 상식은 절대 미합중국 육군에 적용할 수 없습니다. 미군은 그런 곳입니다.

퍼싱은 사실 미국—스페인 전쟁에서의 공적으로 1903년 준장 진급을 제의받았는데 군 내부의 반대로 무산되었습니다. 이후 1905년 와이오밍주 상원의원 프랜시스 F. 워렌의 딸과 결혼하게 됩니다. 그리고 같은 해 빽의 힘(?)이었는지 단숨에 세 계급을 승진해 준장이 됐습니다.

6장
캉브레

캉브레 1

"우리 공병연대 일부가 후방에서 별도의 임무를 수행하고 있네."

퍼싱이 작전도의 한 부분을 찍으며 말했다.

"귀관의 전차대대는 그들을 엄호하는 역할로 하세."

"전차대대가 엄호라니요?"

로켄바흐 대령의 말에 나 역시 고개를 끄덕였다.

"말이 그렇다는 거지. 첫 공세에만 참가하고, 곧장 돌아와서 공병대를 지켜주면 되겠군."

싫어? 그럼 빌리질 말든가. 아주 단순한 선택지였다. 첫 공세에나마 수십 대의 전차를 추가할지, 아니면 그냥 후방에 아껴둘지. 영국 놈들이 절대 거절할 일은 없을 터.

"이 정도라면 괜찮겠군요."

"영국원정군엔 우리가 통지해 놓을 테니 자네는 첫 출전을 준비하게. 행운을 빌도록 하지."

* * *

　전투를 준비하는 나와 패튼의 첫 고민은, 이 시대의 한계 그 자체였다.

　"이봐, 후배님. 너무 전차가 잘 퍼져. 농담이 아냐."

　"어쩌겠습니까. 나름대로 노력한 결과가 저겁니다. 그러니 고장이 일어났을 때의 대처법이라도 똑바로 숙달시켜야죠."

　이기면 상관없다. 전투에서 승리하면 느긋하게 전장 정리하고, 뻗어버린 전차들은 회수해서 수리하면 된다. 아무 문제 될 것이 없다. 하지만 지면? 그 지옥 같은 참호와 참호 사이 무인지대에 덩그러니 내팽개쳐지는 셈이다. 살아남기 힘들다.

　"현재 전황에서 당장 요구되는 건 보병을 엄호하며 합동으로 진격해서 적 참호를 점령하는 역할입니다. 전차 단독으로 독일군의 참호지대를 점령할 순 없기도 하니, 전차가 퍼지면 즉각 하차해서 다른 전차 위에 태우고 엄호사격을 시행하게 합시다."

　"제길. 그 위에 애들을 태운다고? 떨어지는 순간 죽을 텐데? 허무하게 병사들을 잃을 순 없어. 어떻게 키운 금쪽같은 애들인데."

　"어차피 거기 그대로 있으면 죽어요. 차라리 이편이 살아남을 가능성은 높습니다."

　확률론이다. 거기에 고장난 전차랑 같이 덩그러니 있으면 확정 사망이다. 한 명이라도 더 살려서 돌아갈 방법은 이것뿐이다.

　"아무리 생각해도 내가 봤을 때 우리 대대의 역할은 기병대와 똑같아. 고속으로 기동해서 적의 측후방을 붙들고, 존나게 패주는 거지! 그러면 구태여 보병과 합동으로 움직일 필요도 없을 테고. 기동성의 우위로 상대의 방어 능력을 무력화시킨다면 전장에 낙오된 친구들도 살아서 후방으로 돌아갈 수 있지 않겠나?"

　"그 목적이라면 연대급 이상으로 창설했을 것 같은데… 이 전장에서 고속기동해서 때릴 '측후방'이라 할 만한 취약지대가 있긴 합니까? 아니, 있더라도 대대급 규모로 그곳을 점령, 유지할 수는 없습니다."

"흐으음."

패튼이 짜증 난다는 듯 고개를 저었다. 앞으로 수십 년 후의 미래라면 그럴 수도 있겠지만, 지금은 아직 때가 아니다. 당장 M1917 전차의 최대 속도가 시속 10km에 못 미쳤다. 놀랍게도 원 역사의 르노 FT보다 개선한 게 이 정도였고, 영국제 마크 시리즈 중전차는 이보다 더 굼벵이다. 이런 놈으로 기동전은 무리지.

여전히 전차대대의 운용교리에 대한 부분은 우리의 의견이 갈렸지만, 일단 당장은 캉브레에서 한 명이라도 더 살려 돌아와야만 한다는 점엔 의견이 일치했다. 나와 패튼은 그날부로 철야에 돌입했다.

"장비 전부 똑바로 정비해! 야! 야, 이 새끼들아! 전장에서 저거 퍼지면 니들이 뒈진다고! 이 씨벌롬들아!!"

"이 부랄 없는 새끼들! 명심해라! 퍼지면 얼른 내려라! 3초! 3초 안에 탈출 못 하면 전차랑 같이 뒈진다!!"

패튼은 신묘하게도 또 망할 빨간 모자를 구해 왔다. 이미 병사들 사이에선 패튼이 불운한 독일 포로의 심장을 꺼내 그 피로 모자를 염색한다는 소문이 나돌고 있었다. 도대체 뭔 짓을 하고 다니냐. 그러거나 말거나, 나와 패튼이 하나씩 뒤집어쓰고 병사들에게 왈왈대는 일은 이제 일상이 되었다.

"전차의 생명은 전차장과 운전수의 협조다! 일심동체! 내 애인이다 생각해! 나! 전차! 동료! 셋이서 쓰리썸 한다고 여기란 말이다 이 새끼들아!!"

"야! 운전 똑바로 못 하나! 이따위로 운전하다간 니 위의 전차장이 없는 애기도 임신하겠다! 헛구역질하고 있잖아! 니가 배불렸냐! 앙?!"

원 역사의 르노 FT는 전차장과 운전수가 소통할 어떠한 수단도 없었다. 엔진음 때문에 대화가 들리지도 않았기에, 2층의 포탑에 탑승한 전차장은 운전수를 발로 까는 식으로 소통하는 게 전부였다.

그 꼬라지를 뻔히 알았기에, 나는 M1917의 전차장석에 달 만한 소통 장치를 이것저것 고민하다 변속기 비스무레하게 생긴 쇠막대기를 달았다. 전차장이 이걸 움직이면, 운전수가 보고 그 지시대로 기동하는 거다. 원랜 지시 램프 같은 걸 생각했는데, 이 시대엔 너무 고오급 기술이라 불가능했다. 그저 눈물.

전차 훈련, 그리고 사격 훈련. 모든 병사들에게 빡세게 소총과 별도로 그리스건 사용법을 교육하고, 없는 탄 털어서 실사격도 해보고, 아무튼 할 수 있는 건 다 했다. 그리고, 운명의 날이 다가왔다.

* * *

퍼싱은 한동안 헤이그와 입씨름을 했고, 우리 대대로서는 그나마 괜찮은 결과를 받아들일 수 있었다.

11월 18일. 제326경전차대대는 영국군 제3군의 주둔지에 도착했다.

"반갑소. 연대장 윌리엄 파슨즈(William Barclay Parsons) 대령이요."

"326전차대대를 맡고 있는 유진 킴 소령입니다."

제11공병연대는 뉴욕의 철도 노동자들을 중심으로 만들어진 자원병 부대였다. 연대장 윌리엄 파슨스도 마찬가지. 이 사람은 원래 엔지니어였고, 파슨스 브링커호프라는 유명한 회사의 설립자였다. 그런데도 자원해서 이 전장에 나오다니. 대단한 양반이었다.

"사실… 전차대대가 우리의 호위를 맡아준다니 조금 얼떨떨하긴 하군. 저건 공격용 무기 아니오?"

"하하. 어쩌다보니 그렇게 되었습니다."

이 전쟁에서 철도의 역할은 막중했다. 수백만 명이 먹고, 입고, 자고, 쏠 것을 전장으로 실어나르려면 철도는 필수불가결했다. 이번 캉브레 공세에서도 이들 공병연대는 최대한 진격이 용이하도록 철도를 건설하는 역할을 말았다.

"저희가 봤을 때, 최선의 호위는 역시 공격이라 봅니다. 독일군을 최대한 밀어낸 후 돌아오도록 하겠습니다."

"패기가 좋군. 잘 부탁드리겠소. 아마 별일 없을 테니 전공이나 많이 따 오시구려. 군인들은 전공에 목을 맨다지?"

그렇게 서로 덕담을 나눈 후, 나는 곧장 우리 귀여운 전차들이 기다리고 있는 곳으로 돌아갔다.

"정비 똑바로 해! 똑바로!! 참호 돌파용 널빤지 어디 갔어!!"

"개판이구만."

아무리 훈련을 열심히 시켜도, 실전의 중압감은 떨치기 어려웠다. 당장 나부터 떨리는 마당에 병사들은 또 어떻겠나.

"킴 후배! 왜 표정이 그 모양인가!"

"제 표정이 어때서요, 하하."

"전장에 나서는데 당연히 즐거워야지! 웃게! 스마아일! 처음으로 독일 놈들의 대갈통을 딸 수 있는 영광을 얻었는데 죽상이면 안 되지!"

혼자 광분하던 패튼은 갑자기 전차 위로 기어 올라가서는 양손을 번쩍 들었다. 그러자 제 할 일이 바쁘던 병사들이 일제히 발광하듯 고함을 내질 러댔다.

"위대한 326전차대대의 병사들이여!"

"패튼! 패튼! 패튼!"

"가자! 베를린이 우릴 부른다아아아!"

"KILL! KILL! KILL!"

역시 이 부대에 제정신인 건 이제 나밖에 없다.

* * *

11월 20일. 3개 중대. 중대별로 15대의 전차. 일부는 철조망 돌파용 전면 개조형. 거기에 나와 패튼이 각각 탑승할 지휘전차가 따로. 구난전차 등 보조용 전차가 8대. 예비용 전차 약간. 벌써 상태가 좋지 않아 작동 불능이 된 전차도 나왔다. 참담했다.

50여 대의 전차가 마침내 오와 열을 갖추어 집결했다. 우리의 뒤편엔 토미(Tommy, 영국군)들이 득실득실했다. 우리가 전장 개척에 성공하면 곧장 뒤이어 돌입할 부대들이었다. 영국 놈들 대가리를 좀 따보고 싶다. 애초에 상호 협조부터 별나라 이야기인데, 우리 홍차맛 친구들은 경전차고 나발이고 없이 아무튼 그냥 전차로 취급해 전방 닥돌을 '부탁'해왔다. 못 해먹겠다 진짜.

새벽 6시 20분. 서서히 해가 떠오를 무렵, 천지를 찢어 가를 듯한 포성이 울려 퍼지기 시작했다. 독일군이 건설한 세계 최악의 지옥, 힌덴부르크 선을 뚫기 위한 필사적인 몸부림. 참호선을 맹렬히 두들기는 포격에 철조망이 떨어져 나가고, 불운한 독일군의 머리 위로 재앙이 덮친다.

갑작스러운 대공세에 혼이 빠진 독일군을 그다음으로 덮친 것은 오직 살인을 목적으로 뿌려지는 독가스였다. 공황 상태에 놓인 독일 병사들 중 방독면을 쓸 겨를도 없었던 자들이 하나둘 인생을 마감하기 시작했다. 그들의 머리 위로 영국의 항공대가 맹렬히 저공비행하며 대지 공격을 개시했다.

이것이 바로 유럽인들이 피로써 터득한 교훈. 효율적 포격, 가스, 공군. 그리고 이제 전차의 시간이 온다.

나는 초조하게 시계를 바라보며 예정된 시각을 기다리고 있었다.

"후배님. 괜찮나?"

"선배님이야말로 표정이 영 좋지 않은데요."

역시 천하의 패튼도 첫 전면전 앞에서는 별수 없는 모양이었다. 떨리는 표정을 숨기질 못하고 있었다.

"당연하지. 우리가 애써 가꾸고 키운 병사들이 돌아오지 못할지도 모르는데, 떨리는 건 어쩔 수 없잖나."

이놈도 역시 사람이었나. 석기시대의 광전사로 여겼던 내가 미안할 정도였다. 끔찍할 정도로 치솟아 오르는 포성과 연기를 뚫고, 저 멀리서 찬란한 햇살 한 줄기가 이 지옥과도 같은 전장을 비추었다. 그리고 그 순간, 패튼의 눈빛이 달라졌다.

"아, 아아아!!"

"선배님? 패튼 대위?"

"조상님! 조상님들께서 날 지켜보고 계시네! 죄송합니다! 감히 패튼 가문의 후예가 전장에 나서 겁을 먹다니! 이 불초 후손이 미친 소릴 했습니다!!"

아니 시발, 나랑 같이 있었는데? 뽕 빤 적도 없는 양반이 갑자기 무슨 개소리야?

"전군! 전투 위치로!! 나 패튼이 천국으로 가는 길을 열겠다아아아아! 조상님들이여! 오늘 또 한 명의 패튼이 당신의 곁으로 갑니다!!!"

"와아아아아아!!"

광기 가득한 패튼의 외침에 전차병들이 너나 할 것 없이 차체를 탕탕탕 두드리며 같이 고함을 질러댔다. 시발, 에라 모르겠다.

"우리는 전장에 나서는 최초의 미군이다! 쫄지 마라 시발것들아! 그냥 죽어! 전장에서 죽어라! 등을 보이는 순간 합중국의 명예가 시궁창에 처박힌다! 알겠나 이 병신들아!!"

"Yes, Sir!"

"가자!!! 카이저의 대가리를 따러!!"

멋진 훈시를 준비한다고 날밤을 새웠지만 그딴 건 모두 패튼이 먹어버렸다. 전투 끝나고 두고 보자.

"전차, 전진!!"

* * *

쿠르르르릉!!!

강철의 거인들이 하나둘씩 깨어난다. 곳곳에서 울려 퍼지는 맹렬한 엔진음. 일제히 전차가 달리기 시작하고, 그 뒤로 수백 수천의 영국군이 정신없이 달려나간다.

1차대전이 시작된 이래 계속되었던 인간 탄환들의 달음박질. 이들의 머리 위로 포탄이 떨어지고, 살아남은 자들은 항상 철조망에 가로막히고, 필사적으로 철조망을 자르려 아등바등하는 그들을 기관총이 갈기갈기 찢어놓는 것이 그동안의 절차였다.

하지만 지금은 다르다. 억세게 운 없는 전차 한 대가 포탄에 얻어맞았다. 끔찍한 소리와 함께 격파. 그렇게 신신당부했건만 전차병들은 전차에서 나오지 못했다. 즉사했겠지. 하지만 그들을 애도할 시간은 없다.

"포격 개시!"

신호 깃발이 펄럭이고, M1917 전차들이 일제히 주포를 쏴 갈기기 시작한다.

"기관총좌! 기관총좌를 먼저 제압한다!! 철조망 걷어내! 저 좆같은 철조망을 걷어내야 토미들이 산다! 길 터줘! 기이이일!!!"

피를 토하는 외침은 들리지 않겠지만, 적어도 깃발만큼은 그들에게 보인다. 무전기가 없는 지금, 내 지휘는 오직 깃발을 통해서만 이루어지고 있었다. 그 와중에 이 개같은 독일 놈들 윤형 철조망 쓰는 거 보소. 그거 특허 내 꺼란 말야.

이 새끼들 계좌에 로열티 입금 안 했으면 두고 보자. 내가 베를린에 찾아가서 내 돈 내놓으라고 360도 구른다. 씨발놈들. 내가 베르사유 조약에 '유진 킴에게 철조망 특허료 뱉어낼 것.' 박아 넣고 만다.

"맞아줘! 씨발! 애들 다 뒈지잖아! 우리 몸으로 맞아 주라고!!! 니들은 운 없으면 뒈지지만 저 토미 새끼들은 확정으로 뒈진다고!!"

타타타탕! 깡! 까깡!!

끔찍한 소리. 언제 이 얄팍한 철판이 뚫릴지 모른다는 공포. 전장을 보다 잘 보기 위해 해치 바깥으로 몸을 내민 내 양옆으로 탄환이 맹렬히 빗발친다. 죽을까? 이대로 이 남의 땅에서 죽는 건가?

그럴 리가 없다. 여기서 죽을 인생이었다면 대체 왜 두 번째 기회가 주어졌겠는가. 있지도 않은 신앙심, 말도 안 되는 허세를 필사적으로 머릿속에 주입하며, 나는 더더욱 뻔뻔스레 외칠 수밖에 없었다.

"야! 이 개새끼들아! 기관총좌 제압하라고! 참호! 참호 돌입해!!"

주포를 신나게 처맞은 기관총 토치카가 하나둘씩 침묵한다. 토치카가 무너져 내리고, 기관총과 병사들이 그대로 함께 깔려 뭉개진다.

적이 가까워져 온다. 참호 안에 대기 중이던 독일군들. 캉브레를 지키는 독일군은 누가 봐도 이선급 부대. 방독면을 쓴 폼이나 총을 든 꼬라지나 실로 어설프다.

"돌입해! 쏴! 야포! 야포 진지 제압해! 패튼 씨발아! 포대 직사하기 전에 저 새끼들부터 따라고!"

쾅!! 한때 독일인이었을 병사들이 고깃덩어리로 바뀌어 참호 안에 튄다. 살점 한 뭉치가 내 얼굴로 날아왔다. 방독면을 쓰고 있었기에 얼굴에 묻지도 않았고, 더 이상 역겹지도 않았다. 오히려 이게 총알이 아니었단 사실이 그저 신에게 감사할 따름이었다.

"전차장! 뭐 하나! 계속 갈겨! 갈기라고!"

"쏘고 있습니다!!"

"깔아뭉개! 전부 뭉개버려!!"

참호를 덮치는 강철의 파도. 독일 놈들이 혼이 빠진 듯 어쩔 줄 몰라 한다.

"적이 물러납니다! 후퇴하고 있습니다!"

전차장의 고함소리보다 먼저 나는 전장을 훑고 있었다. 독일군은 저항하는 대신 퇴각을 택하고 있었다. 기관총 진지는 순식간에 침묵당했고, 적의 조직적인 저항 따위 눈을 씻고 봐도 찾아볼 수 없었다. 오히려 일사불란하게 도망치고 있었다.

참호로 뛰어든 영국군이 일제히 만세를 외치며 눈물을 줄줄 흘리고 있었다.

"마침내! 마침내 넘었다!"

"해냈다!!!"

"만세!!!"

저 저주받을 선이 드디어 뚫렸다. 무수한 영국인의 피를 빨아먹은 힌덴부르크 선에 마침내 발을 디뎠다. 그들은 그 사실에 감격해하고 있었다.

"토미들한테 참호 접수하라 할 테니 우리는 바로 빠져서 재정비 들어간다. 이제 겨우 시작이다. 갈 길이 멀어!"

"우리가 해낸 겁니까?"

"그래. 해냈다."

"정말로요……?"

"지금은 말이지."

너무 쉽게 이겼다. 이건 이긴 게 아니다. 놈들이 첫 참호선을 내주고 다음 방어선으로 물러난 것에 불과하지. 하지만 달릴 수밖에 없다. 저 뒷덜미를 더더욱 세게 갈겨줘야 더 승기를 잡을 수 있다.

캉브레 전투. 원 역사의 영국군은 첫날 대승리를 거두었지만, 그게 끝이다. 앞으로 이어질 기나긴 파멸의 서곡은 이제 시작이었다. 그리고 우리는 그곳을 향해 뛰어들어야 했다.

캉브레 2

11월 20일. 영국군의 좌익과 우익은 성공적으로 보전 합동을 이루었고, 독일군의 진지를 완벽하게 무너뜨렸다. 그리고, 가장 가장자리에 배치되어 있던 326경전차대대와 후속하던 영국군은 사상 최초로 힌덴부르크 선에 입장하는 영광을 이뤄냈다.

대승리! 영국군은 무려 10킬로미터를 전진하고 적이 웅거한 핵심, 캉브레시(市)에 근접했다. 파스샹달에선 수십만을 늪지대에 처박은 대가로 대체 몇 킬로미터를 전진했던가? 1km를 전진하기 위해 만 단위의 병사들을 땅에 파묻던 이 전쟁에서, 처음으로 희망의 빛이 어른거렸다.

영국 전역은 승리의 기쁨에 잠겼다. 각지의 교회가 종을 마구 울려댔고, 시민들은 거리에 나와 승리의 희망을 서로 나누었다. 신무기, 신전술에 따른 새로운 승리! 그 어떤 언론도 놓칠 수 없는 먹음직스러운 이야기였다. 이 소식을 접한 쇼몽(Chaumont)의 미국원정군사령부 역시 사정은 비슷했다.

"제326경전차대대로부터의 보고!"

"어떻게 됐나?"

"아군, 힌덴부르크 선 최초 돌파! 적, 2선으로 퇴각!"

"와아아아아아!!"

참모부는 일순 아수라장이 되었다. 이류 열강, 촌놈들로 멸시받던 놈들의 군대가 저 콧대 높은 영국 놈들이 못 한 대업을 이루어내다니! 모두가 기쁨에 겨워 얼싸안는 동안, 퍼싱 장군은 로켄바흐 대령에게 다가갔다.

"대령."

"예, 사령관님."

"고생이 많았네. 자네가 제법 신경 많이 써줬다고 들었네."

"저는 며칠 업무를 하지도 않았습니다."

"훈련참모가 말해주더군. 하루에 1시간이라도 눈 좀 붙였나?"

"…나이 먹어서 살만 뒤룩뒤룩 찐 놈이, 전장에 나갈 친구들 몫까지 서류작업이라도 해줘야 하지 않겠습니까."

"그거면 됐네. 충분해. 우리 젊은 영웅들 서훈이나 준비해주자고."

로켄바흐가 고개를 끄덕였다.

"물론이지요. 대대원들 1명당 1병씩 술이라도 준비해 둘까요?"

"그거 아주 좋아하겠군… 패튼 대위 몫으로는 세 병 준비해주면 더 좋겠고."

음주운전만 안 하면 됐지. 퍼싱이 조용히 속삭였다. 그 혼란과 환성의 틈바구니에서, 한 인물이 조용히 사령부 안으로 입장했다.

"맥아더 대령? 여긴 어쩐 일인가?"

"총사령관 각하께 상신드릴 일이 있어 찾아왔습니다."

그의 얼굴은 그 어느 때보다 딱딱하게 굳어있었다. 터지기 직전의 활화산 그 자체. 근처에서 그를 지켜보고 있던 몇몇 참모들이 다가와 무어라 말하려 했지만, 맥아더는 그들을 부드럽게 밀쳐내고 퍼싱의 앞으로 다가왔다.

"장군님."

"…바쁘지 않은가? 42사단도 꽤나 정신없다고 들었네만."

"저희 사단에 중대한 문제가 있어 부득이하게 찾아뵌 점, 사과의 말씀드립니다."

그렇게 서두를 뗀 맥아더가 한 자 한 자, 또박또박 씹어 뱉듯 말했다.

"저희 42사단을 교체용 예비부대로 둔다는 이야기가, 사령부에서 나왔다고 들었습니다."

"그렇네만."

"지금 그 어떤 사단보다 전투력이 왕성하고 전의로 불타는 곳이 바로 42사단입니다. 아직 준비가 덜 된 사단을 전방에 보내고 42사단과 같은 임전 태세의 부대를 뒤로 뺀다니요. 그럴 수는 없습니다."

"모든 부대의 지휘관들이 내 앞에서는 그렇게 말한다네, 맥아더 대령."

"잠깐, 잠깐잠깐, 두 분 다 진정하시지요."

원정군 참모장 하보드(James G. Harbord) 준장이 두 사람의 사이에 끼어들며 손사래를 쳤다.

"각하. 확실히 42사단의 준비가 탁월한 건 사실입니다. 잠깐 재고를 해보심은 어떠실지요?"

"재고의 여지가 있다면 이따 따로 회의를 통해 논의하도록 하지."

"죄송하지만, 저는 지금 당장 42사단이 투입될 전장이 있다고 생각합니다."

간신히 분위기를 식히려던 찰나, 맥아더의 말에 다시 불씨가 붙었다.

"그런가. 어딜 말하는 게지?"

"지금 당장 캉브레에 전투병력을 보내야만 합니다."

"캉브레?"

"그게 무슨 소린가, 자네?"

이미 맥아더와 먼저 이야기를 했었던 하보드조차 처음 듣는 말에 당황하고 있을 때, 그가 고개를 번쩍 치켜들었다.

"캉브레 좌우익의 연합군이 전멸하기 전에, 최소한 투입된 미군만이라도 구출해내야 합니다."

* * *

　앞서 언급하였듯, 영국군의 좌익과 우익은 성공적으로 독일군을 분쇄하고 캉브레로 가는 길을 활짝 열어젖혔다. 하지만 문제는 중앙이었다. 중앙 공격의 핵심인 영국군 제51 '하이랜드'사단의 사단장은 전차라는 신무기를 혐오했다.

　"그 쇳덩어리랑 내 병사들을 같이 행군시키라고? 같이 뒈질 일 있나?"

　그는 윗선의 명령을 씹고 쿨하게 '전차와는 한 200미터쯤 거리 두고 진격할 것'을 명했다. 겨우 200미터. 어쩌면 이건 별것 아닌 판단이었을지도 모른다. 하지만 51사단과 맞설 스파링 파트너, 독일군 제54예비사단의 사단장은 점점 불어나는 섬나라 변태들의 신무기를 무척 경계하고 있었다.

　"앞으로 적들은 저 전차라는 무기를 더더욱 운용하려 들겠지. 지금부터 대전차 포격을 염두에 두고 포병들을 훈련시키도록."

　두 사단장의 판단이 맞물리는 순간, 마침내 재앙의 첫 불씨가 타올랐다. 영국군 51사단의 최전방에서 진격하던 전차는 고지대에 배치된 포병의 공격에 그 어떤 보병의 엄호도 받지 못하고 순식간에 전멸당했다. 뚜벅뚜벅 행군하던 병사들이 요란한 포성을 듣고 정신없이 전차를 향해 다가갈 때쯤 이미 전차는 고철로 화해 있었다. 전차를 다 날려먹은 51사단의 진격은 돈좌되었다.

　정해진 진격은 실패했고, 설상가상으로 맹렬한 포격에도 불구하고 독일군의 철조망을 완벽히 걷어내지는 못했다. 전과확대를 위해 투입된 기병대는 철조망을 넘지 못하고 쓸쓸히 돌아와야만 했다.

　원래 캉브레에 대한 공세는 딱 48시간만 지속하기로 약속되어 있었다. 여기서 올바른 판단은 전선을 재정비하고 중앙의 독일군을 밀어내는 것이었을지도 모른다. 하지만 도박쟁이들이 따고 나면 눈이 머는 건 동서고금을 막론한 진리. 영국군은 공세를 멈추지 않았다.

독일제국 최후의 듀오, 힌덴부르크와 루덴도르프는 캉브레의 전황을 보고받은 즉시 행동에 나섰다.

"놈들의 좌익과 우익이 파상공세를 펼치고 있군."

"미군의 전차부대가 투입되었다는 보고도 있습니다."

"루프레흐트 왕세자는 뭐라고 하던가?"

"중앙의 54사단은 최후의 한 명까지 고지를 사수할 예정이라고 합니다. 모든 상황이 우리를 위해 돌아가고 있습니다."

"그럼 간단하군. 건방지게 파고든 토미들을 전부 씹어먹어 주자고. 왕세자 나리께 판돈을 더 몰아주세."

미군의 가세로 영국군은 원 역사보다 더욱 깊게 파고들 수 있었다. 깊은 돌파는 당연히 더 많은 측면 노출로 이어진다. 그리고 독일군은 전투 개시를 보고받은 즉시 25개 사단을 끌어모아 캉브레에 투입했다.

원래 영국군이 꿈꾸던 깔끔한 전선 밀어내기 대신 그들을 기다리는 것은, 러시아와 이탈리아 전선에서 다져진 독일군의 최신 전술이었다. 영국인들의 입가에서 미소가 사라지기까지는 그리 오랜 시간이 걸리지 않았다. 그들을 비웃기라도 하듯, 이번엔 독일인들이 핏값을 정산할 차례였다.

* * *

"피탄! 피타아안! 기능 이상 없음!!"

"계속 움직여! 멈추면 다 뒈진다!"

전차대대가 보유한 전차 대수는 이제 31대. 예비를 전부 쓰고도 이 모양이다. 적에게 격파당한 전차는 거의 없었다. 대부분 고장 나서 전장에 방기한 것들이 대부분이었다. 그래도 아득바득 전차병들은 살려서 뚜벅이로나마 데리고 다니고 있었으니 불행 중 다행인가.

기분 좋은 대승리로 시작했던 캉브레 전투는 둘째 날부터 급속도로 동력을 상실했고, 이후로는 다시 1914년부터 반복되었던 개차반 꼬라지가 반복되고 있었다. 우리 대대 역시 매일같이 출진했지만, 적당히 간을 보는 선에서 멈췄다.

퍼싱이 내게 요구한 건 위대한 전과가 아니었고, 나 역시 안 될 줄 알면서 대가리를 처박는 취미는 없었다. 그런 건 첫날로도 충분하다. 아직도 그날만 생각하면 팬티가 젖을 것 같아. 패튼 역시 불타는 공격본능 대신 불길한 육감에 더욱 신경을 곤두세우고 있었다.

그리고 11월 30일, 캉브레 근교. 아군이 전차를 이용한 공세를 선보였다면, 적들은 보병과 포병의 조합으로 반격을 해왔다. 가장 약해 보이는 지점에 가스를 동반한 강력한 포격을 때려 박은 후, 저 끔찍한 돌격대 스톰트루퍼(Stoßtruppen, 슈토스트루펜)가 넝마가 된 지점으로 침투해 들어오자 전장은 순식간에 아수라장이 되었다.

동부 전선과 이탈리아에서 재미를 본 전술이 다시 캉브레를 배경으로 펼쳐진다. 전신이 잘려 나가고, 철도가 끊어지고, 전령이 살해당하고, 다리가 폭파된다. 저 멀리서 전장을 구경하던 참모부가 판단을 내리기도 전, 팔다리에 명령을 내릴 수단이 모조리 증발한다.

이제 나는 선택해야만 했다. 사실 열흘 전에 선택해야 했을지도 모른다. 하지만 우린 너무 깊숙이 들어왔고, 50여 대의 전차가 단숨에 '어이쿠, 우린 그만 돌아가 보겠습니다요.'라며 일선에서 빠지는 순간 대재앙 확정이다. 그렇게 망설인 결과가 바로 지금이었다.

"지금 파고드는 놈들을 때려잡기 가장 적절한 건……."

"우리겠지."

"그렇습니다."

"하지만 퍼싱 장군은 간만 보고 빼라 하지 않았나?"

"정확히는 현장의 판단에 맡긴다 하셨습니다."

패튼 역시 고민이 깊어지는 모양이었다. 기름이 다 떨어지는 순간, 우리는 끝장이다. 게다가 교량도 차단당하고 있다. 기름과 다리 중 하나가 완전히 사라지는 순간 우린 고립된다. 애초에 우리 전차병들은 레인저나 공수부대가 아니다. 오히려 보병대보다 전투력이 떨어지는 편이라고 봐야 한다. 탁 트인 이 벌판에 맨몸으로 내팽개쳐지면 미래는 참 암담하겠지.

"한 명이라도 더 많은 전차병들을 살려서 돌아가려면, 지금 빠지는 게 맞아."

"……."

"하지만, 납득할 수 있겠나? 저 불쌍한 토미들을 등지고 도망치는 게?"

"그래서 고민 중이잖습니까."

"젠장. 내가 지휘관이 아니라 다행이야. 이딴 엿같은 선택지를 나한테 들이밀었으면 아마 좆같이 머리 썩였을 것 같거든. 선택할 일이 없다는 건 정말 최고야."

지금 이곳에서 가장 효율적으로 저놈들을 틀어막을 수 있는 건 우리였다. 물론 독일 돌격대들은 이 당시 기준으로 대전차전 준비를 충실히 갖춘 부대였다. 하지만 우리는 기갑이었고, 동시에 나름대로 기동성도 있는 유일한 부대였다. 나는 패튼과 의논한 끝에 결심을 내렸다.

"전장에서 이탈합니다."

"그래? 뭐, 그게 틀린 선택은 아니지."

패튼이 착잡하다는 듯 바닥에 침을 뱉으며 말했다.

"우리는 이탈하면서, 눈에 보이는 독일 놈들의 대가리를 전부 따줍니다."

"허?"

"360도로 크게 회전하면서 퇴각하지요. 어차피 아직 기름 제법 남았잖습니까?"

"하! 하하하하! 그래! 그래야 내 후배님이지! 가자고, 독일 놈들 사냥하러!"

퍼싱 장군님, 죄송합니다. 아무래도 못 튀겠네요. 그리고 이날 독일 스톰트루퍼 부대는 해골 두 개를 받았다.

* * *

"히—하!!!"

"죽여! 전부 죽여라!"

"그대로 치어! 깔아뭉개라!! 주님께서 실수로 싸지른 독일 놈들이다! 전부 주님의 품으로 신속 배달해줘라!"

포격으로 울퉁불퉁해진 전장을 용맹히 가로지르던 스톰트루퍼들은 멀리서부터 다가오는 웅장한 엔진소리에 발걸음을 멈춰야 했다.

그리고 닥치는 강철의 파도. 포화, 총탄, 그리고 톤 단위의 무게가 그들을 뜨겁게 환영해주었다.

"악! 아아아악!!"

"으아아아!!!"

"계속 긁어! 이 새끼 하나가 살아남을 때마다 아군 한 명이 죽는다! 싹 죽여!"

독일인도 비명은 똑같다. 하지만 연민 같은 건 너무나 사치스러운 감정이었다. 당장 아군은 죽죽 밀려나 기존의 방어선을 지키기에도 급급한 처지였으니까. 나름대로 용전분투했으나, 우리의 활극은 오래갈 수 없었다.

휘이이이이이——

"이 소리는……!"

"포격이다! 전부 달려! 최고 속도로!!"

쾅!!

끔찍한 진동이 바로 옆에서 터져 나왔다. 전차가 휘청인다. 다행히 궤도가 나가진 않았다.

"속도 더 올려!"

"이미 최대로 밟고 있습니다!"

"씨발! 내 정자가 이거보다 더 빠르겠다!"

"그러니까 아드님 생겼겠죠!"

"그럼 애기 전차 하나 뽑게 좀 더 밟으라고 해!"

전차장 새끼가 이제 맞먹으려 드네. 살아나가기만 하면 두고 보자. 독일 새끼들이 대체 얼마나 우리한테 이를 갈았는지, 포격에 당장 우리도 죽어나 가고 있지만 자기네 병사들도 같이 허공을 붕붕 날고 있었다.

물론 내 기분 탓이라는 건 알고 있다. 이 시대에 요청한다고 즉각 포격이 이루어졌으면 이 개고생도 없었으니까. 원래 포격이 여기에 떨어지기로 예 정되어 있었고, 재수도 없게 독일 놈들과 우리가 얽히면서…….

콰아앙!!

"독일 놈 사냥은 여기까지! 이대로 후방으로 쭉쭉 쨌다!"

"예, 써!"

날아오는 돌에 맞아 머리에 뜨뜻한 느낌이 퍼져나갔다. 아, 이거 백 프로 피 났다. 뇌출혈만 아니면 된다고 읊조리며, 우리는 계속해서 달려나갔다. 그렇게 한참을 날뛰고 후방으로 빠져나가던 우리는 어느 작은 마을에 도달 했다.

"킴 소령! 킴 소려어엉!"

마을에서 가장 높은 건물에 펄럭이는 미합중국의 성조기. 그걸 보고도 그냥 지나칠 수는 없었다.

"대령님 아니십니까?"

"잘 왔네. 난리도 아니구만."

11공병연대의 파슨즈 대령은 열흘 만에 퀭해져 있었다. 세상의 모든 고 통은 전부 겪고 돌아온 듯한 모습이다.

"나쁜 사람 같으니. 호위해준다더니 대체 어디 있다 온 겐가?"

"허허. 이렇게 가장 필요할 때 연대장님 곁으로 착 왔잖습니까. 이게 다 신께서 보우하심 아니겠습니까?"

"빌어먹을. 맞아. 신이 자네들을 보내주신 모양일세."

대령은 지휘부로 전용되고 있는 마을회관으로 나를 안내했다. 나는 우선 전차 정비부터 지시하고, 노는 놈들에겐 마을에 혹시나 기름 있는지 뒤져보라고 한 후 곧장 그를 따라갔다. 안에 들어가자, 뜻밖의 인물들도 있었다.

"미합중국 326경전차대대장 유진 킴 소령입니다."

"헨리 보부아르 리슬(Henry de Beauvoir De Lisle) 소장. 대영제국 29보병사단 사단장일세."

사단장이 대체 왜 여기 있지? 내 의문은 금방 풀렸다.

"이미 여긴 독일 놈들에게 포위되었네. 보다시피 영국군은 사단장이 고립될 지경이야. 천운이 닿아 다행히 우리와 합류했지만… 끝장이야. 독일 놈들은 괴물인가! 어떻게, 어떻게 이런 일이 있을 수 있지! 내 부대! 내 부대를 돌려다오!"

리슬 소장은 딱 봐도 멘탈이 너무 나가버렸다. 나는 더 이상 머뭇거리지 않았다.

"준비하시죠."

"무슨 준비?"

"퇴각해야죠. 연대원들 전부 여기 묻을 순 없잖습니까."

1,400명의 자원병들. 유럽의 위기를 보고 자원입대한 이들만큼은 집으로 돌려보내야 한다. 우린 곧바로 준비에 나섰다.

캉브레 3

"오늘 하루만 여기서 숙영하고, 날이 밝는 대로 출발합시다."

"야음을 틈타 빠져나가는 게 더 낫지 않나?"

"어차피 전차와 동행하면 다 들립니다. 차라리 시야가 트여 있는 주간이 낫지요."

"그도 그렇군."

11공병연대는 애초에 전투부대가 아니다. 안 그래도 돈 없는 거지새끼 부대인 미군이다. 비전투병에게 개인화기를 쥐여줄 수 있을 정도로 여유롭지는 않다. 이들의 무장이라고는 곡괭이와 망치가 전부였다. 판타지 이세계의 드워프 부대도 이것보단 더 든든하게 무장했겠다. 돌아버리겠네.

"다른 건 더 없습니까?"

"그대들이 왔으니, 우선 오늘 밤을 버틸 정도로는 마을을 요새화할까 하네. 자네 의견은 어떤가?"

"여유가 되신다면 당연히 하는 게 좋겠죠. 무리하지만 마십쇼."

"흠… 전차 몇 대를 빌릴 수 있겠나? 역시 우리끼리만 움직이긴 부담이 된단 말이지. 병사들의 두려움을 떨치기 위해서는 전차가 곁에 있어야 할 듯하네."

"그러시지요."

약간이라도 기능 이상이 있는 전차, 많이 얻어맞아 장갑에 문제가 있는 전차는 모조리 폐기. 배때기를 갈라 멀쩡한 부품을 수습하고 다른 전차들에 박아 넣었다. 구난전차는 거추장스러운 크레인을 떼어버리고 내친김에 상체 장갑도 뜯어내 부상자 후송용으로 쓰기로 했다. 물론 전혀 쾌적하지는 않겠지만, 그렇다고 들것에 실어서 탈출할 순 없잖은가. 1,400명의 민간인을 데리고 적에게 포위된 전장을 탈출해 후방으로 튀어야 하는 판국이니, 한 명이라도 더 태워서 가야 한다.

이렇게 추려낸 전투용 전차는 총 13대. 사실상 이제 전차대대라고 부를 수도 없다. 전차중대지 이건. 힘차게 펄럭이는 성조기에 이끌린 듯, 저 멀리서부터 영국군 보병대가 터덜터덜 걸어왔다. 때로는 중대 단위로, 어떨 때는 소대 단위로, 심지어 하나나 둘이서 엉망이 된 모습으로 마을에 들어오는 모습은 하나의 비극이었다.

"대체 저 앞에선 무슨 일이 벌어지고 있는 겐가?"

"끝장입니다!"

한 영국군 병사가 피를 토하듯 외쳤다.

"독일군이, 독일군이 끝도 없이 짓쳐들고 있습니다! 우리가 점령한 곳은 개활지라 적을 저지할 그 어떠한 수단도 없는데, 우리의 머리 위로는 쉴 새 없이 포격이 떨어졌습니다. 상부와의 연락은 닿지도 않고… 그, 그 포격! 그 가스! 히, 히이익!!"

"알겠네. 얼른 쉬게. 오늘 밤만 여기서 머무르고 곧장 철수할 거야."

"살려주세요! 살려주세요! 숨! 숨을 쉬면 안 돼! 숨 참아야 해! 엄마! 엄마!! 아아악!!"

"이 친구! 이 친구 좀 붙들어 봐!"

정신적 충격이 너무 컸던 걸까. 의무병에게 붙들려 끌려가는 그를 바라보면서도, 입 안의 쓸쓸함이 가시질 않았다.

"예상보다 빠르게 무너지고 있는 듯한데."

"그렇다고 야간에 움직일 순 없습니다."

어느 정도 정신을 수습한 것 같은 리슬 소장이 다가오길래, 나는 경례를 하며 대답했다.

"현재 전황은 전혀 파악되지 않고 있습니다. 우린 어떠한 연락도 받을 수 없고, 사령부 역시 우리의 위치를 파악 못 할 것이라 생각합니다."

"그렇겠지… 빌어먹을."

얼마 전까진 종종 보이던 영국군 항공기의 모습도 사라진 지 오래다. 하늘은 이제 독일의 것이다. 이미 독일군은 전쟁기계로 완벽하게 각성했다. 영국과 프랑스가 무수한 시체 위에서 전훈을 완성하는 단계라면, 삼면 전선의 틈바구니에서 러시아제국과 이탈리아라는 두 열강을 뭉개버린 독일제국은 대체 얼마나 많은 교훈을 얻었을까?

단순히 독가스만 보더라도 알 수 있다. 영국군이 그냥 독가스를 쏘는 것에 그친다면, 독일제 화학전은 두 배로 악랄했다. 이제 독일 놈들은 첫 가스 공격엔 독가스 대신 구토유발제를 쐈다. 가스에 대비해 서둘러 방독면을 쓴 영국군은 방독면을 뚫고 들어오는 구토유발제를 이기지 못하고 구역질을 하며 방독면을 벗었다. 그러고 있노라면 두 번째로 살인가스가 그들을 감싸 안으며 죽음으로 인도했다.

돌격대도 매한가지. 지금 전장 곳곳을 쏘다니는 스톰트루퍼 부대는 37mm 대전차포를 끌고 다니고, 수류탄을 한 뭉치 묶어 놓은 세트 메뉴 집속수류탄을 집어 던지며, 일부 전차병들은 '놈들의 총탄이 장갑을 관통합니다!'라는 비명 섞인 보고를 올려왔다.

이런 상황에서 이길 수 있을까? 아니, 이길 수는 없지만 지지도 않겠다. 돌격대가 흩어져 있다는 말은, 그들 역시 상부와 연락할 수 없다는 이야기. 물론 이곳은 독일 놈들이 몇 년간 점거했던 땅이고, 이 땅의 지리엔 당연히 놈들이 더 숙달되어 있을 터다. 하지만 보병과 기갑의 사이엔 넘을 수 없는 벽이 존재하고, 막아야 하는 적과 뚫어야 하는 우리의 처지 역시 큰 차이가 있다.

최대한 많이 살려서 내보낸다. 적의 격멸은 불가능하겠지만, 이 정도는 할 수 있었다. 나는 그날, 뜬눈으로 밤을 지새우며 뚫어져라 작전도를 응시했다.

가장 유력한 퇴로를 찾아서. 미래 지식을 가진 김유진이 아닌, 병사들을 살려낼 유진 킴 소령이 되기 위해.

* * *

"수류탄!! 전방에 집속수류탄!"

"아아아악!!"

"9시 방향! 대전차포!"

"먼저 쏴! 제일 오른쪽의 3대! 좌측으로 기동하면서 대전차포 먼저 제압한다! 나머지는 거리 두면서 포격!"

다음 날 새벽. 우리는 부리나케 전차에 시동을 걸고 움직였다. 영국군 패잔병들까지 악착같이 수습해 약 2천. 기세 좋게 힌덴부르크 선의 첫 참호를 넘을 때와 비교하자면 처참한 몰골이 따로 없었다.

우리는 얼마 남지 않은 전차를 끌어모아 전방을 먼저 개척했다. 출신을 가리지 않고 가장 상태가 멀쩡하고, 전투 의지로 불타는 친구들을 끌어모아 전차 위에 태웠다. 속도가 더 느려졌지만 상관없다. 이렇게라도 해야 허무하게 마지막 전차가 끔살나는 일은 피할 수 있지.

몇 차례의 소규모 교전. 중간중간 매복해 발을 붙드는 스톰트루퍼들. 이 필사의 퇴각 끝에 우리를 기다리는 건, 처음 넘었던 바로 그 참호선이었고.

"씨발."

그 참호 안엔 독일 놈들이 도로 들어가있었다. 옘병할.

"저기 좆같은 제리들 보이나?"

"예!!"

"저 새끼들만 넘으면 집이다. 우린 산다."

사실 뺑이다. 아마 저기를 넘어서도 독일군이 득실득실할 거다. 하지만 일단 희망이라도 팔아야 전투 의욕이 샘솟지 않겠나.

"단숨에 돌파한다. 가자!"

"KILL!!!"

그 패튼스러운 구호는 좀 빼주면 좋겠는데! 어차피 기름도 다 되어 간다. 저 참호선을 뚫으면 모든 전차를 버리고 도보로 튀어야 한다. 그러니 사정 봐줄 필요 없이, 이대로 돌격하면 된다!

"공겨어억!!"

콰앙!

"전방에 대전차포! 대전차포!!!"

"누구든 알아서 때려잡아! 일일이 내가 그것도 말해줘야 하나!"

"패튼 대위의 전차가 향하고 있습니다!"

"그럼 냅둬! 알아서 할 거야!"

다시 한번 참호에 진입. 들어갈 때와는 반대 방향이었기 때문에 참호의 방어력은 훨씬 약했다. 이까짓 거…….

펑!!!

"뭐, 뭐야?!"

"수류탄입니다! 엔진 정지! 엔진이!"

"씨발, 뭐 해! 교육할 때 잤어?! 당장 쳐내려 씨발것들아!"

전차장의 대가리를 걷어찬 후 곧바로 해치에서 뛰쳐나갔다. 힘들다. 그동안 메고 다니기만 했던 그리스건의 감촉이 선명하게 느껴진다. 우리가 내리고 얼마 지나지 않아, 엔진이 화끈하게 달아오르더니 마침내 거센 불길을 내뿜었다.

"공격해! 씨발! 밀어붙여!"

깃발. 아직 내 손에 깃발은 남아 있다. 나는 마지막으로 한 번 거세게 깃발을 휘두른 후, 크게 심호흡하고 참호로 뛰쳐 들어갔다.

"Feind!! Feind eingehend!!(적!! 적들이 온다!!)"

"총알이나 먹어라 이 개새끼들아!"

이제 장교고 나발이고 없다. 참호 안에서는 계급빨 따위 없고 그 대신 총알 더 많은 새끼가 왕이다. 그리고 이제 유진 킴이 명하노니, 그리스건을 쥔 놈이 로마 황제다.

타타타타타!!

소총 한 발을 갓 발사하려 할 때, 그보다 먼저 그리스건이 놈들의 대가리에 뜨거운 주유를 마쳐줬다. 참호 곳곳에 전차가 냅다 대가리를 들이박고, 포성과 기관총 소리가 요란하게 울려 퍼졌다. 예상대로 놈들은 대전차전 준비를 제법 충실히 한 모양이지만, 무력화된 전차 곳곳에서 튀어나와 총알을 신속 배달해주는 전차병들까진 전혀 예상 못 한 모양이었다.

압도적 화력 우위. 내가 아득바득 기관단총을 개발하려고 용을 썼던 그 세월이 바로 지금 보답받고 있었다. 우리 장병들의 피 대신, 독일 놈들의 시체가 쌓이는 것으로.

"다 쓸어! 탄 아끼고!"

다시 총격. 죽여도 죽여도 끝이 없다.

"으아아아아!"

"죽엇! 씨발! 죽으라고!"

달려드는 제리 놈에게 다시 총알 드르륵. 넘어져서 울부짖는 독일 놈에겐 딱 한 발. 총알이 많지 않다. 점사 기능이 없으니 불편해 죽겠다. 아직 쓸어야 할 독일 놈들이 저리 많은데. 텅 빈 탄창을 대강 갖다 버리고 새 탄창을 꽂으려니, 또 어디선가 총검이 날아왔다.

"이, 이런······."

개머리판에 한 대 맞으니 머리가 깨질 것만 같다. 이빨 날아갔나? 아니다. 멀쩡하다. 하지만 날아오는 군홧발은 피할 수 없었다.

퍼억!

시발. 이렇게 죽는 건가. 그 개고생의 결과가 이 참호에서 뒈지는 거라고? 그럴 리가······.

타아앙!

"그러게 내 뭐라고 말했나. 권총 몇 자루 더 사놓으라고 했을 텐데?"

온몸이 피와 흙으로 흥건한 패튼이 끝내주는 상아색 권총을 쥔 채 다가왔다. 시발, 역시 패튼 선배가 최고야.

"한 자루 빌려주지. 이 좆같은 새끼들부터 다 죽이고 생각하자고."

"아이고, 삭신이 쑤시네. 우리 대위님 덕택에 살았어!"

"여기만 살아 나가면 나도 소령이야. 소령 진이라고 불러! 하하!!"

"그럼 전 중령 진으로 불러주시죠."

"그래! 맘껏 불러줄 테니 살아만 있으라고!!"

우리가 그렇게 태평하게 이야기를 나누고 있을 무렵, 제2파가 참호에 도달했다.

"전부 쓸어내라!! 미합중국의 명예를 지켜라!!"

"한 놈도 살려두지 마라!!"

무시무시한 기세의 공병 아저씨들. 손에 든 곡괭이와 망치가 그 어느 때보다 살벌해 보인다. 그래. 저 아저씨들 그러고 보니 철도 노동자들이었지. 어지간한 경찰들 정도는 대가리 깨버리던 파업의 스페셜리스트들이다.

마침내 졸렬한 총질 대신 상남자의 육박전을 펼칠 수 있는 환경이 깔리자, 참아왔던 근육질 노동자의 분노가 독일 놈들의 대가리를 강타했다.

"이 좆만한 새끼들이 어디서 딱콩질이야!"

"아, 아으아아······."

"야, 니 무기 멋지다! 내놔 이 새꺄!"

적과 교전했는데 무장한 아군의 숫자가 늘어나는 기적. 고작 대대 단위에 불과했던 적들은 순식간에 물량 앞에서 물에 탄 각설탕처럼 녹아 없어졌다.

"더 걸을 수 있겠나?"

"시발, 허벅지에 한 발 맞은 것 같은데……."

"어이! 우리 귀하신 중령 진 나리 부축 좀 해줘 봐!"

"후우. 아닙니다. 아직 걸을 순 있어요. 그보다, 우리 진군로는 어떻습니까? 더 갈 수 있을 것 같습니까?"

"아니."

패튼이 목소리를 쫙 깔고 대답했다.

"그게 무슨… 설마 적이 오고 있습니까?"

"그것도 아냐."

"그럼 무슨……?"

"아군이다."

"예?"

나는 한쪽 다리를 질질 끌며 참호 밖으로 올라갔다. 그리고 내 눈앞에 보이는 건, 전혀 예상도 못 한 장면이었다.

저 멀리 보이는 수백, 수천의 군인들. 영국군이 아니다. 독일군도 아니다. 누가 봐도, 합중국의 도우보이(dough boy)들이 확실했다.

그런 내 눈에, 저 멀리서부터 빠르게 달려오는 차량 한 대가 보였다. 신나게 덜컹거리면서도 용케 뒤집히지 않고 달리던 차는, 다 으스러진 철조망 지대를 놀라운 스턴트로 통과해 내 바로 앞에 멈춰 섰다.

"많이 늦었나, 소령?"

"아니, 아니 이게 어떻게 된……."

"급하게 나온다고 1개 연대만 진출시켰네. 당장 여기서 빠져나가지. 독일 놈들에게 덜미를 잡히면 우리까지 끝장이야.”

맥아더 대령은 턱끝으로 옆좌석을 가리켰다.

“뭐 하나? 얼른 안 타고.”

“아, 알겠습니다.”

내가 어안이 벙벙한 사이, 나를 태운 차는 순식간에 회두해 다시 맹렬히 후방으로 달려나갔다.

“하마터면 망할 뻔했군. 캉브레의 영웅이 불귀의 객이 될 뻔하다니.”

“대체, 여기에 42사단이 왜……?”

“내가 떼를 좀 썼지.”

아니, ‘떼’라는 한 마디로 해결될 문제가 아니잖아 이건. 애초에 42사단은 캉브레에서 제일 가까이에 있던 부대도 아닐 텐데?

“사소한 야전 훈련이란 걸세. 전장의 공기를 맡아봤으니 저 친구들에게도 큰 경험치가 될 것 아닌가?”

이… 또라이 새끼…….

대체 사령부에서 무슨 지랄을 했을지 감도 잡히지 않았다. 내가 할 말을 잃고 입을 다문 사이, 그는 언제 챙겨놨는지 붕대 한 뭉치를 꺼내 들었다.

“허벅지 이리 대게.”

“예?”

“총상이잖나. 탄이 박힌 것 같진 않아. 보자… 스쳤군. 빨리 소독부터 안 하면 외다리가 될 텐데?”

존나 황송하네, 이거. 그 귀하디귀한 맥아더 나리께서 몸소 군복을 찢고, 소독과 붕대질을 마치자마자 차가 멈춰 섰다.

“숨 크게 들이쉬고. 웃을 준비하게.”

“웃을 준비요?”

“당연하지. 이제부터 두 번째 전장일세.”

그가 먼저 문을 열고 나가더니, 내 방향의 문을 몸소 열어주었다.

"나오시게, 캉브레의 영웅!"

내가 얼떨떨하게 내리는 순간.

펑! 퍼버벙! 펑!!

포격보다 더 밝은 플래시가 사방에서 터졌다.

"킴 소령님!"

"킴 대대장님! 캉브레의 영웅! 한마디 해주십시오!"

"처음으로 힌덴부르크 선을 돌파한 소감이 어떻습니까?!"

이… 이 시발새끼. 고오맙다 정말.

어느새 맥아더가 내 곁에 오더니 나와 어깨동무를 했다. 누가 봐도 매력적인 스마일을 한가득 머금은 채.

"활짝 웃게. 치이즈."

맥아더… 당신은 정말 나쁜 사람이에요.

펑!

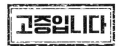

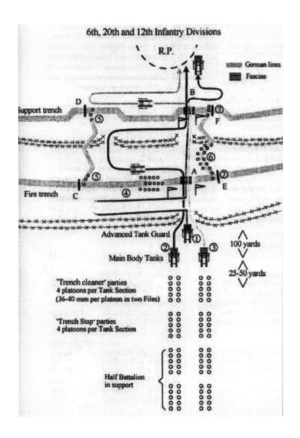

원 역사의 캉브레 전투에서 영국군의 진격 시 대형입니다.

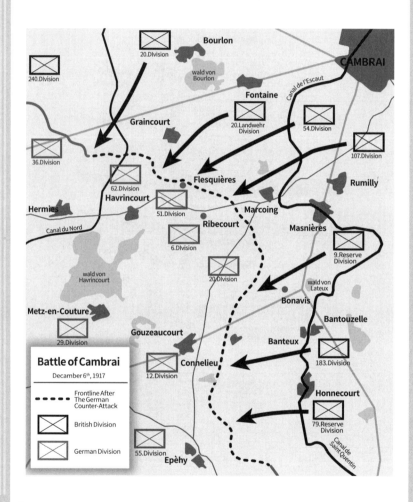

원 역사 캉브레 전투에서 독일군의 반격 경로입니다.

캉브레의 영웅들

"맥아더 대령! 이게, 이게 대체 무슨 짓인가!!"

"위험에 처한 아군을 구출했습니다."

"야!!!! 그 이야길 하는 게 아니잖아!"

마침내 뚜껑이 열린 하보드 참모장이 고함을 냅다 질렀지만 맥아더는 요지부동으로 차렷 자세를 유지했다. 맥아더의 신임 소위, 중위 시절을 뻔히 다 지켜본 하보드였다. 저놈의 옹고집은 어째 그때부터 바뀌는 일이 없었다.

"더글라스, 내 친구 더글라스. 왜 이리 날 못살게 구는 겐가?"

"…전 옳다고 생각되는 일을 행했습니다."

"거긴 자네가 갈 곳이 아니었어! 자네 부대도 마찬가지고!"

맥아더는 명백히 선을 넘었다. 어떤 부대는 반드시 예비대로 남아 있어야만 한다. 그게 이번에는 42사단으로 결정되었을 뿐이다. 하지만 맥아더는 사령부에 와서 항의하거나, 토론을 하거나, 설득하려 하지 않았다.

대신 42사단을 구성하는 주방위군의 의원들에게 전보를 쳤다. 아직 미군엔 군사기밀이라는 법적 개념이 없었으니, 이 자체만으로 법적인 문제가 될 일은 없었다. 도의적인 문제였을 뿐. 하지만 그 결과, 불타는 의원들의 항의가 원정군 사령부에 다이렉트로 날아들어 왔다.

[자랑스러운 코네티컷의 아들들이 대서양을 건너 자택경비원이 된 것에 대해 우리는 큰 우려를 표할 수밖에……]

[매사추세츠의 건아들이 다른 머저리들보다 나약하다고 판단한 귀 사령부의 의도에 대해……]

[로드 아일랜드의 젊은이들은 그 누구보다 투지에 불타고 있으며, 그들의 혈기와 열정이야말로……]

사령부는 발칵 뒤집혔다. 하보드가 뜯어말리지 않았다면 몇몇 참모들은 맥아더를 군사 재판에 회부할 기세였다. 그래 좋다. 이것까진 넘어간다 치자.

"하지만 이번 일은 명백히 과했어!"

"아닙니다."

"아냐? 아니라고?!"

"물론 더 가까이, 공드레쿠르(Gondrecourt)에 있는 1사단의 일부 부대가 있긴 했습니다. 하지만 그들은 전투준비태세가 아니었고, 아직 훈련 중이어서 충분한 전투력을 기대하기 어려웠습니다. 그에 반해 42사단 83여단은 즉응전력이었으며, 모든 탄약이 불출된 상태였고 전투 투입에도 어떠한 문제가 없었습니다. 두 부대를 비교했을 때 약 12시간 정도 83여단이 더 일찍 투입될 수 있다 판단하였고, 실제로 이로 인해 캉브레의 미군을 구출할 수 있었습니다."

하보드는 한참 이어지는 맥아더의 말에 할 말을 잃었다.

"…그래. 알아. 자네가 틀리진 않았겠지. 그 정돈 나도 아네."

쾅!!

"하지만 모든 일엔 절차가 있다는 걸 왜 모르나!!"

"그 절차를 지켰으면 326경전차대대와 11공병연대는 전멸했을 거란 사실에서 왜 고개를 돌리십니까!!"

"12시간이면 충분히 다른 부대가 갔어도 됐잖나!"

"아뇨! 그건 킴 소령의 말도 안 되는 역량이었을 뿐입니다! 그 걸레짝 부대로 독일군을 돌파한 게 군사적으로 기적이란 사실을 외면하지 마십쇼!"

마침내 맥아더 역시 같이 고함을 질러대기 시작했다.

"원래라면 독일군과 정면충돌해서 포위망에 갇힌 그들을 구해내야 했단 사실, 누구보다 잘 아시잖습니까? 그 절차 때문에 포위망에 최소 12시간, 최대 며칠 동안 그들을 내팽개쳐야 했습니까? 대체 몇 명이 그 잘난 절차 때문에 죽어야 했단 말입니까!"

"이보게, 대령."

맥아더의 목소리가 높아지자 오히려 참모장의 톤이 낮아졌다.

"군대는 그래야 하는 곳이야."

"……."

"절차 때문에 그들이 죽어야 했다면, 죽었어야 할 병사들이네. 그들 수천을 위해 군율이 흔들리면 수백만이 위험해질 수 있어."

"그 말, 살아 돌아온 병사들 앞에서 하실 수 있겠습니까?"

이번엔 역으로 하보드의 입이 막혔다.

"전 후회하지 않습니다. 군사 재판에 세우시려면 얼마든지 세우십시오. 하지만 반드시, 캉브레의 생존자들을 모두 방청객으로 참석시켜주시기 바랍니다. 그들, 그들의 부모, 그리고 미합중국이 제 무죄를 선고할 테니."

맥아더는 경례하고는 몸을 돌려 저벅저벅 걸어나갔다.

"이 친구야, 이 답답한 친구야… 대체 적을 얼마나 더 늘려야 만족할 셈인가?"

하보드의 탄식만이 집무실을 가득 메웠다.

무수한 기자들의 세례에도 맥아더는 대충 사진 한 컷만 찍고, 그대로 무심하고 시크하게 다시 차를 몰아 떠나가버렸다. 나는 그 길로 곧장 의무대에 당도했고, 모두의 극진한 간호에 힘입어 금방 자리를 떨치고 일어날 수 있었다.

"전멸이라니."

"…참담하군, 후배님."

그리고 복귀한 326경전차대대는 거대한 병동이었다. 전체 병력의 90%가 사상자. 살아남은 전차 없음. 말 그대로, 326대대는 소멸했다.

물론 사망자는 많지 않았다. 하지만 열흘에 걸친 전투, 특히 마지막에 벌인 탈출전에 대다수의 사상자가 집중되었다. 몇 차례에 걸쳐 스톰트루퍼와 교전하고 마지막엔 참호 육박전까지 갔으니 작은 부상이라도 입은 병사들이 대부분인 건 필연적인 일이었다.

그리고 전차. 애초에 완전히 포위되기 전 뚫고 도망친 것이니, 42사단과 합류할 때쯤엔 모든 전차를 버리고 전력을 다해 튀었다. 당연히 끌고 나온 전차는 0대.

하지만 이 부대 소멸의 대가로, 우린 사람들을 구할 수 있었다. 비참하지만, 야전병원에 드러누운 병사들은 하나같이 웃고 있었다.

"대대장님?"

"다들 누워 있게."

나와 패튼이 병동에 슥 들어오자 저들끼리 재잘재잘 떠들던 놈들이 일제히 입을 다물고 초롱초롱한 눈빛으로 우릴 바라봤다.

"잘했다. 참 잘했어. 아주 그냥 326전차대대 대신 326병신예정이라고 하자. 아는 얼굴들이 죄 여기에 있구만. 전차는 단 한 대도 수습 못 했고."

내 너스레에 장병들이 모두 껄껄대며 웃음을 터뜨렸다.

"돌아오지 못한 전우들, 성조기에 감싸여 집으로 돌아갈 전우들을 위해, 먼저 기도부터 하자."

모두의 안색에 그늘이 졌고, 패튼조차 엄숙하게 고개를 숙였다. 잠시의 침묵. 숙인 고개를 올린 그들의 표정에 울먹임이 서리려 할 때, 나는 힘차게 바닥을 내리찍었다.

"하지만 자랑스러워해라! 우리는 생명을 구했다! 이 땅의 자유와 민주를 지키겠다는 일념만으로 자원한 이들, 그리고 그 누구보다 우리의 도움을 간절히 바라던 영국인들! 다른 놈들도 아니고, 오직 우리만이! 우리의 전우, 우리의 몸과 맞바꾸어 무사히 구출해낼 수 있었다!

크게 다친 자들은 집으로 돌아갈 것이고, 나머지는 새로운 부대로 가 각자의 임무를 다하겠지. 하지만 내 명예를 걸고 말하건대, 우리는 이제 '나는 326전차대대원으로 싸웠노라'라고, 그 누구를 만나더라도 자랑스럽게 이야기할 수 있다!"

"326!! 326!!"

"그리고."

나는 다시 심호흡했다.

"잠깐이지만 함께해서 영광이었다, 이 빌어먹을 멋진 새끼들아!"

"유진 킴! 유진 킴!"

"쿵푸 마스터 유진 킴은 힌덴부르크의 부랄을 깨버렸다네! 오 그는 캉브레의……"

"그 좆같은 노래는 대체 뭐야!"

"아 저거? 내가 작곡했는데 문제 있나?"

"선배님……."

내가 병원 침대에서 끙끙댈 때 할 일은 안 하고 그딴 짓이나 하고 계셨습니까. 하, 생명의 은인이니 한 번 참는다 진짜.

내가 퇴원하던 날, 캉브레 전투가 공식 종료되었다. 그리고 그날, 제326

경전차대대는 해체되었다. 하지만 이 해체는 결코 패전의 징계 따위가 아니었다. 살아남은 자들 중 전장으로 돌아갈 수 있는 자들은, 장차 창설될 무수한 전차부대나 훈련 캠프로 빠져 신생 미군 기갑부대의 든든한 척추가 되어 줄 예정이었다.

미합중국 전차대대, 나아가 미합중국 육군의 첫 전투는 이렇게 많은 교훈을 안겨주었다. 그리고 거인은 교훈을 발판 삼아 더 강해질 준비가 되어 있었다.

* * *

부대 잃은 미아가 된 우리는 농담 따먹기나 주워섬기며 쇼몽의 원정군 사령부로 복귀했다. 물론 이야기하자면 얼마든지 전투의 전훈이라거나 향후의 개선방향 등에 대해 떠들 수 있겠지만, 당장 다음 보직도 미정인 찐따들이 그런 고차원적인 이야기를 해봐야 뭐 하겠나?

"왔구만!!"

"어서 오게!"

일개 위병들조차 스타 대하듯 각 잡고 경례를 올리더니, 사령부 안에 들어가자 누구랄 것도 없이 일제히 박수를 치고 경례를 하고 아주 난리가 났다. 우리는 무수한 악수의 요청을 간신히 비집고 퍼싱 장군이 기다리는 집무실로 향했다.

"잘 왔네, 젊은 친구들. 명령을 지켜서 무척 다행이야."

"감사합니다."

명령이라면 역시, 살아 돌아오라던 그 이야기겠지.

"마실 것 준비해드릴까요?"

"넵. 제가 가져오겠습니… 아."

선배. 쪽팔리니까 얼른 앉아요. 당신 이제 부관 아니야. 우리는 냉수를 한 잔 마신 후 다시 제대로 된 이야기에 들어갔다.

"우선은 다시 기갑감실로 복귀해서 이번 전투에 관한 보고서부터 작성하게. 사후강평 같은 건 전부 정식 보고서가 제출된 뒤에 하겠네."

"알겠습니다."

"내가 일단 귀관들을 부른 이유는… 상훈 때문이라네."

이야기 나올 줄 알았다.

이 당시 미군의 서훈제도는 참으로 골치 아팠다. 우선 그 유명한 메달 오브 아너, 명예훈장이 있다. 그리고… 없다. 저게 끝이다. 은성과 동성무공 훈장도, 수훈십자훈장도, 상이군인훈장 퍼플 하트도 뭣도 없다. 진짜 명예훈장 받거나 말거나 둘 중 하나다.

"물론 자세한 이야기는 의회로 올라가야 알겠다만, 내가 봤을 땐 명예훈장은 어려워 보이네."

퍼싱이 저렇게 말하면 어려운 게 맞다. 아쉽지만 어쩔 수 없지.

"…어째서입니까? 킴 소령의 무훈이 명예훈장엔 부족하단 말씀이십니까?"

"무훈보다는 정치적 문제일세, 패튼 대위. 아는지 모르겠지만, 그대들을 구하기 위해 42사단 참모장 맥아더 대령이 꽤 많은 무리를 했거든. 만약 명예훈장을 준다면, '잘못된 행동에도 결과가 좋으면 다 괜찮다.'라는 나쁜 선례를 남기게 되네."

"42사단의 행동이 어째서 저희와 엮인단 말입니까!"

"엮일 수밖에 없어. 조금만 그 머리를 쓰면 이해할 수 있잖나?"

씨근덕거리던 폭주기관차 패튼호가 서서히 엔진을 가라앉히기 시작했다. 잘못된 선례가 남는 건 확실히 미군 입장에서 곤란한 일이다. 당장 그 병신력 넘치는 일제만 봐도 이는 명확하다. '결과만 좋으면 만사형통'이라는 그 마인드가 만주사변, 중일 전쟁 등 폭주하는 일본군을 만들었으니까.

아쉽긴 하지만, 어쩔 수 없다. 맥아더가 그 난리를 쳐가면서 오지 않았다면 우린 다 떼죽음당했을지도 모르니 목숨값 정도로 치면 큰 불만도 없지.

"물론 그것과 별개로 자네들 진급은 확정이야. 미리 축하하네 킴 중령, 그리고 패튼 소령."

"아니, 그치만, 명예훈장……."

"더 추해지지 말고 그만 좀 하십쇼, 선배님."

"아깝지도 않나!! 명예훈장이란 말일세, 명예훈장!"

"그야 또 기회가 오겠죠, 뭐."

"크흠! 뭐, 나와 후배님이라면 명예훈장쯤이야 마음만 먹으면 금방이지! 흐하하핫!!"

물론 우리 모두 다 알고 있지만 꺼내지 못한 이야기도 있다. 그놈의 지긋지긋한 인종 문제라거나, 내 뒤에 있는 공화당 커티스 의원이라거나, 그 외의 여러 자질구레한 문제들.

하지만 내 입장에선 어떨까? 오히려 좋다. 명예훈장 같은 걸 지금 덥석 받아버리면 포드 회장과 장인어른이 '허허허. 이제 야전군인으로 할 수 있는 업적은 전부 성취했구만! 그럼 이제 워싱턴에서 일하도록 하세!' 하면서 망태 할아버지가 되어 날 잡아가도 이상하지 않거든.

나는 얼굴 가득 안타까움을 애써 참는 가식적 표정을 지으며 입을 열었다.

"저는 전혀 아쉽지 않습니다. 훈장을 노리고 행한 일도 아니니, 제가 군인으로서의 본분에 충실한다면 언젠가 또 기회가 오리라 생각합니다."

"귀관의 마음, 잘 알겠네. 명예훈장을 제하고 줄 수 있는 것들은 최대한 쥐여줄 테니, 이 이야기는 여기까지 하도록 함세."

이렇게 퍼싱에게 마음의 빚까지 적당히 안겼으니, 다음 보직도 기대해볼 만하다. 원정군 총사령관에게 빚을 지우다니, 이거 완전 수지맞는 장사구만. 꺼어어억!

* * *

미합중국 육군 제1보병사단. 사단 지휘부의 분위기는 한없이 험악했다. 얼마 전 있었던 훈련 과정에서 시버트 장군이 퍼싱의 기대에 부응하지 못했다는 소문은 이미 말단 이등병까지 알 정도로 파다하게 퍼져 있었다. 그리고, 퍼싱이 시버트 장군을 본토로 쫓아낼 것이라는 원정군 사령부발(發) 소문 역시 이 험악한 분위기에 크게 한몫하고 있었고.

그리고 이 분위기에 기름을 끼얹는 소식이 도착했다.

"이… 이… 뭐 이런 놈이……!"

"12시간? 12시간이라고! 허, 미치겠군. 어디서 주방위군 잡병들 뭉쳐 놓은 놈들이 정예 1사단을 모욕해?"

"3시간이면 충분했는데 이 무슨 헛소리를!"

"무지개사단이라더니 정신줄을 무지개에 걸어 놓고 왔나?! 어떻게 이따위 짓거리를 아무렇지도 않게 할 수 있단 말인가!"

맥아더의 막 나가는 행동에 누구보다 자존심에 상처를 입은 1사단의 분위기는 당장이라도 42사단에 쳐들어가 맥아더를 쏴 죽여도 이상할 것이 없었다. 참모들이 하나 되어 맥아더를 씹어 돌리고 있을 무렵, 한 남자가 맥아더의 '해명'이 적힌 종이를 꾸깃꾸깃 거칠게 짓이겼다.

"본인이 가장 똑똑하며, 당연히 본인 부대가 가장 잘났고, 나머지는 순 멍청이들뿐이라. 나폴레옹이 따로 없군."

1사단 작전참모 조지 마셜 소령은 애써 분노를 가라앉히며 중얼거렸다.

"두고 봅시다. 맥아더 대령."

캉브레 — 사후강평

미국원정군의 1917년 12월은 정신 사납기 그지없었다. 1사단의 시버트 장군은 전출 명령을 받았다. 사유는 장차 화학전에 대한 대비. 이미 분노를 억누르고 있던 1사단은 아수라장이 되었다.

"대체 왜! 시버트 장군님께서 뭘 잘못했다고!"

"본토에서 화학전 교육을 해야 한다고? 그래, 해야지! 전장에 나온 사람을 돌려보내면서까지 해야 할 아아주 중요한 임무지! 아암!"

"맥아더! 그 새끼가 요사스런 주둥일 털어서 시버트 장군을 치운 거야!"

물론 마지막 주장은 맥아더에게도 다소 억울한 이야기겠지만, 이미 1사단 참모들은 아침에 오줌 줄기가 두 갈래로 갈라져 나와도 이게 다 맥아더의 음모라고 씹어댈 정도였으니 참으로 업보가 깊었다.

이 혼란은 1사단 예하부대인 2여단 여단장이 시버트의 후임 사단장으로 발표되고, 퍼싱이 직접 1사단을 방문하면서 간신히 진정되었다.

한편, 폭풍의 눈 같은 42사단 역시 정신이 없었다. 42사단장은 골골대다 못해 결국 침대에 드러눕는 신세가 되었고, 이미 예전부터 실질적인 사단장 대리 역할이던 맥아더가 이를 기회로 전면에 나서게 되었다.

"사단장님께서 불편하시다고? 그럼 부득이하지만 쾌차하실 때까지 업무는 내 선에서 끝내도록 하지."

"알겠습니다!"

그리고 중환자 사단장 대신 워커홀릭 사단장 대리를 결정권자로 두게 된 42사단의 업무 효율은 순식간에 몇 배로 늘어났다. 게다가, 그토록 사람 뺏기기 싫다며 발광하던 맥아더가 눈물을 머금고 보내준 장교들이 새 임지에 가서도 맥비어천가를 목놓아 부르기 시작했다.

"에휴, 맥아더 대령님이랑 같이 일할 적엔 훨씬 매끄러웠는데……."

"42사단 어땠냐구요? 참모장이 미쳤죠. 그냥 신이에요, 신."

"그냥 눈 딱 감고 맥아더 등만 붙들고 있으면 알아서 다 해결됩디다."

전혀 본의는 아니었지만, 미국원정군 곳곳에 이른바 맥아더 파벌이라 불릴 만한 무언가가 조성되기 시작했다. 하지만 맥아더를 싫어하는 사람들도 만만찮게 있었고, 특히 1사단과 원정군 사령부엔 한가득이었다.

아무것도 모르고 있다가 난데없이 날벼락을 맞고 '걔들은 준비도 안 되고 느려서 어쩔 수 없었다'는 무능한 집단이 되어버린 1사단. 정치인을 움직여 상급부대 결정에 개입하고, 상부에 한마디 말도 없이 멋대로 군사행동을 강행하는 모습에 경악하게 된 사령부.

이 두 곳의 적개심이야말로 맥아더의 앞날에 먹구름을 깔아주고 있었다.

"이 더글라스 맥아더를 싫어한다고? 대체 얼마나 옹졸하면 그런 소릴 할 수 있는 거지?"

마이페이스와 자기애의 화신은 쿨하게 한마디 하고는 제 할 일로 돌아갔다. 그리고, 연말을 불태울 거대한 떡밥이 원정군을 기다리고 있었다.

* * *

영국군은 캉브레 전투의 성적표를 받아 든 후, 자조할 수밖에 없었다.

"어째서! 어째서 항상 독일군에겐 깨지기만 할 뿐이지? 빌어먹을 군국주의자 새끼들은 악마라도 되는 거냐!"

"전차가 도움이 되었다고 하지만, 너무 쉽게 제압당한 것 아닌가?"

완벽한 기습. 막강한 신무기. 최첨단 공지합동전. 꺼낼 수 있는 모든 패를 다 꺼내 들었음에도, 결과는 참담한 실패였다.

물론 독일군의 역습은 나름대로 격퇴할 수 있었다. 화들짝 놀란 독일군이 급히 예비대를 쏟아부으며 반격에 나섰고, 이 반격에 다시 반격을 가하며 전황은 늘 그래왔듯 교착되었다.

헤이그 원수는 분노한 내각에 대고 자못 당당히 외쳤다.

"우리는 지지 않았습니다. 우리는 적들의 간담을 서늘하게 했고, 적의 반격에도 우리의 최종 방어선은 무너지지 않았습니다. 그동안의 우리 공세가 항상 독일의 반격과 그로 인한 방어선 붕괴로 이어졌다는 점을 고려하면, 더 이상 우리가 공세를 주저할 이유는 어디에도 없습니다."

물론 전사 통지서를 날려야 할 내각에서는 쌍욕이 터져 나왔지만, 지금 당장 헤이그를 대체할 인물이 없다는 점이 그의 목을 붙들 수 있었다.

한편 독일군은 또 전혀 생각이 달랐다.

"이제 우린 끝장이다!"

"협상국은 이제 지반이 튼튼한 곳이라면 어디든 마음대로 들쑤실 수 있게 되었구나. 그런데… 우리는?"

독일군의 방어선은 그동안 난공불락을 자랑했다. 이 방어선에 적이 병사들을 투입하기 위해선 거의 필수적으로 대대적인 포격이 필요했고, 일선 참호가 포격을 처맞는 동안 독일군은 방어 준비를 갖추면 그만이었다.

하지만 전차가 등장하며 이 모든 가정이 무너졌다. 적은 더 이상 장대한 준비 포격을 필요로 하지 않았다. 단시간의 일제 포격 이후 전차를 쑤셔 박기만 하면 천하의 힌덴부르크 선이라 한들 허무하게 무너져 내렸다. 비록 캉브레에서 어김없이 승리했다지만, 승리한 독일군을 기다리는 건 초토화된 힌덴부르크 선이었다. 이걸 다시 보수하고 재구축하려면 얼마나 많은 시간과 자원을 투입해야 할까?

그리고, 전차의 등장은 그 자체로 독일제국의 경제를 위협했다.

"우리도 저 전차를 개발해야 합니다!"

"예산도 자원도 없는데 무슨 소리요?"

"그럼 하다못해 대전차무기라도 개발해야 합니다. 적 전차를 제압할 무기가 없으면 이 전쟁은 집니다!"

"아 글쎄, 이미 국고는 파탄 직전이란 말이오!"

이미 한계까지 박박 긁어모으고 있는 독일제국은 대전차 전력이라는 난데없는 거대한 수요를 추가로 감당해야 했다. 이제 식견 있는 사람이라면 모두가 제국의 파멸이라는 가정을 속으로 한 번쯤 생각하고 있었지만,

"러시아만 완전히 무너뜨리면, 전황을 다시 원점으로 되돌릴 수 있소."

파멸의 위기 한가운데에서 활로를 찾는 자들도 있었다.

* * *

속으로 아무리 좆됐다를 외치며 머리를 쥐어뜯든 말든, 독일군은 캉브레 전투의 승리를 대대적으로 홍보했다. 버려지고 불타는 M1917과 마크 전차들을 배경으로 위풍당당하게 행진하는 독일군의 모습! 누가 봐도 결과는 명백했다. 아무리 신무기니 뭐니 용을 써도 영국은 패했으며, 이류 열강 주제에 대서양 건너 기웃대던 미국 역시 독일군의 참교육에 너덜너덜해졌다.

패배의 충격에서 헤어 나오기 위해서는 영웅이 필요했다. 위정자라면 누

구나 떠올릴 수 있는 간편하고 쉬운 아이디어였다. 그런데…….

"그래서, 제 얼굴을 팔겠단 건가요?"

아직 노출돼선 안 된다. 보다 정확하게 말하자면, 노출되어 대중의 인지도가 올라가면 얻을 것보다 잃을 게 많다. 예를 들면… 세상엔 상대의 피부가 노랗다는 이유만으로 증오를 불태울 사람이 많거든.

이미 윗선은 어느 정도 나에 대해 인지하고, 인정해주는 분위기다. 내가 선거에 나갈 것도 아닌데 대중 지지를 얻어서 어따 써먹는단 말인가? 대중 지지를 얻어봤자 '젊은 영웅! 전쟁채권 판매 행사에 참석해주시오!' 같은 캡틴 아메리카 엔딩이 기다릴 뿐이다.

"근데 그건 싫다더군."

"그게 무슨 말씀이십니까? 싫다니?"

내 임시 상관, 로켄바흐 대령이 너털웃음을 터뜨렸다.

"자네가 그 어디더라, 조선? 조선계라고 하지 않았나?"

"맞습니다."

"그리고 그 나라는 현재 일본제국의 지배를 받고 있고."

"뭐… 사실이지요."

"그래서 불편하다 이거야. 영국과 일본은 동맹국 아닌가. 어찌 알았는지 일본 대사관에서 난리가 났다는 걸세. 자네를 일본계로 명기해야 한다고 말야."

와, 이건 또 상상을 초월하는 전개다. 아니, 충분히 일제 입장에선 뭐 이해가 안 가는 것도 아니다. 당장 원 역사의 중국 역시 '티베트인'이나 '위구르인' 같은 표기 하나에 게거품을 물지 않았던가. 게다가 몇 년 뒤면 3.1 운동이 터진다. 누구 하나 이름값 있는 한국인이 나타나는 순간 불은 더욱 활활 타오르겠지.

"그래서 어떻게 되었습니까?"

"누가 기행의 나라 아니랄까봐, 희한한 요청이 들어왔네. 머리 아프니까 그냥 자네 말고 패튼 소령을 띄우자는 거야."

"그 빌어먹을 놈들이 은혜를 원수로 갚다니! 역시 세상의 엿같은 일은 죄다 영국 놈들 짓입니다! 어떻게 자국군 병사들을 구출한 사람을!"

나는 으르렁대는 패튼을 적당히 달래주며 대령의 다음 이야기를 기다렸다.

"퍼싱 장군께서 영국 전시내각의 요청에 간단하게 답신을 보내셨다네. '꺼지시오.'라고 말야."

"크, 크… 푸흡!!"

아무튼 캉브레 전투는 더럽게 복잡한 사정이 이리저리 얽혀 있는 모양이었다. 착한 어른은 이런 복마전에 함부로 뛰어드는 게 아니다. 어차피 서훈은 언젠가 이루어질 수밖에 없다. 애초에 맥아더가 미쳤다고 전장 한복판에 기자들을 끌고 왔겠는가?

아직까지 이야기가 없는 걸 보면 맥아더는 가장 좋은 타이밍을 노리고 있는 게 틀림없다. 적어도 언론 다루는 스킬 하나는 미합중국 군인 역사상 최고봉 에베레스트를 찍은 사람이니 내가 걱정할 일은 없겠지.

"그래, 혹시 홍차맛 나는 훈장 필요한가? 퍼싱 장군께선 자네가 아마 거절할 거라고 생각하셨네만, 자네가 받고 싶다고 하면 당연히……."

"딱히 받을 필요는 못 느끼겠네요. 걔들 보나 마나 그거 주면서 별 해괴한 소리 다 늘어놓을 거 아닙니까."

《타임스》같은 신문에 [째진 눈의 라스트 사무라이, 영국 장병들을 구원하다!] 같은 좆같은 헤드라인 걸리는 순간 런던에 불 지르러 도버 해협 건너는 수가 있다. 꺼지라고 해 쉬불쟝.

다음 보직을 받기 전까지 기갑감실에서 해야 할 일은 당연히 전투보고서 작성이었다. 쓸 이야긴 참 오지게도 많았다. 그 모든 것들을 다 정리하는 것만으로도 일단 한세월이었고, 아직 병동에 남아 있는 병사들에게 가 그들의 이야기를 듣기도 했다.

캉브레 전투의 전훈은 결코 가벼이 여길 만한 것이 아니었다. 기갑감실의 몇 안 되는 장교들은 모두 느끼고 있었다. 여기에 적힐 한 글자 한 글자가 바로 향후 미군 기갑부대의 금과옥조가 되어 두고두고 전해질 것이란 사실을.

"탱크 위에 보병을 추가 탑승시키는 건 굉장히 좋은 아이디어 같은데?"

"아직은 무립니다. 언젠가 성능이 더욱 개선되면 전술적인 측면에서 활용이 가능하겠지만, 지금의 M1917로는 사실 죽기 싫어서 저지른 짓입니다."

"그럼 보류. 긴급 시의 방안으로 고려할 수는 있지만 평시에는 정비 소요를 고려하여 자제할 것, 정도면 되겠군."

하나둘씩 보고서가 완성되어 가고, 마침내 논란의 여지가 많아 보일 부분에 대한 이야기가 언급되었다.

"킴 중령이 개발한 그 기관단총에 대해선… 거의 숭배가 따로 없구만. 난 병사들이 총기를 이렇게 떠받드는 모습을 처음 보네."

"참호에서 가장 필요한 물건이었으니까요. 특히 원거리 사격전이면 모를까, 주로 근접전을 치러야 했던 전차병들은 단연 선호할 수밖에 없을 겁니다."

유신아 기뻐하렴. 기관단총 한 백만 정은 주문할 것 같단다! 기쁨에 겨워 행복사하진 말고, 부지런히 공장을 돌려 개처럼 납품하렴!

물론 저건 뻥이다. 현실적으로 봤을 때, 로열티 좀 받아먹고 다른 거대 기업에 위탁 맡기는 게 훨씬 유익하지. 이제 전쟁은 만 2년도 채 안 남았다. 지금 공장을 확장한다고? 망할 일 있나?

내 공장의 목표가 애초에 소소한 부귀영화와 한인들의 고용이었던 만큼, 세상에서 가장 나쁜 짓은 사람 고용했다 짜르는 거다. 그럴 바엔 그냥 안 뽑고 말지. 철조망이야 민수용으로도 얼마든지 신나게 팔아먹을 수 있겠다만, 총기는 좀 무리다. 그리스건을 대체 민수용으로 무슨 수로 팔아먹지? 마피아? 그러고 보니 조만간 금주법과 마피아의 시대가 찾아온다. 퇴근한 나는 즐거운 마음으로 동생에게 보낼 편지를 정성스럽게 적었다.

[내 착한 동생아. 지금부터 조상의 넋을 기리는 제사를 지내렴. 교인이

무슨 제사냐고? 헛소리 말고 그냥 닥치고 지내렴. 앞으로 모든 한인은 제사 지내는 게 전통 풍습이라고 주장할 수 있게 꼭꼭 제사 챙기고, 반드시 반드시 무조건 제사엔 제삿술이 필요하다고 주장할 준비도 해놓으렴. 못 하면 뒤진다 진짜.

　　사랑하는 형이, 빠게트 촌구석에서.]

　　이거만 성공하면 대박이다. 금주법의 예외조항엔 너무나도 당연히 성찬용 포도주가 있었다. 그러니 아무튼 소수민족의 풍습이랍시고 제삿술을 박박 우겨보자. 통과만 되는 순간 보드워크 엠파이어가 남의 일이 아니게 된다.

　　한 손엔 그리스건, 다른 한 손엔 합법 알콜. 아주 끝내주는 그림이구만. 몸은 전장에 있지만, 마음만큼은 샌프란시스코로 돌아간 듯했다.

9장
킹스 갬빗

나비의 날갯짓

이 당시, 미합중국에는 아직 검열제라는 게 도입되기 전이었기 때문에 유진이 쓴 편지는 아무 문제 없이 샌프란시스코에 당도했다. 만약에 누군가 이 편지를 뜯어본다 해도, 하와이 거주자를 합쳐서 1만도 되지 않는 소수 민족의 언어로 써진 편지를 읽을 수 있는 능력자를 구하는 것도 일일 테지만 말이다.

"제사를 지내라고?"

"형이 대가리에 총을 맞은 것 같아요! 아니지, 유럽 갔다가 매독에 걸렸나? 형수님께 꼰지를까?"

"형수님이 큰형을 죽이기 전에 형부터 먼저 쏴 죽이지 않을까?"

"…입 다물고 있어야지."

유신은 어이가 없다는 듯 웃었지만, 아비의 입은 꾹 닫힌 채 열릴 기미를 보이지 않았다.

"제사. 제삿술. 거참."

"아버지. 저딴 말에 지금 혹하시는 겁니까?"

"인석아. 네 형이 어떤 사람이냐. 학교에 틀어박혀서 구만리 앞을 내다보던 애다. 너 같은 코찔찔이를 사장님 소리 듣게 만들어줬으면 고마워는 못할망정… 에이그."

"하지만 대체 무슨 수로 유럽에서 아메리카 사정을 안단 말입니까?"

"오히려 떨어져 있어서 더 잘 보일 수도 있지."

금주법은 명백한 시대적 흐름이었다. 실제로 주류 금지를 목적으로 한 볼스테드 법(Volstead Act)은 의회에서 맹렬하게 타오르고 있었지만, 다수당인 공화당이 이 법을 밀어붙이고 있는 이상 통과는 결국 시간문제였다.

한참을 고민하던 그는, 혼자 결정할 문제가 아니다 판단하고 그 편지를 대한인국민회로 가져갔다. 그리고 안창호는 황당할 정도로 간단히 답했다.

"아드님 말대로 하시죠."

"자네 무슨 소린가? 자네도 독실한 교인 아니었나?"

"교인은 교인이고 제사는 제사지요. 저희가 로마 교황의 말을 들어야 하는 구교도도 아니잖습니까. 그리고 전통 행사를 통해 한인들을 한데 모으고 결속을 강화해서 나쁠 일도 없을 듯합니다."

"그러면……."

"한번 간을 봅시다. 마침 박 씨 어르신이 오늘내일하시는데, 조선 풍습대로 장례를 준비하면 어르신도 좋아하지 않을지요?"

"허. 그럼 준비를 제대로 한번 해야겠구먼. 그 양반이 벌써 갈 때가 되다니 세월 참 야속하구먼."

이들이 일컫는 박 씨 어르신이라 함은 샌프란시스코 최초의 20인 중 한 명인 한인 사회의 거두였다. 이리하여 술로 꿀 좀 빨고 싶다는 김유진의 소박한 욕망은 거대한 나비효과로 날아오르기 시작했으니.

"아이고오, 아이고오!"

"이제~ 가면~ 언제~ 오나~"

"저 행렬은 대체 뭔가?"

"한인들의 리더 중 하나가 죽었다는군."

"그래서 'I go.'라고 외치는 건가?"

이미 김씨 집안은 하루아침에 벼락부자가 되어 돈을 태워 담뱃불로 써 먹어도 될 판이었다. 그런 집안이 대대적으로 돈을 풀어버리니, 자연히 장례는 하나의 지역 행사 규모가 되어버렸다. 그리고 유진의 아버지는 미국에 도착한 뒤 수십 년간 옷장에 처박아둔 낡은 도포를 걸쳤다.

"그래서, 한인들은 매년 조상을 기린단 말입니까?"

"그… 이런 말 하면 실례가 안 될지 모르겠지만, 혹시 이교의……."

"우상숭배라니! 주의 신실한 종인 날 모욕한단 말이오? 동양의 대철학자인 콘푸시우스(공자) 가로되 귀신 같은 건 없다 단언하였소. 이 의례는 결코 귀신을 섬기는 것이 아니오."

"그럼 어떤 의미가 있습니까?"

"사람이 언제 죽는다 생각하시오? 총을 맞으면? 틀렸소. 사람들에게 잊힐 때야말로 진정 그 사람이 죽는 것이오. 후손이 조상을 반추하며 망인을 추억하는 것은 격식만 다를 뿐, 여러분들이 묘지에 찾아가 추모를 하는 것과 전혀 다르지 않소."

"그렇군요. 그런데 그 'Je-Sa'라는 것을 그동안은 안 지냈잖습니까?"

"그럴 리가. 그동안은 우리가 헐벗고 가난했기에 집에서 냉수 한 잔 떠다 놓고 조용히 예를 표했을 뿐이오. 하지만 이제 일신의 안녕을 지킬 정도가 되었으니 당연히 해야 할 도리를 하는 것입니다."

그들은 고개를 끄덕이며 이 전통 장례의 모습을 신기하게 바라보았다.

"그런데 저 상차림엔 한인들 전통식은 거의 없군요?"

"제사상은 원래 고인이 생전에 즐기던 것을 올리는 것이 예의이기 때문이오. 고인은 누구보다 이 나라를 사랑했고, 태평양 건너 자유를 찾아온 자신을 따뜻하게 품어준 합중국의 일원으로 녹아들고자 오랜 세월 노력했소. 우린 고인이 즐기던 것을 올렸을 뿐이외다."

"장례에서… 포커를 치기도 합니까?"

"거참, 다 전통이라니까."

수십 년 만에 개화의 기수에서 유교탈레반으로 돌아온 그의 논리에 코쟁이들은 할 말을 잃었다. 사실 다른 것도 아니고 장례 행사라는데 거기에 대고 이러쿵저러쿵하는 것도 추잡할뿐더러, 이게 무슨 피해를 끼치는 일도 아니잖은가?

그렇게 샌프란시스코의 유지들은 이 한인들의 풍습에 맞추어 절 대신 허리 숙여 고인에 대한 예를 갖추고, 상주에게 위로의 말도 한마디하고, 위스키와 찬거리를 대접받으며 이 신기한 행사를 체험했다.

얼마 지나지 않아, 샌프란시스코에서 이 '이교(異敎)의 행사는 절대 아니지만 아무튼 굉장히 중요한 전통 풍습이라 금지당하면 무척 모욕적으로 느낄' 한인들의 풍습은 약간 신기한 일 정도로 자리 잡았다. 이게 어떤 결과를 낳을지는 대서양 건너편에서 과로에 신음하던 한 중령도 모르는 일이었다.

* * *

한편, 샌프란시스코에서 정 반대편 메릴랜드주. 더럽고, 추잡하며, 예의를 모르는 물개들을 키우는 물개 소굴 아나폴리스로도 유명한 이 메릴랜드에 미합중국 육군의 전차병 훈련소가 신설되었다. 그리고 이 훈련소에서 가장 탁월하며 유능하기로 이름난 교관, 드와이트 아이젠하워 대위는 요즘 골머리를 썩이고 있었다.

"잘 주무셨습니까, 대위님!"

"아… 그래……."

"오늘도 즐거운 아침입니다! 하하핫! 오늘은 누구의 골통을 깨실 예정입니까?"

"안 깬다니까 그러네."

"예? 골통을 깨지 않는 훈련이 있단 말입니까?"

캉브레의 영웅들. 그들 중 일부가 교육을 위해 훈련소에 투입된다는 이 야길 듣고 아이젠하워는 무척 기대했었다. 유일한 실전 투입 미군! 그것도 전차대대!

하지만 아이젠하워의 전장에 대한 동경과 영웅에 대한 선망을 비웃듯, 이들은 오자마자 온갖 기행을 저질러댔다.

"실전을 경험한 여러분들이 터득한 것을 최대한 많이 알려주시면 감사하겠습니다."

"KILL!"

"예…? 누굴 죽이라고요?"

"저희의 경례 구호입니다. 전차란 무릇 파괴와 살육을 위한 병기. 눈에 뵈는 건 고라니든 독일 놈이든 전부 찢고 죽이라는 귀한 가르침이 담겨있지요."

뭔가 좀 이상한데. 뭔가, 뭔가 마치 한 천 년 전에 태어났어야 할 중세인이나 할 법할 대사를 저리 위풍당당하게 떠들고 있으니 어쩐지 그대로 납득해버릴 것만 같았다. 그리고 이들이 가장 먼저 착수한 일은… 모자 주문이었다.

"크흐흐, 드디어 나도 이 모자를 쓰는구나."

"야들야들한 삐약이들의 머리통을 어서 발로 까주고 싶어."

"킴 중령님의 하이바 까는 솜씨는 정말 일품이었지."

"세상에! 선홍색 모자라니! 네놈, 이단이구나! 무릇 모자는 당연히 거무튀튀할 정도로 짙은 적색이 정통이거늘!"

"무슨 소리냐. 패튼 소령님이 독일 놈의 심장을 뽑아 모자로 만든 것도 모르나? 당연히 심장 색깔의 모자가 정통이지."

아이젠하워의 소중한 훈련소가 더럽혀지고 있었다. 이놈들은 별로 제정신이 아니다. 그 자식이다. 이 많은 사람들의 정신을 희한하게 뒤틀 수 있는 악귀는 그 자식뿐이다!

'유진! 대체 이 사람들에게 무슨 짓을 한 거냐!'

유럽에서 혼자 전공 쌓고 꿀 빠는 친구를 저주하며, 그는 그래도 이 이상한 놈들과 어울리기 위해 모자 하나를 집어 들었다.

"전차병은 이 모자를 쓰고 교육을 진행했나보군요?"

"스탑!!"

"또 뭡니까 이번엔……."

그가 방금 집어 들었던 모자 가운데엔 'CAMBRAI'와 '326', 그리고 탱크 그림이 박혀 있었다. 마치 여동생을 건드리려는 괴한을 바라보듯 전차병들의 눈에 불길이 이글거렸다.

"그 모자는 오직 영광스러운 캉브레의 전장을 함께한 326경전차대대원만 쓸 수 있습니다. 실례지만 대위님께선 이걸 써주시겠습니까?"

이 또라이들이 새로 그에게 내민 모자엔 단순한 해골 그림이 박혀 있었다. 진짜 가지가지 한다. 아이젠하워의 목 끝까지 육두문자가 치솟아 오르려다 다시 내려갔다. 절대 이놈들이랑 욕으로 붙었다가 질까 봐 참은 게 아니다.

제아무리 대통령이 될 자질을 품은 남자라지만, 두 또라이들이 합심해서 정성껏 키워낸 진성 미치광이들을 품에 끌어안기에는 아직 용량이 좀 딸리는 모양이었다.

* * *

"자네 뭐라고 했나?"

"다음 보직은 전차와는 관련 없는 곳으로 가고 싶습니다."

내 말에 패튼의 목이 호두까기 인형처럼 끼기긱 돌아갔다.

"이보게 킴 후배님!! 그게 대체 무슨 소린가! 우린 전차에 뼈를 묻기로 맹세한 몸 아니던가!"

맹세한 적 없어. 왜 이래요.

"여러 가지로 고민을 해봤습니다만, 역시 패튼 소령의 말대로 향후의 전차는 과거 기병이 하던 역할을 계승, 발전할 것으로 보입니다."

"그리고?"

"그러면, 원래 보병 병과였던 저는 손을 떼는 게 타당하지요."

"그게 무슨 소린가! 병과야 갈아치우면 그만이지! 그 웅혼한 엔진음이, 전장을 울리는 진동을 버리겠단 말인가 후배님?!"

"하지만 당장 캉브레의 전훈만 보더라도 전차는 보병을 엄호하는 역할 아니던가? 굳이 지금 같은 시기에 물러날 이유는 없을 것 같네만."

패튼은 일단 무시하고, 로켄바흐 대령의 물음에 나는 고개를 저었다.

"전투보고서를 작성한 것으로 제가 할 수 있는 역할은 다 했다고 생각합니다."

이제 기갑에 얽매일 필요는 없다. 여기서 천년만년 전차의 아버지 소리 들으면서 행복한 군생활을 할 수도 있겠지만, 앞으로 2차대전이 벌어지기 전까지 할 일은 영 줄어들 것 같았다.

아직 내 감은 죽지 않았다. 더 높이 올라가려면, 이것저것 준비해야 할 게 많다. 여기 머무르고 있으면 영 선택의 폭이 좁아지지. 내가 여기서 빠진다고 해서 영향력이 줄어들까? 절대 아니다. 비공식적으로라도 내 의견을 '참고'하고 싶겠지. 어차피 1차대전이 끝나고 나면 중위따리로 돌아갈 테니, 괜히 여기서 뭉개고 있느니 뒤에서 영향력 행사하는 게 훨씬 좋다.

"자네의 뜻은 잘 알겠네. 다음 보직 배정 때 귀관의 의사를 반영하겠네."

로켄바흐의 동의까지 받아냈으니, 뒤는 일사천리다.

라고 생각하던 시절이 있었는데…….

"킴 중령, 저녁이나 한 끼 같이 하겠나?"

"요즘 신수가 훤하군. 어떤가? 향후 작계에 대해 우리끼리 토의해보려 하는데……."

"자네가 동양사에 해박하다 들었는데, 한번 동양사 스터디를 해보는 게 어떻겠나?"

"요 옆에 끝내주는 바가 있는데 말야."

아니, 다들 누구세요. 내 몸뚱이는 하나밖에 없다구요. 언제부터 그렇게 친해졌다고 그러시나요?

사령부가 이매망량의 정치질 소굴이라고 하더니, 유진 킴이라는 유망한 선수가 FA 목록에 올라오자마자 무시무시할 정도로 스카웃 제안이 쏟아지고 있었다. 그리고 밥을 먹자는데 거절하는 건 착한 한국인의 도리가 아니다.

"어휴, 당연히 저야 좋지요! 오늘은 제가 사겠습니다."

"저도 항상 작전 쪽엔 관심이 많았습니다. 저 같은 미관말직이 끼어도 될지……."

"이렇게 다들 학식을 쌓으려 하시니 후배로서 존경심이 드는군요. 제가 도와드릴 수 있는 일이라면 무엇이든 하겠습니다!"

"술 좋지요. 얼른 가십시다!"

무조건 한 명이라도 더 안면을 터야 한다. 전간기 수십 년 동안 무탈하게 군복 안 벗고 개기려면, 수단과 방법을 가리지 말고 내 인맥을 펼쳐놔야 한다. 능력? 능력이 뭐가 중요한가. 능력 따지는 건 전시에나 그런 거고, 평시에는 사고 안 치고 유들유들하며 모두와 대인관계 원만한 놈이 살아남는다. 그런 점에서, 선천적으로 페널티를 달고 있는 나는 더더욱 열심히 인맥을 쌓아놔야 살아남을 수 있는 법이고.

패튼 선배는 미안하지만… 그런 점에선 처참하다. 저 인간이 군복 안 벗은 거야말로 미군 최대의 미스터리 중 하나일 정도로. 나같이 올곧은 사고와 온화한 성품을 가진 인재가 패튼과 데리버거 세트로 묶여서 안 좋은 취급을 받을 순 없지. 적어도 나는 별도의 치즈스틱 정도로 생각해 달라구요.

모든 일은 매끄럽게 돌아가고 있다. 집안의 사업은 순항 중. 포드 회장님의 편지엔 즐거움이 한가득. 장인어른은 말할 것도 없고, 도로시도 별일 없다. 총 맞았다고 보도 났으면 진작에 편지에 냉기가 가득 차 있었을 텐데,

별말 없는 걸 보니 아직 퍼지진 않은 모양이다. 이렇게 내가 모든 일이 술술 풀린다고 행복의 미소를 한가득 머금고 있을 무렵.

"기갑 관련 보직에서 빠진다고 들었네. 드디어 42사단으로 올 마음이 들었나보군!"

끝판왕이 찾아왔다.

폭풍을 부르는 원정군 사령부

경고. 경고. 맥아더 출몰. 맥아더 출몰. 내셔널지오그래픽 채널에서 본 적 있다. 사바나 초원의 물웅덩이에 사자가 출몰하면 딱 지금 분위기 아닐까?

경계, 질시, 선망. 언제나 무수한 감정을 동반하는 사람답게, 주변 분위기는 끝내주게 바뀌고 있었다. 하지만 늘 이게 기본값인 맥아더는 그걸 아는지 모르는지 여유만만이었다.

아니, 생각해보니 이 양반 지금 참모장이잖아. 이렇게 엉덩이가 가벼워도 돼? 느그 사단에서 업무 보셔야죠!

…를 사회적으로 적절한 언어로 순화해서 말했더니 돌아오는 답이 걸작이었다.

"뭘 그런 걸 갖고 그러나. 당연히 다 하고 왔지."

"예?"

"지금 사단장 대리 역할도 수행하고 있네. 쉬엄쉬엄했더니 금방 다 처리되더군. 고작 사단급 업무야 하루 날 잡고 하면 얼추 끝나는 거 아니겠나?"

와, 재수 없어. 저 같은 일개 휴먼은 당신 같은 외계인이 아니라고요. 미 육군 장교들한테 사과해라. 아무튼 귀하신 맥아더 나리가 몸소 찾아오셨는데 또 내 일 해야 한다고 바람맞힐 수는 없잖은가.

"가시죠."

"그러지. 안 그래도 요즘 멍청이들에게 질려서, 자네처럼 내 말을 이해해줄 만한 사람과의 대화가 절실하던 차였거든."

이거 누가 봐도, 이미 잡은 고기로 취급하는 거 맞지?

* * *

맥아더란 인간은 참 상대하기 까다롭다. 이분의 크나큰 에고 같은 건 사실 큰 문제가 아니다. 실제로 잘났고, 앞으로 더 잘나질 예정이니까. 내가 도산 선생님에게 깍듯한 예를 표하는 것과 크게 다를 바 없다.

다만 문제는, 이 태양처럼 이글거리는 분이 나와 함께하자고 전력으로 다가오는데 나는 좀 떨쳐내고 싶다는 거지. 그렇다고 정나미 떨어지는 짓을 할 수도 없다. 미래의 육군참모총장이시자 원수이자 최후의 일본 쇼군이 될 분이다. 이분에게 밉보였다가는 진짜 인생이 암울해진다.

아무튼, 내 저녁식사는 또다시 줄타기의 연속이었다.

"…그래서, 이 부분에 대해선 자넨 어떻게 생각하지?"

"역시 자네다운 생각이군. 내 밑의 부하들에게선 이 반만이라도 따라와주면 좋겠는데."

"지금 42사단에 가장 필요한 인재는 넓게 볼 수 있는 인재일세. 마치 자네 같은 사람 말야."

그리고 맥아더는 일체 구구절절한 사족을 다 떼버리고 강력한 대시를 날려오고 있었다.

"하하하… 좋게 평가해주시니 감사합니다만, 아시다시피 보직이라는 건 어디까지나 위에서 봤을 때 가장 합당하다 생각되는 곳으로 발령 나는 것 아니겠습니까?"

"그렇지. 그리고 퍼싱 장군은 훌륭한 분이시니 당연히 42사단이야말로 제격이라 판단하겠지."

이열, 상상도 못 한 발상.

흥미로웠던 부분은, 맥아더의 퍼싱에 대한 믿음이 어지간히 강렬했단 사실이다. 둘이 무슨 관계였는지까진 잘 모르겠지만, 적어도 맥아더는 퍼싱을 위대한 리더로 고평가하고 있었고 '당연히' 자신과 같은 인재를 중히 안 쓸 리가 없다고 확신하고 있었다.

"이번에 들어서 알고 있겠지만, 42사단에 있던 여러 훌륭한 장교들이 타 부대로 전출될 움직임이 있네."

"네, 안 그래도 요즘 소문이 자자하지요."

"누가 봐도 42사단을 질투하는 것들의 치졸한 음모지. 나로서는 무척 답답하지만, 군인은 명령을 지켜야 하니 어쩔 수 있나."

사실 딱히 이게 이상한 일은 아니다. 미군은 늘 그랬다. 마치 326경전차 대대의 구성원들을 찢어서 여러 부대의 근간으로 삼았듯, 인정받는 인재들을 아직 미비한 부대로 보내 더 많은 일을 할 기회를 주는 건 사실 딱히 특이한 일도 아니었다. 하지만 맥아더에게는 자신에 대한 도전이자 중대한 침해 행위로 느껴지는 모양이었다.

하지만 또 이게 권력욕에 돌아버린 추한 행위라기보다는, 자신이 아끼던 사람들이 한순간에 싹 다 날아간다는 사실에 대한 어떤 방어기제로 보인다는 점에서 무작정 개소리로 치부할 수도 없었다. 적어도 자기 바운더리 안에 있는 사람들은 확실히 챙겨주는 게 맥아더란 인간이었으니까.

"그래서 더더욱 자네와 같은 인재가 필요한 거야! 아직 신임 사단장은 결정되지 않았지만… 글쎄, 어쩌면 내가 사단장이 될지도 모르지. 하지만 그게 아니어도 인재의 공백이 너무나도 커."

"그런 사정이 있으니, 뭐, 퍼싱 장군께서 잘 판단해서 인력을 또 배치해주시지 않겠습니까?"

"그럼그럼. 별일 없을 걸세. 그럼 조만간 42사단에서 만날 수 있겠군. 자네는 천상 야전군인이고, 전장에 있을 때야말로 가장 빛을 발할 사람이야. 전장을 향해 피가 들끓는다면 나는 당연히 기회를 제공해주겠네!"

아니, 이건 가겠다는 뜻이 아니라고. 그냥 덕담이야, 덕담. 하지만 지휘권은 좀 끌린다. 맥아더가 내민 제안은 너무 달달해서 그대로 어이쿠 감사합니다 할 뻔했다. 대대장 한 번 해봤으니, 그다음으로 탐나는 건 당연히 연대장 아니겠나?

맥아더 휘하에서의 연대장이라니. 이건 무조건 개꿀맛 전공 파티다. 훈장에 익사한다 해도 이상하지가 않다. 적어도 전후 커리어에서 밀릴 일은 없겠지.

그날의 분위기는 무척 훈훈하게 끝났다. 나와 맥아더 모두 웃으며 헤어질 수 있었다.

이때까지는.

* * *

"오랜만이군, 유진. 아니지, 이제 킴 중령님으로 불러드려야 하나?"

"아니, 여긴 어쩐 일이십니까?"

"사단 꼴이 말이 아니어서 말일세. 한동안 쇼몽에 오지도 못하다가 이번에 짬이 났네."

조지 마셜 소령은 딱 봐도 초췌해진 모습이 역력했다.

"사령부 업무가 끝나고 한잔하겠나? 온 김에 반가운 얼굴을 봤으니 술 생각이 절로 나는군."

"물론이죠. 그럼 기다리고 있겠습니다."

마셜에겐 이래저래 빚진 게 많다. 판초 비야 원정 이후 후방에 처박혔을 때, 주변의 질시와 적의를 가장 적극적으로 탱킹해준 사람이 마셜이었다.

물론 마셜느님께선 사람을 일 잘하는 소로 보긴 했지만, 그 소가 누렁소인지 검정소인지는 전혀 판단 기준으로 삼지 않았으니 말이다.

그리고 내 훈련 과정에서 조오금, 정말 약간 잡음이 있었고 문제를 제기하려면 얼마든지 제기할 수 있었지만 그 모든 걸 짬처리해준 것도 마셜이었다. 옐로 몽키가 주관하는 훈련 과정에 반발하는 친구들이 대체 얼마나 많은 미국판 '마음의 편지'를 썼겠는가. 하지만 마셜이 전부 땔감으로 만들어버렸습니다. 고작 중~대위 정도였던 그에게 조금 무거운 짐이었겠지만, 단 한 번도 그걸 내색한 적이 없다는 게 바로 마셜이란 사람의 매력이었다.

'고맙다고? 그냥 내 일을 했을 뿐이네. 고마우면 일이나 더 열심히 하게. 칼퇴 좀 그만하고.'

고맙다 하면 항상 돌아오는 말이 이런 무시무시한 멘트였기 때문에 그냥 말을 말았을 뿐이다. 업무 시간 이후, 우리는 곧장 허름한 가게에 가 저녁을 먹었다.

"일단 사과 먼저 해야겠군."

"사과라뇨?"

"캉브레 건 이야기일세."

마셜은 눈을 콱 감으며 술 한 잔을 입에 털어 넣었다.

"우리 1사단은 캉브레에서 가장 가까이 있었지만 움직이지 않았지. 모든 일이 끝나고 난 뒤에야 42사단이 출동했단 사실을 알 수 있었고."

"그게 왜 사과할 일입니까? 애초에 그건 사단급에서 판단할 일도 아니었고, 소령은 사단장도 아니고 참모에 불과했잖습니까."

맥아더가 많이 이상한 거다. 저게 어딜 봐서 참모장이야. 솔직히 덕분에 살긴 했지만, 그렇게 위고 아래고 개무시하면서 본인의 확신 따라 움직일 수 있는 인간이 이 세상에 하나 더 있으면 이 얼마나 끔찍하고 무시무시한 일이… 아, 패튼. 시발.

나도 지끈거리는 두통을 참으며 술 한 잔을 들이켰다. 살맛 난다.

"그래. 그렇게 생각해준다니 고맙군."

"뭔가 털어놓고 싶은 게 있으면 그냥 편히 말하십쇼. 하루이틀 알고 지낸 것도 아니잖습니까."

"하… 그러지."

그는 여전히 고민하는 듯 술잔을 만지작거리더니, 이윽고 입을 열었다.

"처음 맥아더의 월권행위 문제가 터지고 나서, 당연하지만 1사단 참모부는 분노로 발칵 뒤집혔었네."

"그렇겠죠."

"하지만 적어도 나는 그래선 안 됐네."

이게 무슨 소리야?

"어쨌거나 42사단은 자네들의 목숨을 구했고, 우리는 아무것도 하지 못했어. 사단의 명예가 실추된 건과는 별개로 내 친구를 구해준 건 분명 감사해야 할 일이건만, 나는 일순간의 모욕감에 사로잡혀 이에 대해 전혀 떠올리지 못했네."

아니, 저를 친구로 불러주신 겁니까. 이 양반이 이렇게까지 날 생각할 줄은 몰랐네. 갑자기 억울함이 치밀어 오른다. 아니, 사람을 밭 가는 소로 취급하는 줄 알았는데 친구로 여기면서 그렇게 채찍질을 한 거야? 목화밭 흑인 노예도 솔직히 그때의 나보단 덜 빡세게 일했을 거다!

내 오갈 데 없는 분노를 아는지 모르는지, 마셜은 담담하게 자기고백을 이어나갔다.

"뒤늦게야 정신이 번쩍 들더군. 그래서 한동안 고민하던 찰나에 우연히 자네를 사령부에서 만나 이렇게 말하게 되었네."

"뭘 그런 걸 가지고 그렇게 고민하십니까. 어차피 다 지난 일이고, 특별히 문제를 일으킨 것도 없잖습니까? 혹시 맥아더 대령 멱살이라도 잡으셨습니까?"

"그건 아니지."

그가 그제서야 슬며시 미소 지었다. 참 감정 표현 드문 양반이야, 정말.

"저는 아무 생각 없으니 걱정 마십쇼. 반대로 제가 묻지요. 만약 알았다면, 제가 캉브레에서 피똥 쌀 걸 알았다면 그래도 외면하셨겠습니까?"

"그건 아니지. 내 주어진 권한 안에서 최대한 구출작전을 건의했을 거야. 하지만… 맥아더 대령처럼 거침없이 월권을 했을지는 모르겠군. 아마 그렇게까지 하진 못했을 거야."

해서도 안 되고 말이지. 마셜이 덧붙였다.

그동안 광기의 화신 패튼과 자기애의 화신 맥아더 같은 인간들과만 부대끼다가 이렇게 훌륭하고 상식적인 분과 이야기를 나누니 조금 얼떨떨했다. 비정상적인 사람들에게 너무 익숙해져 있던 걸까, 아니면 사실 나도 비정상적인 놈이라…….

그럴 리가 없다. 나는 언제나 바른 생활을 하는 상식인 그 자체니까. 굳이 따지자면 마셜과 가장 비슷한 유형이다. 이성적이고, 냉정침착하지만 속정은 깊은. 오랜만에 술 마시니 알콜이 빨리 도네.

우리는 더 후벼파봐야 아무 재미도 없을 이 주제를 마무리 짓고 적당히 잡담을 이어나갔다. 그러던 중, 그가 본론이라며 슬슬 이야기를 꺼내기 시작했다.

"자네, 다음 보직은 결정 났나?"

"아뇨. 요즘 그 때문에 사방에서 불러대서 고민됩니다. 거참, 전공을 따줄 것 같으니 옐로 몽키고 뭐고 상관없단 걸까요?"

약자멸시 제대로 하던 양반들이 친하게 지내자고 하는 거 보면 조금 짜증 나긴 하지. 하지만 원래 사회생활이 다 그런 거니까.

"그럼 내가 제안하고 싶은 보직이 있네."

"경청하겠습니다."

"1사단 참모장, 어떤가?"

우웁!! 하마터면 마시던 술을 뿜을 뻔했다. 꾸역꾸역 참았더니 술이 잘

못 넘어갔다. 역한 알콜 맛이 식도에 가득 차는데 죽을 것만 같았다.

"켁, 켁켁! 아니, 갑자기, 갑자기 그건 또 무슨 말씀이십니까."

"그냥 들은 그대로야. 참모장 자리가 공석이거든."

"그런 자리가 있으면 당연히⋯⋯."

누가 봐도 참모장엔 마셜이다. 훗날 수백만 대군을 거느릴 천조국 미합중국 군대를 만들어낼 진짜 능력자. 참모장 같은 자리면 당연히 마셜의 지정석 아니겠는가.

"나는, 뭐어, 이것저것 일이 있어서 말야. 하지만 내 제안은 단순한 말이 아니라 사단 내부의 의견이기도 하네. 자네만 관심이 있다면 사단 차원에서 적극 타진할 계획이네만?"

"아니, 그래도 그렇지⋯⋯."

너무 고속 승진이잖아. 참모장이면 자연히 대령 진급이다. 고속 승진 수준이 아니라 이건 로켓 승진이다.

물론 욕심은 난다. 연대장도 연대장이지만, 참모장도 어지간한 자리는 아닌데. 마셜을 부려먹는 참모장이다? 다른 생각이 들지도 않는다. 이게 대체 무슨 일이냐? 드디어 나의 시대가 오는 건가?

"너무 급하게 먹다간 체하는 법입니다. 저로서는 다소 조심스러울 수밖에 없네요. 다른 분들도 참모장 자리에 욕심이 있지 않겠습니까?"

"1사단은 연이은 사건들로 혼란스럽네. 그래서 전쟁영웅이자 미 육군의 몇 안 되는 실전 경험자가 와서 이 혼란을 수습해주길 바라는 사람들이 제법 많지. 분위기는 나쁘지 않아. 자네의 결심만 있으면 밀어붙일 수 있어."

"으음⋯ 생각해보겠습니다."

42사단 연대장. 1사단 참모장. 미쳤다 미쳤어. 어느 쪽으로 가든 나쁠 건 전혀 없다. 나는 아주 즐거운 마음으로 내 방으로 돌아가 오랜만에 삼팔광 땡을 쥐는 꿈을 꾸며 행복한 밤을 보낼 수 있었다.

* * *

"하, 농담이 지나치군."

"무슨 말씀이신지?"

"캉브레의 영웅을 참모장으로? 뭐, 나쁜 판단은 아니지. 어디까지나 1사단 입장에서 보자면 말일세. 하지만 이 더글라스 맥아더가 단언컨대 킴 중령은 병사들과 함께해야 그 진가를 발휘할 인물이지. 미합중국 26개 주의 결집을 상징하는 부대에 나타난 유색인종 영웅! 이게 바로 완벽이란 거지."

"전쟁부 대변인을 너무 오래 하신 것 아니십니까? 대체 고작 사단급 인사에 무슨 그런 거창한 이야길 하십니까. 킴 중령은 타고난 교관이자 유능한 참모입니다. 만에 하나 그가 전사하면 이는 미합중국의 중대한 손실입니다."

"설마 실전을 겁내는 미군 장교가 있다는 겐가?"

"한 번 죽을 뻔한 사람을 또 밀어 넣는 게 보통 사람의 발상은 아니죠."

"내가 살려낸 사람이지."

"전투지경선도 뚫고, 사령부 지시도 뚫어서 말이죠."

시발, 추워 죽겠네. 12월 아니랄까 봐 사령부 회의실의 온도는 영하권으로 파고들고 있었다. 무시무시한 기세로 혓바닥 칼부림을 하는 맥아더와 마셜을 보게 되면, 중간에 끼인 새우 유진 킴은 당연히 달달 떨 수밖에 없잖아.

퍼싱 장군은 늘 그래왔듯 담배를 뻑뻑 피우며 둘의 언쟁을 지켜보고 있었다. 저 눈빛. 멕시코 원정 때도 그랬지만 이번에도 해석할 수 있을 것 같다. 어디 보자…….

'어이구 잘한다 잘해. 더더 계속해봐라. 아주 콩가루가 따로 없군. 이런 새끼들을 믿고 바다 건너 전쟁을 치러야 한단 말이지?'

으음, 부정할 수 없군요 장군님. 이제 믿을 건 오직 퍼싱뿐이다. 내가 여기서 어쩌고저쩌고해 봐야 아무 소용 없다. 들립니까… 장군님… 당신의 마음속에… 말을 걸고 있습니다…….

436

"그만."

내 간절한 텔레파시가 퍼싱에게 입력된 걸까. 마침내 담배 한 개비를 다 태운 그가 입을 열었다.

"킴 중령."

"옙."

"자네는 원하는 보직이 있나?"

아니 씨발, 그걸 여기서 물어본다고? 혹시 제가 죽었으면 하고 바라십니까? 마셜과 맥아더의 눈빛이 그대로 나에게로 쏠렸다. 이럴 땐 삼십육계가 최고다.

"전 사령부의 판단에 따를 뿐입니다."

"그럼 이 자리에서 내가 결정 내려주지."

감사합니다. 역시 명장은 달라도 달라.

대법관 퍼싱이 마침내 판결을 언도했다.

폭풍이 지나간 자리

"킴 중령은 원정군 훈련참모부에서 근무시키도록 하겠네."

"다시 말씀해주시겠습니까?"

맥아더의 목소리에 띠꺼움이 한가득 실려 있었다. 하지만 그 미묘한 뉘앙스를 아는지 모르는지 퍼싱은 아무렇지 않게 답했다.

"못 들었나? 훈련참모부에……."

"이건 누가 봐도 잘못된 판단입니다!"

쾅!

"최고의 야전군인을 책상물림으로 둔다니요! 다시 한번 생각해주시길 요청드립니다!"

"그의 진가는 장병들을 훈련하는 임무에서 가장 잘 드러난다고 생각하네만."

"이건… 이건 사실상 좌천이잖습니까?"

"불만이 많아 보이는군, 대령."

"차라리, 차라리 1사단으로 보내시지요! 1사단 참모장이 훨씬 좋지 않겠습니까?"

"교육훈련은 가장 영광스러운 직무 중 하나라네. 마침 생나제르에도 자리가 하나 비어 있네만, 그곳보다는 훈련참모부가 더 낫지 않겠나."

분위기는 더더욱 안 좋아지고 있었다.

이걸 어쩐다. 물론 이제 훈련은 지긋지긋하다. 하지만 어쨌거나 내 커리어의 상당수가 훈련으로 가득 찬 것도 맞으니, 퍼싱의 판단이 틀렸다고 말할 수도 없다. 하, 이래서 내가 야전에서 돌려고 용을 쓴 건데.

"저 또한 재고를 요청드립니다."

한동안 고민하고 있던 마셜이 발언했다.

"캉브레에서 보여준 그의 탁월한 전투 지휘 능력을 고려했을 때 그는 1개 연대 이상을 지휘할 수 있는 인재입니다. 42사단에 있을 때 그의 효용성이 가장 증대된다는 맥… 아더 대령의 의견에 개인적으로는 동감하는 바입니다."

뭐여 이게. 말로만 듣던 위아더월드야? 마셜과 맥아더가 손에 손잡고 화합하는 모습이라니. 포드 회장님과 장인어른이 손잡고 폴카 댄스를 추는 것보다 더 희귀한 광경이 벌어지고 있었다.

"그런가. 귀관들의 의견을 종합하면 그는 탁월한 인재이니, 어떤 임무를 맡기더라도 문제가 없겠군."

퍼싱이 고개를 끄덕이자 맥아더와 마셜이 일제히 동의를 표했다.

역시 갓―퍼싱 님이시다. 저 개와 고양이 같던 친구들을 고작 '응, 니들이 자꾸 싸우는데 그럼 내가 쓸 거야.' 한마디로 제압하고 친구 사이로 만들어 버리다니. 저렇게까지 나온 이상, 내가 어떤 곳으로 가더라도 저 둘이 괜히 입을 삐죽 내밀고 불만을 표하는 일은 당분간 없으리라. 나로서는 가장 바라던 이상적인 전개였다.

지금 보아하니 퍼싱 장군도 진심으로 날 훈련참모부에 보낼 생각은 아닌 듯했다. 그렇다면 본론은 지금부터겠지. 나는 엄숙, 근엄, 진지하게 상부의 명령을 기다리는 참군인의 모습을 취했다.

"그럼 생각을 좀 바꾸지."

퍼싱이 다시 새 담배를 입에 물고는 불을 붙였다.

"93사단에 빈자리가 많더군. 킴 중령은 그곳으로 발령내겠네."

"……?"

93사단? 잠깐, 머리가 굴러가지 않는데. 93사단? 그런 사단이 있던가?

일순간의 적막. 모두가 머릿속에서 연감을 꺼내 팔랑팔랑 93사단을 찾기까지의 짧은 시간.

콰아앙!!

"사령관 각하, 다시 생각해 주십시오!"

"장군! 장군!"

"대체 왜 깜둥이들에게 킴 중령을 보낸단 말입니까!"

맥아더와 마셜의 기세에 눌려 아무 말도 못 하고 있던 다른 장교들까지 일제히 자리를 박차고 일어나 회의장은 아수라장이 되었다.

93사단. 유색인종, 정확히 말하자면 흑인들로만 구성된 사단.

"깜둥이들은 태생적으로 전투 능력이라곤 없습니다!"

"게으르고, 무능하고, 겁 많은 자들에게 킴 중령을요? 돼지 목에 진주를 거는 게 차라리 낫지 않겠습니까?"

"……."

조용히 있던 다른 사람들이 날뛰는 와중, 맥아더와 마셜은 오히려 입을 꾹 다물었다. 그리고 나 역시 머리가 터져나갈 정도로 짱구 굴리기에 여념이 없었고.

이건 독이 든 성배다. 삼키면 죽을 가능성이 99%. 그동안 어떻게 해서든 두루두루 끈을 만들려고 했지만, 이런 부대를 맡았다간 끈이 얼마나 남아날지 짐작도 되지 않는다.

나는 힐끗 옆을 바라보았다. 맥아더를, 마셜을. 그들 역시 이미 나를 뚫어져라 바라보고 있었다. 저 눈빛은 어떤 의미를 담고 있을까? 만류? 호기심? 모르겠다. 지금은 아무 생각도 들지 않는다.

그 어마어마한 혼란과 고성의 틈바구니에서, 나는 천천히 자리에서 일어났다.

"먼저, 저를 93사단으로 보내겠다는 명령의 정확한 뜻을 듣고 싶습니다."

"원하는 게 있나?"

"전권을 주십시오."

모두가 나를 미친놈 바라보듯 쳐다보고 있었다. 단 세 명을 빼고서.

어떻게 할 거냐는 듯한 퍼싱의 눈초리. 기대감 가득한 맥아더의 표정. 당장 죽을 것처럼 창백해진 마셜의 얼굴. 나는 그들만을 바라보며, 내 옆에서 쨱쨱대는 다른 사람들의 말을 일절 무시하고 있었다.

"이보게 킴 중령. 잠시 머리를 식히시게. 자네가 그렇게 용을 쓰지 않아도, 어차피 자넨 올라가게 돼 있어!"

"그래. 아무리 자네라 한들 깜둥이들을 병사로 만드는 건 무리일세. 장래가 창창한 젊은이가 굳이 고행을 할 필요는 없어."

이거 참 웃기네. 바로 얼마 전까지 옐로 몽키의 능력으론 무리라고 말하던 사람들이 이제 주어만 바꿔서 깜둥이는 무리라고 하고 있지 않나.

아, 모르겠다. 지극히 이성적이고 냉정한 나로서는 당연히 이런 위험천만한 일에는 손대지 않는 게 정상적인 판단이지만, 괜히 피가 거꾸로 솟는 느낌이 들었다. 좋지 않아. 아아, 저언혀 좋지 않아.

"전권이라. 얼마나?"

"인사, 행정, 훈련, 실전 투입까지. 모두 주십시오."

"사단장 자리를 원하는 겐가. 하긴, 사단장도 못 해먹겠다고 내려놓긴 했네만."

"사단장 자리는 물론, 그 이상의 권한이 필요합니다."

"한번 믿어보지."

"사령관님!!"

"흑인들의 전투 능력이 엉망진창이라고 하지만, 아직 그들에게 제대로 된 기회를 준 적이 없었네. 우리가 가용할 수 있는 최고의 인재를 쥐여줬음에도 성과가 시원찮다면, 그 즉시 부대를 해산하고 비전투 노동력으로 사용하지."

퍼싱이 책상에 담배를 비벼 껐다.

"더 할 말 있나?"

"……."

"유진 킴."

"예, 장군."

"93사단을 맡기겠네 킴 대령. 아, 우선 대령이면 되겠지?"

지옥 같은 정적. 그 속에서 나는 고개를 가볍게 끄덕였다.

"반드시 성과를 보여드리겠습니다."

* * *

모두가 빠져나간 회의실. 퍼싱의 줄담배를 지켜보던 참모장 하보드가 답답하다는 듯 먼저 입을 열었다.

"대체 무슨 생각이신지요?"

"……."

"킴 중령, 아니 대령의 앞날에 대해 호평하던 건 다름 아닌 장군님 자신이잖습니까. 그의 앞길에 이런, 이런 벽을 쌓아버리시다니요."

"벽이라니?"

"이게 벽이 아니면 대체 뭐가 벽이랍니까."

퍼싱은 계속 침묵을 지키더니, 툭 던지듯 말했다.

"그 친구의 벽은 본인 피부색이야."

"…그건 모두가 아는 사실 아닙니까. 하지만 캉브레 이후 더 이상 그를 우습게 여기거나 피부색만으로 따지는 사람은 거의 없습니다. 그 정도 전공을 세웠으면 명예백인 아니겠습니까?"

"웃기는군."

퍼싱은 단칼에 그의 말을 잘랐다.

"남북 전쟁 당시, 노예주들을 물리치고 자신들의 자유를 거머쥐기 위해 무수한 흑인들이 북군에 입대했다네."

"…그렇죠."

"하지만 오늘날 그들의 투쟁을 기억하는 사람이 얼마나 남아 있나."

하보드는 할 말이 궁해졌다.

"그때 흑인들은 피 흘려 북군의 승리에 기여했지만, 수십 년이 지난 지금 사령부엔 다시 '깜둥이들은 전투력이 없다.'라는 소리만 가득하네. 이게 현실이고, 킴 대령이 언젠가 마주해야 할 진실이야."

달면 삼키고, 쓰면 내뱉는다. 인간세상에서 언제나 통용되는 불멸의 진리.

"차라리 지금이 나아. 지금 넘어지면 '캉브레의 영웅조차 깜둥이들을 병사로 만들 순 없었다.'라며 유야무야 처리할 수 있어."

"그 친구의 부담이 심하겠군요. 거의 버려졌다고 생각하지 않겠습니까?"

"자넨 그 자리에 같이 있어 놓고 대체 무슨 소릴 하는 겐가?"

유진 킴이 자신을 바라보던 그 눈빛. 얼마 전, 맥아더가 회의실 안에서 그리스건을 난사하던 그때가 문득 겹쳐 보였다. 그러고 보니 그때의 탄흔은 아직도 회의실에 남아 있었다.

"다 죽여버리겠단 독기가 아주 철철 넘치던데."

진짜로 카이저의 수급을 들고 오면 이거 어떡하나. 퍼싱은 아주 잠시 고민했다.

* * *

"크하하하하!!"

맥아더는 박장대소했다.

"이제 나와 동급이군! 대령이라니!"

"유진. 너무 지나친 게 아닌가?"

마셜의 걱정 어린 말에 나는 고개를 저었다.

"아니 거 뭐냐, 원래 세상만사엔 다 기세라는 게 있잖습니까. 흐름 같은 거."

"그건 그렇지. 하. 퍼싱 장군의 혜안은 역시 나를 아득하게 상회하는군. 93사단은 생각도 못 하고 있었네. 놀라운 발상이야."

맥아더는 그저 즐거울 따름이었지만, 마셜의 불안감을 달래기엔 역부족인 모양이었다.

"성과를 못 내면 자네는 끝장이야. 알고 있나?"

"제가 반대로 여쭤보죠. 애초에 제 군생활이 평탄한 적이나 있었습니까?"

그동안 주변이 잠잠했던 건 어디까지나 반사이익 정도에 불과했다. 압도적인 친화력. 아니면 압도적인 전공. 둘 중 하나가 없으면 1941년, 2차대전의 불길이 치솟을 때까지 내가 군복을 계속 입고 있을 수 있을까?

처음에는 두루두루 인맥을 터서 어찌어찌 버텨보겠다고 생각했었다. 하지만 이 사람들의 흑인을 대하는 태도를 보고 조금 생각이 달라졌다. 전쟁이 끝나고 나서도, 나를 '유용하다'고 판단할 사람이 몇이나 남아 있을까?

레포트의 약발? 오래 갈 리가 없다. 인간은 망각의 동물이다. 내가 꼬박꼬박 델포이 신전처럼 신탁을 내려주지 않는 이상 결국 내 공은 잊히고 피부색만 남는다. 신탁을 내려주면? 카산드라 루트다.

그러니, 주사위를 던졌다. 모든 걸 얻거나 모든 걸 잃거나.

"혹시 관심 있는 분들 있으면 93사단 오라고 하십쇼. 장교 하나가 귀하니까요."

"허. 솔직히 말해 갈 사람이 없을 것 같네만."

마셜은 고개를 절레절레 저었다.

"흐음… 얼마나 필요한가?"

하지만 맥아더는 전혀 의외의 반응을 내보이고 있었다.

"네? 보내주실 수 있으신지요?"

"진급 욕심에 몸이 달아 있는 친구들이 좀 있긴 하지. 어쨌거나 도박 아닌가? 그냥 흑인 부대라고 하면 다들 내빼겠지만, 유진 킴이 지휘봉을 잡았다고 하면 또 생각이 바뀔 친구들도 있을 것 같거든."

나로서도, 흑인들의 전투력은 조금 궁금하기도 하고. 그가 첨언하듯 말했다.

사실 별 기대는 하지 않았지만, 혹시나 관심을 보이는 사람이 있다면 보내달라고 말한 뒤 나는 곧바로 다음 준비를 위해 움직였다. 한 바퀴 크게 돌며 잘 부탁드린다고 가식적 멘트를 쳤지만, 역시 93사단 행이 결정되고 나니 다들 눈초리가 영 좋지 않았다. 불쌍하게 보는 사람들은 그나마 낫다. 저 새끼 설친다고 보는 놈들은 사실상 적이나 마찬가지지.

"이 사람들을 보내달라고?"

내가 들이닥치자 사령부 인사참모의 표정에는 난색이 가득했다. 나는 그의 부담을 조금 덜어주기로 했다.

"아뇨. 어디까지나 제안입니다. 그들이 거부한다면 그걸로 끝이지만, 우선적으로 의사를 묻고 싶습니다."

"아이젠하워, 브래들리, 밴플리트, 쾨베도 베르, 베니온, 림… 죄다 웨스트포인트 친구들이군. 깜둥이들을 모아 놓고 자네 동창회라도 열겠단 셈인가?"

"이럴 때 믿을 게 친구 말고 어딨겠습니까."

"좋아. 얼마나 올지는 모르겠지만 일단 보내도록 하지. 전쟁부를 통과할지도 애초에 미지수지만 말야. 아무도 오지 않는다고 해서 날 탓하지 말게."

"퍼싱 장군께서 지원사격을 해준다고 하셨으니까요. 그것만 믿고 있습니다."

하지만 내가 퍼싱만 믿을 리는 없다. 이미 먼저 장인어른과 회장님께 전보를 치고 오는 일이거든. 전쟁부가 내 앞길을 막을 순 없다. 그들의 판단에 달렸을 뿐.

인사참모는 데려올 놈이 없어 동기들에게 부탁을 날리는 나를 참 가엾고 딱하게 바라보고 있었지만, 모르시는 말씀. 절반만이라도 오면 어벤저스 어셈블이다.

웨스트포인트에 있는 유색인종군의 묘지

퍼싱은 아프리카계 미국인과 인연이 깊습니다. 그는 1878년 고등학교 졸업 후 흑인 아동들을 가르치는 교사가 되기도 하였으며, 1895년 중위로 승진해 제10기병 연대에 배속된 후 유색인종군(USCT)을 이끌고 아메리카 원주민과 싸웠습니다. 그의 별명인 '블랙잭(Black Jack)'도 이 경험 때문에 붙여졌습니다.

93사단, 시동 1

미국 흑인 사회의 지도자 중 한 명, 윌리엄 듀보이스(William Edward Burghardt Du Bois)는 오늘의 만남을 기다리고 있었다.

"반갑소이다."

"의원님의 명성은 익히 들어 잘 알고 있습니다."

"허허. 귀하의 명성이야말로 전 세계를 떨치고 있지요."

커티스 의원은 가볍게 악수를 나눈 후 자리에 앉았다.

"시간은 금입니다. 우선 급한 이야기부터 매듭짓지요."

"좋습니다. 의원님의 사위분께서 이번에 흑인 전투사단을 지휘하게 되었다고 들었습니다."

"그렇소. 담배 한 대 태워도 괜찮겠소?"

"그러시지요."

커티스는 시가를 크게 한 호흡 빨아들이고는 한숨을 훅 쉬었다.

"흑인, 인디언, 아시안. 그야말로 인종의 용광로가 따로 없군요."

"그간, 워싱턴이나 군부나 모두 하나같이 흑인을 전투원으로 쓸 수는 없다고 주장했었지요. 총대를 메주신 점에 대해 우선 감사의 뜻을 표하고자 합니다."

"내가 멘 게 아니오. 망할 사위 놈이 멋대로 한 일이시."

이미 돌아가는 상황에 대해서는 급전을 받아 알고 있었다.

모 아니면 도. 전부 아니면 전무. 전공으로 입신양명하겠던 사위의 야망은 알고 있었지만, 이런 도박수에까지 서슴없이 응할 줄이야. 혹시 퍼싱이 유진을 찍어내리려는 게 아닌가, 까지 생각하던 커티스는 다시 눈앞의 인물에게 정신을 집중했다.

"흑인들의 입장에서, 이 기회는 두 번 다시 오지 않을 천금같은 기회라고 생각합니다."

"동의합니다. 절대 놓칠 수 없습니다."

"일단 모든 역량을 93사단에 집중합시다. 피를 흘릴 기회조차 없던 것과, 기회를 잡는 건 전혀 다른 문제니까요."

이미 상황은 급박하게 흘러가고 있었다. 가장 먼저 처리해야 할 일은 당연히 유진이 보내온 방대한 양의 구매요청서였다.

[보급에 장난질을 안 칠 리가 없습니다. 어차피 이곳의 미군은 장비가 없어 영국과 프랑스군에 손 벌리는 신세거든요. 본토에서 제 사비를 털어서라도 우선 보내주시면 감사하겠습니다.]

3만 정의 그리스건과 탄약으로 시작하는 그 어마어마한 수효에, 그들은 모두 유진이 진심이란 사실을 잘 알 수 있었다. 유진 킴의 부친, 그리고 헨리 포드와 셋이서 만난 자리에서 이들은 수단과 방법을 가리지 않고 일단 93사단의 입지를 확대시켜야 한다는 데 전적으로 동의했다.

흑인 사단은 시작일 뿐이다. 포병연대조차 제대로 배정받지 못한 반푼이 사단. 이미 워싱턴에서 물밑 접촉을 통해 같은 흑인 부대인 92사단의 흡수 또는 통합 운영 이야기를 꺼내기 시작했다. 최소한 흑인 군단 정도는 편성되어야 한다. 하다못해, 흑백 혼합작전 정도는 이 전쟁에서 이루어내야 한다.

'흑인들과 엮이는 게 과연 차후에 문제가 되진 않을까? 아니지. 이미 이런 생각을 할 처지가 아니군. 젠장. 딸 울리면 진짜 죽여버린다.'

기호지세. 결과만이 모든 걸 증명해주리라.

* * *

생나제르. 유럽으로 파병된 거의 모든 미군은 예외 없이 이 항구에 발을 디디며 프랑스에 도착한다. 이번에도 마찬가지였다. 새로운 부대 편성을 위해 파견된 장교들이 수송선에서 마침내 하선하자, 낯선 프랑스의 거리가 그들을 반겨주었다.

"우아아……."

"여기가 프랑스야?"

"엄청 색다른 분위긴데."

나이 좀 지긋한 자들은 묵묵히 앞으로의 전장에 대한 생각으로 머리가 가득 차 있었지만, 어린 신입 소위, 중위들은 정신없이 재잘거리기에 여념이 없었다.

이미 알짜 인재들은 죄다 퍼싱이 먼저 쓸어다가 진작 미국원정군에 합류시켰거나, 혹은 새로운 인재를 양성하기 위해 본토에서 훈련에 여념이 없었다. 그렇기에 이들 대부분은 얼마 전까지 군인이라고는 생각해본 적 없던 혈기 넘치는 대졸자들이 대부분이었다.

사악한 전제주의의 손길에 맞서 자유와 정의를 지키기 위해! 전장에 대한 열망과 굳건한 신념이 이들의 가슴 속에 조용히 불타오르고 있었다.

"미합중국 장교 여러분! 하선하는 대로 신속히 움직이겠습니다!"

"집합! 집하아압!!"

인도에 따라 움직이자, 이들이 머무를 막사가 마련되어 있었다.

"여기서 며칠간 휴식한 후, 여러분은 임지로 이동하게 됩니다! 지금부터 이곳 생나제르에 머무르는 동안 명심해야 할 사항을 알려드리겠습니다!"

병사 몇 명이 간부들에게 간단한 가이드를 한 장씩 나눠주기 시작했다. 종이에는 빽빽하게 지켜야 할 것들, 그리고 간단한 프랑스어 회화, 트러블에 휘말렸을 경우의 대처법 등 피가 되고 살이 될 핵심 요약들이 가득했다.

"성매매! 성매매 절대 하지 마십시오! 외출하면 보나 마나 여러분들 상당수가 홍등가 가고 싶어서 어깨가 들썩들썩하실 텐데, 퍼싱 장군께서 홍등가 갔다가 걸리는 놈, 아파서 입원했는데 성병으로 확진 나는 놈은 옷 벗겨서 대서양으로 밀어버리겠다고 훈시하셨습니다! 절대! 절대 가지 마십시오! 헌병 순찰 중입니다!"

"시발, 가지 말라고?"

"아니 배에서 참는다고 그 지랄을 다 했는데 여기서도 가면 안 돼?"

"작작 좀 해라 이 신앙심이라곤 없는 놈들아. 안 가면 죽냐?"

그렇게 한차례 속성교육이 끝나자, 앞에서 큰 목소리로 떠들던 사람이 다음 순서를 안내했다.

"에에… 다음은, 다음은 잠시 다른 분이 들어오셔서 여러분들께 좋은 말씀을 해주실 예정입니다."

"뭐지?"

모두가 의문스러워 할 때, 새로운 사람이 입장하자 일순간 침묵이 맴돌았다. 찬란하게 빛나는 대령 계급장. 딱 봐도 높은 사람이지만, 얼굴은 또 무척 젊어 보였다. 거의 자신들의 동년배 뻘로 보이지 않는가? 그리고 피부. 살짝 감도는 노란빛. 이 모든 것들을 종합하면, 도출되는 답은 오직 하나뿐이었다.

"킴 소령?"

"캉브레의 영웅이라고?"

"근데 계급장이 대령이야? 우리가 바다 건너는 그사이에 또 진급한 거야? 중령은 제끼고?"

"자, 주목."

그가 입을 열자, 잠시 옆 사람과 소근소근 이야기를 나누던 사람들마저 모두 고개를 앞으로 집중하고, 일제히 허리를 곧추세웠다.

"저는 유진 킴이라고 합니다. 1915년에 웨스트포인트를 졸업해 임관, 판초 비야 토벌전에 참전해 중위 진급, 그리고 지금… 참으로 무거운 대령 계급장을 달게 되었습니다."

"……."

"여러분들은 아마 제가 기틀을 잡은 훈련 시스템을 이수하여 이 자리에 오셨을 겁니다. 저는 훈련소에서 많은 대학생, 그리고 열혈남아들을 교육하며 우리나라 미합중국에 이토록 피 끓는 애국자가 가득하다는 자랑스러운 사실을 다시 한번 깨달을 수 있었습니다. 자유와 정의를 위해 머나먼 유럽까지 온 여러분을 진심으로 환영합니다!"

짝짝짝짝!

그가 박수를 치자 모두가 호응해 일제히 박수를 치기 시작했다.

"자유! 그리고 정의! 이 세상에 무수한 나라가 있지만, 오직 미합중국에만 진정으로 존재하는 단어입니다! 문명화된 그 어느 나라가 저를 온전히 받아주고, 이토록 무거운 직책과 책임을 부여했겠습니까?

영국인들은 저를 광대로 쓰고 싶어 했습니다. 프랑스인들은 대충 베트남에 절 처박았겠지요. 독일인? 독일인이 절 살려둘 리가 없지요! 오직 미합중국만이 저의 능력에 주목해 저를 이 자리에 앉혔습니다! 오, 미합중국, 아메리칸드림의 나라여!!"

"와아아아아!!!"

그들의 가슴속 깊은 열망. 전장, 승리, 전공, 명예, 그리고 출세! 그 모든 것들을 단숨에 움켜쥔 동년배가 사자후를 토해내자 청년들의 가슴속 불꽃에 기름이 끼얹어졌다.

"그리고 지금! 저는 여러분들에게 놀라운 기회를 드리기 위해 이 자리에

섰습니다!"

모두의 시선이 다시 한번 그에게로 집중되었다.

"여러분. 두 장교가 각각 병사들을 맡아 훈련시키게 되었습니다. 한 장교는 신체 강건한 사나이들을, 다른 장교는 겁에 찬 약골들을 맡게 되었습니다. 이 두 장교는 성실하게 훈련을 시켜 자신들의 부대를 강력한 미합중국 육군의 용사로 키워냈습니다. 그렇다면, 두 장교 중 누가 더 훌륭한 일을 해내 더욱 인정받았을까요?"

"후자입니다!!"

"그렇습니다. 단연코 후자가 더욱 어렵고 힘든 일을 해낸 것입니다. 그리고 저는 이 자리에서, 여러분들에게 가장 어렵고 힘든 일을 제안하고자 합니다."

유진 킴은 단상을 박차고 나와 저벅저벅 그들의 코앞까지 걸어와서 열정적으로 외치기 시작했다.

"지금 이 프랑스 땅에, 성조기를 휘날리기 위해 용감히 대서양을 건넌 흑인들이 있습니다! 그들은 얼마든지 '백인들의 전쟁은 남의 일이야.'라고 생각할 기회가 있었지만, 하나님과 미합중국의 이름 앞에 교화된 그들은 자유와 정의를 위해 기꺼이 자신을 희생하기로 마음먹었습니다!!"

"흑인?"

"깜둥이……?"

"거기 당신!"

유진이 바로 앞에서 꼿꼿이 그를 바라보고 있던 한 소위를 지목했다.

"예, 소위……."

"관등성명은 됐습니다. 입대 전 무엇을 했습니까?"

"교사가 되고자 했습니다!"

"교사! 훌륭합니다. 어째서 교편 대신 총을 쥐기로 했습니까?"

"내 가족, 내 나라, 자유를 지키기 위해서입니다!"

"그렇습니다. 지금 합중국에서 가장 비천하고 고통받는 신세였던 이들이, 생판 남을 구하겠다는 일념만으로 용감하게 떨쳐 일어났습니다! 귀관은 교사 되기를 원하던 자로서, 아둔하고 무지한 자들을 진정한 합중국의 용사로 키워낼 자신이 있습니까?!"

"자신 있습니다!!"

"좋습니다! 나와 함께 최고의 부대에서, 최강의 병사들을 조련해보겠습니까!"

"시켜만 주신다면 해내보겠습니다!"

"해내보겠다가 아닙니다! '하겠습니다!'라고 똑바로 말하십쇼!"

"하겠습니다!"

"좋습니다. 귀관은 최고의 기회를 잡았습니다. 이 유진 킴과 함께 최악의 순간, 최악의 전장, 그리고 최고의 영광을 손에 쥘 수 있는 건 오직 귀관뿐입니다!"

유진이 팔을 휘젓자 대기 중이던 병사들이 새로운 종이쪼가리를 나눠주기 시작했다.

"93사단… 발령 지원서?"

"모두가 열등하고 약하며 병사로서의 가치가 없다고 믿는 자들을, 최고의 투사로 키워낼 수 있는 능력자만이 지원할 수 있는 곳! 하나님 문전 앞에서 당당하게 '저는 99마리의 양보다 길 잃은 한 마리 양을 구해냈나이다.' 외칠 수 있는 곳! 자신 없는 자, 겁 많은 자, 도전보다 안정이 좋은 자들은 지금 주저하지 말고 내가 나눠준 지원서를 반납하십시오! 하지만!!"

방금 전 교사가 되려 했던 소위가 일말의 망설임도 없이 자신의 이름을 기입해 유진에게 내밀었다. 유진은 곧장 지원서를 왼손에 잡고는 오른손을 슥 내밀었다.

"최고 중의 최고만이 올 수 있는 곳, 93사단의 영광된 일원이 된 걸 환영하네. 이제 내가 묻도록 하지. 어디 사는 누구인가?"

"소위 존 리드 하지(John R. Hodge)! 일리노이에서 왔습니다!"

"좋아. 이세 소위 따위 때려치우게. 자넨 오늘부터 중위야."

두 사람이 굳게 손을 맞잡고 크게 흔들었다. 하지의 얼굴은 기쁨과 감격으로 물들어 있었다.

* * *

"꺼어어어억!!"

"속이 더부룩하십니까?"

"그럴 리가. 어우. 먹은 것도 없는데 배가 부르네! 크하하하하!!"

운전병의 말에 적당히 대답해주며 나는 손에 꽉 쥔 종이 뭉치를 부채처럼 팔랑였다. 이 두툼한 지원서를 보라. 살살 자존심 긁어주면 덥석 자기를 증명하겠답시고 싸인해서 던져주는 놈들이 이렇게나 많다니.

이 땅은 아직 도를 아시냐는 놈들도, 심리테스트 해보자는 놈들도, 초등학교 앞에서 학원 등록하면 스타랑 디아 CD 선물로 준다는 나쁜 아저씨들도 없는 곳이다. 이런 초보적인 아갈질에 죄다 덥석덥석 넘어오고 있어, 민망하게시리.

퍼싱 장군은 강압 없이 자원한 사람들이라면 얼마든지 자유로이 데려가도 좋다고 하셨다. 그러면 당연히 털끝 하나 건드리지 않고 '설득'을 해줘야지. 하루아침에 장교 한 무더기를 뺏긴 부대에서 게거품을 물고 난리를 치겠지만 어쩌겠는가. 꼬우면 지들도 나처럼 설득을 하든가. 놔줄 생각은 전혀 없다.

아 이거, 착한 일을 너무 열심히 했더니 목이 다 쉬겠네. 오랜만에 주둥아리를 빡세게 털었더니 너무 힘들다. 인맥도 뭣도 좆도 없는 옐로 몽키가 대체 무슨 수로 장교를 수급할 수 있나, 아마 고민깨나 했을 거다. 내가 웨스트포인트 친구들에게 편지를 뿌려대는 걸 보며 얼마나 뒤에서 비웃는 놈들이 많았을까?

하지만 인맥 그딴 건 아무 필요 없지. 내 장담컨대 밭에서 감자를 캐내는 일보다 생나제르에서 장교를 잡아오는 게 훨씬 쉽다. 감자 캐기는 이거보다 더 어렵고 까다롭다고.

각 잡고 몇 번만 더 파밍하면 장교진은 완성된다. 개인화기와 전차는 바다를 건너고 있다. 친구들에겐 더더욱 구차하게 매달리는 중이다. 보급은 대충 권총 뽑아 들고 몇 번 지랄해주니 차별은 안 받게 되었다.

이제 흑우들을 병사로 개조할 시간이다.

93사단, 시동 2

　쇼몽의 거지. 캉브레의 영웅에서 쇼몽의 거지로 별명이 수직하락할 줄은 내 미처 몰랐다. 그치만 93사단은 쥐뿔도 없는 상태다. 이런 상황에서 내가 할 수 있는 거라곤 더더욱 필사적으로 동냥을 애걸하는 정도뿐.

　보통 다들 그렇듯, 불쌍한 옐로 거지가 애처로이 구걸을 하러 찾아가면 냉대하기 일쑤였다. 하지만 패튼에게서 빌린 마법의 혀어업상 아이템, 상아로 장식된 총을 뽑아주면 다들 친절해진다. 아무튼 차곡차곡 장비나 보급 측면에서는 해결되니 다행이다.

　하지만 물자보다 더 급한 건 인재다. 지금 내 상황은 마치 삼국지 게임을 플레이하는데 세력에 장수라곤 군주 본인밖에 없는 상황. 그래서 지금, 여기서 내가 포커를 치고 있는 거다.

　"스트레이트! 끝났어! 이거면……."

　"확실하지 않으면 승부를 걸지 말라, 몰라?"

　영롱한 다이아로 가득한 패를 보여주자 친구의 얼굴이 딱딱하게 굳었다.

　"아니 미친, 소매에 숨겨놨냐?! 이게 말이 되냐고!"

　"아, 패배자의 구차한 말 안 들린다, 안 들려."

"말도 안 돼! 여기서 어떻게! 야! 너 사기 쳤지! 학교에서도 너 사기 치다 걸렸잖아!"

"꼬우면 사기 현장 붙잡아야지. 추하게 그러지 말자."

"아아아악!!"

"자, 오링 났구만. 약속대로 이 지원서는 내가 가져간다."

윌리엄 코벨. 졸업할 때 수석이었던 훌륭한 내 동기다. 그리고 지금은 93사단 공병 책임자로 와야 할 분이시고.

"이건 꿈이야. 내가 어째서……."

"크헤헤헤. 허접이 입 털지 말고. 설마 여기서 말 바꾸겠단 소린 안 하겠지?"

"간다! 간다고! 이 나쁜 자식아! 내 커리어를 그렇게 꼬아 놓고 싶냐, 이 악마야!"

"커리어를 꼬았다니. 실전 경험까지 갖춘 탁월한 문무겸비의 명장으로 기록에 남겠지."

나는 지원서를 쏙 품에 넣었다. 당장이라도 이 종이 찢고 싶어 눈에 핏발 선 것 좀 보소. 어우 무서워.

"야, 오는 김에 부탁이 있는데……."

"뭔데 이 새꺄!!"

"포병, 포병 쪽 좀 납치해 오자. 세 명만 나한테 팔아주면 이 종이 찢어드릴게."

"…정말?"

"뻥이지 당연히. 아 근데, 진짜로 우리 포병 맡을 사람 없어. 사실 야포도 애초에 없거든."

"저딴 답 없는 부대에 내가 가야 한다니……."

왜 다들 나를 망태 할아버지처럼 쳐다보고 있나. 같이 망태에 담기고 싶어서 그래?

내가 지그시 행복의 미소를 머금고 주변을 돌아보자 구경하던 자들이 슬그머니 고개를 돌렸다. 나쁜 놈들. 이 유진 킴과 함께 영광의 미래로 나아갈 용기도 없다니.

역시 맥아더에게 더욱 격렬한 구애의 댄스를 춰야겠다. 부대가 적어도 부대 꼬라지를 갖추려면 포병연대, 존나 센 포병연대가 필요하다. 역시 이럴 때 내가 믿을 수 있는 밧줄은 맥아더뿐이었다.

절망하며 머리를 부여잡고 있는 코벨의 뒤편에서, 희미하게 베니온 선배가 날 보며 미소 짓고 있었다. 미안해 코벨. 네 패 다 아는 상태로 게임했어. 자기가 오기 싫다면서 널 팔아넘긴 베니온 선배를 원망하렴.

* * *

"프랑스에 어서 오십시오!!"

내가 두 팔을 벌려 환영하자 두 장교가 어쩔 줄 몰라 했다.

"반갑습니다. 이번에 93사단 편성 임무를 담당하게 된 유진 킴 대령입니다."

"369연대를 맡은 윌리엄 헤이워드(William Hayward) 대령입니다."

"370연대장을 맡은 프랭클린 데니슨(Franklin Augustus Denison) 대령입니다. 캉브레의 영웅을 만나 뵙게 되어 무척 반갑습니다."

놀랍게도 데니슨은 흑인이다. 그렇다. 다시 말하지만 데니슨은 흑인이다. 나는 이 당시 거의 유일하다 보면 될 흑인 영관의 손을 굳게 붙들었다.

"앞으로 여러분들의 도움이 많이 필요합니다."

"93사단의 처우에 관해 많은 이야기가 오가고 있다 들었습니다만……"

헤이워드 대령이 낮지만 또박또박 말했고, 나는 고개를 끄덕였다.

"원정군 사령부 내에서는 흑인을 전투원으로 쓰는 것을 꺼리는 인사들이 꽤 많습니다. 이 점을 부정하지는 않겠습니다."

"우리는 미합중국을 위해 피를 흘리고자 왔습니다. 모든 흑인을 대표해, 모든 흑인 병사들은 전장으로 나가고 싶단 점을 다시금 말씀드립니다."

"그걸 위해 제가 이 자리에 있습니다."

내 분명한 말에 그들의 얼굴이 희미하게나마 밝아졌다.

"일단 무슨 수를 써서라도 완편 사단을 만들 겁니다."

"그게 가능하겠습니까? 내 이런 말 하긴 그렇지만, 이 사단에 지원할 장교들이 그렇게 많을까요?"

"아, 이미 많은 자원자들을 확보했습니다. 그 점은 걱정하지 마십시오."

절대 사기는 안 쳤다. 자원자들이 아주 그냥 한가득이지. 그 친구들은 명성과 전공을 원하고, 나는 그걸 전부 손에 쥐여줄 수 있다.

그리고 이 부대에 백인이 많아지면 많아질수록, 일부만 떼어다가 전공을 평가하긴 굉장히 애매해지지. 저들 하나하나가 자기들 전공이 부당하게 평가받는다 생각되면 곧장 D.C.에 달려가 빼액댈 게 뻔하니까.

"두 분은 병력들이 도착하는 대로 훈련을 준비해주십시오. 보급은 제가 이미 확보해 놓고 있습니다."

"허어."

"그리고 음… 아닙니다. 일단은 쇼몽까지만 먼저 가 주십시오. 부대의 특수성을 고려해, 아마 훈련 내용도 꽤 많이 고쳐야 할 듯합니다."

"우리는 평범하게 대우받기를 원합니다!"

데니슨 대령의 외침엔 어떤 절박함마저 깃들어 있었다. 그래. '특수성'이나 '차이'라는 말만큼 지금 저 사람들을 불안하게 하는 단어도 없겠지. 나역시 그 부분에서 머리를 싸매고 있고.

도대체 어떻게 해야 이 부대로 전과를 뽑아먹을 수 있을까? 미 육군의 처참하기까지 한 무장 상태로는 진짜 생각나는 걸 구현해내기가 어렵다. 기관총도, 야포도, 트럭도 무엇 하나 만족스럽지가 못하다. 그리스건? 참호에 돌입하기도 전에 애들 다 케찹될 일 있나? 아쉬운 대로 B.A.R.은 좀 주문을 하긴 했는데, 글쎄. 이게 과연 얼마나 도움이 될진 모르겠다. 일단 할 수 있는 한 최대한 노력할 뿐이다.

"걱정 마십시오. 저는 전혀 차별하고자 하는 의도가 아닙니다. 하지만 본토에서의 훈련 과정이 별로 도움이 됐을 거라 생각하지도 않지요."

"크흠……."

"어차피 그놈들, 실전도 못 겪어본 놈들 아닙니까. 안 그래도 바다 건넌 놈들이 총 한 번 안 쏴봤다는 사실에 쇼몽의 사령부가 머리를 쥐어뜯고 있습니다."

"킴 대령은 신병 훈련에도 탁월하단 이야기를 내 들었소만……."

"제가 각 잡고 훈련을 총괄지휘할 겁니다. 못 하겠다, 그냥 죽여달란 소리가 나올 정도로 가혹하게 굴릴 겁니다."

내 말에 두 연대장들의 안색이 흙빛이 되었다. 조금 더 몰아붙여 볼까.

"어차피 무시받는 이들입니다. 더 이상 뒤가 없다는 사실을 상기시켜줄 겁니다. 그들은 그 어떤 미군 병사들보다 싸워야 할 이유가 있는 이들이고, 우리는 이들을 최강의 전투원으로 개조할 겁니다!"

"…좋습니다. 킴 대령의 의욕이 이렇게 불타니 마음이 조금 놓이는군요."

"그러면 먼저 병력들을 인솔해 이동해주시겠습니까? 저는 다른 볼 일이 있습니다."

"알겠습니다. 쇼몽에서 뵙겠습니다!"

그들을 떠나보내고 난 뒤, 나는 곧장 저 멀리서 구경하고 있는 머저리들을 향해 달려갔다. 아아, 기다리고 있었어요. 내 사랑들.

"유진!"

"와! 오랜만……."

뻑!

일단 힘찬 사랑의 배빵 한 방. 하선하자마자 한 대 처맞고 바닥을 구른 밴플리트의 눈이 경련을 일으켰다.

"아니, 대체 왜……?"

"왜 맞아야 했는지 생각해보는 게 어떨까?"

패튼에게 나불댄 벌이다, 나쁜 놈아. 물론 전화위복이 되긴 했다만, 그걸 대충 정상 참작해줬으니 배빵 한 번으로 끝낸 거야. 아니었으면 저 대서양에 밴플리트 대왕암 하나 생겼어.

뻐어억!

나 역시 갑자기 하늘이 보이자 정신이 멍해졌다. 왜? 갑자기 나는 또 왜 맞아야 해?? 내가 무슨 잘못을 했다고? 혹시 내가 대령 다니까 갑자기 배가 아파서…….

"전차대대 장병들을 정말 훌륭하게 키웠더라. 역시 유진이야."

"아, 그렇지? 내가 좀 힘 많이 써서……."

"그래서 애들을 죄다 정신병자로 만들어놨냐, 이 자식아!"

아니, 그… 그건 패튼 잘못입니다. 저는 항상 이성과 합리만으로 움직인다구요. 내가 애써 항변했으나 오랜 세월 광기로 가득 찬 캉브레의 또라이들에게 시달렸던 아이크의 짜증은 풀리지 않았다. 걔들 정신세계가 좀 심후해진 건 나도 잘 알고 있지.

"우리 귀여운 유진일 왜 때리고 그래. 덕택에 난 그 엿같은 광산에서 풀려났어. 불러줘서 고맙다."

역시 오마르가 젤 착해. 나머지는 삐뚤어졌어.

우리가 개그를 하는 사이, 수송선에선 계속해서 두 연대장들의 지휘하에 흑인 장병들이 내리고 있었다. 원래라면 또 다른 흑인 부대인 92사단의 창설 멤버가 되어야 했을 장교들이지만, 내가 전부 처먹기로 했다. 일단 완편사단 하나는 만들어야 하지 않겠나?

여러 가지 현실적 사정이 엮여서, 신생 93사단은 수뇌부는 죄다 백인이고 아래는 흑인인 모양새가 되었다. 흑인 웨스트포인트 졸업생이 없으니 어쩔 수 없잖아. 대충 훗날 어떤 이야기가 나올진 짐작이 되지만… 어쩔 수 없다. 훗날 이야기를 듣는 건 한참 뒤 역사서에나 언급될 일이고, '그들은 영웅적으로 싸웠으나 선부 힌덴부르크 선에서 죽었다.' 같은 소리를 듣느니 차별주의적 요소 운운하는 소리 듣고 성과를 내는 걸 택하련다.

우리는 저들을 환영할 준비부터 끝마치기 위해 차량에 꽉꽉 끼어 타고 다시 쇼몽을 향해 달리기 시작했다. 이 차가 교통사고 나는 순간 증발하는 미래의 미군 별이 대체 몇 개냐? 거기에 내가 끼어 있다니 가슴이 벅차오른다.

"그래서, 정확히 뭘 해야 하는데?"

"전부 다."

내 짤막한 말에 나머지의 표정이 영 안 좋아졌다.

"진짜로?"

"진짜로."

"이거 너무 싸게 먹히는 것 같은데……."

"나중에 이거 인정받으면 만능형 인재로 평가받는 거잖냐. 그냥 좀 참아."

"계급은?"

"니들 다 소령 달아드릴게."

"충성충성."

"역시 동기 사랑 나라 사랑이지!"

태세전환이 빠른 녀석들이다. 어차피 여기 오게 된 이상 이제 무를 수 없단 걸 자기들도 알겠지.

저 높으신 분들의 세계에서는 어마어마하게 정신 사나운 작업들이 연이어 벌어지고 있었다. 93사단은 주방위군 부대이기 때문에 운신 반경에 많은 제약이 있었다. 가장 편한 건 그냥 연방 정규군(Regular Army)인 92사단을 써먹는 것이겠지만, 또 92사단엔 아직 병사가 없다.

이런 지랄맞은 상황을 해결하기 위해 나는 어김없이 나으리들께 손을 벌려야만 했다. 흑인 단체들과도 손을 잡는다고 했고 흑인들이 처치 곤란인 건 어느 부서든 매한가지니, 아마 적당히 나에게 다 짬처리가 될 거라 판단하고 있었다.

"일단 내가 말단 장교들은 어느 정도 확보를 하고 있어. 개중에서 실력 좋은 애들은 빨리빨리 끌어올릴 거고."

"그래야겠지."

"아이크."

"응."

"참모장을 부탁해도 될……."

"싫어."

아이크가 드물게 딱 잘라 말했다.

"전장. 무조건 야전. 무조건 야전! 이 자식, 나보고 야전에 나갈 수 있다고 해놓고 날 참모장 앉히겠다고?"

"아니, 그치마안……."

"싸우지 말고. 차라리 내가 하는 게 어때?"

"캬. 역시 이래야 오마르지. 기분이다. 소령 가즈아 소령!"

넥슨이 도토리를 뿌리듯 계급장을 뿌리는 느낌이 정말 끝내준다. 이게 권력의 맛인가.

"그럼 나는?"

밴플리트는 원래도 기관총중대장이었지.

"사단 직할 기관총대대는 어때?"

"대대장? 분수에 넘치긴 한데, 그래도 참모장이랑 대대장은 좀 심하지 않냐."

"아니 뭔 소리야. 대대가 어딨어?"

얘가 뭔가 착각을 하고 있네. 대대장 하라고 말한 게 아닌데.

"대대장 하고 싶으면 편성이랑 훈련 끝내고 대대부터 만들어야지. 지금 아무것도 없다니까?"

"뭐? 그럼 다 만들고 나면?"

"연대 작업해야지."

"씨발… 그럼 지금 있는 게 뭐가 있는데?"

"니들 놀 시간 없어. 그냥 무에서 유를 만들어야 해. 공병대, 통신대, 헌병대, 보급대… 뭐 아무것도 없다니까?"

그냥 흑인들 데리고 싸우면 된다고만 들었던 친구들이 93사단의 실체를 알게 되자, 마침내 화산이 임계점에 이르러 마그마를 분출하기 시작했다.

"야! 이건 같이 죽잔 거잖아!"

"차차차차차, 차 흔들린다! 차 엎어져!!"

"이런 사지에 우릴 부르다니!"

"아니, 나는 우리 함께 손에 손잡고 출세하자는 의미에서……."

"죽어! 죽엇!!! 이 새낄 믿고 대서양 건넌 내가 미친놈이지! 그냥 죽어어!"

미안해 얘들아. 이거 실패하면 어차피 우리 다 군생활 좆되거든? 그냥 차라리 열심히 해보자. 헤헤.

* * *

"이대로 전보를 치면 되겠습니까?"

"그래. 지금 바로, 급전으로 쳐주게나."

"알겠습니다, 대령님."

맥아더 대령에게서 쪽지를 건네받은 남자는 곧장 전보를 치러 방 안으로 들어갔다.

[보도제한 해제. 즉시 보도 요망.]

그는 파이프에 담배를 채워 넣었다. 앞으로의 여론, 흑인들의 반응, 백인 우월주의자들의 반동, 정치권의 반응에 이르기까지…….

"어디 국민들이 어떻게 움직이나 보자고. 그때까지만 기다리고 있어주게."

이미 그의 머릿속 결론은 도출되어 있었다.

93사단, 시동 3

언론의 마술사 맥아더가 엠바고를 해제하자, 기자들은 기다렸다는 듯 특종 타이틀을 달고 기사를 쏟아내기 시작했다.

[미 전차부대, 토미들의 구세주가 되다!]

[자원병 1,400명을 탈출시킨 합중국의 놀라운 전략!]

[캉브레의 비밀! 카이저, 미군을 저주하다!]

[무너진 러시아, 비상하는 미국! 전제주의자들이여 두려워하라!]

[쿵푸 마스터, 힌덴부르크의 불알을 걷어차다!!]

[패튼 & 킴, 멕시코에서 캉브레까지!]

마치 거대한 오케스트라를 지휘하듯, 천천히 가십성 기사에서부터 거대한 사건의 전말, 그리고 이 전말에 개입된 두 지휘관과 그들의 백그라운드까지.

단순히 흔한 영국군의 공세 실패로만 대강 알려져 있던 캉브레의 진실이 미군의 첫 승리(?)라는 놀라운 소식에, 승전보에 굶주려 있던 미국 시민들은 날마다 캉브레 관련 기사가 실린 신문이기만 하면 미친 듯이 사들였고 신문 파는 소년들의 입에서는 미소가 떠날 줄을 몰랐다. 자연스럽게 승전에 대한 갈망을 유진 킴과 패튼이라는 두 인물로 유도한 맥아더의 친구들이 다음 타겟으로 고른 것은 두말할 것도 없이 93사단이었다.

[쿵푸 마스터, 니거들을 대개조하다!]

[깜둥이들을 전사로? 오리엔탈 시크릿의 힘이면 가능!]

['석 달 내에 이들을 살인병기로 만들 것.' 킴 대령, 단언.]

[천재들의 진급 속도! 퍼싱 – 맥아더 – 킴, 기적의 세대!]

[맥아더 독점 인터뷰, '킴은 할 수 있다. 늘 그래왔듯.']

물론 인터뷰나 검증 절차 따위는 당연히 없었다. 100% 순 공갈빵 기사. 맥아더가 던져준 약간의 톡 쏘는 맛 소스는 이들 언론인의 손을 거치자 하바네로 뺨치는 화끈한 불닭소스로 변했고, 미국인들은 이 놀라운 뽕맛에 후끈 달아올라 이 화제로 연일 불타올랐다.

이렇게 여론이 무섭게 반응하자, 물 들어올 때 노 젓는다고 커티스 의원은 워싱턴 D.C.를 활보하며 무섭게 지원사격을 쏟아부었다.

"지금 대서양을 건넌 우리 장병들이 총도 대포도 아무것도 없다는 게 말이 되지 않습니다!"

"어째서 우리가 프랑스인들에게 대포를 구걸해야 한단 말입니까? 이건 수치입니다!"

"국민 여러분, 영국인들은 호시탐탐 우리 병사들을 저 무능한 헤이그의 손아귀에 쥐여주고 싶어 군침을 흘리고 있습니다! 합중국의 아들들에게 줄 무기가 없으면 그들은 헤이그의 마수에 빠질 것입니다!"

틀림없이 군부에 예산 더 주기 싫다며 배를 째던 의원들, 특히 공화당 의원들은 갑자기 십자군 기사라도 강림한 것마냥 충분한 무기를 제공하지 못한 군부를 마구 때려댔다. 자다가 갑자기 뺨 맞은 꼴이 된 전쟁부는 어이가 증발할 지경이 되었지만, 깻값 대신 무기를 더 사주겠다고 하니 즉시 헥헥대며 의회에 충성을 맹세했다.

한편, 쇼몽에서는…….

"킴 대령, 어째서 93사단을 그런 독특한 편제로 짜는 겐가?"

"아, 그거 말씀이십니까? 그야 깜둥이 사단이잖습니까. 아무래도 백인들의 부대와는 차이점이 있어야지요."

"병사들에게 그 주유기를 다 쥐어주겠다고? 대체 왜?"

"아, 그거 말씀이십니까? 그야 깜둥이 사단이잖습니까. 아무래도 백인들의 부대와는 차이점이 있어야지요."

"남들도 전차가 없어서 죽겠는데 왜 자네가 다 처먹겠단 건가! 아무리 포드사와 자네의 관계가 있다지만 이건 아냐!"

"아, 그거 말씀이십니까? 그야 깜둥이 사단이잖습니까. 아무래도 백인들의 부대와는 차이점이 있어야지요."

안 들려, 안 들려, 에베벱.

나는 한 대의 축음기가 되어 피와 눈물의 일직선을 걷고 있었다. 아이크, 오마르, 제임스. 너희들은 내 고통을 모르겠지. 하지만 나는 너희들을 지키기 위해 이렇게 피를 토하며 일하고 있단다. 후, 아기가 혼자 남아 집을 보게 냅두고 굴 따러 가는 이 엄마의 심정을 이해해주면 좋겠다.

끊임없이 내 소중한 93사단에게서 무언가를 뺏어가고 싶은 욕심 많은 놈들을 물리치면서, 우리 아이들 입에 물려줄 새롭고 신선한 부대와 장비를 챙기는 일은 사투의 연속이었다. 하지만 이렇게 열심히 살아가다 보면, 땡잡는 일도 때로는 있는 법이다.

"이보게, 후배님!!!"

이 기차 화통 삶아 먹은 사운드. 으음. 아니 틀림없이 우린 헤어진 거 아니었던가.

"어째서! 어째서 날 부르지 않은 거지!!"

"그야 선배님은 미 기갑부대의 아버지가 되어야 하니까요."

"그게 무슨 되먹잖은 소리! 어머니는 자네면서 애만 낳고 튀면 어쩌란 말인가! 아직 젖도 못 뗀 우리 사랑스런 기갑부대를 버리고 새로 키우는 게 깜둥이라니! 난 그 애 키우는 거 반댈세!"

1분도 채 이야기하지 않았는데 벌써 정신이 혼미해져 온다. 하지만 이미 나는 패튼어(語) 숙련자다. 이 정도 정신공격에 굴할 수는 없지.

"허허, 조만간 사단장 달 것 같은데 축하 안 해주실 겁니까?"

"크으음! 좋아. 일단 이번엔 넘어가주지. 유진 후배님 말대로 지금 각 부대에 신편할 기갑부대를 짜 넣는 일만 해도 죽을 것 같거든. 93사단엔 벌써 전차가 있다면서? 그것도 싸제로? 후배님 돈 제법 많나 봐?!"

이게 대체 무슨 미친 소리람. 싸제 전차라니.

"어어… 제 돈으로 산 게 아니라, 포드사에서 개량 중인 전차를 시험운행 해보려고 합니다."

"하하하! 그딴 말도 안 되는 핑계는 내 앞에서까지 댈 필요 없네! 아무튼 자네 부대에 전차가 이미 있으니 남은 건 전차병 편성이겠군그래?"

"…그야 그렇지요."

"기뻐하게! 자네 부대로 전출하겠단 친구들이 있어서 말이지! 로켄바흐 대령님이 날 죽이려 하겠지만 그딴 건 알 바 아니고, 아무튼 자네 부대에 장병들을 좀 보내줄 수 있을 것 같은데?"

이 짧은 시간 동안 줄곧 미치광이 같은 대화만 했지만, 지금 이게 가장 좀 돌아버린 것 같은 이야기였다. 93사단에 오고 싶어 하는 또라이가 있다고?

"누굽니까?"

"당연히 326경전차대대원들이지! 이제 막 병상에서 박차고 나온 삐약이들이 어미새를 그리워하는 건 당연한 일 아니겠나? 그래서, 받기 싫나?"

"보내주신다면 감사히 받죠."

크흐흐. 이거로 기갑도 해결이다. 달달하구나!

"좋아. 괜히 깜둥이들 챙기겠다고 날뛰다가 비명에 골로 가지 말고. 자네는 기갑의 역사를 새로 쓸 막중한 사명을 갖고 태어났네. 후배님 목숨은 후배님 것이 아니란 말야. 알겠나?!"

"덕담 감사합니다. 조만간 끝내주는 부대를 들고 찾아뵙지요."

"그래! 그 깜둥이들이 얼마나 피와 인육에 굶주린 전사가 되어 있을지 기대하고 있겠네! 이 패튼이 선두에 설 만한 최강의 부대를 키워보라고!"

저딴 마인드로 훈련을 돌렸으니 애들이 죄다 맛이 가버렸구나. 아이크가 얼마나 힘들었을까? 나는 저렇게는 키우지 말아야겠다고 굳건히 다짐하며 내 부대로 돌아갔다.

* * *

"…따라서, 여러분의 피와 땀은 반드시 보답받을 것입니다. 건투를 빕니다. 이상."

짝짝짝짝!!

흑백을 불문하고 장교들이 한데 모인 강당. 나는 간단한 훈시를 끝내고, 다시 입을 열었다.

"잠시… 유색인종 간부들만 남고, 나머지는 모두 자리를 비워주시기 바랍니다."

내 말에 다들 혼란스러워하던 이들은, 이내 오와 열을 맞추어 강당에서 하나둘 빠져나갔다. 하지만 내 옆에 있는 세 사람은 예외였다.

"대령님."

"너 언제부터 흑인이 된 거야? 안 나가고 뭐 해?"

"저는 참모장이라고 하셨잖습니까? 한 명쯤은 여기 있어야 하지 않을까요?"

브래들리는 고개를 짤랑짤랑 흔들며 귀엣말을 했다.

"너랑 흑인들만 여기서 다른 얘길 하면, 멍청한 놈들은 네가 유색인종들끼리 무슨 해괴한 음모를 꾸미고 있다고 생각할지도 몰라. 나는 동석해야 겠어."

"그러든가. 자네는?"

"저는 부관으로서 대령님의 곁을 지킬 겁니다."

망할 놈. 하지는 껌딱지처럼 내 옆에서 떨어지지 않을 기세였다. 부관이랍시고 괜히 뽑았나. 상징적인 의미에서 하지를 잡아다 부관에 앉혀 놓은 거였는데, 이 정도로 나에게 홀렸을 줄은 몰랐다. 죄 많은 남자 유진 킴 같으니. 저 녀석이 날 보는 눈길이 암만 봐도 사이비 종교에 빠져 집도 가족도 다 버리는 놈들 같아 조금 불안하다.

"베르……."

"유색인종은 남아 있으라 하셨잖습니까?"

새롭게 내 연락을 받고 합류한 아나스타시오가 해맑게 웃으며 말했다. 이놈도 팔자 한번 기구하다. 필리핀 친구가 이 엿같은 프랑스의 겨울 날씨에 전쟁을 치르러 오다니. 와준 건 고맙지만, 여기서도 또 꼬리에 불 꺼진 파이리 신세가 되면 좀 곤란하다. 컨디션 망치면 곧장 후방으로 돌린다고 으름장을 놓긴 했는데, 제가 알아서 잘하겠지.

"후회하지들 마라. 경고했다."

나는 다시 두 손으로 단상을 꽉 부여잡은 후 힘껏 목소리를 내질렀다.

"자, 주목! 설마 내가 방금 전에 했던 '오, 열심히 싸우면 보답받을 거예요.' 같은 사탕발림에 혹했던 멍청이 있나?!"

"……?!"

내 폭탄 발언을 불시에 처맞은 흑인들의 눈빛이 당혹감으로 가득 차더니, 점점 썩은 동태 눈깔로 바뀌어갔다.

"미안하다! 말 번복하지! 절대 그럴 일은 없다! 백인 놈들이 미쳤다고 너넬 인정해줄 것 같냐!"

"그럼, 그럼 대체 우린 뭘 위해서 온 겁니까!"

저 뒤편에서 누군가의 비명 같은 외침이 들려왔다. 아주 좋아.

"왜긴 이 병신아! 독일 놈 죽이러 왔지!! 네놈들이 합법적으로 백인을 죽일 수 있는 처음이자 마지막 찬스다!"

브래들리가 무어라 중얼거리는데. 절대 착한 오마르가 '저 미친 새끼가 결국은……' 같은 말을 할 리가 없으니 잘못 들은 게 틀림없다. 군의관에게 가서 청력 테스트를 좀 받아봐야지.

"잘 들어라! 대화와 설득이 먹히는 이성적인 상대라는 건 이 세상에 존나, 존나 드물어! 너희들이 아무리 용기와 의지, 충성심을 보인다 해도 니들은 결국 깜둥이야! 전직 노예라고!!"

"말씀이 너무 심하십니다!!"

"그럴 리가 없습니다!!!"

"아니긴 뭐가 아냐! 똑바로 들어 이 머저리들아. 니들은 그냥 나라에 충성하러 오면 안 돼! 죽여! 존나 많은 독일 놈들을 죽이고 또 죽여서, 백인들이 두려워할 정도로 시체의 탑을 쌓아! 인간을 설득하는 가장 빠른 방법이 뭔 줄 알겠나? 공포! 공포의 대상이 돼! 못 되겠으면 그냥 여기서 죽어! 1인당 독일 놈 수급 3개씩 못 챙길 거면 그냥 여기서 뒈지라고!!"

내 연이은 막말에 흑인 장교들이 허옇게 질리기 시작했다. 탈색되고 좋구만. 니들도 조만간 나처럼 명예백인이 될 수 있겠어. 아주 좋은 징조다.

"명심해라. 너희들은 미국 흑인 사회의 희망이다. 가장 난폭하고, 가장 흉포하고, 가장 철두철미한 살인기계가 돼야 니들이 원하는 권리를 얻을 수 있다. 알겠나?"

"알겠습니다!"

"목소리가 그거밖에 안 되나? 팔병신 카이저한테 들릴 정도로 고함지르란 말이다!"

"YES, SIR!!!"

"좋아 이 새끼들아! 돌아가서 니들 따까리들한테도 확실히 주입시켜!

해산!"

이 정도면 정신교육은 끝났겠지. 나는 선 채로 정신줄을 놔버린 하지의 영혼을 찾아낸 뒤, 곧바로 다음 회의에 들어갔다. 시간이 너무나도 모자랐다. 17년의 겨울은 혹독하기 짝이 없었다.

* * *

"지금까지 우리가 배웠던 모든 퇴물 교리는 전부 쓰레기통에 넣는다."

요즘 들어 장교들이 하나같이 날 미친놈처럼 보고 있다. 하지만 어쩌겠는가. 그동안 웨스트포인트에서 배웠던 교리는 진짜 쓰레기인 것을. 이류 열강 미군의 군사 교리는 개차반 그 자체였다. 포병을 경시하고, 보병을 필요 이상으로 숭배한다. 그렇다고 그 보병의 화력이 좋은가? 볼트액션 소총이 화력이 뭐 얼마나 대단하겠나.

지금 미군 교리를 착실하게 배운 책상물림들이 지휘했다간, 적 기관총좌 앞에서 병사들 죄다 서서 쏴 시키다가 언덕 시즈 탱크 앞 마린 꼬라지가 되기 십상이다. 난 이딴 몹쓸 구식 교리를 훈련시킬 생각은 눈곱 만큼도 없었다.

"유진. 너무 과격한 거 아냐?"

"과격하긴. 영국과 프랑스가 몸으로 때워서 구식 교리가 쓰레기란 걸 증명했잖아. 그리고 그 영·프는 더더욱 전술을 발전시킨 독일 앞에서 맥을 못 추고 있고. 그럼 당연히 우리도 최신 문물을 도입해야지."

"예를 들자면?"

"장거리 사격은 금지. 특히 기관총 앞에선 더더욱 금지. 그 짓 할 거면 그냥 엎드려. 전방 기관총좌를 향해 약진 앞으로는 더더더욱 금지. 그딴 거 시키고 싶으면 나한테 말해. 내가 직접 죽여줄 테니."

소총 화력에 대한 맹신. 적 기관총좌를 제압하고 싶으면 당연히 아군도 기관총을 갈겨내든가, 포병을 부르든가, 박격포를 쏘든가 아무튼 쌈박한 화력이 필요하다. 이 간단한 룰을 몰랐거나 무시했던 결과, 최소 수만 명이 참호 앞에서 뒈졌다.

"또?"

"포병 연락장교들, 아니, 병사들까지 빽적지근하게 훈련시켜. 보병이 포병한테 필요한 사항을 제대로 전달 못 하면 진격한 애들 다 뒈지니까."

"그거야 당연한 거 아냐?"

"당연하긴 개나발이. 내기할까?"

"…그놈의 내기했다가 털린 돈이 너무 많으니 안 할래."

1차대전은 굉장히 특수한 전쟁이다. 살인용 병기, 특히 수비자를 강력하게 해주는 도구는 너무나도 많아졌지만 공격자를 도와줄 아이템은 너무나도 부족하다.

가장 중요한 통신. 무전기라는 신의 은총이 아직 전장에 도입되기까진 한세월인 지금, 의지할 수 있는 건 툭 하면 끊어지는 유선망과 전령, 전서구 같은 것들이다.

"전령들은 어지간하면 오토바이를 태워보자고. 군마도 좋아. 아무튼 1분 1초라도 단축시킬 수 있다면 돌고래든 강아지든 뭐든 태워."

"이딴 걸 지휘관 지시랍시고 내리는 놈도 놈이지만, 받아적는 내가 더 슬프다 진짜."

오마르의 탄식은 날이 갈수록 늘어나고 있었다. 나 때문에 벌써 이마에 주름 패면 안 되는데.

"그리고… 우리도 스톰트루퍼를 운용해 볼 순 없을까?"

"아 좀! 그럴듯한 이야길 좀 하라니까!"

"난 될 것 같은데? 자원자 한번 받아서 굴려보자니까?"

내가 애써 미소를 지었음에도 불구하고 오마르의 이마 주름이 더더욱 깊어져 그랜드 캐니언이 되고 말았다. 거참, 만들면 존나 쩔 텐데. 우리의 겨울은 이렇게 지나가고 있었고, 93사단이란 이름의 너절한 쇠몽둥이에 날을 날카롭게 벼려야만 했다.

1918년. 독일제국이 최후의 공세를 날릴 그 순간, 이 검이 제국의 심장에 박힐 수 있을지 없을지에 따라, 우리 모두의 운명이 결정될 예정이었다.

겨우살이

　1918년. 대전에 휘말린 각국은 슬슬 한계에 도달하고 있었다. 러시아제국의 붕괴는 그들의 운명을 알리는 경종과도 같았다. 모든 정치인들은 자신들의 모가지가 잘리고 빨갱이들이 거리를 활보하는 악몽을 꾸고 있었다.

　러시아의 차르 정권을 끝장낸 것으로 종결된 줄 알았던 러시아 혁명은, 블라디미르 레닌이 다시 한번 혁명을 일으킴으로써 세계 최초의 공산주의 국가 설립이라는 충격과 공포를 가져다주었다.

　그리고 이들 공산혁명의 주역, 볼셰비키들은 그 누구도 이해하지 못할 발상을 함으로써 한 번 더 충격을 선사했다.

　"세계 최초의 공산 국가가 설립되었으니, 이제 만국의 노동자들이 자본가들의 노예에서 벗어나 혁명을 일으킬 것이다!"

　"우리는 저 악의 제국들이 노동자, 농민의 손으로 무너지는 모습을 지켜보기만 하면 된다!"

　당연한 이야기지만, 세계 적화혁명 따위는 일어나지 않았다. 협상도 전쟁도 하지 않고 세계혁명에 대한 행복회로만 맹렬히 불태우던 이들 볼셰비키를 기다리는 것은 당연히 독일군이었다.

독일군은 이 대화 불가능의 기묘한 이세계인들과 무언가 협상을 해보려 했으나, 이내 이놈들에겐 협상을 할 생각도, 능력도 없다는 사실을 깨닫고 러시아 깊숙이 진격을 준비했다. 사실상, 동부 전선의 전쟁은 끝나버렸다. 그렇다고 해서 다른 곳도 독일군을 위해 웃어줄까?

17년 10월. 오스트리아-헝가리제국의 무능은 만천하에 까발려졌다. 독일군은 결국 이탈리아 전선에 개입해야 했고, 얼뜨기 이탈리아군을 카포레토에서 박살내버렸다. 그럼에도 불구하고, 앞으로 독일군은 이탈리아 전선에서 발을 뺄 수 없다는 사실만으로 독일군 수뇌부의 머리에 과부하가 걸리기엔 충분했다.

17년 12월. 영국군은 마침내 약속의 땅 예루살렘에 입성했다. 독일의 동맹 오스만튀르크제국에 남은 것은 이제 파멸뿐이었다. 새로 정복한 러시아 땅을 안정화시키고 그 자원을 빨아먹을 수만 있다면 독일에 희망이 보일지도 모른다.

하지만 이와 동시에, 그들은 나날이 부풀어가는 미합중국의 군대가 두려웠다. 오랜 숙고 끝에 독일이 내린 결론은 하나였다.

"미군이 더 증강되기 전에, 동부 전선에 묶여 있던 병력을 모조리 끌어모아 서부 전선을 끝낸다!"

춘계 공세, 이른바 루덴도르프 공세는 이렇게 결정되었다. 이제 독일엔 더 이상 병사가 없었다. 말 그대로, 젊은이 중 군대에 입대할 수 있는 최후의 한 명까지 모조리 군에 처박혀 있었다. 식량도 없었다. 밀빵도, 감자도 다 먹고 사라지자 독일군은 돼지나 먹던 순무로 배를 채워야 했다. 그 순무조차 모자란 탓에 민간인은 톱밥과 순무 잎을 뜯어 먹었고.

이 최후의 공세에서 영국과 프랑스를 완벽하게 무너뜨리지 못한다면 미래가 없다는 건 누구나 알 수 있는 간단명료한 결론이었다. 제국의 마지막 남은 판돈을 걸고 벌이는 거대한 도박판이 열렸다. 판돈은 독일 그 자체였다.

* * *

초조해진다. 루덴도르프 공세가 일어나기까지 몇 달 남지 않았다. 모르려야 모를 수가 없지. 1차대전 전에 던졌던 아마겟돈 레포트와 달리, 이제 독일의 '합리적인' 선택지 중 남은 게 최후의 한 타 꼴아박기밖에 없다는 건 대가리가 장식이지 않고서야 모두가 다 안다.

그다음으로 고민할 부분은 하나였다.

'그래서 독일이 어디로 밀고 들어올까?'

독일이 이 전쟁에서 이기는 법은 간단하다. 영국군이나 프랑스군 중 하나를 전멸시키면 된다. 예에! 이 정신 나갈 것 같은 난이도의 작전을 성공시키려면, 1914년부터 만들어진 지옥의 참호선을 뚫고 완벽한 전략적 기동을 성사시킨 후 상대 주력군을 싹 궤멸시켜야 한다.

나는 독일 놈들이 어디로 기어 올지 훤히 알고 있지만, 지금은 일단 얌전히 입을 닥치고 있었다. 가능한 한 원 역사는 유지되는 편이 좋다. 이미 인정사정없이 역사를 갈아엎고 있는 내가 이렇게 생각하니 굉장히 어이가 없긴 하지만, 적어도 베를린에 성조기가 꽂히는 것 같은 '거대한 뒤틀림'은 피하고 싶은 게 내 솔직한 심정이었다.

아니, 만약에 독일이 압도적으로 털려서 베르사유 조약 같은 어정쩡한 물건 대신 그냥 독일 괴뢰 공화국 같은 거 세워지면 어떡하나? 2차대전이 안 터지면?

물론 이런 생각을 끝없이 이어나가다 보면 그 끝에 다다르는 결론은 으레 '캉브레에서 히틀러가 죽었으면 어쩌지? 그럼 나 망하는 건가?'였지만, 지금처럼 소소하고 적당한 선에서 개입하는 것과 대전략 단위에 폭넓게 개입해서 독일군을 개박살내는 것 사이의 간극은 너무 크다.

뭐든지 적당히 해야 한다. 자다가 이불에 오줌을 쌌다는 게 이불에다 더 큰 걸 싸도 된다는 뜻은 아니잖은가? 나는 이성과 상식이 있는 착한 어른이다.

그리고 다 까발린다 해도 사실 '적은 여기로 옵니다!'라고 자랑스럽게 외친 뒤 설득할 방법도 딱히 없고, 우리 훌륭한 93사단 친구들이 활약할 장소도 마땅찮아진다. 저 밖을 보라. 지금도 열정 넘치는 친구들이 열심히 훈련에 여념 없지 않은가.

나도 옛날 같았으면 빨간 모자 하나 눌러쓰고 빽빽대면서 신나게 저놈들을 굴렸겠지만, 사단장 자리가 예약된 몸이 그렇게 함부로 뛰쳐나갔다간 오히려 역반응이 나온다. 사단장이 유격 교관을 맡는다고 생각해보자. 애들 다 잡지. 나는 그렇게 피도 눈물도 없는 놈이 아니다.

역시 인재가 유능해서 그런가, 93사단은 굉장한 속도로 자리를 잡아 가고 있었다. 지금 투입한 미래의 별 개수만 해도 어마어마하다. 이 정도도 못 하면 내가 좀 곤란해지지.

"팔자가 좋네? 누구는 숨 쉴 시간도 없이 일한다고 바쁜데, 한가로이 등짐 지고 사색도 할 수 있고."

"어허. 이게 다 사단장으로서 향후 작전에 대한 심오한 계획을 하고 있는 거야."

"웃기고 있네."

오마르는 짜증 난다는 듯 서류 더미를 휙 투척했다.

"너한테 낚인 친구들이 아직도 대서양을 건너고 있는데, 양심도 없냐?"

"양심이라니. 내가 이렇게 놀라운 전공을 얻을 기회를 주고 있는데……."

"지옥에나 떨어져."

맥아더는 내게 가장 절실했던 것, 언론플레이를 훌륭하게 때려줬다. '캉브레의 영웅'의 명성이 천하를 진동하자, 자연히 훌륭한 주군을 찾아 헤매던 재야인사들이 몰려드는 건 지극히 당연한 이치. 그런 의미에서 내 인덕은 이미 유비를 뛰어넘었다고 봐도 무방하지 않을까?

"너 요즘 애들이 시간 날 때마다 전보며 편지 부치러 달려가는 거 알아?"

"엥? 왜??"

"왜긴 왜야. 혼자 죽기엔 너무 억울하니까 같이 죽자고 꼬드기는 거지."

아니. 여기가 무슨 다단계 회사야? 피라미드식 구조야?

생각해보니 맞는 것 같다. 가장 먼저 온 놈들이 트리플 플래티넘 회원…아니, 중령과 소령 자리를 꿰찼고, 그다음 오는 놈들은 대충 소령에서 대위. 이거 완전 다단계네. 어쩌다 정의와 용기만으로 모집한 93사단 장교들이 이 지경에 이르렀는지 모르겠다. 가슴이 미어진다.

"직할대 편성은 거의 끝났어. 기관총대대, 통신대대, 공병대, 본부대, 수송본부대, 헌병대, 보급대, 의무대, 탄약대까지! 대체 몇 명이 갈려나갔다고 생각하냐 이 피도 눈물도 없는 놈아!"

"아아. 나도 보고서 읽어서 잘 알고 있지. 역시 내 친구들이야. 너무 유능해서 감동의 눈물이 막 샘솟아."

"정말?"

"맛있었다, 오늘 밥은. 흑흑."

한 대 맞을 것 같아 나는 얼른 자세를 바로 하고 보고서를 찬찬히 읽기 시작했다.

"사단 직할 레인저 부대도 편성이 거의 끝나가네. 얘들만 완료되면 직할대는 완성이구만."

"막상 만들고 보니까 이건 거의 연대급이던데? 이게… 난 잘 모르겠다."

캉브레에서 만난 독일 스톰트루퍼들은 정말 끔찍했다. 내가 명색이 기갑부대를 이끌고 있었는데도 제법 타격을 입을 정도였으니. 저런 악몽 같은 부대를 만났는데 카피하고 싶단 생각이 안 들면 그건 지휘관 실격이다.

물론 독일군과 달리, 우리는 적 기갑을 보병으로 잡기 위해 눈물의 똥꼬쑈를 할 필요가 전혀 없다. 당연히 대전차 능력을 키워주려고 집속수류탄과 대전차소총을 들려주고 거추장스러운 대전차포를 대동할 필요도 없지.

그래서 나온 게 레인저(Ranger). 원래 처음 구상했던 건 현대 사단에 으레 편제된 수색대(Recon)였다. 독일의 스톰트루퍼와 미래의 수색대를 적당히 짬뽕해서 사단 직할로 굴려보자, 가 내 막연한 계획이었다.

하지만 편성 과정에서 여러 가지 암초를 만났다. 내가 기억하던 수색대는 산속이나 DMZ를 돌아다니는 부대였고, 지금 우리에게 필요한 건 '정찰'이 아니었으니 당연한 일이었다. 참호에 살아 있는 제리가 남아 있나 수색하는 거면 또 몰라.

내가 신설할 부대에 원하는 건 딱 하나. 적의 취약점에 때려 박아 방어선을 완전히 찢어버릴 수 있는 강력한 망치였고, 이걸 듣자마자 친구들의 입에선 '정예 경보병대? 레인저?'라는 말이 나와 곧장 채택되었다. 기왕이면 현재의 미군 장교들에게 익숙한 개념을 도입하는 게 훨씬 낫지.

제대로만 도입된다면, 아마 93사단이 전장에 투입됐을 때 가장 핵심적인 역할을 해낼 수 있을 것이다. 어설프게 도입한다면… 다 죽겠지. 빌어먹을.

"아나스타시오는 좀 어때?"

"…응, 잘하고 있어."

"그럼 다행이고."

어차피 개는 공부할 때부터 일반적인 미군이 아니라 필리핀 스카우트를 지휘할 목적을 품었던 녀석이다. 레인저는 딱 좋은 기회가 될 수도 있다. 어쩐지 제사상 조기 같은 눈깔로 날 바라보는 오마르가 오늘따라 무서워졌다. 일과 끝나면 터놓고 이야길 좀 해야지.

* * *

93사단 참모장을 내정받아 업무 대행을 맡고 있는 오마르 브래들리 소령은 오늘도 우울했다.

캉브레의 영웅. 웨스트포인트의 자랑, 유진 킴. 그 녀석은 사관생도 시절부터 이미 비범했다. 항상 온갖 기행과 사건·사고엔 그놈이 끼지 않는 법이 없었고, 누구보다 많이 죽빵을 날려대고 그만큼 얻어맞았으며, 학교 교칙의 기준선을 시험하듯 쉴 새 없이 위험 라인을 들락거렸다.

태양? 그런 절대적인 존재는 절대 아니다. 그건 맥아더 선배지. 달? 미친 소리. 그놈이 그렇게 푸근할 리가 있나. 굳이 천체에 비유하자면 그놈은 유성이었다. 밤하늘에 가끔 반짝이면 얼른 소원을 빌게 되는 그런. 내 머리 위에 떨어지면 입에 쌍욕을 절로 머금게 되고, 싫은 놈 머리 위에 떨어지면 그것만큼 꿀잼인 일이 또 없고.

옆에 붙어서 4년을 보낸 입장에서 볼 때, 그 폭풍 같은 기세가 단순히 이놈이 미쳐서가 아니라 피부색이라는 타고난 벽을 뛰어넘고자 하는 필사적 몸부림이라는 건 누구보다 더 잘 알고 있었다. 그랬기에 그 곡예에 가까운 기행을 응원했고, 유진의 성공에 누구보다 환호했으며, 녀석의 성공이 단순한 개인의 도약이 아닌 합중국의 도약이 되리라고 확신했었다.

그래서 그는 대서양을 건넜다.

흑인을 도와 전장에 나서겠다니. 사리사욕에 눈먼 척 너스레를 떨지만, 정의와 명예를 위해서라면 누구보다 앞장서서 떨쳐 일어나던 킴만이 할 법한 짓이 아닌가. 미 육군, 나아가 합중국 사회와 맞서 싸우며 아메리칸드림을 실현해나가는 그를 친구로서 도와주지 않는다면 대체 누가 도와주겠는가? 하나님? 글쎄.

하지만 슬슬, 회의감이 뼛속까지 차오르고 있었다. 적어도 여기서 벌어지는 광경은 선량한 그에겐 차마 두 눈 뜨고 볼 수 있는 몰골이었기에.

"명심하십시오! 킴 대령님이 교시하시길, 전차가 쇠로 만들어진 이유는 적을 깔아뭉개도 대충 물로 닦으면 깨끗해지기 때문이라 하셨습니다!"

"알겠습니다!!"

"대체 자네들 지금 무슨 교육을 하고 있는 겐가?!"

브래들리의 새된 외침에 빨간 모자를 눌러쓴 교관들은 아무렇지도 않게 답했다.

"저희가 캉브레에서 배운 전훈을 알려주는 중이었습니다."

"그게 무슨 얼어죽을 전훈이야!"

"캉브레의 혼란스러운 전장 환경에서, 전차포와 기관총은 매우 신중하게 사용해야 했습니다. 보급을 받기 어려웠으니까요. 당시 대대장이었던 킴 대령님께선 이미 이 모든 상황을 염두에 두고 '전차의 무게, 기동력, 심지어 위압적인 그 소리까지. 모든 것을 무기로 사용할 줄 알아야 올바른 전차의 운용이다.'라고 지도하신 바 있습니다."

그러니까, 그게 대체 어째서 그딴 광기 어린 가르침이 되냐는 거다. 이 싸이코들아… 라고 목청껏 외치기엔, 브래들리는 너무나도 온화한 신사였다.

"…그래, 적당히 언어만 순화해서 교육하게나."

"알겠습니다! 명심해라 제군들! 그런 의미에서 전차란 인류가 발명해낸 최고의 살육병기로……."

모르겠다. 아무튼 전차대 안에서 기적과도 같은 흑백 화합이 일어났으니 아무렴 뭐 어때. 이해하기를 포기한 브래들리는 빠르게 다음 장소로 향했다.

"어이쿠, 참모장님 아니십니까."

"낯간지러우니까 그만해."

아나스타시오 퀘베도 베르 소령은 93사단 레인저 직할대의 지휘관을 맡게 되었다.

유진이 생각하는 '레인저'가 어떤 개념인지는 그도 이해하고 있었다. 그렇지만 그런 강력한 충격부대가 굳이 이 부대에 필요한가에 대해서는 회의적인 입장이었다. 하지만 유진은 특유의 미래를 내다보는 듯한 놀라운 판단력으로 저 부대의 필요성을 확신하고 있었고, 강력하게 추진했다.

'엄청 간단한데. 93사단이 어떤 곳에 투입될 것 같아?'

'어떤 곳일 거냐니?'

'아무도 안 올 후방. 아니면 들어가면 죽을 핫스팟. 둘 중 하나 아니겠어?'

'……'

'후방이면 상관없어. 하지만 죽을 곳에 뛰어들어야 한다면 가장 난타전에 특화된 최정예 근접부대가 필요해. 그래야 한 놈이라도 더 살려서 돌아갈 거 아냐.'

브래들리는 부정할 수 없었다. 유진은 늘 그랬듯, 군사적인 목적에서만 생각하는 게 아니라 정치적인 요소를 무엇보다 신중하게 고려하고 있었다. 틀림없이 똑같이 사관학교에서 배웠을진대, 언제나 유진의 구상안에는 무수히 많은 집단과 거미줄처럼 얽힌 이해관계가 베이스로 깔려 있었다. 저것만큼은 도저히 따라잡을 수 없었다.

역시 저 자식은 정치를 해야 했을 놈이다. 아니지. 정치를 하지 않고 '참군인'으로만 남아 있다면 군복을 지킬 수 없기 때문에 길러진 능력이 틀림없다.

"명심해라 이 최정예 깜둥이들아! 이 아나스타시오가 너희를 유색인종의 낙원으로 인도하겠다!"

"와아아아아아!!"

"킴이 우리에게 약속했다! 더 많은 수급! 더 많은 전공! 그리고 밝은 미래를! 찢고 죽여라! 그러면 보답받을지니!!"

"제리를 죽여라!!"

"백인을 죽여라!!!"

그래. 긍정적으로 생각해야지. 웨스트포인트가 유진을 품지 않았다면, 저놈은 틀림없이 빨갱이가 되어 저 러시아처럼 워싱턴 D.C.에서 무장봉기를 일으켰을 놈이다. 아니면 마적 두목이 됐거나. 미합중국의 미래를 위해, 웨스트포인트는 약간… 음… 투지가 과도하게 넘치는 자들도 군인으로 품는 부작용을 감수한 것이다.

　브래들리는 그렇게 생각하기로 했다. 그러자 놀랍게도 마음이 편안해
졌다.

제국의 역습

　1917년에서 18년으로 넘어가는 겨울. 독일제국은 폭발적인 기세를 보이며 전 유럽에 그 힘을 내비쳤다.

　러시아제국이 쓰러진 자리, 차르의 압제에 시달리던 발트 3국과 우크라이나에는 독일의 힘이 새로운 법으로 자리 잡았다. 역시 차르의 목줄에 신음하던 핀란드에서는 공산주의자들이 준동하기 시작했으나, 만네르하임이라는 걸출한 우익 장군의 등장으로 이들 빨갱이 무리는 급속도로 몰락의 길을 걷기 시작했다.

　이제 남은 일은 최후의 결전뿐. '미카엘'이라는 암호명이 붙은 이 1918년 춘계 공세의 목표는 '솜(Somme)'이었다. 1916년, 영국군은 솜강 상류 일대에 대대적인 공세를 했고, 하루 만에 6만 명이 죽었다. 영, 프, 독이 합쳐 120만 명의 사상자를 낸 지옥의 땅. 독일군은 이곳을 쳐서 영국군을 바다로 밀어내기로 결정했다.

　공격 목표가 정해졌으니, 그다음은 날짜를 선정해야 한다. 그런 점에서 독일 참모본부는 마음속에 거대한 타이머를 갖고 있었다. 그 타이머가 0이 되는 순간, 미국은 압도적인 물량으로 모든 것을, 제국 그 자체까지 쓸어버릴 예정이었다. 이는 독일의 모든 장성들을 반쯤 미치게 만들었다. 따라서 공격은 최대한 빠른 시일, 즉 3월로 결정되었다.

모든 준비는 끝났다. 이제 독일은 수천 문의 야포와 백만 발이 넘는 포탄, 그리고 동부 전선에서 개선한 최정예 숙련병 수십만 대군이 있었다. '후티어 전술'이라고 역사에 남은 전술 개념 또한 마침내 확립되었다. 독일의 최정예 스톰트루퍼와 우수한 대포의 능력이라면 영국과 프랑스 따위 갈기 갈기 찢어버릴 수 있었다.

한편, 독일이 품고 있는 생각을 연합군이라고 안 할 리가 없었다. 이들은 결코 바보가 아니다. 현실이 그들의 예상을 뛰어넘어 훨씬 미쳐버렸을 뿐이다. 독일이 마지막 성인 남성 한 명까지 모조리 박박 긁어모아 전장에 내보내는 동안 영국과 프랑스라고 그러지 않았을까?

두 나라는 결국 현실과 타협해 12개 대대로 구성된 사단을 9개 대대로 축소했다. 기병들을 모조리 말에서 내리게 하고 보병으로 돌렸고, 멀쩡한 대대를 해체해 다른 부대에 넘겨줘 필사적으로 재편에 재편을 거듭했다. 그래도 병사는 모자랐다.

"신규 편성 이야기가 아닙니다. 손실이 발생한 부대를 완편하는 데만… 60만 명이 추가로 더 필요합니다."

"60만? 60만?? 돌았습니까 지금? 마지막 한 방울까지 쥐어짜도 브리튼에서 뽑아낼 수 있는 병력은 10만이 한계입니다! 캐나다, 호주, 뉴질랜드, 식민지군 모조리 긁어모아도 절대 60만은 불가능해!"

"그럼 미국인들에게 분명히 전하십쇼! 병력을 내놓으라고! 당장 이 겨울이 끝나기만 하면 독일 놈들이 우리를 바다에 쓸어 넣으러 올 겁니다. 대체 저 모질이들은 언제까지 신병 훈련시키겠답시고 꼼지락댄단 말입니까?"

절박한 영국인들은 쉴 새 없이 워싱턴 D.C.의 초인종을 눌러대며 애걸, 협박, 읍소, 공갈을 일삼았고, 결국 이에 굴복한 베이커 전쟁부 장관은 퍼싱에게 정중히 요청을 보냈다.

"150개 대대. 딱 150개 대대만 보내달라고 영국인들이 요청했소."

"싫습니다."

"전부를 바라는 것도 아니오. 일부 병력만 편제를 쪼개 영국과 프랑스에 넘기는 게 어떻겠소."

"미합중국의 아들들은 오직 성조기 아래에서만 싸워야 합니다. 애초에 병력이 모자란다며 징징대는 놈들이 왜 발칸반도와 중동에 수십 개 사단을 처박아 놓습니까? 그거나 빼라고 하시지요, 장관."

"우리도 어쨌거나 연합군의 일원으로서……."

"현지의 사정을 고려해 신중한 검토 후 결정하겠습니다."

쉴 새 없는 '요청'에 결국 퍼싱은 굴복하고 영국과 프랑스에 일부 병력을 빌려줬지만, 마지막까지 지휘권만큼은 꽉 붙들었다. 그것만큼은 퍼싱도 양보할 생각이 없었다.

* * *

쇼몽, 원정군 사령부.

"독일군의 공세가 임박했다는 징후가 곳곳에서 보이고 있네."

퍼싱의 말에 모두가 고개를 끄덕였다.

"하지만, 아직 우리의 상태는 썩 좋지가 않지. 자네들이 얼마나 노력했는지는 나도 알고 있지만……."

"아닙니다. 저희 역시 현실을 인지하고 있습니다."

지금도 끝없이 미군은 쏟아지고 있다. 하지만 그건 엄밀히 말하면 '군대'가 아니다. 그냥 군복 입힌 얼뜨기 민간인일 뿐. 아직 미군이 이 전쟁에서 강력한 발언권과 주도력을 갖고 움직이기엔 많이 부족한 부분이 보였다.

"어차피 우리는 아직 이 전쟁의 구경꾼이야. 기탄없이 이야기해보도록 하지. 독일군의 다음 공세 목표는 무엇이라고 보나?"

"당연히 파리 함락이겠지요."

"보통 방법으론 그게 불가능하단 걸 독일인들은 이미 1914년에 깨달았습니다. 제2차 베르됭 공세가 가장 가능성 높습니다. 프랑스군에 심대한 타격을 주고 나아가 아직 편성 진행 중인 우리 미군을 무너뜨리면 파리로 가는 길이 열립니다."

"영국군을 치고 벨기에의 완전 병탄을 노리지 않겠습니까?"

모두가 저마다 다양한 의견을 떠드는 가운데, 나는 침묵만을 고수하고 있었다. 그리고 그 모습이 영 고까워 보이는 사람도 있었던 모양이다.

"우리 원정군의 최연소 대령께서는 어째서 조용하신가?"

"혹시 깜둥이들의 아둔한 지능이 전염이 안 되었으면 좋겠군."

"그러게 무리하지 말라고 했잖나. 허허."

아, 살살 긁는 솜씨가 참 대단들 하시네. 진짜 이 자리에서 죄다 뚜껑 따버리고 싶지만 참는다. 이 꼬라지를 그냥 봐주고 있지 않을 다른 사람이 하나쯤은 있겠…….

"그쯤 하시는 게 어떻겠습니까."

"맥아더 대령. 자네도 입 다물고 있던 주제에……."

"여러분들의 예측을 듣고 있자니 기가 막혀서 말을 꺼낼 수가 없더군요. 아마 킴 대령의 생각도 저와 크게 다르지 않을 듯합니다."

아니, 아니. 나까지 끌어들이지 말라고. 거기서 그렇게 말해버리면 나까지 어그로가 튀어버리잖아. 이 미친 유아독존형 인간아. 당신은 집안 빵빵하고 잘났으니까 감당 가능해도 나는 감당 못 하는데!!

"호. 그러신가? 그럼 어디, 그 귀한 예측을 좀 듣고 싶네."

이렇게까지 판이 깔린 이상 말을 안 할 수도 없다. 나는 헛기침을 가볍게 하고는, 천천히 분위기를 잡았다.

"제가 옳은지 그른지는 모르겠지만, 우선 저는 제가 힌덴부르크라 가정하고 생각해봤습니다."

"흠."

"독일 입장에서 얻을 수 있는 정보는 당연히 제한되어 있습니다. 물론 그들도 스파이를 보내는 등 여러모로 정보를 수집하겠지만, 우리의 모든 사정을 훤히 꿰뚫고 있진 않을 겁니다."

내 서론에 슬슬 입질이 오기 시작한다. 빨리 본론이나 꺼내라는 표정에서부터 흥미진진하게 지켜보는 부류까지.

"결론만 말씀드리면, 저는 솜강 일대로 다시 독일군이 오리라 예측합니다."

"영국군을 타격하리란 뜻인가? 프랑스를 내버려 두고?"

"예."

"이유를 듣고 싶군."

가만히 지켜보고만 있던 퍼싱이 나직하게 말하자, 쨍알쨍알하던 다른 놈들이 모두 입을 다물었다.

"이프르, 파스샹달, 그리고 캉브레까지. 이 지역에 주둔한 영국군 제5군은 17년에 벌어졌던 전역 대부분에 동원되었습니다. 독일군 수뇌부가 봤을 때, 가장 만만하고 취약할 것이라 추측할 수 있는 게 바로 이 제5군입니다."

"흠. 얻었을 때 가치가 있는 땅이 아니라, 얼마나 쉽게 적을 이길 수 있느냐를 고려할 것이다?"

"이제 독일군에게 중요한 건 정복할 땅이 아닙니다. 얼마나 많은 적군을 쓰러뜨리고, 얼마나 거침없이 군의 중추를 파괴할 수 있느냐로 그들의 운명이 결정날 겁니다."

"다른 이유는 없나?"

"제5군의 좌측면은 영국 제3군, 우측면은 프랑스군입니다. 영국과 프랑스를 떼어 놓을 수도 있지요. 게다가 지형 역시 독일 입장에서 볼 때 좋습니다. 독일군이 날이 풀리는 대로 공세를 편다고 가정할 경우, 해빙기가 되면 대부분의 땅은 진창이 됩니다. 캉브레에서 경험했지만, 그곳 일대는 지반이 단단해 기동에 유리합니다."

"흠……."

"하지만 그 솜입니다! 설마 독일군이 그렇게 무모한 공세를 펼칠까요?"

"애초에 캉브레 전투가 왜 벌어졌습니까. 전차 기동이 유리해서입니다! 전차가 득실득실한 곳으로 공세를 건다구요?"

"자. 탁상공론은 이쯤하고."

퍼싱은 이쯤에서 의견 교환을 끝낼 요량으로 보였다. 여기서 더 길게 갔다간 남는 건 지휘관과 참모들 사이에서 벌어질 야유와 조롱뿐이란 걸 그도 아는 모양이었다.

"그 어떤 곳으로 독일군이 오든지, 우리는 최대한 연합군의 일원으로서 전쟁의 승리를 위해 공헌해야 한다는 사실을 명심들 하시오. 현재 당장 전투에 투입이 가능한 부대는……."

"1사단은 이미 프랑스군과 교대하여 참호선에 투입되었습니다."

"42사단 또한 프랑스군과 협조하에 인수인계를 준비 중에 있습니다."

"저희 또한……."

"93사단, 준비되었습니다."

그리고 내가 던진 조약돌에, 모두가 움찔했다.

"93사단이?"

"그렇습니다. 현재 편성을 거의 끝마쳤으며, 즉시 실전 투입이 가능한 상태입니다."

"허."

다들 어이가 없다는 듯 혀를 찼다. 그래, 어이가 없겠지. 그런데 그것이 실제로 일어났습니다.

여기 있는 사람들 대부분은 93사단을 '벼락출세한 옐로 몽키가 제 친구들 계급장 높은 거 좀 달아주려고 여기저기서 데려온 깜둥이 부대' 정도로 보고 있다. 하지만 그 누구도 탁군 돗자리파 두목과 그 의형제 둘이 유관장

삼형제라는 걸 상상 못 했듯, 내가 모은 놈들은 미래의 원수급 인재들이다. 저 사람들이 그걸 예측할 수 있으면 회귀자거나 빙의자겠지.

"그래서, 93사단도 투입을 해달라?"

"깜둥이들은 조금……."

"애초에 93사단의 편성 목표 자체가 흑인들의 전투력을 파악하기 위함이었잖습니까. 설령 흑인들의 전투력이 정말 끔찍하다 해도, 독일군의 총탄을 소모시켜 줄 수야 있겠죠."

"하하! 그건 맞는 말이군!"

"아냐. 깜둥이들을 죽이는 데 굳이 탄을 쓸 필요가 있겠나?"

병신들. 흑인들의 전투력? 끔찍하지. 너희들도 조만간 알게 될 거야.

"현재 93사단은 사령부 직할로 편성되어 있네."

"그렇습니다."

그 누구도 자기 예하부대에 깜둥이들을 넣기 싫어한 결과다. 나야 차라리 좋다. 여러 복잡한 정치적 사정이 얽힌 끝에, 지금의 93사단은 도저히 군단 레벨에서 감당할 수 없는 물건이 되었다.

차라리 93사단을 맡으라 지시했던 퍼싱이라면 전장에 나갈 가능성이 크다. 만약 어디서 틀니 딱딱대는 미친 레이시스트 꼰대를 군단장으로 모셔야 했다면 이 부대는 전쟁 끝나는 그 날까지 저 후방에 짱박혀 영원히 잊혔을지도 모른다.

"93사단에 대해선 조금 뒤에 이야기하지. 킴 대령, 자네는 남아 있게."

"알겠습니다."

회의 종료 후, 나는 퍼싱과 독대할 수 있었다.

"킴 대령, 일은 좀 어떤가?"

"아주 좋습니다. 편성은 완료되었으며 장병들은 전의로 가득 차 있습니다."

"그런가. 사단 편성이 완료되다니 놀랍군."

퍼싱이 너무 담담히 말해서, 이게 비꼬는 건지 정말 감탄인지 구분하기가 힘들었다.

"혹시… 사단 단위의 투입이 아닌 다른 방안을 검토하고 계십니까?"

"프랑스에서는 연대 단위로 일부 부대를 자국군에 편입시켜주길 요청하고 있네."

혹시나 했는데 역시나다. 아무튼 빠게트 새끼들은 도움이 안 돼요. 나는 당장이라도 게거품을 물고 싶었지만, 그래도 퍼싱의 앞이니 최대한 차분하고 합리적으로 보이는 척해야만 했다.

"저희는 이미 사단 단위 직할대 편성을 끝냈으며, 개별 연대의 전투력이 아닌, 1개 사단으로 운용했을 때 가장 효율을 극대화할 수 있도록 각종 훈련을 진행했습니다. 지금 와서 쪼갠다면 이는 여태까지의 준비가 물거품이 될 수밖에 없습니다."

"흐음."

"부탁드리겠습니다. 저희를 프랑스군의 관할로 넘기는 것까지는 어쩔 수 없겠지만, 연대 단위로 토막만은 피해 주시면 감사하겠습니다."

시발. 시발. 절대 안 되지. 내가 얼마나 애지중지 키운 애들인데 그걸 박살내서 프랑스 놈들한테 쥐여준다고?

영국, 미국과 달리 프랑스는 지금 흑인들을 적극적으로 전선에 내보내고 있다. 이건 절대 프랑스가 자유와 민주, 인종 평등을 실천하는 국가여서가 아니다. 애초에 몇 달 전에 온 나라 병사들이 죄다 참호 못 들어가겠다고 파업하던 나라다.

영미가 '아아니, 어떻게 깜둥이랑 같이 싸운단 거지? 미치셨나?'라면 프랑스는 '아이고 우리 애들 죽는 거 더 이상 못 봐주겠네! 차라리 깜둥이들이 대신 피 흘리게 하자!' 수준이다. 그러니 당연지사 애들 다 죽어서 돌아온다. 프랑스 놈들이 흑인 병사를 아낄 리도 없다. 내 눈에 흙이 들어오기 전까진…….

"본관 또한, 정상적인 사단으로서 기능하지 못한다면 이야기가 다르겠으나 멀쩡한 사단을 쪼개 가면서 프랑스를 도와줄 필요는 없다고 판단하고 있네."

휴, 다행이다. 역시 믿을 건 갓─퍼싱뿐. 이것이 바로 상식인의 상식적 판단이다.

"그러면, 사단을 유지한 상태로 프랑스 쪽 군단의 예하 사단으로 편성된단 말씀이십니까?"

"그래서 묻고 싶네. 자네가 편성한 사단은 너무나 독특해서 아직 내가 따라잡지 못하겠거든."

말에 묘하게 뼈가 있는 것 같다.

이 당시 미 육군 1개 사단의 정원은 28,000명. 하지만 자원입대자라거나 여러 요소 때문에 93사단 총병력은 사실상 3만 명에 육박하고 있었다. 그야 어쩔 수 없잖은가. 그냥 까맣기만 하면 전부 93사단으로 짬처리 되는 걸? 그 넘치는 병력을 바탕으로 내가 해보고 싶은 건 이거저거 다 해볼 수 있었다. 퍼싱의 말은 아마 이걸 꼬집는 것 같았다.

"사령부 직할 사단이다 보니, 약간의 독특함까지는 괜찮지 않겠습니까? 이제 프랑스군이 손에 쥔다면 상당히 운용이 까다롭겠지만요."

"하지만 최종 훈련은 받아야 하지 않겠나?"

이미 1사단은 프랑스 부대를 대체하며 전선에 투입된 상황. 26사단과 42사단 역시 투입될 준비를 갖추거나 투입을 완료했다. 프랑스 친구들은 최대한 미군의 전투력을 끌어올리고 싶어 안달이 난 상태. 확실히 실전 맛을 보려면 결국 바게트의 손을 잡아야 한다.

"그 부분에 대해서는 저 또한 모두 일장일단이 있다고 생각합니다."

"…좋네. 자네의 의견은 충분히 들었으니, 나 또한 자네의 우려사항을 잘 고려해서 판단하지. 이상."

며칠 후. 나는 퍼싱으로부터 '93사단은 유사시에 대비하여 전선 투입을 보류하겠음.'이란 최종 답변을 전해 받을 수 있었다.

이거면 됐다. 물론 전장 냄새조차 못 맡아본 초짜들에게 최일선 참호를 맛보여주고 말고의 차이는 굉장히 크겠지만, 어차피 1차대전 시기의 다른 장교들도 내 부대를 이해하긴 굉장히 어려울 거다. 인종이든, 편성이든, 훈련이든 뭐든. 그럴 바엔 차라리 퍼싱 밑에 있는 게 낫다.

독일 놈들이 오기까진 시간이 그리 많이 남아 있지 않았다.

* * *

1918년 3월 21일. 마침내 그날이 도래했다.

"미카엘 작전을 개시한다! 제국의 아들들이여, 이 전쟁을 끝내자!"

제국 내부의 마지막 화평 세력들의 꿈틀거림을 일절 무시한 채, 독일군은 춘계 대공세를 개시했다. 이 공세의 첫 목표는 예상대로, 아니 역사대로 영국군 제5군이었다. 이프르, 파스샹달, 그리고 대망의 캉브레까지 신명나게 꼬라박고 끔찍할 정도로 소모된 부대가 기습적인 독일군의 파상공세에 저항할 방도는 그리 많지 않았다.

캉브레가 다시금 생각난다. 그때 여실히 느꼈지만, 독일군은 지구상에 존재하는 그 어떤 군대보다 적극적으로 취약점을 파고들었으며, 거침없이 공세를 퍼부었고, 적진 한가운데 고립되는 걸 두려워하지 않았다. 그 결과 영국군의 지휘계통과 명령체계는 파괴되었고, 천 갈래 만 갈래로 처참하게 찢어져 허무하리만치 쉽게 무너져 내렸다.

이렇게 재미를 봤으니, 당연히 그 전훈을 반영하지 않을 리 없다. 이건 역사에서 배운 지식이기도 하지만, 내 몸으로 직접 경험한 피의 교훈이기도 했다.

제5군은 명백히 맛집이었다. 1917년의 극심한 전투로 병력 소모가 심각해 정원 1천 명의 대대 중 5백 명도 채 안 되는 부대가 태반이었으며, 그나마의 보충병은 여기저기서 잡아와 부대의 통일성이라곤 없었고, 그 와중에 프랑스의 일부 전선을 인계받아 작전 범위까지 넓어졌다! 프랑스 놈들이 얼마나 참호를 개떡같이 만드는지까지 고려한다면, 그냥 제5군의 위기는 약속된 재앙이었다.

새벽 4시 40분. 독일군의 대대적 포격이 불운한 영국 제5군을 덮쳤다. 60km에 달하는 기나긴 전선 모든 곳에 포격이 가해졌다. 최일선 참호에는 이미 모두의 상식이 된 끔찍한 배합, 최루탄, 염소 가스, 겨자 가스, 포스겐의 선물 세트가 당도했고 후방을 향해서는 모든 도로와 통신 케이블을 날려버리기 위한 압도적인 포화가 불을 뿜었다.

아침 9시 40분. 5시간 동안의 격렬한 포화를 뒤집어쓰고 영국군이 넋을 잃었을 즈음, 독일군이 자신들의 참호에서 뛰쳐나왔다. 아침 안개, 가스, 포화에 따른 연기가 온 전장을 덮었다. 이 모든 조건이 독일군의 안전한 진격을 보장해 주었고, 가장 최일선에서 돌격대 스톰트루퍼들이 뛰쳐나와 거침없이 적의 참호선으로 파고들기 시작했다.

단 하루 만에 제5군의 전선은 붕괴했다. 영국인들은 추풍낙엽처럼 쓸려 내려갔고, 독일군은 곳곳에서 격렬한 저항에 직면하긴 했지만 조직적인 대반격을 당하지는 않았다.

영국 제5군이 무너지고, 그 왼쪽의 제3군까지 타격을 입자 독일군이 노리는 바는 보다 명확해졌다. 영국군과 프랑스군을 갈라 치고, 영국군은 모두 해안가로 처박아버리는 것. 내가 주장하던 모든 사항이 현실로 다가왔다.

"독일군이 날로 진격해 오고 있네. 프랑스인들은 아미앵을 잃을까 봐 돌아버리기 일보직전이야."

"그렇다면 증원이 필요하겠지요."

퍼싱은 고개를 끄덕였다.

"93사단은 언제부터 투입 가능한가?"

"이미 준비되어 있었습니다."

"좋네. 현 시간부로 93사단의 편성을 완료하고 프랑스 놈들을 도와줄 채비를 하게."

나는 무겁게 경례를 올렸다. 1918년. 이 미친 전쟁의 종막을 알리는 포성이 내 귓전을 울리고 있었다.

(2권에 계속)

검은머리 미군 대원수 1

1판 1쇄 인쇄 2023년 3월 22일
1판 1쇄 발행 2023년 4월 12일

지은이 명원(命元)
매니지먼트 스튜디오JHS
펴낸이 김영곤 **펴낸곳** (주)북이십일 레드리버

책임편집 유현기 배성원 서진교 강혜인
디자인 (주)여백커뮤니케이션
출판마케팅영업본부장 민안기
마케팅1팀 배상현 한경화 김신우 강효원
출판영업팀 최명열 김다운
제작팀 이영민 권경민

출판등록 2000년 5월 6일 제406-2003-061호
주소 (10881) 경기도 파주시 회동길 201(문발동)
대표전화 031-955-2100 **이메일** book21@book21.co.kr
내용문의 031-955-2403

ISBN 978-89-509-2378-5
        978-89-509-3624-2(세트)